BIBLIOTECA AMERICANA
Proyectada por Pedro Henríquez Ureña
y publicada en su memoria

Serie de
LITERATURA COLONIAL

OBRAS COMPLETAS
DE SOR JUANA INÉS DE LA CRUZ
II

OBRAS COMPLETAS
DE
SOR JUANA INÉS DE LA CRUZ
II
VILLANCICOS
Y LETRAS SACRAS

Edición, prólogo y notas de
Alfonso Méndez Plancarte

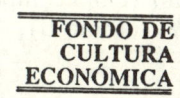

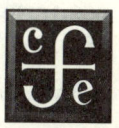

Primera edición,   1952
Cuarta reimpresión, 2001

Comentarios y sugerencias: editor@fce.com.mx
Conozca nuestro catálogo: www.fce.com.mx

D. R. © 1994, INSTITUTO MEXIQUENSE DE CULTURA
Avenida Morelos Oriente 302; 50000 Toluca, Estado de México

D. R. © 1952, FONDO DE CULTURA ECONÓMICA
D. R. © 1994, FONDO DE CULTURA ECONÓMICA, S. A. DE C. V.
D. R. © 1995, FONDO DE CULTURA ECONÓMICA
Carretera Picacho-Ajusco 227; 14200 México, D. F.

ISBN 968-16-3015-7 (Obra completa)
ISBN 968-16-4472-7 (Tomo II)

Impreso en México

ESTUDIO LIMINAR

Aunque ya entre su *Lírica Personal* nos deparó Sor Juana preciosos especímenes de Sonetos, Romances y otros poemas Sacros, y aun en el propio *Sueño* una cumbre elévase hasta el doble misterio de la Unión Hipostática y del plan Cristocéntrico de la Creación, prevalecían allá —de todas suertes— los motivos profanos, con una perspectiva unilateral, muy fácilmente deformadora.

Otra buena mitad —igual o "mayor", en cantidad como en calidad— es la que, al resultar inevitable el partir su Lírica en dos volúmenes, hubo de reservarse para el presente, y a la que da unidad su común destino de prestarle voz armoniosa a nuestro unánime pueblo congregado en religiosas solemnidades, iluminando así, ya en su medida cabal y auténtica, el ámbito vital de lo divino en la Nueva España del xvii, y desde luego —es claro— en su Flor más alta.

I. LÍRICA COLECTIVA Y PERSONAL

Nuestro tomo anterior —decíamoslo ya— sólo "a falta de un título mejor" salió con el de Lírica Personal, por no decir "unipersonal". Pero ésta —la Coral, o Colectiva, de los Villancicos y Letras Sacras— es, en rigor, tan personal como aquélla, y sin duda que a veces mucho más, desde que aquí, a pesar de invitaciones ocasionales, siempre hay más absoluta sinceridad en todos los matices de emoción y de pensamiento. Porque hasta para un alma tan finamente dúctil y tan noblemente hecha a la amistad y cortesía, siempre sería distinto cualquier apremio para cantar las glorias del Niño-Dios, o las de Su Madre, o las de S. José, S. Pedro o Santa Catarina, más bien que las del virreinal "Neptuno" y su Lysi (aun antes de conocerlos), o las de un fugaz Duque de Veraguas, o las de un tratado astronómico que verosímilmente ni había leído . . .

LA PERSONALIDAD EN LO UNANIMISTA

Estos cánticos, pues, son *impersonales* hasta el límite en que lo impone su servicio social y "unanimista" de altavoz colectivo; y aun esto, no sin más de algún resquicio en su corporativa abstracción, cuando se le desliza en femenino el "fecit" inconsciente de un adjetivo; o alude a su clausura en el riente equívoco de que ella "ni entra ni sale"; o subraya que no es "predicador", ni pudiera serlo (sin mengua de impartir en ese campo finas lecciones); o propugna —en valiente travesura— el pleno derecho de la mujer a la vida del intelecto, y con el más simpático candor, "como quien no dice nada", suelta al aire cantante —en esa misma sacra laudanza de la ciencia de Santa Catarina— la apología más decisiva y linda *"pro domo sua"*. . .

Pero, aun sin atender a esas escapadas, su "impersonalidad" no llega, en manera alguna, al vuelo extraespacial y extratemporal —sin época, ni raza, ni vibración y acentos individuales— que da aptitud eterna y ecuménica a los Himnos litúrgicos del *Breviario Romano*. Aquí, muy al revés, todo se ve caldeado y colorido por los vahos y las savias de lo hispano o lo novohispano y ya mejicano, y ostenta el hondo sello de su hora y su ámbito (con singular riqueza de reflejos etnológicos y folklóricos o costumbristas de toda especie), y vibra con la cálida y vivaz —sonriente o grave— inflexión de esta lírica boca inconfundible de nuestra Musa.

POESÍA DE ENCARGO Y DE ALMA

¿No es un absurdo la "poesía de encargo"? —se nos dirá—. Tras el áureo precepto del renacentista Jerónimo Vida: *"Numquam jussa canas"*, bien decía nuestro Alegre: "El que pide o manda para tal asunto y tal tiempo una composición poética, en mi juicio no sabe lo que es poesía". . .

Pero frente a la tesis surge la antítesis. ¿No son ocasionales todas las Odas de Píndaro, y —ya divinamente— muchos Salmos, y muchos de los Himnos de la Iglesia, tantos bellísimos, desde los de Prudencio y San Ambrosio hasta los de Urbano VIII, León XIII y los himnógrafos más actuales? El horaciano *"Carmen Saeculare"* ¿no fué poesía de encargo y magna poesía? ¿Y

la "Salutación del Optimista", de Rubén, o el "Epitalamio" a
Alfonso XIII, de Amado Nervo? ¿Y el Himno Nacional, de González Bocanegra y de nuestro Méjico?... —"Hay que darle al presente sus derechos", sentenció Goethe; y aconsejó —extremoso—
al joven Eckermann: "Que todas sean poesías de ocasión"...
¿Habrá que formular la síntesis obvia? Si riman "ocasión" y
"corazón"; si coinciden —como telepáticamente— la llamada
exterior y el clima interior, podrá el canto fluír público e íntimo, oficial y espontáneo, "de encargo" y de alma... Y si además se trata de un poeta —pues no bastan la buena voluntad ni
el más sincero entusiasmo—, escapará su cántico a lo efímero,
trascenderá su circunstancia nativa, fiel a la admonición de González Martínez:

> Escribe de la hora, mas no para la hora...

¿No irá siendo ya justo el revisar, en nuevo equilibrio, nuestro
horror —tan moderno y, hasta cierto punto, tan saludable— a la
"poesía ocasional"...? Los pueblos y los fastos reclaman a menudo —inapelables— esa urgente voz musical. Si los poetas se la
regatean, murados en la torre de marfil de su "pureza" artística,
tal augusta función cae en las torpes manos de los verseros. ¡Feliz
edad aquella, en las Españas, cuando Lope de Vega, o Valdivielso y aun Góngora —y entre nosotros, Sor Juana— no recelan
desdoro de sus cítaras el ser órgano hermoso de la comunitaria
"plebs sancta Dei", adunada en sus místicos festivales![1]

LA ESPONTANEIDAD Y LA PERSISTENCIA

Y aquí, en particular, estemos seguros —recalquémoslo nuevamente— de la espontaneidad, fresca y gustosa, con que Sor Juana
prestaría su lírica lengua a nuestra Iglesia y a su "Plebe Santa de
Dios", en estos temas divinos, ella que se estrenó —de pequeñita— con su incógnita "Loa al Santísimo Sacramento", en Amecameca; y que —entre los dechados de su canción— recordaría,
por suprema gloria, cómo "la Reina de la Sabiduría y Señora
Nuestra con sus sagrados labios entonó el cántico del *Magníficat*";
y que —al reconocer por obras suyas los *Ejercicios de la Encarnación y Ofrecimientos de los Dolores*— confiesa se editaron
"con gusto mío", por ir enderezados a "la pública devoción", a
lo cual añade: "Sólo me ayudó en ellos ser cosas de nuestra gran

Reina, que no sé qué tiene el que, en tratando de María Santísima . . ., se enciende el corazón más helado". . . ; y que, en fin, exclamaba acerca de Cristo: "¿Cuál prenda más amable que aquella divina hermosura? . . . Si cualquiera belleza humana tiene jurisdicción sobre los albedríos, y con blanda y apetecida violencia los sabe sujetar, ¿qué haría aquella . . . incomprensible beldad, por cuyo hermoso rostro, como por un terso cristal, se estaban transparentando los rayos de la Divinidad? . . . Y aquella celestial modestia, aquella suavidad y blandura . . ., aquellas palabras de vida eterna y eterna sabiduría . . ., ¿cómo es posible que no les arrebatara [a todos] las almas, que no fuesen enamorados y elevados tras Él?". . . (*Respuesta a Sor Filotea*).

Si ella decía, por tanto, que "el escribir nunca ha sido dictamen propio, sino fuerza ajena", y "yo nunca he escrito cosa alguna por mi voluntad, sino por ruegos y preceptos ajenos" (aunque no hay que tomarle sin "*mica salis*" su hipérbole de que "no me acuerdo haber escrito por mi gusto, si no es un papelillo que llaman *El Sueño*"), bien nos cumple afirmar que los Villancicos —si los elaboró por "fuerza ajena"—, ésta sería, además de amigables "ruegos", aquella misma "blanda y apetecida violencia" con que Dios y la Virgen y Sus Santos —"las iluminaciones todas de lo Divino"— sabían "arrebatarla" y "enamorarla" . . .

Y si hay género lírico en que nos conste que haya perseverado, con vital alegría de predilección, a lo largo de toda su no breve vida poética, es cabalmente el de los Villancicos, que en ella se escalonan desde 1676 hasta (a lo menos) 1691, ya veremos que año tras año, cuando no varias veces en cada uno, con apenas leves paréntesis.

Algo extraño, sin duda, su silencio, en la *Respuesta a Sor Filotea*, sobre el palpable júbilo creador que tales cantos rezuman. Pero igualmente lo es —o mucho más— el que tampoco aluda a esta labor caudalosa cuando más habría convenido. El Ilmo. Dr. Fernández de Santa Cruz —en esto sí con algo de injusto olvido— le pedía "mejorara la elección de los asuntos" para su pluma, "leyendo *alguna vez* en el [Libro] de Jesucristo" y "engolfando el rico Galeón de su ingenio en la alta mar de las perfecciones divinas" y de las "noticias del Cielo" . . . Y Sor Juana repone, únicamente, que "el no haber escrito mucho de asuntos sagrados no ha sido desafición, ni de aplicación la falta, sino sobra de temor y reverencia a las Sagradas Letras, para cuya inteligencia yo me conozco tan incapaz y para cuyo manejo soy tan in-

digna" . . . Más obvia solución hubiera sido —y ésa, apodíctica—
mostrar inexistente el hecho mismo de aquella así supuesta par-
quedad de sus obras sacras, con sólo enumerar —a más de la
mismísima "Carta Athenagórica" y de sus "Ejercicios" y "Ofreci-
mientos"— los tres Autos Sacramentales, los no escasos Roman-
ces, Sonetos o Endechas y varias Loas de inspiración religiosa, y
sobre todo, este riquísimo coro de Villancicos y Letras, que bien
alto cantaban en nuestras Catedrales mayores —y varios de ellos,
en la misma Puebla— el asiduo "engolfarse" de su nave en el
Mar celeste. Tal silencio parécenos —por sí solo, y ya desde en-
tonces— un acto casi heroico de humildad en Sor Juana; y ésta,
su explicación más veraz y bella.

II. VIDA DEL VILLANCICO EN LA VIEJA ESPAÑA

ESTA nueva mitad de su obra lírica tiene hoy el atractivo adi-
cional de ser la más ignorada, al menos en su conjunto: nunca
impresa reunida en su integridad —sólo desperdigada entre lo
restante, desde los mismos Tomos antiguos, que tampoco la abar-
can toda—, ni mucho menos reeditada luego, a partir de enton-
ces, si no es en muy aisladas y parvas muestras.

Más aún: la "novedad" de estos poemas —para muchos lec-
tores de hoy— se extiende hasta su propio género literario, ignoto
en su carácter y prosapia, no menos que en su evolución secular
y en el vario esplendor de sus primaveras.

EL NOMBRE Y LOS ORÍGENES

A la manera de su precursora o quizás coetánea la "Serranilla",
el nombre *Villancico* (y sus variantes arcaicas *villancejo* y *villan-*
cete) es un diminutivo de *villano,* el aldeano o rústico —y su
cantar, o tañido, o baile característico, o bien su imitación ya
más o menos artificiosa—. "Villancico" equivale a "villanito",
tal y como "galán" (apócope de "galano") puede hacer "galan-
cico" o "galancete" su gemelo diminutivo. Era, pues, en su ori-
gen, cualquier canto o diálogo pastoril, o más en general rusti-
cano, con toda la amplitud de su inicial sinónimo "villanesca"
(en la propia familia de la *"villanella"* toscana y la *"villanelle"*

francesa, también diminutivos, por modo idéntico), siéndole indiferente el contenido profano o sacro. Así, en el siglo xv, nos ofrece el Marqués de Santillana un delicioso "Villancico fecho a unas tres fijas suyas", que pinta a las románticas doncellas solazándose dulcemente

> por una gentil floresta
> de lindas flores e rosas,

y cantando estribillos populares como éste:

> Sospirando iba la niña
> e non por mí,
> que yo bien se lo entendí...

Sólo "humanos", también, son los más antológicos *Villancetes* de Carvajales y de Joan Roiz de Castell-Branco; e igual alternación de Cielo o tierra (bajo ese nombre) se ve en Juan del Encina, Gil Vicente y Lucas Fernández, por quienes "las antiguas *villanescas* adquieren la forma definitiva del *villancico* artístico"...[2] Tales, en los de Encina —rivales en primor una y otra rama—, lo mismo son aquéllos "a lo humano":

> Vencedores son tus ojos,
> mis amores;
> tus ojos son vencedores...;

> Ya cerradas son las puertas
> de mi vida,
> y la llave es ya perdida...,

que éstos, y tantos otros, "a lo divino":

> Pues que Tú, Reina del Cielo,
> tanto vales,
> dá remedio a nuestros males...;

> ¿A quién debo yo llamar
> Vida mía,
> sino a Ti, Virgen María...;

y la misma indistinta connotación, aún no ceñida a lo religioso, muestran sus Villancicos más "villanescos", todavía no culturizados, sino consagradores del habla rústica (estilizada luego bajo el nombre de "Sayagués", por cierto tipo regional que el mismo Encina así destacaba):

¡Repastemos el ganado,
hurriallá!
¡Queda, queda, que se va!...;

¡Anda acá, pastor,
a ver al Redentor!...;

Pedro, y bien te quiero,
magüera vaquero...

Entre esos cantorcillos pastoriles —elevados a género especial
en la lira culta—, pronto prevalecieron, sin embargo, las coplas
de los siempre redivivos "Pastores de Belén", cada Nochebuena,
en la exultante Misa de Gallo; y así, acaso éstos fueron, algún
tiempo, los "Villancicos" por antonomasia (con la exclusividad
que ahora de nuevo disfrutan, desde ha dos siglos). Mas de allí,
el propio nombre —ya sinónimo de otros varios, como los de
"Motetes" y "Chanzonetas"— se extendió a todas las restantes
"Letras" vernáculas igualmente cantadas en los Templos, no ya
sólo ante el Niño-Dios, sino en cualquiera fiesta de la Virgen o
de los Santos, y aun en otros sagrados júbilos, como la Profesión
de una Religiosa o la Dedicación de una Iglesia. Y ésta fué la
acepción más duradera de tal vocablo: "Una composición poé-
tica popular, con estribillo, y especialmente la de asunto religioso
y que se canta en las Iglesias en Navidad o en otras festivida-
des"... (Dicc. de la R. Academia).

Ya aquí adelantaremos, no obstante, que entre el segundo
tercio del Seiscientos y mediados del Setecientos, Villancicos lla-
máronse, con nueva limitación, casi exclusivamente los que se
intercalaban en los Maitines de las varias fiestas litúrgicas, de-
jándose a los otros, más comúnmente, el genérico nombre de sim-
ples Letras, según se ve en la propia Sor Juana. Sólo más tarde
—al suprimirse la incrustación de esas canciones vernáculas en
la función coral de las Catedrales—, se restringió del todo dicho
vocablo al tema de los cánticos navideños, por ser casi los únicos
supérstites con igual o análoga solemnidad en esa Noche de la
Alegría.

DESDE LOS "CANCIONEROS" Y "VERGELES" HASTA GÓNGORA Y CALDERÓN

Tornando al sentido amplio de cualquier letra sacra para can-
tarse (más por lo general, en metros cortos, y en coplas que repi-

XIV ALFONSO MÉNDEZ PLANCARTE

ten un estribillo), florece inabarcable su áurea primavera de España. Bástenos apuntar —con Don Marcelino— "aquella maravillosa fecundidad de la poesía devota que ilustra nuestros dos siglos de oro ..., en esa selva de *Cancioneros Sagrados, Vergeles, Jardines* y *Conceptos Sagrados,* con que tanto bien y consuelo dieron a las almas, y tanta gloria a las letras, Fray Ambrosio Montesino, Juan López de Úbeda, Fray Arcángel de Alarcón, Alonso de Bonilla, el divino Ledesma, Pedro de Padilla, el Maestro Valdivielso y Lope deVega" ... Y "¡cuán grato nos fuera detenernos —como lo suspiraba el mismo sumo crítico— en todos esos romances, glosas, villancicos, endechas y juegos de Nochebuena, y mostrar la invasión del elemento popular en ellos, y la infantil devoción, como de inocentes que juegan ante el altar, con que en ellos se disfrazan sin daño de barras ni peligro de los oyentes, tan buenos cristianos como el poeta, los más augustos Misterios de nuestra Religión en raras alegorías..., o bien se parodian a lo divino romances viejos, y se difunden, con el tono y música de las canciones picarescas, ensaladillas y chanzonetas al Santísimo Sacramento!"...[3] A lo que agrega el referido Maestro que, aunque en todo ello "la verdadera inspiración mística es cosa rarísima", sin embargo "en las *Rimas Sacras* de Lope hay algunas composiciones que pueden pasar por místicas, especialmente los romances cortos que principian:

> Estábase el alma
> al pie de la sierra...,
>
> Cantad, ruiseñores,
> al alborada,
> porque viene el Esposo
> de ver al alma...;

así como el precioso *Cancionero* de Valdivielso contiene muchos versos devotos que frisan en lo místico, vgr.:

> —Vos Mi Cielo sois.
> —Y Vos sois mi Cielo...
> —¡Ay, Dios, lo que Os amo!
> —¡Alma, ay, cuánto os quiero!...".

Imposible olvidar, por otro lado —aunque el grande Menéndez y Pelayo sí lo olvidó—, que el Góngora de los romances y las letrillas fué, par a par con Lope y con Valdivielso, uno de los tres

mayores artistas del Villancico en esa dorada etapa: genuinos
Reyes Magos, opulentos en oro, incienso y mirra de gracia lírica,
y al par tiernos y humildes como tres zagalejos cándidos en su
entrañable identificación con la piedad popular.[4] Porque, junto
al suavísimo Mayoral de "Los Pastores de Belén" y al encantador
Maestrescuelas y retablista del "Romancero Espiritual", Don Luis
supo aniñar su voz soberbia ante el Nacimiento:

> Nace el Niño y velo a velo
> deja en cabello a Su Madre,
> que esto de dorar las cumbres
> es muy del Sol cuando nace...;

> ...Oí balar un Cordero
> que bramó un tiempo León,
> y vi llorar Niño ahora,
> Amor Divino,
> al que ha sido siempre Dios,
> Divino Amor...;

> Caído se le ha un Clavel
> hoy a la Aurora del seno:
> ¡qué glorioso que está el heno
> porque ha caído sobre él!...

Ni cabe inadvertir, en el propio Góngora, aún otros tan au-
ténticos Villancicos como son sus "letrillas" de la Epifanía, la
Purificación, el Corpus y San José, donde se cristaliza honda
sapiencia en venturosas fórmulas graves o en infantiles juegos de
sublime transfondo sobrenatural:

> Oveja perdida, vén
> sobre Mis hombros, que hoy
> no sólo tu Pastor soy,
> sino tu Pasto también...;

> Hoy el Josef es segundo,
> que, sin término prescripto,
> guardó el Pan, no para Egipto,
> sino para todo el mundo...;

> —Alma niña, ¿quiéres, dí,
> parte de aquel, y no poca,
> blanco Maná que está allí?
> —¡Sí, sí, sí!
> —Cierra los ojos y abre la boca.
> —¡Ay, Dios!, ¿qué comí
> que me sabe así?...;

o donde —adelantándose a Sor Juana, que aplicará el ejemplo
a nuestras "congas" y "tocotines"— rebrillan las gustosas tara-
ceas del portugués y del semi-español de los moriscos, los negros
y los gitanos:

> —¿A qué tangem em Castella?
> —A Maitines.—¿Noite é Boa?
> —Sí.—¿E facem como em Lisboa
> a frutinha de padella?...;
>
> Algualete, Hejo
> del Señior Aláh...,
> ¡bailá, Mahamú, bailá!...
>
> —¡Oh qué vimo, Mangalena!
> ¡Oh qué vimo!
> —¿Dónde, primo?
> —No portalo de Belena...
> ¡Elamú, calambú, cambú,
> elamú!...
>
> ¿Oyes voces? Voces oyo
> y aun parecen de gitanos...
> Al Niño buscando van,
> pues que van cantando d'Él
> con tal coro:
> "¡Támaraz que zon miel y oro,
> támaraz que zon oro y miel,
> a Vos, el Cachopinito
> cara de roza,
> la Palma Os guarda hermoza
> del Egito!"...

Cierto que pedirían una alusión menos fugitiva, no ya diga-
mos Lope y Valdivielso —ambos también dechados de esa alea-
ción de lo barroco y lo límpido, o de lo refinado y lo popular—,
sino todos los que antes mencionaba Don Marcelino —y muy en
especial, Ledesma y Bonilla, todavía tan ignorantemente soterra-
dos como reyes de burlas del "Conceptismo"—, sin contar mu-
chos más de los que atesora el *Romancero y Cancionero Sagrados*
de D. Justo de la Sancha, en el t. 35 de Rivadeneyra. Más ur-
gente, con todo, nos fué enuclear la referencia a Don Luis de
Góngora, de tanta jerarquía —y tan olvidada— en el parnaso
sacro español, y de tan singular irradiación en la hora estética de
Sor Juana. Y a este mismo nivel de la raigambre histórica del
Villancico, alléganse otros dos hálitos o ámbitos influyentes en
nuestra Musa.

Uno, es el hecho múltiple de que, aún hasta principios del
XVIII, "se albergaba en los Claustros (al decir de Menéndez y
Pelayo[5]) la delicadísima flor de la poesía erótica a lo divino,
conceptuosa y discreta, inocente y profunda", que "esparcía su
divino aroma en los versos de algunas Monjas", desde la hija de
Lope, Sor Marcela de San Félix, en su *Afecto Amoroso:*

> Sufre que noche y día
> Te ronde aquesas puertas,
> exhale mil suspiros,
> Te diga mil ternezas . . . ,

hasta la sevillana Sor Gregoria de Santa Teresa (m. 1735) en
sus endechas *Del Pensamiento:*

> Aquel profundo abismo
> del Sumo Bien que adoro,
> donde el alma se anega . . .
> y dulcemente en Mar de Amor zozobro . . . ,

o la neogranadina Sor Francisca Josefa de la Concepción Cas-
tillo (m. 1742), en sus *Sentimientos Espirituales:*

> El habla delicada
> del Amante que estimo,
> miel y leche destila
> entre rosas y lirios . . .

Y el otro, es la gigante y encendida sombra de Calderón, el
cual —a falta de Villancicos— intercaló en sus Autos y Come-
dias muy brillantes pasajes líricos y cantables, ciertamente no
extraños a la evolución simultánea y posterior de aquel género.

JUEGOS DE VILLANCICOS PARA MAITINES. —MUESTRAS DE LOS ANÓNIMOS

Hénos ya, en este esbozo de la vida española del Villancico,
frente a la nueva etapa constituída por los "juegos" o series de
tales cantos, con esa peculiar estructura y en la culminación de
su sitio honroso como "intermedios" de los Maitines litúrgicos.

Dicha parte del Oficio Divino, cuya pompa solemnizaba en
nuestras Catedrales la víspera de los máximos días, consta de tres
Nocturnos, cada uno de tres Salmos y tres Lecciones, con sendos

Responsorios que eran sus cúspides polifónicas. Y así, los Villan-
cicos de cada fiesta son ocho o nueve (substituído el último por
el "Te Deum" . . .), de a tres en cada "Nocturno": variaciones
poéticas y musicales de su mismo tema sagrado, y "entreactos"
para el pueblo, donde —según don Ezequiel A. Chávez[6]— "todo
se vuelve gracia, confianza, alegría y viva espontaneidad".

Allí —tal lo veremos en los de nuestra Décima Musa—, con
la más límpida y compuesta lírica sacra, se alternan "jácaras" a
lo divino; reyertas alegóricas de bachilleres o espadachines, cuan-
do no de tinieblas y luces o de rosas y estrellas; simbolismos de
Teoría Musical, de Matemáticas o Astronomía, de Filosofía o
Teología, y de Historia bíblica o profana, sin rehuir su poquito
de Mitologías; y "ensaladas" multilingües, o diálogos intencio-
nados y aun chuscos, salpimentados de latines y latinajos, y de
chapurreos de portugués o náhuatl y hasta de vizcaíno o de con-
golés . . . : abigarrados costumbrismos y gruesas jocosidades, con
delicadezas cristalinas y primores angélicos, en un inverosímil
girar sobre sí mismo de ese Jano bifronte que es el Arte Hispano
—idealista y realista, celeste y callejero—, fundiendo sus dos ca-
ras en una sola incaptable fisonomía.[7]

Y sí: nos consta sin posible duda la universalidad de tal cos-
tumbre, aun ya mediado el siglo XVIII, en las Iglesias de Hispania;
mas del voluminoso caudal de verso que ello supone, vanamente
se busca, no digamos ya el pleno "corpus", sino aun la menor sín-
tesis o atisbo sumario en las más modernas y completas historias
de la literatura española. Una laguna enorme —de más de un si-
glo—, que tienen ante sí los doctos de la Península, pues que en
nosotros fuera temario intentar llenarla.

El único en prestar a esos poemas cierta atención (aunque,
a decir verdad, sólo a los Anónimos), fué, a lo que recordamos,
Cejador, dándoles justa cabida en su "Floresta de la Antigua
Lírica Popular"—repertorio riquísimo y siempre útil, pese a su
confusión sacroprofana y su caos cronológico, no menos que a su
absurdísima pretensión de ser ésta, exclusivamente, "*La* Verdade-
ra Poesía Castellana"—. Y así (un tajo al azar), su tomo IV, él
solo, nos exhibe fragmentos de hasta unos veinte "juegos" de
Villancicos, todos de Navidad, entre 1634 y 1744, de los que
bien merecen destacarse siquiera algunos.[8]

He aquí, entre los cantados en Madrid, en la Real Capilla y 1645, éste primaveral por su fragante ingenio y llaneza:

¡A coger flores, pastores...,
a coger las flores mejores
que en los campos de Belén
nacen, parecen y huelen bien!

Halle yo la Rosa,
pompa del jardín,
Madre del Jazmín,
del Clavel Esposa...
Pues a Dios me llego
y Dios es tan mío,
tiemble con Su frío
y arda con Su fuego...

Nace la Virtud mayor:
¡oh qué linda flor!
Nace la Salud cumplida:
¡oh qué flor tan linda!
Nace la mayor Riqueza:
¡oh qué flor tan bella!...

O éste, en los de Toledo, 1650, regalado en sus mimos y tan hondo en la interpretación de esas lágrimas:

Al Chiquito donoso y bonito
y regaloncito,
que nace al invierno,
si llora a lo tierno,
¡no lloréis..., pasito, quedito,
que si Tú tiritas,
yo tiritito!...

De llorar un Dios tan Hombre,
¿quién será que no se asombre?
De temblar un Dios Gigante,
¿quién será que no se espante?
Mas si lloras por mi culpa,
quien Te acalla Te disculpa...

O éste, de los de Huesca, 1661, que sublima un genuino "Villano" rústico, guardándole su viejo candor intacto, pero dándole altísimo sentido navideño-eucarístico:

Al villano pobre y rico
este manso Corderico
le cubre con Su pellico
las desnudeces de Adán...

> Al villano más grosero,
> Dios, que es Hombre verdadero,
> Se le mete en su granero
> porque coma sin afán.
> Al villano se lo dan
> entre paja el blanco Pan.

O éste, en los del Convento de la Encarnación, de Madrid, en 1689, de tan gracioso vuelo en su sencillez:

> Con el aire, airecillo, que corre
> moviendo las ramas, / meciendo las flores,
> quiero a mi amado Niño / cantar primores.
> Con el gusto, gustillo, que vuela
> en aves sonoras, / en fuentes risueñas,
> quiero a mi tierno Infante / decir bellezas...

O —para no avanzar más de los días de nuestra Jerónima—, éste, en alegoría del juego infantil de "vestir al soldadito pobre", entre los de ese mismo Monasterio, al año inmediato:

> ...Yo Le mando a mi Pastor
> que del hielo está al rigor,
> un capote de color
> con su aforro de encarnado...
> —Yo Le traigo el espadín
> con que el bello Serafín
> a la puerta del Jardín
> la entrada había vedado...
> —Yo Le traigo, en blanca piel,
> el pellico con que Abel
> matizado de clavel
> la inocencia ha coronado...
> —Yo Le traigo un ruiseñor
> que del día en el albor
> da alabanzas al Señor
> con acento delicado...

Y a tal florido acervo de los Anónimos, añadamos —por vía de muestra y de mientras— sólo dos o tres nombres memorables, aunque hoy obscuros, empezando por dos coetáneos de nuestra Musa, que es seguro o probable que los leyó.

D. JOSÉ PÉREZ DE MONTORO

Aquel D. José Pérez de Montoro, "Secretario del Rey, y Visitador por S. M. de la Aduana de Cádiz" (1627-94), con quien

Sor Juana midió su ingenio en una aguda "cuestión de amor",
tiene —con muchas "jácaras" y "letras" a S. José, S. Pedro,
S. Agustín, S. Francisco, Santa Clara, S. Antonio, S. Felipe Neri,
S. Juan de Sahagún, etc.— no pocos de estos "juegos" comple-
tos de Villancicos, especialmente de la Concepción y la Noche-
buena.⁹

Así, en festejo de la Inmaculada, para la Catedral de Cádiz,
de 1687 a 1694, su devoción artística y erudita se sabía renovar,
muy lindamente, acudiendo al Cantar de Salomón y otros oros
bíblicos, o estilizando finas "jácaras" de alto fondo, o aventuran-
do métricas osadías, o glosando estribillos y aun refranes de noble
aroma:

> Puesto que son tan sabios / los Serafines,
> ¡a ver qué dicen
> de esta Niña admirable que hoy se concibe!...
>   Aunque la llamen a una
> hermosa como la Luna...,
> y en su primer arrebol
> escogida como el Sol,
> ¡a ver qué dicen
> cuando, al ser tan pequeña, / ya es tan terrible
> como los Escuadrones / que ordena y rige!
> ¡A ver qué dicen!...

>   Témplense las Angélicas Cítaras;
>   óiganse: que en sus métricas cláusulas,
>   término la dulcísima música
>   pone a las lágrimas...

¡Ah, del villano Tizón / que fué noble Serafín!
    ¿Qué le valió a su testuz / ser de tan dura cerviz,
si el pie de una Hija de Adán / la rompe con el chapín?
    ¿Qué le sirve formar torres / de viento, si con subir
tan alto la de Nembrot, nunca vió la de David!...

Es amante Hija del Padre; / y no cause maravilla
le diese al Hijo tal Madre, / si tuvo en Ella tal Hija...
    Todos en Adán pecaron, / y al común riesgo esta Niña
se halló (aun antes) preservada, / con que fué bien prevenida...

>   Pródigo de Su gracia el Altísimo,
>   dándola cuanto quiso el Amor,
>   hízola, como exenta del féretro,
>   Tálamo de Su dilección...
>   ¡Mística Rosa, en que halla su Príncipe
>   púrpura para Su Pasión...!

¡Fábrica que, con ser pequeñísimo
átomo, cabe en Ella el Sol!...

¡Oh, qué bien que sabe la Rosa
en qué Mano posa!...
   La Rosa que es para Esposa,
siendo elección misteriosa
del alto supremo Arcano,
siempre la tuvo en Su Mano
Quien la quiso siempre hermosa.
   ¡Oh, qué bien que sabe la Rosa
en qué Mano posa!...

Y ya en sus Villancicos de Navidad, para las Descalzas Reales
(1683) o la Encarnación y la Capilla Real, de la misma Corte
(1686), o bien para la dicha Catedral gaditana (de 1688 a
93), prodigaba el propio Montoro enamorados afectos y hondos
conceptos, en juguetón disfraz de alegorías impensadas (como
el de esa "Gaceta" de noticias de lo Invisible), o de bailes de
Negros (y en alguno, el "Tocotín" de nuestros Aztecas, impor-
tado hasta allá "de Chapurtepeque"), o de tonos y entonos de
"Fidalgos", o de frescos sartales de "coplas viejas", o de los pro-
verbiales Filósofos que ya desde su nombre esdrujulizan su risa
o llanto:

   ¡Lleven todos los curiosos
la Gaceta nueva
de lo que está pasando en Cielo y Tierra!...
   Lo primero, del Cielo se sabe
de aquesta Gaceta,
que por cierto tropiezo del hombre,
Dios ha dado en tierra...
   Cuenta que hay una grande cosecha
en Belén, de Trigo;
y aunque hay parva que llega hasta el Cielo,
el Grano es Chiquito...
   Cuenta cómo Luzbel ha caído
por esto al Infierno,
donde rabia al oír que le llamen
el Diablo Cojuelo...

Al Dios-Niño, al tierno Amante / que aunque hoy Su hambre socorre
con la leche de unos pechos, / sabe comer corazones,
   hasta los Negros bozales / Le gustan, que no se opone
en Su amor el no ser ciego / y el no distinguir colores...

¿Quiénes han de ser los Negros, / si no es que, mediante Dios,
vamos todos al Portal / a que nos atece el Sol?...

Ante que lo Niño, / Dioso veldadelo,
nacese Hombre Blanco, / turus eran Neglo...
Y pul eso vene / Niño Dioso y Homble,
a que Neglo y Branco / sían de un colole...

¡La la lay, Minino; ay la lay, la lay:
nao choréis de amor, / si de amor choráis!...
¿Fidalgo y enamorado, / y qui allá en Belén nazáis?
Nao pode ser, posca eso / sólo se usa en Portugal...
¡Ay la lay, Minino; ay la lay, la lay!...

En Belén ha nacido, / para bien nuestro,
un Zagal que parece / vino del Cielo...
¡Parabién y contento,
que si es bello el Chiquillo, / yo quiero vello!...
En la nieve brillaba / Flor tan divina;
como vengo del campo, / no es maravilla...
Viendo a Dios en las pajas, / San José dijo:
¿Para qué son disfraces / para conmigo?...

Montados en sus esdrújulos / van Demócrito y Heráclito
al Portal: los dos Filósofos, / hipocóndrico y zumbático...
—Vengan muy en hora buena, / si saben tanto...:
parezcan extremo de risa y de llanto...
—¡Ay, que el reír me ha dejado sin hígados!
—¡Ay, que el llorar me tiene sin párpados!...

O así también, en otras ocasiones, ya exhorta a la piedad en
la tersura transparente de un casi precursor decoro neoclásico, o
ya exalta y razona —con las tiernas razones del corazón— los
posibles desmanes de su bullanguera alegría:

¿Qué haremos con un Niño / que es Dios Inmenso,
y está en el suelo
tiritando, llorando y asido al pecho,
para que al verlo
sepan los corazones que nace hambriento?...
Démosle, porque lloren
con menos inquietud Sus ojos tiernos,
una Fe siempre viva
de que en Su llanto está nuestro consuelo.
Démosle, porque logre
la hartura que apetecen Sus deseos,
una Esperanza firme
de que Él solo ha de ser nuestro sustento.
Démosle, porque sienta
menos la injuria del porfiado hielo,
un Amor encendido
que se mantenga y dure siempre ardiendo...

¡Ven, Señor, a que los ojos
que cegó delito infiel,
acierten el camino del llorar
con la luz que en los Tuyos han de ver!...
    ¡Ven a que de Ruth la Espiga
y el Racimo de Caleb
den el Pan que Tu amor ha de abrasar
y el Vino que por mí se ha de verter!...

¡Ea, pastorcillos; / ea, zagalejos,
vaya de solaz, / de alegría y juego!
Pues todo esta Noche / es gusto y contento,
    ¿a qué jugaremos?...

Cuando son las locuras / sinceridades,
¿qué importa que las oigan / Dios y Su Madre,
si quiere el Niño
que nos tratemos como padres e hijos?...

No diremos que nada de esto —ni menos todavía en una entera pieza— se remonte a estratósferas de poesía. Pero aún sería más falso, y del todo injusto, aquel decir —con el Marqués de Valmar— que, pese a su "corazón limpio y fe sincera", nuestros "inefables Misterios... no le inspiran [a Pérez de Montoro] sino chocarrerías conceptuosas y jácaras chabacanas", haciéndolo "incurrir involuntariamente en una verdadera profanación"...[10]

EL MAESTRO D. MANUEL DE LEÓN MARCHANTE

Otro olvidado autor de Villancicos en la Península, y poeta mucho mayor, es el Maestro D. Manuel de León Marchante (Pastrana, 1631-Alcalá, 1680), Capellán honorario de S. M. y Racionero de la Colegiata complutense de S. Justo y Pastor.[11]

El propio único tema armonizado por los Ángeles de Belén —al que, también aquí, nos ceñiremos por brevedad—, sabe cantarlo a veces León Marchante con límpida y risueña voz de plata pueril, o con dulce "voz baja", íntima y lírica:

Al Niño-Dios que se humilla,
darle dijes mi fe trata;
y así, mi voz, que es de plata,
Le ofrezco de campanilla...
    Ofreciendo al Dios Humano
uno y otro gorgorito,

será mi voz pajarito
que el Niño tenga en la mano...
¡Ay, que soy
dulce jilguerillo de gala y primor!
¡Ay, que soy
dulce jilguerillo del Hijo de Dios!...

María y la Nieve / al Niño abrazaron,
que fueron —por limpias— / de Dios relicarios:
en los limpios pechos / luce el *Ecce Agnus*...

Quedito, pasito, / no inquietemos, no:
que el Ave-María / está en oración...
Suspended la voz,
y por más fineza / hable el corazón...

Una Tórtola amorosa, / por ser de María imagen,
busca al Niño, porque tenga / quien Le arrulle y quien Le cante:
la Tortolilla
misteriosa cantaba y lloraba; mezclaba
llanto con risa...

Otras veces, serán las jubilantes danzas folklóricas "de toda
gente, y lengua, y pueblo" de España:

¡Ande la Gaita, que suena del Cielo!
¡Ande la Gaita, que Amor es gaitero!...
¡Quedito, gaitero, que dorme o Cordeiro!
¡Ay, galleguiño, quitay zapatiño!
¡Quedito cantay, quedito bailay,
queditiño!...
¡Non despertéis con o ruido a meu Niño!...

¡Chaz, chaz, chaz!
¡Vaya de fiesta, de baile y solaz!...
¡Qué bien suenan las castañetillas
que repican las Gitanillas
y en dulce armonía las hacen hablar,
y el Niño de Perlas / suspende el llorar
al ruido sonoro / de su bailar!...

Esta Noche, los Negros que al Niño buscan,
con caras de Tinieblas traen Aleluyas...
Con las blancas pastoras, las de Guinea
son tablero de Damas, blancas y negras...
—Con la Noche que zá en tiniebla,
¡tura la Branca zá vuelto Negla!
Con la Nieve que el frío arranca,
¡tura la Negla zá vuelto Branca!...
—Al sonecillo indiano del Zarambeque,
¡teque, teque, reteque, teque!...

Con su estilo vulgar, la Zagala,
compuesto de frases de aquí para allí,
por decir cosas dulces al Niño
llegó a verle, llena la boca de anís...
—Mari-Zápalos soy, Niño mío,
aquella Zagala de Vacia-Madrid...,
porque el culto del Gozo cristiano
lo aumenta esta Noche cuanto hace reír.
Que yo venga vestida de verde,
ha habido quien muerda; mas viéndote a Ti,
si ésta es Noche que triunfa la Carne,
no es fuera del caso traer perejil...

Otras, presenta al Niño y a Su Madre dulces requiebros, y
para Él desherrumbra viejos joyeles, o trenza en luminosas guir-
naldas el vocablo precioso y el fino verso:

Niño hermoso, que ardiendo de amores
al hielo nacéis, ¿qué Os diré?
¡Diré que sois en Oriente
—precioso, florido y luciente—
un Fuego, una Perla, un Clavel!...

Flores, fuentes, aves,
¡brillad, reíd, cantad süaves!...

Si a media noche Le buscas,
¿cómo has de encontrar al Sol?
Si es la Flor, ¿cómo en Diciembre
quieres encontrar la Flor?
—¡Ay, ay, ay, que ése es mi cuidado!
¡Ay, ay, ay, que sin duda es Amor!...

Sus tocas hizo pañales / María, y al Niño muestra
su cabello, cuyas luces / le hacen de oro la cabeza:
porque es costumbre
muy del Sol, cuando nace, / dorar las cumbres...

Dió con flores el Fruto / la Virgen Madre,
y entre pajas Le pone / para guardarle...
En los brazos del Alba / nace el Sol tierno;
cuando sale la Luna / sale el Lucero...

Nítidos alumbran Astros,
cándidas respiran Flores,
cuando nace el bello Infante
con quien se eclipsan y encogen
nítidos Astros, cándidas Flores...
Rústicas humildes Pieles,
Púrpuras igualan nobles,

cuando Pastores y Reyes
besan Sus plantas, conformes
rústicas Pieles, Púrpuras nobles...

Yo no sé qué se tiene estos días la Aurora,
que parece que ríe y que llora...
   Yo no sé qué se tiene el Diciembre nevado,
que ha salido galán como el Mayo...

Otras, reviste de sonrisa alada la Doctrina espiritual más justa
y propia de aquella Noche:

¡Zagalejos, llegad y advertid
los extremos que ofrece la Noche Feliz!
   Madre y Virgen, Alba y Sol;
¡ésos son los extremos: el Fruto y la Flor!
   Ved Sol y Escarcha en Belén;
¡éstos son los extremos: helarse y arder!...

Ya Humanado, ya Divino, / tiene Niño, tiene Eterno,
entre pajas, entre Estrellas, / tiempo poco, mucho tiempo.
¡Ved los extremos:
Su principio, no hallarlo; / Su fin, no haberlo!...
   Pequeño se hace el Gigante, / gigante se hace el pequeño;
cuando me ama, cae en tierra; / si Le adoro, toco al Cielo...
¡Ved los extremos:
Él en mí Se anonada, / yo me engrandezco;
¡es Su amor, pobre tierra; / mi Amor es Cielo!...

Esta Noche, la llaman / la Noche Buena:
para todos de gozo, de gusto, de gloria,
¡y a Dios, de pena!...

Yo he visto a Dios-Niño / diamantes llorando,
y vertiendo muchos / no salen baratos...
   Mis ojos enjuga / Dios que está llorando,
que de un llanto suele / ser lienzo otro Llanto...

¿Por qué lloráis, Niño mío? / Mas ya la causa no ignoro:
lloráis, mis Ojos, sin duda, / porque no lloran mis ojos...

Y otras, por fin —dejando a un lado innumerables primores
que nos asedian—, entre el libre estallar del alborozo, destila más
de un diáfano axioma (igual que Montoro), apologético de ta-
mañas "alegres tropelías" que en buena parte integran —desde
siempre— la poesía navideña hispana:

No cesaban los Pastores / de fiestas, bailes y risas...:
¡que esta Noche, aun el turrón / está lleno de alegría!...

¡Vaya de baile, de gozo y de fiesta,
y baile todo el Mundo, que todo está de vuelta!...

Esta Noche, estar loco / es estar cuerdo...
Es cierto que Dios gusta / de estos festejos;
que es de Dios la voz, dicen, / la voz del Pueblo:
¡y en la Noche que Dios ha nacido
son locos los cuerdos!...

¡Vaya de juego,
que pues Dios es Niño / gustará de ello!

¿Cómo este "jilguerillo", de tan excepcional "gala y primor",
pudo llegar a ser un tan perfecto desconocido? Ni Cejador lo
nombra —aunque incluye, anónimas, cosas suyas—; ni acaso otro
ninguno, en lo moderno, salvo Hurtado y Palencia,[12] que sólo
aluden a su "popularidad grotesca" y sus "obras de mal gusto",
al sancionar —muy a la ligera— la sátira contra "algunos poetas
ínfimos" de don Leandro de Moratín, cuando —en su tan gus-
tosa como injusta *Derrota de los Pedantes* (1789)— creyó po-
der befar impunemente "las coplas del célebre León Marchante,
dulce estudio de los barberos"... Y sin embargo, en tales "co-
plas" así humilladas, hay mucha más inspiración y hechizo, mu-
sical y cordial, que en toda la muy docta pulcritud de Inarco
Celenio. Porque éste, en su "cantata" a la Venida del Mesías
(Los Padres del Limbo), pensó ponerles cátedra a los "ineptísi-
mos" autores de Villancicos, "tan indecentes y chabacanos";
pero —pasando de su altiva nota a sus pétreos versos— lo más
suave y gracioso que nos brinda, ante el Dios-Niño, es el llamarlo
"Jefe temido" y "segundo Legislador"...[13] Junto a la gracia
enamorada y cándida del viejo Maestro, nos resulta el olímpico
don Leandro, si no un alma de cántaro, sí, a lo menos, de ánfora
etrusca. Y por grande que sea (como lo es) la parnasiana esti-
mación que en su lugar y a su hora le profesemos, él sale aquí
"el pedante derrotado", y no el objeto de aquel "dulce estudio",
tan merecido.

Por lo demás, también a León Marchante creemos casi segu-
ro que algo le debería Sor Juana en sus Villancicos, según las
verosímiles influencias que ya iremos puntualizando. Y cabe aven-
turar que el puente transatlántico entre ellos sería el P. Diego
Calleja, S. J., su futuro biógrafo y asiduo corresponsal, que —des-
de su Colegio Imperial de Madrid— colaboró con el Maestro de
Alcalá en tres de sus Comedias sagradas.[14]

DON EUGENIO GERARDO LOBO

Sólo agreguemos ya —nombre aquí tercero, y algo menos desco-
nocido— al toledano Don Eugenio Gerardo Lobo (1679-1750),
que todavía rimó unos *Villancicos* en la Profesión de Dña. To-
masa Oloriz y Nadal, en Zaragoza", aunque curiosamente —sig-
no del nuevo tiempo— subtitulados "Cantada" y divididos en
"Recitados", "Arias" y "Minués", entre otras "Tonadas"...[15] Y
he aquí —dichosa edad—, cómo aquel bizarrísimo "Teniente
General de los Reales Ejércitos y Gobernador Militar y Político
de Barcelona", y en lo más de sus obras literarias, jocoso ingenio,
sabía también cantar el místico Epitalamio del Claustro:

> Bien sabes, Pastor, / Galán Soberano,
> que cuando Tu mano / de nieve más pura
> entró en la abertura de mi corazón,
> que ya me tenías / enferma de amor...

> Pastor enamorado,
> Verdad, Luz y Camino:
> si es Tu Nombre aquel óleo derramado
> que para todos la salud previno,
> con razón las más bellas
> Te adoran siempre, cándidas doncellas...

> Mientras Tú te reclines
> en el feliz descanso,
> me dará suavidades
> pura fragancia del Divino Nardo...
> El uno para el otro
> seremos, en un lazo,
> hasta que expire el día
> y se acerquen las sombras del espanto...

Ya entra la triunfante Esposa / en el jardín que plantó
ciega, aunque santa, la Fe; / ciego, aunque lince, el Amor...
Ya empuña la inextinguible / clara luz, por quien echó
el óleo la Caridad / en el vaso del fervor...

> Vén al Monte escabroso
> del Incienso y la Mirra penitente,
> Paloma, Hermana, Amiga; pues ansioso
> de coronar tu frente...,
> te busqué, en testimonio
> de Mi fineza, por el Valle frío,
> Mi cabeza bañada de rocío...

III.   VIDA DEL VILLANCICO EN LA NUEVA ESPAÑA

Hora es de retornar —y remontar— al Mejicano Quinientos, para —en este otro círculo concéntrico, y ya más próximo— signar las paralelas floraciones de este género lírico en nuestra tierra, "cuando era y se llamaba Nueva España", y enmarcar algo menos vagamente esta labor de Sor Juana Inés, la cual, también aquí, luciente mas no desierta, cumple aquel regio símil de Rubén —cantado por su aire suave—:

Sol con corte de astros en campo de azur...

LOS VILLANCICOS SUELTOS, HASTA ESLAVA
Y SU LARGA ESTELA

Narrando Motolinia ciertas fiestas de la Encarnación, en Tlaxcala, 1538, y describiendo el *Auto de la Caída* de Adán y Eva —"representado por los Indios en su propia lengua", y "tan bien..., que nadie lo vió que no llorase muy recio"—, consignó su remate castellano, en que "los Ángeles se fueron cantando..., en canto de órgano, un *Villancico* que decía:

¿Para qué comió
la primer casada,
para qué comió
la fruta vedada?
La primer casada,
ella y su marido,
a Dios han traído
en pobre posada,
por haber comido
la fruta vedada..."

Ingenua y melodiosa cancioncilla, que si no fué "la muestra más antigua de la poesía colonial" (Icazbalceta) —puesto que la preceden el anónimo romance "En Tacuba está Cortés"..., y los "Maese-Pasquines" de Coyoacán, y el tercetillo del "Ave Fénix", la culebrina de oro y plata que envió el Conquistador al César Don Carlos—, sí es la primer poesía hispana que hallamos endulzando bocas indígenas, apenas franqueado el abismo del

"atambor muy doloroso del Huichilobos" al dulce "canto de ór-
gano" de estos Ángeles Indios.[16]

Respecto de los mismos Naturales, sabemos además —por
Mendieta— que "el primero que les enseñó el canto (europeo),
juntamente con Fray Pedro de Gante, fué un venerable sacerdote
viejo, llamado Fray Juan Caro", de suerte que ya "pocos años
después, comenzaron ellos a componer de su ingenio *Villancicos*
en canto de órgano y alguna Misas", y también "*Villancicos* en
su lengua" —como lo precisó el propio Motolinia—. Y cuando,
allá igualmente a los principios, nombró el Cabildo de la Cate-
dral de Méjico al Racionero Campoverde, en 1543, para que cul-
tivase a los Infantes del Coro, descollaron al punto "en las *chan-
zonetas* de Pascua y de Navidad"...[17]

Villancicos, también —uno, muy bello, de Nochebuena:

> Virgen de Virgen nacido,
> Ella Pura y Puro Vos...—,

los tiene el "Cancionero" (Ms. hacia 1570) del aún peninsular
Pedro de Trejo, casado ya por 1561 en Guayangareo (hoy Mo-
relia) y luego avecindado en Zacatecas y Lagos.[18] En su gil-vi-
centino "Desposorio Espiritual entre el Pastor Pedro (el Arzo-
bispo Moya de Contreras) y la Iglesia Mejicana", en traje pas-
toril" (Méj., 1574) —que es "la primera producción teatral de
ingenio criollo en el Nuevo Mundo" (Rojas Garcidueñas)—, el
Pbro. Juan Pérez Ramírez, natural de Méjico e hijo de Conquis-
tador, esmaltaba igualmente la alegoría de su égloga teológico-
popular con lindos cantarcillos como éste:

> Pues Menga tiene tal gala
> y su Esposo gracias mil,
> ¡viva tan bella Zagala
> para Zagal tan gentil!...[19]

Y en las fiestas de nuestra capital a las Reliquias que le envió el
Papa Gregorio XIII, por octubre de 1577, un Diálogo hispano-
latino del Colegio de S. Gregorio incluía "muy buenas canciones
y *villanescas*", y la *Tragedia del Triunfo de los Santos* coronaba
sus actos II y V con sendos "Villancicos" que llevan tal nombre
expreso, y tratan de la Iglesia en las Persecuciones y en la Paz
que les sucedió:

> —¿Por qué va llorando / la Esposa de Dios?
> —Llora por hacer / que no lloréis vos...

El Saber Divino / dió Su paz y amor,
dando a Constantino, / Magno Emperador...[20]

Mas quien "se levantó con la monarquía" del género —durante este siglo inicial— fué el grande y mejicanísimo *Hernán González de Eslava* (1534-1601?), nacido aún en España pero venido desde 1558 a nuestra ciudad, donde maduró su cultura y recibió el Presbiterado antes de 1579, y cuyos "Coloquios Espirituales... y Canciones Divinas" (Mej., 1610) abundan cabalmente en "villancicos y ensaladas" comparables con "lo mejor" (ha dicho Don Marcelino) de la estirpe que va de Montesino a Valdivielso y a Lope, con toda su infantil emoción, límpida música y viva asimilación de lo tradicional, ora celebre al Niño-Dios, o a Su Madre, o al Pan del Alma, o ya a Santa Úrsula y su clara legión de Vírgenes Mártires.

> —¿Viste, Pascual, un Chiquillo
> en un portal derribado?
> —Vilo, y vengo enamorado
> de tan lindo Pastorcillo...

> —¿Qué hacéis en el suelo, / Pequeño, llorando?
> —Ando procurando / hombres para el Cielo.
> —¿Por qué estáis al hielo? / —Pecador, por ti.
> —Si yo Os ofendí,
> ¿quién Os forzó a Vos / a morir por mí?...

> —¿Qué es cosa y cosa,
> que entra en el mar y no se moja?
> —¡Ése es el Sol, pienso yo!
> —Es la Virgen celestial,
> que en el mar del mundo entró
> y culpa no La mojó
> de pecado original...

> Da dulzor divino
> la Vid verdadera,
> porque yo no muera...

> Bebed de la fuente / del agua de vida,
> que siendo bebida, / más sed no se siente...
> Por la crïatura / tal agua ha manado:
> del Sacro Costado / salió su corriente...

> Pajarito que vas a la fuente,
> ¡bebe y vénte!...

> Once mil Estrellas
> suben hoy del suelo,
> bellas, bellas, bellas,
> para que con ellas
> más se adorne el Cielo . . .[21]

Y en ese propio círculo de Eslava, podemos agrupar otros nombres y obras. Así, el soldado toledano *Juan Bautista Corvera,* vecino de Guadalajara y dueño de minas en Comanja, autor de una Comedia Pastoril representada en Méjico ante el Virrey y el Arzobispo en 1551, aquí mismo rimó algunas *"Chanzonetas* y Motetes"* para la Iglesia Mayor; y del *P. Dr. Pedro de Hortigosa, S. J.,* que vino de su España en 1575 y aquí murió en 1626 —"alma del Concilio Mejicano III°" y eminente catedrático de Teología a quien apellidó nuestra Universidad "sol y maestro universal de estos reinos"—, poseemos una fresca "Ensalada" y otras Letras cantables a S. Miguel, que a ruegos del Dr. Moya compuso, allá por 1586, para Catedral:

> El gallardo San Miguel / que en nombre de Dios pelea,
> delante del Rey divino / escaramuza en la vega...

> ¡Hola, marino, queráisme ayudar,
> que no sé nadar!
> —Toma un cabo, tente en él:
> espera en Dios, que es fiel,
> y no ya en tu fuerza sola.
> —¡Hola, que me lleva la ola,
> que me lleva a la mar! . . .[22]

Por ese mismo tiempo, a fines del xvi, un Anónimo *"Panegírico de la Anunciación",* Ms. en nuestra Biblioteca Nacional, tiene una graciosa "Letra" que cantaron los Ángeles ante el "fíat" de la Virgen:

> ¡Dichoso *Sí,* pues con él
> queda el hombre libertado,
> y María ha granjeado
> un tan hermoso Joyel! . . .[23]

También en el Anónimo *"Coloquio de la Conversación y Bautismo de los Cuatro Reyes de Tlaxcala"* (Ms. de 1619 en la Universidad de Tejas) asoma un delicioso Villancico eucarístico:

> Pedid, alma, y daros han
> mucho más que pidáis vos;

que si pedís pan por Dios,
os darán a Dios por Pan...[24]

Y el *"Códice Gómez de Orozco:* un Ms. Novohispano del
XVI-XVII", que editamos nosotros mismos,[25] destella con no pocos
Villancicos encantadores de varios temas (a la Visitación, al Smo.
Sacramento, a los Santos Reyes, a un Velo de Monja), y mu-
chos, sobre todo, de Navidad:

Entre unos pastores / vi un Niño metido;
y aún no es bien nacido, / ya muere de amores...

    —¿No sabes, Gil, qué he pensado?
    —¿Qué, zagal?
    —Que pues Dios viste sayal,
    no vale nada el brocado...

De ver la Doncella / me toma cariño,
por gozar del Niño / y servirla a Ella...
    Así como está / llorando el Mozuelo,
es la Flor del Cielo / y el placer de acá...
    Es una Zagala / tan rica y tan bella,
que ha nacido d'Ella / la Flor de la gala...
    Por ver a María / con tanta lindeza,
y aquella grandeza / que a sus pechos cría,
el manso daría / y cabra más bella:
por gozar del Niño / y servirla a Ella...

Luego, ya plenamente en el XVII, entre la fina prosa de *"Los
Sirgueros* [o Jilgueros] *de la Virgen"*, novela sacro-pastoril del
Pbro. Lic. Francisco Bramón (Méj., 1620), relucen por su cán-
dido primor algunas "letras" a la Purísima, o ciertos sonecillos
de infantil alborozo y gracia folklórica, como esa danza azteca
—un claro albor de las de Sor Juana— que cierra, entre el redo-
ble y el espejear de teponaxtles y plumerías, su breve Auto de *El
Triunfo de la Virgen:*

Linda entre mujeres / es la Nazarena,
bella y agraciada / de color morena...
    La culpa de Adán / dejó ya vencida,
que Dios para Sí / la tuvo escogida...

¡Bailad, Mejicanos; / suene el *Tocotín,*
pues triunfa María / con dicha feliz!...[26]

A su vez, el *Pbro. Br. Arias de Villalobos,* venido acá muy
niño de Jerez de los Caballeros, incluye en su "Obediencia que

Méjico dió a D. Felipe IV" (Méj., 1623) varias *chanzonetas* y
romances que él propio destinó "para las Vísperas y la Misa en la
Ermita del Patrón" de nuestra Metrópoli, San Hipólito.[27] Y
finalmente, ya en años después —y sólo por ejemplo aislado entre
muchos—, el *"Certamen Poético* de los Estudiantes de la Real
Universidad... a la Inmaculada", en Méjico, 1654, nos ofrece
también algunas piezas sonrientes, de pura gracia en amorosos
conceptos, que no son Villancicos en rigor, pero que sí preludian
a tal o cual de sus tonos y tópicos posteriores, como las "Vayas"
al Diablo, por la Limpia Concepción de María, en que triunfaron
D. *Diego González de Contreras,* o D. *Agustín de Salazar y To-
rres,* aún niño entonces.[28]

Por cierto que éste, *Salazar y Torres* (1642-75), aclimatado
aquí de sólo tres años y "mejicano por su domicilio y educación",
pues no volvió a su España sino en 1660 —donde salió a luz pós-
tuma su vasto caudal poético, de calderoniano esplendor musical
y plástico: "Cítara de Apolo", en dos tomos, 1681 y 1694—, si
escribió formalmente "Villancicos", no lo sabemos (ya que el
tomo segundo nos ha huído); pero las letras líricas de sus primo-
rosas Comedias y Loas —alguna de ellas, sacra, como en *La
Mejor Flor de Sicilia,* sobre Santa Rosalía de Palermo— bastan
para enlazarlo a los de Sor Juana, que de él repetirá ecos casi
indudables.[29]

PRIMEROS VILLANCICOS PARA MAITINES

Y así llegamos a la nueva etapa en que los Villancicos se orga-
nizan en "suites" de ocho o nueve "letras", para su intercalación
musical en el Oficio Divino —según queda explicado en nuestro
esbozo de la Península—.

Cuándo haya principido entre nosotros esa costumbre, es un
tanto incierto. Las primeras constancias que conocemos, datan de
la mitad del xvii, o de muy poco antes, como los anónimos
"Villancicos que se cantaron en la Puebla de los Ángeles en los
Maitines y Misa del glorioso *San Laurencio,* que instituyó y fundó
el Ilmo. y Excmo. Sr. D. Juan de Palafox..., este año de 1648",
igual que en varios otros consecutivos.[30] He aquí, por lindo ejem-
plo, este sublime y tierno diálogo, en pareados de "gaita gallega",
donde habla S. Lorenzo ya en la parrilla, y que tomamos de ésos
de Puebla en *1652:*

> —¿Cómo te va, Laurencio, en la brasa?
> —¡Cómo me ha de ir, con Amor que me abrasa!...
>   —¿Cómo te va, con Decio y con Dios?
> —¡Bien, pues me queman hoy juntos los dos!
>   —¿Cómo te va, Mancebo valiente?
> —¡Cómo me ha de ir, si por Dios soy paciente!
>   —¿Cómo te va, Corderito tostado?
> —¡Mucho mejor, pues me vuelven de lado!
>   —¡Soplad, soplad!... —¡Socorred, Señor,
> que es mayor el incendio de Vuestro amor!...

Y en la propia Angelópolis, añadamos los de la *Navidad de 1651*, también anónimos, donde hay cosas muy delicadas:

> Este Sol que madruga / tan a lo fino,
> en los brazos del Alba / se ha detenido...
>   Vió la Nieve lo puro / del Pecho blanco,
> y corrida deshizo / todos sus ampos...,

amén de obvios recuerdos para Sor Juana, como este así "fablante" principio:

> *Salud y gracia sepades,* / que os vengo a cantar verdades...

En cuanto a la Cabeza del Virreinato, diríase remontar este nuevo uso (y el de publicarse sus letras) hasta 1638, ya que el *Diario* de Robles, hablando de la fiesta de S. Pedro en nuestra Catedral, apunta en 1678: "No hubo Villancicos impresos (por la suma escasez de papel), sin ejemplar desde... ha más de cuarenta años"... [31] Y así también, del *P. Antonio Núñez de Miranda, S.J.* (1618-95), sábese —por su biógrafo el P. Oviedo— que, al cursar Teología entre 1640 y 44, escribía "con suma facilidad y primor" muchas "poesías latinas y castellanas", y "era fama común que casi no se cantaba Villancico alguno en las Iglesias de Méjico, que no fuese obra de su ingenio"...[32]; aunque, a decir verdad, de éstos no consta que se tratara ya de "juegos completos".

Los primeros, con todo, que hoy tenemos ya en dicha forma —mas aún éstos, bajo otro más rancio nombre—, son unas *Chamzonetas...* de S. Pedro en la Metropolitana de Méjico, *1654*, cuya anonimia es muy de lamentarse por su excelencia, tanto en alguna estampa —muy del Bosco y nuestro Posada—, donde suegras y cojos y difuntos, por sus bíblicos nexos con el Apóstol, le trenzan su girándola quevedesca (que es lástima no quepa ejem-

plificar), cuanto en la "linda flor" de su cristalino y suave lirismo
y el júbilo saltarín de sus "ritornellos":

> ¿Quién es éste que pisa / las olas del mar
> sin ajarle los rizos / a su cristal?...

En demandas y respuestas, / Pedro y una fregoncilla
andan, ella por cogerle, / y él, negando a pie juntillas.
> —Yo le vi, yo le vi con Nazareo,
> ¡hétele aquí,
> que le vide como le veo,
> y le miro como le vi!...

¿Este morir qué será? / —Es un dichoso nacer:
para el mundo, de cabeza, / y para el Cielo, de pies...

> En la playa, Barquero, te espera la dicha:
> ¡ay, rema, rema, / coge la brisa!
> ¡Ay, rema y boga,
> que en el agua te faltan los peces,
> y en la playa los peces te sobran!...

> ¡Ah, qué lindo sosiego, / qué linda flor,
> mano sobre mano / gozar del Tabor!
> —¡A la mar, a la mar, / a ser Pescador!
> ¡A la tierra, a la tierra, / a ser Pastor!...[33]

En los próximos lustros, por lo demás, no hallamos hasta
ahora otros Villancicos aquí cantados, salvo unos de S. Pedro,
1673, por el *Pbro. Br. D. Diego de Ribera,* poeta de no escasa
producción y de ilustre importancia en varios géneros líricos:

> ¡Pastores del valle, / que os llama el Amor!
> Dejad los rebaños: / veréis llorar hoy
> a la Piedra Pedro / el yerro que obró...;

y luego, varios ya en 76, en que principian los de Sor Juana, y a
partir del cual año, hasta finales del siglo, sí han llegado a nos-
otros numerosísimos, en cadena ininterrumpida y de los más
diversos temas y autores. Pero de que entre tanto los había, no
puede dudarse; y más, cuando nos constan, en tal lapso, varios
de otras ciudades. Del célebre Indio músico, Juan Matías, Maes-
tro de Capilla por quince años en la Catedral de Oajaca, hasta
su muerte en 1666 ó 67 (y autor, a lo que dice el P. Burgoa, de
un tratado de su Arte en que "redujo la armonía a un círculo
perfecto"), se sabe que compuso —a más de Misas y otras obras

mayores— "muchos Villancicos y Chanzonetas"...[34] Y de *Puebla*, podemos mencionar todavía muchísimos, desde a partir de 1666, con algunos —Anónimos— estimables, como los de la Concepción en 1667:

> —Decidnos, Serrana,
> ¿cómo sois tan blanca?...,

o los del mismo día de 1674, con alguna preciosa "jácara":

> El Valiente de mentira / que fué un tiempo Estrella errante,
> en hábito de Culebra / baja al más florido valle...
>   Quebróle, en fin, la cabeza / la Niña con muchas sales,
> la Aurora de muchos soles / que en gracia sale de Madre...;

o bien, estotros' de la Nochebuena en 1673:

> ¡Éste sí que es el Niño más bello,
> Éste sí que es el más lindo Amor;
> Éste sí, que Sus flechas dan vida;
> Éste sí que las almas rindió!...
> ¡Éste sí que es mi Niño gracioso;
> Éste sí que los otros no!...

POETAS DE LOS AÑOS DE SOR JUANA

Ya durante los años más estrictos que vieron señorear a nuestra Jerónima en tal dominio, varios son los poetas memorables —y aun algunos, nada mediocres— con los que ella vendría alternando.

Así, el "discreto y valiente" Capitán, *D. Alonso Ramírez de Vargas* (fl. 1662-96), noble criollo de Méjico y Alcalde Mayor de Misquiguala, "floreciente en toda sabiduría" (al decir del Dr. Eguiara), y de cuya multiforme labor poética destacamos en otra oportunidad la subida ley, tiene en sus Villancicos de S. Pedro, en Méj., 1685 (anóns., pero suyos), alguna letra tan exquisita como el romancillo que empieza:

> Soberano Apóstol, / que Amor te subió
> de humilde barquero / a ser Vice-Dios...;

y campea, finamente popular y cultista, a un tiempo, y ducho en juegos melódicos, en los que dedicó a la Natividad de María, en Méj., 1689:

...La que, teniéndose / por Sierva párvula,
juzgarse Mínima / tuvo por máxima,
    de las estériles / ya plantas áridas,
con pompas fértiles / nace, Flor cándida...

...Despidan aromas las flores,
desciendan del Cielo las aves,
y en voces de olores, con ecos fragantes,
el clarín del Olimpo
rasgue zafiros y rompa celajes...

¡Porque suene glorioso / siempre su Nombre
en el Aire, en la Tierra, en el Mar, en los Orbes!
¡Porque de sus Albores / vivan más claros
las Luces, los Signos, la Luna, los Astros!...[35]

Ese mismo último año, en Puebla, el *Pbro. Lic. D. Antonio Delgado Buenrostro,* sevillano de cuna, mas formado acá desde niño entre los familiares del V. Sr. Palafox, y luego insigne orador sagrado ("Panegíricos", Sevilla, 1679), rimó los Villancicos de la Asunción:

¿Quién es, decidme, Aquélla / de quien, como del Alba
el Sol, el de Justicia / nació de sus entrañas?...,

y ya en 86 los de la Purísima, donde —amén de graciosas alegorías: la Virgen, "Libro Nuevo" y "Reina de las Flores"— luce un logrado "Villancico Castellano-Latino":

Phoenix divina, Maria, / si alta mente te praeservas...[36]

En la propia Angelópolis, se destaca otro poeta —hasta hoy del todo olvidado—, *Fray Nicolás Ponce de León,* Agustino poblano, cuyos fueron los Villancicos de la Asunción en 1684 y 86, y los de S. Pedro en este año posterior, y que —entre los primeros— tiene varios hermosos, como uno de "las Aves" (¿Qué *Ave* será María? No Fénix, ni Paloma, ni Águila, ni Pavón, sino "Ave de Gracia"...); u otro en que Dios ordena que esta Niña esté en el Cielo *"en cuerpo,* por mayor gala"...; o uno latino, en pentasílabos esdrújulos, muy sorjuaniano:

O Virgo Virginum, / gressus accelera! ... ;

o una muy linda "jácara", de la Zagala que el Sol abrasa y abraza, y de donde siquiera desprenderemos su encomio de tal *són* alegre y popularísimo:

Atiendan, oigan, escuchen / el són de mi Jacarilla,
que en tiempo de tanto gozo, / todo el mundo *jacariza:*
　hasta el más pobre arroyuelo / y más clara fuentecilla,
a impulsos de tanta gloria, / se van cayendo de risa.
　Y ésta es la Jacarandana, / y ésta es la Jacarandina...[37]

En idéntico metro y modo latino que el de Ponce de León
—y tan de Sor Juana—, está la flor más bella de otros Villanci-
cos de Navidad, en Méj., 1682 —pero éstos, no para Catedral,
sino para el Convento de Santa Clara—, por otro igual de noble
y de desconocido poeta, el *Pbro. Br. D. José de la Barrera Va-
raona:*

> *Jam Sol clarissimus / Iustitiae nascitur
> nive candidior, / igne flammantior...
> 　Per Caelum dulcibus / resonat cantibus
> et gloria Superis / et pax mortalibus...
> 　Induta floribus / terra fragrantibus,
> celebrant lilia / Lilium convallium...;*

y éste allí mismo abunda en otras "letras" de tanta suavidad co-
mo limpidez:

> Cuando del tiempo airado
> en lo más rigoroso
> nace el Verbo Sagrado
> en el disfraz hermoso
> de un peregrino Infante,
> tierno David contra el mayor Gigante...,
> 　todo el aire es dulzuras;
> el campo en sus primores
> es teatro de hermosuras;
> todo el Cielo es fulgores:
> y en tanta gallardía,
> la mitad de la Noche es mediodía...

> Aquel Príncipe del Cielo / sin el cual nada se anima
> *(sine Ipso nihil est factum,* / porque a todo sér da vida);
> 　Aquél en cuya belleza / nieve y grana están unidas,
> *Candidus et rubicundus,* / como la Esposa Lo admira;
> aquel cándido Cordero / que en busca de su querida
> entre lirios se apacienta, / *Qui pascitur inter lilia...;*
> este, pues, Rey Soberano, / hoy al mundo santifica,
> *mundum consecrare volens,* / naciendo por nuestra dicha...[38]

El *Pbro. D. Ambrosio Francisco de Montoya y Cárdenas,* por
su parte —otro poblano y "Párroco de Topoyango"—, nos dió
los Villancicos de la Asunción, en Puebla, 1687, de alegre fan-
tasía y tersa factura en su "jacarandina" al "Arcaduz" de la

Gracia, o sus romances latinos, o sus ágiles "muiñeiras" y sus finas aliteraciones:

> ...La que con una palabra, / de aquella bóveda azul
> hizo que bajase el Verbo / a abreviar Su plenitud...;
>   el Arpa cuya armonía / anima tanta virtud
> que huyen de Ella los demonios / que atormentan a Saúl...,
>   unos y otros la celebran / en muestras de gratitud,
> los Ángeles como Reina, / los Hombres como Salud...

>   No así ligera sube
>   garza nevada de argentada pluma...

> *Caeli florescunt flammae, / terrae flammescunt rosae:*
> *Aura sufflante Diva, | Olympi est sospes Hospes...*

>   ¡Ay, cómo sube! Mas ¡ay, cómo vuela,
>   pues más alta la vemos que los Planetas!...

>   Triunfante la Reina *sube* / en su Asunción, porque *sabe*
>   pisando perlas, ser *Nave;* / astros abatiendo, *Nube* ... [39]

El *Pbro. Br. D. Francisco de Azevedo* —aquel que cedió a Sor Juana el primer sitio en uno de los certámenes del "Triunfo Parthénico"— labra los Villancicos de la Asunción, en Méj., 1689, de los que evocaremos dos breves rasgos:

>   Explicación del *Arco Triunfal*
>   con que el Reino Celestial
>   a María aclama...;
>   que a María su Reina el Cielo pregona,
>   ¡porque Ella es de sus Coros la Corona!...

> Coronando luces bellas, / su Cabeza es un Carmelo;
> como es Cielo, / hace a todos ver Estrellas...
>   Por sus Pechos, una voz / alabó de Dios los hechos;
> tales Pechos / son para alabar a Dios... [40]

Mucho más importante, a nuestro propósito, es el *Pbro Br. D. Gabriel de Santillana,* en sus Villancicos de S. Pedro y de la Natividad, los unos y los otros para Méj., en 1688, en donde se señala por el ritmo juguetón de sus estribillos, por sus coplas de Negros —muy "sorjuanescas" en el cándido ingenio y la piadosa ternura— y por sus "Cánticos a la más bella Infanta", cuya estilización de ese decasílabo pudo ser la inicial imitación —o el inmediato modelo— de aquella "Lámina sirva el Cielo al retrato"..., en que Sor Juana pintaba a "Lysi":

Jilguerillo sonoro y süave,
bate las alas, tremola las plumas...
¡Ay, qué Belleza, que el alma La Busca!...

Corred los velos de nácar, / Serafines, a la Aurora,
y cobre en flamantes reflejos la Esfera
cuanto candor le usurparon las sombras...

Órganos de los aires, sonoros
Pájaros, que acuchillan los vientos,
éxtasis Le tributan, acordes
números, continuados gorjeos...

—¡Hola, Monicongo! / —¿Qué quele, Mandinga?
—Mandamo musotro, / si nace Malía,
hacello uno fiesta / li galantelía.
—¡Vaya nola buena / cun mucho aliglía!...
—¡Ho, ho, ho, ho, ho,
qui mi salta, mi brinca, mi bulle
mi colasó!...

¿A dónde Pedro se iría / a llorar con sus corrientes?
Mas si eran sus ojos fuentes, / al Mar se fué de María.
¡Oh cómo recibiría / llanto que nació de amar!
—¡Al Mar, al Mar, al Mar!...[41]

Finalmente, D. *Felipe de Santoyo y García,* toledano, pero
aquí empleado de la R. Audiencia, e "ingenio ameno y dedicado
a la poesía" —como se reveló en varias otras obras—, cantó unos
Villancicos a Nuestra Señora de Guadalupe, en nuestra Metro-
politana, 1690, tan vivamente llenos de "conceptos" dichosos,
como cándidamente llanos en su lenguaje:

De América en el desierto / y en lo escabroso de un Monte,
Patmos de la Nueva España, / otro nuevo Juan se esconde...

Vengan a ver una Zarza
que arde, que brilla, que no se consume,
y toda de flores y rayos corona
los llanos, los montes, los valles, las cumbres...

¡Pronóstico que publica / el más florido Milagro,
que dice que habrá en las Indias / rosas para todo el año!
¡Veráse el Signo de Virgen / en el Cielo Mejicano!...

Una vez se transfigura / el Verbo Humanado, y miro
que en María fueron dos: / una en rosas y otra en brillos...,
y de la América forma Tabores
con un Juan y Diego, sin Pedro y sin Cristo...

Las luces acrisola, / sola Flor bella;
Ella es Planta amorosa, / Rosa, Azucena...

Y por cierto que suyos son, también, el puro halago melódico y la íntima sugestión de este otro estribillo que hoy —tan lejos de las músicas y luces de nuestra Catedral en tales calendas— nos subraya el remoto encanto de toda aquella arcaica —y auroral— primavera de Villancicos:

¡En ecos a María / canten acentos,
porque a lo lejos se oigan / de Ella los ecos!
¡De lejos vienen,
y sólo percibirse / los ecos pueden!...[42]

NOMBRES MENORES Y OBRAS POSTERIORES

Todavía, sin embargo, a más de tales ocho nombres mayores —y de varios Anónimos de esa edad, a que después nos referiremos—, cumple aludir siquiera a algunos otros, aunque ya de menor valía. Tales, los del *Pbro. Br. Pedro de Soto Espinosa*, con los Villancicos de S. Pedro, en Puebla, 1689; el *Br. D. Juan Alejo Téllez Girón*, con los de S. Pedro, Méj., 1686 ("Pescador de los Cielos, / péscame el alma!"...); el *Br. Silvestre Florido*, o sea *D. Antonio de Morales Pastrana* (según la nota ms. del ejemplar que hemos visto), con los de S. Pedro, Méj., 1682; *Fray Nicolás Mejía*, de la Merced (según la indicación ms. del ejemplar anónimo que estudiamos), con los de S. Pedro Nolasco, Méj., 1682; el *Pbro. Dr. D. José de Mora y Cuéllar* (declarado en análoga nota ms.), con los de la Asunción, Méj., 1682; y *Cristóbal Fernández Pardavé*, con los de S. Pedro, Puebla, 1681 y 83.[43]

Y aun saliéndonos ya de nuestro límite cronológico —por completar un tanto en sus grandes líneas este rápido esquema del Villancico en la Nueva España—, apuntemos siquiera cuatro o cinco entre las muestras más tardías del género, hasta muy avanzado el siglo XVIII.

Así, del primer tercio del Setecientos, baste anotar los de la Asunción, en Méj., 1717, por el *Pbro. Br. D. Pedro Muñoz de Castro* —lírico ya del "Triunfo Parthénico" en 1682, y uno de los postreros supervivientes de los coevos de nuestra Poetisa—, que allí luce un "Vejamen" a la Muerte y una nueva disputa de Cielo y Tierra, muy sorjuanianos:

Muerte de mala muerte, / Muerte alevosa...,
¡bien puedes ocuparte / en cazar moscas!
Si triunfa de tus flechas / Nuestra Señora,
podremos bien decir: / *Ubi est victoria?*...

Celeste o Terrena / sobre si es María,
litiga la Tierra, / el Cielo porfía.
Sobre si es María / Celeste o Terrena,
el Cielo porfía, / litiga la Tierra...[44]

Ya a mediados del siglo, unos Anónimos (como los tres que les siguen) para la *Navidad de 1748* en la Catedral de nuestra michoacana *Valladolid* (Impr. Méj., aquel propio año) merecen aún brindarnos esta linda "gaita gallega":

Érase hermoso de perlas un Niño,
Hijo de Dios, y ¡qué bello Chiquito!...
Nace el Chiquito bajado del Cielo
y es Noche Buena no más que por eso...
     "¡Eu, Turibiu, Dumingu, Benitu!
¡Oh Fillio de Deus! ¡Qué lindo Chiquitu!"...
     ¡Ay qué bien suena, deleita y agrada
la tonadilla y el són de la Gaita!
¡Ay qué bien suena y agrada y deleita
la tonadilla y la Gaita Gallega!...;

y los de la misma Noche, allí en la dicha *Valladolid*, al año inmediato (Impr. Méj., 1749) —con violines y violas, oboes y trompas—, nos guardan varias letras de perfecto decoro en la grandeza, o de suavísimo arrullo:

Desciende, desciende,
Señor, que ya es tiempo,
y rasgando los velos celestes
Te sirvan las nubes de carro supremo,
que del céfiro blando mecidas
a la tierra dirijan el vuelo...,
¡y en Tu honor, Hombre y Ángel anuncien
la Paz a la tierra, la Gloria a los Cielos!...

Apelemos al sueño, mi Dueño;
poco a poco, mi Encanto, mi Amor:
¡duérmete, Señor!
No suspires, el llanto detén:
¡duérmete, mi Bien!
     ¡Quedito, quedito, / que ya dormidito
el Niño quedó!

> Con tierna porfía
> Le mecen, Le arrullan Josef y María:
> ¡silencio, pasito, que ya se durmió!...

Lustros más tarde, todavía encontramos, en *Puebla*, los que cantaron la *Natividad en 1764*, con algún delicado primor como éste:

> Coronados de mirtos, / jazmín y grana,
> locos andan los criados / de Joaquín y Ana.
> Todos de regocijo / brincan y saltan,
> que parece la Gloria / toda la Casa.
> ¡Entren los ganaderos, / vean a nuestra Ama,
> que en sus brazos nos tiene / la mejor Alba!...
>
> Sus dos labios de rosa / nos profetizan
> que en un *Sí* que articulen, / la Muerte expira:
> porque su anhelo
> con tal *Sí* ha de traernos / al Rey del Cielo...
> De jazmín son sus manos / albas y limpias,
> y de misericordias / están muy ricas;
> y es ya sabido
> que sus manos levantan / al que ha caído...
> ¡Qué linda Niña,
> que como Alba graciosa / es toda risa!...

Y otros, una vez más en *Valladolid,* para *San Pedro, 1769* (impresos también en Méj.), nos darán —ya por fin— el dulce dejo de esta miel conceptuosa y fina, que glosa pulcramente el canto del Gallo:

> Una misma cosa / Piedra y Canto son:
> ¿por qué a Pedro —Piedra— / da el Canto dolor?
> Es también el Canto / (a otra luz) la voz
> de la Luz Suprema / que a esta Piedra hirió...;

o esta clásica invitación universal a la alabanza de aquel Pastor cuyo cayado todo lo abarca:

> ¡Saluden festivas / las aves, los peces,
> las fieras, los hombres, / la Tiara eminente
> del Príncipe Pedro, / del Pastor alegre
> que, Substituto de Cristo, apacienta
> el amante Rebaño de los fieles!...[45]

IV. LOS VILLANCICOS DE LA DÉCIMA MUSA

Éste fué, pues —en Méjico y en España—, el vasto coro de Villancicos, sobre el cual se elevaron los de Sor Juana. Y después de estudiar y saborear esa clarísima tradición —familiar desde hace años al que esto escribe—, podemos complacernos en decir, como la sentimos, esta nueva eminencia de nuestra Fénix.

"ÉSTA SÍ QUE SE LLEVA LA FLOR". . .

Sor Juana, por una parte, tiene —y con abundancia singular— joyas muy comparables a lo supremo que, en la primera línea de esas canciones sacras, posean un Gil Vicente y un Juan del Encina, o un Valdivielso, un Lope y un Góngora. Y ella misma —por otro lado—, hasta con evidencia mayor, de tal modo supera a cuantos autores hoy conozcamos en la segunda etapa del Villancico —la de "juegos completos" para Maitines—, que, muy seguramente, "no le llega al zapato" ninguno de ellos.

Tal resulta atendiendo, ya a la multitud de piezas perfectas —antológicas en su integridad, y no ya sólo en leves fragmentos—, igual que al esplendor de sus mayores cúspides líricas, ora en la fresca gracia popular, o en la más límpida aristocracia, y lo mismo enfocando de preferencia el fondo o la forma, el intelecto o el corazón, lo grave o lo festivo, la audacia y la potencia o la suavidad y levedad sugestivas, o la sapiencia bíblica y teológica o los caprichos fantásticos y la opulencia y variedad musical . . .

Y así, el ilustre título de *Villanciquero Mayor de España* (que ideó risueñamente Jacinto Polo, y que en serio aplicamos a León Marchante en los linderos de la Península) corresponde —en las íntegras Españas— a esta Mujer, que fué al par, en sus días, el sumo Poeta hispano.

EL INVENTARIO DE NUESTRA EDICIÓN

Entre los Villancicos de Sor Juana, van aquí —antes que nada— todos sus *"juegos completos" para Maitines* que hoy poseemos con plena autenticidad: *Asunción,* 1676, 1679, 1685 y 1690 (todos, en Méjico); *Concepción,* 1676 (en Méj.), y 1689 (en Puebla); *S. Pedro Nolasco,* 1677 (en Méj.); *S. Pedro Apóstol,* 1677 y 1683 (ambos en Méj.); *Navidad,* 1689 (en Puebla); *S. José,* 1690 (en Puebla); y *Santa Catarina,* 1691 (en Oajaca).

Ésos de la *Asunción, 1676* —nunca hasta hoy mencionados por los bibliógrafos, ni mucho menos reproducidos jamás en su integridad (pues tienen un entero poema nuevo)—, sólo se incorporaron en las "Obras" antiguas, con graves cambios y con la referida omisión, como cantados en Méjico en el "año de 1687, que se imprimieron"... Aquí, de todos modos, preferimos la serie más cabal de su edición aislada y primitiva, con su fecha inicial tan anterior, y por eso omitimos ya ésa de 87.

Por lo que ve a la de *Concepción,* también de *1676,* éstos tampoco fueron recogidos nunca en sus "Obras" —donde sólo figuran sueltas dos de sus "letras", y aun eso, únicamente, en la rarísima edición príncipe de su "Segundo Volumen", 1692—; mas son, pese a ello, ciertamente auténticos, según lo explicaremos en sus notas correspondientes. Y así —con estas dos importantísimas novedades—, alcanzan ahora al número de doce tales "juegos completos" indudables; y su fecha inicial se adelanta en un año, situándose no ya en 1677 (con los de S. Pedro Nolasco y S. Pedro Apóstol, que eran los más tempranos, a lo que se venía repitiendo), sino en 1676, con éstos nuevos de la Asunción y la Concepción.

Otros tres, además —de los conocidos—, se ofrecen más completos de como han solido correr aun en la mayoría de las ediciones antiguas, pues las *Dedicatorias* de los de S. Pedro Nolasco, S. Pedro Apóstol (1677) y la Asunción (1679) faltan ya en el Tomo I, de 1691, y en cuantas reimpresiones a él se apegaron. Y en cambio, nuestro texto depuró su genuinidad —en los de S. Pedro Nolasco—, relegando a las Notas aquellos inferiores y espurios "Villancicos que se cantaron en la Misa", frente a los cuales nos dejó Sor Juana —en su ejemplar de la edición aislada de 1677— esta anotación de su puño y letra: "Éstos de la Misa no son míos"...

Vienen, después, las *otras Letras Sagradas para cantar,* o sean, las 32 de la *Dedicación del Templo de S. Bernardo* y toda su Octava, en Méjico, 1690; y luego —ya sin fechas hoy conocidas—, las tres de la *Presentación* de N. Sra., y las tres de la *Encarnación,* así como otras dos de la *Navidad* (tal vez restos supérstites —no lo sabemos— de algún otro "juego completo" de Villancicos, cuyas otras partes nos falten), y otras cuatro, en seguida, para la *Profesión de una Religiosa.*

Y enriquecen, por fin, nuestra edición —con más cabal originalidad sobre las colecciones de "Obras" antiguas—, múltiples otros "juegos completos" de *Villancicos Atribuíbles,* donde hay que subrayar con el máximo énfasis y energía tal carácter incierto de nuestra atribución conjetural y provisional, pero cuyo interés —poético, histórico y bibliográfico— nos parece evidente y grande. Sólo que ya esto pide —claro está— explicación aparte. Y a ello vamos, tras sólo remitirnos a lo expuesto en nuestra *Introducción* general acerca del intento y sitio de nuestras *Notas.*

En nuestra selección y estudio de los "Poetas Novohispanos". t. III, 1945, decíamos ya que —entre los Villancicos Anónimos de la época de Sor Juana— hay varios "tan *sorjuanescos*", que surge la invencible tentación de adscribírselos.[46] Sin su incorporación a sus "Obras", o su propio testimonio en la "Respuesta a Sor Filotea" —razonábamos—, difícilmente nos constaría que fueran suyos los "Ejercicios" de la Encarnación y los "Ofrecimientos" de los Dolores, ya impresos "sin su nombre"; y lo mismo se aplica a algunos de sus Villancicos más indudables, de los que hubo primeras ediciones sueltas y anónimas (S. Pedro Nolasco, 1677; S. Pedro, 1683; Asunción, 1685 y 1690; Navidad, 1689), y cuya posterior recolección en las "Obras" —nada sistemática ni exhaustiva— no excluye el que otros se quedaran dispersos, de incógnito (como ya ahora nos consta, de hecho, que ocurrió con los de la Asunción y la Concepción, de 1676).

Así, ante todo, los de *S. Pedro, de Méj., 1691,* cuyo ejemplar de don Federico Gómez de Orozco (hoy en la Bibl. del Museo Nacional) lleva esta vieja nota ms.: "Compúsolos la Madre Juana Inés de la Cruz". . .; por lo cual, y por su arte, ya se los atribuye (por más que él sin reproducirlos) don Ermilo Abréu Gómez, aquí acertado. Y que "el estilo es evidentemente de Sor Juana",[47] nos lo confirma nuestro propio análisis: ora en el gongorino primor de sus cristalinas canciones al "Pescador de ganado / o ya Pastor de peces", que lavó a Roma "en carmín, rosicler, púrpura y grana", y que hoy, "apacentando estrellas", nos oye; ora en ese "intermezzo" musical, en que la orquesta y las cam-

panas dialogan; ora en el luminoso ingenio y amor de su fina
y valiente sátira contra "las Musas gallinas" y los "bobos" —así
fuesen predicadores—, que sólo repetían gracejos triviales a costa
del grande Apóstol y "Santo de chapa"...

Y más por nuestra cuenta —ya también desde entonces—,
osamos igualmente adivinar su límpida voz en algunos otros.
Tales, los de *S. Pedro, en Méj., 1692,* que "en culto del Sol" de
la Iglesia propónense hablar "claro" con sonriente autosátira cul-
terana; o contrastan, con igual familiaridad que decoroso primor,
sus símbolos de la Paloma y el Gallo; o disputan, en gentil "filo-
sofía de amor", la primacía del ser Amado o Amante... Y
esotros de *S. Pedro,* en *Puebla, 1690,* que traducen graciosa y
pulcramente, en estilizada jacarandina, la vida y glorias del Após-
tol, o plantean y resuelven la sutil duda escriturística sobre el
"sagrado idioma" del "atar y desatar" con las Llaves... Y ésos
de la *Asunción,* en *Méj., 1686,* donde "los Payos de Mechoacán"
comparan a María —por lo primoroso y alado— con sus "láminas
de pluma" de Pátzcuaro, y "los Azabaches con alma" —los Ne-
gros— nos hacen ver a "las Tinieblas cantando"... Y así —aun-
que, por ventura, ya un poquito menos seguramente—, añádense
otros más, cuyo menudo y creemos que decisivo análisis de afini-
dades se desarrollará —como el de todos— en nuestras Notas.

De esta suerte, en conjunto, llegan a diez los presentes "juegos
completos" de tales Villancicos Atribuíbles, que —por fechas
y temas y lugares— así se ordenan: *Asunción, 1677* (Méjico),
1681 (Puebla), y *1686* (Méjico); *Navidad, 1678* y *1680* (am-
bos en Puebla); *S. Pedro Apóstol, 1680, 1684* y *1690* (estos tres,
en Puebla), y *1691* y *1692* (estos dos, en Méjico), con lo cual
la obra lírica de Sor Juana —en vez de clausurarse con los Vi-
llancicos de Santa Catarina en 1691— habríase continuado al
año inmediato, con estos últimos de S. Pedro.

Por lo demás, si sólo se tratara de dar suelta a la fantasía,
hubieran engrosado esta sección muchísimos otros Villancicos
Anónimos que harto a mano tuvimos, y en que no era difícil
—bien o mal— "descubrir" tal o cual aproximación temática o
estilística con los de nuestra Musa. Para no mencionar los de
S. Pedro, en Méj., 1681, o los de Navidad, en Puebla, 1683-84-
85, o los de S. Ildefonso, en Méj., 1691 —entre muchos más—,
pudiéramos haber vacilado un poco, y de hecho a veces duda-
mos, ante los de la *Concepción,* en Puebla, 1680:

> En la campaña del Cielo / un fiero Dragón volante
> incendios por siete bocas, / Nilo de fuego, reparte...;

o los de la propia fiesta, allí mismo, en 1683:

> A la Aurora hermosa, / la grave y graciosa,
> perfumada Rosa, / copado Ciprés...;

o los del *Corpus*, en la misma Angelópolis, 1689, donde una melodiosa y tersa letrilla de "la Perla y la Flor" madruga al aire idéntico de las de Meléndez Valdés y nos recuerda aquí el "Quedito, airecillos"..., de nuestro núm. 301; o los de la *Asunción*, en Méj., 1691, que humillan a la Muerte, cuyo "pálido palafrén" no alcanza a Nuestra Señora, en aguafuerte de valentía y extrañeza como de Quevedo y Durero...; o los de su *Natividad*, en Méj., 1691, donde la Incólume de las "tenebrosas heridas" del Mal triunfa en esa batalla —no menos sorjuanesca— de la Luz y la Noche...; o los de *S. Antonio,* en Puebla, 1693, con su "símili-portugués" y sus otras "letras" de esdrújula y sabrosa "culteranía" (también muy en las huellas de la Jerónima); o finalmente, los de *Navidad*, en Puebla, 1693, que —aún más sorjuanianos— acunan al Niño-Amor con su "¡No llore más!" y "¡Sí llore más!", o alternan, con los de "Pierres el Gabacho" y "Juancho el Vizcaíno", los requiebros aztecas de un "Indio natural" para el *Pitzintli* o "Chiquito" de Belén, que es —en precioso rasgo de su Náhuatl— *Totatzin Hualpopoca,* "Nuestro Padre, el Resplandeciente"...[48]

Muy lejos, sin embargo, de vencernos a tantas y tamañas solicitudes, nos hemos limitado por el contrario, con máxima severidad, a incorporar aquí como *Atribuíbles* nada más los diez "juegos" antes enumerados, esto es, aquellos solos donde todo un cúmulo convergente y vehementísimo de sabores y afinidades en todo estilo (en lo mental como en lo verbal) nos engendró una suma probabilidad —por no decir certera moral— de tan alto origen. Y aún así —como ya lo hacíamos antes—, úrgenos ser nosotros los primeros en recalcar una y otra vez el riesgo de cualquier atribución basada en sólo el estilo, recordando el clarísimo desengaño de la "Cítara de carmín"... (que allá entre los Sonetos apuntó nuestro volumen I).[49]

Muy cierto. Alfonso Reyes, desde 1946 —autorizando nuestra insinuación y en vista de la selecciones que anticipábamos—, sentenció ya que "muchos más Villancicos de los que aparecen

con su nombre (de Sor Juana) le son *legítimamente atribuí-
bles*"...[50] Grave confirmación de aquel atisbo, entonces más
desconfiado. Mas nuestras conjeturas —pese a tanto— no son
más que eso, y aún siguen a la espera del dato positivo que, en
cada caso, las demuestre o disuada en definitiva.

LAS CUENTAS CLARAS Y EL INDISCUTIBLE LIRISMO

Muy reiteradamente, en páginas anteriores, usamos —al nom-
brar los Villancicos— ya la designación de alguno o varios *juegos
completos*, o ya la de una o varias *letras sueltas*... Se nos per-
mitirá justificar nuestra insistencia en tal terminología, algo nueva
quizás, pero imprescindible.

De no explicarse esa expresión equívoca —plural y singular
a un tiempo— de "unos Villancicos" (o sea, más comúnmente,
y por antonomasia en la época que estudiamos, una entera serie
o "juego completo" de ocho o nueve "letras" o cantos para una
misma festividad), surgen perturbadoras confusiones, cuando en
un mismo plano se connumeran, como unidades comunes, tanto
las series múltiples cuanto los villancicos aislados. Así Abréu Gó-
mez, en su *Bibliografía de Sor Juana* —catalogando doce series
completas (pues, si no incluye la de la Concepción, 1676, en
cambio les añade como segura la sólo "atribuíble" de S. Pedro,
1691), y computando junto con ellas, como sendas unidades uní-
vocas, cada una de las tres "letras sueltas" de la Encarnación
(las que, en las viejas *Obras,* llevan aisladamente el nombre de
"Villancico")—, sintetiza que "publicáronse, en total, 15 Villan-
cicos" [51]: suma —repetiremos— imposible, pues si se considera
como unidad cada diversa canción o "letra", ese total pasará de
100; y si se toma por unidad cada serie o juego, el total no podía
exceder de 12, debiéndose excluír de dicha suma las "letras"
sueltas. Y allí, además, muy lejos de aclararse la pluralidad de
cada uno de esos "juegos" de Villancicos, se da la falsa idea de
que cada uno es sólo una "letra", cuando una íntegra serie (la
atribuíble de S. Pedro, 1691) se llega a designar "el villancico
15", en número singular.

La misma extraña cuenta (únicamente excluyendo la serie
sólo "atribuíble", y aún sin considerar la de la Concepción, de
1676) la acaba de seguir don Julio Jiménez Rueda, al afirmar
que Sor Juana escribió "catorce Villancicos"... Y a esto añade

una nueva confusión, cuando así descompone la dicha cifra: "doce, en forma dramática; y tres, en lírica"...[52] Quien compare esas "tres" letras aisladas (nuestros núms. 358-360) con todas las que integran los "doce" juegos completos, verá que aquéllas y éstas son idénticamente *líricas*, sin que la agrupación en series de a ocho pueda darles "forma dramática".

Tal inexactitud, por lo demás, el primero tal vez en echarla al aire fué Pedro Henríquez Ureña: "Otras obras (de Sor Juana) nos mantienen dentro de los límites de la *literatura dramática*: los Villancicos, tipo que Carolina Michaelis ha llamado 'especie de opereta sacra'..."[53] Mas, con todo respeto al eminente dominicano (y prescindiendo de lo que haya dicho la ilustre portuguesa, que ignoramos de qué hablaría), tal idea —que conviene sólo a las "Loas"— aquí es, por el contrario, plenamente infundada. Lo más a lo que llegan por tal rumbo los Villancicos (y muchísimas veces, ni eso) es a la alternación de dos o tres "voces" con algún dialogismo elemental, o con algún remoto esbozo de "escena", nunca "representada" en acción plástica, mas sólo en sugestión imaginativa. Lo mismo que se da en tantas "Doloras" de Campoamor, o en tantos Romances Viejos —y aun en novelas íntegras de Unamuno—, que no por ello ha imaginado nadie catalogar como "obras dramáticas".

No obstante, grande ha sido —inexplicable— la fortuna de esa arbitrariedad, que por lo mismo urgía ya atajar aquí. Algo de ella asomó en el propio Abréu Gómez, que con las "colindancias escénicas"[54] de los Villancicos y Letras excusó la omisión de la mayor parte de esta labor en sus "Poesías Completas", 1941. Ni de ella se eximió don Ezequiel A. Chávez, tampoco, —pese a lo concienzudo y excelente de su obra—, cuando habla de "los Villancicos de Sor Juana, cantados y *representados*", e imagina sus varias "voces" repartidas entre los fieles, en las naves mismas de Catedral, de suerte que "una voz, en el fondo del Templo", canta una estrofa, "y otra quizás desde un ángulo, al pie de un pilar, le contesta", etc.[55] Hermosa fantasía, contra los hechos, ya que todo cantábalo desde el Coro la "Capilla" u Orfeón de las Iglesias, sin nada que aun de lejos se acercara a la decoración, vestuario y acción teatrales.

Si estudiando, por tanto, el Villancico antiguo —ya a veces dialogado en Juan del Encina—, vió en tal hecho Menéndez y Pelayo "un germen dramático", o "la célula de donde sucesivamente se van desenvolviendo la Égloga y el Auto"[2], esto sólo

sugiere que todo diálogo es más o menos susceptible de "drama-
tizarse" (como lo son algunos Villancicos), pero no significa en
manera alguna que estemos ya "dentro de los límites de la lite-
ratura dramática".

V. LA HOSTILIDAD CONTRA LOS VILLANCICOS

TRUNCO resultaría cualquier panorama histórico de los hados
de tal poesía, sin oír restallar las acres diatribas que —mudados
los tiempos, e indeclinable ya su crepúsculo— entonan las exe-
quias más ingratas a aquel encantador género lírico, delicias y
provecho de tan largas generaciones, cuando iba a silenciarse —en
el segundo tercio del Setecientos— ante nuevas atmósferas del
espíritu, el arte y la sociedad.

LAS CAUSAS AMBIENTALES

A la alegre y confiada unanimidad del fervor católico, tan propia
de España, llegaban los fríos soplos transpirenaicos del Jansenis-
mo y la "Ilustración"; y la tierna sonrisa ante las candideces y
juegos de la piedad popular, la suplantaba un volteriano guiño
en algunas bocas, o la frenaba la preocupación de que eso fuera
a ocurrir. Al llano y amoroso trato con Dios y el Cielo —como
de hijos y niños—, se iba sobreponiendo el suspicaz temor de la
irreverencia. Boileau, desde mucho antes, había lanzado en su
"Art Poétique" (1674) aquella inverosímil aberración estético-
religiosa:

> *De la foi d'un chrétien les mystères terribles*
> *d'ornements égayés ne sont point susceptibles;*
> *l'Évangile à l'esprit n'offre, de tous côtés,*
> *que pénitence à faire et tourments mérités...*[56];

versos monstruosos, que nuestro P. Alegre suprimió en su egregia
versión, mas cuyo eco en España bien nos consta por D. Leandro
de Moratín, que —aunque sin compartirlos plenamente— para-
fraseaba: "Hay críticos que desaprueban sin distinción toda obra
poética de asunto sagrado, suponiendo que nuestra religión no
presta materia al canto, y que su austeridad no consiente las
flores de Helicona"...[57]

Al mismo paso, ya empezaba a resquebrajarse la compenetración cordial que —al menos ante Dios— unificaba a todas las clases sociales y culturales en un solo "pueblo cristiano", y tal vez ya a las gentes más selectas les iba repugnando su fusión con el "vulgo", aun por un momento. Y la "Restauración del Buen Gusto" —que preguntaba con D. Nicolás Moratín, en su alergia antimetafórica, si hemos visto danzar a la Primavera o escuchado "el metal de voz de la Rosa", y que en Méjico, algo después, por boca de Fernández de Lizardi, blasfemaría que nuestro prodigioso Altar de los Reyes "no es más que un acopio de leña, dorado a lo antiguo y bien indecente"[58]—, desenfrenaba más y más sus fobias contra todo linaje o forma de arte "de hechura antigua", entre las cuales cupo insigne parte a estos cantos de entrañable perfil barroco y popular y "cristiano viejo"...

Nada extrañas, por ende —aun donde más lo serían—, ciertas reprobaciones que ya es hora de transcribir.

DE FEIJÓO A MORATÍN

Terrible es, por ejemplo —y lastimosa—, la censura del gran P. Feijóo, el eminente Maestro benedictino y pensador y escritor para nosotros predilectísimo, que en su Discurso de la *Música de los Templos* —tras de querer que en ella todo sea "majestuoso y serio", sin siquiera "algo de viveza alegre"—, sigue diciendo: "La poesía que hoy se hace para las *cantadas del Templo*" anda completamente "perdida"... Toda "la poesía española moderna" le "da asco y lástima". por "hidrópica" y falta de "naturalidad"; pero "la peor es la que se oye en las Cantinelas Sagradas" —aun en las de "buenos poetas", como Solís—, donde "toda la gracia consiste en equívocos bajos, metáforas triviales, retruécanos pueriles..., masas informes de conceptillos", sin ningún "espíritu y moción"... "A estas letrillas... las han mirado como cosa de juguete... Pero 'éste no es juego de niños', dice Mabillón hablando de la Poesía" —esto es, "nuestro eruditísimo Monje Don Juan de Mabillón en su libro de Estudios Monásticos"—. "Mucho menos será juego de niños la Poesía Sagrada; y con todo, la que se canta en nuestras Iglesias no es otra cosa... Pero aún no he dicho lo peor que hay en las cantadas a lo divino; y es, que... muchísimas están compuestas al genio burlesco. ¡Con gran discreción, por cierto, porque las cosas de Dios son cosas

de entremés! ¿Qué concepto darán del inefable Misterio de la
Encarnación mil disparates puestos en las bocas de Gil y Pascual?
Déjolo aquí, porque me impaciento... Y a quien no le disonare
tan indigno abuso por sí mismo, no podré yo convencerle"...[59]
De semejante modo —aprovechado por el diablo predica-
dor—, el enciclopedista Clavijo escribía contra los Autos Sacra-
mentales (al fin prohibidos "liberalmente" por Carlos III), que
el poner tan al alcance del "pueblo ignorante" las "respetables
Verdades" de la Religión, "lejos de producir en él el respeto y
temor reverencial debido a estos Misterios, sólo sirve a hacérselos
en cierto modo familiares"... ¡Paradójico "celo de la Casa de
Dios", cuando "a nuestros mayores, fervorosos cristianos, jamás
les pasó por las mientes ese escrúpulo" (como expresa muy bien
el P. Cayuela), puesto que la piedad católica —mucho más que
"temor reverencial"— sólo gana al tornarnos "familiares", como
lo son, a Dios y a Cristo y a Su Madre y los Santos! [60] Y añada-
mos también para Feijóo y demás sinceros impugnadores: ¡Di-
chosas "fiestas de familia", aquellas en que nuestros abuelos
—niños cuyo es el Reino— cantaban y reían, confiados y aun
confianzudos, hasta desmandarse en el alborozo! Porque esos
Villancicos no "distraían" de la Liturgia al pueblo, sino para
entrañarlo en su médula; y bajo formas cantarinas y hasta ligeras
(véanse, en nuestra Sor Juana, los de S. Pedro, S. José, la Navi-
dad, la Asunción, o la Dedicación de S. Bernardo), le instilaban
lo que de más sublime y saludable debía pensar y sentir el cris-
tiano en cada festividad, aunque haya algunas "jácaras" que
hoy (muy bien subrayado) nos resulta ya absurdo imaginar que
se cantaran en las Iglesias.

A fines del xviii, por su parte, no sólo se mofó Moratín el hijo
—en su *Derrota de los Pedantes*— de las "coplas" de León Mar-
chante y de las obras de Montoro y Gerardo Lobo, que allá se
andan en una "massa damnata" con las de "Boscán y Garcilaso
a lo divino" (que tan noblemente influyeron en San Juan de la
Cruz), y con las de Bocángel, Zabaleta, Gracián y "la espesa
metralla de... Loas, Autos Sacramentales y Villancicos"...;
sino que —al anotar su referida cantata de *Los Padres del Lim-
bo*— llegó a fallar del íntegro parnaso sacro español: "Prescin-
diendo de algunas pocas composiciones sagradas, obra de nues-
tros mayores poetas [que él, por desgracia, calla], son las demás
tan defectuosas, tan pueriles, tan chabacanas y ridículas, que no

parece sino que sus autores se propusieron escarnecer lo más respetable de nuestra creencia... Y lo peor es que esta clase de obras... ha resonado en nuestros Templos, introduciendo en ellos una culpable profanación. Véanse las colecciones de Motetes y Villancicos cantados de muchos años a esta parte en las principales Iglesias de España, y diga el que lo alcance cómo ha podido sufrir el Clero... lo que se ha cantado y se canta delante de los altares, interrumpiendo con episodios tan indecentes y groseros la religiosa pompa de sus misterios y sacrificios"...[13]

Y el alud de esta "crítica" —así en marcha— ya no se detendrá ni mucho después de extintos y olvidados los Villancicos, según vamos a oírla en otros fidelísimos discos de ya a fines del xix.

DEL MARQUÉS DE VALMAR A PIMENTEL

Don Leopoldo Augusto de Cueto —en su reputadísima *Historia Crítica de la Poesía Castellana en el siglo XVIII* (Madrid, 1869)— todavía se pregunta frente a Góngora: "¿Cómo no anatematizar de todo corazón una literatura tan extravagante y tenebrosa?"; y a tal reprobación de "la funesta manía del gongorismo" y del "depravado gusto de los conceptistas y de los cultos", junta una no inferior miopía ante lo popular, al grado de erigir una y otra vez las odas de Fray Luis en exclusivo módulo para toda canción sagrada. Su trágica pintura del "abismo" de "corrupción" a que reduce el verso castellano en los albores del Setecientos, debía, pues, coronarse con este toque: "Hasta la poesía religiosa, que no vive sino con... la sencillez de la expresión..., se hallaba pervertida y ahogada en aquel raudal de retruécanos y trivialidades. De ello dan claro testimonio el cúmulo de Villancicos chabacanos y alguna vez indecorosos que inundaban el país entero, y las poesías sagradas familiares de Montoro y de tantos otros, que lastimaban la majestad de la Religión y la veneración que se debe a las cosas del Cielo"... A lo que agrega, hablando de Montoro: "¡Cuánto han debido descaminarse las inspiraciones de la fe, desde... los arrobamientos celestiales de Fray Luis de León", de igual modo que luego —al margen de Gerardo Lobo— insiste en contraponerle "los sublimes y sencillos cantos de Fray Luis"...[61]

Sin repetir lo ya sintetizado en nuestra *Introducción* general

respecto a la moderna revaluación del Barroco, complételo aquí
sólo tal o cual ligera advertencia. La poesía religiosa —igual que
cualquiera— lo mismo vive con "la sencillez de la expresión"
que con las otras más complejas formas que puedan preferir un
siglo, una escuela, un pueblo, un artista. "En la Casa de Mi
Padre hay *muchas moradas*"... (S. Juan, XIV, 2). Gran sim-
plismo, además, loar en Fray Luis sus "sencillos cantos", donde
hay tan poderosos elementos típicos del cultismo: hipérbatos au-
daces, incrustaciones de mitologías, ilustres latinismos, y hasta
más de un ejemplo culminante del "acusativo a la griega" de los
romanos. Radical desenfoque, el de cualquier parangón entre
aquellas odas, tan prócermente "retiradas" del vulgo, con estotra
poesía para muchedumbres (donde tampoco faltan, sin embargo,
exquisitos collados de pulcritud). Y que el lirismo sacro se haya
"descaminado" para llegar de los sapientes "arrobamientos" luis-
deleonianos a la bullente gracia de los Villancicos, es fantaseo
que olvida —increíblemente— la enorme tradición familiar de
los *Vergeles* y *Cancioneros*, a que aludía Menéndez y Pelayo en la
preciosa síntesis que atrás dejamos copiada.

Por cierto que, allí mismo, desvaneció muy bien el máximo
crítico la sospecha de que estos jugueteos pudieran "lastimar" a
la castiza piedad hispana. Mas su bella justicia se detuvo en los
días de Lope; y frente a las etapas sucesivas, ni él se libró de
aquel prejuicio añejo que todo lo inculpaba de "chabacano"...
Sólo tal "odio antiguo" —y la terrible premura con que hubo de
ultimar su panorama oceánico de la Poesía Hispano-America-
na— sabrá explicarnos, en Don Marcelino, los encarecimientos
de que "no se juzgue a Sor Juana por sus ensaladas y Villan-
cicos, ni por sus versos latinos rimados", en los que sólo ve "un
claro testimonio de cómo la tiranía del medio ambiente puede
llegar a pervertir las naturalezas más privilegiadas"...[62]

La propia "autoridad de cosa juzgada" pesó, veinte años
antes, sobre el ecuatoriano don Juan León Mera, con haber sido
el redescubridor más insigne de nuestra Poetisa, fuera de Méjico,
y andar en este punto algo más feliz. Porque, en su florilegio
(Quito, 1873), incluyó hasta nueve "Odas, Liras y Letrillas" que
desprende a los Villancicos, y apuntó que, "versada en el Latín",
también en él "los hizo con soltura y donaire"... Pero no se
eximió de declarar —sobre su lírica religiosa— que "lo que más
se presta a la censura, es el haber empleado un lenguaje profano
y a veces hasta chocarrero"...[63]

El colmo, sin embargo, lo da también aquí nuestro Pimentel (1885), cuando —tras de fijar en la "locura" del gongorismo el "carácter general" de Sor Juana, y su "defecto más general" en "la incorrección"—, se hace lenguas de su "trivialidad", ya que —dice muy serio— "la sana crítica tiene que condenar esta clase de producciones"... Y cabalmente, "entre las composiciones triviales de Sor Juana, figuran en primera línea sus Villancicos...., generalmente insulsos, de lenguaje vulgar y plagados de chocarrerías"... Graciosamente anota —ya tomándola con el género— que "Mabillón y otros escritores levantaron el grito en su tiempo contra esta clase de composiciones, tanto más censurables cuanto que se refieren a asuntos religiosos", y le cuelga al egregio Benedictino francés (que de los Villancicos ni chistó) aquel entero y consabido párrafo de Feijóo sobre "tan indigno abuso"... Y "lo peor es" —diremos también nosotros— que para "dar idea" de tales horrores, fué a citar Pimentel la preciosísima "jácara" de la Asunción: *"Aquella Mujer valiente"*... (nuestro núm. 256), donde "no necesita comentarios" —grande verdad— lo de que la Hermosísima Doncella "mete en un zapato" a la Luna, y el Sol Le teje el manto —Hércules amoroso a los pies de Onfalia—, hilando sus áureos rayos "en la rueca de sus luces"...[64]

LOS ÚLTIMOS DESDENES

Llegando, finalmente, casi a estos tiempos, todavía los salpican, aquí o allá, ciertos últimos polvos de aquellos lodos, por más que ya con nuevos ingredientes en tal desvío.

Móviles extra-estéticos, por ejemplo, hicieron opinar a don Ermilo Abréu Gómez —en horas venturosamente pasadas— que la entera obra sacra de Sor Juana se reduce a una "suma de devotismo y de erudición" y que "los Villancicos, en su parte beata (?), constituyen una concesión a las exigencias del claustro y a la presión eclesiástica", hecha resueltamente contra "su gusto", por lo cual —y por esas "colindancias escénicas" ya aludidas— excluyó los más de ellos en sus truncas *Poesías Completas*, 1941.[65]

Y todavía después, Elizabeth Wallace empañó esa misma poesía por raras exigencias en lo artístico y lo espiritual: "Si Sor Juana —sentencia— hubiese escrito solamente himnos religiosos, su labor poética hubiera muerto con ella"... Primero, porque "es sólo un débil eco de San Juan de la Cruz, Fray Luis de

León y Santa Teresa"... (¡Vaya un conocimiento de la tradición de los Villancicos, y de la índole de este género, y de la realidad de los de Sor Juana!) Y en segundo lugar, porque "sus versos no nos dan la evidencia de que haya tenido experiencias personales y profundas de comunicación directa con Dios", sino "son, a lo sumo, la expresión común de una piedad convencional", sin el "éxtasis que es la base del misticismo"... ¡Como si tal carácter lo admitieran por lo común los cánticos colectivos, y toda veraz y alta lírica religiosa tuviese que ser "mística" en estricto rigor, aunque no lo es —tampoco— la de Lope o la de Fray Luis!

¿Por qué, además, la insinuación siniestra de esa mera "piedad convencional" (sin duda, "un débil eco" del "devotismo" de marras), si Miss Wallace confiesa, a renglón seguido, que ella fué "ciertamente religiosa" y "encantadoramente normal", y reconoce que "sus arpegios son dulces, sinceros, armoniosos", y —aunque el funcionalismo anglosajón querría "desnudarlos de sus garabatos churriguerescos"— ve todavía que en ellos "queda mucho que es fresco, espontáneo y encantador"...? [66]

VI. LA MAYOR CLARIDAD QUE NUNCA

TAMBIÉN —y especialmente— en este campo, cúmplese la palabra exacta de Vossler, respecto a que Sor Juana "nos habla hoy con mayor claridad que nunca"... [67] Ensayemos, por tanto, algún oteo de sus antes acaso insospechables riquezas —o, a lo menos, no tan visibles—, tomando a veces pie de las incomprensiones mismas ya referidas, y aquí o allá acabando de disiparlas.

¿SOR JUANA, "MÍSTICA"...?

Sobre esa afirmación tan absoluta de que nuestra Jerónima "no era mística" [66], habría quizás no poco que discernir. Si llegó a serlo o no, en sentido estricto —al menos cuando ya iba que "volaba" a la perfección—, sólo Dios lo sabe: es "el secreto del Rey"... (Tob., XII, 7). Aun entre estas poesías para cantarse, algo de ello pudiérase vislumbrar, por ejemplo en las Letras de la Profesión de una Religiosa, o en algunas de las de San Ber-

nardo —las eucarísticas—, tan gratas varias de ellas a la V. M.
Castillo, la extática Clarisa de Tunja, que no se desdeñaba de
añadirles estrofas propias.[68] Y en el orbe cabal de sus escritos,
más sagrado respeto nos sugieren ciertos pasos de sus Prosas con-
templativas, o aun de sus Autos, y sobre todo aquellos tres Ro-
mances: *"Amante dulce del alma...*, *"Traigo conmigo un cui-*
dado"..., y *"Mientras la Gracia me excita"...*

"Luminosa intuición de lo Divino", ponderaba Menéndez y
Pelayo ante una humilde copla de este último [62]; y en el segundo,
un colombiano de hoy, don Carlos López Narváez, ha osado este
parangón: "Tal vez no sea hiperbólico desmán alinear aquí el
teresiano:

> *Vivo sin vivir en mí,*
> *y tan alta vida espero*
> *que muero porque no muero,*

para verlo palidecer un mucho bajo el zig-zag de este relumbro,
que es más sollozo y más humano:

> *Muero, ¿quién creyera?, a manos*
> *de lo mismo que más quiero,*
> *y el motivo de matarme*
> *es el amor que Le tengo;*
> *y así, la muerte que vivo*
> *es la vida con que muero..."*

("El amor divino, en Sor Juana, era una llama brotada de las
ascuas inextintas de su sér", en "inefable e inaudita ofrenda del
amor al Amor"... A diferencia del epitalamio del Alma-Esposa
con Cristo-Esposo —al que, en las vidas de San Juan de la Cruz
o Santa Teresa, no tocó ni en recuerdo el polvo carnal—, en Sor
Juana es la cálida vivencia del pretérito amor humano, "trans-
mutado el vaho conturbador en balsámicos efluvios", la que sos-
tiene y canta "el terrenal y célico himeneo de la Sierva armoniosa
con el Divino Amante"... Los "carbunclos" terrenos se subli-
man en "celestes zafiros sobre y bajo los cándidos velos de la Es-
posa"...) [69]

Y si nos asomamos a los Autos, ¡cómo alumbra el ergástulo
del regio Mártir *San Hermenegildo* la alegría del desasimiento y
el júbilo en la tribulación:

> *Todo es de Dios, nada es mío;*
> *¡cúmplase Su Voluntad!...;*

> *¡Qué consuelo en Ti tengo*
> *mirándome de todo despojado!...;*
> *¡Antes, feliz he sido*
> *en haberlo, por Vos, todo perdido!...;*

y cómo, ante *El Divino Narciso*, no sólo esplende el rapto apasionado de Cristo Hermoso, en los pasajes más floridos y célebres, sino hay otros más trémulos albores de arcanas intimidades:

> *¡Mi corazón, en medio*
> *de mi pecho, parece*
> *cera que se derrite*
> *cerca del alma ardiente...!*

A muy poco, además, que suavicemos esa acepción más técnica, con segura evidencia puede hablarse de su "alma mística", que ya don Ezequiel Chávez miró en ubicuos destellos. En el espíritu entero de Sor Juana, "lejos de que —como, ¡increíble parece!, se ha dicho— no hubiera 'preocupación religiosa, ni mucho menos mística'..., prevalece aquel sentimiento hondísimo de deslumbramiento y aun de anonadamiento ante la grandeza y bondad de Dios"...; y dondequiera y en cualquier asunto, se alza "el alborozado vuelo de su alma a Dios..., reflejando el Cielo y hablando al Cielo", y "se oyen a menudo los latidos de su corazón enamorado de Dios"...; y muestra "el dón más alto de la verdadera poesía, que es la comunicación con el Más Allá y la expresión del Más Allá"... Mística —por lo menos en tal sentido—, la que, en aquel "deslumbramiento perenne", así "tiene alas que suben al Cielo... y se dispara gozosa a su Dios"... "Ése es el más profundo y el más constante sentimiento de Sor Juana: el sentimiento místico... Una chispa de lo Infinito fulge en su palabra"... Y aun con ello cabe enlazar "aquella maravillosa juventud del alma que los grandes místicos tienen", o sea "aquella lozana y virginal juventud espiritual" que sabe sonreír hasta en sus últimos versos.[70]

LA "LLAMA DE AMOR VIVA" Y LA "VOZ DE ÁNGEL"

Sea de esto lo que fuere, ya hoy sobran testimonios de la resonancia inefable que excita en sus lectores la poesía que aquí nos ocupa.

"En ningunos otros —decía don José de Jesús Cuevas desde 1872—, se elevó tan alta y fácilmente su espíritu, como en los asuntos sagrados... En sus poemas religiosos, llenos de unción y de sentimiento, se revela Poetisa de tanto corazón como piedad"... Si alguien osa tachar de "irreverentes" algunas de "las composiciones religiosas de la Madre de nuestra Poesía", casi huelga "la Historia" para "desvanecer sus asertos"... Y aquí también —igual que en lo demás—, "fué ella el corazón más bello y la cabeza más fuerte de todas las grandes figuras literarias del Virreinato"...[71]

Don Francisco de P. Herrasti, en 1928 —aunque afirmando, demasiado sumariamente, que "la poesía de los Villancicos no es, ni podía ser, gran poesía"—, proclama, sin embargo, que "abunda en delicadezas, suavidades y ternuras", con "una ingenuidad que convida a llorar a veces, y otras, a sonreír"...; y —dando por ejemplo singular los de S. José— nota, con hondo fallo, que "en general, la mente es estupenda"...; y escucha palpitar, en toda esta lírica, "los afectos de un alma cristiana, que deja y abandona todo lo que se mira, por lo que sin mirarse se siente y se ama, y esto sin principio ni fin, y desde el nacimiento a la muerte"...[72]

"Sor Juana —apuntará Gabriel Saldívar— compuso muchos Villancicos de incomparable belleza"...[73] Algunos —acrecienta Valbuena Prat, sin olvidar su "fina sensibilidad" y "su tacto exquisito en la materia del arte gongorino"—, ostentan y "retuercen musicalidad y riqueza decorativa, paralelamente a los cantables de muchos Autos calderonianos, pero siempre con la original sagacidad femenina de la gran poetisa hispanomejicana"...[74] "En sus Villancicos, devota y maestra de armonías, nos sorprende —bien dice David N. Arce— con la riqueza múltiple de su laudanza"... "Un soplo divino —agrega— prendió 'la llama de amor viva' que se mantiene viva en su poesía"; y sabiendo que "a Dios, que es la Belleza, ha de adorársele con belleza" (Christopher Hollis), de esta mies armoniosa —igual que de sus Autos Sacramentales— "podemos espigar exponentes de madurez áurea y candeal"...[75] Ni Jesús Reyes Ruiz siente, hoy también, de otro modo: "La lengua poética de nuestra Musa habla con hermosura embriagadora del amor divino..., que la quema 'con suave fuego invasor'..."[76]

"Sus Villancicos áureos", ponderó exquisitamente don Manuel Toussaint; "los admirables Villancicos, de suave música y emoción cristalina, en que Sor Juana parece cantar con voz de ángel"...[77] Y nosotros, sin duda que también —muy predilectamente— allí gozamos a "la Sor Juana esencial" (como dice Chávez), en este "bullicioso tropel de sus Letras y Villancicos, donde acaso fulgura con más integridad nuestra polifásica Monja —dialéctica y emotiva, docta y popular, reflexiva y traviesa—", lo mismo en "secretísima dulzura" que en "requiebros astronómicos" a la Virgen, fundiendo "el delicioso desparpajo, el corazón encendido, las ideas profundas, los sutiles conceptos, los bíblicos aromas, las cambiantes imágenes" y "la cascada de hipérboles y donaires, piropos y travesuras", en su "tumulto musical" y su "alborozo de amor"... Inmejorable juicio de Alfonso Junco.[78]

LA NATURALIDAD DE LO ARTIFICIOSO

Tacha reiteradísima que oíamos contra este género de canciones, fué su falta de "naturalidad": de aquella "sencillez de la expresión", que se nos esgrimía como imprescindible, y más para "la poesía religiosa"... Y entre éstas de Sor Juana —aunque hay no pocas de absoluta y aun cándida transparencia—, en muchas predomina ciertamente una quintaesencial riqueza gongórica, o conceptista, o de tal o cual otra de las varias complejidades barrocas. Ya expuesta, sin embargo, en nuestra *Introducción* general, la legitimidad y la posible excelencia de tales rumbos, tan sólo acudiremos a dos instancias que especialmente los impugnarían en la poesía sacro-popular, por lo "ininteligibles" para los muchos, y por lo demasiado "artificiosos", hasta lo incompatible con lo sincero.

Mas ya Raimundo Lida hizo observar sutilmente a Pedro Henríquez Ureña, quien lo aplicó a la lírica amorosa de nuestra Musa: "Toda la poesía *culta* del siglo XVII da impresión de artificio, vista desde nuestro tiempo...; todo parece, a la distancia, mero ejercicio retórico. No parece natural que quien siente un amor se ponga expresarlo en forma conceptista o cultista... Pero la verdad es que todos nos expresamos dentro de las formas que son las usuales en nuestro tiempo (a menos que introduzcamos novedad)"... Y así, a Sor Juana ese "artificio" le era "naturalísimo", para efundir sus "sentimientos reales", en vívida "expresión de sus emociones"...[79]

Y esta misma evidente "naturalidad de lo artificioso", en su hora genuina, también atenúa en parte el otro recelo de que los Villancicos más repujados resultaran impropios por herméticos para el grueso de los oyentes. "Necesario es convencerse —dice y prueba Herrero-García— de la irradiación de la poesía culterana en el lenguaje familiar y corriente"... "La moda de hablar culto" —o séase "a lo discreto y relevante", o "realzado y crítico"—, no sólo se extendió a todo linaje de prosa literaria, sin exceptuar la cátedra sacra, sino que trascendió hasta a lo doméstico en todos los niveles sociales, y "cundía más y mejor en el bello sexo", como lo ilustran sátiras, comedias, entremeses y anécdotas a lo largo de todo el Seiscientos.[80] Y así recuerda Vossler que, a mediados del siglo, el grande Fray Jerónimo de San José podía exaltar —muy lejos de toda burla— el singular refinamiento a que alcanzaba el habla común: "Ya nuestra España, tenida un tiempo por grosera y bárbara en el lenguaje, viene hoy a exceder a toda la más florida cultura de los Griegos y Latinos... La elegancia de Garci-Lasso, que ayer se tuvo por osadía poética, hoy es prosa vulgar... Y es cosa considerable que la extrañeza... del estilo, que antes era achaque de los raros y estudiosos, hoy lo sea... de la multitud casi popular y vulgo ignorante"...[81]

LA ARISTOCRACIA DE LO POPULAR

Claro que, pese a todo, mucha gente de a pie se quedaría a menudo "en ayunas" de los más selectos primores. Pero es que el Pueblo —auténtico y cabal— abarcaba también la Universidad, el Proto-Medicato, la Real Audiencia y toda la Corte; y había que hablar a todos —aunque no siempre simultáneamente—, y aun cantar su porfía, rival y unánime, en reconocer su propia alma y voz en el coro múltiple de la santa alegría común. Lo llano y popular debía alternarse con lo académico, y lo único esencial era que nadie careciese de su bocado. "A todos soy deudora: a los sapientes y a los ignorantes", se habrá dicho Sor Juana, fiel al Apóstol *(Rom., I, 14)*, y como él, se haría "todo para todos" *(I Cor., IX, 22)*. Aun por esto, da aquí su voz realísima —aunque tocada, al par, de luz celeste—a los más de abajo: Indios, Negros, Mestizos, Payos, Niños y Sacristanes... Y lo que —en cegatona incomprensión— pondría a los Villancicos nueva tacha de "pueriles", "triviales", "chabacanos", "chocarreros" y aun "indecentes", fué en manos de Sor Juana otro profundo manantial de poesía, y nos ofrece —si sabemos leerlos— nuevo y doble tesoro de goce estético y de ilustración folklórica y sociológica.

Hasta Don Marcelino mostró ya en ellos "un curioso documento para la historia de las costumbres coloniales" [62], de igual modo que Herrasti ponderaría su "vena inagotable para la caracterización de la vida del tiempo..., *a lo Criollito*" [72]; Agustín Yáñez, luego, inició su aprovechamiento para los estudios sociales, a más de ver allí un lúcido espejo de "su piedad tonificante hacia los humildes y desposeídos" [82], así como ya Chávez justipreciaba sus "relámpagos de las futuras y necesarias reivindicaciones que una piedad religiosa ilumina"... [6] Mas, a la vez —y muy por sobre tal proyección—, encumbran su hermosura substantiva muchos de estos poemas, con gracia en ocasiones soberana, que para nuestra edad —ya sin melindres convencionales— luce clarísima.

La castiza raíz multisecular de los Villancicos se hundía, desde sus rústicos orígenes, en lo "villanesco" y aldeano, ciñéndose a menudo a estilizar aquellos "leymotivos" popularistas a que jamás fué extraño el Barroco mismo, aun en la culminante aristocracia de Góngora. Añádanse a esto, por una parte, el ya lugar común —siempre vigente— de la esencial dualidad y harto frecuente fusión del idealismo y realismo, que está en la propia sangre del Arte Hispano; y por otra, la cuna pueblerina de Juana Inés, su infancia campesina y estanciera en cariñoso trato de Indios y Negros, y hasta sus persistentes lazos familiares en Nepantla, Panoayan o Amecameca, no menos que el crecido porcentaje —muchísimo mayor que el actual —que el vulgo analfabeto y virgen representaba en el concurso a aquellas fiestas sacras en la Cabeza misma del Virreinato. Y agreguemos, en fin, la prodigiosa virtualidad con que la obscura savia de lo popular y lo provinciano sigue hoy mismo estallando en flores espléndidas de nuestro Arte, ya sea aquí la pintura desde Orozco hasta Leal y Cantú, y el lirismo de Alfredo R. Placencia y de López Velarde, o ya —en España— la poesía cimera de García Lorca.

Una suprema dote, por ejemplo, de ese eximio poeta jalisciense que fué el P. Placencia (1875-1930), es —bien lo dice Junco— "el giro mejicano familiar, la palabra y la frase cotidianas que, voluntariamente derramadas en el verso, le dan un gusto inusitado y sabroso"... Él tuvo su raigambre —diagnosticaba Alfonso Gutiérrez Hermosillo— "en la dura expresión del pueblo, entre cuyos pañales se abrigó"; y con "el deseo consciente de sublimar el habla del vulgo", ama esas formas "tan difíciles de estilizar", y —lo mismo en voces que en temas— "transforma en auténtica poesía lo que como vulgar se ofrece de pronto". . . . Desprecia los remilgos en cuanto a pseudo-clásica pulcritud, y no les tiene miedo a los vulgarismos, arrostrando a los dómines que los vetan. Él se enriquece de belleza y fuerza, y esto lo justifica todo. Porque —enseñaba ya el viejo Quintiliano— "cualquier expresión, hasta la más trivial y humilde, puede ser la óptima en ocasiones", y "a veces, la bajeza misma de los vocablos refuerza la energía de lo que se dice". . . . (Inst. Orat., I, I, y VIII, 3). Así, a su escuela prócer, este soberbio "Modernista selvático" supo inyectarle impensados jugos: rudezas montaraces, ingenuidades de indio, llanezas coloquiales, arrebatos de alma primitiva y desnuda. . . Y solamente así pudo encararse el P. Placencia —maravillosamente descarado— a Dios y a Cristo o María, con aquella "divina intrepidez de niño y de enamorado" que exalta Junco.[83]

Pues bien: no poco de esto se da la mano —sobre los siglos— con lo que hizo Sor Juana en esa vasta parte "abigarrada", juguetona (por no ser dolorosa), y si se quiere "trivial", de su cancionero. Don Ezequiel A. Chávez lo captó, con galano tino: "Su alma va al pueblo y se transforma en su verbo", y con él "llora y canta y ríe, todo a un tiempo", hablándole del Cielo y haciéndolo hablar al Cielo "con desgarro y fuerza, llaneza y simpatía", y contribuyendo —siempre "Artífice de la Patria"— a "forjar el alma de Méjico" en esa fragua "psíquica y social" que funde "a las clases todas" en "una misma palpitación jovial, entusiasta, afectuosa y ardiente". . . . Es el pueblo, "anónimo y poderoso como el mar", quien canta en esa "fiesta popular y divina de los Villancicos, la más genuina y típica manifestación democrática"; y "el amor hondo del pueblo por los Santos, y el hecho de ser el pueblo quien habla, es lo que templa lo que, sin eso, fuera falta de reverencia". . . .[6]

O bien, oigamos ya a Jesús Reyes Ruiz, hablando de nuestra Musa: "El pueblo no se ha borrado de su frente: está confundido con el pensamiento creador, que luego lo destaca proyectándolo en la fiesta, hasta incorporarlo a la misma. . . Hay algo de sublime. . . en esta forma idiomática enaltecida por el pueblo, que en afán de comunicación divina, acude a lo mejor de la elegancia —la sencillez—, y a lo más poético de la concepción artística —la verdad del sentimiento—. . . A una distancia de trescientos años, qué bien se oye el eco de su Villancicos de la Asunción, en la garbosa popularidad que sobresale en todo el Romancero Gitano:

La que, si compone el pelo, /la que si se prende el manto,
no tiene para alfileres / en todo el Cielo estrellado...
   ¡No es nada! De sus mejillas / están de miedo temblando
tamañitos los Abriles, / descoloridos los Mayos.
   ¡Los Ojos! Ahí quiero verte, / Solecito arrebolado:
por la menor de sus luces / dieras caballos y carro..."

"Esta alegría y tan viva espontaneidad, esta jovial confianza para
hablar con el mismo trato del pueblo a la Virgen", ¡qué bien se
continúa "con el mismo tono que más tarde va a ser la fama y
gloria de Federico"...! [76] Y aún es lo más pasmoso —añadire-
mos—, cómo nuestra docta Jerónima (por decirlo en palabras
que ella cita, de San Jerónimo) sabía "condimentar festivamente
la fiesta", pero de tal manera, muchas veces, que su "habla ju-
glaresca" no se sale "del quicio de las Escrituras"...[84] Porque
—oigamos de nuevo a Reyes Ruiz— "esta poesía... lo mismo se
muestra graciosa que racional; tanto juguetea como medita. Tie-
ne una alegría tan humana, que casi no es explicable cómo pro-
fundiza en los temas teológicos"...

   Y por cierto —elocuente coincidencia— que la aludida "Já-
cara" es la mismísima que allá aducía Pimentel como *corpus
delicti* de la más lastimosa "trivialidad"; y encantándonos ahora
como pocas, por su "enamorado lirismo" y su "cascada de hi-
pérboles y donaires" —que dice Junco—, por algo nos recuerda,
y no sólo aquí —sino en la España misma y a José Ma. Pemán—,
"los desgarros gitanos de García Lorca"...[85]

EL CONCEPTISMO Y LA ALITERACIÓN.—EL NÁHUATL
Y EL LATÍN.—LO BÍBLICO Y LO LITÚRGICO

Muchas otras facetas de tales cantos —entre las más expuestas
al escarnio décimonónico—, hallan hoy, para un juicio ventilado
y un flexible gusto moderno, análogos descargos y a menudo
aplausos compensadores.

   Todo su conceptismo —"inteligencia embellecida", explica
Pemán, en que Sor Juana luce opulentamente su "sabiduría infi-
nita, conceptual y verbal", con esa paradójica y tan femenina
"aleación de su intelectualismo y su sinceridad apasionada"—,
nos encuentra avezados en la lírica intelectual de un Paul Valéry,

o —más próxima aún, por los temas sacros y por la gloriosa "impureza" estética de las emociones divinas— de un Paul Claudel ("luce intellettual, piena d'amore"...), y —hablando nuestro idioma— en todo el "intelletto d'amore" de un Pedro Salinas, o en toda la poesía "more geometrico" de un Jorge Guillén, y de no leve parte de un Alberti, un Xavier Villaurrutia o un Manuel Ponce...

"Los aparentes juegos de palabras de que Sor Juana se servía con no poca frecuencia (expone, de nuevo, Chávez), ondas son, coronadas de luces, de un mar de poesía", que muestran "cuán ágil era su alma", y "cuán femenina", sin por ello excluír la profunda idea, ni el "lírico arrebato de la emoción"...[86] Aun sus "paronomasias" y "ecos" y "esdrújulos" suenan ya de otro modo a los oídos que deleitó Rubén con la armonía sonriente de su "Eco y yo", y que han sabido de la "rima rica" con Banville y con todo el "Parnaso" galo, y que hoy ven dilatarse el horizonte melódico en la "Teoría General de la Rima" de Daniel Castañeda...[87] Más aún. Ya don Miguel Antonio Caro, iluminando "la Aliteración como elegancia métrica", notó (contra Luzanes y Hermosillas absolutistas) que dichas musicales "Cenicientas", desdeñadas gemelas de la Asonancia y la Consonancia, "no pueden llamarse 'sonsonete y juego puril' sin hacer extensivo este desprecio a las otras Rimas, pues el agrado que producen éstas es de la misma naturaleza que el de aquéllas", las cuales sólo añaden el nuevo mérito —y el intelectivo deleite— "de una nueva dificultad vencida"...[88] Y claro está que el ático bogotano pone a ello el justo límite, con precepto quintilianesco: "Sed ita demum, ut non appareat affectatio"... Mas aunque siempre habrá alguna "affectation", connatural a esos virtuosismos, Gerardo Diego observa que Sor Juana, en tales "juegos irreprimibles", justamente "se salva de la aridez fríamente ingeniosa gracias a la gracia de la espontaneidad, pues en ella surge espontáneo y perfecto de técnica que se ignora a sí misma lo que en otro cualquier ingenio de la época brota doloroso y retorcido de esfuerzo y disimulo"...[89]

Aparte de lo cual, aquí también —y en todo lo muchísimo que hay de risueño y "lúdicro" en su poesía—, no se trata jamás (o quizá jamás) de simples "juegos" vacíos, como en tantos otros, sino de alada veste de sonrisa para graves tesoros de alma. No en vano le escribió el Conde de la Granja, desde sus días:

...Vuestros [Villancicos] cubren
—aunque de sayal vestidos—

> misterios de mucho fondo
> en el vellón del pellico...[90];

y en ellos siempre abónase el cabal decir de Don Ezequiel: "De las dos naturalezas más visibles que en Juana Inés había, la seria, la reflexiva, la que veía hasta lo más hondo, era la más fundamental. La traviesa, la juguetona, la que a veces reía, era como las olas que juegan, coronadas de luz y de espuma, sobre un mar de misterios y de fuerzas recónditas; sobre aquél que tiene una voz potente, que sube al Cielo, desde su profundidad inmensa"...[91]

En cuanto a sus preciosas Rimas Latinas —que eran, por ser latines, manjar vedado y hastioso para nuestra Universidad libe-- ral y positivista de ha medio siglo—, ya empiezan a lanzar renacida luz en su corona humanística, y cobran nueva gracia —a nuestros ojos— en su aire familiar con un Medio-Evo que nos redescubrieron Ozanam, Doña Emilia, y hasta Verlaine y Darío, para no mencionar la legión científica de sus definitivos reivindicadores. Ya hace años que Gabriel Méndez Plancarte nos decía "la exquisita gracia de sus Villancicos latinos, en los que parece revivir un soplo de aquella Edad 'enorme y delicada' que oyó cantar a Anselmo y a Bernardo, a Buenaventura y a Tomás de Aquino"...[92]

Algo de eso se diga, en buena parte, de la perfecta naturalidad con que, también en estos cánticos religiosos —junto a todo lo bíblico y litúrgico y profundamente cristiano—, asoman, con vital integridad, su "alma filosófica" (Chávez), su mundo enciclopédico (Heráclito y Demócrito, Música, Astronomía, Retórica, Prosodia, Súmulas y hasta Esgrima...), sus renacentistas evocaciones de los mitos helénicos (Glauco y Neptuno, y aun Cupido y Leda), sus condescendientes descensos al latín "macarrónico" (de noble tradición en lo "goliárdico" medieval y en el barroco italiano), o su delectación en los cultismos intactos (como "ancila", "tentorios", "estatera" y bastantes más). Porque "Sor Juana —cristiana, y católica, y judía (por bíblica), y mejicana— es, a la par, griega y latina, como nosotros todos lo somos", según comenta Chávez "esos raros vocablos que cantan —pájaros de Grecia y de Italia— en la garganta de la Monja de Méjico"...[93]

Y aun con esto, gozamos más a fondo —hoy mucho más que en el xix— lo que tiene de hermoso y de profundo, en su plenitud humanística y patria y humana, la simultaneidad de algún tiernísimo *Tocotín* en náhuatl de fina ley, y aun de sus balbuceos indo-españoles, y hasta de sus cantares de "Congas" y "Guineos", que ahora llegan a punto, mejor que nunca, cuando en Cuba y Puerto Rico, Venezuela y Colombia, y el Brasil o los Estados Unidos, la nueva "Poesía Negra" va aflorando a las letras universales.

Ni olvidemos, en fin —sólo atisbando, en su intimidad millonaria, dos capitales fuentes de su meditación y de su doctrina, y aun de no pocas entre sus riquezas emocionales e imaginíficas—, que ellas coinciden con las más vigentes y fértiles entre las inspiraciones hodiernas de la Espiritualidad y el Arte católicas. La Biblia le era "el Libro que comprende todos los libros" (*Respuesta a Sor Filotea*), o —como glosa Chávez— "el Libro, el único, milagroso y santo: aquél de cuyas páginas subía para ella, como para la admirable vieja que pintó Rembrandt inclinada leyendo un libro, claridad sobrenatural; no a la cara nomás, también al alma, porque lo leía, más aún que con los ojos, con su amor". . . Así, doquier la vemos "presa del hechizo del Viejo Testamento, y llevada por él, como por un río de admiración, al mar de luz del Testamento Nuevo". . . Y en cuanto a la Liturgia —el "Oficio Divino" de nuestra "Religiosa de Velo y Coro", en el Breviario Romano y en su Misal—, ésta le fué también otra diurna y nocturna mina de oro y de diamantes celestes, que ella beneficiaba a manos plenas en sus Antífonas, Himnos, Oraciones y Lecciones Históricas, y aún más asiduamente en las Homilías de San Jerónimo, San Agustín, o San Gregorio y San León, los Magnos, con la gracia y fortuna que revelan a cada paso sus Villancicos, o —muy en especial— sus Letras de S. Bernardo y de la Profesión de una Religiosa.

VII. LA CATEDRAL ILUMINADA

Esto es lo que debíamos anticipar, como una servicial manuducción a la presente Lírica Coral de Sor Juana, para ambientar a quien lo necesite en el umbral de un mundo para tantos muy remoto y desconocido. Por lo mismo, apartamos todo análisis singular de los poemas que van a leerse, y en los que renunciamos aun a insinuar cuáles son nuestras páginas predilectas. Cada quién —con sus ojos y su alma propia— hallará las suyas. Aquí está —siempre vivo— este pasado que es un presente.

Porque los Villancicos de esta "mujer sin par en la historia
de la poesía femenina" —bellamente lo dice Gerardo Diego—,
"nos transportan a los belenes resplandecientes de candelas y
argentinos de campanillitas, en palacios virreinales y conventos
barrocos, con una alegría que refleja en el Nuevo Mundo los
gozos teresianos y lopescos y las églogas salmantinas de los albo-
res del 1500"...[89] O mejor todavía, Don Ezequiel A. Chávez
nos invitaba, preguntador: "¿Miráis, desde este nuestro siglo,
obscuro a pesar de su luz eléctrica, la Catedral aquella de hace
dos siglos, en la noche, como un ascua de luces? ¿Veis allí a la
multitud apiñada, hombres y mujeres, oyendo, con los niños, las
coplas de Sor Juana? Hombres y mujeres del pueblo todo; ricos
y pobres, estudiantes y niñas; los ojos abiertos, reflejando las
luces; las almas, volando"...[94]

Aquellos festivales del espíritu —los de viejas calendas que
arrastró el mudo río de Heráclito—, duran aquí, vivientes y dia-
mantinos. La Musa los bañó con su rocío de Juvencia. Esta Igle-
sia Mayor sigue —aún y siempre— iluminada y canora. *"Ianua
patet, sed magis cor".*

ALFONSO MÉNDEZ PLANCARTE.

Méjico, 17 de abril de 1952.

NOTAS Y REFERENCIAS

[1] A. M. P.: "Prólogo galeato" a *Dos Poemas Votivos,* en "Ábside", de
Méj., IV-2, febr. 1940.—Fco. Jav. Alegre: *Arte Poética de Boileau,* c. I,
nota 42; en "Opúsculos Inéds.", ed. Icazbalceta, Méj., 1889, p. 39 (y allí,
Jerónimo Vida: *Poética,* I, v. 52).—J. P. Eckermann: *Conversaciones con
Goethe,* trad. Pérez Bances, Madrid, 1920.

[2] M. Menéndez y Pelayo: *Líricos Castellanos,* t. 3, p. XLIV.

[3] Menéndez y Pelayo: *De la Poesía Mística* (1881), en "Estuds. de
Crít. Lit.", 1ª serie, 3ª ed., Madrid, 1927, pp. 64-7.

[4] A. M. P.: *Cuestiúnculas Gongorinas.—V.—Al Nacimiento,* en "El
Universal", de Méj., 20-XII-948; y *Flor Navideña en la Poesía Castella-
na,* ibid., 3 y 10-I-944.

[5] Menéndez y Pelayo: *De la Poesía Mística* (3), pp. 67-72.

[6] Ezequiel A. Chávez: *Ensayo de psicología de Sor Juana... y de la
estimación y el sentido de su obra y de su vida,* Barcelona, "Araluce", 1931.

[7] A. M. P.: *Los Villancicos Guadalupanos de Don Felipe de Santoyo*, estudio y selección, en "Ábside", II-11, nov. 1938; y *Poetas Novohispanos* (que abreviaremos "Poets. Novs."), t. II, Méj., 1945, pp. XXXVII y ss.

[8] Julio Cejador y Frauca: *La Verdadera Poesía Castellana.—Floresta de la Antigua Lírica Popular*, t. IV, Madrid, 1923.—En el aspecto musical, hay un valioso estudio histórico y técnico, aunque muy ceñido en su radio: *"El Villancico i la Cantata del segle XVIII a València*, pel Canonge Vicenç Ripollès", Barcelona, 1935.

[9] José Pérez de Montoro: *Obras Póstumas.*—t. II: *Líricas Sagradas*, Madrid, ed. Juan Moya, impr. Antonio Marín, 1736.—Y cfr. nuestro Tomo I, núm. 3, y lo allí anot.

[10] Leopoldo Augusto de Cueto, Marqués de Valmar: *Bosquejo de la Poesía Castellana en el siglo XVIII* (Rivadeneyra, t. LXI, 1869); y casi igual, en su *Hist. Crít. de la Poesía Cast. en el s. XVIII*, Madrid, t. I, 1893.—Sobre Montoro, en ésta, p. 19.

[11] Manuel de León Marchante: *Obras Poéticas Póstumas*, ed. de "un Aficionado", impr. Gabriel del Barrio, Madrid, I, 1722; II, 1733 (y un III, que no conocemos).—A. M. P.: *León Marchante, jilguerillo del Niño Dios*, Méj., "Ábside", 1948.

[12] Hurtado y Palencia: *Hist. de la Lit. Española*, Madrid, 1925, pp. 743 y 833.

[13] Leandro Fernández de Moratín: *La Derrota de los Pedantes*, en "Poesías Sueltas y Obras en Prosa", París, Garnier, 1882, pp. 45-6; y *Los Padres del Limbo* (poema y nota), ib., pp. 196-7.

[14] El P. *Calleja* colaboró con *León Marchante* en "La Virgen de la Salceda", "Las Dos Estrellas de Francia" y "Los Dos Mayores Hermanos, S. Justo y Pastor".—Cfr. Sommervogel: *"Bibliothèque de la Compagnie de Jésus"*, t. II, Bruselas-París, 1891, art. "Calleja"; y Hurtado y Palencia, *op. cit.*, p. 743.

[15] Eugenio Gerardo Lobo: *Obras Poéticas*, t. II, reed. Madrid, impr. Miguel Escribano, 1769, p. 121-32.

[16] *Poetas Novohispanos*, t. I, 1942, pp. XV-XVI.—Fray Toribio de Motolinia: *Hist. de los Indios*, trat. I, c. 15.—Bernal Díaz del Castillo: *Hist. Verdadera de la Conquista*, cap. 152, 169 y 170.—Icazbalceta: *Coloquios* de González de Eslava, ed. Méj., 1877, p. XVI.

[17] Fray Jerónimo de Mendieta: *Hist. Eclesiástica Indiana*, lib. IV, c. 14.—Motolinia, *op. cit.*; y Gabriel Saldívar: *Hist. de la Música en Méj.*, 1934, pp. 88-9 (y sobre Campoverde, p. 99).

[18] Pedro de Trejo: *Poesías* (1569, Mss.), en Bol. del Arch. Gral. de la Nación, Méj., t. XV, n. 2, 1944. —*Poets. Novs.*, I, pp. XIX-XX y 5.

[19] Juan Pérez Ramírez: *Desposorio Espiritual*, 1574, en J. Rojas Garcidueñas: *Autos y Coloquios del s. XVI*, Méj., Bibl. del Estud. Univ., 1939. —*Poets. Novs.*, I, pp. XX-XXI y 12-3.

20 *Triunfo de los Santos,* ed. Harvey Leroy Johnson, Philadelphia, 1941; y *Carta del P. Pedro Morales,* Méj., 1579, fol. 187. —*Poets. Novs.,* p. XXI.

21 González de Eslava: *Coloquios Espirituales y Sacramentales y Canciones Divinas,* Méj., 1610, y reed. Icazb., 1877. —Men. y Pel.: *Hist. Poes. Hisp.-Amer.,* 1911, I, 46-51. —Amado Alonso: *Biografía de F. G. de E.,* Bs. As., 1940. —Y *Poets. Novs.,* I, pp. XXI-II y 41-53.

22 Sobre *Corvera,* A. Alonso, *op. cit.,* 253 y 282-93; y sobre el *P. Hortigosa* y él, cfr. *Poets. Novs.,* I, pp. XXIII y 52-3.

23 Del *Panegírico de la Anunciación* (MS. de la Bibl. Nac. de Méj., XIII-2-6), cfr. *Poets. Novs.,* I, pp. XXVII-III y 70.

24 Del *Coloquio de... Tlaxcala,* ibid., pp. XXVIII y 75.

25 *El Códice Gómez de Orozco,* estudio, ed. y notas de A. M. P., Méj., Impr. Univ., 1945, pp. 3-16.

26 Francisco Bramón: *Los Sirgueros de la Virgen,* Méj., 1620; y *Poets. Novs.,* I, pp. XXXV y 137-8.—Reed. parcial: *Auto del Trinfo de la Virgen,* por A. Yáñez, Impr. Univ., 1945.

27 Villalobos: *Méjico en 1523,* ed. G. García, t. XII de sus "Docs. para la Hist. de Méj.", 1907. —Rojas Garcidueñas: *El Teatro de N. E. en el s. XVI,* Méj., 1935, pp. 105-11. —*Poets. Novs.,* t. II, 1943, pp. XXXIII-IV y 15.

28 Del *Certamen* de Méj. en 1654, cfr. *Poets. Novs.,* II, pp. XLVII-VIII y 77-9.

29 *De Salazar y Torres:* ib., II, pp. LVII-LX y 125-30. —Pedro Henríquez Ureña (aquí, 53) escribió que Salazar "fué en cierto modo discípulo de Sor J." y "la imitó"... ("El Libro y el Pueblo", sept. 1932, p. 4). La cronología impone lo contrario, pues él murió en 1675.

30 Estos *Villancicos,* y casi todos los siguientes —ediciones sueltas—, los disfrutamos gracias al Lic. Francisco González de Cossío (hoy, bibl. de D. Salvador Ugarte) y a D. Federico Gómez de Orozco (hoy, Bibl. del Museo Nacional), así como otros en la Bibl. Nac. de Méjico.

31 Lic. Antonio de Robles: *Diario de Sucesos Notables de Méj.* (1665-1703), ed. Orozco y Berra, 1853, y Castro Leal, 3 vols., 1946. —La *Gazeta de Méj.,* sept. 1730, del Pbro. D. Juan Fco. Sahagún de Arévalo, ennumera los "*Maitines* fundados" en la Catedral de Méj., con solemnidad que solía llevar consigo la de los Villancicos. Eran los de la *Natividad* (dotados con $6,000 por el Ilmo. D. García de Legaspi, y que según Robles "se empezaron" en 1688); *Concepción* (por el Caballero de Santiago D. Juan de Chavarría); *N. Sra. de Guadalupe* (por D. Bartolomé de Quesada, con $8,000); *S. Ildefonso* (por el Chantre D. Alonso Ramírez de Guzmán); *Sma. Trinidad* (por el mismo Sr. Chavarría); *Corpus Christi* y su Octava (por los albaceas del Lic. D. Francisco de Orozco: $20,000);

S. José y *S. Felipe Neri* (por Dña. Juana de Taboada y Ulloa); *S. Pedro* y la *Asunción* (por el Maestrescuelas Dr. D. Simón Ésteban Beltrán de Alzate: $4,000 cada dotación); y *Navidad* y *Resurrección* ("de la Masa Capitular").—Los de *S. Pedro,* ya en las "Chanzonetas" de 1654 se dice que los "fundó y dotó" el Dr. D. Antonio de Esquivel, Racionero y Protonotario Apostólico.

[32] Juan Antonio de Oviedo, S. J.: *Vida Ejemplar... del V. P. Antonio Núñez de Miranda,* Méj., 1702, pp. 12-3.

[33] De las *Chanzonetas* de 1654, cfr. *Poets. Novs.,* II, pp. XLVIII-IX y 79-84.

[34] Gabriel Saldívar: *Hist. de la Música en Méj.,* 1934, pp. 110-4 (con las citas del *P. Burgoa,* cronista dominico de Oajaca).

[35] De *D. Alonso Ramírez de Vargas,* cfr. *Poets. Novs.,* t. III, 1945, pp. XXXIV-VII y 89-106. —Allí, aún no los de *S. Pedro, 1685;* anóns., pero identificados por una Nota Ms. en el ejr. González de Cossío.

[36] *Delgado y Buenrostro:* en *Poets. Novs.,* III, pp. XIV y 32-3.

[37] Al *P. Ponce de León,* que en 1945 desconocíamos, nos referimos aquí por primera vez.

[38] Al *Pbro. De la Barrera y Varaona* aludimos en nuestro Tomo I, núm. 108 y lo allí anot., p. 500. Mas de estos *Vills.,* sólo ahora nos ocupamos.

[39] De *Montoya y Cárdenas,* cfr. Poets. Novs., III, pp. XLII y 130.

[40] Del *Br. Azevedo,* cfr. nuestro Tomo I, p. 390, anot. al núm. 22; y *Poets. Novs.,* III, pp. XLIII y 136-8.

[41] Sobre el *Br. Santillana,* cfr. *Poets. Novs.,* III, pp. XLII y 133-6.

[42] De *Santoyo:* en *Poets. Novs.,* III, pp. XLIV y 138-43; y A. M. P.: *art. cit.* arriba (7).

[43] De *Soto Espinosa,* así como de *Mora y Cuéllar* y de *Morales Pastrana,* cfr. *Poets. Novs.,* III, pp. XLII, 131-2 y LXIII. —A los demás, sólo ahora nos referimos.

[44] *Muñoz de Castro:* en *Poets. Novs.,* III, pp. LIX-X y 201-4.

[45] A estos *Villancicos de 1748-69,* aludimos hoy por primera vez. —Para un estudio más minucioso de la historia del Villancico en la Nueva España, hay otros rasgos útiles en Miguel Bernal Jiménez: *Morelia Colonial. El Archivo Musical del Colegio de S. Rosa de S. María de Valladolid. Siglo XVIII,* Méj., 1939; y G. Saldívar, *op. cit.* (34): "Catálogo del Arch. Musical de la Catedral de Méj." (MS. de mediados del XVIII), que menciona "38 Villancicos, tanto del M° Salazar como del M° Sumaya y otros"... (pp. 115-20). —*Antonio de Salazar,* M° de la Catedral de Méj., de 1685 a 1715 circ., dejó la mayor producción musical de su época, "de la Escuela Palestriniana"... (Saldívar, 108).

⁴⁶ Sobre los Villancicos Atribuíbles a Sor J., adelantamos ya algo en *Poets. Novs.*, III, pp. XXXIX-XLI y 106-20.

⁴⁷ Ermilo Abréu Gómez: *Sor J.—Bibliografía y Biblioteca,* Méj., 1934, pp. 224-6, y 240.

⁴⁸ De los Vills. Anóns. de *S. Ildefonso,* Méj., 1681, se fotocopian dos páginas de la partitura en Saldívar (34), pp. 108-11. —En *Poets. Novs.,* III, pp. 122-36, puede verse algo de ellos y de los de *Corpus,* Puebla, 1689; *Asunción,* Méj., 1691; *Natividad,* Méj., 91; *S. Antonio,* Puebla, 93; y *Natividad,* Puebla, 93. —Pero ni rastro (repetiremos) de los "Vills. *Guadalupanos"* que "se atribuyen" a Sor J. según el P. Cuevas, "Álbum Hist. del IV Cent. Guad.", 1930, p. 154.

⁴⁹ Del soneto apócrifo *"Cítara de carmín"...,* cfr. nuestro Tomo I, pp. XLVII y 518 y 618.

⁵⁰ Alfonso Reyes: *Las Letras Patrias,* en "Méj. y la Cultura", 1946, p. 352 (y en volumen aparte: *Letras de la Nueva España,* Col. Tierra Firme, Fondo de Cultura Económica, 1948, p. 99).

⁵¹ Abréu Gómez (47), pp. 224-6.

⁵² Julio Jiménez Rueda: *Sor J. I. de la C. en su Época,* Méj., 1951, cap. 31, p. 109. —Allí mismo, dando por cierta la gratuita hipótesis de Men. y Pel., y de J. J. Cuevas (cfr. nuestro Tomo I, nota al núm. 21), asegúrase: "Ella misma (Sor J.) *les pone música* a estos Villancicos"... (p. 112). Más bien consta lo opuesto, nombrando las portadas a Salazar, Agurto y Loaysa, o Dallo y Lana, que los "ponían en metro músico"... —También A. Reyes, op. cit. (50), mienta los "villancicos escénicos" de Sor J. *(L. de la N. E.,* p. 111).

⁵³ Pedro Henríquez Ureña: *Clásicos de América.—2: Sor Juana,* reprod. en "El Libro y el Pueblo", de Méj., sept. 1932, p. 4.

⁵⁴ Abréu Gómez: *Sor J.—Poesías Completas,* Méj., Botas, 1941, "Advertencia", p. 6.

⁵⁵ Chávez, *op. cit.* (6), pp. 217 y 253, etc.

⁵⁶ Nicolás Boileau Despréaux: *"L'Art Poétique"* (París, 1674), chant II, vv. 199-201, que así podemos verter:

> De la fe de un cristiano los misterios terribles,
> no pueden ser de alegres adornos susceptibles;
> el Evangelio, en todo, nada ofrece a la mente
> sino justos suplicios y penitencia urgente...

(Si se lee acaso *"loi"* en vez de *"foi",* la versión mudará "fe" en "ley"...) —La trad. del P. Alegre, que omite este pasaje, cfr. ed. cit. (1).

⁵⁷ Leandro F. de Moratín: *Nota* a su cantata *Los Padres del Limbo,* ed. cit. (13), p. 196.

⁵⁸ José Joaquín Fernández de Lizardi: *Diálogo entre un francés y un*

italiano sobre la América Septentrional, art. II, en "El Pensador Mejicano", t. II, n. 17, del 23 dic. 1813; reprod. por A. Yáñez: *Fz. de Liz.,* Méj., B. E. U., 1940, pp. 13-4. —La cita de D. Nicolás Moratín, en Cayuela (60), p. 17.

⁵⁹ D. Fray Benito Jerónimo Feijóo y Montenegro: *Teatro Crítico Universal,* t. I, 1726, Disc. XIV, ns. 41 y 45-52.

⁶⁰ Arturo M. Cayuela, S. J.: *Autos Sacramentales,* Madrid, 1928, p. 17 (y allí la cita de Clavijo). —La prohibición de los Autos en 1763, por Carlos III, la consigna Menéndez y Pelayo: *Calderón y su Teatro,* conf. 3ª.

⁶¹ Marqués de Valmar, *op. cit.* (10), t. I, pp. 4-7, 19, 42 y 184.

⁶² Menéndez y Pelayo: *Hist. de la Poesía Hisp.-Amer.,* Madrid, 1911, pp. 74-5 (igual que en su *Antol. de Poetas H. A.,* 1893). —Y de sus mayores prisas y "lapsus" de hecho, sobre Sor J., cfr. nuestra Introd.· a *El Sueño,* "Textos de Lit. Mej.", Homenaje de la Univ. Nac., 1951, pp. XXIV-VIII.

⁶³ Juan León Mera: *Obras Selectas de la célebre Monja de Méjico,* Quito, 1873, pp. LXIX-LXXI y 194-210.

⁶⁴ Francisco Pimentel: *Hist. Crít. de la Poesía en Méj.,* 1892 (y antes, 1885), pp. 254-6, etc.

⁶⁵ Abréu Gómez: *Sor J.-Poesías* (Selectas), Méj., Botas, 1940, "Pról.", p. 61; y *Poesías Completas* (54).

⁶⁶ Elizabeth Wallace: *Sor J., Poetisa de Corte y Convento,* Méj., 1944, pp. 81, 113 y 121.

⁶⁷ Karl Vossler: *"Die Zehnte Muse von Mexico",* Munich, 1934; reprod. por Pedro Henríquez Ureña frente a *Obras Escogidas* de Sor J., Col. Austral, 1939.

⁶⁸ Sobre la *Madre Castillo,* cfr. aquí nuestras Notas finales a los núms. 340-1. —Añádase Germán Posada Mejía: *Sor Juana y s.·s Amigos del Nuevo Reino de Granada,* en "Homenaje" de la Univ. Nac. de Colombia: "Sor J. I. de la C.-Tricentenario de su Nacim.", Bogotá, 1951, pp. 49-51.

⁶⁹ Carlos López Narváez: *De lo Profano a lo Divino en la lírica amorosa de Sor J.,* en "Homenaje" de Colombia, cit. en la nota anterior, 1951, pp. 87-8 y 72-5.

⁷⁰ Chávez, *op. cit.* (6), pp. 249, 302-3, 307-8, 313-5, 346 y 446-7.

⁷¹ José de Jesús Cuevas: *Sor Juana Inés de la Cruz,* Guadalajara, 1872, parágr. XXIV, pp. 127-36.

⁷² Francisco de P. Herrasti: *Consideraciones críticas sobre la vida y obras de... Sor J.,* Méj., 1929 (sobretiro del "Bol. de la Soc. Mej. de Geogr. y Estadística", V época, t. XIV), pp. 279-80 y 319-20.

[73] Gabriel Saldívar, *op. cit.* (34), p. 303.

[74] Ángel Valbuena Prat: *Antología de la Poesía Sacra Española,* 1940, p. 38.

[75] David N. Arce: *Natural y Sobrenatural de Sor J.,* en "Bol. de la Bibl. Nac.", de Méj., oct.-dic. 1951, pp. 19-45 (y sobretiro).

[76] Jesús Reyes Ruiz: *La Época Literaria de Sor J.,* Monterrey, 1951, pp. 24-5 (y 28 y 49-50).

[77] Manuel Toussaint: *Sor J.—Obras Escogidas,* Méj., "Cultura", 1928, p. XII.

[78] Alfonso Junco: *Sor J. y la Virgen,* en "Gente de Méjico", 1937; y ahora en volumen especial de ensayos sobre la Poetisa, *Al Amor de Sor J.,* Méj., 1951, pp. 103-22.

[79] Pedro Henríquez Ureña, *op. cit.* (53), p. 12; y allí, la observación de Raimundo Lida.

[80] M. Herrero-García: *Estimaciones Literarias del siglo XVII,* Madrid, 1930, pp. 342-51.

[81] Karl Vossler: *Literatura Española.—Siglo de Oro,* trad. J. F. Montesinos, Méj., 1941, pp. 29-30. —La obra maestra de Fray Jerónimo de S. José: *Genio de la Historia,* data de 1651.

[82] Agustín Yáñez: *Mejicanidad Ejemplar de Sor J.,* en "Letras Potosinas", de S. Luis Potosí, nov.-dic. 1951.

[83] A. M. P.: *El Poeta del Ciego Dios* (IV), en "El Universal", de Méj., 17-III-947. —Alfonso Junco: *Placencia, poeta esencial,* en "Gente de Méj.", 1937. —Alfonso Gutiérrez Hermosillo: *Alfredo R. Placencia* (1931); pról. de la *Antología Poética,* Méj., Impr. Univ., 1946.

[84] Sor Juana: *Dedicatoria* de los Vills. de S. Pedro, 1677 (aquí, núm. 241 bis). Y cfr. lo allí anotado.

[85] José María Pemán: *El Enigma de Sor J.* (II), reprod. en "Novedades", de Méj., 9-II-952.

[86] Chávez, *op. cit.* (6), pp. 274-6.

[87] Daniel Castañeda: *"Acordes Disonantes* y otros poemas, seguidos de la 3ª ed. de la *Teoría General de la Rima",* Méj., Robredo, 1951. —A. M. P.: *La "Teoría General de la Rima",* en "El Universal", de Méj., 24-IX; 1, 8, 15 y 22-X; 19 y 26-XI; y 3 y 10-XII-1951.

[88] Miguel Antonio Caro: *De la Aliteración como Elegancia Métrica* (1874), en "Estudios Filógicos, 2ª serie": *Obras Completas,* t. V, Bogotá, 1928, p. 118.

[89] Gerardo Diego: art. en *A. B. C.,* de Madrid, 14-XI-951; reprod. en "Madrid al habla", de "Novedades", de Méj., 18-XI-951.

[90] Don Luis Antonio de·Oviedo y Rueda, Conde de la Granja: romance *"A vos, Mejicana Musa"*..., vv. 65-8 (en nuestro Tomo I, núm. 49 bis).

[91] Chávez, *op. cit.* (6), p. 37.

[92] Gabriel Méndez Plancarte: *Horacio en Méjico,* Univ. Nac., 1937, p. 8.

[93] Chávez, *op. cit.* (6), p. 258.

[94] Chávez, *ibid.,* p. 253.

VILLANCICOS,
QVE SE CANTARON
EN LA SANTA IGLESIA METRO-
politana de MEXICO.

EN LOS MAITINES DE LA PVRISSIMA CONCEPCION de Nueſtra Señora.

A devocion de vn afecto al Miſterio.

Año de 1676.

S.   O.

Con licencia   En Mexico.

Compueſtos en Metro muſico, por el B. y Ioſeph de Agurto, y Loayſa, Maeſtro Compoſitor de dicha Santa Igleſia.

Por la Viuda de Bernardo Calderon, en la calle de San Aguſtin.

los compuſo la M. I. de Ines de la cruz religioſa de S. Geronimo de Mexico.

VILLANCICOS Y LETRAS SACRAS

VILLANCICOS

~~~~~~~~~~~~~~~~~~~~~~~~~~~~~~~~~~~~~~~

ASUNCIÓN, 1676

*Villancicos que se cantaron en la Santa Iglesia Metropoli-
tana de Méjico, en honor de María Santísima Madre de
Dios, en su Asunción Triunfante, año de 1676, en que se
imprimieron.*

PRIMERO NOCTURNO

217

Villancico I

Vengan a ver una apuesta,
vengan, vengan, vengan,
que hacen por Cristo y María
el Cielo y la Tierra.
    ¡Vengan, vengan, vengan!

Coplas

El Cielo y Tierra este día
compiten entre los dos:
ella, porque bajó Dios,
y él, porque sube María.
10 Cada cual en su porfía,
no hay modo de que se avengan.
    —¡Vengan, vengan, vengan!
    Dice el Cielo: —Yo he de dar
posada de más placer:
pues Dios vino a padecer,
María sube a triunfar;
y así es bien, que a tu pesar
mis fueros se me mantengan.
    —¡Vengan, vengan, vengan!

[3]

20   La Tierra dice: —Recelo
que fué más bella la mía,
pues el Vientre de María
es mucho mejor que el Cielo;
y así es bien que en Cielo y suelo
por más dichosa me tengan.
—¡Vengan, vengan, vengan!
      —Injustas son tus querellas,
pues a coronar te inclinas
a Cristo con tus Espinas,
30   yo a María con Estrellas
(dice el Cielo); y las más bellas
dí, que sus sienes obtengan.
—¡Vengan, vengan, vengan!
      La Tierra dice: —Pues más
el mismo Cristo estimó
la Carne que en mí tomó,
que la Gloria que tú das;
y así no esperes jamás
que mis triunfos se retengan.
40   —¡Vengan, vengan, vengan!
      —Al fin vienen a cesar,
porque entre tanta alegría,
pone, al subir, paz María,
como su Hijo al bajar;
que en gloria tan singular,
es bien todos se convengan.
—¡Vengan, vengan, vengan!

218

VILLANCICO II

*Illa quae Dominum Caeli
gestasse in utero, digna,
et Verbum divinum est
mirabiliter enixa:
      cuius Ubera Puello
lac dedere benedicta,
et vox conciliavit somnum
Davidica dulcior lyra:*

Quae subiectum habuit Illum
10 *materna sub disciplina,*
Caeli quem trementes horrent
dum fulmina iratus vibrat:
  Cui virgineum pedem gaudet
Luna osculari submissa,
quaeque Stellis coronatur
fulgore Solis amicta,
  magna stipante caterva
ex Angelorum militia,
victrix in Caelum ascendit,
20 *ubi per saecula vivat.*
  Custodes portarum timent,
ut ingrediatur Maria,
ne cardinibus evulsis,
totum Caelum porta fiat.
  Ascendit Caelos, et Caelos
luce vestit peregrina,
atque deliciarum loco
ignotas infert delicias.
  Innixa super dilectum
30 *Caelestem Thalamum intrat,*
ubi summam potestatem
habet a Deitate Trina.
  Ad dexteram Filii sedet,
et ut Caelorum Regina
tota coronatur Gloria,
et Gloriam coronat Ipsa.
  Vident Superi ascendentem,
et admirantium ad instar,
ad instar concelebrantium,
40 *alterna quaerunt laetitia:*

Estribillo

—¿Quae est Ista? ¿Quae est Ista,
quae de deserto ascendit sicut virga,
Stellis, Sole, Luna pulchior? —Maria!

219

VILLANCICO III

LA SOBERANA Doctora
de las Escuelas divinas,
de que los Ángeles todos
deprenden sabiduría,
     por ser quien inteligencia
mejor de Dios participa,
a leer la suprema sube
Cátedra de Teología.
     Por Primaria de las ciencias
10 es justo que esté aplaudida,
quien de todas las criaturas
se llevó la primacía.
     Ninguno *de Charitate*
estudió con más fatiga,
y la materia *de Gratia*
supo aun antes de nacida.
     Después la *de Incarnatione*
pudo estudiar en sí misma,
con que en la *de Trinitate*
20 alcanzó mayor noticia.
     Los soberanos Cursantes
que las letras ejercitan
y de la Sagrada Ciencia
los secretos investigan,
     con los Espíritus puros
que el eterno Solio habitan
(e Inteligencias sutiles,
Ciencia de Dios se apellidan),
     todos la votan iguales,
30 y con amantes caricias,
le celebran la victoria
y el triunfo le solemnizan.

Estribillo

Y con alegres voces de aclamación festiva,
hinchen las raridades del aire de alegrías,

y sólo se percibe en la confusa grita:
—¡Vítor, vítor, vítor, vítor María,
a pesar del Infierno y de su envidia!
¡Vítor, vítor, vítor, vítor María!

SEGUNDO NOCTURNO

220

VILLANCICO IV

¡SILENCIO, atención,
que canta María!
Escuchen, atiendan,
que a su voz Divina,
los vientos se paran
y el Cielo se inclina.
Silencio, &.

Coplas

Hoy la Maestra Divina,
de la Capilla Suprema
hace ostentación lucida
10   de su sin igual destreza:
    Desde el *ut* del *Ecce ancilla,*
por ser el más *bajo* empieza,
y subiendo más que el *Sol*
al *la* de *Exaltata* llega.
    Propriedad es de *natura*
que entre Dios y el hombre *media,*
y del Cielo el *be cuadrado*
junta al *be mol* de la tierra.
    Be-fa-be-mí, que juntando
20   diversas Naturalezas,
unió el *mi* de la Divina
al *bajo fa* de la nuestra.
    En especies musicales
tiene tanta inteligencia,
que el *contrapunto* de Dios
dió en ella la más *Perfecta.*

No al *compasillo* del mundo
errado, la *voz* sujeta,
sino a la *proporción alta*
30   del *compás Ternario* atenta.
      Las Cantatrices antiguas,
las Judiques, las Rebecas,
figuras mínimas son,
que esta *Máxima* nos muestran.
      Dividir las *cismas* sabe
en tal *cuantidad,* que en Ella
no hay *semitono* incantable,
porque ninguno *disuena.*
      Y así, del género halló
40   *armónico* la cadencia
que, por estar *destemplada,*
perdió la Naturaleza.
      Si del mundo el *frigio* modo
de Dios la cólera altera,
blandamente con el *dorio*
las Divinas iras templa.
      Música mejor que Orfeo
(como Ildefonso exagera)
hoy suspendió del Abismo
50   las infatigables penas.
      Por los signos de los Astros
la voz entonada suena,
y los Angélicos Coros
el *contrabajo* le llevan.
      La Iglesia también, festiva,
de acompañarla se precia,
y con sonoras *Octavas*
el sagrado són aumenta.
      Con *cláusula,* pues, *final,*
60   sube a la mayor alteza,
a gozar de la *Tritona*
las *consonancias* eternas.

221

Villancico V

Aquella Zagala
del mirar sereno,
hechizo del soto
y envidia del Cielo:
  la que al Mayoral
de la cumbre, excelso,
hirió con un ojo,
prendió en un cabello:
  a quien su Querido
10 le fué mirra un tiempo,
dándole morada
sus cándidos pechos:
  la que en rico adorno
tiene, por aseo,
cedrina la casa
y florido el lecho:
  la que se alababa
que el color moreno
se lo iluminaron
20 los rayos Febeos:
  la por quien su Esposo
con galán desvelo
pasaba los valles,
saltaba los cerros:
  la del hablar dulce,
cuyos labios bellos
destilan panales,
leche y miel vertiendo:
  la que preguntaba
30 con amante anhelo
dónde de su Esposo
pacen los corderos:
  a quien su Querido,
liberal y tierno,
del Líbano llama
con dulces requiebros,

      por gozar los brazos
      de su amante Dueño,
      trueca el valle humilde
40   por el Monte excelso.
      Los pastores sacros
      del Olimpo eterno,
      la gala le cantan
      con dulces acentos;
          pero los del valle,
      su fuga siguiendo
      dicen presurosos
      en confusos ecos:

Estribillo

¡Al Monte, al Monte, a la Cumbre
50   corred, volad, Zagales,
      que se nos va María por los aires!
      ¡Corred, corred, volad aprisa, aprisa,
      que nos lleva robadas las almas y las vidas,
      y llevando en sí misma nuestra riqueza,
      nos deja sin tesoros el Aldea!

222

VILLANCICO VI.—JÁCARA

Estribillo

¡APARTEN! ¿Cómo, a quién digo?
¡Fuera, fuera! ¡Plaza, plaza,
que va la Jacarandina
como que *No, sino al Alba!*
    —¡Vaya de jacaranda, vaya, vaya,
que si corre María con leves plantas,
un corrido es lo mismo que una jácara!

Coplas

¡Allá va, fuera, que sale
la Valiente de aventuras,

10   Deshacedora de tuertos,
Destrozadora de injurias!
    Lleva de rayos del Sol
resplandeciente armadura,
de las Estrellas el yelmo,
los botines de la Luna;
    y en un escudo luciente
con que al Infierno deslumbra,
un monte con letras de oro
en que dice: *Tota Pulchra*.
20   La celebrada de hermosa
y temida por sañuda,
Bradamante en valentía,
Angélica en hermosura;
    La que si desprende al aire
la siempre madeja rubia,
tantos Roldanes la cercan
cuantos cabellos la inundan;
    La que deshizo el encanto
de aquella Serpiente astuta,
30   que con un conjuro a todos
nos puso servil coyunda;
    La que venga los agravios,
y anula leyes injustas,
asilo de los pupilos,
y amparo de las vïudas;
    La que libertó los presos
de la Cárcel donde nunca,
a no intervenir su aliento,
esperaran la soltura;
40   La de quien tiembla el Infierno
si su nombre se pronuncia,
y dicen que las vigilias
los mismos Reyes le ayunan;
    La que nos parió un León
con cuya rugiente furia
al Dragón encantador
puso en vergonzosa fuga;
    la más bizarra Guerrera
que, entre la alentada turba,

50   sirviendo al Imperio sacro
      mereció corona augusta;
          la Paladina famosa
      que con esfuerzo e industria
      conquistó la Tierra Santa,
      donde para siempre triunfa:
          Ésta, pues, que a puntapiés
      no hay demonio que la sufra,
      pues en mirando sus plantas,
      le vuelve las herraduras,
60   coronada de blasones
      y de hazañas que la ilustran,
      por no caber ya en la tierra,
      del mundo se nos afufa,
          y Andante de las Esferas,
      en una nueva aventura,
      halla el Tesoro Escondido
      que tantos andantes buscan,
          donde, con cierta virtud
      que la favorece oculta,
70   de vivir eternamente
      tiene manera segura.
          ¡Vaya muy en hora buena,
      que será cosa muy justa,
      que no muera como todas
      quien vivió como ninguna!

TERCERO NOCTURNO

223

Villancico VII

Estribillo

La Retórica nueva
escuchad, Cursantes,
que con su vista sola persüade,
y en su mirar luciente
tiene cifrado todo lo elocuente,
pues robando de todos las antenciones,
con Demóstenes mira y Cicerones.

Coplas.—QUINTILLAS

Para quien quisiere oír
o aprender a bien hablar,
10   y lo quiere conseguir,
María sabe enseñar
el *arte de bien decir.*

En enseñar ejercita
la dulzura de su voz
que a tiempos no se limita;
que como su asunto es Dios,
siempre es *cuestión infinita.*

Su *exordio* fué Concepción
libre de la infausta suerte;
20   su Vida la *narración,*
la *confirmación* su Muerte,
su *epílogo* la Asunción.

De persuadir la eminencia
lo *Judicial* lo pregona,
pues rendido a su *elocuencia*
el Juez Eterno, perdona
cuando lo mueve a clemencia.

Retórica se acredita
con todos los que la ven,
30   y a deprender los incita;
mas ¿qué mucho diga bien
quien en todo fué Bendita?

Hace de su perfección
al *silogismo* galante
segura *proposición,*
y con su Asunción triunfante
va a la eterna *complexión.*

Si a los *tropos* la acomodo,
ha ejercitado en el arte
40   el *sinécdoque,* de modo
que eligió la mejor *parte*
y la tomó por el *Todo.*

Como Reina, es bien acete
la *antonomasia* sagrada
que como a tal le compete;

y hoy, al Cielo trasladada,
la *metáfora* comete.
   Siendo Virgen, ha nacido
el Verbo, de ella humanado:
50   *énfasis* tan escondido
y *enigma* tan intrincado,
que sólo Dios lo ha entendido.
   Sus *figuras* peregrinas
son las antiguas mejores
que las figuras divinas;
que en sus *retóricas flores*
nunca se hallaron espinas.
   Tan *lacónica* introduce
la persuasión, que acomoda
60   cuando elegante más luce,
que su *Retórica* toda
a sólo un *Verbo* reduce.
   En fin, por ser su *oración*
en todo tan singular,
hoy con muy justa razón
al Cielo sube a gozar
la eterna *colocación*.

224

Villancico VIII. —Ensaladilla

Introducción.—JURA

A LA aclamación festiva
de la Jura de su Reina
se juntó la Plebe humana
con la Angélica Nobleza.
   Y como Reina es de todos,
su Coronación celebran,
y con majestad de voces
dicen en canciones Regias:

Coplas.—REINA

Ángeles y hombres, Señora,
10   os juramos, como veis,

con que Vos os obliguéis
a ser nuestra Protectora.
    Y os hacemos homenaje
de las vidas; y así, Vos
guardad los fueros que Dios
le dió al humano linaje.
    Vos habéis de mantenernos
en paz y justicia igual,
y del contrario infernal
20 con aliento defendernos.
    Con esto, con reverencia,
conformes en varios modos,
por los Evangelios todos
os juramos la obediencia.

Prosigue la Introducción

No faltó en tanta grandeza,
donde nada es bien que falte,
quien con donaires y chistes
tanta gloria festejase.
    Porque dos Negros, al ver
30 misterios tan admirables,
Heráclito uno, la llora;
Demócrito otro, la aplaude.

NEGRILLOS

    1. Cantemo, pilico,
que se va las Reina,
y dalemu turo
una noche buena.
    2. Iguale yolale,
Flacico, de pena,
que nos deja ascula
40 a turo las Negla.
    1. Si las Cielo va
y Dioso la lleva,
¿pala qué yolá,
si Eya sa cuntenta?

Sará muy galana,
vitita ri tela,
milando la Sole,
pisando la Streya.
    2. Déjame yolá,
50 Flacico, pol Eya,
que se va, y nosotlo
la Oblaje nos deja.
    1. Caya, que sa siempre
milando la Iglesia;
mila las Pañola,
que se quela plieta.
    2. Bien dici, Flacico:
tura sa suspensa;
si tú quiele, demo
60 unas cantaleta.
    1. ¡Nomble de mi Dioso,
que sa cosa buena!
Aola, Pilico,
que nos mila atenta:

Estribillo

—¡Ah, ah, ah,
que la Reina se nos va!
    —¡Uh, uh, uh,
que non blanca como tú,
nin Pañó que no sa buena,
70 que Eya dici: So molena
con las Sole que mirá!
    —¡Ah, ah, ah,
que la Reina se nos va!

Prosigue la Introducción

Los Mejicanos alegres
también a su usanza salen,
que en quien campa la lealtad
bien es que el aplauso campe;
    y con las cláusulas tiernas
del Mejicano lenguaje,

80 en un Tocotín sonoro
    dicen con voces süaves:

TOCOTÍN

—*Tla ya timohuica,*
totlazo Zuapilli,
maca ammo, Tonantzin,
titechmoilcahuíliz.
    Ma nel in Ilhuícac
huel timomaquítiz,
¿amo nozo quenman
timotlalnamíctiz?
90   *In moayolque mochtin*
huel motilinizque;
tlaca amo, tehuatzin
ticmomatlaníliz.
    Ca mitztlacamati
motlazo Piltzintli,
mac tel, in tepampa
xicmotlatlauhtili.
    Tlaca ammo quinequi,
xicmoilnamiquili
100 *ca monacayotzin*
oticmomaquiti.
    Mochichihualayo
oquimomitili,
tla motemictía
ihuan Tetepitzin.
    Ma mopampantzinco
in moayolcatintin,
in itla pohpoltin,
tictomacehuizque.
110   *Totlatlácol mochtin*
tïololquiztizque;
Ilhuícac tïazque,
timitzittalizque:
    in campa cemícac
timonemitíliz,
cemícac mochíhuaz
in monahuatiltzin.

CONCEPCIÓN, 1676

Villancicos que se cantaron en la S. I. Metropolitana de Méjico en los maitines de la Purísima Concepción de Nuestra Señora, año de 1676, en que se imprimieron.

PRIMERO NOCTURNO

225

VILLANCICO I

Estribillo

¡A la fiesta del Cielo! Las voces claras
una Reina celebran, Pura y sin falta.
¡Vengan, vengan,
a celebrarla por su buena estrella!
No se detengan, ¡vayan!,
que en su Concepción está para gracias.

Coplas

Con mucha gracia María,
siendo del género humano,
una Concepción estrena
10   tan nueva, que no ha pecado.
     Allá en la Mente Divina
su puro esplendor intacto,
sin necesidad de absuelto,
fué éste un caso reservado.
     Corriendo por todo el mundo
la culpa, estuvo el milagro
que macular no pudiese
a su Sér Inmaculado.
     Astuto y desvanecido,
20   a sus plantas arrojado,

su honor puro a Lucifer
se le fué entonces por alto.
    Corrientemente atrevido,
por hija de Adán, el Diablo
se la había jurado, puesto
que echó por tantos y cuantos.
    Pero como no podía
en su Concepción tragarlo,
contra el bocado se estuvo
30   de Adán, sin probar bocado.

226

VILLANCICO II

Estribillo

¡A LA Concepción, a la Concepción!
No se detengan, que la fiesta es hoy.
¡Vayan, vayan,
que la Reina tiene harta gracia!
¡Lleguen, lleguen,
porque su fiesta es fiesta solemne!

Redondillas

Hoy con festiva alegría,
de virtud y gracia llena,
en su Concepción estrena
10   un Templo de Dios, María.
    Venciendo al fiero Dragón
que a sus pies holló triunfante,
este milagro al instante
sucedió en *la Concepción.*
    Victoriosa y sin desgracia,
como se deja entender,
fué el caso muy para ver
en *Santa María de Gracia.*
    Si es Puerta en quien se hallará
20   franca la entrada del Cielo,

lo festivo de este anhelo
en *Porta-Caeli* será.
 Contra el Dragón y sus redes,
en alta contemplación
cogen por la Concepción
los que hoy van a *las Mercedes*.
 En sus aplausos divina,
después de tan gran batalla,
hoy, cuando contenta se halla,
30   es la fiesta de *Regina*.

227

VILLANCICO III. — DIÁLOGO

—¿QUIÉN es aquella Azucena
que pura entre todas brilla?
—Es, aunque Azucena sea,
de Dios una Maravilla.
 —En su Concepción sin mancha
¿tuvo asomos de cautiva?
—Muy libre se concibió,
y fué en un Ave María.
 —¿Pudo caer en la culpa
10   de Adán, de quien ella es hija?
—La cabeza *se estrelló*
sin haber dado caída.
 —¿Con su pureza, el Demonio
tuvo alguna demasía?
—Aunque se precia de bravo,
jamás le echó la maldita.
 —Porque campa de tremendo
¿su estrago la atemoriza?
—Puesta sobre su cabeza,
20   de él se le da lo que pisa.

Estribillo

—¿Quién es aquella Reina de tierra y Cielo?
—Es el Ave de gracia, por Dios eterno,

concebida sin mancha,
que está para glorias, que está para gracias,
y en un Instante
la libró Dios de culpa, para ser su Madre.

SEGUNDO NOCTURNO

228

VILLANCICO IV

Coplas

UN HERBOLARIO extranjero
que es todo Sabiduría,
para curar de venenos
muestra una Hierba bendita.
    Él por su mano la planta,
que de ninguno la fía,
y porque salga con gracia
le bendice la semilla.
    Hace con ella milagros
10 de curas tan peregrinas,
que es Hierba *Sánalo-todo,*
según a todo se aplica.
    Dicen que es la *Hierba-Buena*
los que de espacio la miran;
pero Él por nombre le ha puesto
la Hierba *Santa-María.*
    Otros, que es la *Hierba-Santa*
dicen, que sola se libra
de la inficción que de Adán
20 nos hizo la manzanilla.
    Otros, que es la *Celidonia,*
por lo que aclara la vista;
y otros dicen que es la Salvia,
porque la lengua habilita.
    Otros, por su gran virtud,
que será Romero afirman;
y otros, por la incorrupción,
dicen que es la *Siempre-Viva.*

Ella, aunque es como ninguna
30   y a ninguna parecida,
nace de la *Mejor-Ana*
y así a su lado se cría.

Es tan contra la ponzoña,
que la mordedura antigua
del más nocivo Dragón
en un punto se la quita.

Tal virtud secreta encierra,
que la Serpiente nociva
quiere rendirse a su fama
40   por no morir a su vista.

Todos los hombres la busquen,
pues todos la necesitan,
que aun de Ángeles la Ciudad
yerba de la Puebla cría.

Manuel es el Extranjero:
a Él vaya quien la codicia;
que también se da de gracia
La que en Gracia es Concebida.

Estribillo

Nadie tema ponzoña, de hoy más, Mortales,
50   pues con tal Contrayerba, ninguna es grande;
y aunque lo tenga en el seno,
ninguno tema el veneno:
que Ella es la dulce Tríaca
que todo el veneno saca
y cura de todos males.

¡Nadie tema ponzoña, Mortales!

229

VILLANCICO V

Coplas

ENTRE la antigua Cizaña
que el Enemigo del hombre

puso en el jardín del mundo
para marchitar sus flores,
   el Hortelano Divino,
por ostentar sus primores,
en el más estéril cuadro
plantó la Rosa más noble.
   De corrupción y de espinas
10   goza regias exenciones,
fragante Reina de tanta
república de colores.
   A influjos del Sol se engendra,
porque su Criador dispone
que, aunque de la tierra nace,
nada de la tierra toque.
   Y porque saliendo al prado
por maravilla del Orbe,
luces por hojas despliegue,
20   brille rayos por candores,
   tan limpia, en fin, se concibe,
tan fuera del común orden,
que Naturaleza misma,
en Ella, se desconoce.

Estribillo

¡Al jardín, Hortelanos,
al campo, Labradores,
y veréis en el campo, y entre las flores,
una Rosa sin recelo
de que la marchite el hielo
30   ni la abrasen los ardores!
   Sin espinas de pecado
veréis que preside al prado,
sin mancilla,
tan hermosa,
que siendo del Cielo Rosa,
es del prado Maravilla.

230

VILLANCICO VI. — JÁCARA

Estribillo

¡OIGAN, miren, atiendan
lo que se canta,
que hoy la Música viene
de mucha gracia!
    Pero hablando de veras
y en puridad,
en breve ha de decirles
una verdad.

Coplas

Antes que todas las cosas
10   érase una hermosa Niña
de los ojos del Criador,
graciosamente prevista.
    Que habiendo de ser de un Dios
Humanado, Madre digna,
fué razón que ni un instante
se apartase de su vista.
    Para ser de los Mortales
la defensa, fué escogida,
siendo la pura Azucena
20   de la hoja blanca y limpia.
    Contra la Serpiente astuta
que ocasionó la rüina
de todo el género humano,
siempre estuvo prevenida;
    siempre armada y vigilante;
y tanto, que al embestirla,
con linda gracia le dió
en la cabeza una herida.
    Jamás pudo ni aun tocarla
30   la Sierpe; y así, corrida,
en escuchando su Nombre,
bramando se da a Patillas.

Para estas empresas, tanta
gracia Dios le comunica,
que siendo pura criatura,
Mujer parece Divina.
  Sin la mancha de la culpa
se concibe, de Adán hija,
porque en un lunar no fuese
40   a su padre parecida.
  Del tributo universal
el Sacro Poder la libra,
previendo que había de ser
nuestra Reina sin caída.
  De Ésta, pues, a quien los fieles
invocan Madre benigna,
es la fiesta, y es el canto
de esta mi Jacarandina.

TERCERO NOCTURNO

231

VILLANCICO VII

1. MARÍA, en su Concepción,
las sombras venciendo obscuras,
se forma de luces puras
bien ordenado Escuadrón.
2. De él huye el negro borrón;
1. y viendo de María
las puras luces bellas,
2. queda la Noche fría,
y la hace ver estrellas.
10   *1.* ¡Triunfe el Día!
  2. El Cielo, que venza ordena
a la Sombra su arrebol,
1. blanca Aurora, hermoso Sol
y Luna de gracia llena.
2. Déle a la Culpa la pena,
destruyendo el negro horror;
muera la Sombra al valor

que tanta Luz encierra.
¡Al arma, guerra, guerra!
20   *1.* Con luces de gracia y gloria
consigue María victoria,
2. y a su pureza el triunfo se da.
1. ¡Es verdad,
porque vencer a la sombra
y al Dragón, que se asombra,
se debe a su claridad!

Coplas

Luciente divina Aurora
del que es de Justicia Sol,
contra la Noche se ostenta
30   María, en su Concepción.
Como Luna siempre llena
de puro, indemne candor,
a pesar de las tinieblas
sus luces manifestó,
    pues, como el Sol escogida,
la lobreguez ahuyentó
de la culpa, y por la gracia
claro Día se formó.
    Pertrechada se concibe
40   del limpio, claro esplendor
de la Luz indefectible,
con que a la sombra venció.

232

VILLANCICO VIII

(Entre un Negro y la Música Castellana.)

—ACÁ TAMO tolo
Zambio, lela, lela,
que tambié sabemo
cantaye las Leina.
    —¿Quién es? — Un Negliyo.
—¡Vaya, vaya fuera,

que en Fiesta de luces,
toda de purezas,
no es bien se permita
10   haya cosa negra!
—Aunque Neglo, blanco
somo, lela, lela,
que il alma rivota
blanca sá, no prieta.
—¡Diga, diga, diga!
—¡Zambio, lela, lela!

Coplas

—Cuche usé, cómo la rá
Rimoño la cantaleta:
¡Huye, husico ri tonina,
20   con su nalís ri trumpeta!
—¡Vaya, vaya, vaya!
—¡Zambio, lela, lela!
—¡Válgati Riabro, Rimoño,
con su ojo ri culebra!
¿Quiriaba picá la Virgi?
¡Anda, tomá para heya!
—¡Vaya, vaya, vaya!
—¡Zambio, lela, lela!
Viní acá, perra cabaya:
30   ¿su cabeza ri bayeta
y su cola ri machí,
pinsiaba, la trivimenta?
—¡Vaya, vaya, vaya!
—¡Zambio, lela, lela!
—Vaya al infierno, Cambinga,
ayá con su compañela
que le mira calabralo,
cómo yeva la cabeza.
—¡Vaya, vaya, vaya!
40   —¡Zambio, lela, lela,
que tambié sabemo
cantaye las Leina!

SAN PEDRO NOLASCO, 1677

*Villancicos que se cantaron en los Maitines del Gloriosísimo
Padre San Pedro Nolasco, fundador de la Sagrada Fami-
lia de Redentores de la Orden de Nuestra Señora de la
Merced, día 31 de enero de 1677 años,
en que se imprimieron.*

233

DEDICATORIA

*"—¿Cujus est imago haec et superscriptio? —Caesaris.
—Reddite, ergo, quae sunt Caesaris, Caesari."* (C. 22, Mat.).

En fe de sentencia tal
por punto de ley, ajusto
que la imagen siempre es justo
se vuelva a su Original.
Que ella es de un César señal
conozco, si atiendo al *cúya;*
mas, supuesto que sea suya,
por lo que en ésta diviso,
otro hay a quien es preciso
10   que César de Dios se arguya.
De este César hoy mi voz
publica el sello a la luz
del ser señal de la Cruz,
con que es señal que es de Dios.
Para en uno son los dos,
¡oh Julia César Augusta!
Nuestra atención muy bien gusta
si hoy a vos la Imagen vuestra
consagra: que es gloria nuestra
20   a vueltas de ser tan justa.

PRIMERO NOCTURNO

234

Villancico I

Estribillo

EN LA Mansión inmortal
donde no habita la pena,
que es toda de gloria llena,
Jerusalén celestial,
ya libres de todo mal
los Espíritus gloriosos,
todos celebran gozosos
de Pedro el triunfo feliz,
que unió la Francesa Lis
10   a la Barras de Aragón:
entre tan santo escuadrón,
él muestra más bizarría,
por ser hijo de María.

Coplas

Aunque cualquier Santo puede
ser de María hijo amado,
en título tan honrado
a todos Nolasco excede:
pues a él se le concede
como heredero, este día,
20   *por ser hijo de María.*
La Reina de la belleza
a los dos da vestidura:
a Uno, de su Carne pura,
y al otro, de su pureza;
Pedro goza tal grandeza
que a Cristo solo venía,
por ser hijo de María.
Casi con igual estima
a los dos Hijos mandó:

30   si Uno las almas sanó,
      otro los cuerpos redima
      porque al cristiano no oprima
      del moro la tiranía;
      por ser hijo de María.
          Y si a Cristo en su Pasión
      Ángeles acompañaron,
      y su Sangre veneraron
      precio de la Redención,
      a Pedro en otra ocasión
40   limpiaron la que vertía,
      por ser hijo de María.
          Ambos de su Redención
      vincularon los portentos,
      el Uno en sus Sacramentos,
      el otro en su Religión:
      porque en eterno padrón
      se conserve obra tan pía,
      por ser hijo de María.
          Quiso, al nacer Dios, morir,
50   pues donde está tal Señor
      no luce otro Redentor:
      de donde llego a inferir,
      que sólo quiso vivir
      mientras redimir podía,
      por ser hijo de María.
          Y si el Cuerpo no se halló
      de Cristo, y los que buscaron
      cándidas guardas hallaron,
      también el de éste faltó:
60   y sólo por él quedó
      su cándida compañía,
      por ser hijo de María.

235

Villancico II

Estribillo

¡Ah de las mazmorras, cautivos presos,
atended a mis voces, oíd mis ecos,

que unas nuevas os traigo tan portentosas,
que os han de causar gusto, siendo penosas,
pues en la muerte de Nolasco santo
brota la pena gloria, y risa el llanto!

Coplas

¡Ah de las mazmorras,
tened atención;
atended, Cautivos,
10   las nuevas que os doy!
    Escuchad mi llanto,
a falta de voz,
que también por señas
se explica el dolor.
    Sabed que ya es muerto
Pedro el Redentor:
¿cómo muere quien
vida a tantos dió?
    No esperéis consuelo,
20   pues él os faltó
y acabó en su vida
vuestra redención.
    De vuestras cadenas
ya sin remisión
es candado eterno
cualquiera eslabón.
    ¿Adónde hallaréis
tan noble Pastor,
que por cada oveja,
30   su vida arriesgó,
    y quedando expuesto
al fiero rigor,
dió su libertad
por vuestra prisión?
    Llorad, y deshechos
en líquido humor,
busque por los ojos
puerta el corazón.
    Pero ¿qué delirio
40   así me llevó,

y arrebató el alma
tras la compasión?
No lloréis, Cautivos,
porque no es razón
llorar que esté libre
quien os libertó.
Cristo a ejercitar
su oficio nació,
que tal es la falta,
50   que la suple un Dios.
Siempre os será Pedro
con igual amor,
Redentor aquí,
y allá intercesor,

236

VILLANCICO III

Estribillo

¡AGUIJA, aguija, Caminante, apriesa,
que es corto el tiempo y larga la carrera!
¡Aguija, corre, corre, aguija, carga,
que el Sol se pone y la carrera es larga!

Coplas

Nolasco, aquel Caminante
que en la carrera del siglo
supo caminar al Cielo
sin dilatar el camino;
    el que por ir más ligero,
10   sin la carga de los vicios,
no sólo de bienes, pero
se descargó de sí mismo,
    dejó su patria y riquezas,
dejó su noble apellido,
y si el sér dejar pudiera,
pienso que no hubiera sido,

✠ VILLANCICOS, ✠
QVE SE CANTARON
EN LOS MAITINES DEL GLORIOSISSIMO PADRE
S. PEDRO NOLASCO,

Fundador de la Sagrada Familia de Redemp-
tores del Orden de Nueſtra Señora de la
Merced, dia 31. de Henero de
1677. años.

✠ DEDICATORIA. ✠

Cuius eſt
imago hæc
& ſuper
ſcriptio?
Cæſaris.
redite er-
go qua ſut
Cæſaris
Cæſari c.
22. Mat.

EN fee de ſentencia tal
Por punto de ley, ajuſto
Que la Imagen ſiempre es juſto,
Se buelva a ſù Original.
Que ella es de vn Ceſar ſeñal
Conoſco ſi atiendo al cuya:
Más ſupueſto que ſea ſuya
Por lo que en eſta diviſo
Otro ay à quien es preciſo
Que Ceſar de Dios ſe arguya.

DE eſte Ceſar oy mi voz
Publica el ſello à la luz
De el ſer ſeñal de la *Cruz*,
Con que es ſeñal que es de Dios,
Para en vnó ſon los dos;
Ơ *Julia Ceſar Auguſta*,
Nueſtra atencion muy bien guſta
Si oy à vos, la Imagen vueſtra
Conſagra: que es gloria nueſtra
A vueltas de ſer tan juſta.

        camina por un atajo,
        que, aunque es trabajo seguirlo,
        más quiere atajos con riesgo
20   que rodeos sin peligro.
        Sobre sus obras camina,
        que con celestial destino
        son las más veloces postas
        para llegar al Empíreo.
        La fatiga del vïaje
        le hace dulce el ejercicio,
        que no siente andar quien tiene
        el pie siempre en el estribo.
        Para sustentarse lleva
30   en el pecho el Peregrino,
        porque nada le embarace,
        el Vïático escondido.
        Ya del eterno descanso
        llega al apacible sitio,
        y de sus largas fatigas
        goza el premio merecido.

SEGUNDO NOCTURNO

237

VILLANCICO IV

Estribillo

¡Ay, cómo gime! Mas ¡ay, cómo suena
el Cisne, que en dulcísimas endechas
suenan epitalamios y son exequias!

Coplas

        Aquel Cisne de María,
        que vistió en la toga tersa
        la más cándida señal
        de su Virginal Pureza,
          el escudo de sus armas,
        la cifra de sus empresas,

10   archivo de sus favores
y de su honor la defensa;
   cuya voz, mejor que Orfeo,
con dulcísimas cadencias
de tantos tristes cautivos
rompió las fuertes cadenas;
   El que en las corrientes puras,
por conservar su limpieza,
de las fuentes de la Gracia
tuvo morada perpetua,
20   hoy, conociendo su fin,
en dulces cláusulas tiernas
la mortal vida despide
para pasar a la eterna.
   Y aunque se conoce limpio,
a la Majestad Suprema,
sobre el candor de la nieve
le pide que lo emblanquezca.

238

Villancico V

Estribillo

Escuchen a mi Musa
que está de gorja,
y se quiere este rato
mostrar burlona.
   No pierdan esta ocasión,
porque será compasión,
si me dejan de escuchar:
andar, andar.
   Vaya Satanás a redro,
10   que pues mis victorias medro
y ninguno se me enoja,
diré lo que se me antoja,
porque se me antoja, Pedro.

Coplas

De Pedro he de discurrir
los milagros esta vez,
y el mayor milagro es
que yo lo quiera decir.
    Cuéntannos que a la luz salió,
para acabar nuestras penas,
20   el día de las Cadenas,
porque a quitarlas nació;
    porque en su ardiente fervor
la Iglesia, en triunfo doblado,
goce un Pedro encadenado
y un desencadenador.
    Mas ¿quién por esto lo alaba
ni quiere ofrecerle palmas,
si cautivaba mil almas
por un cuerpo que libraba?
30   Venderse por varios modos,
por rescatar, intentó;
pero nadie lo compró,
porque lo conocen todos.
    Con su limosna pesado,
sin perdonar a ninguno,
a todos por importuno
sacó el alma de pecado.
    De sentir el modo es vario,
pues al mirar su fervor,
40   todos dicen que es Pastor,
pero yo, que es Mercenario.
    Con sus compañeros franco,
cuando algunos recibía,
mil cosas les prometía,
para dejarlos en blanco.
    De la pobreza tal sed
tuvo, con tal eficacia,
que siempre vivió de Gracia
y se enterró de Merced.

239

VILLANCICO VI.—JÁCARA

Estribillo

¡Escuchen, cómo, a quién digo,
que va de Jacarandana!
A los valientes convido:
¡oigan, oigan, vaya, vaya,
que a quien de Pedro sus hazañas cuenta,
la atención no es de gracia, sino deuda!

Coplas

Oigan, atiendan, que canto
las hazañas portentosas
de aquel asombro de Marte,
del espanto de Belona:
   del imitador de Cristo,
Predicador de sus glorias,
del cuchillo del Hereje,
del espanto de Mahoma.
   Nolasco, digo, el valiente,
el de la vida penosa,
quebrantador de prisiones,
despoblador de mazmorras.
   Aquel valiente francés,
asombro de Barcelona,
que hizo temblar sus montañas
más que el bravo Serralonga.
   Bandolero que, en poblado
robando las almas todas,
a cenar con Jesucristo,
despachó muchas personas.
   El que desnudando a todos
con una maña famosa,
dejó la nobleza y plebe
a pedir misericordia.
   Al que sin tener caudal,
todos los bienes le sobran,

porque la Merced de Dios
no le falta a todas horas.

El que en honor de María,
si desenvaina la hoja,
por defender su pureza
ni con su sangre se ahorra.

El que alistó en su bandera
40   tanta inmensidad de tropas,
que haciéndole fuerza al Cielo,
arrebataron la gloria.

El que por librar amigos,
con condición generosa,
trajo la vida vendida
sin más ayuda de costa.

El que, privado del Rey,
trajo por insignia honrosa
en campo rojo esmaltadas
50   cinco Barras vencedoras.

El que con todo su brío
sufrió lo que nadie ignora,
pues dándole un bofetón
no osó desplegar la boca.

Mas como los de su trato
nunca de otros fines gozan,
después de tantas andanzas,
murió pidiendo limosna.

TERCERO NOCTURNO

240

VILLANCICO VII

¡VENGAN a ver un Lucero
en el Redentor segundo,
que ha ejercitado en el mundo
el oficio del Primero!
¡Vengan a ver un esmero
de la gracia, y sus primores!
¡Corred aprisa, pastores:
veréis que tiene en su celo

otro Redentor el suelo,
10   que sin que el título asombre,
da en la tierra paz al hombre
y gloria a Dios en el Cielo!

Coplas

Porque en Nolasco se crea
cuánto a Jesucristo aplace
que su retrato se vea,
en la Galia Pedro nace,
como Cristo en Galilea.
    Aun antes de discurrir,
limosnas empezó a hacer,
20   porque podamos decir
que acabado de nacer
ya empezaba a redimir.
    Pero en el Panal se toca
misterio más soberano,
que a admirarse más provoca,
pues tuvo Pedro en la mano
lo que la Esposa en la boca.
    Dar la sangre deseaba
con tan ardiente afición,
30   que la que no derramaba,
del deseo de pasión
como Cristo la sudaba.
    El juicio más discursivo
no ponderará el fervor
del Santo, pues compasivo
cautivaba un Redentor
por rescatar un cautivo.
    La ocupación más subida
de Cristo quiso imitar,
40   que en batalla tan temida,
¿qué pudo Pedro esperar
donde aun Dios perdió la vida?
    Los enfermos visitaba
con tanto desinterés,
y su remedio buscaba,

que, como era buen Francés,
del mal francés los curaba.
　　En él, de Pedro y su fe
todas las señales hubo,
50　y hasta el Gallo en él se ve,
porque si el otro lo tuvo,
éste de nación lo fué.
　　Con caritativo ardor,
de amores se consumía
del martirio y su rigor,
porque el Santo más quería
ser Mártir que Confesor.
　　Y en fin, de Cristo imitó
todos los pasos así,
60　que en su paciencia se vió
que, cuando todos por sí,
él por todos padeció.

241

Villancico VIII.—Ensaladilla

A los plausibles festejos
que a su fundador Nolasco
la Redentora Familia
publica en justos aplausos,
　　un Negro que entró en la Iglesia,
de su grandeza admirado,
por regocijar la fiesta
cantó al son de un calabazo:

PUERTO RICO.—*Estribillo*

¡Tumba, la-lá-la; tumba, la-lé-le;
10　que donde ya Pilico, escrava no quede!
¡Tumba, tumba, la-lé-le; tumba, la-lá-la,
que donde ya Pilico, no quede escrava!

Coplas

Hoy dici que en las Melcede
estos Parre Mercenaria
hace una fiesa a su Palre,
¿qué fiesa? como su cala.
　Eya dici que redimi:
cosa palece encantala,
por que yo la Oblaje vivo
20　y las Parre no mi saca.
　La otra noche con mi conga
turo sin durmí pensaba,
que no quiele gente plieta,
como eya so gente branca.
　Sola saca la Pañola;
¡pues, Dioso, mila la trampa,
que aunque neglo, gente somo,
aunque nos dici cabaya!
　Mas ¿qué digo, Dioso mío?
30　¡Los demoño, que me engaña,
pala que esé mulmulando
a esa Redentola Santa!
　El Santo me lo perrone,
que só una malo hablala,
que aunque padesca la cuepo,
en ese libla las alma.

Prosigue la Introducción

Siguióse un estudiantón,
de Bachiller afectado,
que escogiera antes ser mudo
40　que parlar en Castellano.
　Y así, brotando Latín
y de docto reventando,
a un bárbaro que encontró,
disparó estos latinajos.

DIÁLOGO

*Hodie Nolascus divinus
in Caelis est collocatus.*

—Yo no tengo asco del vino,
que antes muero por tragarlo.
      —*Uno mortuo Redemptore,*
50   *alter est Redemptor natus.*
Yo natas buenas bien como,
que no he visto buenos natos.
      —*Omnibus fuit Salvatoris*
ista perfectior Imago.
      —Mago no soy, voto a tal,
que en mi vida lo he estudiado.
      —*Amice, tace: nam ego*
non utor sermone Hispano.
      —¿Que te aniegas en sermones?
60   Pues no vengas a escucharlos.
      —*Nescio quid nunc mihi dicis,*
nec quid vis dicere capio.
      —Necio será él y su alma,
que yo soy un hombre honrado.

      Prosigue la Introducción

Púsolos en paz un Indio
que, cayendo y levantando,
tomaba con la cabeza
la medida de los pasos;
      el cual en una guitarra,
70   con ecos desentonados,
cantó un Tocotín mestizo
de Español y Mejicano.

      TOCOTÍN

Los Padres bendito
tiene on Redentor;
amo nic neltoca
quimati no Dios.
      Sólo Dios *Piltzintli*
del Cielo bajó,
y nuestro *tlatlácol*
80   nos lo perdonó.

Pero estos *Teopixqui*
dice en so sermón
que este San Nolasco
mïechtin compró.
Yo al Santo lo tengo
mucha devoción,
y de *Sempual Xúchil*
un *Xúchil* le doy.
Téhuatl so persona
90   dis que se quedó
con los perro Moro
impan ce ocasión.
Mati Dios, si allí
lo estoviera yo,
cen sontle matara
con un mojicón.
Y nadie lo piense
lo hablo sin razón,
ca ni panadero,
100   de mucha opinión.
Huel ni machicáhuac;
no soy hablador:
no teco qui mati,
que soy valentón.
Se no compañero
lo desafió,
y con *se* poñete
allí se cayó.
También un *Topil*
110   del Gobernador,
caipampa tributo
prenderme mandó.
Mas yo con un *cuáhuitl*
un palo lo dió
ipam i sonteco:
no sé si morió.
Y quiero comprar
un San Redentor,
yuhqui el del altar
120   con su bendición.

SAN PEDRO APÓSTOL, 1677

Villancicos que se cantaron en la S. I. Catedral de Méj., a los Maitines del gloriosísimo Príncipe de la Iglesia, el Sr. San Pedro, Año de 1677, en que se imprimieron.

241, bis

DEDICATORIA

Al Sr. Lic. D. García de Legaspi, Velasco, Altamirano y Albornoz, Canónigo de esta S. I. Catedral de Méjico, etc.

Señor mío: ofrézcole a V. S. los Villancicos que, para los Maitines del Príncipe de los Apóstoles S. Pedro, hice como pude a violencia de mi estéril vena, poca cultura, corta salud, y menos lugar por las indispensables ocupaciones de mi estado.

Lo festivo de sus alegorías se debe a la fiesta; y
10 *sobre el común privilegio de versos, tienen amplia licencia en la imitación de mi gran Padre S. Jerónimo, que en una Epístola* ad Eustochium *dice:* Festus est dies, et natalis B. Petri: festivius est solito condiendus; ita tamen, ut Scripturarum cardinem iocularis sermo non fugiat. *Lo que tienen de malos, sanar puede a la sombra de Pedro; aunque he advertido que para sanar el mal de unos pies (tal es el más incurable de los versos), se valió de su mano. Imagen y viva sombra de sus padres son los hijos que,*
20 *con la imitación de sus ejemplos, si no igualan, a lo menos siguen el tamaño de sus virtudes y grandeza de sus hazañas. Séalo V. S. de su Padre S. Pedro, por lo Eclesiástico, ya que en lo natural y político es glorioso esplendor de sus nobilísimos progenitores; y dé la mano de su favor a mis versos, para que corran como buenos a la sombra de su patrocinio. Para conseguirla no alego más títulos, porque no quiero ade-*

lantarle a V. S. en el rostro, el color que desea la
púrpura en sus vestidos, ambiciosa de reteñirse en el
30 *Capelo con el lustre y honor de su sangre. Tampoco*
excuso la pequeñez de lo que ofrezco, porque como
hija de S. Jerónimo, quiero que V. S. la excuse con
sus palabras, en la Epístola ad Marcellam, *recono-*
ciendo en lo pequeño del dón, lo consagrado de la
voluntad que lo ofrece: Quia velatae Virginis munus
est, aliqua in ipsis munusculis esse mysteria demons-
tremus.

Guarde Dios a V. S. como deseo. Es de este Con-
vento de N. P. S. Jerónimo, Junio 20 de 1677 años.
40 *B. L. M. D. V. Señoría, su más afecta servidora,*
que más le estima,

JUANA INÉS DE LA CRUZ.

PRIMERO NOCTURNO

242

VILLANCICO I

Estribillo

¡SERAFINES alados, Celestes Jilgueros,
templad vuestras plumas, cortad vuestros ecos,
y con plumas y voces aladas,
y con voces y plumas templadas,
cantad, escribid de Pedro los hechos!
¡Y con plumas y voces
                         veloces,
y con voces y plumas,
                         las sumas
10   cantad, escribid, de los hechos de Pedro!

Coplas

Reducir a infalible
quietud, del viento inquieto las mudanzas,
es menos imposible
que de Pedro cantar las alabanzas,

que apenas reducir podrán a sumas
de las alas Querúbicas las plumas.
    Más que al Cielo de estrellas,
número hay de excelencias que le asista;
¿pues qué diré de aquellas
20   que imperceptibles son a nuestra vista?
¿Si a decir las sabidas no acertamos,
cómo podré cantar las que ignoramos?
    Poner Pedro la planta
adonde Cristo la cabeza puso,
misterio es, que adelanta
el respeto que el Cielo nos impuso:
pues de besar el pie Cristo se precia
a Pedro, por Cabeza de la Iglesia.
    Que él es Pedro, responde
30   Cristo, cuando él Dios vivo le ha llamado;
porque tal gloria esconde
este nombre de Pedro venerado,
que no hallando a su fe qué satisfaga,
sólo en llamarle Pedro, Dios le paga.
    No le dijo que él era
Cabeza de la Iglesia Militante,
ni que era la primera
Puerta para pasar a la Triunfante,
ni que a la redondez que alumbra el día
40   su pescador anillo ceñiría.
    Ni que, entre justos tantos,
tendrá el primer lugar entre los hombres;
gocen allá otros Santos
de gloriosos altísimos renombres,
cual la palma inmortal, cual verde cedro:
que a mi Pedro le basta con ser Pedro.
    Pues si tal enseñanza
nos muestra vuestro título y nobleza,
y que vuestra alabanza
50   encierra en vuestro nombre más grandeza,
no quiero yo alabaros de otro modo:
Pedro sois, y en ser Pedro lo sois todo.

243

Villancico II

Estribillo

¡Ea, Niños cristianos, venid a la Escuela,
y aprended la Doctrina con muchas veras!
¡Ved, que espera el Maestro! ¡Apriesa, apriesa, apriesa!
¡Corred, llegad, mirad que os ganan la palmeta!

Coplas

Escribid, Pedro, en las aguas
todas las hazañas vuestras,
que aunque las letras se borren,
a bien que les quedan lenguas.
De *plana* os sirvan los mares,
10   y el remo la *pluma* sea,
que al corte de vuestros puntos
aun no basta su grandeza.
Pautad primero la *plana*
y dibujadnos la letra,
que en faltando vuestro *lapis*
ninguno a escribir acierta.
A fe que en el *A B C*
tenéis la mayor rudeza,
pues en conocer el *Christus*
20   os mostrasteis una Piedra.
No escribáis letra *bastarda,*
que si a vuestra mano llega,
perderá el nombre bastardo
por ser hija de la Iglesia.
La letra *antigua* dejadla
que la escriban los Profetas,
pues vos podéis en un *Credo*
escribir letra *moderna.*
La *grifa* y la *italiana,*
30   por gala podéis saberlas:
mas la *romanilla* os toca,
pues sois de Roma cabeza.

Escribid de liberal,
soltad al pulso la rienda,
pues el Cielo da por libre
lo que vuestra mano suelta.
    Eternos vuestros escritos
conservarán su pureza,
sin que ni aun contra una coma
40 el hereje prevalezca.
    Y no menos que la vida
os costará su defensa:
mas ánimo y escribid,
que la letra con sangre entra.

244

VILLANCICO III

Coplas

AQUEL Contador
Mayor de la Iglesia,
que lo que él ajusta,
pasa Dios en cuenta:
    Clavero, que guarda
todas sus riquezas,
y de sus tesoros
suele hacer dispensas,
    prende a los deudores,
10 y si acaso niegan,
también con censuras
fuertes los apremia;
    pero con los pobres
usa de clemencia,
y con confesarla
perdona la deuda.
    A los aprendices
que tiene en su Escuela,
la regla de Tres
20 en un Credo enseña.
    Pudiera del Cielo
sumar las estrellas,

del suelo las flores,
del mar las arenas.
    Dios es la Unidad,
que su cuenta encierra,
y el cero del Orbe
sirve a sus decenas.
    Suma según arte
30   y según conciencia,
pues de cada diez
vemos que uno lleva.
    En un Templo, un día,
hizo con presteza
de unos pies quebrados
corriente moneda.
    Suma los quilates
que de su fe acendra,
porque son de oro
40   todas sus finezas,
    bien que alguna vez,
con inadvertencia,
negó una partida
por yerro de cuenta;
    mas luego, soldando
de su fe la quiebra,
lo que faltó en oro,
satisfizo en perlas.
    Hoy hace el Cuadrante,
50   y con Su Excelencia
y el noble Cabildo
reparte la hacienda.
    Es gloria mirar
cómo les entrega
primicias de gracias,
diezmos de indulgencias.

Estribillo

¡Contador divino, cuenta, cuenta, cuenta,
y de tu libro borra las deudas nuestras;
y pues tienes en contar
60   destreza tan singular,

Eſt. *Amice tace, num Ego*
non Vtor Sermone Hiſpano.
Hom. Que te aniegas en Sermones?
pues no vengas a eſcucharlos
Eſt. *Neſcis quid nunc mihi dicis,*
nequid vis dicere Capis.
Hom. Necio ſerà el, y ſu alma,
que yo ſoy vn hombre honrado.
Proſigue la introduccion.
Puſolos en paz vn Indio,
que cayendo, y levantando,
tomava con la cabeça
la medida de los paſſos.
El qual en vna guitarra
con eccos deſentonados,
cantò vn Tocotin meſtizo,
de Eſpañol, y Mexicanô.
TOCOTIN.
Los Padre bendito
tiene ò Redemptor,
amo hic neltoca
quimati no Dios.
Solo Dios *Piltzintli*
de el Cielo baxò,
y nueſtro *tlatlacol*
nos lo perdonò.
Pero eſtos *Teopixqui*
dize en ſo Sermon,
que eſte San Nolaſco
miechtin comprâ.
Yo al Santo lo tengo
mucha devocion,
y de *Sempual Xuchil*
vn *Xuchil* le doy.
Tehuail ſo perſona
dis que ſe quedó
con los perſo Moro
ipam ce ocaſion.
Mati Dios ſi alli
lo eſtobiera yo,
cenſomle matara
con vn moxicon.
Y dadie lo pienſe
lo ablo ſin razon.

cani panadero,
de mocha opinion.
Huel ni machicahuac
no ſoy hablador,
no teco qui mati,
que ſoy valentón.
Se no compañero
lo deſafiò,
y con *ſe* poñete
allí ſe cayò.
Tambien vn *Topil*
del Governador,
caipampa Tributo
prenderme mandó.
Mas yo con vn *cuahuil*
vn palo lo diò,
ipam i ſonteco
no ſe ſi morio.
Y quiero comprar
vn San Redemptor,
yuhqui el del altar
con ſo bendicion.

Villancicos, que ſe cantaron en
la Miſſa.
AY Zagales, Zagales,
que hazia los Cielos
al nacer Nolaſco,
dàn ſonoros eccos.
Atended, eſcuchad:
Gloria in exelſis Deo.
En verdad, que le cantan,
como à Chriſto meſmo
en ſu hermoſo Oriente:
Gloria in excelſis Deo.
Ay Zagales, Zagales,
que Angeles ſon atiendo,
y el miſterio divino,
pues dinos, dinosle luego
COPLAS.
Gloria à Dios, y nace a penas
oy Nolaſco? Alto miſterio!
que Dios ſe goza en tener
por gloria lo que es tormento!
Bien que yu padeces glorioſo,

104

que multiplicas, sumas, partes, y restas,
multiplica las gracias y parte las penas!

SEGUNDO NOCTURNO

245

VILLANCICO IV

Coplas

Ille qui Romulo melior
Urbem condidit invictam,
et omnium terrarum urbium
fecit ut esset Regina:
per quem, Catholicae fidei
exculta vera doctrina,
discipula est Veritatis
quae erat erroris Magistra:
cuius ornata praesidio,
10   *multo fortius est munita*
humilitate Christiana
quam bellica disciplina:
qui effuso sanguine proprio
maculam detersit illam,
qua surgentis moenia Romae
manus polluit fratricida:
per quem Universi Caput
meliori titulo dicta,
Crucis erigit trophaeum,
20   *corona decorum trina:*
qui Pastor est animarum,
cui sunt a Christo commissa
quae pascua virentia semper
ovibus ipse distribuat:
qui Regni Caelorum claves
torquet, et aequa iustitia,
quae in terris ligat et solvit,
in Caelo solvit et ligat,
annis meritisque plenus
30   *mortalem deserit vitam*

ut, qui Apostolicam habuit,
aeternam Sedem accipiat.
   Caelesti accensus ab igne
Lux apparet peregrina,
et nova lucida Stella
divino fulgore micat.
   Sydere Iulii fulgentior,
lumina inter matutina,
quas ante rexerat terras,
40 *luce respicit benigna.*

Estribillo

Gaudete, Caeli! Exultate, Sydera,
quia inter vos nova Stella lucet affixa,
cuius caelesti candore
novo fulgent splendore
ampla Caeli domicilia!
Gaudete, Caeli! Exultate, Sydera!

246

VILLANCICO V

Estribillo

¡OIGAN, oigan, deprendan Versos Latinos,
porque Pedro les tiene muy bien medidos!
¡Óiganme los poetas! ¡Oigan, señores,
de que de *Mínimos,* Pedro sube a *Mayores!*

Coplas

Mayores a Pedro aplace
enseñar con mil primores,
y así hace
de la clase de *Mayores*
prima clase.
10 *Cuantidad* Latina y Griega
en Cristo su fe aprendió,
aunque ciega,
pues en Él el *Alpha* vió,
et Omega.

También su *Diptongo* ha sido,
pues dos letras que en Él vienen
se han unido,
y entrambas juntas retienen
su sonido.
20   Humildad tanta tenía,
que con conocer cuán diestro
componía,
los *pies* aun de su Maestro
escondía.

Viendo a Malco sin *mensura,*
del furor a que le incita
su locura,
le puso con sangre escrita
la *cesura.*
30   A su Maestro vengando,
un *verso heroico* empezó;
mas negando,
el *pentámetro* imitó
cojeando.

Entonces mudos enojos
su negación condenaron;
y en despojos,
las sílabas *liquidaron*
de sus ojos.
40   Creció con el escarmiento;
y con mayor perfección
halló atento,
después de *declinación,*
incremento.

En las sílabas concede,
que se pueda recoger
la que excede,
porque él solo conceder
Breves puede.
50   De todo, en fin, despedido,
sólo hacer *sáficos* precia
comedido,
y en los himnos se ha metido
de la Iglesia.

247

Villancico VI

Estribillo

¡Oigan un *Silogismo*, señores, nuevo,
que solamente serlo tendrá de bueno!
Es punto tan escondido
y misterio tan subido,
que ni en la Antigüedad cupo
ni Aristóteles lo supo,
de donde ser nuevo pruebo.
¡Oigan un Silogismo, señores, nuevo!
¡A los Lógicos digo: *sic argumentor!*

Coplas

10   Cual *Sumulista* pretendo
iros, Pedro, replicando;
y pues vos, a lo que entiendo,
hicisteis juicio negando,
yo haré discurso infiriendo.
    ¿Quién os trajo a tanto mal,
que al mismo que antes, altivo,
con ánimo sin igual,
confesasteis por Dios vivo,
negáis por Hombre mortal?
20   Dejadme, pues, que me asombre,
que al Hijo del Hombre allí
le deis de Dios el renombre,
y al Hijo de Dios aquí
le neguéis conocer Hombre.
    Mirad, que en esta ocasión,
como es Dios-Hombre un compuesto
por hipostática unión,
para *negar el supuesto*
no os vale la *distinción.*
30   Mal *lógico,* Pedro, estáis,
pues cuando a Dios conocéis
y por tal le confesáis,

antes se lo *concedéis*
y ahora se lo *negáis.*
Dicen que las señas son
las que os hacen más patente,
y sin mirar la *ilación,*
dejando el *antecedente,*
le negáis la *conclusión.*

40   Si de una mujer la ciencia
tiene razones precisas,
mirad, Pedro, que es violencia,
concedidas las *premisas,*
negarle la *consecuencia.*

¿Quién de vos, Pedro, dijera,
siendo de ciencia un abismo,
que el argumento temiera,
pues el Evangelio mismo
dice que os hicisteis fuera?

50   Mejor las razones hila
vuestro acero sin misterio,
pues cuando su corte afila
contra Malco, arguye en *"ferio",*
y en *"caelarem"* con la ancilla.

Vuestros bríos arrogantes
negaron con juramento
el que le servisteis antes:
pues, Pedro, no hay argumento
contra *"principia negantes".*

60   Mas ya veo que advertido,
viendo el caso sin remedio,
lloráis como arrepentido;
que es arte de hallar el *medio*
de no quedar *concluído.*

TERCERO NOCTURNO

248

Villancico VII.—Jácara

Estribillo

¡Hola! ¿Cómo? ¿Que a quién digo?
Salgan todos los maestros;
que yo se la doy de cuatro
y se la daré de ciento,
al que tomare la espada con Pedro,
y a la furia de sus manos
metiere los cascos sanos,
y no los sacare abiertos.
¡Oigan el cartel, oigan, que a todos reto!

Coplas

10   Allá va, cuerpo de Cristo,
de Esgrima el mayor maestro,
que amilanó a los Carranzas,
que arrinconó a los Pachecos:
    el que por *alcanzar* más,
tuvo lugar más supremo,
pues por la gracia de Dios
estuvo *en ángulo recto:*
    el que de la esgrima supo
tan bien mostrar los preceptos,
20   que para la *regulada*
puso en su vida el ejemplo:
    a quien *compases* de Euclides
son de muy poco momento,
porque dice que ir no puede
con paz y guerra un sujeto:
    el que riñendo y negando,
ya con valor, ya con miedo,
usó del *tajo* con Malco
y el *revés* con su Maestro.
30   Y no fué mucho, a fe mía,
porque bajando y subiendo,

movimiento natural
fué el uno, el otro violento.
    Viendo la *treta* de Malco,
se la penetró tan diestro,
que sin valerle el atajo,
hizo la ganancia Pedro,
    pues libertando el alfanje
y dando con el pie izquierdo
40 *compás curvo,* le alcanzó
a herir el lado derecho.
    Al tiempo que Malco ufano
blasonaba de soberbio,
le hirió, porque nadie supo
dar heridas tan a tiempo.
    Y aunque de la *garatusa*
tuvo noticia, y del *quiebro,*
le dió con la *irremediable,*
al gallinazo venciendo.
50 Era Malco un miserable,
y compasivo de verlo,
quiso darle heridas *francas,*
pues no le daba dineros.
    No le pudo su contrario
ofender en un cabello,
porque acertó en la pendencia
a proporcionar el *medio.*
    Mas llegando al *estrechar,*
una mozuela, riñendo
60 con flaqueza sobre fuerza,
le hizo perder sus alientos.
    Hirióle en lo más sensible;
mas ¿qué mucho, si perdiendo
la *rectitud,* fué preciso
dejar sin defensa el cuerpo?
    Mas haciendo, al mismo punto,
de *conclusión* movimiento,
de suprema dignidad
gozó su *treta* los fueros.

249

VILLANCICO VIII.—ENSALADA

Introducción

EN EL día de San Pedro,
por grandeza de sus Llaves,
como es fiesta de Portero,
se da la entrada de balde.
    Con aquesta ocasión, pues,
entraron a celebrarle
de lo mejor de los barrios
multitud de personajes.
    El primero fué un Mestizo
10 que, con voces arrogantes,
le disparó estos elogios
disfrazados en coraje.

Glosas

Hoy es el Señor San Pedro
que fué la Piedra de Cristo,
y allá en el Huerto, orejano
se hizo de piedra y cuchillo.
    Y no fué mucho milagro
que mostrase tantos bríos,
pues del barrio de San Juan
20 se dice que era vecino.
    Cobró con aquesto fama
de tan valiente y temido,
que le ayunan las vigilias
hasta sus amigos mismos.
    Estuvo preso una vez
con tan cercano peligro,
que librarse de la muerte
fué milagro conocido.
    Por aquesto y otras cosas,
30 por guardar el individuo,
ganó la Iglesia, y en ella
fué perpetuo retraído.

Esto fué en su mocedad,
que después fué Dios servido
que murió como un Apóstol,
mas sin dejar el oficio.

Prosigue la Introducción

Después de éste, un Portugués,
preciado de navegante,
como era ya hombre a la mar,
40   quiso a los mares echarse.
        Y mirando en alta mar
de Pedro la hermosa Nave,
por ayudarla con soplos
echó sus coplas al aire.

Coplas

Timoneyro, que governas
la Nave do el Evangelio,
e los tesouros da Igrexa
van a tua maun sugeitos:
mide a equinoccial os grados
50   *e de o Sol o apartamento,*
pois en todo o mundo tein
de servir tuo deroteiro.
        Ollái, que por muita altura
perdiste o conocimento,
e se escondió no Orizonte
o Norte de tu governo.
        Cristo es tua Estrella polar,
e se a su luz atendendo
se naon inclina tu aguja,
60   *va perdido o regimento.*
        Navegasáon mais segura
podes tener en ti mesmo,
pois dan tuos ollos dos mares
e tus suspiros dan vento.
        Los tesouros de la gracia
pasar en tua Nave veo,
desde las Indias de o mundo
a la Lisboa do Ceo.

Estribillo

¡A la proa, a la proa, a la proa, Timoneyro,
70 *que face o mar tranquilo e sopra o vento,*
e faz el porto salva, todos dicendo:
Buen viage, buen viage, marineyros,
que a mar se faz la Nave de San Pedro!

Prosigue la Introducción

Temblando, despúes, del Gallo,
cantó un Sacristán cobarde,
que un gallina no fué mucho
que con el Gallo cantase.
    Mezcló Romance y Latín,
por campar, a lo estudiante,
80 en el mal Latín lo gallo,
lo gallina en buen Romance.

Coplas

Válgame el *Sancta Sanctorum,*
porque mi temor corrija;
válgame todo Nebrija,
con el *Thesaurus Verborum:*
éste sí es *Gallo gallorum,*
que ahora cantar oí:
    —*¡Qui-qui-riquí!*
    Yo soy todo un alfiñiqui;
90 pues, Cielos, ¿qué es lo que medro
con Gallo que espantó a Pedro?
Metuo, timeo malum mihi.
¿Sólo por un tiqui-miqui
me tengo que estar aquí?
    —*¡Qui-qui-riquí!*
    Bien es que el riesgo repare,
pues no me anima el amar,
que Pedro supo juntar
el *flevit* con el *amare;*
100 pero si a mí me matare,
nullus plorabit por mí.
    —*¡Qui-qui-riquí!*

Ignotus Gallus has sido,
y mal el temor resiste;
porque nunca visto fuiste,
pues no eres nunca oído;
Gallo tan desconocido,
sin duda, que es *quis vel qui.*
—¡*Qui-qui-riquí!*

110   Pienso, con el sobresalto,
Gallo, que ya me galleas.
¡Oh quién fuera ahora Eneas,
por ser *sic orsus ab alto!*
¿Por qué me das tal asalto?
¡Responde *mihi vel mi!*
—¡*Qui-qui-riquí!*

Luego que *Petrus negavit,*
este Gallo con su treta
le empezó a dar cantaleta:
120   *continuo Gallus cantavit.*
Si sic a Pedro, *qui amavit,*
le fué, ¿qué será de mí?
—¡*Qui-qui-riquí!*

Éstos fueron los Maitines,
sin ponerles ni quitarles;
si no tuvieron elogios,
no carecieron de *Laudes.*

ASUNCIÓN, 1679

Villancicos que se cantaron en la Santa Iglesia Metropolitana de Méjico, en honor de María Santísima, Madre de Dios, en su Asunción Triunfante, y se imprimieron año de 1679.

250

DEDICATORIA

a la Reina del Cielo, María Santísima, concebida en gracia desde el primer instante de su ser.

HOY, VIRGEN bella, ha querido
a vuestros pies mi afición
ofrecer el mismo dón
que de Vos he recibido.
    Dadle, Señora, la mano:
pues si bien se considera,
aunque es la ofrenda grosera,
el afecto es cortesano.
    El talento que he tenido,
10   traigo: recibid de grado
esto poco que he logrado,
y perdonad lo perdido.
    En Vos, no en mí, acertar fío:
con que a todo el mundo muestro
que si hay algo bueno, es vuestro,
y todo lo malo es mío.

PRIMERO NOCTURNO

251

VILLANCICO I

DE TU ligera planta
el curso, Fénix rara,

pára, pára;
mira que se adelanta,
en tan ligero ensayo,
a la nave, a la cierva, al ave, al rayo.
¿Por qué surcas ligera
el viento transparente?
Tente, tente,
10   consuélanos siquiera;
no nos lleves contigo
el consuelo, el amparo, el bien y abrigo.
Todos los elementos
lamentan tu partida;
mida, mida
tu piedad sus lamentos:
oye en humilde ruego
a la tierra, a la mar, al aire, al fuego.
Las criaturas sensibles
20   y las que vida ignoran,
lloran, lloran
con llantos indecibles,
invocando tu nombre
el peñasco, la planta, el bruto, el hombre.
A llantos repetidos,
entre los troncos secos,
ecos, ecos
dan a nuestros gemidos,
por llorosa respuesta,
30   el monte, el llano, el bosque, la floresta.
Si las lumbres atenta
hacia el suelo volvieras,
vieras, vieras,
qué triste se lamenta
con ansia lastimosa
el pájaro, el cristal, el pez, la rosa.
Mas con ardor divino
ya rompiendo las nubes,
subes, subes,
40   y en solio cristalino
besan tus plantas bellas
el Cielo, el Sol, la Luna, las Estrellas.

Ya Espíritus dichosos
que el Olimpo componen,
ponen, ponen
a tus pies generosos,
con ardientes deseos,
coronas, cetros, palmas y trofeos.
    No olvides, pues, Gloriosa,
50 al que triste suspira;
mira, mira
que ofreciste piadosa
ser, de clemencia armada,
auxilio, amparo, Madre y Abogada.

Estribillo

¡Sonoro clarín del viento,
resuene tu dulce acento,
toca, toca:
Ángeles convoca,
y en mil Serafines
60 mil dulces clarines
que, haciéndole salva,
con dulces cadencias saluden el Alba!

252

VILLANCICO II.—LATINO Y CASTELLANO

Divina Maria,
rubicunda Aurora,
matutina Lux,
purissima Rosa.
    Luna, quae diversas
illustrando zonas,
peregrina luces,
eclipses ignoras.
    Angelica Scala,
10 *Arca prodigiosa,*
pacifica Oliva,
Palma victoriosa.
    Alta mente culta,
castissima Flora,

pensiles foecundas
candida Pomona.
　Tu, quae coronando
conscientias devotas,
domas arrogantes,
20　*debiles confortas.*
　Dominando excelsa,
imperando sola,
felices exaltas
mentes, quae te adorant.
　Tu sustentas, pia,
gentes quae te implorant,
dispensando gratias,
ostentando glorias.
　Triumphando de culpa,
30　*tremenda Belona,*
perfidas cervices
dura mente domas.
　Thalamos empyreos
ornas deliciosa,
amando innocentes,
discordes conformas.
　Tristes te invocamus:
concede, gloriosa,
gratias quae te illustrant,
40　*dotes quae te adornant.*

Estribillo

¡Vive, triumpha, tranquilla, quando te adorant
Seraphines cantando perpetuas glorias!

253

VILLANCICO III

DE HERMOSAS contradicciones
sube hoy la Reina adornada:
muy vestida para pobre,
para desnuda, muy franca.

Con oposiciones bellas,
como Salomón la canta,
muy morena para hermosa;
para negra, muy sin mancha.
Del Cielo y tierra extranjera,
en ambas partes la extrañan:
muy mujer para Divina,
muy Celestial para humana.
La Naturaleza misma
duda que pudo formarla:
muy fecunda para Virgen,
muy Pura para casada.
Con admiración en ella
se ve la Ley derogada:
muy humilde para Reina,
muy exenta para Esclava.
Por su Caudillo la tienen
las celestiales escuadras,
para combatir, muy tierna;
para niña, muy armada.
La dignidad de que goza,
con su modestia batalla:
para mandar, muy pequeña;
para humillarse, muy alta.
Modestamente renuncia
los fueros que más la ensalzan:
muy Noble para pechera;
muy sujeta para Hidalga.
Une en sus divinos ojos
al temor la confïanza:
muy terrible para hermosa;
para espantar, muy amada.
Colocada en el Empíreo,
es la celestial morada
corto Solio a su grandeza;
a su humildad, mucho Alcázar.

Estribillo

¡Serafines alados, cantad la gala
a la Reina, que sube llena de gracias:

que, cuando contradicciones
componen sus perfecciones,
para adornarla,
variedades la visten, y nunca es varia!

SEGUNDO NOCTURNO

254

VILLANCICO IV

LA ASTRÓNOMA grande,
en cuya destreza
son los silogismos
demostraciones todas y evidencias;
    La que mejor sabe
contar las Estrellas,
pues que sus influjos
y sus números tiene de cabeza;
    La que de las líneas
10 tiene más destreza,
pues para medirlas
tiene el ejemplo en sí de la más recta,
    no forma astrolabios,
pues para más cierta
cantidad, se sirve
de los círculos mismos de la Esfera.
    Ella hace, en los Signos,
que Cancro no muerda,
que el León no ruja
20 ni el veneno nocivo Escorpión vierta.
    De benigno aspecto
es Luna serena,
con que crisis hizo
de su achaque letal Naturaleza.
    De eclipse y menguantes
vive siempre ajena,
pues de su epiciclo
ni el Sol se aparta, ni la sombra llega.
    Signo fué de Virgen,
30 pues entrando en Ella

el Sol de Justicia,
conservó intacta virginal pureza:
    en el cual, conjuntas
las Naturalezas
Divina y Humana,
causó en el Cielo la aperción de puertas.
    Sus figuras fueron,
antes que naciera,
las Abigaíles,
40   las Saras, las Judithas y Rebecas.
    Hoy las dignidades
goza de Planeta,
pues su gaudio y solio,
exaltación y casa, es una mesma.
    Cuya planta, cuando
la eclíptica huella,
juntándose al Sol,
se exalta del Dragón en la cabeza,
    ya, acabado el curso,
50   en su Casa entra:
de donde reparte
influjos saludables a la tierra.

Estribillo

¡Vengan a verla todos, vengan, vengan:
que sin compases hoy, globos, ni reglas,
mensura las alturas con sus huellas!

255

VILLANCICO V

Ista, quam omnibus
Caelis mirantibus,
Virginem credimus,
foecundam canimus;
    Ista, quae plurimis
ornata laudibus,
se ostendit minimam,
Maxima plauditur;

Ista, quae dulciter
10 *lactavit Parvulum,*
quem Caeli culmina
adorant Maximum;
Quae fortis superat
serpentem callidum,
qui saevus imperat
obscuro Barathro,
dum petit lucida
Caelicum atrium,
strident cardines,
20 *et ianua panditur.*
Textum sideribus
induta pallium,
ornatum floribus
et rorans balsamo,
fecit ad Superos
felicem transitum:
penetrat inclita
Caelorum aditum.
Felix Empyreum
30 *occupat thalamum,*
vbi dignissimam
accipit laurum.
Sed satis dedimus
Virgini carminum;
iam satis lusimus
rustico calamo.

Estribillo

¡Gaudete, Caeli; exultet Angelus,
et omnes novum canamus canticum!

256

Villancico VI

—¡Plaza, plaza, que sube vibrando rayos!
—¿Cómo? ¿Qué? —¡Aparten digo, y háganle campo!

¡Ábate allá, que viene, y a puntillazos
le sabrá al Sol y Luna romper los cascos!

JÁCARA

Aquella Mujer valiente,
que a Juan retirado en Patmos,
por ser un Juan de buen alma,
se le mostró en un retrato;
    la que por vestirse, al Sol,
10 luciente Sardanapalo,
en la rueca de sus luces
le hace hilar sus mismos rayos;
    la que, si acaso se arrisca
la Dïana de los campos
a competirle en belleza,
la meterá en un zapato;
    para quien son los reflejos
de los más brillantes astros,
cintillas de resplandor
20 con que teje su tocado;
    la que a todo el Firmamento
con su luciente aparato,
no le estima en lo que pisa,
porque ella pisa más alto;
    la que si compone el pelo,
la que si se prende el manto,
no tiene para alfileres
en todo el Cielo estrellado;
    para quien las hermosuras
30 que más el Mundo ha estimado,
no sólo han sido dibujos,
pero ni llegan a rasgos;
    el término de lo lindo,
el cómo de lo bizarro,
el hasta aquí de belleza,
y el más allá de milagro.
    ¡No es nada! De sus mejillas
están, de miedo temblando,
tamañitos los Abriles,
40 descoloridos los Mayos.

¡Los ojos! Ahí quiero verte,
Solecito arrebolado!
Por la menor de sus luces
dieras caballos y carro.

   Pues a la boca, no hay símil
que venga con quince palmos:
que es un pobrete el Oriente
y el Occidente un menguado.

   ¿Qué más quisiera el jazmín
50 que andarse, paso entre paso,
apropiándose en su rostro
entre lo rojo lo blanco?

   De las demás perfecciones
al inmenso *Mare Magnum*,
cíñalas la admiración,
si hay ceñidor para tanto.

   Este pues, terror hermoso,
este valeroso pasmo,
este refulgente asombro,
60 y este luminoso espanto,

   lo que hay de la tierra al Cielo,
con espíritu alentado,
por ser poco para un vuelo
quiere medir con un salto.

   Entre, Bendita de Dios,
en el Celestial Palacio;
que entrar y salir, es cosa
en que yo ni entro ni salgo.

   Otro pinte cómo rompe
70 los celestiales tejados;
que yo solamente puedo
hablar de tejas abajo.

TERCERO NOCTURNO

257

VILLANCICO VII

A ALUMBRAR la misma luz,
a alegrar la misma Gloria,

a enriquecer las riquezas
y a coronar las coronas;
    a hacer Cielo al mismo Cielo,
a hacer la beldad hermosa,
a ennoblecer la nobleza
y a honrar a las mismas honras,
    sube la que es de los Cielos
10 honra, riqueza, corona,
luz, hermosura y nobleza,
Cielo, Perfección y Gloria.
    Flamante ropa la viste,
a quien las Estrellas bordan,
en cuya labor el Sol
a ningún rayo perdona.
    En oposición los Astros
lucientes tejen corona,
que se adornan de sus sienes,
20 más que sus sienes adornan.
    La Luna a sus pies mendiga
todo el candor que atesora;
y ya sin temer menguantes,
plenitud de luces goza.
    Perennes fuentes de luces,
confusos cuadros de rosas,
los ojos y las mejillas,
unos manan y otros brotan.
    Alado enjambre celeste
30 ser quiere en volantes tropas,
si de sus flores, abejas;
de sus llamas, mariposas.
    Enriquece el vago Ofir
del aire la vana pompa,
y él, de sus undosas hebras,
forma doradas garzotas.
    Ramilletes teje el suelo,
el aire respira aromas,
espejos pulen las aguas,
40 y el fuego lucientes bombas.
    A recibirla salieron
las Tres Divinas Personas,

con los aplausos de quien
es Hija, Madre y Esposa.
   En fin, el inmenso espacio
que Febo luciente dora,
todo lo ocupan sus luces,
todo lo inundan sus glorias.
   Mas las que en el Solio Regio

50 por eternidades goza,
la devoción las admire,
sin profanarlas la boca.

Estribillo

¡Subid en hora buena, subid, Señora,
a que la Gloria os goce, y gozar la Gloria!

258

VILLANCICO VIII.—ENSALADA

Introducción

POR CELEBRAR tanta fiesta,
aquel Sacristán de antaño
que introdujo con su voz
gallinero en el Parnaso,
   cercenando de Virgilio
y zurciendo lo cortado,
más sastre que cantor, hizo
estas coplas de retazos:
   con lo cual, consiguió hacer,

10 después de estar muy cansado,
ajena toda la obra
y suyo todo el trabajo.

SACRISTÁN

Ille ego, qui quondam *fui
divini Petri cantator,
dum inter omnes cantores
dixi:* Arma, Virumque cano,

iam sine timore loquor,
iam sum valde confortatus;
nam cum Avem talem video,
20   *non possum timere Gallum.*
Sic orsus ab alto *sum;*
iam non Apostolos tantum:
cosas de marca maiori
cantare sum incitatus.
De Maria assumpta in Coelum
alta mysteria decanto
et·subtilem testam meam
super aethera *levabo,*
ut omnes dicant quod mereor
30   *esse, per optimos cascos,*
Dominus Sacristanorum,
Monigotorum Praelatus.

Prosigue la Introducción

A la voz del Sacristán,
en la Iglesia se colaron
dos princesas de Guinea
con vultos azabachados.
    Y mirando tanta fiesta,
por ayudarla cantando,
soltando los cestos, dieron
40   albricias a los muchachos.

Estribillo

Negr. 1.—¡Ha, ha, ha!
2.—¡Monan vuchilá!
¡He, he, he,
cambulé!
    1.—¡Gila coro,
gulungú, gulungú,
hu, hu, hu!
    2.—¡Menguiquilá,
ha, ha, ha!

Coplas

50   *1.—Flasica, naquete día*
qui tamo lena li glolia,
no vindamo pipitolia,
pueque sobla la aleglía:
que la Señola Malía
a turo mundo la da.
¡Ha, ha, ha! &.
    2.—Dejémoso la cocina
y vámoso a turo trote,
sin que vindamo gamote
60   *nin garbanzo a la vizina:*
qui arto gamote, Cristina,
hoy a la fieta vendrá.
¡Ha, ha, ha! &.
    1.—Ésa sí qui se nomblaba
ecrava con devoción,
e cun turo culazón
a mi Dioso servïaba:
y polo sel buena Ecrava
le dieron la libertá.
70   *¡Ha, ha, ha! &.*
    2.—Mílala como cohete,
qui va subiendo lo sumo;
como valita li humo
qui sale de la pebete:
y ya la Estrella se mete,
adonde mi Dioso está.
¡Ha, ha, ha! &.

Prosigue la Introducción

Los Seises de la Capilla
en docena con su canto
80   se metieron, y dos Seises
una docena ajustaron.
    Y por no haber quien hiciese
los Villancicos, a mano,

de los Versículos mismos
este juguete formaron:

Coplas

La Madre de Dios bendita
se mira exaltada ya,
sobre Angelicales Coros
en el Reino Celestial.

90   —*Exaltata est sancta Dei Genitrix.*
—*Super choros Angelorum ad Caelestia Regna.*

Al Cielo subió María;
y la turba Angelical,
cantando bendice alegre
la suprema Majestad.

—*Assumpta est Maria in Caelum: gaudent Angeli.*
—*Laudantes benedicunt Dominum.*

La Virgen Madre, al Etéreo
Tálamo sube a reinar,
100   adonde en solio de estrellas
el Rey de Reyes está.

—*Virgo Mater assumpta est ad aethereum thalamum.*
—*In quo Rex regum stellato sedet solio.*

Házme digna, Virgen Sacra,
para poderte alabar;
y contra tus enemigos
dáme virtud eficaz.

—*Dignare me laudare te, Virgo Sacrata.*
—*Da mihi virtutem contra hostes tuos.*

SAN PEDRO APÓSTOL, 1683

Villancicos que se cantaron en la S. I. Catedral de Méjico, en los Maitines del gloriosísimo Príncipe de la Iglesia, el Señor San Pedro, año de 1683, en que se imprimieron.

PRIMERO NOCTURNO

259

VILLANCICO I

EXAMINAR de Prelado
a Pedro, Jesús procura,
para que el mérito ostente
antes que a la Silla suba.
    Si sabe quién dicen que es,
es la primera pregunta:
que es, para juzgar, prudencia,
saber lo que todos juzgan.
    Lo segundo, su sentir,
10   para que por él se induzca
si hace dictamen estable
entre tantas conjeturas.
    De estos puntos sabe bien;
pero, porque no presuma
que el acierto de uno es
regla que a todos ajusta,
    le permite que le niegue,
para que más se confunda:
que para una perfección,
20   le examina en una culpa.
    Llora, y vuélvele a su gracia:
para que en ambas fortunas,
ni pecador desconfíe,
ni Santo de sí presuma.

Estribillo

¡Éste sí que es Examen,
en quien ayudan
al mérito presente
pasadas culpas!

260

VILLANCICO II

TAN SIN número, de Pedro
son las maravillas altas,
que aunque todas son sabidas,
nunca son todas contadas.
　Que tuvo Santidad mucha
se sabe, pero no cuánta;
y saberla y no entenderla,
es lo mismo que ignorarla.
　Que es Cabeza de la Iglesia,
10　la misma Iglesia lo canta;
pero no saben los miembros
lo que la Cabeza alcanza.
　Sabemos que es el Clavero
de todo el Divino Alcázar,
y como no se ve el Reino,
no se sabe lo que manda.
　Como hay potestad suprema
en sus Llaves soberanas,
pueden siempre obedecerla,
20　pero nunca mensurarla.
　En fin, su graduación tanto
de todo discurso pasa,
que es el mejor aplaudirla
el no saber ponderarla.

Estribillo

¡Vengan a aplaudir, vengan
todas las almas,
en virtudes sabidas,
las ignoradas,

de un tan gran Santo,
30   que la Fe solamente
puede alcanzarlo!

261

VILLANCICO III

PARA cantar con decoro
las maravillas que caben
de Pedro en el gran Tesoro,
todos dirán lo que saben,
y yo sólo lo que ignoro.
    Porque copiar perfecciones,
imposibles de pintarlas,
con tan errados borrones,
si alguno puede expresarlas,
10   ·será sólo en negaciones.
    La Nobleza, en quien empieza
del mundo el primero grado,
no tuvo para él Alteza,
y entró en el Apostolado
porque no tuvo Nobleza.
    No de ser Rico blasona,
que es lo que todo lo abarca;
y es mérito que se abona
tanto, el dejar una Barca,
20   como hollar una Corona.
    Solo entre todos negó
a su Maestro sagrado;
mas de manera lloró,
que con su llanto bañado,
más limpio que antes quedó.
    Y en fin, lo que causa el llanto,
es que hasta el Solio mayor
a que se levantó tanto,
haber sido pecador
30   le sirvió como el ser Santo.

Estribillo

¡Serafines alados
alegres canten
las grandezas de Pedro,
pues ellos saben
con Angélicas voces
sólo alabarle;
    que acá, nosotros,
lo que no fué, alabarle
podemos sólo!

SEGUNDO NOCTURNO

262

VILLANCICO IV

CLARO Pastor divino,
que humildemente grave,
quien humilde te mira,
Soberano te aplaude;
    angular Fundamento,
en cuyo eterno jaspe
asientan de la Iglesia
los muros de diamante;
    Piedra herida a los golpes
10   del dolor penetrante,
desatando tu yelo
en dos puros raudales;
    Pescador tan dichoso,
que en un punto te hallaste,
de dueño de una barca,
Piloto de una Nave;
    soberano Clavero
de aquellas sacras Llaves,
que al pecado las cierras
20   y a la virtud las abres:
    pues tu Sacro Maestro
dispuso, por honrarte,
que sin tu pasaporte
ninguno al Cielo pase,

Estribillo

¡duélete de nosotros,
Pastor amante;
y al ganadillo errante,
haz que pase ligero
de los pastos humanos
30   a los eternos!

263

VILLANCICO V

¡OH PASTOR, que has perdido
al que tu pecho adora!
Llora, llora:
y deja, dolorido,
en lágrimas deshecho
el rostro, el corazón, el alma, el pecho.
    Si el arrepentimiento
tu corazón oprime,
gime, gime:
10   lastime tu lamento
y doloroso anhelo
a la tierra, a la mar, al aire, al Cielo.
    Si de suerte mejoras,
las lágrimas te valgan;
salgan, salgan
todas las que atesoras:
aneguen tus pesares
los ríos, los arroyos, fuentes, mares.
    Y pues tu pena rara
20   lágrimas sólo borran,
corran, corran:
y dejen en tu cara
y en todas tus facciones,
señales, rayas, surcos, impresiones.
    Y si a dar tiernas voces
el mal te necesita,
grita, grita:
y tus penas atroces

oigan, y tus querellas,
30   los luceros, el sol, luna y estrellas.
El curso ya empezado
tus lágrimas no acaben:
laven, laven
la mancha del pecado,
hasta que estés glorioso,
limpio, resplandeciente, puro, hermoso.

Estribillo

Llora, llora, mi Pedro,
que aquese llanto,
más que diez mil tesoros
40   es estimado.
Llora: que aquesa flaqueza
tiene grande fortaleza,
pues al Cielo ha conquistado.
¡Llora, llora, mi Pedro,
que aquese llanto,
más que diez mil tesoros
es estimado!

264

VILLANCICO VI

PESCADOR amante,
que, por tu Maestro,
dejando tus redes,
dejas tu sustento:
cuyas redes son
cadenas de hierro
a tanto nadante
libre prisionero;
tú, que a aquese horrible
10   Monstruo verdinegro,
con una barquilla
le pisas el cuello,
espera, aún no vayas,
no dejes tan presto,

a los peces libres,
al mar con sosiego.
Pero si mejoras
la suerte, midiendo
el seno anchuroso
20   de Mar más inmenso,
bien haces: acude
a mayor empeño,
y tu pesca sea
todo el Universo.

Estribillo

¡Barquero, barquero,
que te llevan las aguas los remos!

TERCERO NOCTURNO

265

VILLANCICO VII

HOY DE Pedro se cantan las glorias,
al dulce, al doliente, al métrico són
de suspiros que forman conceptos,
de dolor que es lira, de llanto que es voz.
Desatado en raudales el pecho,
en fuentes perennes vierte el corazón,
e inundando en cristales sus penas,
anega con llanto lo que antes negó.
Ya no fía el dolor a la lengua,
10   porque teme que ella cometa traición,
y encubriendo las penas del pecho,
mudando las voces, trueque la intención.
Por perjura, a perpetuo silencio
la boca condena, que se perjuró;
y mejores testigos los ojos,
desmienten y lavan, a un tiempo, su error.
Finas perlas le bordan el pecho,
quedando más rico con la contrición:

cada pena, le alcanza una gloria;
20 cada lágrima, impetra un perdón.
Providencia Divina permite,
altamente sabia, que yerre el Pastor,
porque estudie en el propio delito
lecciones de ajena conmiseración.

Estribillo

¡Oíd su dolor,
templad su rigor,
decid a su Amor
que, si quiere que temple su llanto,
le ciegue los ojos, o alivie el dolor!

266

VILLANCICO VIII. — ENSALADILLA

Introducción

Como es día de Vigilia
la víspera de San Pedro,
sólo con una Ensalada
hacer colación podemos.
No estará muy sazonada,
porque por venirme presto
a los Maitines, no pude
echarle mucho aderezo.
Y hétele, que entro en la Iglesia
10 y lo primero que encuentro
es un Seis, que no es más que uno,
y uno que vale por ciento:
que, porque le dé la Iglesia
Capellanía a su tiempo,
por poner cuello en su voz,
esto cantó, voz en cuello.

SAN JUAN DE LIMA

En el mar se anega Pedro,
a donde salió a pescar.

¡Ay, que le llevan las olas!
20   ¡Ay, Dios! ¿Si lo volverán?
    Nadie tema que se anegue
por borrascoso que está,
porque ya toda la tierra
sabe que es hombre a la mar.
    Los peces, huyendo de él,
todo se les va en nadar:
mas juzgo que de sus redes
nadie se podrá escapar.
    Atar y desatar sabe
30   con primor tan singular,
que Dios nos libre de que él
no nos quiera desatar.

Prosigue la Introducción

    Otro, viendo que la voz
del que cantaba, aplaudían,
quiso alentarse, apretado
del verdugo de la envidia.
    Y por no saber un tono,
quiso hacer con bizarría
plaza, con un Cardador
40   que deprendió en una esquina.

CARDADOR

    A San Pedro canto,
tengan atención,
porque es de la carda,
por el Cardador.
    Ninguno se admire,
puesto que es Pastor,
que carde la lana
el que la esquilmó.
    Tan hecho a ello estaba,
50   que a cierto garzón
le quitó una oreja
en vez de vellón.

Pensó quedar rico
en una prisión;
y yendo por lana,
sin ella volvió.

Prosigue la Introducción

Viendo aquesto, otro mayor,
que ya algún latín sabía
y que al Arte de Montano
60   enlazaba el de Nebrija,
hizo con sencilla voz
una pregunta latina,
a que le respondió el Coro
en lenguas de su armonía.

Coplas

—*Quare lachrymosum,*
rogo, video, et flentem,
illum qui Caelorum
Claves potens tenet?
—*Quia sapit amare,*
70   *coepit amare flere.*
   —*Quare ille, cui Christus*
osculavit pedes,
maculas peccati
lachrymis absterget?
—*Quia sapit amare,*
coepit amare flere.
   —*Quare maestum video,*
quem vidi potentem
et fortem, in Horto,
80   *turbis se praebere?*
—*Quia sapit amare,*
coepit amare flere.
   —*Quare ille qui dixit:*
Nam, si me oportuerit
mori tecum, moriar,
antequam te negem?
—*Quia sapit amare,*
coepit amare flere.

ASUNCIÓN, 1685

Villancicos que se cantaron en la S. I. Metropolitana de Méjico, en honor de María Santísima, Madre de Dios, en su Asunción triunfante, y se imprimieron en el año de 1685.

PRIMERO NOCTURNO

267

VILLANCICO I

Coplas

AL TRÁNSITO de María,
el Cuerpo y Alma combaten:
el Cuerpo, por no dejarla;
y el Alma, por no apartarse.
   No de la unión natural
tan estrecho abrazo nace:
que vencen los superiores,
los impulsos naturales.
   Tan breve el hermoso Cuerpo
10 espera vivificarse,
que repugna la materia
la introducción al cadáver.
   Como no tuvo la Muerte
razón para ejecutarle,
no la pagó como deuda,
y la aceptó como examen.
   Que pues ni fió ni tuvo
delito, no hay ley que mande
que como principal muera
20 ni como fiadora pague.
   Murió por imitación,
y para que no se hallase
señal alguna en el Hijo,
que no tuviese la Madre.

Y para doblar sus triunfos:
porque es consecuencia grande
de morir tan generosa,
resucitar tan triunfante.

Estribillo

Viva, reine, triunfe y mande:
30   que quien a morir se atreve
y paga lo que no debe,
bien la Corona merece
que en sus sienes se ennoblece;
y le es dos veces debida,
por suya y por adquirida
con una hazaña tan grande.
¡Viva, reine, triunfe y mande!

268

Villancico II

Pues la Iglesia, señores,
canta a María,
de fuerza ha de cantarle
la Letanía.
¡Oigan, óiganla todos con alegría,
que es de la Iglesia, aunque parece mía!

Coplas

De par en par se abre el Cielo
para que entre en él María,
porque a la Puerta del Cielo
10   puerta del Cielo reciba.
    —*Ianua Caeli.* —*Ora pro nobis.*
El Sol, de sus bellos rayos
le da vestidura rica,
y las estrellas coronan
a la Estrella Matutina.
    —*Stella Matutina.* —*Ora pro nobis.*

Su hermosura copia el Cielo
en superficies bruñidas,
sirviendo de espejo claro
20   al Espejo de Justicia.
—*Speculum iustitiae.* —*Ora pro nobis.*
Todas las gloriosas almas
que tuvo la Ley antigua
se le postran, adorando
su naturaleza misma.
—*Regina Patriarcharum.* —*Ora pro nobis.*
También a sus pies postradas
las tres altas Jerarquías,
la reconocen Señora
30   de la celestial milicia.
—*Regina Angelorum.* —*Ora pro nobis.*
Cuantos Bienaventurados
la eterna mansión habitan
del Empíreo, en fin, gozosos,
por su Reina la apellidan.
—*Regina Sanctorum Omnium.* —*Ora pro nobis.*

269

Villancico III

Estribillo

¡Ésta es la justicia, oigan el pregón,
que manda hacer el Rey nuestro Señor
en su Madre intacta,
porque cumplió
su voluntad con toda perfección!
¡Oigan el pregón, oigan el pregón!

Coplas

Triunfante Señora,
ya que tu Asunción
se sube de punto,
10   quiero alzar la voz.
¡Oigan el pregón!

Manda el Rey Supremo,
que, porque vivió
María sin culpa,
pára sin dolor.
¡Oigan el pregón!
    Vivió Inmaculada;
y así, fué razón
que muera María
20   conforme vivió.
¡Oigan el pregón!
    Mérito es su muerte,
y no obligación:
pues pagó el tributo
que nunca debió.
¡Oigan el pregón!
    A la misma muerte
con la suya honró,
porque hasta la muerte
30   goce su favor.
¡Oigan el pregón!
    Por otro motivo,
que todos, murió:
no de hija de Adán,
de Madre de Dios.
¡Oigan el pregón!
    Por aquellas causas
el Señor mandó,
que goce la Gloria,
40   pues la mereció.
¡Oigan el pregón!

SEGUNDO NOCTURNO

270

VILLANCICO IV

Estribillo

LAS FLORES y las Estrellas
tuvieron una cuestión.

¡Oh, qué discretas que son,
unas con voz de centellas
y otras con gritos de olores!
Óiganlas reñir, señores,
que ya dicen sus querellas:
(*1 Voz*).—¡Aquí de las Estrellas!
(*2 Voz*).—¡Aquí de las Flores!
10   (*Tropa*).—¡Aquí de las Estrellas,
aquí de las Flores!

Coplas

—Las Estrellas, es patente
que María las honró;
tanto, que las adornó
con sus ojos y su frente.
Luego es claro y evidente
que éstas fueron las más bellas.
(*Coro*).—¡Aquí de las Estrellas!
  —¿Qué flor en María no fué
20 de las Estrellas agravios,
desde el Clavel de los labios
a la Azucena del pie?
Luego más claro se ve
que éstas fueron las mejores.
(*Coro*).—¡Aquí de las Flores!
  —En su vida milagrosa,
la Inmaculada Doncella
fué intacta como la Estrella,
no frágil como la Rosa.
30 Luego es presunción ociosa
querer preceder aquéllas.
(*Coro*).—¡Aquí de las Estrellas!
  —Su fragancia peregrina,
más propia la simboliza
la Rosa que aromatiza,
que la Estrella que ilumina.
Luego a ser Rosa se inclina,
mejor que a dar resplandores.
(*Coro 2*).—¡Aquí de las Flores!

40   —Por lo más digno eligió
de lo que se coronó,
y es su corona centellas.
(Coro 1).—¡Aquí de las Estrellas!
—Lo más hermoso y lucido
es su ropaje florido,
y lo componen colores.
(Coro 2).—¡Aquí de las Flores!
—Estrellas sube a pisar,
y en ellas quiere reinar,
50   coronándolas sus huellas.
(Coro 1).—¡Aquí de las Estrellas!
—Entre Flores adquirió
esa gloria que alcanzó;
luego éstas son superiores.
(Coro 2).—¡Aquí de las Flores!
    (1 voz).—¡Fulmínense las centellas!
(Coro 1).—¡Aquí de las Estrellas!
(2 voz).—Dispárense los ardores!
(Coro 2).—¡Aquí de las Flores!
60   *(1 voz)*.—¡Aquí, aquí de las querellas!
(2 voz).—¡Aquí, aquí de los clamores!
(1 voz).—¡Batalla contra las Flores!
(2 voz).—¡Guerra contra las Estrellas!
(Coro 1).—¡Batalla contra las Flores!
(Coro 2).—¡Guerra contra las Estrellas!

271

VILLANCICO V

Coplas

A LA que triunfante,
bella Emperatriz,
huella de los aires
la región feliz;
    a la que ilumina
su vago confín,
de arreboles de oro,
nácar y carmín;

          a cuyo pie hermoso
10   espera servir
       el trono estrellado
       en campo turquí;
          a la que confiesa,
       cien mil veces mil,
       por Señora el Ángel,
       Reina el Serafín;
          cuyo pelo airoso,
       que prende sutil
       en garzotas de oro
20   banderas de Ofir,
          proceloso y crespo
       se atreve a invadir,
       con golfos de Tíbar,
       reinos de marfil;
          de quien aprendió
       el Sol a lucir,
       la Estrella a brillar,
       la Aurora a reír,
          cantemos la gala,
30   diciendo, al subir:
       ¡Pues vivió sin mancha,
       que viva sin fin!

Estribillo

Y pidamos, a una voz,
que ampare al pobre redil:
pues aunque no hay más que ver,
siempre queda qué pedir.

272

VILLANCICO VI

Coplas

Á LAS excelsas imperiales plantas
de la triunfante poderosa Reina
que corona de Estrellas sus dos sienes
y sus dos pies coronan las Estrellas;

a la que, de laureles adornada
y tremolando victoriosas señas,
caudal Águila vuela a las alturas,
fragante Vara sube a las esferas;
    a la que en giros rápidos de luces,
10 si del que la hospedó valle se ausenta,
cuanto con la presencia más se aparta,
tanto con la piedad en él se queda;
    a la que se abatió hasta ser Esclava
por merecer el título de Reina,
zanjando, en los cimientos de humildades
los edificios de mayor alteza;
    a Aquella que, aunque se confiesa Esclava,
se excluye de la culpa, pues expresa
el soberano Dueño a quien se humilla,
20 porque sólo de Dios serlo pudiera,
    celebremos alegres, pues hoy logra
del Aquilón en la mansión suprema,
gozar por su humildad el Trono Empíreo
que pretendió Luzbel con su soberbia.

Estribillo

Y cantemos humildes
con voces tiernas,
que el ir la Reina hermosa
a la Gloria eterna,
¡sea norabuena!
30   —El gozar triunfante
la Silla suprema,
¡Norabuena sea!
    —Pues en la que sube
lo ha de ser por fuerza,
—¡Sea norabuena!
¡Norabuena sea!

TERCERO NOCTURNO

273

VILLANCICO VII

Cabeza

FUÉ LA Asunción de María
de tan general contento,
que uno con otro elemento
la festejan a porfía.
    Y haciendo dulce armonía,
el Agua a la Tierra enlaza,
el Aire a la Mar abraza,
y el Fuego circunda el Viento.
    ¡Ay qué contento,
10   que sube al Cielo María!
    ¡Ay qué alegría,
    ay qué contento,
    ay qué alegría!

Coplas

(Entre Dos, y responde la Tropa.)

    1.—En dulce desasosiego,
por salva a sus Pies Reales,
dispara el Agua cristales,
y tira bombas el Fuego;
caja hace la Tierra, y luego
forma clarines el Viento.
20   *Tropa.*—¡Ay qué contento!
    2.—Al subir la Reina hermosa,
cubierta de grana fina
descuella la Clavellina,
y rompe el botón la Rosa;
la Azucena melindrosa
da al aire el ámbar que cría.
    Tropa.—¡Ay qué alegría!

1.—Las Aves con picos de oro
saludan mejor Aurora,
30   y una y otra voz sonora
sale de uno y otro coro,
cuyo acento no es, sonoro,
de humano, imitado, acento.
Tropa.—¡Ay qué contento!
    2.—Pues ¿cómo serán aquellas
fiestas, donde asisten graves
Ángeles en lugar de Aves,
y en vez de Rosas, Estrellas,
a quien sus hermosas huellas
40   han de pisar este día?
Tropa.—¡Ay qué alegría!
    1.—¡Que nuestra Naturaleza
al Solio de más grandeza
suba sobre el firmamento!
Tropa.—¡Ay qué contento!
    2.—¡Que por gracia y hermosura,
pueda una pura Criatura
gozar tanta Monarquía!
Tropa.—¡Ay qué alegría!
50   *1.*—Gócela siglos sin cuento.
Tropa.—¡Ay qué contento!
2.—Pues la mereció María.
Tropa.—¡Ay qué alegría!
¡Ay qué alegría! ¡Ay qué contento!

274

VILLANCICO VIII. — ENSALADA

(En tono de Jácara la Introducción, a dos voces.)

1.—Yo PERDÍ el papel, señores,
que a estudiar me dió el Maestro
de esta fiesta, porque yo
siempre la música pierdo.
    2.—Pues no os dé ningún cuidado,
que otras cosas cantaremos;

que el punto propio es cantar,
aunque no es el punto mesmo.
   1.—¿Pues qué podemos decir?
10 *2.*—Lo que dictare el cerebro,
cualquier cosa, y Dios delante,
pues delante lo tenemos.
Y haremos una Ensalada
de algunos picados versos,
más salada que una hueva
y más fresca que el invierno.
   1.—Vaya, pues, y empiece usted.
 2.—En nombre de Dios, comienzo.
Érase aquel valentón
20 que a Malco cortó en el Huerto
la oreja.
   1.—¡Cuerpo de tal!,
¿ahora sale con San Pedro,
que es día de la Asunción?
 2.—¿Pues qué viene a importar eso?
Al Tránsito de la Virgen,
donde todos concurrieron
los Apóstoles, ¿no estuvo
entre todos asistiendo,
más presente que un regalo?
30 ¿Pues qué importa que cantemos:
érase San Pedro, cuando
la Virgen se subió al Cielo?
   1.—Nada importa; pero yo
quiero cantar, si me acuerdo,
una Letrilla en latín,
y que vendrá bien sospecho,
por un tono del Retiro:
con que vendrá a ser acierto,
pues se retira María,
40 que del Retiro cantemos.
   2.—Vaya, pues, y no sea largo.
 1.—No soy liberal de versos.

Coplas

O Domina Speciosa,
o Virgo praedicanda,
o Mater veneranda,
o Genitrix gloriosa,
o Dominatrix orbis generosa!
Maerorem abstulisti
Mundi, quem honorasti;
50 *Aspidem superasti,*
Genitorem genuisti:
ideoque omnium Regina dicta fuisti.
Monilibus ornata
Regia cum maiestate,
et mira varietate
virtutum coronata,
super omnes es Caelos exaltata.
Supplices te exoramus
ut preces nostras audias
60 *miserrimosque exaudias;*
te, Domina, rogamus,
et ad Matrem mitissimam clamamus.

Prosigue la Introducción

3.—Bueno está el Latín; mas yo
de la Ensalada, os prometo
que lo que es deste bocado,
lo que soy yo, ayuno quedo.
    Y para darme un hartazgo,
como un Negro camotero
quiero cantar, que al fin es
70 cosa que gusto y entiendo;
    pero que han de ayudar todos.
Tropa.—Todos os lo prometemos.
3.—Pues a la mano de Dios,
y transfórmome en Guineo.

NEGRO

—*¡Oh Santa María,*
que a Dioso parió,

sin haber comadre
ni tené doló!
—¡Rorro, rorro, rorro,
80 *rorro, rorro, ro!*
¡Qué cuaja, qué cuaja, qué cuaja,
qué cuaja te doy.
   —Espela, aún no suba,
que tu negro Antón
te guarra cuajala
branca como Sol.
   —¡Rorro, rorro, ro! &
   —Garvanza salara
tostada ri doy,
que compló Cristina
90 *máse de un tostón.*
   —¡Rorro, rorro, ro! &
   —Camotita linda,
fresca requesón,
que a tus manos beya
parece el coló.
   —¡Rorro, rorro, ro! &
   —Mas ya que te va,
ruégale a mi Dios
que nos saque lible
de aquesta plisión.
   —¡Rorro, rorro, ro! &
   —Y que aquí vivamo
100 *con tu bendició,*
hasta que Dios quiera
que vamos con Dios.
   —¡Rorro, rorro, ro! &

Prosigue la Introducción

4.—Pues que todos han cantado,
yo de campiña me cierro:
que es decir, que de Vizcaya
me revisto. ¡Dicho y hecho!
   Nadie el Vascuence murmure,
que juras a Dios eterno

que aquésta es la misma lengua
110   cortada de mis Abuelos.

VIZCAÍNO

Señora *Andre* María,
¿por qué a los Cielos te vas
y en tu casa *Aranzazú*
no quieres estar?
   ¡Ay, que se va *Galdunái,*
nere Bizi, guzico Galdunái!
   Juras a Dios, Virgen pura,
de aquí no te has de apartar;
que convenga, no convenga,
120   has de quedar.
   ¡Galdunái, ay, que se va,
nere Bizi, guzico Galdunái!
   Aquí en Vizcaya te quedas:
no te vas, *nere Biotzá;*
y si te vas, vamos todos,
¡ba goaz!
Galdunái, &.
   Guatzen, Galanta, contigo;
guatzen, nere Lastaná:
que al Cielo toda Vizcaya
130   has de entrar.
Galdunái, &.

CONCEPCION, 1689

Villancicos que se cantaron en la S. I. Catedral de la Pue-
bla de los Ángeles, en los Maitines solemnes de la Purísima
Concepción de Nuestra Señora, este año de 1689.

PRIMERO NOCTURNO

275

Villancico I

Estribillo

¡Oigan un Misterio, que
aunque no es de fe, se cree!
—Verdad es, en mi conciencia:
que para mí, es evidencia,
y la evidencia no es Fe.

Coplas

Si para Madre querida
fué María preservada,
luego antes de ser crïada
estaba ya prevenida.
10   Pues si la razón vencida
está, ¿qué en creerlo haré?
Tropa:—¿Si la evidencia no es Fe?
    Madre de Dios, y pecado,
es cosa tan repugnante,
que aun para el más ignorante
queda el Misterio aclarado.
Pues si miro lo implicado,
¿por qué otra cosa diré?
Tropa:—¿Si la evidencia no es Fe?
20   En no pensar lo contrario,
no tengo merecimiento,

que asiente mi entendimiento
aquí, como necesario;
y en aquesto nunca vario,
que sois Pura pensaré.
Tropa:—Que la evidencia no es Fe.
    Dios a los padres mandó
honrar; y pues sois, María,
su Madre, ¿por qué no haría
30   con Vos lo que decretó
a los demás? Y así yo
en esta fe moriré.
Tropa:—Que la evidencia no es Fe.

2 7 6

Villancico II

Coplas

Dice el Génesis sagrado,
que fué la creación del Hombre
la perfección de los Cielos
y el complemento del Orbe.
    Luego, pecando él, por fuerza
todo el universal orden,
aunque en las partes perfecto,
quedó, cuanto al todo, informe.
    Mas preservando a María
10   de los comunes horrores,
Dios en Ella restituye
al Orbe sus perfecciones.
    El todo del Universo,
que fué imperfecto hasta entonces,
por su último complemento
su Pureza reconoce.

Estribillo

Pues ya que toda criatura
quedó deudora a María
de perfección y alegría,
20   del ornato y hermosura,

canten su Concepción pura,
pues la perfección encierra
1.—del Hombre,
    2.—del Ángel,
        3.—del Cielo
           4.—y la Tierra.
  Tropa:—¡Celébrenla con anhelo
1.—el Ángel,
    2.—el Hombre,
        3.—la Tierra
           4.—y el Cielo!

277

VILLANCICO III

Coplas

1.—LA Maternidad sacra
es en María
prueba de que sin mancha
fué Concebida.
  2.—La Concepción es, de eso,
premisa clara,
pues para tanto sólo
fué Preservada.
    1.—¿Quién la ve de Dios Madre,
que no discurra
que de quien la Luz nace,
nunca fué obscura?
    2.—¿Quién la ve Preservada,
que no adelante
que es tanto privilegio
para ser Madre?
    1.—¿Quién la mira en su Solio,
que no conozca
que nunca fué pechera
tan gran Señora?
    2.—¿Quién, en sus Privilegios,
hay que no advierta,

que no son arras, menos
que para Reina?

Estribillo

1.—Luego a la Preservación
prueba la Maternidad.
2.—Luego es, de esa Dignidad,
premisa la Concepción.
1 y *2.*—La ilación
30   de uno y otro hemos sacado,
y aun convertibles mostrado,
porque a dos sentidos cuadre:
1.—¿Sin pecado? ¡Luego Madre!
2.—¿Madre? ¡Luego sin pecado!

SEGUNDO NOCTURNO

278

Villancico IV

Estribillo

¡Oigan qué cosa y cosa,
que decir quiero
un Privilegio que es
y no es Privilegio!

Coplas

No es Privilegio de gracia
la Concepción de María:
porque habiendo de ser Madre,
se hizo la gracia justicia.
    Propio interés fué de Dios
10   ser sin mancha Concebida:
porque ¿a quién le importó más
el nacer de Madre limpia?
    La merced fué el escogerla;
pero una vez ya elegida,

era pundonor de Dios
ennoblecer su Familia.
    Quien la hizo Virgen y Madre,
¿por qué también no la haría
Hija de Adán y sin mancha,
20 pues no es mayor maravilla?
    Que en Adán pecaron todos,
es verdad; mas no podía
en la ley de los esclavos
ser la Reina comprendida.
    La soberana exención
de los Reyes, no se alista
en el padrón ordinario
que a los pecheros obliga.

279

Villancico V

Estribillo

¡Un instante me escuchen,
que cantar quiero
un Instante que estuvo
fuera del tiempo!

Coplas

Escúchenme mientras cante,
que poco habrá que sufrir,
pues lo que quiero decir
es solamente un Instante.
    Un Instante es, de verdad,
10 pero tan Privilegiado,
que fué un Instante cuidado
de toda la Eternidad.
    Dios, que con un acto puro
mira todo lo crïado,
del infinito pasado
al infinito futuro,

determinó su Poder,
que todo lo considera,
prevenir lo que no era
20   para lo que había de ser.
    Para su Madre amorosa
a María destinó,
y *ab aeterno* la miró
siempre Limpia y siempre Hermosa.
    Pues en tanta dignidad,
¿cómo cabe que se diga
que fué un instante Enemiga
y Madre una eternidad?
    Que siendo siempre María
30   de toda mancha desnuda,
no cupo en su sér la duda,
sino en nuestra grosería.
    Que como nube que a Apolo
esconde el claro arrebol,
no es obstáculo del Sol,
sino de la vista sólo,
    así aquella disonancia
que el Punto controvertía,
no fué tiniebla en María,
40   sino de nuestra ignorancia.
    Y así afirmará mi voz
que siempre fué Limpia, pues
debemos pensar que es
todo lo que no es ser Dios.

280

Villancico VI

Coplas

CIELO es María más bello,
Sol de luz indefectible,
Luna que está siempre llena,
Estrella que el alma sigue:
¡Cielo, Sol, Luna y Estrellas,
todos su belleza admiren!

Venus su belleza adorne,
Cintia los bosques fatigue,
Palas las lides aliente,
10 Flora las flores cultive:
¡Venus, Cintia, Palas, Flora,
todas su beldad envidien!
Judith a Holofernes venza,
Esther a Asuero mitigue,
Raquel a su Jacob prenda,
Sara a su marido libre:
¡Judith, Esther, Raquel, Sara,
sólo en vislumbres la pinten!
El Agua pula cristales,
20 la Tierra ostente matices,
el Viento soplos aliente,
el Fuego luces avive:
¡Agua, Tierra, Viento y Fuego,
todo a sus plantas se rinde!

Estribillo

¡Que en el Punto primero
que se concibe,
como es de todo Dueño,
todo le sirve!

TERCERO NOCTURNO

281

Villancico VII

Estribillo

Morenica la Esposa está,
porque el Sol en el rostro le da.

Coplas

Aunque en el negro arrebol
Negra la Esposa se nombra,

no es porque ella tiene sombra,
sino porque le da el Sol
de su Pureza el crisol,
que el Sol nunca se le va.
—¡Morenica la Esposa está! &.
Comparada la luz pura

10   de uno y otro, entre los dos,
ante el claro Sol de Dios
es morena la Criatura;
pero se añade hermosura
mientras más se acerca allá.
—¡Morenica la Esposa está! &.
Del Sol, que siempre la baña,
está abrasada la Esposa;
y tanto está más hermosa
cuanto más de Él se acompaña:
nunca su Pureza empaña,

20   porque nunca el Sol se va.
—¡Morenica la Esposa está! &
No de la culpa el horror
hacer pudo efecto tal,
pues Ella da la causal
de su encendido color,
añadiendo, por primor,
que eso más gracia le da.
—¡Morenica la Esposa está! &.
Negra se confiesa; pero
dice que esa negregura
le da mayor hermosura:

30   pues en el Albor primero,
es de la Gracia el Lucero
el primer paso que da.
—¡Morenica la Esposa está! &.
Contexto es, y no pequeño,
que, cuanto más se humillaba,
se confesó por Esclava;
pero expresó de qué Dueño,
protestando el desempeño
de que libre de otro está.
—¡Morenica la Esposa está, &.

40   porque el Sol en el rostro le da!

282

Villancico VIII.—Ensalada

Introducción

Siendo de Ángeles la Puebla
en el título y el todo,
no pudo menos que ser
de Ángeles también el coro:
    que después de haber cantado
tan dulces y tan sonoros,
que sólo la competencia
fué admitida de unos a otros,
    en una Jacarandina
10   quiso, cantando uno solo,
aliviar con lo ligero
la gravedad de los tonos.

Jácara

¡Allá va, fuera, que sale
aquel divino Portento,
en quien de su poder sumo
quiso Dios echar el resto!
    La Prevenida al principio,
la Preservada *ab aeterno,*
en quien no tuvo poder
20   la ley que fué dada en tiempo.
    A quien los Astros más nobles
como oficiales plebeyos,
el Sol le sirve de sastre,
la Luna de zapatero.
    La que, queriendo acecharla
el fiero Dragón soberbio,
de un puntapié le dejó
todos los cascos abiertos.
    La que no le costó el triunfo
30   afán, cuidado ni anhelo,
pues en un Instante solo
logró todo el vencimiento.

La que en el Siglo de Oro
se concibió, pues es cierto
que, al tiempo de concebirse,
no hubo un instante de *hierro*.
La que su Nobleza toda
explica en su Nombre mesmo,
pues se lleva en él María
40   el *Deus ex genere meo*.
Redimida como todos,
cuanto al infinito precio;
pero cuanto al modo, no,
porque fué con más supremo:
pues fué la Pasión de Cristo
que redimió al Universo,
para Ella, preservativo,
para los demás, remedio.
Que el Médico soberano,
50   por singular privilegio,
antes que llegara el daño
le aplicó el medicamento:
pues al infundir el Alma
a su ˙purísimo Cuerpo,
la Gracia santificante
tuvo prevenido el medio;
Con que, en prioridad ninguna
ni instante real de tiempo,
pudo en ella haber vestigio
60   de pecado, ni por pienso.
Éste siempre mi sentir
ha sido y será, y protesto
que nunca diré otra cosa,
¡y voto a Dios, que lo creo!

Prosigue la Introducción

Otro, que ya desahogaba
la gravedad de la solfa,
viéndose ya sin golilla,
echó por esa *Valona*.

GLOSAS

Dadle licencia, Señora,
70 a mi voz desentonada,
que no os cansaréis de oírme,
pues Vos siempre estáis de Gracia.
    Dizque los doctos de allá
Claridad de Dios os llaman,
y de Ángeles: ¡pues, Señora,
Vos debéis de ser Poblana!
    Yo os comparara, Señora,
con esta Sierra Nevada,
que aunque tiene cerca el humo
80 ella se está siempre blanca.
    Pensó de tizne el Demonio
poderos echar la marca;
pero Vos ¿cómo pudierais
ser negra? ¡No, sino el Alba!

Prosigue la Introducción

Como oyeron a los otros
de la Capilla los Seises,
como cosa de muchachos
hicieron este Juguete.

JUGUETILLO

Como entre espinas la Rosa,
90 como entre nubes la Luna,
única y como ninguna
luce la divina Esposa:
toda pura y toda hermosa,
púrpura y biso vestida;
Ciudad de Dios defendida,
Arca de su Testamento,
de la Trinidad Asiento,
Iris hermoso de paz:
¡y trescientas cosas más!
100   Como Lilio descollado
en el margen cristalino;

como Vaso de Oro fino,
de mil piedras adornado;
como Bálsamo quemado,
como Fuego reluciente,
como Apolo refulgente,
como Aroma de olor llena;
a quien no tocó la pena
que tuvieron los demás:
110   ¡y trescientas cosas más!
Como Varita olorosa
que asciende desde el desierto;
como bien vallado Huerto
de la Fruta más sabrosa;
como Palma victoriosa,
como Escuadrón ordenado,
como Pozo bien sellado,
como Fuente de agua viva;
como pacífica Oliva
120   que fué del mundo la paz:
¡y trescientas cosas más!
Trono de Dios Soberano,
Archivo de todo el bien,
Gloria de Jerusalén
y Alegría del cristiano;
Esther que al género humano
de la miseria libró;
la Mujer que en Patmos vió
Juan, triunfante del Dragón;
130   el Trono de Salomón
y la Señal dada a Acaz:
¡y trescientas cosas más!

NAVIDAD, 1689

*Villancicos que se cantaron en la S. I. Catedral de la Pue-
bla de los Ángeles, en los Maitines solemnes del Nacimiento
de Nuestro Señor Jesucristo, este año de 1689.*

PRIMERO NOCTURNO

283

VILLANCICO I

Introducción

POR CELEBRAR del Infante
el temporal Nacimiento,
los cuatro elementos vienen:
Agua, Tierra, y Aire y Fuego.
    Con razón, pues se compone
la humanidad de su Cuerpo
de Agua, Fuego, Tierra y Aire,
limpia, puro, frágil, fresco.
    En el Infante mejoran
sus calidades y centros,
pues les dan mejor esfera
Ojos, Pecho, Carne, Aliento.
    A tanto favor rendidos,
en amorosos obsequios
buscan, sirven, quieren, aman,
prestos, finos, puros, tiernos.

Estribillo

Y todos concordes
se van a mi Dueño,
que Humanado le sirven
los cuatro elementos:
el Agua a sus Ojos,
el Aire a su Aliento,

la Tierra a sus Plantas,
el Fuego a su Pecho;
que de todos, el Niño
hoy hace un compuesto.

Coplas

1.—Pues está tiritando
Amor en el hielo,
y la escarcha y la nieve
30   me lo tienen preso,
¿quién le acude?
    2.—¡El Agua!
      3.—¡La Tierra!
        4.—¡El Aire!
1.—¡No, sino el Fuego!
  1.—Pues al Niño fatigan
sus penas y males,
y a sus ansias no dudo
que alientos le falten,
¿quién le acude?
    2.—¡El Fuego!
      3.—¡La Tierra!
        4.—¡El Agua!
1.—¡No, sino el Aire!
  1.—Pues el Niño amoroso
40   tan tierno se abrasa,
que respira en Volcanes
diluvios de llamas,
¿quién le acude?
    2.—¡El Aire!
      3.—¡El Fuego!
        4.—¡La Tierra!
1.—¡No, sino el Agua!
  1.—Si por la tierra el Niño
los Cielos hoy deja,
y no halla en qué descanse
su Cabeza en ella,

¿quién le acude?
  2.—¡El Agua!
   3.—¡El Fuego!
    4.—¡El Aire!
50 *1.*—¡No, mas la Tierra!

284

VILLANCICO II

Estribillo

—AL Niño Divino que llora en Belén,
¡ déjen-lé,
pues llorando mi mal, consigo mi bien!
1.—¡Déjen-lé,
que a lo Criollito yo le cantaré!
2.—¡Le, le,
que le, le, le!

Coplas

  1.—Sed tiene de penas
  Dios, y es bien le den
10 sus ojos el agua,
  el barro mi sér:
  ¡ déjen-lé!
   2.—Dejen que el Sol llore;
  pues aunque al nacer
  también llora el Alba,
  no llora tan bien:
  ¡ déjen-lé!
  que es el llanto del mal,
  aurora del bien!
20 *1.*—¡Déjen-lé,
  que a lo Criollito yo le cantaré! &.
   1.—Que mi llanto enjugue
  su llanto, y que esté
  Dios conmigo Humano,
  yo enjuto con El:
  ¡ déjen-lé!
   2.—Si es Piedra Imán Cristo,
  y es tan al revés,

que al Imán un yerro
30 le pudo atraer,
¡déjen-lé,
que venir Dios a tierra,
levantarme es!
       1.—¡Déjen-lé! &.
       1.—¡Que esté, cuando el tiempo
es crïado de Él,
a la ley sujeto
de un tiempo sin ley!
¡Déjen-lé!
40   *2.*—¡Que al ver Dios al hombre
tormenta correr,
baje Él, siendo en mares
de llanto, Bajel!
¡Déjen-lé,
que todo es Mar y Cielo
cuanto allí se ve!
       1.—¡Déjen-lé! &.
       1.—¡Que en pajiza cuna,
de su Luz dosel,
50 el Sol cuando nace
se venga a poner!
¡Déjen-lé!
       2.—Si Dios por no herirme,
siendo recto Juez,
Humano convierte
el rayo en laurel,
¡déjen-lé,
que llorando mi mal,
consigo mi bien!
60   *1.*—¡Déjen-lé,
que a lo Criollito yo le cantaré! &.

285

Villancico III

Introducción

El Alcalde de Belén
en la Noche Buena, viendo
que se puso el azul raso
como un negro terciopelo,
     hasta ver nacer al Sol,
de faroles llena el pueblo,
y anuncia al Alba en su parto
un feliz alumbramiento.

Estribillo

    1.—Oigan atentos;
10   y porque ninguno
se niegue al precepto,
el poner en Belén luminarias
lo lleva el Alcalde a sangre y a fuego.
    2.—Oigan atentos,
y todos con luces
coronen el pueblo.
    3.—Que con los faroles,
las calles son soles.
    1.—Ninguno se esconda,
20   que empieza la ronda,
y al zagal que su luz no llevare
lo pone a la sombra.

Seguidillas Reales

    1.—Sin farol se venía una Dueña,
guardando el semblante,
porque dice que es muy conocida
por las Navidades.
    2.—En Belén los faroles no quiso
poner un Tudesco,

que en sus ojos llevaba linternas
30   con luz de sarmientos.

     3.—Por estar sin farol, puso un Pobre
candil mal parado;
porque aunque es cosa fea, en efecto,
tiene garabato.

     1.—Encontró con el Buey, y no pudo
llevarle la pena;
porque el Buey nunca sale de casa
sin sus dos linternas.

     2.—Con farol encendido iba un Ciego,
40   diciendo con gracia:
¿Dónde está la Palabra nacida,
que no veo palabra?

     3.—Viendo a un Sastre sin luz, el Alcalde
mandó, por justicia,
que cerilla y velilla encendiese,
y su candelilla.

     1.—Un Poeta salió sin linterna,
por no tener blanca;
que aunque puede salir a encenderla,
50   no sale a pagarla.

     2.—Del Doctor el farol apagóse,
al ir visitando;
por más señas, que no es el primero
que ha muerto en sus manos.

     3.—Sin farol un Hipócrita estaba,
y dijóle: Hermano,
mal parece que esté sin faroles
un cuerpo de Santo.

     1.—En Belén sin faroles entraron,
60   a fin de que todos
tropezando en su dicha, en el Niño
diesen de ojos.

SEGUNDO NOCTURNO

286

Villancico IV

Introducción

Hoy, que el Mayor de los Reyes
llega del Mundo a las puertas,
a todos sus pretendientes
ha resuelto dar Audiencia.
　Atended: porque hoy, a todos,
los memoriales decreta,
y a su Portal privilegios
concede de covachuela.

Estribillo

　¡Venid, Mortales, venid a la Audiencia,
10　que hoy hace mercedes un Rey en la tierra,
y de sus decretos nadie se reserva!
　Venid, pues consiste
el que logro tengan
vuestros memoriales,
en que hechos bien vengan.
　Y hoy, que sus mayores
Validos le cercan,
Josef y María,
la gracia está cierta.
20　Y pues no hay en el Mundo
quien no pretenda,
¡venid, Mortales, venid a la Audiencia! &.

Coplas

1.—Adán, Señor, que goza,
por labrador, indultos de Nobleza,

hoy se halla preso y pobre,
forjando de su yerro su cadena;
pide una espera,
pues el Mundo obligado
tiene a sus deudas.

30   2.—Atended al decreto que lleva:
En el Limbo por cárcel
quédese ahora,
que hoy del Cielo ha llegado
la mejor Flota.

     3.—Moisés, que allá en un Monte
cursó de Leyes la mejor Escuela,
hallándose con Vara,
la Toga pide, que feliz espera:
porque en él vean,

40   que en vuestras Leyes sólo
su ascenso encierra.

     2.—Atended al decreto que lleva:
Por de Alcalde de Corte
su Vara quede,
pues a tantos Gitanos
condenó a muerte.

     4.—Salomón, Señor, pide
del Consejo de Estado plaza entera,
pues sólo para esto

50   vuestro amor le adornó de tantas Ciencias;
con que hoy desea,
que en razones de Estado
su juicio crezca.

     2.—Atended al decreto que lleva:
Hoy de Estado en la plaza
fuera nombrado,
si a salir acertara
de mal estado.

     5.—Los Padres que en el Limbo
60   padecen la prisión de las tinieblas,
pues Príncipe ha nacido,
indulto piden que se les conceda,
para que tengan,
pues hoy nace la Gracia,
la gracia cierta.

2.—Atended al decreto que llevan:
No ha lugar por ahora,
pues este Infante
indulta cuando muere,
70 no cuando nace.
      6.—José, que de María
los honores de Esposo a gozar llega,
pide en vuestro Palacio
oficio competente a su Nobleza,
pues hay en ella
tantos Reyes ilustres
de quien descienda.
      2.—Atended el decreto que lleva:
Capitán de la Guarda
80 queda sin duda,
pues mejor Compañía
no hay que la suya.

287

VILLANCICO V

Estribillo

1.—PUES mi Dios ha nacido a penar,
déjenle velar.
2.—Pues está desvelado por mí,
déjenle dormir.
      1.—Déjenle velar,
que no hay pena, en quien ama,
como no penar.
      2.—Déjenle dormir,
que quien duerme, en el sueño
10 se ensaya a morir.
      1.—Silencio, que duerme.
2.—Cuidado, que vela.
1.—¡No le despierten, no!
2.—¡Sí le despierten, sí!
1.—¡Déjenle velar!
2.—¡Déjenle dormir!

Coplas

1.—Pues del Cielo a la Tierra, rendido
Dios viene por mí,
si es la vida jornada, sea el sueño
posada feliz.
¡Déjenle dormir!

    2.—No se duerma, pues nace llorando,
que tierno podrá,
al calor de dos Soles despiertos,
su llanto enjugar.
¡Déjenle velar,
que su pena es mi gloria,
y es mi bien su mal!

    1.—¡Déjenle dormir;
y pues Dios por mí pena,
descanse por mí!

    2.—¡Déjenle velar!
1.—¡Déjenle dormir!

    1.—Si a sus ojos corrió la cortina
el sueño sutil,
y por no ver mis culpas, no quiere
los ojos abrir,
¡déjenle dormir!

    2.—Si es su pena la gloria de todos,
dormir no querrá,
que aun soñado, no quiere el descanso
quien viene a penar:
¡déjenle velar,
que no hay pena, en quien ama,
como no penar!

    1.—¡Déjenle dormir,
que quien duerme, en el sueño
se ensaya a morir!

    2.—¡Déjenle velar!
1.—¡Déjenle dormir!

    1.—Si en el hombre es el sueño tributo
que paga al vivir,
y es Dios Rey, que un tributo en descanso
convierte feliz,
¡déjenle dormir!

    2.—No se duerma en la noche, que al hombre
le viene a salvar:
que a los ojos del Rey, el que es reo
gozó libertad.
60   ¡Déjenle velar,
que su pena es mi gloria,
y es mi bien su mal!
      1.—¡Déjenle dormir,
que pues Dios por mí pena,
descanse por mí!
      2.—¡Déjenle velar!
  1.—¡Déjenle dormir!

      1.—Si el que duerme se entrega a la muerte,
y Dios, con ardid,
70   en dormirse por mí, es tan amante,
que muere por mí,
¡déjenle dormir!
      2.—Aunque duerma, no cierre los ojos,
que es León de Judá,
y ha de estar con los ojos abiertos
quien nace a reinar.
¡Déjenle velar,
que no hay pena, en quien ama,
como no penar!
80   *1.*—¡Déjenle dormir,
que quien duerme, en el sueño
se ensaya a morir!
      2.—¡Déjenle velar!
  1.—¡Déjenle dormir!

288

VILLANCICO VI

Introducción

EL RETRATO del Niño
mírenlo Uscedes,
y verán cosas grandes
en copia breve.

De Oro y Plata en listones,
un ramillete
de encarnado es, y blanco,
de azul y verde.
    No es retrato del arte,
10   ni de pinceles,
que es Divino, aunque Humano
sólo parece.
    Aunque parezca Humano,
es tan Celeste,
que arden los Serafines
sólo por verle.
    Una Joya es tan rica,
que en el Oriente
sirve de luz al Orbe
20   cuando amanece.
    Los Diamantes y Perlas
en ella pierden
sus quilates, o en ella
todos los tienen.
    Los Claveles y Rosas
en ella mueren,
o se animan en ella
Rosas, Claveles.
    Mas ¿para qué la inculco,
30   si puede verse?
Córrase la cortina,
mírenlo Uscedes.

Estribillo

¿Hay quien me lo pide?
¿Hay quien me lo quiere
a este Hechizo de Plata,
de Armiño y de Nieve?
    ¿A este Cupido,
que es de cera, y de amores
se está derretido?

Coplas

40   *1.*—Madeja de Oro es su Pelo
de que se forman Anillos;

que para prendas amantes,
no hay más extremados brincos.
    2.—Esos caprichos,
más que las manos, prenden
los albedríos.
    1.—Son dos verdes Esmeraldas
o dos azules Zafiros
sus Ojos, para esperanzas
50 o para celos motivos.
    2.—Ojos tan ricos,
vencerán Cielo y Tierra
sólo en un hito.
    1.—Un breve Rubí es su Boca,
en dos partes dividido,
porque se vea el Aljófar
por el pequeño resquicio.
    2.—Labios tan lindos,
el aliento se beben
60 de mis suspiros.
    1.—Frente, Cuello, Manos, Plantas,
Plata, Nieve, Cera, Armiño,
todo es del Alma un encanto,
todo es de Amor un hechizo.
    2.—Tal Cupidillo,
para Joya del Alma
viene nacido.

TERCERO NOCTURNO

289

Villancico VII

A ALEGRAR a mi Niño
van hoy las Almas;
con razón, pues en ellas
están sus gracias.

Coplas

Cual sonoroso Enjambre
que, con doradas alas,

de los Jazmines chupan
el cristal que sobre ellos lloró el Alba;
   cual Mariposa amante
10 que, en torno de la llama,
solicita en el Fuego
ser víctima, de amores abrasada;
   cual Fuente presurosa
que, con plantas de plata
o plumas de cristales,
camina o vuela al Golfo en que descansa;
   cual Flecha despedida
y a la Meta apuntada,
que, en cuanto no la toca,
20 cual veloz pensamiento nunca para;
   cual Girasol dorado,
que de la Antorcha cuarta
sigue los movimientos
con dulce simpatía que le arrastra;
   cual acerada Aguja
en el Imán tocada,
que el moto no sosiega
sin ver el Norte, y visto, en él se pasma:
   así se van al Niño
30 presurosas las Almas,
que es Centro do se animan
y fuera de Él, ni aun en sí mismas se hallan.
   En ellas el Infante
se alegra y se regala:
¿qué mucho, si por ellas
cual Rayo desde el Cielo al suelo baja?

290

VILLANCICO VIII

Introducción

ESCUCHEN dos Sacristanes
que disputan, arguyendo,
si es el Niño el *Verbum Caro,*
o es el Niño el *Tantum Ergo.*

¡Oigan atentos,
no se queden a *asperges*
del argumento!

Estribillo

1.—*Sacristane.*
      2.—*Sacristane.*
1.—*Exi foras.*
      2.—*Vade retro.*
10   1.—*Famulorum.*
      2.—*Famularum.*
1.—*Mecum arguis?*
      2.—*Tu arguis mecum?*
1.—*Laus tibi, Christe!*
      2.—*Deo gratias!*
1.—*Verbum Caro!*
      2.—*Tantum Ergo!*
   1.—Pastores, Pastores,
hablando en Romance,
oíd un Portento.
   2.—Zagales, Zagales,
dejando Latines,
oíd un Misterio.
20   *1.*—Yo digo que el Niño,
que es Dios Humanado,
será el *Verbum Caro.*
   2.—Yo digo que el Niño,
que es Dios Encubierto,
será el *Tantum Ergo.*
   1.—Mi ciencia es más grande.
   2.—Mayor es mi ingenio.
   1.—Y así, Pastorcillos,
   2.—Y así, Zagalejos,
30   *1.*—oíd mis razones.
   2.—oíd mi argumento.
Tod.—Prosigan, prosigan,
que estamos atentos.
   1.—Oíd, Pastorcillos,
   2.—Oíd, Zagalejos,
Los dos.—en claros Latines
obscuros Misterios.

Tod.—Prosigan, prosigan
con los argumentos,
40   y supla, en pastores,
la fe, el no entenderlos.
    1.—¡Oíd, Pastorcillos!
    2.—¡Oíd, Zagalejos!
Tod.—Prosigan, prosigan,
que estamos atentos.

Coplas

    1.—Sepa el Sacristán Benito
que, mejor que el *Tantum Ergo,*
le conviene el *Verbum Caro*
al Niño, que hace pucheros.
50   *2.*—Sepa el Sacristán Llorente
que nace a ser *Sacramentum,*
y mejor que el *Verbum Caro*
le conviene el *Tantum Ergo.*
    1.—*Melius dixi!*
    2.—*Dixi melius!*
    1.—*Probo, probo!*
    2.—*Nego, nego!*
    1.—*Incarnatus.*
          2.—*Corpus Christi.*
    1.—*Saeculorum.*
          2.—*In aeternum.*
60   *1.*—*Verbum Caro!*
    2.—*Tantum Ergo!*
    1.—Nace Clavel de una Rosa,
y Jericó me da el texto;
con que le viene pintado
el *Incarnatus* del Credo.
    2.—Nace Grano y crece Espiga,
y en las Pajas mi argumento
halla el *Panem Angelorum*
con el *Hoc est Corpus Meum.*
70   *1.*—*Melius dixi!*
    2.—*Dixi melius!* &.
    1.—Del *Verbum Caro* las glorias,
secundum Joannem las pruebo,

con un principio asentado
que es: *In principio erat Verbum.*
    2.—Si en un principio te fundas,
yo en un fin que es Evangelio;
pues *Cum dilexisset suos,*
in finem dilexit eos.
80   *1.*—*Melius dixi!*
    2.—*Dixi melius!* &.
        1.—Sobre el Portal, una Estrella
dice que el Niño es el *Verbum,*
pues *habitavit in nobis*
et vidimus gloriam Eius.
    2.—Hostia nace en pobre albergue,
y le viene al Portalejo
el *Domine, non sum dignus*
ut intres sub tectum meum.
90   *1.*—*Melius dixi!*
    2.—*Dixi melius!* &.
        1.—Según la Misa del Gallo,
con el Prefacio te venzo,
cuando se canta el *Per In-*
carnati Verbi Mysterium.
    2.—Más, en la Misa del Gallo,
que el Prefacio, es del intento
el *Antequam Gallus cantet*
y el *Gloria in excelsis Deo.*
100   *1.*—*Melius dixi!*
    2.—*Dixi melius!* &.

SAN JOSÉ, 1690

Villancicos con que se solemnizaron, en la S. I. Catedral de la Puebla de los Ángeles, los Maitines del gloriosísimo Patriarca Señor San José, año de 1690.

291

DEDICATORIA AL MISMO SANTO

DIVINO JOSÉF: si son
vuestras glorias tan inmensas,
que ignorándolas ninguno,
no hay alguno que las sepa
   —pues aunque es notoria a todos
vuestra Dignidad suprema,
se sabe que es grande, pero
no se mide su grandeza—,
   el no saber yo decir
10   de Vos lo que nadie acierta,
será sobra del asunto,
no del cariño tibieza.
   Recibid éste; y ya que
por indigno no merezca
atenciones de tributo
ni aceptaciones de ofrenda,
   al menos merezca ser
índice de una fineza
que piensa de vuestras glorias
20   todo aquello que no piensa,

Vuestra esclava, aunque indigna,
JUANA INÉS DE LA CRUZ.

❖✚❖ ⸲VILLANCICOS, ❖✚❖
QVE SE CANTARON EN LA SANTA
Iglesia Cathedral de Mexico , à los Maytines del Gloriosissimo Principe de la
❖✚❖ Iglesia , el Señor SAN PEDRO. ❖✚❖

*Que fundò, y dotò el Doɛt. y M. D. Simon Estevan Beltran, de Alzate , y Esquibel (que
Dios aya) Maestre-escuela, que fue, desta S. Iglesia Cathedral; y Cathedratico Jubilado de
Sagrada Escriptura, en esta Real Universidad de Mexico.*

Año de 𝕱 **1677.**

❖✚❖ DEDICALOS, ❖✚❖

AL Señor Lic.do *D. Garcia de Legaspt , Velazco , Altamirano , y
Albornoz ,* Canonigo desta Santa Iglesia Cathedral de Mexico. &c.

✚

SEñor mio, ofrezcole à V. Señoria, los Villancicos, que para los Maitines del Prin-
cipe de los Apostoles S. Pedro, hize como pude à violencias de mi esteril vena, po-
ca cultura, corta salud , y menos lugar , por las indispensables ocupaciones de mi
estado. Lo festivo de sus alegorias se debe à la fiesta : y sobre el comun privilegio de
versos, tienen ampla licencia en la imitacion de mi gran P. S. Geronimo , que en vna
Epistola ad Eustochium dize: *Festus est dies, & natalis Beati Petri festivius esse solitò con-
diendus, ita tamen, vt scripturarum cardinem iocularis sermo non fugiat.* La que tienen
de malos sanar puede a la sombra de Pedro; aunque he advertido, que para sanar el mal
de vnos pies (tal es el mas incurable de los versos) se valiò de su mano: imagen, y viva
sombra de sus padres son los hijos, que con la imitacion de sus exemplos sino igualan, à
lo menos siguen el tamaño de sus virtudes, y grandeza de sus hazañas: sealo U. Señoria
de su P. S. Pedro , por lo Ecclesiastico , ya que en lo natural, y politico es glorioso es-
plendor de sus nobilissimos progenitores , y de la mano de su favor à mis versos, para
que corran como buenos à la sombra de su patrocinio : para conseguirla no alego mas
titulos porque no quiero adelantarle à U. Señoria en el rostro el color, que desea la
purpura en sus vestidos ambiciosa de reteñirse en el Capelo con el lustre, y honor de
su sangre. Tampoco elcuso la pequeñes de lo que ofrezco, porque como hija de S. Ge-
ronimo, quiero que U. Señoria la escuse con sus palabras, en la Epistola ad Marcellam,
reconociendo en lo pequeño del don, lo consagrado de la voluntad, ʠ lo ofrece: *Quia
velata Virginis munus est, aliqua in ipsis munusculis esse misteria demonstremus.* Guarde
Dios à U. Señoria como deseo. Es deste Convento de N. P. S. Geronymo , Junio 20.
de 1677. años.

B. L. M. D. U. Señoria, Su mas afecta servidora, que mas le estima.

Juana Ines de la Cruz.

PRIMERO NOCTURNO

292

Villancico I

Estribillo

Coro 1.—¡Ay, ay, ay, cómo el Cielo se alegra!
Coro 2.—Mas ¡ay, ay, ay, que se queja la Tierra!
¡Ay, cómo gime,
1.—¡Ay, cómo suena,
   2.—llorosa,
       1.—festivo,
el Cielo!
     2.—la Tierra!
¡Ay, que se queja!
1.—¡Ay, que se alegra!
  1.—El Cielo se alegra de que a José goza:
10 *2.*—Y porque lo pierde la Tierra, lo llora.
1.—Llore en buen hora,
que el Cielo se alegra.
  2.—¡Ay, ay, ay, que se queja la Tierra!
1.—Mas ¡ay, ay, ay, que el Cielo se alegra!

Coplas

  2.—Como aun despúes de su muerte
la Tierra lo poseía,
y guardado lo tenía
en su calabozo fuerte,
siente más perder la suerte
20 cuando tanto bien la deja.
¡Ay, que se queja!
  1.—Como el Cielo carecía
la ventura de tenerlo,
cuando llega a poseerlo
es más grande su alegría,
y con dulce melodía
se da a sí la enhorabuena.
¡Ay, cómo suena!

2.—Ella dice: Siempre ha sido
30 mío, pues yo le crïé,
Vara fértil de Jesé
que de mi vientre ha nacido;
y así, el corazón herido
me queda, al ver que se aleja.
¡Ay, que se queja!
     1.—Más a mí me pertenece,
pues tan Ángel se mostró,
que nunca a hablarle llegó
ninguno que Ángel no fuese;
40 ni que voz humana oyese
ni aun en medio de su pena.
¡Ay, cómo suena!

293

VILLANCICO II

Coplas

SI MANDA Dios en su Ley,
que al que sin hijos acabe,
por el más cercano deudo
vuelva su nombre a excitarse,
     porque los hijos que engendre
el nombre y las heredades
gocen del difunto, como
hijos suyos naturales,
     y que aunque otro los engendre,
10 de los difuntos se llamen,
los naturales cediendo
el derecho a los legales:
     si es José Virgen y Puro,
y el Virgen no vive en carne,
muerto está al mundo y bien puede
como muerto reputarse.

Pues ¿quién le podrá suplir
la infecundidad, si nadie
es digno de engendrar hijos
20   que suyos puedan llamarse?
¡Oh grandeza sin medida,
que sólo el Eterno Padre
le da su natural Hijo
para que suyo lo llame,
porque si por Virgen quiere
de la sucesión privarse,
se aventaje su Progenie
con infinitos quilates!
Sépase, pues, de José,
30   que es su perfección tan grande,
que para ser Hijo suyo,
sólo Cristo fué bastante.

Estribillo

¡Pues los Ángeles todos sus glorias canten,
que no es mucho, si Cristo le llama Padre!

294

Villancico III

Estribillo

1.—¿QUIÉN oyó? ¿Quién oyó? ¿Quién miró?
¿Quién oyó lo que yo:
que el Hombre domine, y obedezca Dios?
¿Quién oyó? ¿Quién oyó lo que yo?

Coplas

2.—Yo lo vi en Moisés,
cuando revocó
la sentencia, porque
Moisés lo pidió.
   1.—¡No, no, no, no, no,
10   que es el que yo digo
prodigio mayor!

Que allí, de Piadoso
concedió perdón;
pero aquí, Obediente
mostró sujeción.

    3.—Yo lo vi en Josué
cuando al Sol paró:
que a la voz del hombre
Dios obedeció.

20   *1.*—¡No, no, no, no, no,
que es la que yo digo
merced superior!
Que allí, paró sólo
el material Sol;
y aquí, el de Justicia
su luz sujetó.

    4.—También nos lo dice
de Acaz el Reloj,
en que el Sol las líneas
30   diez retrocedió.

    1.—¡No, no, no, no, no,
que es ésta, señal
de mayor primor!
Y así sólo puede
ser demostración
de conceder, ésa;
de obedecer, no.

    5.—Yo lo vi en la lucha
que tuvo Jacob:
40   donde Dios vencido,
y él fué vencedor.

    1.—¡No, no, no, no, no,
que en la que yo digo
hubo más valor!
Pues Jacob, herido
de la lid salió;
y éste, sin la lid
consiguió el blasón.

    6.—Yo lo vi en Elías,
50   cuando descendió

a su voz, del Cielo,
fuego abrasador.
    1.—¡No, no, no, no, no,
que es el que yo digo
más divino ardor!
Que allí, bajó solo
fuego de furor;
y aquí, bajó Fuego
del Divino Amor.

60   *Tod.*—Pues ¿quién puede ser
tan grande Varón,
que de los Mayores
celebras Mayor?
    1.—José, de quien ésos
sólo tipos son,
pues excede a todos
en la perfección.
    ¿Quién oyó? ¿quién oyó lo que yo:
que el hombre domine,
70   y obedezca Dios?

SEGUNDO NOCTURNO

295

Villancico IV

Si en pena a Zacarías
se le da, de la duda
que al anuncio del Ángel
puso, respecto de su edad caduca,
    que en prisión de silencio
quede su lengua muda,
y hasta que la Voz nace,
la suya ni desata ni articula:
    ¿por qué calla José,
10   sin verse, en la lectura
de la Sagrada Historia,
ni una palabra sola que él pronuncia?
    Mas ay, aquél por pena,
y éste calla de industria,

siendo mérito en uno
la señal misma que, en el otro, culpa.
Por padre de la Voz,
aquél la voz añuda;
y por Padre del Verbo
20   éste, el hablar otra palabra excusa.
Pues calle, en hora buena,
de José la mesura,
pues sólo el Verbo Eterno
es la que tiene por Palabra suya.
Virgen y silencioso,
ni halaga ni fecunda
el tálamo, de prole,
ni el aire, de sus ecos con dulzuras.
Pues virtud tan austera,
30   bien merece que supla
Dios su falta, y que Él sólo
Sucesión y Palabra substituya.

Estribillo

¡Y así, todos entiendan que José calla
porque el Verbo Divino es su Palabra!

296

VILLANCICO V

CUALQUIERA Virgen intacto
es Virgen sólo una vez;
pero el ser Virgen dos veces,
sólo es lauro de José.
Pues cualquiera Virgen, guarda
sola en sí su candidez;
mas José la guarda en sí
y en la que su Esposa es.
El tener Dios Madre Virgen
10   le debe: pues a merced
lo fué de José, cediendo
su matrimonial poder.
Pues siendo suya María
y siendo Virgen por él,

no es sólo Virgen en sí,
sino en su Esposa también.
   Cedió el derecho que pudo
lícitamente tener,
por enlazar en sus triunfos
20   la Palma con el Laurel.
   Si la mujer buena al hombre
se le da, porque obra bien,
¿cuál será la dignidad
que mereció tal Mujer?
   ¡Oh Virgen, de los demás
sacro coronado Rey,
que dos holocaustos puros
ofreces en una fe!

Estribillo

   ¡Pues supiste Coronas dobles tener,
30   haz que participemos de tanto bien!

297

VILLANCICO VI

Estribillo

1.—DIOS y Joséf apuestan.
2.—¿Qué? ¿qué? ¿qué?
1.—Oigan a Dios, oigan;
Oigan a José,
que aunque es hombre, se pone
a cuentas con Él;
y no sé cuál alcanza,
pero sólo sé
que Dios gusta de que
10   le alcance José.
¡Dios y Joséf apuestan!
2.—¿Qué? ¿qué? ¿qué?
1.—¡Que aunque es hombre, se pone
a cuentas con Él!

Coplas

1.—Dios y José, parece
que andan a apuesta
sobre cuál ejecuta
mayor fineza.

20
2.—Dios le dice: Yo te hago
feliz Esposo
de la que aclaman Reina
los altos Coros.

1.—José dice: Yo pago
con que a esa mesma
Señora, aunque es Casada,
guardo Doncella.

2.—Dios le dice: Ese obsequio
es bien te premie
con que, después del Parto,
30
Virgen te quede.

1.—Yo, de tener progenie
quise privarme,
para que Tú tuvieses
Virgen por Madre.

2.—Yo, para compensarte
ese servicio,
hice que tener puedas
a Dios por Hijo.

1.—Yo fuí a la voz del Ángel
40
tan obediente,
que mi respuesta sola
fué obedecerte.

2.—Yo pago con ventajas
esa fineza,
sujetando a ti toda
mi Omnipotencia.

1.—Yo a tu Madre Sagrada
guardé el decoro,
que es la mayor fineza
50
para un celoso.

2.—Yo te hice el beneficio
de asegurarte,

que es, a quien tiene celos,
el Bien más grande.
    1.—Yo te di, para Madre,
mi misma Esposa.
    2.—Yo, para Esposa tuya,
mi Madre propia.
    1.—Luego ninguno alcanza,
60   pues en la cuenta
tanto vale la paga
como la deuda.

TERCERO NOCTURNO

298

VILLANCICO VII

¿POR QUÉ no de simple Virgen,
sino ligada a la unión
del Matrimonial consorcio,
el Hijo de Dios nació?
    Pregunta, y da la respuesta,
aquel Máximo Doctor,
Padre de la Iglesia, y Padre
de mi sacra Religión.
    Tres razones da, y la cuarta
10   dice que Ignacio añadió;
y aunque todas las venera
reverente mi atención,
    yo la quinta he de añadir
en honra de mi Patrón,
pues será a favor de todos,
si es razón a su favor.
    Digo, que fué por premiar
de José la perfección,
pues sólo era digno premio
20   el llamarlo Padre, Dios.
    Por darle tal dignidad,
a su Madre desposó;
que mérito tan gigante,
no pide premio menor.

Estribillo

Pues cásese en buena hora
de Dios la Madre,
porque José, del Verbo,
Padre se llame.

299

VILLANCICO VIII.—ENSALADA

Introducción

LOS QUE música no entienden
oigan, oigan, que va allá
una cosa, que la entiendan
todos, y otros muchos más.
¡Tris, tras;
oigan, que, que, que allá va!

JÁCARA

Va una Jácara de chapa;
atención, señores guapos,
y no faltará quien diga
10   que van las coplas de mazo.
Dígalo, que allá la Historia
dirá si es pedrada o palo,
y verán cómo son golpes
los que parecen porrazos.
Érase un buen Carpintero
de éstos que labran en blanco,
el cual, como voy diciendo;
por Dios, que se me ha olvidado.
Doyme un golpe en la mollera:
20   ¡oiga! ¿como qué? ¿burlamos?
¿Olvido a mí, que los vendo?
Doyme otra vez: lindo chasco.
Digo, pues (ya me acordé),
que este Oficial afamado

nunca gustó de colores,
por lo que tienen de engaños.
   Verdad es, que en su Obrador
estaba un rico Sagrario
con un Niño que no tuvo
30   igual, de bien Encarnado.
   Pero Éste no lo hizo él,
sino que era de un Maestrazo,
que por una cierta deuda
le dejó el Niño empeñado.
   Pues como les voy diciendo,
era éste un hombre tan Santo,
que eran fiestas para el Cielo
los días de su trabajo.
   Viene Dios, y ¿qué hace? Viendo
40   un proceder tan honrado,
entrégale la tutela
de un muy rico Mayorazgo.
   Y hele aquí Tutor de Dios,
sin saber cómo ni cuándo:
miren, si es Dios su Menor,
cómo será su tamaño.
   Vino Dios con esto a verlo,
porque (ya verán), tratando
con los bienes del Menor,
50   se puso en muy buen estado.
   Mas, como suelen decir
que no hay dulce sin sus agrios,
viene la Justicia y echa
sobre los bienes embargo.
   Porque a una fïanza antigua
estaba el tal obligado,
y renunció al obligarse
las exenciones de Hidalgo.
   Y así, porque no le prendan,
60   parte a Egipto desterrado,
porque se cumpla que el Hijo
sea de Egipto llamado.
   (¿Ven ustedes? Pues aquesto
no lo saco de mis cascos,

que está de letra de molde,
con Fe de cuatro Escribanos.)
    Vuelve, y piérdesele el Niño
entre ciertos mentecatos:
porque la Sabiduría
70   no se perdiera entre sabios.
    Cátense aquí a mi Tutor
todo pena y sobresaltos,
por saber que ha de morir
su Menor ajusticiado.
    ¡Par Dios, por cantar los gozos,
los dolores he cantado!
Pero en cantando los unos,
ya me entiende con quien hablo.
    Señores Tutores, cuenta,
80   los que son albaceazgos:
si así le fué al que era bueno,
¿cómo les irá a los malos?

JUGUETE

1.—Oigan una duda de todo primor.
2.—Pregunte, señor Doctor.
1.—Aquí a los niños veremos
que en la Capilla tenemos,
y premiaré al que acertare
lo que yo le preguntare.
    Tod.—Pues pregúntenos usté.
90   1.—¿Cuál oficio San José
tiene?
        2.—Si en eso topó,
a lo que imagino yo,
tuvo oficio de Pastor
de un rebaño superior;
pues el Cordero Pascual,
y otro tal
que en Egipto repartieron,
todos fueron
figuras de Él que él guardó,
100   y el que vió
para víctima Abrahán,
pues que Juan

lo enseñó por Salvador:
y así José fué Pastor
sin igual.
3.—¡No fué tal!
2.—¡Sí fué tal!
3.—¡No fué tal!
1.—Pues ¿qué fué?
3.—Fué Labrador
de la Semilla mejor,
pues en solamente un grano
110   guardó aquel Pan soberano,
a quien figura el que a Elías
tantos días
sustentó, y el de Habacuc,
y de Ruth
las espigas, y la alteza
de la Mesa
del Pan de Proposición,
y el blasón
con que José fué exaltado
120   y llamado
en Egipto Salvador;
y así, aquéste es Labrador
de caudal.
4.—¡No fué tal!
3.—¡Sí fué tal!
4,—¡No fué tal!
3.—Pues ¿qué fué?
4.—Fué Carpintero
(a mi entender) todo entero,
sin tener más embarazo
que su nivel y su mazo,
su juntera y su cepillo,
130   su martillo,
tenazas y cartabón,
su formón,
su azuela, sierra y barrena
muy buena,
su escoplo, escuadra y su vara,
para
quizá labrar el primero

el Madero
(Remedio de nuestro mal)
140   celestial.
    1.—¡No fué tal!
            4.—Sí fué tal!
                    1.—¡No fué tal!
        2.—Pues si es que alguno ha acertado,
    dénle el premio que ha ganado.
    1.—¡Eso no,
    que ninguno lo acertó!
    Tod.—Pues, digo, ¿qué oficio fué
    el que tiene San José?
    1.—Si oírlo quieren de mí,
    danse por vencidos?
                    4.—Sí;
150   ¡dígalo ya!
                1.—Que me place:
    Oficio es de Prima Clase,
    con el Rito más solemne,
    el que tiene;
    porque es de España blasón
    ser Patrón,
    su Protector y Abogado
    muy amado.
    4.—Par Dios, que en ello no dimos;
160   y es que al instante nos fuimos
    a que el Santo fué Oficial.
    —¡No fué tal!
            —¡Sí fué tal!
                    —¡No fué tal!

INDIO

Yo también, *quimati* Dios,
mo adivinanza pondrá,
que no sólo los Dotore
habla la Oniversidá.
    Cor.—¡Ja, ja, ja!
¿Qué adivinanza será?
    Ind.—¿Qué adivinanza? ¿Oye osté?
170   ¿Cuál es mejor San José?

1.—¡Gran disparate!
        2.—¡Terrible!
Si es uno, ¿cómo es posible,
que haber pueda otro mejor?
Ind.—Espere osté, so Doctor:
¿no ha visto en la Iglesia osté
junto mucho San José,
y entre todos la labor
de Xochimilco es mijor?
1.—Es verdad.
       Cor.—¡Ja, ja, ja, ja!
180   ¡Bien de su empeño salió!

NEGRO

—Pues, y yo
también alivinalé;
lele, lele, lele, lele,
que pulo ser Neglo Señol San José!
1.—¿Por dónde esa línea va?
Neg.—Pues ¿no pulo de Sabá
telé algún cualteló?
Que a su Parre Salomó
también eya fué mujel:
190   ¡lele, lele, lele, lele!
¡que por poca es Neglo Señol San José!

PARA LA MISA

300

VILLANCICO IX.—A LA EPÍSTOLA

Estribillo

1.—SANTO TOMÁS dijo
que ver y creer.
2.—Pero José dice:
Creer y no ver!

Coplas

Tomás, del sentido
se dejó vencer,
para dar asenso
a aquello que ve.
Ver y creer.
10   Mas José, que sólo
asiente a la Fe,
ve el Vientre a María
como que no ve.
Creer y no ver.
Para creer, Tomás
quiere prueba hacer
de un Cuerpo sensible
a un Inmenso Sér.
Ver y creer.
20   Joséf en sus ojos
tiene tal poder,
que viendo un Preñado,
duda cómo es.
Creer y no ver.
Mas Dios, que los genios
encontrados ve,
de aquéste formal,
material de aquél;
a ellos se adaptó,
30   por satisfacer
a Tomás con Carne,
con Voz a José.
A Tomás le muestra
sus Llagas, porque
viendo un Cuerpo, crea
que es Dios el que ve.
Ver y creer.
Mas Joséf en todo
es tan al revés,
40   que porque crea un Cuerpo,
le habla un Dios por Fe.
¡Creer y no ver!

[‡] VILLANCICOS, [‡]

QVE SE CANTARON EN LA SANTA IGLESIA
Metropolitana de Mexico: en honor de MARIA Santissima
⚜(†)⚜ MADRE DE DIOS, EN SV ⚜(†)⚜
✚ ASSUMPCION TRIUMPHANTE. ✚

Que Instituyò, y Dotó la devocion del Señor *Dr. y M. D. SIMON*
ESTEBAN BELTRAN DE ALZATE, Y ESQUIVEL,
Cathedratico Jubilado de Prima de Sagrada Escritura en esta Real
Vniversidad, y dignissimo Maestre-Escuela de dicha Santa
Iglesia. (*Que Dios aya.*)

Año de   1685.

Pusolos en metro Musico el Br. Joseph de Loaysa, y Agüero Maestro de
Capilla de dicha Santa Iglesia

Con licēcia, en Mexico: Por los Herederos de la Viuda de Bernardo Calderon.

301

VILLANCICO X.—AL OFERTORIO

Estribillo

QUEDITITO, airecillos;
no, no susurréis:
mirad que descansa
un rato José.
  No, no, no os mováis;
no, no, no silbéis:
quedito, pasito,
que duerme José.

Coplas

Para no ver el Preñado,
José, que le daba enojos,
de María, los dos ojos
ha cerrado.
  Contra su vista severo
dijo airado, porque vía:
¿Testigos contra María?
No los quiero.
  Si dicen que en el empleo
de mi Esposa falta fe,
nunca estoy más ciego que
cuando veo.
  Ya que en llanto no se aneguen
porque a tanto se atrevieron,
ojos que contra ella fueron,
luego cieguen.
  Viendo Dios que eran despojos
sus ojos, de su sentir,
hízole dormido abrir
tantos ojos.
  Háblóle un Ángel glorioso,
porque solo pudo ser
bastante a satisfacer
a un celoso.

302

VILLANCICO XI.—AL ALZAR

Estribillo

¡AY QUÉ prodigio!
¡Ay qué portento!
¡Vengan a verlo todos,
vengan a verlo!
    Que si, a todos, los celos
quitan el sueño,
a mi Joséf el sueño
quita los celos.
    Celos con sueño,
10 sueño con celos,
en Joséf solamente
no son opuestos.
vengan a verlo!

Coplas

¡Cuán contrario que anda Dios
del orden natural nuestro,
pues hace incierta la vista,
haciendo verdad el sueño!
    Despierto Joséf ignora,
20 y dormido sabe: luego
duerme cuando está velando,
vela cuando está durmiendo.
    Si considera, dormido,
y alcanza tales Misterios,
¿si a esto le llaman dormir,
a cuál llamarán desvelo?
    Mas ¡ay, que duerme celoso,
y el cuidado de los celos
sólo admite de dormido
30 la semejanza de muerto!
    Si Dios le ha de asegurar
de la Encarnación del Verbo,

¿por qué no llega el aviso
antes de temer el riesgo?
    ¿Es, acaso, por probarlo
con el dolor más acerbo,
porque más tormentos pase
quien ha de gozar más premio?
    No es sino quererle hacer
40 su dechado verdadero,
participándole Dios
de sus mesmos sentimientos.
    El sentimiento de Dios
eran celos de su Pueblo;
y cuando los tiene Dios,
no está José bien sin ellos.
    Pues sienta él entre los Santos
solamente este tormento;
que es Padre de Cristo, y debe
50 parecerse al Padre Eterno.

303

VILLANCICO XII.—AL "ITE MISSA EST"

Estribillo

¡OIGAN la fineza, que Dios quiere hacer
en la ostentación de su gran Poder!

Coplas

A poder Dios hacer otro
Dios, tan bueno como Él,
a lo que imagino yo,
hiciera sólo a Joséf:
y se ve,
pues en cuanto pudo
le dió su Poder.
10 Pero entonces, imagino
que no fuera la merced
tan grande, siendo su igual,
de quererlo obedecer:
pues más fué,

siendo Joséf hombre,
sujetarse a él.
　　Más sustentaba que Dios,
a mi modo de entender,
pues Dios lo sustenta todo,
20　y él daba a Dios de comer;
y tuvo, a fe,
súbditos mejores,
pues que Dios lo fué.
　　¡Válgame Dios, los primores
que nuestro Dios sabe hacer!
¡Que toda nuestra grandeza
venga de la pequeñez,
y que esté
nuestro sér, por bajo,
30　en tal alto Sér!
　　Yo no entiendo tan gran Santo;
de mí solamente sé
que desde luego detesto
lo que no sonare bien;
y estaré
a lo que corrija
Nuestra Santa Fe.

ASUNCIÓN, 1690

Villancicos que se cantaron en la S. I. Metropolitana de Méjico, en honor de María Santísima en su Asunción Triunfante, este año de 1690.

PRIMERO NOCTURNO

304

VILLANCICO I

1.—SI SUBIR María al Cielo
fué subir o fué bajar,
quiero preguntar.

2.—¿Quién eso puede dudar?
Pues está claro, que el ir
es subir.

    3.—Hay mucho que discurrir,
de si el llegarse a apartar
de su Cuerpo, fué bajar.

10   2.—Pues empiécelo a probar;
que yo le quiero argüir
que fué subir.

    3.—El contrario es mi sentir;
y así, quiero averiguar
que es bajar.

    2.—¡No es sino subir!
    3.—¡No es sino bajar!

Coplas

2.—Paradoja es, que en mi vida
la ha topado mi desvelo:
20 pues ir de la tierra al Cielo,
¿quién dudará que es subida?
Y en cosa tan conocida,
no es necesario argüir
que fué subir.

    3.—Cuando el Alma se apartó
del Cuerpo con raudo vuelo,
como era mejor que el Cielo,
en vez de subir, bajó:
pues mejor Cielo dejó
30 en él, y es fácil probar
que fué bajar.

    2.—Cuando eso en la breve calma
conceda de desunida,
no negaréis que es subida
cuando sube en Cuerpo y Alma,
pues en uno y otro, palma
soberana va a adquirir;
y es subir.

3.—Contraria es la opinión mía,
40   pues afirmó, sin recelo,
que subió a María el Cielo,
y bajó al Cielo María:
pues dió Ella más alegría
que el Cielo le pudo dar;
luego es bajar.

2.—No niego yo, que le excede
María al Cielo en belleza;
mas hay en el Cielo alteza
que en la tierra haber no puede,
50   y de fuerza se concede
que el llegarla a conseguir
es subir.

3.—A todos de esa manera
es, pero no a su Pureza:
pues no puede haber grandeza,
que Ella antes no la tuviera.
Si Al que no cabe en la Esfera,
pudo Ella sola enclaustrar,
luego es bajar.

60   1.—Yo la paz quiero ajustar,
pues la guerra ocasioné;
y diré
que su gloriosa Asunción
se ha de entender del blasón
de ascender con regocijo
a los brazos de su Hijo,
que es el Trono, en mi sentir,
a donde puede subir;
que a mérito tan sin par,
70   lo demás fuera bajar.

305

VILLANCICO II

Estribillo

¡VENGAN a ver subir la Ciudad
de Dios, que del Cielo vió descender Juan!

Coplas

Vió Juan una Ciudad
que descendió del Cielo,
como Esposa adornada
para su Esposo, de aparato regio,
    y que una voz le dijo:
—"Aquéste es el supremo
Tabernáculo, donde
10   con los hombres habita Dios eterno";
    y luego añade que
no vido en ella Templo
alguno, porque Dios
solo era Templo suyo, y el Cordero.
    De manera que sale,
según consta del texto,
que ella es Templo de Dios
y Dios es Templo suyo, a un mismo tiempo.
    ¿Pues a quién figurar
20   podrá tanto misterio,
sino al entrar María
en la Gloria, y Jesús en el *Castelo?*
    Dios entró en el Castillo
cuando se hizo Hombre el Verbo,
y hoy María entra en Dios
a gozar la corona de su Reino.
    Con que hoy, en su Asunción,
nos dice el Evangelio
que, cuando entra María,
30   es Dios quien entra en Trono más excelso.

306

Villancico III

Estribillo

1.—¿Quién es aquesta Hermosura
que su salida apresura,
cual la Aurora presurosa
y como la Luna hermosa
y como el Sol escogida,
como escuadrón guarnecida
de toda fuerte armadura?
¿Quién es aquesta Hermosura?

Coplas

2.—¿Por qué dices que al Aurora
se parece su carrera?
1.—Porque ella es la luz primera
que de luz los campos dora:
es del Sol la precursora,
cuyo divino arrebol
es engendrado del Sol,
y es Madre del Sol también.
Todos.—¡Está bien!
2.—¿Por qué su beldad sin tasa
a Luna, y no a Sol, se encumbra?
1.—Porque abrasa el Sol y alumbra,
pero ella alumbra y no abrasa:
y es luz que al ardor no pasa,
pues su beldad peregrina
sin abrasar ilumina
y hace favor sin desdén.
Todos.—¡Está bien!
1.—Cristo es Sol, que en luz propicia
conserva su Majestad,
entre luces de piedad,
los rayos de la Justicia;

María sólo acaricia,
y como es sólo Abogada,
sólo defender le agrada
y atender a nuestro bien.
Todos.—¡Está bien!
    1.—Por eso la Esposa pura.
de sus labios celestiales,
sólo destila panales
con leche y miel de dulzura.
40 Mas su Esposo, la amargura
tal vez de mirra destila,
porque en sus labios afila
cortes de espada también.
Todos.—¡Está bien!
    2.—Mas, digo, ¿por qué razón
es *electa* como Apolo?
    1.—Porque Sol se dijo *a solo,*
y es sola en la perfección:
una sola en el blasón,
50 una sola en la pureza,
una sola en la belleza,
y en la dignidad también.
Todos.—¡Está bien!
    2.—Mas ¿por qué Belleza tanta,
es a Escuadrón comparada?
    1.—Porque está bien ordenada
y a todo el Infierno espanta:
cuya vencedora Planta
quebrantó el cuello orgulloso
60 de aquel Dragón envidioso
que cayó con un vaivén.
Todos.—¡Está bien!

SEGUNDO NOCTURNO

307

VILLANCICO IV

Coplas

E N B U E N A Filosofía
es el centro de la Tierra
un punto sólo, que dista
igual de toda la Esfera.
    Luego si algo hasta él bajara
y de ahí pasar quisiera,
subiera, en vez de bajar,
hacia la circunferencia.
    Esto pasa hoy en María,
10 que al tocar la línea extrema
de la Humildad, por bajarse,
pasa del centro y se eleva.
    Para descender al centro
puso tanta diligencia,
que el impulso con que baja
son las alas con que vuela.
    Por eso dijo de sí,
en boca de la Sapiencia,
que *penetró los abismos*
20 y que *circundó la Esfera.*
    No es movimiento contrario
el de la divina Reina,
sino que la eleva el mismo
con que Ella humillarse intenta.
    Como nadie es tan humilde,
nadie más bajar desea,
y baja tanto, que sube
a la parte contrapuesta.
    No va de esta superficie
30 por tan corta línea recta,
sino que, para subir,
el dïámetro atraviesa.

Como es siempre su Humildad
su individua compañera,
hasta en el mismo subir,
el querer bajar ostenta.
    No fué, su Asunción, subir
por apetecer grandeza,
sino que se pasó al Cielo
40   por entrañarse en la tierra.

Estribillo

¿Quién ha visto cosa más singular,
que logre subir, quien quiere bajar;
y que como clara Nube,
cuando ella el vuelo no bate,
la Humildad que más la abate
sea el vuelo que la sube?
¡Tanta admiración no tuve,
por más que llegué a mirar,
que logre subir, quien quiso bajar!

308

VILLANCICO V

Coplas

FABRICÓ Dios el trono del Empíreo
por morada dichosa de criaturas;
pero sólo a María Soberana,
por decente erigió Morada suya.
    En la grandeza toda de los Cielos
caber su Majestad no pudo Augusta,
y se estrechó en el claustro generoso
del Vientre virginal que le circunda.
    Luego, mientras María está en la tierra,
10   no tiene Dios morada en las alturas;
pues sólo le es el pecho de su Madre,
Trono, Reclinatorio, Templo y Urna.
    Pues para que Dios tenga digno Alcázar,
razón es que María al Cielo suba:

pues si el Solio de Dios le falta al Cielo,
no tendrá complemento su estrechura.
    Suba, pues, a hacer Cielo al mismo Cielo,
pues hasta que le adorne su hermosura,
al Cielo falta ornato, a Dios morada,
20   y gloria accidental a las criaturas.

Estribillo

¡Suba, suba, suba con vuelo ligero,
pues hasta que suba, le falta a Dios Templo!

309

Villancico VI

Coplas

¡O h q u é hermosos son tus pasos,
Hija del Príncipe eterno,
pues no ascienden menos que
a lo supremo del Cielo,
    y escuchando de tu Amado
los dulces amantes ecos,
es respuesta tu obediencia
a la voz de su precepto!
—Vén, dulce Esposa, te dice;
10   vén, del Líbano supremo
de tus méritos altivos,
a gozar el digno premio.
    De Amaná, Hermón y Sanir
la Corona te prevengo,
para que con tres Coronas
goces triplicado Imperio:
    la de Amaná, como a Madre
(pues eso suena en Hebreo);
la de Sanir, como a Esposa
20   y la de Hermón, como a Templo.
    Vén, que ya de tus fatigas
pasó el riguroso Invierno,

y de recoger los frutos,
llegó el venturoso tiempo.

Estribillo

¡Vén, Amiga mía,
levántate presto;
vén, Paloma mía,
alza el dulce vuelo!
    ¡Vén, Hermosa mía,
30 y en tres llamamientos
las tres Coronas goza
que te prevengo!

310

VILLANCICO VII

Estribillo

1.—¿ C ó m o se ha de celebrar
un día tan singular
como ir al Cielo María:
con llanto, o con alegría?

Coplas

2.—De María la Asunción
con gusto ha de celebrarse,
pues gustosa a colocarse
pasa a la Eterna Mansión:
y así, cantar el blasón
10 de tan venturoso día,
sólo toca a la alegría.
    3.—El Cielo, que ha de gozalla,
cante el bien que ha recibido;
mas la Tierra, que ha perdido,
más razón será lloralla:
pues si él tantos bienes halla,
la Tierra pierde otro tanto
y sólo le toca el llanto.

2.—Antes, alegrarse el suelo
20 debe, de que es su atributo
la gloria de dar tal Fruto
que ennoblecer pudo al Cielo;
pues va a su Trono de un vuelo
la Rosa que en él se cría,
y esto toca a la alegría.
    3.—No es razón de consolarse
aquésa, si se repara:
pues para que él se gloriara,
no era preciso ausentarse;
30 y así, viéndola alejarse,
bien es mostrar con quebranto
que sólo le toca el llanto.
    2.—Subir a pisar Estrellas,
ciñéndose las más bellas
su Frente, que ilustra el día,
sólo toca a la alegría.
    3.—Perder el Mundo afligido
todo el bien que ha poseído,
que aun no sabe medir cuánto,
40 no le toca sino al llanto.
    2.—Subir al Cielo María,
sólo toca a la alegría.
    3.—Perder en Ella bien tanto,
no le toca, sino al llanto.
    2.—Y así, en su Asunción triunfante
el Cielo cante.
    3.—Y así, su dolor no ignore
el suelo, y llore.
    2.—Sus dichas festeje amante.
50 3.—El favor del Cielo implore.
        2.—¡Cante, cante!
            3.—¡Llore, llore!
Los dos.—¡Llore, llore! ¡Cante, cante!

311

Villancico VIII. — Ensalada

Introducción

1.—Miren que en estos Maitines
se usa hacer una Ensalada;
y así, déme cada uno
algo para aderezarla.

Coplas

2.—Yo daré las lechugas,
porque son frescas,
y nadie mejor dice
una friolera.
 3.—No negará la Patria
10 quien tal pronuncia,
ni que tanta friolera
es de Toluca.
 4.—El aceite a mí juzgo
que me compete,
que es mi voz clara y blanda
como el aceite.
 3.—Lo negarán los niños,
que aceite atizan,
porque traen de ordinario
20 sus lamparillas,
 5.—Yo, por mi mucha gracia,
dar sal me place,
porque con mi voz tengo
quinientas sales.
 3.—No esté tan engreído
con ese tiple,
que la sal Mejicana
es tequesquite.

Prosigue la Introducción

1.—No se entretengan en eso,
30 sino el recaudo me traigan,
que ya en el postrer Nocturno
está la gente cansada;

y como todos ayunan
y hacer colación les falta,
podrá servir esta noche
y no servirá mañana.

Juguete

2.—Pues en lugar de lechugas,
yo un enigma propondré.
3.—Y yo te responderé.
40   2.—Mas que no dicen, ¿qué día
fué la Asunción de María?
3.—Bien se conoció que era,
desde luego, gran friolera:
porque, ¿quién podrá ignorarlo?
2.—Usted, que no ha de explicarlo,
aunque más razones dé.
3.—A Quince de Agosto fué.
2.—¡No fué!
          3.—¡Sí fué!
                    2.—¡No fué!
     3.—De la Iglesia la alegría
50   la celebra en ese día,
y es creerlo así, razón.
2.—¡Qué materiales que son!
¿Y me quieren argüir
con la palabra *subir?*
3.—Pues así lo entiendo yo,
que hasta el Empíreo subió
este día; y que este día
fué la Asunción de María,
y que otro no fué, diré.
60   2.—¡Sí fué!
          3.—¡No fué!
                    2.—¡Sí fué!
     3.—Pues ¿en qué día imagina
que fué su Asunción divina?
2.—De verlo vencido, brinco
de contento: ¡a Veinticinco
de Marzo!
          3.—¡Qué bobería!

Pues ¿no ve que aquese día
no es sino la Encarnación?
2.—Pues ésa fué su Asunción;
porque entonces, si se apura,
70 subió a la mayor altura,
que fué a ser Madre de Dios:
y esto no negaréis vos.
.3.—No negaré, mas diré
que en ese día no fué.
2.—¡Sí fué!
            3.—¡No fué!
                    2.—¡Sí fué!
    4.—Yo, del aceite en lugar,
diré que la singular
Virgen, como Aceite fué.
3.—¡No fué!
            4.—¡Sí fué!
80 5.—Yo diré que fué la Sal
su Pureza sin igual:
pues por tener tal blasón,
ignoró la corrupción
que general pena fué.
4.—¡No fué!
            5.—¡Sí fué!

JÁCARA ENTRE DOS

1.—Allá va una Jacarana
desgarrada y descosida,
como aquello de *Ya voy*
con toda la artillería.
90   Habrán de saber voacedes ...
2.—Espérese y no prosiga.
1.—¿Por qué no he de proseguir?
2.—Porque en la Iglesia se estila
que se canten cosas nuevas,
y si en su Jacarandina
no hay algo de novedad,
en vano se desgañita,
porque nadie ha de escucharle.
1.—Por cierto, ¡linda cangrina!

100 Si es día de la Asunción,
¿qué querrá vuecé que diga?
2.—Algo que novedad tenga.
1.—Quite de ahí, que es una hormiga;
que diré yo mil bellezas,
que soy algo Escriturista,
y si no, oiga una figura,
que viene como nacida.
Luchaba Dios con Jacob,
y aunque éste se defendía,
110 con una herida en la pierna
andaba ya de caída,
cuando hétela aquí, que sale
de rosicleres vestida,
vertiendo más perlas que hay
en toda la Margarita,
por el Oriente la Aurora;
y apenas ellos la atisban,
cuando Dios deja la lucha,
y la victoria indecisa.
120 2.—Diga algo.
1.—¿Que con quién hablo?
Pienso que ustedes dormitan.
¿Es algo la aplicación?
2.—No entiendo esa algarabía,
porque ¿qué tiene que ver
lo que ha dicho, con el día
de la Asunción?
1.—¿Cómo qué?
Pues ¿el magín no le avisa,
que aquesta Aurora que sube,
es la Virgen que a su silla
130 se va a sentar en el Cielo;
y que viendo su subida,
porque es día de mercedes,
depone Dios la Justicia
y deja, al verla subir,
la cólera, y se retira
tanto, que dijo Ildefonso
(mire si tengo noticias:
tomaos ésa para en cuenta)

que fué tanta la alegría
140   de la Asunción, que llegó
hasta donde no podía?
Entiéndalo quien lo entiende;
y ésta doy por despedida.

~~~~~~~~~~~~~~~~~~~~~~~~~~~~~~

SANTA CATARINA, 1691

*Villancicos con que se solemnizaron en la S. I. Catedral de
la Ciudad de Antequera, Valle de Oajaca, los Maitines
de la gloriosa Mártir Santa Catarina de Alejandría,
este año de 1691.*

PRIMERO NOCTURNO

312

VILLANCICO I

Estribillo

AGUAS PURAS del Nilo,
parad, parad,
y no le llevéis
el tributo al Mar,
pues él vuestras dichas
puede envidiar.
¡No, no, no corráis,
pues ya no podéis
aspirar a más!
10   ¡Parad, parad!

Coplas

Sosiega, Nilo undoso,
tu líquida corriente;
tente, tente,
párate a ver gozoso

la que fecundas, bella,
de la tierra, del Cielo, Rosa, Estrella.
    Tu corriente oportuna,
que piadoso moviste,
viste, viste,
20   que de Moisés fué cuna,
siendo arrullo a su oído
la onda, la espuma, el tumbo y el sonido.
    Más venturoso ahora
de abundancia de bienes,
tienes, tienes
la que tu margen dora
Belleza, más lozana
que Abigaíl, Esther, Raquel, Susana.
    La hermosa Catarina,
30   que la gloria Gitana
vana, vana,
elevó a ser Divina,
y en las virtudes trueca
de Débora, Jael, Judith, Rebeca.
    No en frágil hermosura,
que aprecia el loco abuso,
puso, puso
esperanza segura,
bien que excedió su cara
40   la de Ruth, Bethsabé, Thamar y Sara.
    A ésta, Nilo sagrado,
tu corriente sonante
cante, cante,
y en concierto acordado
tus ondas sean veloces
sílabas, lenguas, números y voces.

313

VILLANCICO II

Estribillo

¡ESTO sí, esto sí,
esto sí que es lucir,

cándido el Clavel,
purpúreo el Jazmín!
¡Esto sí, esto sí,
esto sí que es lucir!

Coplas

Rosa Alejandrina,
que llegas a unir
la palma y laurel,
10   blanco y carmesí.
¡Esto sí que es lucir!
    A quien hermosea
la pompa feliz:
sobre Tiria grana,
perfiles de Ofir.
¡Esto sí que es lucir!
    Al cándido velo,
por galán matiz,
diste de tu sangre
20   arreboles mil.
¡Esto sí que es lucir!
    Si es cándido y rojo
tu tierno Amadís,
tú cándida y roja
le quieres seguir.
¡Esto sí que es lucir!
    De otro Nilo a cuenta
está tu vivir,
que ignora principio
30   y no tiene fin.
¡Esto sí que es lucir!
    Tú, que ya cortada
del bello pensil,
sabes su fragancia
mejor esparcir,
¡ésto sí que es lucir!
    Tu triunfo, mayor
fué que el de Judith:
que aquél fué matar,
40   y éste fué morir.

¡Esto sí que es lucir!
Vive, pues prudente
supiste adquirir,
con un morir breve
eterno vivir.
¡Esto sí que es lucir!

314

VILLANCICO III

Estribillo

¡OIGAN oigan, que canto
de dos Gitanas
los contrapuestos triunfos
que Egipto enlaza!

Coplas

Un áspid al blanco pecho
aplica amante Cleopatra.
¡Oh que excusado era el áspid
adonde el amor estaba!
¡Ay qué lástima, ay Dios!
10   ¡Ay qué desgracia!
    Pero heroica Descendiente
de su generosa rama,
de mejor Amor herida
aspira a muerte más alta;
pero no muere quien
de amor no acaba.
    El seno ofrece al veneno
la valerosa Gitana,
que no siente herir el cuerpo
20   la que tiene herida el alma;
que en quien lo más perece,
lo menos falta.
    Amor y valor imita,

pero mejora la causa
Catarina, porque sea
la imitación con ventaja:
que quien por Cristo muere,
la vida alarga.
    Porque no triunfase Augusto
30 de su beldad soberana,
se mata Cleopatra, y precia
más que su vida la fama;
que muerte más prolija
es ser esclava.
    Así Catarina heroica
la ebúrnea entrega garganta
al filo, porque el Infierno
no triunfe de su constancia;
y así, muriendo, triunfa
40 de quien la mata.
    Infamia en Cleopatra, o muerte,
la dulce vida amenazan;
pero ella elige, por menos
mal, la muerte, que la infamia:
porque más que la vida
el honor ama.
    Así la Mejor Egipcia,
a las cortantes navajas
ofrece los miembros bellos
50 y al triunfo aspira gallarda,
y por medios de muerte
la vida alcanza.

SEGUNDO NOCTURNO

315

VILLANCICO IV

Estribillo

A LOS triunfos de Egipto
con dulces ecos

concurren festivos
la Tierra y el Cielo,
pues están obligados
ambos a hacerlo;
    y acuden alegres
    a tanto festejo,
    el golpe del agua
10   y el silbo del viento,
    el són de las hojas
    y el ruido del eco.

Coplas

Ya fuese vanidad, ya Providencia,
el Filadelfo invicto, Tolomeo,
tradujo por Setenta y Dos varones
la Ley Sagrada en el idioma Griego.
    Quiso Dios que debiese a su cuidado
    la pureza del Viejo Testamento
    la Iglesia, y que enmendase por sus libros
20   lo que en su original vició el Hebreo.
    Mas ¿por qué (¡oh Cielos!), por qué a un Rey
concedió Dios tan alto privilegio,   [Pagano
como hacerlo custodio soberano
de la profundidad de sus secretos?
    ¡Oh Providencia altísima! ¿Quién duda
    que sólo fué por Ascendiente regio
    de Catarina, en quien la Ley de Gracia
    su defensa miró y su cumplimiento,
    porque si de Moisés conservó Egipto
30   en su traducción pura los Preceptos,
    también en Catarina ministrase
    quien defendiese los del Evangelio?
    ¿Qué mucho, si la Cruz, que por oprobio
    tuvo Judea y el Romano Imperio,
    entre sus jeroglíficos Egipto,
    de su Serapis adoró en el pecho?
    Heredó Catarina con la sangre
    (aunque en viciado culto), ardiente celo
    de la Ley y la Cruz, y Dios en ella
40   redujo lo viciado a lo perfecto.

Fué de Cruz su martirio; pues la Rueda
hace, con dos dïámetros opuestos,
de la Cruz la figura soberana,
que en cuatro se divide ángulos rectos.
Fué en su círculo puesta Catarina,
pero no murió en ella: porque siendo
de Dios el jeroglífico infinito,
en vez de topar muerte, halló el aliento.
Goza, Egipto dichoso, ese florido
50 de tantos regios árboles renuevo,
si en una sola Alejandrina Rosa
te ha concedido Dios verano eterno.

316

Villancico V

Estribillo

VENID, Serafines,
venid a mirar
una Rosa que vive
cortada, más;
    y no se marchita,
antes resucita
al fiero rigor,
porque se fecunda
con su propio humor.
10 Y así, es beneficio
llegarla a cortar:
¡venid, Jardineros,
venid a mirar
una Rosa que vive
cortada, más!

Coplas

Contra un tierna Rosa
mil cierzos conjuran:
¡oh qué envidiada vive,
con ser breve la edad de la hermosura!

20   Porque es bella la envidian,
porque es docta la emulan:
¡oh qué antiguo en el mundo
es regular los méritos por culpas!
De girantes cuchillas
en el filo, aseguran
a un aliento mil soplos,
a un solo corazón inmensas puntas.
Contra una sola vida
tantas muertes procuran;
30   que es el rencor cobarde,
y no se aseguraba bien con una.
Mas no ve la ignorante,
ciega, malvada astucia,
que el suplicio en que pena,
sabe hacer Dios el carro donde triunfa.
Cortesana en sus filos
la máquina rotunda,
sólo es su movimiento
mejorar Catarina de fortuna.
40   No extraña, no, la Rosa
las penetrantes púas,
que no es nuevo que sean
pungente guarda de su pompa augusta.

317

VILLANCICO VI

Estribillo

¡Víctor, víctor Catarina,
que con su ciencia divina
los sabios ha convencido,
y victoriosa ha salido
—con su ciencia soberana—
de la arrogancia profana
que a convencerla ha venido!
¡Víctor, víctor, víctor!

Coplas

De una Mujer se convencen
10   todos los Sabios de Egipto,
para prueba de que el sexo
no es esencia en lo entendido.
¡Víctor, víctor!
   Prodigio fué, y aun milagro;
pero no estuvo el prodigio
en vencerlos, sino en que
ellos se den por vencidos.
¡Víctor, víctor!
   ¡Qué bien se ve que eran Sabios
20   en confesarse rendidos,
que es triunfo el obedecer
de la razón el dominio!
¡Víctor, víctor!
   Las luces de la verdad
no se obscurecen con gritos;
que su eco sabe valiente
sobresalir del rüido.
¡Víctor, víctor!
   No se avergüenzan los Sabios
30   de mirarse convencidos;
porque saben, como Sabios,
que su saber es finito.
¡Víctor, víctor!
   Estudia, arguye y enseña,
y es de la Iglesia servicio,
que no la quiere ignorante
El que racional la hizo.
¡Víctor, víctor!
   ¡Oh qué soberbios vendrían,
40   al juntarlos Maximino!
Mas salieron admirados
los que entraron presumidos.
¡Víctor, víctor!
   Vencidos, con ella todos
la vida dan al cuchillo:

¡oh cuánto bien se perdiera
si Docta no hubiera sido!
¡Víctor, víctor!
    Nunca de varón ilustre
50 triunfo igual habemos visto;
y es que quiso Dios en ella
honrar el sexo femíneo.
¡Víctor, víctor!
    Ocho y diez vueltas del Sol,
era el espacio florido
de su edad; mas de su ciencia
¿qùién podrá contar los siglos?
¡Víctor, víctor!
    Perdióse (¡oh dolor!) la forma
60 de sus doctos silogismos:
pero, los que no con tinta,
dejó con su sangre escritos.
¡Víctor, víctor!
    Tutelar sacra Patrona,
es de las Letras Asilo;
porque siempre ilustre Sabios,
quien Santos de Sabios hizo.
¡Víctor, víctor!

TERCERO NOCTURNO

318

VILLANCICO VII

Estribillo

VENID, Serafines,
a ver un portento:
que Ángeles se ocupen
en hacer entierro;
y ése es el misterio,
que es, la que sepultan,
Ángel como ellos.
¡Venid Serafines,
a ver un portento!

Coplas

10 Aquel Tribunal antiguo
del Legislador supremo,
en que dió en piedras escrita
dura Ley a duro Pueblo,
ya trueca en piadoso
el rígido ceño:
que aun los montes muda
el curso del tiempo.

    Glorioso es ya Relicario,
si eminente Mausoleo,
20 de cadáver incorrupto,
de ceniza que es aliento:
porque como el vaso
de licor sabeo,
conserva memorias
de que esuvo dentro.

    Así, de la hermosa Virgen
Catarina, el sacro cuerpo,
del espíritu glorioso
conserva los privilegios;
30 y así, los que horrores
en los otros cuerpos,
en el suyo son
luces y reflejos.

    Allí, en la lapídea plana
haciendo buril el dedo,
el Decálogo grabó
Dios, de sus altos preceptos;
pero el Pueblo en vicios
y Moisés con celo,
40 no bastó ser piedra
para no romperlos.

    Por eso de Catarina
quiso, en el cadáver bello,
fabricar Dios nueva Tabla
de la Ley del Evangelio.
Despique es de Dios,
que en el mismo puesto

permanezca más
volumen más tierno.
50   No las Pirámides vanas
que labraron sus Abuelos,
quiere que elevada sea
Tumba de sus sacros huesos:
mas del Sínai sacro
la cumbre que, un tiempo,
fumante fué Trono
a divino incendio.
    No el peso grava del monte
al cuerpo; sí el dulce peso
60   del cuerpo a la cumbre grava,
si es carga la que es consuelo.
Descanse en su altura;
que no pide menos
que estar tan vecino,
cuerpo que es del Cielo.

319

Villancico VIII

Juguete entre muchos

1.—Pues el Mundo ha celebrado
en los tiempos que han pasado
las célebres Maravillas,
yo no quiero referillas;
sino inculcar con primor
cuál de ellas fué la mayor.
2.—Yo cuál fué mayor diré.
3.—Espérese un poco usté,
que no ha de hablar sino yo.
10   *2.*—¡Eso no:
que yo propuse primero,
y así referillas quiero!
1.—No en eso se estén cansando,
sino vayan relatando
como a la mano viniere.
3.—Pues empiece el que quisiere.

2.—Puesto que he de empezar yo,
de los muros que labró
Semíramis, contaré,
20   y diré
que eran tan maravillosos
y espaciosos,
que encima carros andaban;
y sembraban
en ellos, sus moradores,
los mejores
jardines que nunca habrá.
3.—Quita allá,
que eso no es tan prodigioso,
30   como del Sol el Coloso,
de quien Clares Lidio, diestro
fué maestro:
cuya prodigiosa altura
y estatura,
setenta codos tenía.
4.—A fe mía,
que más admirables fueron
las Pirámides que hicieron
los Egipcios, tan terribles
40   e increíbles,
que mil y quinientos pies
un lado es,
y tan bien disminuída . . .
5.—Por su vida,
que me atiendan a mí solo,
cómo pinto el Mauseolo
que Artemisa fabricó
y labró
tan costoso
50   por Panteón de su esposo,
y que costó tal fatiga . . .
6.—No prosiga;
que la fábrica más vana
fué aquel Templo de Dïana
que en Éfeso se labró,
y quemó
de Eróstrato la locura,

cuya hechura
fué de tan hermoso exceso...
60   7.—Dejen eso;
que yo diré la mayor,
que es la Estatua superior
que a Júpiter Fidias hizo,
en quien quiso
que a sí el arte se excediese,
y se viese
lo que su estudio alcanzó.
      8.—Diré yo,
que fué el prodigio mas raro
70   aquella Torre de Faro,
que las naves conducía,
y se vía
desde su altura eminente
tan patente
todo el reino de Neptuno.
      9.—Pues no ha acertado ninguno;
ya que la más peregrina
Maravilla, es Catarina:
que fué Muro,
80   de todo asalto seguro;
fué Coloso
de otro Febo más hermoso;
fué Pirámide que al Cielo
fué de un vuelo;
de Cristo Sacramentado
fué sagrado
Mauseolo, y aun contemplo
que fué Templo;
fué de animados marfiles,
90   con perfiles,
Estatua más bien labrada;
fué encumbrada
Torre, que al Cielo tocó,
a quien lo demás se humilla...
      Tod.—¡Ésta sí que es Maravilla
que tal nombre mereció!
¡Ésta sí, que las otras no!

PARA LA MISA

320

VILLANCICO IX.—A LA EPÍSTOLA

Estribillo

1.—CATARINA, siempre hermosa,
es Alejandrina Rosa.
2.—Catarina, siempre bella,
es Alejandrina Estrella.
1.—¿Cómo Estrella puede ser,
vestida de rosicler?
2.—¿Cómo a ser Rosa se humilla,
quien con tantas luces brilla?
1.—Rosa es la casta doncella.
10   *2.*—No es sino Estrella,
que esparce luz amorosa.
1.—¡No es sino Rosa!
2.—No es sino Estrella,
1.—¡No, no, no es sino Rosa!
2.—¡No, no, no es sino Estrella!

Coplas

1.—Rosa es, cuyo casto velo,
cuando el capillo rompió,
el rocío aljofaró
de los favores del Cielo,
20   para aspirar sin recelo
a ser de tal Lilio esposa
la más bella.
2.—¡No es sino Estrella!
1.—¡No es sino Rosa!
2.—Si Catarina se llama,
que Luna quiere decir,
claro está que su lucir
será de celeste llama,
que al mundo en candor derrama

30   la que el Sol imprimió en ella
      más fogosa.
      1.—¡No es sino Rosa!
      2.—¡No es sino Estrella!
          1.—Rosa fué, que desplegó
      al viento su pompa ufana,
      teñida en la fina grana
      que en el tormento vertió,
      cuando grosero agostó
      Aquilón, cuanto su hermosa
40   copa sella.
      2.—¡No es sino Estrella!
      1.—¡No es sino Rosa!
          2.—Estrella es, sin que lo altere
      lo que en ella el rigor hace;
      pues a mejor mundo nace,
      cuando parece que muere:
      De esta propiedad se infiere,
      que vive la luz en ella
      más vistosa.
50   *1.*—¡No es sino Rosa!
      2.—¡No es sino Estrella!

                    321

      VILLANCICO X.—PARA CUANDO ALZAN

      ¡AY QUE se abren los Cielos de par en par,
      porque Cristo desciende, y su Esposa va;
      y porque entre y salga una y otra
      Sacra Majestad,
      abre el Cielo sus puertas de par en par!

                Coplas

          Alejandrina Rosa
          que a jardines eternos,
          libre de los inviernos,
          te trasladaste hermosa:
10   por ti lloramos, míranos piadosa.

Azucena fragante
que el Nilo regó undoso,
y en su margen frondoso
descollante triunfante,
dando al Cielo purezas tu semblante.
    Estrella matutina
que, del Sol precursora,
los que él collados dora,
tu esplendor ilumina
20 de luz más apacible, más divina.
    Luna siempre brillante,
a quien vapor impuro
quiso eclipsar obscuro,
pero tu Fe constante
supo hallar plenilunio en la menguante.
    Egipcia generosa:
rama siempre florida
de estirpe esclarecida,
de prosapia gloriosa;
30 en fin, divina Catarina hermosa.
    Éstos, oh Virgen bella,
que observó la memoria,
son nombres que en tu historia
el tuyo dulce sella:
que eres Rosa, Azucena, Luna, Estrella.

322

VILLANCICO XI.—AL "ITE MISSA EST"

1.—UN PRODIGIO les canto.
2.—¿Qué, qué, qué, qué, qué?
1.—Esperen, aguarden, que yo lo diré.
2.—¿Y cuál es? ¡Diga aprisa, que ya
rabio por saber!
1.—Esperen, aguarden, que yo lo diré.

Coplas

Érase una Niña,
como digo a usté,

cuyos años eran,
10   ocho sobre diez.
Esperen, aguarden,
que yo lo diré.
Ésta (qué sé yo,
cómo pudo ser),
dizque supo mucho,
aunque era mujer.
Esperen, aguarden,
que yo lo diré.
Porque, como dizque
20   dice no sé quién,
ellas sólo saben
hilar y coser . . .
Esperen, aguarden,
que yo lo diré.
Pues ésta, a hombres grandes
pudo convencer;
que a un chico, cualquiera
lo sabe envolver.
Esperen, aguarden,
30   que yo lo diré.
Y aun una Santita
dizque era también,
sin que le estorbase
para ello el saber.
Esperen, aguarden,
que yo lo diré.
Pues como Patillas
no duerme, al saber
que era Santa y Docta,
40   se hizo un Lucifer.
Esperen, aguarden,
que yo lo diré.
Porque tiene el Diablo
esto de saber,
que hay mujer que sepa
más que supo él.
Esperen, aguarden,
que yo lo diré.

Pues con esto, ¿qué hace?
50   Viene, y tienta a un Rey,
que a ella la tentara
a dejar su Ley.
Esperen, aguarden,
que yo lo diré.
Tentóla de recio;
mas ella, pardiez,
se dejó morir
antes que vencer.
Esperen, aguarden,
60   que yo lo diré.
No pescuden más,
porque más no sé,
de que es Catarina,
para siempre. Amén.

OTRAS
LETRAS SAGRADAS
PARA CANTAR

LETRAS DE SAN BERNARDO

*En la celebridad de la Dedicación de la Iglesia del Insigne
Convento de Monjas Bernardas de la Imperial Ciudad de
Méjico, año de 1690.*

323

Letra I

Coplas

Si es María el mejor Templo
de Dios, cuando se dedica
Templo a Dios, no puede ser
sino en nombre de María.
    El ser Templo de su Nombre,
será la mejor divisa
para Dios, que de atractivo
tan dulce señuelo sirva.
    Y si es preciso que tenga
10   un Capellán que le asista,
¿quién puede, sino Bernardo,
gozar la Capellanía?
    Pues si María es el Templo,
y Dios es el que lo habita,

sea en buena hora Bernardo
el que a sus dos Dueños sirva.

Estribillo

Porque los Tres, haciendo
sagrada liga,
la Trinidad imiten
20   con alta cifra.

324

LETRA II

Estribillo

¡EN EL nuevo Templo
venid a mirar
que son Pan las piedras
y Piedra es el Pan!
¡Ay, ay, ay, ay!

Coplas

Si allá en el Desierto
rehusó transformar
para su sustento
las piedras en pan,
10   acá, para el nuestro,
quiso disfrazar
la Piedra, que es Cristo,
en Pan substancial.
    En sus nuevas Aras
nos quiere mostrar
que Él es de su Templo
la Piedra angular,
    y que, como quiere
dárnosla en manjar,
20   por sustento Miel
de Piedra nos da.

325

LETRA III

Estribillo

TODO es dulzura este día
con Bernardo y con María:
pues Ella es vida y dulzura
para toda crïatura;
y para mí, él es miel,
y él, para mí, no es hiel.

Coplas

De María, a quien la invoca,
es de su Nombre el sonido
suavidad para el oído
10   y dulzuras en la boca;
y así, el que una vez lo toca,
no sabe vivir sin él:
que para mí, él es miel.
En Bernardo, si se apura,
es tal la melifluidad,
que aun el nombre es suavidad
y las palabras dulzura:
tras su meliflua ternura
se va el corazón fiel,
20   y él, para mí, no es hiel.
De su Nombre la cadencia
es una clara armonía,
que ocasiona melodía
con dulce correspondencia;
de todos lo diferencia
la suavidad que hay en él:
que para mí, él es miel.
Mas Bernardo regalado
le forma, con su elegancia,
30   dulcísima consonancia
de su estilo delicado,

gustando el néctar sagrado
con sus labios de clavel;
y él, para mí, no es hiel.

326

Letra IV

Estribillo

Uno HACER un Templo quiso,
pero otro fué quien lo hizo.

Coplas

Del Templo que admiración
fué del Mundo sin igual,
David juntó el material,
pero lo hizo Salomón.
El Patrón
así, de este Templo, ha sido
esclarecido:
10   pues su Ascendiente glorioso,
de piadoso,
su fábrica intentó bella,
y al hacella,
se llegó su fin preciso;
que uno lo quiso, y otro lo hizo.
Llamóse de Salomón,
porque es quien lo labró atento;
que aunque es muy bueno el intento,
es mejor la ejecución.
20   Con razón
al Hijo se da la gloria,
que la memoria
de su Ascendiente ilustró,
y labró
a Dios Templo soberano,
que no vano
es de su memoria aviso;
que uno lo quiso, y otro lo hizo.

327

LETRA V

Coplas

TEMPLO material, Señor
os dedica quien intenta
que en el Templo de su pecho
tengáis perenne asistencia.
¡Así sea,
como el alma lo desea!
    Material demostración
es esta Fábrica excelsa,
para que los ojos miren
10   la que os fabrica la idea.
¡Así sea,
como el alma lo desea!
    Y aunque sabe que no es
digna de vuestra grandeza,
de vuestra aceptación digna
ser, a lo menos, merezca.
¡Así sea,
como el alma lo desea!
    Recibidla de un afecto
20   que, si alcanzasen sus fuerzas,
os fabricara el Empíreo
si el Empíreo hacer pudiera.
¡Así sea,
como el alma lo desea!

328

LETRA VI

Estribillo

¡OIGAN lo que del Templo
a decir me atrevo:
que no es muy nuevo, aunque parece nuevo!

Coplas

Éste, aunque parece nuevo,
es un Templo muy antiguo,
pues desde que se intentó
lo tiene Dios recibido.
    La cuenta de Dios no es como
la que se usa acá en el siglo,
10   donde hasta ver el efecto
no se recibe el servicio.
    A Dios le basta el deseo,
que en estando consentido,
lo da por ejecutado
en la cuenta de su Libro.
    Y es razón: porque si siendo
malo, merece castigo,
bien es que al mérito baste
lo que le basta al delito.
20   Luego sólo hace a la vista
novedad este Edificio:
que para Dios se labró
desde que labrarse quiso.
    Y más glorioso que aquéste,
fué el que el deseo previno:
pues éste estrechó el poder
y aquél dilató el designio.

329

Letra VII

Estribillo

¡SEPAN que fabricarle a Dios un Templo,
no es acción libre, sino privilegio!

Coplas

Para hacerle casa a Dios
no es menester querer sólo:

que aunque tengan caudal muchos,
no tienen licencia todos.
   No es sólo del albedrío
un acto tan generoso:
es superior privilegio
10 que se le concede a pocos.
   David quiso; y en verdad
que, aunque era Rey poderoso,
no se lo consintió Dios
e hizo la elección en otro.
   Y así, no es sólo el labrarlo
demostración de piadoso,
sino mostrar que de Dios
tiene el Patrón el abono.
   ¡Oh feliz aquel que llega,
20 Señor, a ser tan dichoso,
que por él vuestra grandeza
deja de habitar tentorios!
   El consentir fabricarlo,
¿quién duda que es querer sólo
prevenir Vos una Silla
a quien os fabrica un Trono?

330

Letra VIII

Estribillo

   1.—Pues Dios en el Cielo habita
y habita en el Templo,
¿cuál es más dichoso,
el Templo, o el Cielo?
   2.—El Cielo es el más feliz.
   3.—El más feliz es el Templo.
   2.—¡Niégolo! *3.*—¡Pruébolo!
   2.—¡Niégolo! *3.*—¡Pruébolo!

Coplas

   La más decente morada
10 de la Majestad Divina,

es la Esfera cristalina
del Empíreo dilatada,
en que bienaventurada
vista lo goza sin velo:
luego es más feliz el Cielo.
3.—Niégolo. *2.*—Pruébolo.
    3.—Para criaturas labrado
fué el Empíreo con la Esfera:
porque si para Dios fuera,
20 fuera *ab æterno* crïado;
mas el Templo, fabricado
sólo para Dios contemplo:
Luego es más feliz el Templo.
2.—Niégolo. *3.*—Pruébolo.
    2.—Aunque está su Inmensidad
en todo lugar presente,
en el Cielo más patente
ostenta su Majestad,
donde adoran su Deidad,
30 de perderla sin recelo:
luego es más feliz el Cielo.
3.—Niégolo. *2.*—Pruébolo.
    3.—Aunque habite allá su Alteza,
no está en él Sacramentado,
y al Templo le ha reservado
la dicha de esta fineza;
aquí estrecha su Grandeza
por dar de su Amor ejemplo:
luego es más feliz el Templo.
40 *2.*—Niégolo. *3.*—Pruébolo.

331

LETRA IX

Estribillo

1.—¡AH, DEL Templo! *2.*—¿Quién llama?
1.—Quien quiere saber
cuál Templo, de dos,
da a Dios más placer:

¿el que hace el Deseo,
o fabrica el Poder?
2.—¡Yo te lo diré! ¡Yo te lo diré!
1.—¡Dímelo, pues! ¡Dímelo, pues!

Coplas

2.—Esta Fábrica elevada,
10   que parto admirable es
de los. afanes del arte,
del estudio del nivel,
aunque es tan hermosa,
la mejor no es.
1.—¿Pues cuál es?
2.—La que Templo erige vivo,
en sí, su Patrón fïel,
con las piedras de sus ansias,
sobre basas de su Fe;
20   pues aquéste tiene
lo que falta a aquél.
1.—¿Y qué es?
2.—Que éste es Templo material,
que al fin llegará a ceder
a los embates del tiempo
su generosa altivez;
pero aquél, del tiempo
ignora el desdén.
1.—Está bien.
30   2.—Aquél es eterno, porque
su planta en el Alma es,
y lo que durare el Alma,
durará el Templo también:
porque habite Dios
para siempre en él.
1.—¡Pues ya sé,
cuál Templo, de dos,
da a Dios más placer!

332

Letra X

Coplas

DE PIEDAD el raro ejemplo
en esta Fábrica admiro,
y mientras me admiro, miro
que es, lo que contemplo, Templo.
 1.—Porque para Dios se abra,
 2.—de su afecto satisfecho,
 3.—Templo de su pecho hecho
 4.—para la Palabra labra.
De Amor fué sólo el exceso,
Templo, para fabricarte;
pues aunque adornarte Arte
pudo, no es exceso eso.
 1.—Templo en la Fe que atesora,
 2.—a Dios fabrica sin tasa,
 3.—y en esta no escasa Casa,
 4.—cuando se enamora, mora.
Más que en su Fábrica rara,
le da en sus afectos palma:
pues rinde, por palma, Alma,
quien la erige para Ara.
 1.—Para el Convite de Vida
 2.—regio aparato propone,
 3.—y en el que compone, pone
 4.—cuanto una Comida mida.

Estribillo

¡Llegad al Convite
donde se verá,
convidado el hombre,
y Dios el Manjar!

333

LETRA XI

Estribillo

¡CUMPLIDLO, Señor,
y el que busca, halle,
al que llama, abridle,
y al que pide, dadle!

Coplas

Al que edifica a Dios Templo,
lo adopta por hijo Dios;
pues con Salomón lo hizo
porque el Templo fabricó.
    Porque le erigió una piedra,
10   hizo feliz a Jacob:
pues el que le erige tantas,
¿no tendrá premio mayor?
    Casa de Pan fué, en figura,
aquélla que él erigió;
y ésta es Casa real de Pan,
pues le tiene en posesión.
    ¡Oh, por el amor del hombre,
Sacramentado Señor,
sed Vos liberal con quien
20   fué tan liberal con Vos!
    A este Templo que os erige,
echad vuestra bendición:
no os merezca, el que habitáis,
menos que el de Salomón.
    A cumplir lo que en él piden
os obliga vuestro Amor,
o sobre vuestra palabra
trabarán ejecución.

334

LETRA XII

Coplas

A VUESTRO Nombre, María,
Bernardo le da su Templo:
que no lo tenía por suyo
hasta tenerlo por vuestro.

    Bienes que adquiere el esclavo,
como refiere el Derecho,
aunque es él el que trabaja,
pertenecen a su dueño.

    De los padres en sus hijos
10   tan despótico el imperio
es, que se da caso en que
pueden llegar a venderlos.

    Vos sois Señora y sois Madre
del dulce Bernardo: luego
tenéis derecho a sus bienes
por dos caminos diversos.

    Mas como, por vuestro hijo,
es también vuestro heredero,
dentro de vuestra acción misma
20   reproduce su derecho.

    Gozad el Templo los dos
con recíproco concierto:
siendo vuestro, porque es suyo;
siendo suyo, porque es vuestro.

Estribillo

Por legitimar el Templo
Bernardo, que antes tenía,
se lo ha cedido a María:
porque aún no está emancipado,
y así no está habilitado
30   para usar de su derecho,
porque es todavía del Pecho
y así ha menester Tutora,

que lo es la Divina Aurora
que su Sangre le daría;
y así, lo cede en María.

335

Letra XIII

Estribillo

EL QUE busca a Dios,
aquí lo hallará,
que como en su Casa
está en el Altar.
¡Ay, ay, ay, ay, ay!
Que porque lo vean,
manda Él avisar;
y así, llegue quien
quisiere llegar:
10   ¡que como en su Casa,
está en el Altar!

Coplas

Ésta es la Casa de Dios,
firmemente edificada
sobre columnas a quienes
sustentan eternas basas.
¡Ésta es la Casa!
   Ésta es la Esposa divina,
para el tálamo adornada
de rubíes y jacintos,
20   de diamantes y esmeraldas.
¡Ésta es la Casa!
   Aquésta es la Ciudad, que
desciende del Cielo, Santa;
ésta, del Cielo la Puerta;
ésta, de Jacob la Escala.
¡Ésta es la Casa!
   Ésta es la que el Padre dota,
venturosa Desposada,

que con el Príncipe Eterno
30   para nuestro bien se casa.
¡Ésta es la Casa!
    Ésta es la que para nadie
tiene las puertas cerradas;
pues si la virtud los guía,
todos abiertas las hallan.
¡Ésta es la Casa!
    Ésta, en fin, la Habitación
es de Dios, éste el Alcázar
donde, de que esté su Nombre,
40   ha empeñado su palabra.
¡Ésta es la Casa!

336

Letra XIV

Coplas

Si en la Fábrica excelsa
no acabas de admirarte,
detente, pensamiento,
y lo que viste, baste.
    Si su labor excede
a cuanto imaginaste,
no igualándole cuantos
hicistes entes antes;
    si del Patrón te admiras,
10   a quien Dios quiso darle
tan alto privilegio,
para que libre labre;
    si Nave lo imaginas,
en que Dios navegante
quiso formar, de aquella
cándida Nube, Nave:
    que Nave es, pues es Templo,
que al otro, Militante,
imita, porque en ella
20   hagan los peces paces:

que porque a la de Pedro
en nada discrepase,
te admira el ver, en ella,
que van, con *retes, rates;*
   deja eso, y el Piloto
admira, que constante
no teme que el Mar fiero,
porque le brume, brame.
   Adóralo rendido,
30   si quieres embarcarte
en ella, y tu humildad
dará a su lustre lastre.

Estribillo

¡Buen viaje, buen vïaje,
que de jarcias armada, quiere echarse
al mar de devoción la nueva Nave,
que camina en deseos sin apartarse!
¡Buen viaje, buen vïaje!

337

LETRA XV

Estribillo

SUPUESTO que la Casa
es ésta del Señor,
Casa debe ser ésta
de la Oración.
¡Atención, atención,
que aquésta es sólo Casa de Oración!

Coplas

Aunque ningún lugar es
lugar de ofender a Dios,

pues para alabarlo en todos
10   Su Majestad los creó,
¡atención, atención,
que aquésta sólo es Casa de Oración!

Como nuestra gran flaqueza
Su Majestad conoció,
separó algunos lugares
para nuestra devoción.
¡Atención, atención,
que aquésta sólo es Casa de Oración!

Con especial asistencia
20   en ellos determinó
habitar, para que en ellos
le demos adoración.
¡Atención, atención,
que aquésta sólo es Casa de Oración!

Pues ¿qué disculpa tendrá
de atreverse nuestro error
al determinado sitio
que para Sí destinó?
¡Atención, atención,
30   que aquésta sólo es Casa de Oración!

Los que al Templo venís, sea
sólo a dar gracias a Dios:
no hagáis la Casa del Padre
casa de negociación.
¡Atención, atención,
que aquésta sólo es Casa de Oración!

Plazas y lonjas tenéis,
si buscáis conversación:
que el Templo, Dios solamente
40   a su Culto reservó.
¡Atención, atención,
que aquésta sólo es Casa de Oración!

338

Letra XVI

Estribillo

En la Dedicación festiva del Templo
le daba alabanzas a Dios todo el Pueblo,
y en las bocas de todos sonaban los ecos;
¡que no, no, no sea menos en el nuestro!
    Cantemos, cantemos,
y a Dios suban las voces de los afectos.
    Cantemos, cantemos,
y nuestras Oraciones sirvan de Incienso,
que veloces lleguen al Trono Supremo.
10   ¡Cantemos, cantemos, cantemos!

Coplas

No los Músicos solos
cantaban en el Templo;
también el Pueblo hacía
con sus festivas voces el festejo.
    Sus manípulos, todos,
a ofrecerle vinieron;
y así nosotros todos
traigamos sacrificios de deseos.
    Si allá al Maná y las Tablas
20   solas, del Testamento,
se les dió tanto culto
porque fueron figuras del Cordero;
    acá, que en realidad
en el Altar tenemos
no sólo la figura,
sino lo Figurado, ¿qué debemos?
    Debemos cuanto somos;
y pues que no podemos
pagar tanto, ofrezcamos
30   en recompensa el Beneficio mesmo.
    ¡Oh Señor poderoso:
desde tu Solio excelso,

recibe el Sacrificio
que de tu Cuerpo y Sangre te ofrecemos!

339

LETRA XVII

Estribillo

SI EN el Templo, mi Dios, entráis,
luego en el Templo os templáis.

Coplas

Si nuestra maldad sin tasa,
Señor, vuestro enojo irrita,
luego en el Templo se os quita
y todo enojo se os pasa;
porque como es vuestra Casa,
sólo en ella descansáis:
luego en el Templo os templáis.

10   Que aunque siempre vuestro Amor
admite al arrepentido,
lo que en el Templo es pedido
tiene eficacia mayor,
porque hacer queréis favor
al lugar en que habitáis:
luego en el Templo os templáis.

      Aquí está vuestra afición
hecha del Amor despojos,
porque aquí con vuestros Ojos,
20   tenéis vuestro Corazón:
siempre aquí piedades son
las que amoroso ostentáis,
porque en el Templo os templáis.

      Aquí abre vuestra Clemencia
al Cielo cuando se cierra,
y aquí libráis a la tierra
de langosta y pestilencia;
aquí, con más asistencia

que en otro lugar, estáis:
30   porque en el Templo os templáis.

340

LETRA XVIII

Estribillo

1.—¡AY FUEGO, fuego, que el Templo se abrasa,
que se quema de Dios la Casa!
¡Ay, fuego, fuego,
que se quema de Dios el Templo!
    2.—¿Qué es lo que dices?
1.—Que el Templo nuevo
aborta llamas y respira incendios.
    2.—¡Qué milagro! ¡Qué lástima!
    1.—¡Fuego, fuego, toquen a fuego,
10   que se quema de Dios el Templo!

Coplas

Espera, que éste no es
como los demás incendios
donde, si la llama llama,
hace diseño de ceño.
    Pero éste de Amor Divino
es tan amoroso fuego,
que cuando se enseña, en seña,
muestra del afecto efecto.
    Prodigio de las finezas,
20   ha querido echar el resto;
pues, cuando la muestra muestra,
hace del precio desprecio.
    De puro estar escondido
está a todos manifiesto,
y está, aunque le guarda guarda,
descubierto de cubierto.
    Para aprisionar las Almas
instituyó el Sacramento,

con que con tal prenda prenda,
30   que no obran su Manos menos.
   Conmute la admiración
en reverentes obsequios,
el ver que tal traza traza
Quien ha estado a tanto atento.

341

LETRA XIX

Estribillo

SI DIOS se contiene
en el Sacramento,
allí está contento
de estar contento.

Coplas

En Círculo breve,
aunque es Dios Inmenso,
lo miro abreviado,
si me acerco, a cerco.
Que allí está contento
10   de estar contento.
   Blanco es Soberano
de nuestros deseos,
y si la Fe apunta
el acierto, acierto.
Que allí está contento
de estar contento.
   Aunque velo cubre
su Poder supremo,
lo descubro, porque
20   en su velo velo.
Que allí está contento
de estar contento.
   Quiere a los sentidos
estar encubierto,

aunque por gozarlo
con anhelo anhelo.
Que allí está contento
de estar contento.
      Como no lo miro,
30   aunque más lo veo,
de la Fe la vista
con aliento aliento.
Que allí está contento
de estar contento.
      Desmiento a los ojos,
sólo al Alma creo,
y en contradecirles
con aprieto, aprieto.
Que allí está contento
40   de estar contento.

342

Letra XX

Coplas

Templo, Bernardo, y María,
buenas circunstancias son
para poder concertarlos,
a ser yo Predicador;
Mas no, no, no, no:
que no soy yo sastre
de tanto primor.
      Mas, supuesto que lo fuera,
¿qué cosas dijera yo,
10   andando de texto en texto
buscando la conexión?
Mas no, no, no, no:
que no soy yo sastre
de tanto primor.
      Dijera que, en día que
se hace la Dedicación
a Bernardo, de por fuerza
han de entrar María y Dios.

Mas no, no, no, no:
20   que no soy yo sastre
de tanto primor.

    Pues Bernardo nunca puede
estar solo sin los Dos;
pues el alma le dió a Cristo
y a María el corazón.
Mas no, no, no, no:
que no soy yo sastre
de tanto primor.

    Que por fuerza ha de venir
30   su Familia a su mansión,
pues es su Madre María,
Cristo su Hermano mayor.
Mas no, no, no, no:
que no soy yo sastre
de tanto primor.

    Que quien se lo dió a Bernardo,
a María se lo dió,
pues en bienes de los Tres
no se admite división.
40   Mas no, no, no, no:
que no soy yo sastre
de tanto primor.

343

Letra XXI

Estribillo

1.—Los que tienen hambre,
vengan y hallarán
Grano, Espiga, Harina, Pan.
2.—Los que tienen sed,
Amor les previno
Agraz, Uvas, Mosto, Vino.
3.—¡No hallarán!
       2.—¡Sí hallarán!
           3.—¡No hallarán
sino Carne y Sangre,
y no Vino y Pan!

Coplas

10   *1.*—La Espiga verán de Ruth,
de José, Grano verán,
de la Vïuda, la Harina,
y de Elías verán Pan;
que todo aquí lo hallarán:
Grano, Espiga, Harina, Pan.
2.—¡No hallarán!
        1.—¡Si hallarán!
                2.—¡No hallarán!
        2.—El Agraz de los Cantares,
de Noé el Mosto verán,
el Racimo de Caleb
20   con el Vino de Caná;
que todo aquí lo verán:
Uvas, Mosto, Vino, Agraz.
3.—¡No verán!
        2.—¡Sí verán!
                3.—¡No verán!
        1.—Verán de Moisés la Zarza
y de Sansón el Panal,
la Rosa de Jericó
y del Desierto el Maná;
que todo aquí lo hallarán:
Zarza, Rosa, Miel, Maná.
30   *3.*—¡No verán!
        1.—¡Sí verán!
                3.—¡No verán!
        2.—Verán de Jacob la Escala
y la Ofrenda de Abraham,
la Piedra que hirió Moisés,
y de Dios verán la Paz;
que todo aquí lo hallarán:
Piedra, Escala, Ofrenda, Paz.
3.—¡No hallarán!
        2.—¡Sí hallarán!
                3.—¡No hallarán!
        1.—Aquí gustarán el Néctar
en la Mesa Celestial,

40   aquí tendrán suave el Óleo,
aquí el Pacífico Mar;
que todo aquí lo hallarán:
Mesa, Néctar, Óleo, Mar.
3.—¡No hallarán!
    1.—¡Sí hallarán!
        3.—¡No hallarán!
    2.—Verán de la Sal la gracia,
con el León de Judá;
el Lilio de los Collados,
con el Cordero Pascual;
que aquí todo lo hallarán:
50   León, Cordero, Lilio, Sal.
3.—¡No hallarán!
    2.—¡Sí hallarán!
        3.—¡No hallarán
sino Carne y Sangre,
y no Vino y Pan!
    2.—Es que aqueso encierra
todo lo demás.
¡Los que tienen hambre,
vengan y verán
Grano, Espiga, Harina, Pan!

344

Letra XXII

Estribillo

1.—¿Cómo se debe venir
a la Mesa del Altar?
2.—Yo digo que han de llorar.
3.—Yo digo que han de reír.
1.—En tan contrario sentir,
necesitáis de probar
por qué, el uno, han de llorar;
por qué, el otro, han de reír.
¿Cómo se debe venir
10   a la Mesa del Altar?

Coplas

2.—Tiene el llanto tal valor
en su raudal doloroso,
que nos lava, y poderoso
justifica al pecador:
luego el llanto es el mejor
para llegar al Altar.
¡Yo digo que han de llorar!

3.—Aunque el dolor le preceda,
dice la Sabiduría
que del Señor en el día
la alegría le suceda,
porque nuevo gozo pueda
tanta ventura aplaudir.
¡Yo digo que han de reír!

2.—El llegarnos con temor,
es medio más conveniente
para poder dignamente
recibir tan gran favor,
y permanente el dolor
en el alma debe estar.
¡Yo digo que han de llorar!

3.—Si ya en otro Sacramento
se consiguió la pureza,
para festejar la Mesa
es necesario el contento,
pues también merece atento
agradecer y servir.
¡Yo digo que han de reír!

Coro.—¿Cómo se debe venir
a la Mesa del Altar?
¡Yo digo que han de llorar!
¡Yo digo que han de reír!

345

Letra XXIII

Estribillo

Díganme, ¿por qué Cristo
en el Sacramento,
estando glorioso
está como muerto?

Coplas

1.—Está como muerto, porque
nos quiso, en este Misterio,
de la fineza mayor
representar el recuerdo.
　2.—Muy bien has respondido
10 　a la duda; pero
no es por eso sólo,
aunque está bien eso.
　1.—Es porque nos quiere ahí
representar sus tormentos,
porque lo que padeció
por nosotros, no olvidemos.
2.—Así es; pero que tiene
más primor entiendo.
　1.—Díme cuál es, porque
20 　yo pueda saberlo.
　2.—Es porque su inmenso Amor,
de penar no satisfecho,
quiere, en el modo posible,
estar siempre padeciendo:
porque como Impasible
ya está en el Cielo,
el deseo muestra,
cuando no el efecto.
　Pues pareciéndole poco
30 　haber por nosotros muerto,

buscó un modo para estar
continuamente muriendo:
porque como de fino
campa su afecto,
le quedan las ansias
para más tormento.
    2.—Ya, ya lo entiendo;
y ya sé que Cristo,
en el Sacramento,
40   estando glorioso,
está como muerto.

346

Letra XXIV

Estribillo

Pues en, el Sacramento
lo inmenso se abrevia
y lo breve se alarga,
tengan paciencia,
que de largos y breves
quiero hacer muestra.
Y si acaso las coplas
fueren violentas,
perdónenme, que no hay
10   más ayuda que la lengua.

Coplas

La locución mal explica
(en que admiración reprimo),
por más que el ánimo animo,
quién tal Fábrica fabrica.
    No al asunto satisfago,
pues no el término termino
que pide Numen Divino,
en que, náufrago, naufrago.
    La audacia que sin reparo
20   tantos riesgos acumula,

si la luz émula emula,
vendrá a ser Ícaro, y caro.
  No es mucho que a Ícaro imite,
y que lo que cantar quiero,
si sin número numero,
que sin límite limite.
  ¡Qué mal el asunto explico!
Mas porque la voz no quiebre,
lo que es célebre, celebre;
30 lo que es público, publico.
  Mas puesto que no articula,
al silencio la remito;
y el rédito, que redito,
tenga cláusula. Clausula.

347

Letra XXV

Coplas

De trigo comparado
es a la parva hermosa,
de la Divina Esposa
el Vientre delicado,
que representa a Dios Sacramentado.
  Luego su Vientre hermoso
es el Viril sagrado,
que lo tiene guardado
y aprisiona amoroso,
10 con más decencia que el metal precioso.
  Mas ¿por qué de olorosa
valla está guarnecido,
sino porque ha querido
figurar, misteriosa,·
que el Lilio y Nardo es una misma cosa,
  y que a Cristo y María
siempre asiste Bernardo,
que es el fragante Nardo
que más olor envía
20 de cuantas flores en la tierra cría?

Estribillo

Pues si es su Vientre hermoso
Viril del Sacramento,
sea la guarda Bernardo
y el campo sea su Templo.

348

Letra XXVI

Coplas

—"En la botillería
de sus fragantes vinos
me introduce mi Esposo,
por dar todo deleite a mis sentidos,
    y entonces el süave,
fragante Nardo mío
exhala en suavidades
todo el olor de su virtud nativo",
    dijo la bella Esposa;
10   y con su voz predijo
todas las concurrencias
que en la festividad presente miro.
    La Cámara en el Templo,
en el Altar el Vino,
en María la Esposa,
y en Bernardo el fragante olor, admiro:
    pues cuando la introduce
al íntimo cariño,
lleva, por ornamento,
20   de Bernardo el olor apetecido.
    Pues gócense conformes,
pues estar no han podido
ni Cristo sin María,
ni María sin Bernardo, que es su hijo.

Estribillo

¡Y el Cielo gozoso
les cante, festivo,
los Epitalamios
con dulces himnos!

349

LETRA XXVII

Estribillo

CRISTO es Lilio, y María
es como Lilio,
a quien también Bernardo
es parecido.

Coplas

Cristo en propiedad merece
del Lilio la candidez;
María no es Dios, pero es
quien más a Dios se parece;
y Bernardo tanto crece,
10   que a los Dos se ha parecido:
¡Cristo es Lilio, y María
es como Lilio!
    Sus Perfecciones Divinas
a ser Lilio las aplica,
y de su Esposa publica
que es como Lilio entre espinas;
Bernardo con ansias finas
su semejanza ha seguido:
¡Cristo es Lilio, y María
20   es como Lilio!
    Su Divina Perfección,
del Lilio la suavidad
la posee en propiedad,
y Ella en participación;
y en su mortificación,
su imagen Bernardo ha sido:

¡Cristo es Lilio, y María
es como Lilio!
     Y con un orden gallardo,
30   graduando la mayoría,
se parece a Dios María,
y a María, el gran Bernardo.
Pues ¿por qué en unirlos tardo,
cuando entre sí se han unido?
¡Cristo es Lilio, y María
es como Lilio!

350

LETRA XXVIII

Coplas

AUNQUE es el metal de azófare
de mi voz, en esta márgene
la echaré como un almíbare,
siguiendo un músico cánone.
     Y aunque con el pecho débile,
celebraré aqueste Alcázare,
que siendo de labor fértile,
está de fuerzas no frágile:
     donde a aquel Solio de Tíbare
10   bajan uno y otro Ángele,
a ver entre blanco aljófare
los rojos visos del Cálice.
     Calle la diosa del Viérnese
y váyase a estar en cárcere,
pues es más loca que un Lúnese
y más aciaga que un Mártese.
     San Bernardo es, y la Vírgine,
los que gobiernan el mástile,
más dulce Ella que un azúcare,
20   y él más cándido que un ánsare.
     El que es Patrón, es un Fúcare,
más generoso que un Párise,
más valeroso que un Héctore,
más animoso que un Áyace.

Den al Arquitecto un víctore,
pues ven que ha vencido, hábile,
las Pirámides de Ménfise
y las Columnas de Cádize.

Estribillo

Y a esta música estérile
30   perdonen lo no ágile,
que en lo menos difícile,
suele ella no ser fácile.

351

Letra XXIX

Coplas

En el Sacramento ve
a Dios mi Fe sin antojos;
porque no hacen fe los ojos,
pero se hace ojos la Fe.
    En esta divina Ofrenda
fue del Amor más victoria
dar la Prenda de la Gloria
con la gloria de la Prenda.
    Del alma es sólo Alimento,
10   y así guía mi fervor
el Sustento del Amor,
y no el amor del sustento.
    Aquí crece la afición,
y es, si en posesión la veo,
la posesión del deseo
deseo de posesión:
    pues tal deleite a dar viene
que, por más que la posea,
quien tiene lo que desea,
20   desea aquello que tiene.
    Llegad, pues en su sabor
todos los bienes se ven;

que el amor del Sumo Bien,
es sumo bien del Amor.
   Llegó el Hombre a la grandeza
que no alcanza el Serafín,
y en la fineza del fin
vido el fin de la fineza.

Estribillo

¡Vengan a la Mesa;
30   vengan, verán
que, aunque éste es Pan de substancia,
pero no es substancia de pan!

352

Letra XXX

Estribillo

Cuando la Sabiduría
Casa para sí previno,
luego puso el Pan y el Vino.

Coplas

Queriendo hacer un convite
la eterna Sabiduría,
para preparar la Mesa,
antes la Casa edifica:
que a tal Comida,
ha de ser Casa nueva
10   la que le sirva.
   Casa Virgen, Casa Intacta,
sólo puede ser María,
de sólo Dios habitada
y para Dios erigida:
que sin mancilla,
para ser Templo suyo,
fué concebida.

      Luego bien el nuevo Templo
con su nombre se autoriza,
20   pues con él sólo podrá
ser de Dios morada digna:
en quien habita,
de Virtudes haciendo
bellas Ancilas.
      Aquí a todos los Humanos
para su Mesa convida,
sin más costo que venir
con la vestidura limpia.
      Por eso avisa
30   que aun la Casa no quiere
mal prevenida.

353

LETRA XXXI

Coplas

EN EL Sol de la Custodia,
colocó su trono Dios,
y como Esposo galán
de su tálamo salió;
      y cuando de un nuevo Templo
se hace la Dedicación,
va la Iglesia como Esposa
a los brazos de su Amor:
      con que el día que la Esposa
10   llega a su feliz unión,
celebra Cristo sus bodas
en el tálamo del Sol.
      Pues bien hace en adornarse
con joyas de tal valor;
porque perfección se mire,
donde es luz la habitación.
      Allí, como Desposado,
está haciendo ostentación
de sus mayores riquezas,
20   de su fineza mayor.

Llegad a pedir mercedes,
que es día de hacerlas hoy,
y al reo que se arrepiente
lo suelta de la prisión.

Estribillo

¡Venid, venid,
gozad la ocasión,
que hoy se pregona
general Perdón!

354

LETRA XXXII

Coplas

A ESTE Edificio célebre
sirva pincel mi cálamo,
aunque es hacer lo mínimo
medida de lo máximo,
    pues de su bella fábrica
el espacioso ámbito
excede la Aritmética,
deja vencido el cálculo:
    donde aquel Pan Angélico,
10 entre accidentes cándido,
asiste como Antídoto,
quiere estar por Vïático,
    y de amoroso vínculo
preso en el dulce cáñamo,
se ofrece como Víctima,
se goza como en Tálamo;
    en donde triunfa ínclito
de las tropas del Tártaro,
del tenebroso Príncipe,
20 del ciego, obscuro Báratro;
    donde, soplando el céfiro,
al compás de los pájaros,

vierten hermosas lágrimas
del Aurora los párpados;
   donde el Arte y Artífice,
de sus primores árbitros,
se ayudaron recíprocos
en lo teórico y práctico,
   pues dando el uno el método
30   y el otro ejecutándolo,
hizo que de sus números
no discrepase un átomo,
   guardando, en lo geométrico,
el lineamento clásico,
la proporción de bóvedas,
la igualdad de los ángulos.

Estribillo

Oigan, que quiero en esdrújulos,
aunque con estilo bárbaro,
que se oiga mi ruda cítara
40   desde el Ártico al Antártico.
¡Óiganme, atiéndanme,
vaya de cántico!

~~~~~~~~~~~~~~~~~~~~~~~~~~~~~~~~~~~~~

LETRAS A LA PRESENTACIÓN DE NUESTRA SEÑORA

355

LETRA I

Estribillo

1.—PUES HOY se celebra la Presentación,
¡vaya, vaya de fiesta!
        2.—¡No, no, no, no, no!

    1.—Pues ¿por qué?
    2.—Porque yo mejor lo sé.
    1.—Explique por qué razón.
    2.—Porque hoy sólo es día de Dedicación,
aunque se celebra la Presentación.

Coplas

      Si es la beldad de María,
      de Dios el mejor asiento,
10   ¿a qué Templo de Dios va,
      siendo Ella su mejor Templo?
        Si al que fabricó el Rey Sabio,
      igualmente concurrieron
      en él la sabiduría,
      la voluntad y el ingenio,
        y por esto mereció
      que, haciendo confusos velos
      de las telas de una nube,
      lo habitase Dios inmenso:
20   María, que de Dios mismo
      alto fué bello Concepto,
      ostentación del Poder
      y del Amor el esmero,
        ¿con cuánta mayor razón
      será Templo de Dios? Luego
      no es presentarse María,
      sino dedicarse el Templo.
      Hoy pisa el de Salomón,
      porque en más dichoso tiempo,
30   de otro Salomón mejor
      ha de ser Trono supremo.

356

LETRA II

Estribillo

    ¡Ay, AY ay, Niña bella,
    qué linda vas!

¡Ay, ay, ay, y qué lindos
pasos das!

Coplas

Niña que aun apenas
has sabido andar,
y ya en tus alientos
intentas volar,
¡ay, ay, ay, y qué lindos
10   pasos das!
Por las altas gradas
subes sin parar,
y es que en ti el subir
es muy natural.
¡Ay, ay, ay, y qué lindos
pasos das!
A los que te llevan
los dejas atrás,
como siempre a todos
20   los hijos de Adán.
¡Ay, ay, ay, y qué lindos
pasos das!
De verte subir
se admira el Lugar,
con ser que no sabe
dónde has de parar.
¡Ay, ay, ay, y qué lindos
pasos das!
Dichosos tus Padres,
30   que han de presentar
la mejor ofrenda,
que se vió jamás.
¡Ay, ay, ay, y qué lindos
pasos das!
A ese paso, Niña,
puedo asegurar,
que aunque al Cielo vayas,
presto llegarás.
¡Ay, ay, ay, y qué lindos
40   pasos das!

Entra ya en el Templo,
que si en busca vas
de Dios, algún día
te vendrá a buscar.
¡Ay, ay, ay, y qué lindos
pasos das!

357

LETRA III

Estribillo

CON LOS pies sube al Templo
la Niña bella:
con los pies anda, y con el Alma vuela.

Coplas

Cuando a presentar al Templo
va María su Pureza,
con los pies mide las gradas,
con el Alma las Esferas.
    Más veloz mueve la planta,
que pudiera su terneza:
y es que levita el Amor
la grave porción en Ella.
    El mismo impulso interior
presta al Cuerpo ligereza:
¿qué mucho que los pies corran,
cuando ven que el Alma vuela?
    Las dos opuestas mitades
de Cuerpo y Alma forcejan:
el Alma por elevarlo,
y el Cuerpo por detenerla.
    Venciera el Alma, sin duda,
en la amorosa pelea,
si a más superior motivo
no importara que cediera.

Cede; mas ya que el impulso
a fin tan alto suspenda,
procura en Lugar Sagrado
depositar su Belleza.

~~~~~~~~~~~~~~~~~~~~

TRES LETRAS SUELTAS
A LA ENCARNACIÓN

358

VILLANCICO I

HOY ES del divino Amor
la Encarnación amorosa;
fineza que es tan costosa,
que a las demás da valor.

Que aunque el bien en los nacidos
primero, fué el ser formados,
¿para qué era ser crïados,
sin poder ser redimidos?

Ni el poder sólo gozar
10   el ser, pudo ser placer;
porque, ¿para qué era el ser,
si era el ser para penar?

Los Misterios eslabona
y es, para nuestro remedio,
del de la Redención, medio;
del de la Creación, corona.

¿Qué bien al mundo no ha dado
la Encarnación amorosa,
si aun la culpa fué dichosa
20   por haberla ocasionado?

Ni ella sola ser podía
causa: que si se repara,
para que Dios encarnara,
bastaba sola María.

Lo contrario no lo admito:
porque se me hace extrañeza,
poder más que su belleza,
el remedio de un delito.
    Que aunque éste importó al consuelo
30   de un Mundo en llanto profundo,
¿cuánto valdrá más que un Mundo,
la que vale más que el Cielo?
    Aunque de haber Encarnado
pudo ser doble el motivo:
de todos, por compasivo;
de Ella, por enamorado.
    Y así el bajar este día
al suelo, por varios modos,
fué por la culpa de todos
40   y la gracia de María.

359

VILLANCICO II

Estribillo

OIGAN una Palabra, señores, oigan,
que yo les doy la mía, de no hablar otra;
y que si otra les dijere,
me desmienta quien quisiere;
pues si a buena luz se mira,
cualquier palabra es mentira
que esta Palabra no fuere.

Coplas

Tengan tantica paciencia,
que la historia no es muy larga
10   pues cabe *de Verbo ad Verbum*
el caso en una Palabra.
    Ésta le dió Dios al hombre
de remediar sus desgracias,
y es tal la Palabra, que
dársela fué remediarlas.

Quiere pagar por el hombre,
y aunque es la cantidad tanta,
sobre su Palabra sola
queda segura la paga.
20 Ni es para su cumplimiento,
escritura necesaria,
porque antes Ella es quien cumple
lo que la Escritura manda.

Y nadie puede dudar,
cuando es la prueba tan clara,
que hombre de palabra sea,
quien se hizo Hombre de Palabra.

El orden natural muda
en las maternas entrañas;
30 pues fué Palabra primero,
y luego a Concepto pasa.

Del seno eterno del Padre
lo obligan hoy a que salga
los ruegos del hombre, porque
palabras sacan Palabra.

Como es Palabra de Rey,
todos su largueza aguardan;
que es Palabra que hace fe,
y así tienen esperanza.

40 Ya sabe el mundo su bien;
porque en el Desierto clama
su Voz, y así entre los hombres
va pasando su Palabra.

Ya acabó la Ley Escrita
y empezó la Ley de Gracia,
que ya no sirve lo escrito,
pues Dios de Palabra manda.

360

VILLANCICO III

En metro de Endechas Castellanas, en idioma Latino.

O Domina Caeli,
Mundique Regina,

Ianua per quam omnes
in Imperium intrant:
    tu conclusus Hortus,
Sanctorum delicia,
Rosa quam non fecit
ulla culpa spineam.
    Tu semper foecunda
10 *semperque pudica,*
Mater, Virgo exsistis,
Virgo, fuisti enixa.
    Similis creatura
non est tibi visa:
nec sequentem habes
nec habuisti primam.
    Ex Iesse Radice
es egressa Virga,
de qua Flos ascendit
20 *ubi Deus exsistat.*
    Tu lucida Stella
fulgens Matutina,
luce errantes tua
reducis in viam.
    Te ipsam vocasti
humilem Ancillam,
ut omnes creaturae
Beatam te dicant.
    Nam cum vis Conservum
30 *nostrum Deus se efficiat,*
te Ancillam ostendis
ut Servum concipias.

Estribillo

—Preces nostras, o Domina, audi benigna,
atque famulis tuis succurre pia;
ut concordes dicamus magna laetitia:
¡Vivat, vivat, vivat Maria!

❧ VILLANCICOS ❧

QVE SE CANTARON EN LA SANTA IGLESIA
Metropolitana de Mexico: en honor de MARIA Santissima
✠ ✠ ✠ Madre de Dios, en su ✠ ✠ ✠

ASSUMPCION TRIVMPHANTE.

Que Inftituyó, y Dotò la devocion del Señor Dr. y M D. SIMON
ESTEVAN BELTRAN DE ALZATE, Y ESQVIVEL
Cathedratico Jubilado de Prima de Sagrada Efcritura en efta Real
Vniverfidad, y digniffimo Maeftre-Efcuela de dicha Santa
Iglefia. (Que Dios r ya)

Año   1656

Pufolos en mètro Mufico, el Br. Jofeph de Loayfa, y Agurto, Maeftro de
Capilla de dicha Santa Iglefia.

Con licencia en Mexico: Por los Herederos de la Viuda de Bernardo Calderon.

361

DOS LETRAS SUELTAS PARA CANTAR EN LA SOLEMNIDAD DEL NACIMIENTO

LETRA I

Estribillo

¿CÓMO será esto, mi Dios,
que yo creo en Vos,
y·aunque creo lo que veo
no veo todo lo que creo?

Coplas

Si la Fe y la vista son
tan encontradas, ¿por qué
aquí ha de hacer fe la vista
y no hacer vista la Fe?
    Niño os miro, y que lo sois
10 es necesario creer;
mas también sé que sois Grande,
y mis ojos no lo ven.
    Cuando allá en la Eucaristía
estáis, más fácil me es,
porque ya sé que al contrario
de la vista he de creer.
    Pero aquí, ¿qué me mandáis?
Que crea mi sencillez
lo que veo y que no veo,
20 lo que es y que no es.
    Hombre parecéis, y sois,
Señor, lo que parecéis;
pero lo Dios no se os mira,
y sé que sois Dios también.

En fin, el sentido aquí
no se engaña, pero es
Infinito más lo que hay
que lo que se alcanza a ver.

362

LETRA II

Estribillo

UN DÍA que amaneció
lleno de luces y albores,
vieron a Dios los Pastores
sin saber cómo, ni cómo no.

Coplas

—¿Qué cosa y cosa, Pascual,
que un Niño recién nacido
y en un Portal escondido,
es tan grande y tan cabal
que no se le topa igual?
10   Yo lo vi de hito en hito,
y viéndolo Tamañito,
apenas pude creer
que tiene tanto Poder;
mas luego, no sé quién era
quien me habló por la mollera
y que era Dios me contó,
sin saber cómo, ni cómo no.
De dormir me levanté,
y cerradas las pestañas,
20   limpiándome las lagañas
hacia el Portal me llegué.
Luego, no sé cómo fué,
vi una Mujer tan hermosa
que parece cosi-cosa,
con un Chicote abrazada.

Pescudé si era Casada;
mas dícenme que la bella
es Casada y es Doncella,
y que Doncella parió,
30   sin saber cómo, ni cómo no.
Un buen hombre es su Velado,
que muestra en su regocijo
que, de que no es suyo el Hijo,
Bercebú tiene el cuidado;
antes anda con agrado
sirviéndole a la Señora,
y al Niño, que perlas llora,
le calienta las mantillas
y le sirve de rodillas,
40   porque diz que tien creído
que el Niño recién Nacido
es Quien la vida le dió,
sin saber cómo, ni cómo no.
      ¿Ves el Sol, Pascual? No es cosa
si lo comparas con Él,
que es más polido el Doncel
que el Lirio ni que la Rosa;
y su Madre es más hermosa
que el Alba cuando amanece
50   ni la Luz que resplandece,
más fresca que la mañana,
colorada como grana
y blanca como Azucena,
más erguida que verbena:
que la vi en el Portal yo,
sin saber cómo, ni cómo no.

LETRAS SAGRADAS
EN LA SOLEMNIDAD DE LA
PROFESION DE UNA RELIGIOSA

363

LETRA I

Estribillo

ZAGALEJOS de la aldea,
venid a ver una Boda,
y no quede en ella toda
quien su festejo no vea.
Ved que el Mayoral se emplea
en una pobre pastora,
que de hoy mas será Señora
pues con Él se ha desposado.
¡Éste sí que es Enamorado
10 como lo he menester yo;
Éste sí, que los otros no!

Coplas

De tanta fortuna goza
cuando de culpas se lava,
que ella se confiesa esclava
y Él la ama como Esposa:
ella en sus plantas reposa
y Él le ofrece su Costado.
Éste sí que es Enamorado, &.
Siendo de Sangre Real,
20 consigo amoroso iguala
a su Esposa, y hace gala
del brocado y el sayal:
con que este noble Zagal
da muestras de su cuidado.
Éste sí que es Enamorado, &.

En ella su sér retrata,
y tal castidad le inspira,
que es más casta si lo mira
y más limpia si lo trata;
30   ella, por no ser ingrata,
paga su amor abrasado.
Éste sí que es Enamorado, &.

364

Letra II

Estribillo

¡Vengan a la fiesta, vengan, señores,
que hoy se casa una Niña, y es por amores!
   De hermosura está ella llena,
y Él de belleza colmado;
Él es un Clavel rosado,
ella en su amor hoy se estrena,
y Él la colma de favores.
¡Vengan a la fiesta, vengan, señores!

Coplas

Hoy una Niña que abrasa
10   un amoroso volcán,
sin mirar el que dirán,
por el Vicario se casa.
   Su recato comedido
paró en empeño amoroso,
porque dice que su Esposo
entre puertas la ha cogido.
   Hoy logra su fino intento
que ha sido tan deseado,
que ha un año ya, que le ha dado
20   palabra de casamiento.
   No digo yo que ésta es cosa
con que su virtud se impida,
que antes pasará una vida
como de una Religiosa:

porque es El con quien se casa
de condición tan precisa,
que ni aun para que oiga Misa
la deja salir de casa.
    Pero causa novedad,
30   aunque es tan santo el intento,
ver que pare en Casamiento
su Voto de Castidad.
    De su Esposo los primores
su corazón abrasaron,
y por más que la encerraron
se nos casa por amores.

365

Letra III.—De las Antífonas

Estribillo

Venid, venid, mortales, a ver mis gozos,
y celebrad conmigo mis dichas todos:
que hoy mi Esposo me coloca
entre sus lucientes sillas,
su Sangre orna mis mejillas,
leche y miel me da su boca.
¡Toca, toca,
y celebren conmigo mis dichas todos,
que hoy Esposa de Cristo me conozco!

Coplas

10   Celebrad, criaturas,
las dichas que logro,
aunque a mis venturas
todo viene corto.
    Sabed que mis bienes
llegan a tal colmo,
que aun a la esperanza
exceden mis gozos.
    Del Señor un Ángel
me asiste animoso,

20   que con nimio celo
guarda mi decoro.
    Soy esclava humilde
del Señor que adoro,
y por eso ostento
serviles despojos.
    Con su santo sello
señaló mi rostro,
para que no admita
más que su amor solo.
30   Del que Ángeles sirven
Esposa me nombro,
a quien Sol y Luna
admiran hermoso.
    Desprecia por Cristo
mi pecho amoroso
el reino del Mundo,
con su fausto todo.
    Ahora que sigo
con paso amoroso
40   Al que ha deseado
el corazón todo,
    ¡ay! no me confundas,
Señor, con enojo,
sino obra conmigo
cual siempre piadoso.
    Dióme, en fe, su anillo,
de su desposorio,
y de inmensas joyas
compuso mi adorno.
50   Vistióme con ropas
tejidas con oro,
y con su corona
me honró como Esposo.
    Lo que he deseado
ya lo ven mis ojos,
y lo que esperaba
ya feliz lo gozo.

366

LETRA IV

Estribillo

¡VENID, volad, Serafines alados,
y cantad a los Reyes epitalamios,
a quienes Amor ha hecho
unir con vínculo estrecho
y con amoroso lazo!
Venid, &.

Coplas

¿Qué puede escribir la pluma
de asunto tan soberano,
si por más que se remonte
10   siempre se le va por alto?
Vosotros siempre felices
Celestiales Cortesanos,
que de tan glorioso triunfo,
gozáis el eterno lauro,
la piedad de vuestro Rey
celebrad con dulce canto,
que de unirse a una criatura
amoroso se ha dignado.
Y Vos, poderoso Rey
20   que, en vuestro tálamo sacro,
la que esclava rescatasteis,
Esposa habéis coronado,
pues tanto os preciáis de amante
y ostentáis de tan bizarro,
que hacéis gala lo rendido
y primor lo enamorado,
conservadla en tal grandeza
sin que los viles, humanos
bajos vapores se atrevan
30   a empañar candores tantos.

VILLANCICOS ATRIBUÍBLES

ASUNCIÓN, 1677

Villancicos que se cantaron en la S. I. Metropolitana de Méjico, en honor de María Sma., Madre de Dios, en su Asunción triunfante, año de 1677, en que se imprimieron.

PRIMERO NOCTURNO

i

VILLANCICO I

Estribillo

A ESTAS horas, que sube la Reina
por esos Cielos lucida antorcha,
por Oficio, parece que tiene las Horas:
cuando tocan, repican
a Maitines y Laudes a la que es Prima.

Coplas

Como Reloj soberano
la más soberana Reina,
el parabién de que sube
al Cielo, es en-hora-buena.
10   Rodeándola por instantes
los que al Empíreo la llevan,
cada Ángel es un volante
que sin cesar le hace rueda.
    Por los aires a la vista,
viendo todos su belleza,

siendo ellos los campanudos,
la Virgen es la de muestra.
   En un instante ajustado
al Cielo desde la tierra,
20   es Reloj que no se para
y en lugar de correr, vuela.
   Con arte el más primoroso,
porque achaques no padezca,
hoy cuando sube a los Cielos
con la Gloria se concierta.
   A todas horas le asiste,
porque un minuto no pierda,
una Mano que se hace
para sus aplausos lengua.
30   Siendo María para todos
Prima, y la mejor Tercera,
es Reloj que con la Gloria
está corriente y con-cuerda.
   Reloj de Sol, que hace raya,
es a la vista, y tan cierta,
que el mismo Espíritu Santo
le hace sombra verdadera.
   Como se cuentan por horas
las que corrientes serena,
40   es Reloj de agua muy clara,
y horas de cristal sus cuentas.

ii

VILLANCICO II

Coplas

MARÍA, de rayos vestida
y de Estrellas coronada,
en el Empíreo exaltada,
es Libro nuevo su vida.
   Siendo mucho su primor
y que no tiene segundo,
el mejor Libro del mundo
es, y de mejor Autor.

En su Asunción para ver,
10   Dios, que lo ha calificado,
sobre lo bien aprobado
le dió lindo pareçer.

En la Gloria, por su ciencia,
con nombre de Rey expreso,
majestuosamente impreso
sale a luz, con su licencia.

Si es la Gloria que en él campa
lo celestial que contiene,
diga el Cielo que le viene
20   de molde su hermosa estampa.

Dedicándose a la Gloria
por lo que discurre claro,
Libro de opinión es raro,
y de gran Dedicatoria.

Por mi devoción diré
que fué, para que se entienda,
Libro limpio, sin enmienda
ni fe de erratas (sí, a fe).

Pues sin humanas zozobras
30   de Adán, sumamente electa,
es obra de Dios perfecta
y la Mejor de sus Obras.

Cuantos conceptos espacia
y en capítulos conforma,
son un argumento en forma
de la materia de Gracia.

Sin triste y funesta calma,
por su asunto milagroso,
es en estante glorioso
40   sagrado Cuerpo con Alma.

Subidamente en su aprecio,
en escuela de Querubes,
¿qué mucho ande por las nubes
Libro que es de tanto precio?

Aunque tanto se dilata
y parece de Conquista,
bien ojeado a la vista
sólo de la Gloria trata.

> Por ser soberano Libro,
50   con segura confianza
> en él toda mi esperanza
> fundo, y en la Virgen libro.

Estribillo

Si es un Libro María por quien se canta,
su cuaderno es del Cielo con harta Gracia,
para que en él estudien rayos por hojas
los que contentos echan de la gloriosa
Virgen triunfante,
que desde la tierra a la Gloria su vida
es vecina, y con ella su verdad linda.

iii

Villancico III

Coplas

> Éste, que es de María,
> sin sombra alegre,
> hace su gallardía
> día solemne.
>   Olvidando la tierra,
> con alto acuerdo,
> su beldad satisfecha
> echa hacia el Cielo.
>   Cuando con altas alas
10 hoy se remonta,
> al querer descubrilla,
> brilla en la Gloria.
>   Volando por los aires
> con lindo aliento,
> su pureza acrisola
> sola, su esmero.
>   En palacio de Estrellas
> se ve en su solio,
> aliñada y compuesta,
20 puesta en gran trono.

Prevenidos le tienen
los que la suben,
con sus plumas y bandas,
andas de luces.
　　Suelto su hermoso pelo,
de trenzas rico,
es en él su tesoro
oro subido.
　　Con tantos Cortesanos,
30　se ve vistosa,
cuando Reina se exalta,
alta su pompa.
　　Siendo Fénix, descubre
mejor Arabia,
porque el Cielo la alabe
Ave de Gracia.
　　Para triunfo de glorias
nunca marchito,
fué su mortal desmayo
40　Mayo florido.
　　Siendo Azucena hermosa
que ámbares siembra,
es, cuando hermosa campa,
ampa y serena.
　　A todas las Estrellas,
Reina, triunfando,
da, con su gran subida,
vida a los Astros.
　　Mariposa que bebe
50　la Luz que ronda,
con su vistoso alarde
arde, que es Gloria.
　　Las voces de los Cielos
son, porque se oigan
todas sus consonancias,
ansias dichosas.

Estribillo

Si es que veloces publican las voces
que sube María, del Cielo alegría,

60   triunfante a la Gloria, que viene y que va,
de las voces los ecos aquí lo dirán.

SEGUNDO NOCTURNO

iv

VILLANCICO IV.—JÁCARA

Estribillo

¡Miren, escuchen, aguarden,
corrido yo, tengan, tengan,
que está mi Jacarandina
por la Madre de Dios hecha!
¡Afuera, afuera,
que con su alarde el Cielo anda de leva!

Coplas

Vaya de alarde vistoso,
escúchenme todos, vaya,
que una Compañía del Cielo
10   hoy los Ángeles levantan.
Entre encarrujos de armiños,
las Celestiales Substancias,
de ministros de María
hoy han asentado plaza.
Libre el Ceilán del cabello,
rica afrenta de la Arabia,
con el manto azul de Estrellas
se ve, que suelta la capa.
En Santa María, felices,
20   dichosamente se embarcan,
pues para hacer un buen Tercio
es la mejor Capitana.
Viniendo de Puerto-Rico,
que es la Bienaventuranza,
con su Patrona a buen viento
llegan a la Deseada.

Las que al aire se tremolan
por aquesa azul campaña,
están publicando el gusto
30   a banderas desplegadas.
Con pífanos y clarines,
porque es una Arca cerrada,
templada para los Cielos,
hoy ha de servir de caja.
Entre las tropas ardientes
que le van haciendo alas,
los Serafines son Cabos
lucidos, que van por mangas.
Con instrumentos sonoros,
40   haciéndole en ellos salva,
sobre sus hombros María
sin peso les da la carga.
Siendo su fuerza un Castillo
fuerte para las batallas,
para los más combatidos
es segura plaza de armas.
Volante escuadrón de plumas
haciéndole retaguardia,
como unas flechas volando
50   sus cañones se disparan.
Por los humos del Agosto
que se reparte en fragancias,
la mosquetería de Abril
en botones rompe el ámbar.
Con tremoladas garzotas,
porque a ninguno le falta,
todos con sus bandas vienen
a sólo estar de su banda.
Los que divinos Arqueros
60   por delante la acompañan,
con su Alma se ve glorioso
también su Cuerpo de guardia.
Cuantos se alistan felices
a servir Reina tan alta,
atenta en favorecerlos,
se ven soldados de paga.

Su escudo es, y tanto vale
con la gente reformada,
que basta contra el Demonio
70   este escudo de ventaja.
A los bien disciplinados,
por sus culpas, no rechaza,
pues con la Madre de Dios
todo su remedio avanzan.
Hacer de sus gracias lista
es no acabar de sumarlas;
que era contar las arenas
del mar, y eso pocas gracias.
En el más recio combate,
80   suele siempre a muchas almas
con sólo decir "A Dios
y veámonos", lïarlas.

v

VILLANCICO V

Estribillo

¡GRADO, grado,
que tocan las trompetas, alto, alto,
y en los aires
suenan las chirimías con atabales!
Porque la Reina,
celestial Doctora, pura Maestra,
con instrumentos
¡todos los que acompañan van de los Cielos!

Coplas

A la Minerva Divina,
10   para darle el mayor Lauro,
sobre el punto más subido
le están a puntos tocando.
Repitiendo para Reina
con puro, elocuente garbo,
por el tiempo de su vida,
ya su hora se ha llegado.

VILLANCICOS

CON QVE SE SOLEMNIZARON
EN LA SANTA YGLESIA CATHEDRAL
DE LA CIVDAD DE LA PVEBLA DE LOS
ANGELES LOS MAYTINES DEL GLORIOSISSIMO
PATRIARCHA

SEÑOR S. JOSEPH

ESTE AÑO DE 1690.

DOTADOS

POR EL REVERENTE AFECTO, Y
cordial devocion de vn indigno esclavo de este fe-
licissimo Esposo de MARIA Santisima, y Padre adop-
tivo de Christo Señor Nuestro.

DISCVRRIOLOS

LA ERVDICION SIN SEGVNDA, Y
siempre acertado entendimiento de la MA-
DRE IVANA ATNES DE LA CRVZ
Religiosa professa de Velo y Choro y Contadora
en el muy Religioso Convento del Maximo Doctor de
la Yglesia San Geronimo, de la Imperial Ciudad de Me-
xico en glorioso obsequio del Santissimo Patriarcha,
aquien los dedica.

PVESTOS EN METRO MVSICO POR EL LI-
cenciado D. MIGVEL MATHEO DE DALLO
Y LANA, Maestro de Capilla de dicha Santa Yglesia.

Con licencia en la Puebla en la Oficina de Diego Fernandez de León 1690.

En el examen de Pura
fué su lección un milagro,
por el punto que le cupo,
20   sola *De Verbo Incarnato.*

A la Oración, con Gabriel
entró; y al salir del Claustro,
en la urna de su opinión
Tres Personas la aprobaron.

La venia de su argumento,
sin réplica se la han dado
en la Escuela de la Gloria
Aquéllos más gradüados.

Sin dispensarle la pompa,
30   para el Empíreo Palacio
vistosamente el Paseo
es, de majestad y aplauso.

Haciendo gala de suyos
los Ángeles soberanos,
siendo crïados de Dios,
se precian de sus crïados.

Sin el Vejamen de Adán
con todo el género humano,
entre todas las criaturas
40   hoy se le da el mejor Grado.

Coronándole las sienes
el divino Cancelario,
por la virtud de su ciencia
ocupa el mayor Teatro.

Sentada en augusto trono,
con el escudo más claro
que le dió la Omnipotencia,
todo es Gloria sus abrazos.

La conclusión de esta Iglesia,
50   pura Doctora, dictando,
se va a llevar por lectura
ser su Titular del caso.

vi

Villancico VI

Coplas

Si me llegan a escuchar
del Sol de Pureza bello,
su Asunción, que es de admirar,
la he de contar, voz en cuello,
para ver si sé contar.
    El que de su Fiesta habla,
dirá, al mirarla opulenta,
que es de cuenta; y no lo entabla,
porque una Fiesta de cuenta
10 forzoso es que sea de Tabla.
    Siendo ella de los Cantares,
y los que ensalza dichosos
navegando azules mares,
sus Ángeles numerosos
se han de contar por millares.
    Partiéndose de esta vida,
todo el viento iluminando
con majestad nunca oída,
hoy se ha de contar volando
20 al Cielo aquesta partida.
    Con celestial lucimiento
como se deja inferir,
antes de irse por el viento,
estuvo a medio partir
multiplicando el contento.
    Su sér, con divino esmero,
y el gusto que iba causando,
se vió allí, por lo que infiero,
nunca más sano, que cuando
30 hoy se partió por entero.
    Mas para que no disguste
mi cuenta, que tanto dura,
sino que de ella se guste,
con la Aritmética pura
de Dios tuvo buen ajuste.

Tanta gloria y alegría
que nadie pintar osara,
a preguntar este día
cómo ella fué, la contara
40   sólo Dios, y su María.
Pues por dón particular,
como lo confieso y sé,
es cosa bien de admirar
que, en plural con todas, fué
del número singular.
Con acordes instrumentos
y tiernas elevaciones,
la llevaban muy atentos
sobre sus hombros, millones
50   de Espíritus, sin más cuentos.
Con que en manos de Dios puesta,
sin poder más discurrir,
porque aquésta es mucha Fiesta,
lo que no sabré decir
ni contar, es lo que resta.

Estribillo

—Los que a la Fiesta vienen, sin más despacho
se les dará la misma luego en contado.
—¡Lindo, bueno! —¡Extremada!
Porque de esta Flor bella, aun la raíz cuadra.
60   —¡Cuenta escuchen, no hay duda;
que de este día las glorias, todas son sumas!

TERCERO NOCTURNO

vii

VILLANCICO VII

En trono de Zafir, Reina triunfante,
divina pompa de florido Mayo,
de los que lleva hermosa por el viento,
si le saco colores, sea volando.

El primero que luce en su belleza,
cándidamente puro en campo raso,
aunque siempre anda el blanco por las nubes,
de la Gloria será, que éste es su blanco.
Sin más color que aquel que le da el gusto,
10   siendo a la vista firmamento vago,
tierna dulce marea, aura süave,
es su color de aire y noto blando.
Rico el hermoso manto de sus luces,
guarnecido de puntas que son rayos,
sin que pueda pasar por demasía,
tira lo que es a-rojo a ser dorado.
Con realce de Estrellas, suelto al aire,
pudiera azul celeste ir publicando
que de su banda tiene los colores,
20   pero éste solamente está a-su-lado.
Sueltas las trenzas de su pelo hermoso
que van toda la esfera iluminando,
un mar de incendios es, con ondas de oro,
el color de su crencha, encabellado.
Pura Virgen al Cielo remontada
por su mayor altura, sin desmayo,
de carne de doncella por subido
su color, con su sér, luce encarnado.
Los Ángeles que vienen a llevarla
30   para el Empíreo celestial Palacio,
son todas sus colores nogueradas,
cuando tanto la están reverenciando.
Por ser del Cielo Reina soberana,
los que le van sirviendo de incensarios,
el color de ámbar suyo es la fragancia;
su asistencia en la Gloria, lo morado.
Entre el dorado brillo de sus plumas,
sobre sus gracias hoy, sobre lo manso,
cuando hermosa Paloma al Cielo vuela,
40   sale lo columbino, que es milagro.
Galanes a su vista se previenen,
ninguno obscuro, sino todos claros,
los grandes Astros, de color de cielo,
las Estrellas, de lindo plateado.

Estribillo

¡Va de colores,
a escoger, a escoger los mejores,
tales y buenos,
que han de ir a más, con colores a-menos!

viii

VILLANCICO VIII

Estribillo

—¡A LA Sala vengan volando,
a la Audiencia, a la Audiencia,
a Palacio, a Palacio!
¡No se detengan, anden!
—¡Esperen, miren, tengan, aguarden,
y verán con qué gracia
sube la Reina, los Ángeles bajan,
juntos repitiendo, juntos publicando
a coros el Triunfo que van relatando!

Coplas

10   Toda la Corte del Cielo,
hoy cuando sus puertas abre
a Audiencia pública, quiere
que su Emperatriz despache.
    Por una deuda de humana,
dispuso se le embargase
la vida, cuando el Empíreo
quiere se le desembargue.
    Toda vestida de rayos
su divina hermosa Imagen,
20   libre y sin costas se mira
salir de la mortal cárcel.
    Para dar bello traslado
de su Original brillante,
al Cielo se va, que es donde
está citada la parte.

Porque aunque ven que su vida
llega hoy al último trance,
sólo el suyo es, entre todos,
dichoso trance y remate.
30   Y aun para dar fe los ojos
con el signo de su Imagen,
tiene infinitos ministros
de pluma de oro en los aires.
Con ser sabia para todos
los que de su amor se valen,
es una Abogada a quien
las peticiones se hacen.
Aunque lo humano se atreva
la muerte a notificarle,
40   da el Cielo, cuando la asiste
los estrados por bastantes.
Para la Sala de arriba
a donde es bien que apelase,
son un proceso infinito
las gracias con que ella sale.
Y así, echando el fallo, gusta,
por el derecho de Madre,
que en el Tribunal de Amor
sólo de querella se hable.

ix

VILLANCICO IX.—ENSALADILLA

Introducción

POR FESTEJAR a la Virgen,
de urracas dos Monacillos
salieron, dándole vaya
a cierto Negro Perico.
Una ensalada de cosas
le dijeron, y aturdido
el Negro era el apagado,
siendo ellos los encendidos.

Estribillo

—Cogiendo *Canario*,
10   me parece, a fe,
tocarme de gusto;
¡tocármelo bien!

Coplas

El *Canario* que suena festivo,
pagado y contento de buenos pasajes,
se comienza (que en eso está el toque)
metiéndolo a voces la música, tate.
    Aunque nos oiga, y aunque se ausente,
con que nos deja y con que se parte,
nuestras voces escuche la Reina,
20   con todos sus *conques* y todos sus *aunques.*
    Si el demonio, de verla tan alta,
espuma venenos y riza corajes,
pues de envidia se come rabioso,
ya que se come, sin réplica *más-que.*
    La fuga sonora, que suena lucida,
escrita en latín y dicha en romance,
de las voces que Angélicas suenan
su triunfo glorioso, es sólo el *tu-autem.*
    Aunque gorrón en danza me meta
30   la dulce armonía que suena en los aires,
por decirla bailando de gusto
delante de todos, estoy *casi, casi.*

Prosigue la Introducción

Perico, con otros Negros,
dando de contento brincos,
aunque los estribos pierda
no ha de perder su estribillo.

Estribillo

1.—¡Ola, hau, Antonilla!   *2.—¿Qué manda?*
1.—Ya lo sabe, que tené

una fiesa. ¿Qué hacé?
40   2.—¡Ya se ve!
      1.—Pues priviní la tambó,
porque en fiesa la Sunció
no se está queda la pie.
(Todos:) —¡He, he, he, he!
      1.—Meneá la calabacillo,
para qui las monacillo
aora nus venga a escuchá.
(Todos:) —¡Ha, ha, ha, ha!
      1.—Éste sí quiso mijó,
50 cantando y bailando
la re-mi-fa-só.
(Todos:) —¡Ho, ho, ho, ho!
      1.—Que esa Niña que sube, palese,
palese muy bé.
(Todos:) —¡Le, le, le, le!

Coplas

   —A celebrar hoy lus nenglu
viene a la Iglesia Mayó,
cun Siora Pribindalo,
la fiesa le la Asunció.
60   —¡Ho, ho, ho, ho!
   —Como só li la Mesé,
lo manda el señó Retó
qui venga cun la tandarte
mañana la Prucisió.
   —¡Ho, ho, ho, ho!

Prosigue la Introducción

A lo último unos Cantores,
con licencia del Cabildo,
de los Negros, voz en cuello,
llevaron cantando el vítor:

Coplas

70   —A la mejor Reina,
    para los que oyen,
    son los que sabemos
    festejar a voces.
      Decir que cantando
    somos su Capilla,
    si parece nuevo
    dígalo la Antigua.
      Cantando y diciendo:
    ¡Víctor, víctor, víctor!,
80   de lo que dejare
    daré fin, y quito.

NAVIDAD, 1678

Villancicos de la Natividad de Cristo Señor Nuestro, que se cantaron en la S. I. Catedral de la Puebla de los Ángeles el año de 1678, en que se imprimieron.

PRIMERO NOCTURNO

x

Villancico I

Estribillo

1.—¡Fuego, fuego, que el mundo se abrasa!
2.—Repiquen a fuego todas las campanas!
3.—¡Dilín, dalán, agua, agua;
dolón, don, don, agua, agua!
1.—¡Derribad la casa, agua, agua!
2.—¡No echéis agua, bueno está;
que el agua es el fuego ya,
y en ella el fuego se abrasa!

3.—¡Si es diluvio, huyamos luego!
10   1.—¡Fuego de Dios en el fuego
que no se apaga con agua!
2.—¿Si es fuego de San Antón?
3.—¡No es sino fuego de Dios,
que enciende las almas
y abrasa de amor!

Coplas

—Entre amorosos raudales
en lágrimas derretido,
llorando el Sol ha nacido,
vertiendo fuego en cristales;
20   quiere, con diluvios tales,
abrasar la tierra helada
y anegar el mundo ciego.
—¡Fuego de Dios en el fuego,
que no se apaga con agua!
—Cuando el agua ardiendo vemos
contra su antigua costumbre,
echar agua es echar lumbre
y apagarla no podremos;
que aunque más agua le echemos,
30   quedará en ella abrasada
y más encendida luego.
—¡Fuego de Dios en el fuego,
que no se apaga con agua!
—Es en vano pretender
su vivo fuego apagar,
que hasta que deje de amar
no puede dejar de arder;
y como no puede ser
que no ame cuando se humana,
40   llora y arde sin sosiego.
1.—¡Fuego de Dios en el fuego
que no se apaga con agua!
2.—¿Si es fuego de San Antón?
3.—¡No es sino fuego de Dios,
que enciende las almas
y abrasa de amor!

xi

VILLANCICO II

Estribillo

Niño Dios, que lloras naciendo:
perlas y flechas tus lágrimas son;
con las perlas redimes mis culpas,
con las flechas me hieres de amor.

Coplas

Llora, llora, que el llanto,
partido en dos efectos diferentes,
hace que crezcan tanto
que perlas se admiren y flechas ardientes.
¡Oh inaccesible Grandeza de Dios!
10   Con las perlas redimes mis culpas,
con las flechas me hieres de amor.
    Congelado el sollozo
en ese nácar de tus dos mejillas,
se miran sin rebozo
las perlas y las flechas maravillas.
¡Oh Omnipotencia admirable de Dios!
Con las perlas redimes mis culpas,
con las flechas me hieres de amor.
    Lo que sentido llora
20   tu humano sentimiento, forma voces
que cantan al Aurora
ser perlas finas ya, flechas veloces.
¡Oh Bondad soberana, amorosa, de Dios!
Con las perlas redimes mis culpas,
con las flechas me hieres de amor.
    Corre el lamento río
hasta salir de madre en fuentes claras,
y es tal su poderío,
que a un tiempo perlas son y flechas raras.
30   ¡Oh Sabiduría infinita de Dios!
Con las perlas redimes mis culpas,
con las flechas me hieres de amor.

De río a golfo pasan
las lágrimas que viertes amorosas,
y así entre sí se abrasan
que perlas se forman, y flechas costosas.
¡Oh inestimables Finezas de Dios!
Con las perlas redimes mis culpas,
con las flechas me hieres de amor.

xii

VILLANCICO III

1.—¿A DÓNDE vais, Zagales?
2.—A Belén,
a ver maravillas
que son para ver.
1.—Decidnos, Zagales,
¿cómo lo sabéis?
2.—En los aires lo cantan los Ángeles
con voces sonoras. ¡Oíd, atended!

Coplas

—Hoy veréis en un portal
10   la Palabra enmudecida,
la Grandeza en pequeñez,
la Inmensidad en mantillas.
Todos.—¡Qué maravilla!
—De una Estrella nace el Sol,
el Mar se estrecha a una orilla,
y una Flor en otra flor,
infante Fruto se anima.
Todos.—¡Qué maravilla!
—El Impasible padece,
20   el Fuego ardiendo se enfría,
la Divinidad se humana
y la Rectitud se inclina.
Todos.—¡Qué maravilla!
—De Quien todos tiemblan, tiembla;
baja la Soberanía,

enflaquécese el Valor
y llora la misma Risa.
Todos.—¡Qué maravilla!
—La tierra es un Cielo ya
30   en esta Noche que es Día;
el Eterno es temporal,
y es muerte lo que fué Vida.
Todos.—¡Qué maravilla!
—La Verdad hoy se disfraza,
la Fuerza se debilita,
la Omnipotencia se abrevia
y clara la Luz se eclipsa.
Todos.—¡Qué maravilla!
—Ya la Alteza es humildad,
40   ya lágrimas la Alegría,
ya clemencia los rigores
y ya Piedad la Justicia.
Todos.—¡Qué maravilla!
—Ya la Riqueza es pobreza,
y el Poderoso mendiga,
y el León, que siempre vence,
Cordero se sacrifica.
Todos.—¡Qué maravilla!
—El que no tuvo principio,
50   su ser en tiempo principia;
y el Criador, como criatura,
sujeto a penas se mira.
Todos.—¡Qué maravilla!
—Hombres: escuchad prodigios
que son más que humanas dichas:
Dios es Hombre, el Hombre es Dios,
que entre sí se comunican.
Todos.—¡Qué maravilla!

SEGUNDO NOCTURNO

xiii

Villancico IV

Aquella Flor del campo
de azules esplendores,

nace de una Azucena
como un Niño de flores.
En el pensil más yerto
de un Portalico pobre,
sus hojas de escarlata
más ciñe que descoge.
Encarnada Hermosura
10   de limpios tornasoles,
da a lo pajizo galas
y a lo tierno favores.
De aljófares que vierte,
florece hermoso broche,
entre las hojas bello
y entre las pajas dócil.
Y aunque puntas le tiran
los copos de la noche,
ni sus claveles ajan
20   ni sus jazmines rompen.
Una fecunda Virgen
en su arrullo le acoge
por Joya de su pecho
y Flor de sus albores.

Estribillo

¡Ay que el hielo le ofende
porque su albor retoque
con brinquiños de perlas
cuando las llore,
enternecido Infante,
30   y Dios de los amores!

xiv

Villancico V

1.—Llegad, Pastores, llegad
y veréis una novedad
que se descubre y se esconde.
2.—¿Dónde?
1.—En Belén ahora está.
2.—¿Qué será?
1.—Adivinadlo, Pastores,

que es un milagro de amores
entre desdenes constante.

10   2.—¿Si es Amante?
1.—No padece cuidados menores,
y su desvelo es mayor.
2.—¿Si es Pastor?
1.—Tiene muy bello el semblante;
más lindo le considero.
2.—¿Si es Cordero?
1.—Sale de Él un resplandor
que nos baña de alegría.
2.—¿Si es el Día?

20   1.—Deciros la verdad quiero:
es Cordero, Amante y Pastor,
y el Día mejor
que tendrán los hombres jamás;
¡que es Dios, que es todo lo más!

Coplas

2.—¿Díme qué tiene de Amante?
1.—Lo que sufre por amor.
2.—¿Y qué tiene de Pastor?
1.—El cuidado vigilante.
2.—¿Y al Cordero semejante?

30   1.—En que inocente padece.
2.—¿Y en qué al Día se parece?
1.—En que le anuncia un Lucero.
Deciros la verdad quiero, &.
    2.—¿Con ser Amante, qué quiere?
1.—Mostrar su amor celestial.
2.—¿Y en ser Cordero, zagal?
1.—La obediencia con que muere.
2.—¿Y en el ser Pastor, qué infiere?
1.—Que vela en defensa nuestra.

40   2.—¿Y en el ser Día, qué muestra?
1.—Que nació su luz primero.
Deciros la verdad quiero, &.
    2.—¿Quién llega en tanto tropel?
1.—Tres Reyes que nada ignoran.

2.—¿Qué buscan y a quién adoran?
1.—Otro Rey mayor en Él.
2.—¿Quién les dió noticia d'Él?
1.—Una Estrella peregrina.
2.—¿Qué les muestra, si es divina?
50   1.—El Camino verdadero.
Deciros la verdad quiero:
es Cordero, Amante y Pastor,
y el Día mejor
que tendrán los hombres jamás;
¡que es Dios, que es todo lo más!

XV

Villancico VI.—Juguete

Estribillo

1.—No hay en el Portal quien tenga,
como Menga, gracia tal.
2.—¡Tengan, que sale Pascual
con mil gracias más que Menga!

Coplas

1.—Los Pastores han de ser
los que al Niño Dios festejen;
y como el baile no dejen,
tendremos mucho que ver.
2.—Bulla el gusto y el placer,
10   todo Pastor se prevenga;
brinque, salte, vaya y venga,
que ya dice el Mayoral:
¡Tengan, que sale Pascual
con mil gracias más que Menga!
1.—El Niño, que agradecido
conoce sus corazones,
les echa mil bendiciones
obligado, aunque ofendido.
2.—Y pues esto han conocido,
20   porque su amor entretenga

no hay quietud que los detenga
al Anciano ni al Zagal.
¡Tengan, que sale Pascual
con mil gracias más que Menga!

TERCERO NOCTURNO

xvi

Villancico VII.—Negrillo

—¿Ah, Siñol Andlea?
—¿Ah, Siñol Tomé?
—¿Tenemo guitarra?
     —Guitarra tenemo.
—¿Sabemo tocaya?
     —Tocaya sabemo.
—¿Qué me contá?
     —Lo que ve.
—Pue vamo turu a Belé,
y a lan Dioso que sa yoranda
le cantemo la salabanda.
—Paléceme ben.
10 —Y a mí tambén.
—Toca, plimo, pol tu fe.
—¡Así, así, que lo pe se me anda!
—¡Así, así, que me buye lo pe!

Coplas

—Cantémole al Redentole
la bienvinira y yegara.
—Sando ronca y resfriara,
cantalemo mal, siñole.
—Récipe de la mendole
porque tengamo voz clara:
20 de botica un cucharara
cuanto baste a su mecé.
—Paléceme ben. &
 —De los branco nos guardemo,
que tosemo a lo billaco.

—*Debe de tomal tabaco,*
pue tanto a neglo tosemo.
A lo Pesebre yeguemo
y a lo són de trumentiyo,
guitarriya y panderiyo,
30   *hagamo fiesta en Belé.*
—*Paléceme ben.*
—*Y a mí tambén.*
—*Toca, plimo, pol tu fe.*
—*¡Así, así, que lo pe se me anda!*
—*¡Así, así que me buye lo pe!*

xvii

Villancico VIII.—Juguete

Este Niño, que ha nacido
en el Portal de Belén,
díme, Antón, si eres discreto,
¿no tiene mil gracias, eh?
    En sus peregrinos ojos
¿no te mueve un no sé que,
con que, a un tiempo, da la vida
y mata de amores, eh?
    De su cara la hermosura
10   y su belleza también,
¿no dice que es propia Imagen
de Dios, y su Espejo, eh?
    La ternura de su llanto,
¿no da muy bien a entender
que es Hombre a lo descubierto,
aunque Dios oculto, eh?
    Su desnudez, ¿no te muestra
que ha llegado a empobrecer
sólo por hacerte rico
20   con lo que no piensas, eh?
    ¿Y que siendo Poderoso,
vino a tanta mendiguez
que llora necesidades
sólo porque quiere, eh?

Que los Ángeles le sirvan
y Reyes besen el pie,
¿no es señal que es gran Señor,
aunque en un pesebre, eh?
    Dios amante se desvela,
30 y porque nos quiere bien;
si te duermes en buscarle
¿no serás dormido, eh?
    Tus amores le han traído
a un Portal, a mal traer;
cuando su rigor no sientes,
¿no eres un ingrato, eh?
    Si entre los hielos y escarcha
su fuego miras arder,
¿cuando en su amor no te abrasas,
40 no eres una nieve, eh?
    ¡Ay, Antón! Si me creyeras,
y te murieras por Él
como Él se muere por ti,
¿no fueras dichoso, eh?

SAN PEDRO APÓSTOL, 1680

*Villancicos que se cantaron en la S. I. Catedral de la Pue-
bla de los Ángeles, a los Maitines del glorioso Príncipe de
la Iglesia el Señor San Pedro, el año de 1680,
en que se imprimieron.*

xvii, bis

AL SUPREMO PRÍNCIPE DE LA IGLESIA,
NUESTRO ESCLARECIDO PADRE, SEÑOR SAN PEDRO.

*Santísimo Pedro, Príncipe y Padre Universal de toda
la Iglesia: Quien con divinos acentos llegó a oír en-
grandecidos sus elogios, cuando los percibió suavemen-
te entonados por las voces del mismo humanado*

*Dios, que dignamente le dió el título noble de Hijo
de la Paloma celestial y Piedra preciosa de aquella
Fábrica excelente, que se encumbra más allá de las
cúpulas de las Estrellas, no es mucho que se merezca
nuevos loores en las solfas de cánticos sonoros y ar-*
10 *monizados Maitines, pues al compás que el Verbo
Encarnado os dedicó en Cesarea superiores alaban-
zas, también os solicita en esta Angélica y Cesárea
Ciudad solemnes celebridades un afecto fervoroso en
vuestras aclamaciones, para cortejaros a todas luces
Luminar Mayor de la Iglesia entre nocturnos aplau-
sos y laudes tan esclarecidas como a vuestro honor
dedicadas. Crezcan vuestras glorias a lo inmenso,
admitiendo vuestro agrado el obsequio que os ofrece
nuestro desvelo amoroso, venerador muy vuestro a*
20 *lo rendido.*

PRIMERO NOCTURNO

xviii

Villancico I

Estribillo

1.—¡Plaza, plaza, plaza,
que entra triunfante en Roma
el de la red y la barca!
2.—Porque sus hazañas
¡óiganlas,
cántenlas!
1.—En el huerto con Malco y las tropas
montanteaba.
2.—¡Proeza rara!
10 *3.*—¡Óiganlas!
2.—¡Cántenlas!
1.—A aquel mago Simón en los aires
quebró las alas.
2.—¡Óiganlas!
3.—¡Cántenlas!
1.—Los laureles, pimpollos del Orbe,
tendió a sus plantas.

2.—¡Víctor, Víctor el Pescador.
que por Dios que merece, por su valor,
20   la Tiara!
1.—¡Vivirá como un Papa,
como un Vice-Dios!

Coplas

Para celestes lides
y empresas soberanas,
fué Pedro hombre de Piedra
y campeón del hampa.
    Aunque una vez la Ancila
ciertas le dió estocadas,
por su opinión volvieron
30   valientes ojos de agua.
    Trinchando en cuatro esquinas
de un lïenzo sierpes bravas,
a todo el mundo le hizo
por los Cielos la salva..
    Mató con el aliento
de una sola palabra
a dos que halló traidores
en falsear la plata.
    En la Puerta Especiosa,
40   él y otro camarada,
hacen saltar a un cojo
del suelo hasta las aras.
    Y entre sus bizarrías,
fué la mayor hazaña
plantar su red y trono
en la Curia Romana.

xix

VILLANCICO II

CON DECIR: *Tú eres Pedro,* su Bien Sumo
le corresponde.
¡Oh qué poco, oh qué mucho
elogio y nombre!

Mas basta el poder de Pedro
para rendir a Roma
y dar entrada al Cielo.

Coplas

En la imperial Cesarea,
que de la Romana Corte
10   las águilas bosquejaba,
ya majestades del Orbe,
    el Hijo de la Paloma,
con bien entendidas voces,
divinidades cantaba,
por Dios Vivo, a un Dios y Hombre.
    Tú eres Cristo, le decía,
pues Unigénito noble
del Padre de lumbres, rizas
encarnados arreboles.
20   Sobre tanto mármol firme
se fundan los torreones
de la Militante Iglesia
que a la Triunfante coronen.
    Ni el Mundo ya, ni el Abismo
a este Diamante se opone,
porque en lo fino y lo amante
es Pedro piedra de toque.
    Claviculario Celeste,
abre o cierra, por su orden,
30   los alcázares de Estrellas
y coros de Ruiseñores.

XX

VILLANCICO III

Introducción

TODAVÍA estaba Pedro
lloroso de una Pasión
que sucedió cuando el Gallo
a un León temblando dejó,
    cuando, entre aquellos raudales,
un numeroso clamor

que escuchó a un tiro de piedra,
a la playa lo llamó:
—¡Hola, ah, Pescador mío,
10   llegue acá! ¡Será Pastor!
Deje ya el *flevit amare,*
egressus foras, por Dios.
    A buen hora lo encontramos
como siempre, a la Oración.
Cantémosle las folías
y alegremos al Pastor.

Estribillo

Éstas son folías
que folías son.
Éstas son folías,
20   Señor Pescador.
    Tenga este Cayado,
deje ya el Timón;
oiga las folías
que se cantan hoy.

Coplas

Deje las marinas
obras, porque Dios
lo quiere entre hierbas
del prado Pastor.
    Pise la ribera;
30   alégrese-nos,
y por lo festivo
vaya lo llorón.
    Venga a las arenas:
verá cómo Dios,
para consolarlo,
la Tierra le dió.
    Noche es de *gaudete,*
no tenga temor,
porque ya no hay Gallos
40   que espanten al León.
    No tema en las ondas
triste inundación,

quien en tantas suyas
nunca se anegó.
    Aborde a la orilla,
que hierbas le doy
donde Pastor sea
de gente mejor.
    Dígale a las aguas
50 que lo dejen hoy,
que otras ha pasado
y no se mojó.
    Rompa a los cristales
todo su candor,
o vendrá aquel Ángel
que hierros quebró.
    Deje la marina
vaga ocupación;
rompa los diamantes
60 quien grillos venció,
    pues cuando soñaba
que estaba en prisión,
por virtud de un Ángel
sin hierros se vió.
    Dichoso tal sueño,
pues entre el rigor,
toda la soltura
en el sueño halló.
    Venga, que lo espera
70 cantando el Amor,
aunque desde el Gallo
músicas tembló.
    ¡Aquí de la Tierra
que el Cielo le dió!
Ya pasó las aguas;
¡Jesús, qué favor!
    ¡Salió de las ondas!
¡Dé gracias a Dios,
que quedó por puertas
80 con Llaves y honor!

SEGUNDO NOCTURNO

xxi

VILLANCICO IV

Estribillo

1.—CON DESAIRE vuela en los aires
el mago Simón,
pues al eco de Pedro
se precipitó,
Ícaro nuevo
al rayo del Sol.
2.—¡Ay, que cayó
al impulso de aquel Pescador,
que a quien alas batía, los pies le quebró!

10   *Todos.*—¡Ay, que cayó! ¡Ay, que cayó!

Coplas

Volaba poco versado,
pues con arte bien adverso
hizo en un peñasco terso
un verso de pie quebrado,
cuando Pedro acelerado
despeñándose lo vió,
Ícaro nuevo
al rayo del Sol.
        Perdióse por la estafeta,
20   en la ocasión que quería
subir con alas de arpía,
pasar con pies de poeta;
mas cual fogoso cometa,
en la Roca se estrelló,
Ícaro nuevo
al rayo del Sol.

xxii

VILLANCICO V.—JÁCARA

AQUEL Campeón valiente
y veterano Guerrero,
que después de haber cenado
aquel divino Cordero,
    se fué con dos camaradas
y asistiendo a su Maestro
por el rumor de un arroyo
a la amenidad de un Huerto,
    al ver que cierta canalla,
10   más que con valor, con miedo,
ajar a su Amor quería,
prender quería a su Dueño,
    desenvainando el alfanje:
"¡Aquí de Dios y de Pedro!",
dijo zumbando antuviones
y avalentando portentos.
    Riza hacía en la vil chusma
de cobardes judigüelos,
ya trinchando astas y picas,
20   ya trozos y armas rompiendo.
    Entre el horror de la noche
y la inquietud del estruendo,
le apuntó bien a la oreja
de un corchete lanternero.
    Cercenóle la melena;
y cimbrándole el celebro,
a Malco le hacía el plato
de orejones, cuando menos.
    Y si el Príncipe apacible
30   no le estorbara el empeño,
traza el buen Viejo tenía
de acabar con todo hebreo.
    Envainó, pues, ya triunfante,
y retiróse al momento
discurriendo hacia Palacio
por ver el fin del suceso.

Estribillo

¿Quién pensara que habías,
valiente Pedro,
de temblar de una Ancila
40   y llorar a un temor tres desaciertos?

xxiii

VILLANCICO VI

Estribillo

1.—¡QUE SE abrasa, señores,
la Mariposa!
¡Ay, Jesús, que se quema
y el aire sopla!
2.—¿No la veis cómo huye?
Ya se remonta.
¡Mariposa parece
lo que es Paloma!

Coplas

Desde aquellos arroyos
10   que mansamente bordan
de perlas el peñasco,
origen de sus ondas,
    después que se ha bañado,
hermosa más que todas,
cercada de azucenas
y de la nieve copia,
    al aire se levanta,
tan limpia y tan hermosa,
que embarga del Esposo
20   las atenciones todas.
¡Que se abrasa, señores,
la Mariposa! &.
    Al agua, al agua, Pedro,
que es cosa misteriosa
tener siempre en el agua
las medras tan dichosas.

Guardaos, guardaos del fuego,
a cuya luz dudosa
errasteis el camino,
30   torcisteis la derrota.
   ¡Llorad, divina Piedra!
¡Volad, mansa Paloma
al pecho del Esposo,
al nido de su roca!
   ¡Que se abrasa, señores,
la Mariposa! &.

TERCERO NOCTURNO

xxiv

Villancico VII

AL AGUA se va Pedro valeroso,
mas ¡ay!, que ya se aniega;
pero dale su Dueño la mano
y en las palmas de Cristo navega.
¡Mirad, que es dicha nueva
nadar sin riesgo una Piedra!

Coplas

¿Qué importa que el golfo esquivo
engrife sus ondas crespas,
si ponéis, Pedro, la proa
10   al Norte de más belleza?
   Frustrar quiso el fiero golfo
las velocidades vuestras,
mas vuestro orgullo pisaba
tantas voraces bravezas.
   Solio o sitial de cristales
os previno Dios en ellas,
o por Vice-Dios del mundo
o Árbitro de las estrellas.
   Llegáis a Puerto seguro
20   con bonanza y con destreza:
¿qué mucho si os dan la vida
rumbos de la Vida mesma?

Por extraña bizarría
se arrojó vuestra fineza
a las espumas, buscando
un Brinquiño de mil perlas.

XXV

VILLANCICO VIII

Estribillo

A LA brisa suavísima
del Favonio Paráclito,
¡oh qué bien asegura Pedro el tránsito!

Coplas

Aquel Piloto científico,
que su misterioso cáñamo
tiende a soplos del Espíritu,
vital aliento del ánimo,
    de este mundo en el océano
saca el Bajel Eclesiástico,
del Aquilón en sus cóleras,
de las violencias del Áfrico.
    Sólo recibe benévolas
(en las tempestades práctico)
inspiraciones del Céfiro,
soplos del divino Oráculo.
    Si le acometen coléricos
duros Piratas del Tártaro,
o en tempestades heréticas
o en torbellinos cismáticos,
    sagradamente belígero,
fulmina en breve relámpago
tanto terror, que del Líbano
tiembla el cedro más fantástico.
    La Nave negra de Incrédulos
deshace en lucientes átomos,
y pára en calma beatífica
lo que empezó por escándalo.

Vencido el horror diabólico,
hecho el Bajel receptáculo
30   de seguridad al tímido,
de serenidad al párvulo,
   surge en el Puerto Deífico,
donde en celestiales cánticos,
le hacen la salva marítima
los que ya gozan del Tálamo.

NAVIDAD, 1680

Villancicos que se cantaron en la S. I. Catedral de la Ciudad de los Ángeles, en la Natividad de Jesucristo Señor Nuestro, el año de 1680, en que se imprimieron.

PRIMERO NOCTURNO

xxvi

VILLANCICO I.—KALENDA

Estribillo

1.—¡TIRAD, disparad!
¡Fiestas, fiestas y alegría!
Hagan salva al Capitán
que de la Nave María
hoy desembarca galán.
2.—¡Tras, tras, tras, tras,
tampalantán, tampalantán,
tras, tras, tras, tras!
   1.—Hágale su festiva salva
10   la risa hermosa del Alba,
el Aurora con sus flores,
pájaros y ruiseñores,
en la playa de un Portal.

2.—¡Tras, tras, tras, tras,
tampalantán, tampalantán,
tras, tras, tras, tras!
      1.—Toquen, toquen los Serafines
dulces, alegres clarines,
y en süaves armonías
20   resuenen las chirimías
de la Capilla Real.
2.—¡Tras, tras, tras, tras,
tampalantán, tampalantán,
tras, tras, tras, tras!

Coplas

Aquí ha llegado un Infante
tan cargado de riquezas,
que las lágrimas que llora
cada una es una perla.
      Esta Noche desembarca,
30   tan cercado de Azucenas,
que del vientre de la Nave
sale brindando purezas.
      Lo pajizo de un Portal
es albergue a su grandeza;
ferias quiere hacer allí
de su amor y sus finezas.
      En busca de corazones
muy ansioso baja a tierra,
y aunque sean de diamantes,
40   su amor los hará de cera.

xxvii

VILLANCICO II

Íbase para Belén
en una noche de invierno
un Peregrino cantando,
que es propio de pasajeros.
      A buscar a Dios camina,
que echado en un Portalejo

le dijeron lo hallaría,
a la inclemencia del hielo.
Al pasar de un verde valle,
10 que partía un arroyuelo,
perdió el camino; y perdido,
sonó de una gaita el eco.
Fuése tras la voz sonora
del cabrerizo instrumento;
y hallando a quien lo tañía,
le preguntó blando y tierno:

Estribillo

1.—Dígasme tú, el ganadero,
¿se va por aquí al Portal
donde está Dios humanado
20 entre pajas recostado,
por remediar nuestro mal?
Dígasme si voy derecho
o si tengo más que errar.
2.—¡Tuturutú, por aquí van al Cielo!
¡Tututurú, por aquí van allá!
1.—Dígasme, por la tu vida,
¿qué haré para llegar?
2.—¡Tututurú, por aquí van al Cielo!
¡Tututurú, correr sin parar!
30 *1.*—Dígasme: si voy corriendo,
llegaré sin tropezar?
2.—¡Tuturutú, por aquí van al Cielo!
¡Tuturutú; mirar cómo van!
1.—Dígasme, ¿por qué vereda
llegaré más presto allá?
2.—¡Tuturutú, por aquí van al Cielo!
¡Tuturutú: llevar humildad!
1.—Dígasme, ¿si voy humilde,
al Niño podré mirar?
40 *2.*—¡Tuturutú, por aquí van al Cielo!
¡Tuturutú: por aquí lo verás!

xxviii

Villancico III

Unos Pastorcillos
que al Portal llegaron,
dijeron al Niño
muy enamorados:
—¿De dónde venís,
hermoso Muchacho,
que otro como Vos
acá no ha llegado?
    Sin ir a la escuela,
10 estáis ya temblando;
¿y qué más hicierais
sentado en el banco?
    Como un Corderito
nacéis en el campo:
a fe que algún día
seréis señalado.
    En Casa de Pan,
cual Trigo floreado
estáis en la paja:
20 Vos seréis trillado.
    Niño, no lloréis:
dormid por un rato
que ese Corazón
está desvelado.
    A pagar venís
deudas de un quebrado;
pues aquesa fianza
os pondrá en un palo.
    A la rorro, Niño,
30 a la ro, durmamos,
antes que despierten
enemigos tantos.
    La nieve que Os cerca,
como un relicario
de un Niño Jesús,
Os hará resguardo.

Tened, que se duerme
al arrullo blando
que su Madre Aurora
40   le hace en los brazos:

Estribillo

¡Paren, paren, paren
los airecillos del cierzo helado!
¡No hagan ruido en las pajas;
tengan, tengan los ramos!

SEGUNDO NOCTURNO

xxix

VILLANCICO IV

Estribillo

MARANVÍLLAN-ME
novedades que trae Amor,
y son glorias
¡ay! que me roban el corazón.
¡Y la tonadica, tonadilla,
nuevecita venida a la villa!

Coplas

Desnudo al hielo nació,
aunque no es cosa de espanto:
no ha sido para otro tanto
10   el Padre que lo engendró.
Y a tan buen tiempo llegó
que a ensalzarnos Él se humilla.
Y la tonadica, tonadilla, &.
     Pues nacer en Julio pudo,
y nació en Diciembre helado,
sin cuda que fué inclinado
a llegar al tiempo crudo;

y aunque Él es Fuego, no dudo
que la escarcha lo amancilla.
20   *Y la tonadica, tonadilla, &.*

Hombre se hizo, ya empeñado
en triunfar de mis antojos:
curando mancos y cojos,
no habrá ninguno baldado.
A Él no hay triunfo reservado
si arrastra con la espadilla.
Y la tonadica, tonadilla, &.

Con atención y cuidado
lo miran todos, y es
30   que como nace cortés,
es un hombre muy mirado;
y de todos adorado
está allí, con fe sencilla.
¡Y la tonadica, tonadilla,
nuevecita, venida a la villa!

XXX

Villancico V

Estribillo

¡Ay, que llora Jesús!
¡Tened, tened, que llora
a los blandos arrullos
de su Paloma!
¡Tened, que tiembla;
tened, que llora
al rigor de la escarcha
la misma Gloria!

Coplas

De llorar no descanséis,
10   hermosísimo Pastor;
porque si lloráis de amor,
llorad, que me enternecéis.

Al compás de aqueste llanto
el Cielo puede cantar,
porque de veros llorar
hará más tierno su canto.
Si venís a padecer,
penas habéis de sufrir,
que nacer para morir
20   es un morir al nacer.
Niño, si perlas lloráis,
en brazos de vuestra Aurora,
¿quién, Señor, por Vos no llora
cuando tan amante estáis?
¿Por qué tanto padecer,
y por qué tanto llorar?
Aquesto Os cuesta el amar,
aquesto Os cuesta el nacer.
Esas lágrimas despojos,
30   Señor, serán de mi amor.
¡No lloréis más, mi Señor;
enjugad, mi Dios, los ojos!

xxxi

Villancico VI.—Negro

Alegres a competencia
en sus cánticos bozales,
entraron con su capilla
los Músicos de Azabache.

Estribillo

1.—Canta, Flasiquilla,
canta, canta;
toca sacanbuche.
2.—¡Vaya, vaya!

Coplas

Turu la ninglito
10   *se pone culbata,*

qui vini lan fieta
piscueso colgala.
   Esa Noche Buena,
que nace en las paja
la Siñó Manué
con su cala branca.
   Siñolo Malía
Limpio como prata,
se queda Donceya;
20   *escucha quen gracia.*
   Arre-acá la mula,
no come las paja;
¡quita las jocico,
mula chachalaca!
   La ninglito Joja,
esa buena casta
que sabe bailá
como la Matamba.
   Siño San Jusepe
30   *no habra palabra,*
pluque sa milando,
su boca cayada.
   Cayemo també;
la Niño se panta
de milal a neglo
su cara tisnala.

TERCERO NOCTURNO

xxxii

VILLANCICO VII

Estribillo

PUES UN abismo de penas
Vuestro Corazón padece
y todavía se ofrece
a sufrir del Amor fuertes cadenas;
si le parecen serenas
amorosas tempestades,

si fabrica suavidades
de su amargura crüel,
y siempre sediento está,
10 bien le podéis responder:
—¡Arded, Corazón, arded,
pues quisisteis padecer!

Coplas

Hablando a su Corazón
le dijo Dios en naciendo:
—Si del hombre estáis sintiendo
la villana condición,
pues viendo su sinrazón
Me disteis priesa a nacer,
¡arded, Corazón, arded,
20 *pues quisisteis padecer!*
   No aspire a correspondido
Vuestro amoroso desvelo;
que no se hizo el consuelo
para un afecto rendido.
Encontraréis el olvido
cuando vais a merecer.
¡Arded, Corazón, arded,
pues quisisteis padecer!
   La vida Os ha de costar
30 de los hombres la salud:
si al nacer es inquietud,
voces será al expirar.
Siempre los habéis de amar,
y ellos nunca agradecer.
¡Arded, Corazón, arded,
pues quisisteis padecer!

xxxiii

VILLANCICO VIII

POR LA espesura de un monte,
a lo espacioso del valle,

tropas de hermosas zagalas
al romper del alba salen.
   A las nuevas que les dió
un mancebo como un Ángel,
si lucero de las selvas,
bella lisonja del aire,
   corren y vuelan festivas
10 en busca de un Sol Infante,
y en pastoriles cantiñas
trataron de celebrarle:

Juguete

   —Mírenlo, mírenlo,
qué hermoso nace!
¡Tóquenle, tóquenle;
cántenle, cántenle!
   Mírenlo Niño
con ser Gigante;
háganle fiestas,
20 cántenle, cántenle.
   Mírenlo hermoso,
Flor de los Valles;
háganle amores,
cántenle, cántenle.
   Mírenlo Nieve,
que Fuego arde;
tiémplenle el llanto,
cántenle, cántenle.
   Mírenlo en pajas
30 al tierno Amante;
ríndanle afectos,
cántenle, cántenle.
   Mírenlo en brazos
de Virgen Madre;
bríndenle halagos,
cántenle, cántenle.

ASUNCIÓN, 1681

Villancicos que se cantaron en la Santa S. I. Catedral de la Puebla de los Ángeles, en honor de la Asunción gloriosa de la Reina de los Ángeles, Nuestra Señora, este año de 1681, en que se imprimieron.

PRIMERO NOCTURNO

xxxiv

VILLANCICO I

Estribillo

1.—¡AH, DEL Palacio Real
donde el Cielo se atesora:
que se levanta la Aurora
en el Sol, carro triunfal!
2.—Maravilla es celestial,
de un encarnado Jazmín,
que de un nevado carmín
púrpura real le ha vestido
en premio de haber nacido
10   de su seno virginal.
1.—¡Oh, qué tal!
Levanta ligera el vuelo,
hermosa Flor, hasta el Cielo;
mas si al aquilón enojas,
bien es que la luz descojas,
Flor que vuelas con donaire
esparciendo por el aire
las que arrojas
      2.—rojas
        3.—hojas.

Coplas

1.—Hermosa Luna creciente
20 cuya gracia nadie ignora,
y hoy, al compás de tus días,
voladoras
          2.—doras
                    3.—horas.
     1.—Tú, Belona soberana,
que a la Sierpe venenosa,
vencedora de sus silbos,
desenroscas
          2.—roscas
                    3.—hoscas.
     1.—Si pretende tu Pureza
tener vencidas las sombras,
al romper del Alba subes
30 a deshora.
          2.—Es hora,
                    3.—ahora.
     1.—Ligera Nave te entregas
al golfo de tanta Gloria,
y por mares de esplendores
tornasolas
          2.—solas.
                    3.—olas.
     1.—Para mi dicha navegas
sin peligro ni zozobras,
cuando en el mar de los Cielos
firme sondas
          2.—ondas
                    3.—hondas.
     1.—Entra, pues, a coronarte,
40 cándida Paloma hermosa;
Virgen Flor que tantas dichas,
amorosa
          2.—Rosa,
                    3.—osa.

XXXV

VILLANCICO II

Introducción

DE JOSAFAT los Pastores
tan tiernamente suspiran,
porque el Cielo les robó
su más preciosa Reliquia.
    Anegados en su llanto,
cuando lo que admiran, miran,
en amorosos incendios,
ansias del alma respiran.
    Llenan el aire de quejas
10 y el Sepulcro de caricias,
y mirando para el Cielo
así su dolor explican:

Coplas

Graciosa Paloma,
pura, blanca y limpia,
¿adónde vas, Señora?
Espera, aguarda, mira.
*Revértere, revértere,
revértere, Sole amicta!*
    Cándida Azucena,
20 al candor florida
del albor del alba,
de la luz del día:
Revértere, &.
    Nácar de una Perla
oriental y fina,
que en un mar de gloria
se congela rica:
Revértere, &.
    Soberana Aurora,
30 Estrella matutina;

Rosa misteriosa
que ámbares respira:
Revértere, &.
   Tierra virgen, donde
se sembró la Espiga
del dorado grano
y más blanca harina:
Revértere, &.
   Corónate, pues,
40   bella Peregrina,
en el regio Trono
donde Reina habitas.
Revértere, revértere,
revértere, Sole amicta!

Estribillo

¡Vuelve, vuelve, Señora,
tu hermosa vista,
y verás de tus hijos
las ansias vivas!
¡Vuelve, vuelve, Señora,
50   tu hermosa vista;
porque son de Paloma
sus claras niñas!

xxxvi

Villancico III

¿Adónde vas, Aurora,
hermosa y agraciada,
que subes del desierto
como Paloma blanca?
¡Ay, qué donaire!
¡Ay, con qué gala!
   ¿Adónde vas, Prodigio,
asunto de la Fama,
Belleza de los astros,
10   esmero de la Gracia?
¡Ay, qué hermosura!
¡Ay, qué gallarda!

¿Adónde vas, Mujer
del Sol tan adornada,
girando tantos rayos,
brillando luces tantas?
¡Ay, cómo brillan!
¡Ay, cómo abrasan!
      ¿Adónde vas, Señora,
20   que Reina soberana
las luces te coronan
si Estrellas avasallas?
¡Ay, con qué brío!
¡Ay, con qué gracia!
      ¿Adónde vas, Belleza,
Admiración sagrada,
que a voces: *¿Quién es Ésta?*
la Gloria toda canta?

Estribillo

Ésta es María,
30   que se levanta
como el Aurora,
mas, ¡ay! como el Alba.
Venga la Hermosura,
la Bella vaya,
como la Luna
graciosa y blanca,
mas, ¡ay!, como el Sol.
¡Vuele, suba y vaya!

SEGUNDO NOCTURNO

xxxvii

VILLANCICO IV

Coplas

A LA Asunción de su Reina,
majestuosamente ufanas,

las Flores y los Planetas
hacen fiestas, juegan cañas.
   En la campaña del aire
formaron lucida plaza,
donde de cristal las nubes
fingen balcones de plata
   A cuadrillas los Luceros
10   de oro sacaron la gala,
cuando las Flores salieron
hermosa pompa de grana.
   Salió galán en su carro
ese de brillos Monarca,
y más hermosa que nunca
la Luna, a partir la plaza.

Estribillo

1.—¡Afuera, afuera, afuera,
aparta, aparta, aparta,
que trinan los clarines,
20   que suenan las dulzainas!
2.—Estrellas se despeñan,
Auroras se levantan.
1.—Bajen las luces,
suban fragancias,
cuadrillas de jazmines,
claveles y retamas,
2.—que corren,
            3.—que vuelan,
1.—que tiran,
            2.—que alcanzan,
   1.—con flores,
            2.—con brillos,
30   *3.*—con rosas,
            1.—con llamas.
Todos.—¡Afuera, afuera, afuera;
aparta, aparta, aparta!
2.—¡Vuelen, corran y tiren
de Luces lanzas!
3.—¡Tiren, corran y vuelen
de Flores cañas!

    2.—¡Víctor, víctor la Esfera
lucida y clara!
    2.—¡Víctor, víctor las Flores
40   hermosas, varias!
    Todos.—¡Qué a su Reina celebran, en gloria tanta,
las Estrellas, las Flores, el Sol y el Alba!

xxxviii

VILLANCICO V

    1.—*Quae est Ista, quasi Aurora?*
¡Miren, miren qué gracia!
Es la Aurora María
que se levanta
cual varilla de humo
con mil fragancias.
    Todos.—¡Suba, suba la Reina;
venga la Amada,
que la risa del día
10   le toca al Alba!
       1.—*Quae est Ista, pulchra ut Luna?*
    2.—¡Miren, miren qué gracia!
A sus plantas la lleva
hermosa y blanca,
que le viene a sus pies
como de plata.
    Todos.—¡Suba, suba la Reina;
venga la Amada,
que a la Luna nos deja
20   cuando se aparta!
       1.—*Quae est Ista, electa ut Sol?*
    2.—¡Miren, miren qué gracia!
Si es brocado de luces
que la engalana
y en bordados de brillos
gira su gala.
    Todos.—¡Suba, suba la Reina;
venga la Amada,
con los rayos del Sol
30   toda cercada!

1.—Quae est ista, terribilis?
¡Miren, miren qué gracia!
La valiente Belona,
de Dios armada,
que al Infierno y sus huestes
vence y espanta.
Todos.—¡Suba, suba la Reina;
venga la Amada,
a gozar de la Gloria
40   corona y palma!

xxxix

VILLANCICO VI

Coplas

UN RÍO inmenso de glorias
en su Asunción fué María,
que alegró de aquel Empíreo
las distancias infinitas.
  Dos brazos de Mar entraron
en sus corrientes divinas,
en dos Vidas que hoy celebran
su remontada crecida.
  Eligió la mejor parte
10   la Reina contemplativa,
y de mar a mar corrieron
activas sus aguas limpias.
  Sus glorias accidentales
hoy los Ángeles admiran,
y anegados en sus aguas
todos preguntan: *Quae est Ista?*

Estribillo

¡Corra el Río sagrado,
suba con pompa:
sutil, ágil y puro,
20   por los Cielos rompa;

y hasta que con el alto Inmóvil frise,
Luces pase, Astros deje, Signos pise!

TERCERO NOCTURNO

xl

Villancico VII

Estribillo

¡Suba, suba María en hora buena;
suba, suba a la Gloria que la espera!
¡Suba al trono de luces, que la aguarda
toda la Trinidad para aclamarla,
a voces de Querubes halagüeñas,
Princesa de los Cielos y la Tierra!

Coplas

En hombros de Querubines
que hacen trono a su grandeza,
sube al trono de zafiros
10   a coronarse en su Esfera.
El Padre aguarda a María
con la celestial diadema,
que por Hija la corona
hoy su poderosa diestra.
El Hijo, en trono de luces
y de majestad inmensa,
como a Princesa la ensalza
y como a Madre la espera.
El Espíritu divino
20   el Tálamo le adereza,
que la mira como Esposa
y como a tal la celebra.

xli

Villancico VIII.—Ensaladilla

1.—Fuéronse, amigos, por alto
estos Maitines primeros,
pues de los Negros las coplas
se han quedado en el tintero.
2.—Es la fiesta de Gloria,
y el ornamento
ha de ser todo blanco
y nada negro.
    1.—Los Mestizos se retiren
10 con sus cuatros en el cuerpo,
que son músicos de tierra
y están de solfa los Cielos.
2.—Los Mestizos no entienden
tanto Misterio,
ni levantan sus plumas
tan alto el vuelo.
    1.—Quisieron los Galleguiños
meterse con su gaitero,
y en fiestas de cortesanos
20 no suenan bien los panderos.
2.—*Os Galegos no güelen*
flores de oseo,
que non teñe Galicia
sino romeros.
    1.—Con sus pies entró un Poeta
desangrándose de versos,
que le ha picado en la vena
un esdrújulo barbero.
2.—Ándense, pues, a pie
30 ya los Poetas,
porque los entendidos
no anden con bestias.
    1.—Con su tocotín los Indios
hasta la plaza vinieron,
y al són de su tocotín
todos quedaron en cueros.

2.—Son flecheros los Indios;
y tan cursados,
que las flechas que tiran
40   dan en el blanco.
        1.—Las Mulatas se venían
a hacer su papel de estraza,
y de miedo del perrero
se les malogró la danza.
2.—Del color de la pasa
·traen el tocado,
con el rostro alazán
algo tostado.
        1.—Todos llenos de placer
50   en ayunas se quedaron,
por ser única Vigilia
la de Misterio tan alto.
2.—Para hacer colación
vaya este plato,
que es de la Ensaladilla
lindo regalo.

Estribillo

        1.—¡Vayan, vayan afuera;
las tropas paren,
porque están los Maitines
60   ya para Laudes!
2.—¡Vengan, vengan temprano
danzas y bailes,
que lo que es este año
llegaron tarde!

SAN PEDRO APÓSTOL, 1684

Villancicos que se cantaron en la S. I. Catedral de la Pue-
bla de los Ángeles, en los Maitines del Gloriosísimo Príncipe
de la Iglesia, el Señor San Pedro, el año de 1684,
en que se imprimieron.

PRIMERO NOCTURNO

xlii

VILLANCICO I

Estribillo

1.—Juró Pedro que a Cristo no conoce,
y una vez, dos y tres, ratificóse.
2.—¡Ay, qué dolor. qué pena, qué tormento!
1.—¡A fe, que ha de llorarlo más de ciento!
2.—Yo lo sé, yo lo sé,
que ya en sus ojos se ve.
Todos.—Que Pedro sabe llorar,
eso no puede negar.
1.—Porque yo se lo diré.
10   Yo lo sé, yo lo sé.

Liras

En noche tenebrosa,
al sobresalto de un temor villano,
con pecho poco humano,
con palabra más dura que amorosa,
Pedro, el que más finezas prometía,
entre sombras negó la Luz del día.
    Aquella noble Estrella
a más de Signos doce señalada,
si con la negra huella
20   del borrón de la culpa fué eclipsada,

extinguida su luz resplandeciente,
en el Ocaso se ocultó el Oriente.
    Por escapar la vida,
precipitado se entregó a la muerte:
con alma arrepentida,
Pedro tan infelice llore suerte,
pues huye de la Vida, y vida quiere,
y apetece la muerte de que muere.
    Divino Sol, mirarle

30   procura con afecto muy piadoso,
y el Ave recordarle
del caso el vaticinio prodigioso:
celestes luces; triste, amargo canto
que soltó las corrientes de su llanto.
    En lágrimas deshecho,
el corazón le liquidó la pena;
no cabe ya en su pecho,
y a salir por los ojos se condena:
porque era la ocasión de sus enojos

40   para llorarla siempre con dos ojos.
    El vivo sentimiento
labró con tal primor aquesta Piedra,
que más merecimiento
(llorando Pedro su delito) medra,
quedando más triunfante, firme y santo
que antes que en él cupiese yerro tanto.

xliii

VILLANCICO II

Estribillo

1.—SER AMANTE y valiente
no puede excusarse.
2.—Porque es mengua de amor el ser cobarde.
1.—¿Y si Pedro se rinde,
valiente y amante?
2.—Ojo fué de su amor: mal le hizo un Áspid.
Todos.—¡Pero no, que otros Ojos han de mirarle,
cuando Cristo, con ellos, le mire y hable!

Coplas

Su buena suerte alabarla
10 puede Pedro, pues es visto
que él no pudo negociarla,
si se halló a vista de Cristo
la ventura sin buscarla.

La fineza pagará
en el Huerto, y sin recatos
morir por Cristo osará;
pero en casa de Pilatos
no sé, mas *ello dirá.*

Por ahora, airoso queda
20 el buen Viejo; que alentado,
de la una oreja le veda
a un judigüelo, y lo obrado
bueno va, si no se enreda.

Echóse todo a perder
por llegarle a preguntar
una mujer; pudo ser
porque él no quiso fiar
el secreto en la mujer.

Sus valientes pareceres
30 y su gallarda osadía
rindió a tan flacos poderes:
en su desgracia vería
Pedro, *lo que son mujeres.*

De mortal congoja lleno
(si fué de alientos un mar),
sintió en el pecho el veneno;
miróle, para sanar,
el Divino Nazareno.

Copioso llanto previno,
40 tierna tórtola gimió;
y de la gracia en camino,
al punto le amaneció
la Aurora del Sol divino.

Verdadero Penitente,
ejemplo fué de constancia
con fe viva y celo ardiente,

siendo en crecida ganancia
el Mártir por lo valiente.

xliv

VILLANCICO III

Estribillo

1.—¡AY, QUÉ tierno suspirar!
        Todos: —¡Ay, ay!
2.—¡Ay qué llorar tan tierno!
        Todos: —¡Ay, ay!
3.—Dejen a Pedro llorar,
que la vida en ello le va.
Todos.—¡Ay, déjenlo llorar! ¡Ay, ay!

Coplas

1.—Aumenten mis lamentos
de esa región lo adusto
y pueblen mis suspiros
la dilatada monarquía de Juno.
10 *Todos.*—¡Ay, ay, qué tierno suspirar!
        1.—Desátense los ojos
en crecidos reflujos,
porque abismos de llanto
tamaño error inunden a diluvios.
Todos.—¡Ay, qué llorar tan tierno! ¡Ay, ay!
El corazón deshecho
en sus cristales puros,
con lágrimas exprese
lo que con voces explicar no pudo.
20 *Todos.*—¡Ay, ay, déjenlo llorar!
        1.—Amargamente llore
de mi culpa lo sumo,
y en parte satisfaga
de mi dolor el sentimiento mucho.
Todos.—¡Ay, ay, déjenlo llorar,
que la vida en ello le va!

SEGUNDO NOCTURNO

xlv

VILLANCICO IV

Estribillo

1.—A LA muerte hace cara Pedro fuerte.
2.—Si a la muerte hace cara, poco teme.
3.—Debe a Cristo la vida;
pagársela quiere.
4.—Si a la muerte se entrega,
ni teme ni debe.
Todos.—Aquéste sí es valor, amor es éste:
¡pues tal fineza, en Pedro se celebre!

Coplas

Amante Cristo de Pedro,
10   y Pedro de Cristo amante,
subió amor correspondido
al mayor de sus quilates.
    Por amar padece Pedro
tiranas severidades;
penas que fueron de amor,
nunca pudieron ser males.
    Aun vive más su fineza
a más fatigas mortales:
Fénix en el padecer,
20   que cuando muere, renace.
    ¡Qué poco siente rigores
de un verdugo y una cárcel!
Mas si es piedra Pedro, ¿cómo
ha de sentir un Diamante?
    No lo acobardan tormentos,
que es de tan alto linaje
su amor, que le pudo hacer
de Cristo una viva imagen.
    Del patíbulo a la Gloria
30   le dió con sus pies alcance:

corriendo sube al martirio
para que su fe no baje.
De Cristo y Pedro finezas
se extremaron tan iguales,
que hasta en la muerte, a los Dos
hizo el amor semejantes.
Tierno Cisne, solicita
en los últimos discantes
la dulzura de una muerte
40   que sólo quien ama sabe.

xlvi

VILLANCICO V

Estribillo

1.—¡No HA de entrar!
    2.—¡Sí ha de entrar!
        3.—¿Qué ruido es ése?
4.—¿Qué, duerme el celador?
    Todos.—Duerme, sí, duerme.
    1.—¿Pues voces en el Coro,
quién tal consiente?
2.—¿Quién es? ¿Qué quiere?
3.—Un valiente letrado
que en el Coro se mete.
4.—Pues, amigos, amigos,
¡que luego lo echen!
10 *Todos.*—¡Por aquí, por allí, quiten, que viene!
    1.—¡No, que quiere cantar!
2.—¡Cante, si a eso viene!
3.—¡Entre, y no sea letrado!
4.—¡Cante, y abrevie!

Coplas

Quiero de vuestra victoria
cantar, Pedro, la eficacia,
por ser tan grande, ¡qué gracia!;
por soberana, ¡qué gloria!

   Vengo, pues, a festejaros,
20 por más que el tiempo se atreva;
   pues aunque a cántaros llueva,
   quise venir a cantaros.
    Nada, Padre, la acobarda
   a mi voluntad y amor.
   Toquen, pues, un *cardador,*
   que también soy de la carda.

CARDADOR

   Aunque gracias de Pedro
   quiera cantar,
   ni sé cómo son
30 ni cómo serán.
   Tararirá, &.
    Tiene Pedro de gracias
   tanto millar,
   que por cuento de cuentos
   es nunca acabar.
    Fué, por cierto contraste,
   hombre a la mar,
   mas pescáronle el cuerpo
   yendo a pescar.
40 A par del Maestro,
   sentóse a cenar,
   echando bravatas
   que no tienen par.
    Un chirlo de Pedro
   ¿quién lo aguardará?
   Quitar sabe orejas,
   ni menos ni más.
    Linda gracia es ésa,
   mas no se reirá:
50 Gallo hubo que pudo
   hacerlo llorar.
    Mejor gracia es ésta,
   pues pudo alcanzar
   las Llaves del Cielo,
   la Silla Papal.

La Bula de Pedro
sus gracias dirá;
a Roma por todo,
quien quisiere más.

xlvii

VILLANCICO VI

1.—A AQUEL Mago codicioso,
que quiso con su dinero
comprar dones celestiales,
como si se venda el Cielo,
Todos.—¡allá se lo dirá con gracia Pedro!
    1.—A aquel hipócrita osado,
que a la verdad contrapuesto,
se preció de mercader
de lo que no tiene precio,
10 *Todos.*—¡allá se lo dirá con gracia Pedro!
    1.—Simón, digo, cuyo nombre
lo dió sólo a un sacrilegio;
si a él lo diere yo a los Diablos,
no se llevarán lo ajeno.
Todos.—¡Allá se lo dirá con gracia Pedro!
    1.—Excomulgado maldito,
¿dónde va tu pensamiento?
O tú estás endemoniado
o eres loco a todo resto.
20 *Todos.*—¡Allá se lo dirá con gracia Pedro!
    1.—Feria quiso de la Gracia;
¡miren qué gracioso cuento!
Como quien no quiere nada,
se compró todo un Infierno.
Todos.—¡Allá se lo dirá con gracia Pedro!
    1.—Tus enredos e invenciones
no te valdrán, embustero;
que aunque más milagros hagas,
es todo cosa de viento.
30 *Todos.*—¡Allá se lo dirá con gracia Pedro!

1.—A otro Simón pagarás
tu grosero atrevimiento,
que le ayunan las vigilias
los más bríosos al Viejo.
Todos.—¡Allá se lo dirá con gracia Pedro!
    1.—A fe que presto lo vió:
volar quiso el hechicero;
y sin decir "Dios me valga",
estrellóse como un huevo.
40   *Todos*.—¡Allá se lo dirá con gracia Pedro!

TERCERO NOCTURNO

xlviii

VILLANCICO VII.—JÁCARA

    1.—BRAVATOS, los de la hampa,
que siempre habláis con silbos,
escuchad de un Bravo hazañas,
los milagros, los prodigios.
    Éste sí es Bravo de fama,
que calla callando, hizo
que le ayunen las vigilias
más de cuatro que no digo.
    Todos.—¡Vaya de bravatas, vaya,
10   que ya oímos, que ya oímos!

Coplas

    1.—Del Zodíaco de Pedro,
escuchad los asterismos,
que Éste de los doce Pares
tuvo también doce Signos.
    El *Aries*, cuando llamado
del Buen Pastor en el silbo,
ya de su rebaño Oveja
fué de un Verano principio.
    El fuerte *Tauro*, sujeto
20   y al suave yugo rendido,

que alzó cabeza pisando
al demonio el cerviguillo.
El *Géminis* cariñoso,
que abrazándose con Cristo,
al olmo enlazada hiedra,
gozó de amor lo florido.
El *Cancro*, donde las luces
declaran del Sol divino
aquel día que es eterno
30   por los siglos de los siglos.
El bravo *León* fogoso,
que en cierto prado, un estío,
un rayo esgrimió su brazo,
su cólera un basilisco.
Signo de *Virgen* fecundo,
por quien sazonado el trigo,
si da un Pan de bendición,
un Vino nos da bendito.
La *Libra*, tan bien librada
40   que, en la estatera del mismo
Cristo, pesó más su fe
que aun el peso del martirio.
El *Escorpión*, un asombro
de vida austera, pues quiso
ser antídoto al veneno
que le picó en lo más vivo.
El armado *Sagitario*,
con la cruz y el exorcismo;
que al amago de sus flechas
50   no le paran enemigos.
Capricornio, en quien la noche
padeció del Gentilismo
menguante, y abriendo Cielo,
se anduvo de risco en risco.
El *Acuario*, cuyos ojos,
en dos diluvios crecidos,
mares de lágrimas fueron
por la voz de un cocodrilo.
El signo, en fin, de los *Peces*,
60   por los que, en su red cautivos,

son dichosos prisioneros
de este Pescador divino.

Villancico VIII

xlix

Estribillo

1.—¡Atención a un gracioso coloquio
entre un Crítico y un Seis del Coro!
Todos.—¡Atención, atención al coloquio!
    Crítico.—¿Por qué el día de las glorias
se han de repetir las penas,
siempre haciendo a voces llenas
las de Pedro tan notorias?
    Hacer mención del pesar,
del gozo en la posesión,
parece que la aflicción
no se acabó de llorar.
    Seis.—Del llanto, que ha sido espanto,
suene la tierna armonía:
que son trinos de alegría
contrapuntos de ese llanto.
    No se olviden las memorias
de tan felice dolor,
pues memorias del Amor
añaden glorias a glorias.
    1.—Y pues tiene la duda solución,
¡cese, cese, pues, la cuestión!
    2.—¡Cese, cese en buena hora,
que el gozo se mejora,
siendo penas de Pedro tan crecidas,
glorias accidentales repetidas!

Coplas

El rigor de un sentimiento
a Pedro tanto lastima,
que le está matando a penas
por dejarle apenas vida.

Entre mortales congojas
30   sus alivios solicita,
cuando sus dolores crecen,
cuando crecen sus fatigas.
　　Penosa y triste batalla
prueba bien su valentía,
animado de los golpes,
viviendo de las heridas.
　　Amargamente padece,
y es la desgracia su dicha:
ternezas de un pecho amante
40   muchas glorias pronostican.
　　Llorando, sus males siente,
siendo esas lágrimas mismas
el mar de sus esperanzas,
el golfo de su alegría.

ASUNCIÓN, 1686

Villancicos que se cantaron en la S. I. Metropolitana de Méjico, en honor de María Sma., Madre de Dios, en su Asunción triunfante, año de 1686, en que se imprimieron.

PRIMERO NOCTURNO

l

VILLANCICO I

Estribillo

¡Toquen, toquen a fuego,
que el Cielo todo en llamas encendido
(toquen, pues, luego luego)
de improviso a la tierra se ha venido,
y es tan crespo el volumen de centellas,
que son rasgos el Sol, Luna y Estrellas!

Letra

Sube al Cielo, gloriosa
en el Solio de luces argentado,
la Virgen más graciosa
10   que absorto mira el escuadrón alado,
pues el blando Favonio con que vuela
mide ligero cuanto Apolo anhela.

    El Carro es luminoso
de la gloria de Dios: pues es María
el cúmulo glorioso
en que al alto Ternario hoy a porfía
su gloria toda liberal endona
cuando ciñe a sus sienes Real Corona.

    Es un Etna encendido
20   el Solio todo, cuyo ardor luciente
en lenguas despedido
canta a María glorias reverente,
pues goza en lo alto, por mejor blancura,
del nevado candor de su Hermosura.

    Ya de luces destellos
hermosos vibra la encumbrada Esfera,
publicando con ellos
el vivífico ardor que reverbera
en su máquina toda, a Quién le debe
30   la ardiente luz que de sus rayos bebe.

    Ya del Carro brillante
deshecha en ojos una y otra rueda,
de hito en hito constante
mira al rostro de la que mejor Leda
el pecho roba al Jove más Sagrado,
que en Ella su poder tanto ha mostrado.

    Ya caminan ligeras
las cuatro Pías, que en ardiente anhelo
talando las Esferas,
40   felices suben al dorado Cielo,
pues subiendo María, el mundo ufano
al Cielo escala con su propia mano.

    Ya el Espíritu activo
el Carro mueve con presteza tanta,

que aquel incendio vivo
que del Cielo a la tierra se trasplanta,
tan veloz, tan ligero otra vez sube,
que hace cristal la que le estorba nube.

    Ya rompe la eminencia
50   de los Orbes celestes, ya encumbrada
obtiene su excelencia
del alto Empíreo superior morada,
donde Angélicos coros, cara a cara,
su perfección aplauden rara, rara.

    Y con dulce armonía,
en suave voz, en métricos concentos,
por su Reina a María
con sonoros la aclaman instrumentos,
sin cesar armonioso el plectro de oro
60   que sus glorias repite coro a coro.

li

VILLANCICO II

Estribillo

Caelestis Auriga,
quo vehis celer Academiae Vitam?
Convolate, Doctores,
nam Caelicolae arripiunt vestrum Honorem,
atque Minervae plaustrum
vobis abstulit Laurum!
Alliciat, ergo, Academia
Aurigam voce, planctu Minervam!

Quintillas

    Hodie, Virgo peregrina,
10   *dum astra petis, ploramus;*
nam cum absit Ars divina
a qua Verbum *discebamus,*
Lingua obmutescet Latina.
    Orator iam Eloquentiam
non apparet unde sciat,

tuam requirens eminentiam,
quippe quae una voce Fiat
Dei humanasti potentiam.
   Suum Camenae sacrum munus
20 *existimantes ineptum,*
Poeseos deplorabunt funus,
quia tu largiris Conceptum
qui Apollo Castaliae est Unus.
   Nec Philosophia Platonem
adibit; qui etsi profusis
verbis det explicationem,
clarius tu divinae Lucis
aperiebas intentionem.
   Astronomi, nisi errantes,
30 *Stellas iam non lustrabunt,*
caelesti Spherae vacantes,
nam tua lumina negabunt
radios suos coruscantes.
   Per te ad vitam revocati
sumus, quae consuluisti
Pia nostrae sanitati,
e Superisque attulisti
Galenum infirmitati.
   I memor nostri, Regina,
40 *in Caelo imbuta Theosophia;*
Stella eris Matutina,
Lingua, Poesis, Philosophia,
Eloquentia ac Medicina!

lii

VILLANCICO III

1.—YA QUE descanso al estudio
nos da la Solemnidad,
y ya que medio dormido
mi condiscípulo está,
   he de cantar esta noche
hasta que no pueda más,
que, en noches de asueto, tengo
mi devoción en cantar.

Va en nombre de la que al Sol
10 sube hoy, Águila caudal,
a beber la que en Tres rayos
Una misma Luz se da.
Tres veces entró ingeniosa,
queriéndose hoy renovar,
del Espíritu divino
al vivífico Jordán.
2.—Duerma y no cante, pues juzgo
que le estará menos mal,
porque en pago de ese canto
20 la pena le he de llevar.
1.—Si quiere llevarme pena,
nada me podrá quitar;
porque triunfante María,
no hay pena, gloria sí hay:
y esta gloria he menester
para un Manto delicado.
2.—¡No puede ser, Sr. Licenciado!
1.—¡Sí puede ser, Sr. Bachiller!
2.—¿Quién usa manto de gloria?
30 1.—La que en el Cielo Reina se corona.
¿Qué más gloria, que beber
rayos del Sol Increado?
2.—¡No puede ser, Sr. Licenciado!
1.—¡Sí puede ser, Sr. Bachiller!
2.—Ya que con tal manto aliña
a aquesa aplaudida Niña,
¿quién usará de humo manto?
1.—La que de humo Varita se ha encumbrado,
y a todos tras de su olor
40 más felizmente los lleva
que al mísero, en quien se ceba,
de la Pantera el rigor.
El Cielo, al llegar a oler
tal Vara, la ha codiciado.
2.—¡No puede ser, Sr. Licenciado!
1.—¡Sí puede ser, Sr. Bachiller!
¿Qué me puede responder,
si Morfeo lo ha embargado?

2.—¡No puede ser, Sr. Licenciado!
50   *1.*—¡Sí puede ser, Sr. Bachiller!
      Ya, pues, que vuestros reflejos
me han llegado a despertar,
preciosa del Sol Venera
que hoy por Reina os coronáis,
     vednos, aunque os ausentéis,
pues sois Águila Real,
y ésta mira de muy lejos
los Peces del ancho mar.
     ¡Ni porque os vais, se ha de ver
60   de Vos el mundo olvidado!
     ¿No es esto así, Sr. Licenciado?
     2.—¡Sí, así lo juzgo, Sr. Bachiller!

SEGUNDO NOCTURNO

liii

VILLANCICO IV

Estribillo

¡CUIDADO, Marineros,
porque a las aguas sopla el Norte recio,
que se acredita amante
con ellas, pues constante
no descansa su anhelo
hasta poner el Mar en ese Cielo!

Letra

     La Nave Santa María,
en quien mi esperanza fundo,
es por alto mar guïada
10   del más cierto Palinuro;
y el desconsuelo deja,
que la riqueza al mundo se le aleja.
     Todo el erario de Ofir,
que más noble, por más rubio,
de la oculta Dánae ser
lluvia robadora pudo,

es un pelo todo esto,
porque puede envidar tres más el resto.
   Dos Zafiros van, que tienen
20   con primoroso dibujo
dos niñas a que Cupido
diera reverente culto,
y aun diera sus despojos
por tenerlas por niñas de sus ojos.
   Va de olor tanta abundancia,
que dos ventanas le puso
su Autor, por donde el cercano
Mayo diese su tributo;
por la Arabia lo siento,
30   que había de respirar con tal aliento.
   Coral y Aljófar unidos
en un lado y otro cupo,
siendo ésta la vez primera
en que lució lo confuso;
y el Cristal primoroso
para dar Pecho al Rey más Poderoso.
   Todo el Indiano tesoro
a manos llenas le supo
entrar su Dueño, que en telas
40   se ha acreditado Vertumno;
y es de Marfil bruñido
el Cuerpo de la Nave que ha surgido.
   Y aunque libre de Piratas
siguió su acertado rumbo,
se lleva el Cielo su empleo,
mísero dejando al mundo:
pero ¿a dónde ir podías,
Nao Sagrada, con tales mercancías?

liv

VILLANCICO V

Regina Superum
Caelestes angulos

ascendit nitida
amictu candido.
 Corona Caelitum,
divino calamo,
Dominam praedicant
Caelorum ambitus.
 Arguta resonat
10 *pulsata barbytos,*
et blanda cithara
sonoro cantico.
 Ascensum Virginis
murmure placido
decantant dulciter
festivo gaudio.
 Sic ergo celeres
clamore valido
encomia celebrant
20 *aurato classico.*
 Exultet inclita
throno Seraphico
electa Genitrix
Potenti Parvulo.
 Ornetur fulgida
nitore maximo,
ut regat Superos
Domina famulos.
 Diadema rutilum
30 *ex Solis radio*
tribuat Deiparae
Sacrum Ternarium.
 Aeternum imperet
solio chrystallino,
et Dei assideat
augusto thalamo.

Estribillo

Gaudeat Terra iucunda, ingemat Barathrum:
¡ascendes aethera, Caeli Miraculum!

lv

VILLANCICO VI

Estribillo

¡SUENEN, suenen clarines, pues que triunfando
sube del suelo el Alba del Sol humano!
¿Cómo qué? ¡Suenen, digo, antes que airado
vengue el Cielo la injuria de su Retrato!

Jácara

Aquella Mujer a quien
las tres Gracias adornaron,
porque su garbo no pudo
ser menos que de un Ternario;
    la Flora hermosa que tiene
10   la primavera en sus manos,
pues de la Parca Diciembres
sabe convertir en Mayos;
    la Fénix rara, que puesta
del Sol divino a los rayos,
renace en cuna de olores,
faltando sólo el del barro;
    la que, con ser tan Mujer,
se dice que hoy no ha mostrado
ser mujer de lodo y polvo
20   pues del Cielo es un retrato:
    esta, digo, Aurora bella,
ya que la noche ha pasado
en que durmió un breve sueño,
medio para su descanso,
    para verse con el Sol
camina a muy largos pasos
con las alas del Dios Nuncio
que ya se las ha calzado.
    Las flores salen a verla,
30   y están, como han madrugado,
desabrochadas las rosas
y ámbar bostezando el campo.

Las fuentes, ¡ay qué festivas!,
el agua le están bailando,
y por mostrar su alegría
se caen de risa en el prado.

Sube a la Etérea región,
donde las del coro alado
al punto que la divisan,
40   *¡No, sino el Alba!*, cantaron

Por su Reina la conoce
el Solecito enrizado,
y ofrece para el trïunfo
con rendimiento su carro.

¡Gentil aliño, por cierto,
cuando en carro mejorado
velozmente la sublima
el Sol que no tiene Ocaso!

Que Atlante de tanto Cielo
50   coge sus glorias a cargo:
tal es de esta Reina el peso,
que sólo un Dios puede alzarlo,

en quien hoy de la Piedad
se ve el trasunto más raro,
sustentando con sus hombros
a La que lo ha sustentado.

Favor poderoso tiene:
porque si por Ella ha dado
en poner un Dios el hombro,
60   ¡miren si tiene buen brazo!

Así Soberana sube
con aliento tan bizarro,
que desprecia cuanto pisa,
hollando el Cielo estrellado.

Ni es mucho tímidos huyan
aun los más erguidos Astros,
pues lleva de sus reflejos
un escuadrón bien formado.

Pero ya rompe el Empíreo,
70   ya no hay vista para tanto;
no la alcanzan ya mis ojos:
fuése mi asunto por alto.

TERCERO NOCTURNO

lvi

Villancico VII

Estribillo

¡Escuchad los suspiros,
escuchad, Virgen bella,
los sollozos más dulces
entre lágrimas tiernas,
con que, al partiros, el Orbe se lamenta!

Endechas

De los mares los Peces
sumergidos, se quejan
de que el Mar caudaloso
de vuestra gracia inmensa
10 hasta el Empíreo se sube y los desecha.
Y las aves llorosas,
por el aire ligeras,
en míseros gemidos,
en muy tristes endechas,
la partida lloran de su hermosa Reina.
Las Flores se marchitan,
pues el Huerto se ausenta;
pues la Flora divina
sin verdores las deja,
20 cuando al Cielo toda la hermosura lleva.
Los Árboles erguidos
ya sin hojas se ostentan,
pues el Árbol de Vida
tanto, tanto se aleja,
que de sentimiento yertos troncos quedan.
Afligidos los Hombres,
sin voces su tristeza,
con lágrimas sus ojos,
el sentimiento muestran,
30 pues no les permite hablar tan grave pena.

Y así, de mis clamores
cesen ya las endechas,
pues mejor silencioso
el corazón dijera
lo que articular no puede ya la lengua.

lvii

Villancico VIII

Estribillo

¡Porteros Celestïales,
abrid del Empíreo augusto
las puertas, pues ya María
[ocupándolo por suyo]
viene a tomar posesión
de lo que en derecho obtuvo!

Romance

La Beldad más peregrina
que el mundo todo admiró,
a las Celestes moradas
10   ligera se parte hoy.
    Suba triunfante al Empíreo,
digna sólo habitación
de la que el Padre *ab aeterno*
su Escogida apellidó.
    Suba la que a sus entrañas
a todo un Dios arrastró,
sublimándose a Divina
cuando tanto humana a Dios.
    Suba la que del Espíritu
20   tanto roba la afición,
que una y otra vez por Ella
hasta el suelo descendió.
    Suba la que tan Divina,
de gracias llena, nació,
que mostró no ser de lodo
su primera formación.

Suba la que, siendo Madre,
tan Pura se conservó,
que fué su Maternidad
30   de su Pureza el candor.
Suba la que Reina adoran,
por impulso superior,
las Angélicas escuadras
con porfiada emulación.
Suba, pues; y del Empíreo,
El que Reina la crió,
Corona ciña a su sienes
de aquilatado esplendor.

lviii

Villancico IX

Introducción

Con sonajas en los pies
dos Patanes han entrado,
de la Provincia que dió
antonomasia de Payos;
   y así, con solemne pompa,
sin estribillo entonaron,
porque hasta ahora sus pies
de estribillos no han gustado:

Coplas

1.—Dios te bendiga, ¡qué linda
10 hoy a ver a Dios te vas!
Cierto que me has parecido
lámina de Mechoacán.
2.—Como la palma subís,
cual plátano os encumbráis,
y aun corriendo los de Uruapa
nunca os podrán alcanzar.
1.—Si se atiende a mi razón,
verán que no dije mal:
pues sólo siendo de pluma
20 tanto pudiera volar.
2.—Os prometo, que corréis
con tanta velocidad,

como en mi lugar la cierva
que va la fuente a buscar.

Prosigue la Introducción

En esto entraron dos Negras
que dicen las despertaron
de los Payos las sonajas,
no el rumor del campanario.
Los Azabaches con alma
30   su cántico comenzaron,
y novedad fué en Maitines
ver las Tinieblas cantando:

NEGRO.—Estribillo

1.—¡Ha, ha, ha,
buenu va!
¡Cambulé,
gulungué,
he, he, he!
2.—¡Nu va buenu!
1.—Buenu va,
e si no, la Siñola peldonalá!

Coplas

40   *1.—Flacica, turu la Negla*
hoy de guto bailalá,
polque una Nenglita beya
e Cielo va gobelná.
Ha, ha, ha, &.
2.—Ay, Siñola, lible Negla
que estrela pisandi está,
dáme una de la que pisa,
pue que a mí me sevilá!
Ha, ha, ha, &.
1.—Di la luzu qui displesia
tu pie, la unu dalá,
polo que sin Ti quedamus
e continua eculilá.
Ha, ha, ha, &.

2.—*E me enviálá la aleglía,*
pue que mucho tendlá ayá,
pala que con ese ayula
ganemu su libeltá.
Ha, ha, ha, &.

SAN PEDRO APÓSTOL, 1690

Villancicos que se cantaron en la S. I. Catedral de la Pue-
bla de los Ángeles, en los Maitines del gloriosísimo Príncipe
de la Iglesia, el Señor San Pedro, este año de 1690,
en que se imprimieron.

PRIMERO NOCTURNO

lix

VILLANCICO I

Estribillo

—¡CIUDADANOS ilustres de Roma,
venid, llegad, corred,
atended, mirad, aplaudid
la gloria, la empresa, la victoria, el triunfo
de más noble Pompeyo,
de César más Augusto
de los que en las historias
inútil fantasía son del mundo!
    —¡Al Monte! —¡Al Capitolio!
10 -¡A la Arena! -¡Al Teatro! -¡Al Circo! -¡Al Foro!,
donde la tierra a Pedro
entrega la Corona
que hasta el Cielo dilata
el Imperio de Roma!
    —¡Al Monte, al Capitolio, al Circo, al Foro,
al Teatro más feliz,
venid, corred, llegad! ¡Venid, venid, venid!

Romance

En la Cabeza del Orbe,
cuando muere Pedro, reina,
20 fijando la suya donde
será perpetua Cabeza.
    Al suelo la frente abate,
para que de esta manera,
de aquella violada Corte
se santifique la tierra.
    Sus propios sentidos quiere
que fuertes cimientos sean,
adonde descanse el peso
de la militante Iglesia.
30 Fábrica será inmortal,
pues desde luego se empeña
el mismo que la consagra
en ser su primera Piedra.
    También la humildad de Pedro
sabe, porque es muy discreta,
que aun en las afrentas mismas
hay más y menos afrentas;
    y muriendo en Cruz su Dios,
y él en otra, es reverencia
40 —cuando no puede excusarla—
que sepa Pedro volverla.
    Con eso, en el Vaticano
y el Calvario hay diferencia:
en un Dios, que al hombre baja,
y en un hombre, que a Dios vuela.
    Reformar la Monarquía
de Rómulo, Pedro intenta:
un homicidio la funda,
y un martirio la renueva;
50 que como la tiranía
de las vidas se alimenta,
no se restaura sin sangre
lo que se usurpó con ella.
    La púrpura de Nerón
desde el regio solio tiembla,

mirando a Pedro ilustrado
del múrice de sus venas.
De los Clavos, que la rompen,
teme que colgar se vean
60   para las extrañas sienes
las más gloriosas diademas.
Teme bien: porque ya Pedro
en la triunfante palestra
tantas coronas consigue
cuantos imperios desprecia.
Ya la Silla Pontificia
coloca en tan alta esfera,
que pudiera otra piadosa
maternidad pretenderla.
70   Ya en Trono triunfante sube
a la clara cumbre excelsa
del Olimpo, en cuya falda
son tapete las Estrellas.
Ya de aquellas Doce Sillas
llega a ocupar la primera,
en que a los Tribus guardada
está la Justicia eterna.
Y ya en sonoras dulzuras,
a solemnizar su fiesta,
80   se compite en Tierra y Cielo
cuanto cabe en Cielo y Tierra.
Porque cuando es el Amor
quien los aplausos congrega,
puede mucho el suave bando
de las voces y las cuerdas.

lx

VILLANCICO II

Estribillo

SI CON sus Llaves San Pedro
abre y cierra, quita y pone,
¡vayan y vengan, entren y salgan
los puntos, las notas, las cifras, las voces!

Coplas

1.—Deberse a Pedro de lleno
celebrar por varios modos,
no hay duda que dirán todos
no será malo. *2.*—¡Oh, qué bueno!

—Pedro, en el mayor vaivén
10 de su constancia, fundó
su mayor firmeza, y no,
no le está mal. —¡Está bien!

—Y si en esta ocasión, pues,
que fué amigo infiel dijere
Pedro, alguno, mal lo infiere,
porque no es así. —¡Así es!

—Pues la Piedra al toque, luego,
así se movió, de Dios,
que el alma liquidó en dos
20 ojos de agua. —¡Fuego, fuego!

—Porque a la infidelidad
la fe de Pedro no ampara,
antes sus yerros declara,
porque es mentira. —¡Es verdad!

—Herir Pedro a Malco allá
en la oreja, dígan-me:
como misterio de fe
¿no está obscuro? —¡Claro está!

—Hoy al Cielo me avecindo,
30 dijo un mago; y Pedro oró,
conque dió en tierra, y quedó,
¡oh, qué feo! —¡Oh qué lindo!

—¡Oh, qué corrido que vas
sin correr!, le dijo Pedro;
y el mago: Contigo medro
eso menos. —¿Eso más?

lxi

VILLANCICO III

1.—CUANDO perlas de risa
llora la Aurora,

díme tú, Tortolilla,
¿por qué lo gimes, arrulladora?
2.—Porque, porque yo me lo sé;
mas óyeme tú, que yo lo diré.

Coplas

Velero un Bajel rizaba
apenas del mar la espuma,
tan presumida de pluma
10   su jarcia, que lo volaba;
duro escollo, a quien le lava
con témpanos de cristal,
mar aleve, el pie fatal,
escalimándose en él,
en trozos sembró el Bajel:
naufragio que el Cielo llora.
—Cuando perlas de risa
llora la Aurora, &.
Bien volaba, y mal se vía,
20   esclarecido almenaje
que de airón o de plumaje
a un Castillo le servía;
un temblor, que sacudía
los montes como una pluma,
dió con el Castillo en suma
por el suelo, y bien se ve
que Pedro el Castillo fué:
estrago que el Cielo llora.
—Cuando perlas de risa
30   llora la Aurora, &.

SEGUNDO NOCTURNO

lxii

VILLANCICO IV

Estribillo

1.—PEDRO en lance nos ha puesto
de dar al traste con todo.

VILLANCICOS,

QVE SE CANTARON EN LOS MAYTINES DEL
Gloriofo Principe de la Iglefia el Señor
(※) SAN PEDRO, (※)
✠ En la Santa Iglefia Metropolitana de Mexico. ✠

Que inftituyó, y Dotò la devocion del Señor Doctor, y M. DON SIMON
ESTEVAN BELTRAN DE ALZATE, Y ESQVIBEL, Cathedratico Jubilado de
Prima de Sagrada Efcriptura en la Real Univerfidad, y digniffimoMaeftro
Efcuela de dicha S. Iglefia. (Que Dios aya)

SAN ✠ PEDRO.

Compueftos en Metro Mufico: Por el Maeftro ANTONIO DE SALAZAR
❋ ❋ que lo es actual de Capilla de dicha SantaIglefia. ❋ ❋

2.—¿De qué modo?
1.—Poniendo los instrumentos
de pescar y de cantar
en un punto y en un tono.
2.—¿Y por qué, por qué, por qué?
1.—¡Por mi fe, por mi fe, por mi fe!
2.—Pues vamos, para no errar,
10   con la sonda en la mano y con el compás.

Coplas

1.—Cristo a Pedro puso en lance
de hacerlo en Él, y así fué
cuando en la playa las redes
renunció y se fué en pos de Él.
2.—Esos lances se hicieron
el uno al otro,
conque al cabo quedaron
bien gananciosos.
1.—Cristo y Pedro, no debiendo
20   pecho, hicieron el deber,
y lo pagaron haciendo
un rico lance en un pez.
2.—Para el pez, fué ese lance
muy apretado,
luego que a sus agallas
Pedro echó mano.
1.—En toda una noche Pedro
no logró un lance de red,
pero lo logró al instante
30   que lo vino Dios a ver.
2.—Que se vaya a la mano
Cristo le ordena,
y ésa para ese lance
es la derecha.
1.—Cuando un buen lance en las Almas
el Redentor quiere hacer,
en la Nave de San Pedro
se embarca, y de él sale bien.
2.—¿Cómo no ha de salir
40   bien de sus lances,

en la Fe asegurados
de tanta Nave?
   1.—El dudar Pedro en el lance
de perder en el Mar pie,
yendo a Cristo, aun más amor
que temor arguye en él.
   2.—Porque si se lanzó
de amor ardiendo,
¿no era fuerza, en el agua,
50   templar el fuego?
   1.—Por eso vestido a Cristo
y al Mar se lanza otra vez,
porque el más calor amante
más breve le lleve a Él.
   2.—Ese lance de amor
fuera del orden,
sólo Pedro lo alcanza
si a otros se esconde.

lxiii

Villancico V

Estribillo

¡Oigan, oigan a un hombre,
porque imagino
que su culpa con llanto
y con suspiros
apagarla del todo
quiere, y les digo
que para mí, si llora,
es gran alivio!

Coplas

De aquella humilde Barquilla
10   un Pastor se desembarca,
y del Mar de aquesta vida
quiso pasar con bonanza.
   En el rigor de sus penas,
la vocación que lo llama

son por Cristo sus sollozos,
porque pasaron por agua.
    Jaque de los más valientes
que hubo en aquella comarca,
aunque a su llanto, pucheros
20   hizo, por caer en Gracia.

lxiv

VILLANCICO VI

Estribillo

DÍGANME los Teólogos, díganme,
¿cuál será la razón
de que Pedro se lleve la gloria
de más docto en el sér del Hijo de Dios?
1.—Yo la diré,
que ésa es cosa muy fácil de responder.
2.—No la dirá,
porque tiene muy grande dificultad.
1.—¡Sí la diré!
10   *2.*—¡No ha de poder!
1.—¡Sí he de poder!

Coplas

1.—Pedro en la Escuela sagrada
el único sabio fué,
pues del Hijo de Dios Vivo
sólo Pedro dijo el sér.
    Luego es clara la razón
de que la gloria le den
a él solo, de lo que él solo
supo decir y entender.
20   *2.*—También los que naufragaban,
y también Natanael,
Hijo de Dios al Señor
confesaron otra vez.
    Éstos supieron lo mismo
que Pedro llegó a saber,

y no los vemos premiar:
luego otra la causa es.
    1.—¡Yo la diré!
    2.—¡No la dirá!
30   *1.*—¡Sí la diré!
      1.—Natanael y los otros,
aunque confiesan, no ven
el misterio, y sólo atienden
los efectos del poder;
    y el que a la necesidad
o al peligro ve vencer,
no es mucho tenga por Dios
a quien mira hacer el bien.
    Mas la bienaventuranza
40 de Pedro, y de su saber,
no siendo de carne y sangre,
de gloria y Cielo ha de ser.
    Por eso en la firme Piedra
del examen de su Fe,
edificio, imperio y llaves
quiere la Iglesia tener.
    2.—Está bien; mas ¿qué razón
es que las llaves le den
con la voz *ate* y *desate*,
50 que *abra* y *cierre* había de ser?
    1.—¡Yo la diré!
    2.—¡No la dirá!
    1.—¡Sí la diré!
      1.—En el sagrado idïoma
una misma cosa es
el desatar y el abrir
el cerrar y atar también.
    En las cadenas y grillos
hay candado, y no cordel,
60 y así el cántico Virgíneo
dice: *Solve vincla reis.*
    Fuera de esto, acá en lo humano,
todo cuanto hay que tener,
al vigor de llave o nudo
fuerza es que sujeto esté;

y porque en la potestad
de Pedro, se sepa que
no hay excepción que indultar
ni imposible que oponer,
70   en las llaves y los nudos
igual se le da el Poder:
que todo es premio condigno
a su acero y a su red.

TERCERO NOCTURNO

lxv

VILLANCICO VII

Estribillo

A LA Piedra más firme, que un tiempo
cual vidrio en el fuego, saltó y se quebró,
nuestro afecto celebra constante
sin que esta quiebra mitigue el fervor.
    ¡Fuego, fuego, fuego de Dios!
Que si el otro se ha visto abrasado,
aun más el Divino a abrasarlo llegó.
    ¡Fuego, fuego, fuego de Dios!
Y así, fuentes sus ojos destilen,
10   porque el incendio se temple mejor.
    ¡Ay, ay tal ardor!,
que con aguas el fuego más crece,
haciendo el rocío la llama mayor!
    ¡Ay, ay tal ardor!
¡Llore Pedro, aunque incendios lo abrasen,
si quiere a la Iglesia servir de crisol!

Coplas

De San Pedro, feliz Piedra,
su Iglesia Cristo erigió,
que, aunque fué de sillería,
20   con agua al fin se labró.

Al pico de una mozuela
por tres veces se quebró;
dicha fué: pues que por esto
dicen lo vino a ver Dios.

En la humedad por cimiento
puso a esta Piedra el Señor,
por ver se desmoronaba
estando junto al calor.

Con las quiebras, no era Piedra
30   de edificar; mas se vió
que en labrándose, a la Iglesia
sirvió de edificación.

Para que en tal edificio
viniese con proporción,
sin hacer caso del yerro,
con un canto se ajustó.

Conque el Opífice sumo
de tal suerte se pagó,
viéndola tan ajustada,
40   que en ella la clave echó.

lxvi

VILLANCICO VIII

Estribillo

—OIGAN, atiendan, admiren, perciban
la Jácara de más cuenta
que hasta hoy escribir se ha visto
de un hombre que se adocena.
¡Escuchen, que va, que viene!
—¡Vaya, vaya! —¡Venga, venga!
—Oirán la historia sin par
del hombre más singular
(—¡Vaya! —¡Venga!),
10   que en los mares y campañas
el mundo llenó de hazañas,
y anduvo altivo y ufano
con el acero en la mano
aun en tiempo de Pasión.
¡Atención, atención!

Porque es bien que cuando sólo
su valor el Orbe aclama,
vuele en alas de la fama
desde el uno al otro Polo,
20 y que su gloria se cante
desde Poniente a Levante,
y llegue al Septentrïón.
¡Atención, atención, atención!

Jácara

Cuatro Autores de tan pura
verdad, que cuanto escribieron
nada se puede negar,
porque es el mismo Evangelio,
cuentan que un Simón, un Cefas
de tan alto nacimiento
30 que por gracia hay quien afirme
que es de lo mejor del Cielo,
porque hablando de linajes,
al Hijo del Padre Eterno
que era el Espíritu Santo
su Padre, decir le oyeron,
y que entonces, a la vista
de otros once Caballeros,
lo declaró el Rey Mayor
por el más Grande en su Reino:
40 que de Primero Ministro
le dió título en su Imperio,
y como si fuera Papa
de Simón lo mudó en Pedro;
que entre otros muchos honores
le prometió que sujeto
a su valor estaría
eternamente el Infierno;
y aunque hay claro testimonio
de que una vez fué pechero,
50 su mayor ejecutoria
está en el tributo mesmo,
porque lo pagó por sí
y otro Hidalgo que, aunque exento,

nunca en materia de pagas
se valió de privilegio.
　　Éste a Pescador en fin
quiso aplicarse, sabiendo
que en la Nobleza el mayor
trabajo, es el no tenerlo.

60　　A los elementos todos
había de vencer su esfuerzo;
y por mirarlo tan vano,
quiso empezar por el viento.
　　Una vez, que por la orilla
iba del Mar Galileo,
lo sacó, Quien lo hizo hombre,
de la red y del anzuelo.
　　Subió tanto en la privanza,
al mayor Señor sirviendo,

70　　que cara a cara le dijo
quién era, en un grave empeño.
　　Por sólo su parecer,
osado quiso y resuelto
que se fundara en un monte
la Corte de todo un Reino.
　　Contradijo una Batalla
justa, llevado del celo
de estorbar a su Señor
que la diera padeciendo.

80　　Tanto lo amó, que arrojado
entre las Aguas, por verlo
en toda su Nave, por
hombre a la mar lo tuvieron.
　　En los negocios más graves
era tal su atrevimiento,
que intentaba tener parte
en los más altos secretos.
　　Nunca volvió las espaldas
a la amenaza; y el riesgo

90　　que otro estuviera velando,
él lo pasaba durmiendo.
　　En una gran resistencia,
porque lo oyesen atentos

los Ministros, a la oreja
les habló con el acero.
    De un Pontífice en la casa
le sucedió cierto cuento
en que se dice que hubo
votos, porvidas, reniegos;
100   pero era tan ajustado
a la razón nuestro Pedro,
que viendo que había más Gallo,
luego obró como hombre cuerdo.
    En el día de Pentecóstes,
hecho el hombre un vivo fuego,
les habló en su lengua a todos
y la entendió un pueblo entero.
    A un hombre y a una mujer,
sólo porque le mintieron,
110   dió tal grito, que a su vista
quedaron entrambos muertos.
    A cuatro palabras suyas,
un Mago de grande esfuerzo
a los abismos fué a dar
con todo su encantamiento.
    A una voz hizo que un cojo,
desde una puerta de un Templo,
las nuevas de su valor
llevase a todos corriendo.
120   Las cadenas y los grillos
en cierta prisión rompiendo,
a buenas noches dejó
alcaide, cárcel y presos.
    A su sombra se hacían hombres
los malos, como los buenos,
por tener igual partido
los sanos y los enfermos.
    Tan grande dicen que era
de su poder el respeto,
130   que aun hasta de la otra vida
hacía venir los sujetos.
    Últimamente, su historia
es de tan largo proceso,

que hasta el día del Jüicio
no se sabrá por extenso.
    Hoy dicen que le fulminan
causa de Cristiano Viejo;
y si es Nerón quien la juzga,
¡apelar sólo a *Laus Deo!*

~~~~~~~~~~~~~~~~~~~~~~~~~~~~~~~~~~~~~~

SAN PEDRO APÓSTOL, 1691

*Villancicos que se cantaron en los Maitines del glorioso
Príncipe de la Iglesia, el Señor San Pedro, en la S. I. Me-
tropolitana de Méjico, año de 1691, en que se imprimieron.*

PRIMERO NOCTURNO

Villancico I

lxvii

Estribillo

¡A LAS glorias de Pedro divino
venid, venid,
cuantos el silbo junta
o guarda el redil!
¡Venid, venid,
que sus glorias se cantan
de mil en mil!
¡Venid, venid!

Liras

Pastor que, en alta Cumbre
10   apacentando Estrellas,
huellas, huellas
de la celeste lumbre

los resplandores puros,
Signos, Planetas, Trópicos, Coluros!
    ¿Por qué al sangriento robo
expuestas las ovejas
dejas, dejas,
del fiero hambriento lobo,
faltando en tu cuidado
20   la honda, el redil, el silbo y el cayado?
    Si Luz indeficiente
que gozas cara a cara,
clara, clara,
que atiendas te consiente,
oye el tierno balido
en llanto, en voz, en eco y en gemido.
    Del Tíber las orillas
que besaron tus plantas,
tantas, tantas
30   publican maravillas,
que ya son sus espumas
historias, relaciones, libros, plumas.
    Allí el blanco ganado
de quien custodia fuiste,
viste, viste
con tu sangre marcado,
dándole en despedida
el espíritu, aliento, sangre y vida.
    ¡Oh siempre generosa
40   Reina del Orbe, Roma,
doma, doma
su Imperio, venturosa,
pues te da su asistencia
religión, poder, fuerza, permanencia!
    Del fratricidio osado
que maculó tus muros
puros, puros,
Pedro los ha lavado
de la mancha profana
50   con carmín, rosicler, púrpura y grana.
    ¡Oh Clavero sagrado,
Pastor siempre benigno,

digno, digno
de que nuestro cuidado
llene por ti los vientos
de afectos, voces, plumas, instrumentos!

lxviii

Villancico II

Estribillo

Con la luz, cuando mucho,
vivifica el Sol:
pero con la sombra, no;
¡pero, pero, pero con la sombra, no!

Coplas

No sólo de Pedro da
vida el resplandor,
pero conserva también
su sombra calor.
    Quien a su sombra benigna
10 alegre sanó,
quedó muy bien asombrado
pero sin lesión.
    Él solo, en tal propiedad,
se parece a Dios,
que hace sombra al que de sus
alas se amparó.
    Con el contacto, cualquiera
Apóstol sanó;
pero con la sombra, sólo
20 a él se concedió.
    ¿Qué esfera la actividad
tendrá de su ardor,
y qué no hará el cuerpo, si
la sombra curó?
    Tener virtud en la sombra
es tan superior
favor, que a otro ningún Santo
se le concedió.

De la luz, siempre enemiga
30   la sombra se vió,
y ésta es sombra que a la luz
luces añadió.
   Una sombra, a todo el mundo
le causa pavor,
pero aquesta sombra causa
gusto al corazón.
   ¡Oh Pedro, si tal poder
tu sombra logró
aquí, cuánto más allá
40   podrá tu favor!
   ¡Ampara al pobre rebaño,
divino Pastor,
para que a la sombra tuya
viva sin temor!

lxix

VILLANCICO III

Estribillo

UNA OPOSICIÓN cantó:
tengan silencio,
¡y verán cuál de todos
se lleva el premio!

Coplas

Lo que a Juan y Diego niega,
le concede Cristo a Pedro:
¡oh cuánto debe de ser
de Pedro el merecimiento!
Y es muy cierto,
10   pues le dan lo que niegan
a Juan y Diego.
   Las primeras sillas piden
los hijos del Cebedeo,
que aun en Apóstoles cupo
tentación de ser primeros:

porque el pecho
humano, siempre aspira
a lo supremo.

La pretensión encaminan
20   por el oportuno medio
de una Mujer. ¡Oh qué antiguo
es usar tal instrumento!
Mas ¡qué yerro
es, en vez de servicios,
buscar terceros!

Nególes la petición;
que sólo pudiera el Verbo
eximirse de ablandarse
a los femeniles ruegos,
30   que halagüeños
unen las sumisiones
a los imperios.

Mas Pedro, sin pretender,
goza el alto privilegio,
porque cuando es recto el Juez
no es menester medianero:
que en sujeto
digno, el mérito basta
para su premio.

40   Lejos de tal dignidad
su humilde conocimiento
está, y tanto más se acerca
cuanto se juzga más lejos:
que en el Cielo,
el mérito más grande
es no creerlo.

No atiende Cristo al sonido,
pues para él es más acepto
el hijo de la Paloma
50   que los dos hijos del Trueno;
que el estruendo
es mérito del mundo,
que todo es viento.

¡Goza, Pedro soberano,
el feliz alto trofeo

de que tus súbditos sean
los que fueron compañeros,
y el Colegio
Sacro, todo te aclame
60   por su Maestro!

SEGUNDO NOCTURNO

lxx

Villancico IX

Estribillo

—¡Ah, del Cielo! —Ah, del Golfo!
—¿Quién llama? ¿Quién llama?
—Quien de Pedro las glorias canta.
—¡Pues atiendan, atiendan, atiendan
el Cielo y el Golfo sus excelencias!
¡Atiendan, atiendan, atiendan!

Endechas

De Pedro mi voz sola
cante, en sonoro ensayo,
de Apolo tanto un rayo,
10   de Mar tanto una ola,
de las que en sus virtudes acrisola
el que gobernar sabe
lo humilde y lo supremo,
con uno y otro remo,
con una y otra llave,
cuanto en el Mar, cuanto en el Cielo cabe.
No perdonó el anhelo
piscatorio, cuidado
del cáñamo anudado,
20   del atractivo anzuelo,
ni aun los peces que nadan en el Cielo.
¿Qué mucho, si las bellas
redes, a los que prenden
peces, en fuego encienden

de divinas centellas,
signos que ya coloca en las Estrellas?
  No así de Glauco pudo
la hierba fabulosa
vida dar milagrosa
30 a uno y otro pez mudo,
cuanta da de su red el menor nudo.
  No Neptuno profano,
que entre cristales fríos
con cien le lavó ríos
las pensiones de humano,
limpió lo que su baño soberano.
  Ni la Ciudad murada
de diamante y zafiro,
ni el Sol vió con su giro
40 riqueza reservada,
que no esté a su desvelo encomendada.
  Ni el etéreo Castillo
tesoro guarda grave
que no cierre la llave,
que no cerque el anillo
del cándido divino Pastorcillo.
  Pescador de ganado,
o ya Pastor de peces,
la red maneja a veces
50 y a veces el cayado,
cuyo silbo obedece lo crïado.
  ¡Oh Potestad sagrada,
oh Dignidad divina,
que de Grandeza Trina
liberalmente dada,
a Pedro le fué solo delegada!

lxxi

Villancico V

Estribillo

Sirva el Mar de volumen
cuando pretendo

✠ *Villancico segundo.* ✠

Estrivillo.

Oyganme, que à San Pedro
mi Musa canta
sus glorias como quien
no dize nada.

COPLAS.

Porque serà, que à San Pedro
qualquiera que versos canta
sino le dize su culpa,
no piensa que tiene gracia,
Luego le sacan el gallo,
luego a la moçuela sacan
luego anda la negacion
por esquinas, y por plaças
Eso es de musas gallinas
esso es de plumas villanas
que no saben a ser rostro,
sino es quando dan en cara.

No ay que dezir otras cosas?
no ay vn millon de alabanfas?
exelensias no le sobran
sin que le saquen las faltas?
Pues que si es predicador?
luego el Tabor le relata
pues por Dios que si pidio,
no pidio para si nada
Si en la pregunta por Juan
tubo repuesta no blanda
que saben ellos si tubo
la dullura en la substancia
Y miren si no los bobos
aunque ellos tanto lo estrañan,
pues essas palabras mismas
a el le sonaron a Papa.
Yo no e de meterme en eso
porque es vn Santo de chapa
que en cerrandonos las puertas
no ay ninguno que las abra.

LAUS DEO.

O. S. C. S. C. E. R

CON LICENCIA EN MEXICO.
Por los Herederos de la Viuda de Bernardo Calderon.
✠ Año. de 1691. ✠

Compulsados ... ...

escribir las hazañas
del grande Pedro,
y sean en él
el remo la pluma, y el agua el papel.

Coplas

Sosiegue el Mar sus ondas,
y sirva de cortés
plana, donde uno y otro
10   se grabe carácter:
    pues cerúleo testigo
de su firmeza fué,
viendo que en lo fluxible
pudo hallar solidez
    el que hizo que sus ondas
obedezcan la ley
del decreto de un remo,
del sello de un bajel,
    pues en su seno obscuro
20   no se reservó pez
del cebo de su anzuelo,
del nudo de su red;
    el que a sus crespas olas
hollando la altivez,
ajó la delicada
de sus espumas tez;
    el que, si entre sus olas
se sumergió tal vez,
fué porque recogió
30   las velas de su fe,
    cuando de sus cristales
hizo bocas, con que
besar humilde pudo
sus soberanos pies.

lxxii

VILLANCICO VI

Estribillo

AL QUERÉRSELOS lavar
Cristo a sus plantas hincado,

los Pies que Pedro ha escondido
tengo yo para glosar,
ya que no de pie quebrado,
de pie encogido.

Coplas

Cuando en la fluxible plata,
que en tales Manos más es,
todos metieron los pies
10   y Judas zampó su pata,
Pedro de la oferta grata
se retira confundido,
de pie encogido.
        Cuando lavar se dejaba
el discípulo infïel,
y ensuciaba el agua él
y el agua no lo limpiaba,
Pedro los pies retiraba
en su humildad abatido,
20   *de pie encogido.*
        Cuando no advirtió su engaño,
teniendo la panza llena,
que sin digerir la Cena
encrudece más el baño,
Pedro —recelando el daño—
se retira prevenido,
de pie encogido.
        No todos los baños, sanos
son para limpiarse, pues
30   el de Judas en los pies
y el de Pilato en las manos,
ambos les salieron vanos;
no así el de Pedro, advertido,
de pie encogido.
        Indicios son, y muy buenos,
si auspicio feliz no es,
encoger aquí los pies,
que extenderá los ajenos,

y hará correr cuando menos
40   al que el Templo vió tulido,
de pie encogido.

Los Jazmines viendo humanos
en el agua sin igual,
y retirarse el cristal
de vergüenza de las Manos,
contactos tan soberanos
tocar no quiere atrevido,
de pie encogido.

Vió candores a quien debe
50   el Alba el que alumbre el día,
y que el agua se encendía
al contacto de la Nieve:
y así, a llegar no se atreve
a lo helado y encendido,
de pie encogido.

Vió infinitos abreviados
y vió distancias vencidas;
contrariedades unidas
y extremos mira abrazados:
60   vió a Dios y al hombre igualados
y elevósele el sentido,
de pie encogido.

Humildad fué, no rudeza,
la que su retiro traza,
pues —oyendo la amenaza—
da las manos y cabeza
el que antes con extrañeza
las plantas ha resistido,
de pie encogido.

TERCERO NOCTURNO

lxxiii

VILLANCICO VII

Estribillo

—¡QUÉ BIEN la Iglesia Mayor
le hace fiesta a su Pastor!

Oíd los repiques; veréis cómo dan:
¡Tan tan, talán, tan, tan!
Oíd el clarín:
¡Tin tin, tilín, tin, tin!
—Mejor suena la trompeta,
el sacabuche y corneta,
el órgano y el bajón.
10   —¡Jesús, y qué confusión!
Con los repiques que dan,
templar no puedo el violín.
—¡Tan tan, talán, tan, tan!
—¡Tin tin, tilín, tin, tin!

Coplas

De Pedro el sacro día,
para más lucimiento,
uno y otro instrumento
forme dulce armonía;
suene la chirimía
20   y acompañe el violín:
—¡Tin, tilín, tin, tin!
Porque el rumor se escuche,
retumbe la trompeta,
gorjee la corneta
y ayude el sacabuche;
una con otra luche,
voces que entrando van:
—¡Tan, talán, tan, tan!
Rechine la marina
30   trompa, con el violón;
déles tono el bajón
y el eco que refina
la cítara, que trina
apostando al violín:
—¡Tin, tilín, tin, tin!
El tenor gorgoree,
la vihuela discante,
el rabelillo encante,
la bandurria vocee,

40   el arpa gargantee,
      que así rumor harán:
      —*¡Tan, talán, tan, tan!*

lxxiv

Villancico VIII

Estribillo

¡Óiganme, que a San Pedro
mi Musa canta
sus glorias, como quien
no dice nada!

Coplas

¿Por qué será que a San Pedro,
cualquiera que versos canta,
si no le dice su culpa
no piensa que tiene gracia?
      Luego le sacan el Gallo,
10   luego a la Mozuela sacan,
luego anda la Negación
por esquinas y por plazas.
      Eso es de Musas gallinas,
eso es de plumas villanas,
que no saben hacer rostro
si no es cuando dan en cara.
      ¿No hay que decir otras cosas?
¿No hay un millón de alabanzas?
¿Excelencias no le sobran,
20   sin que le saquen las faltas?
      ¿Pues qué, si es predicador?
Luego el Tabor le relata.
Pues, por Dios, que si pidió,
no pidió para sí nada.
      Si en la pregunta por Juan
tuvo respuesta no blanda,

¿qué saben ellos si tuvo
la dulzura en la substancia?
Y miren, si no, los bobos,
30   aunque ellos tanto lo extrañan;
pues esas palabras mismas
a él le sonaron a Papa.
Yo no he de meterme en eso,
porque es un Santo de chapa,
que en cerrándonos las puertas
no hay ninguno que las abra.

SAN PEDRO APÓSTOL, 1692

*Villancicos que se cantaron en los Maitines del glorioso
Príncipe de la Iglesia, el Señor San Pedro, en la S. I. Me-
tropolitana de Méjico, año de 1692, en que se imprimieron.*

PRIMERO NOCTURNO

lxxv

Villancico I

Estribillo

1.—En *culto* del Sol Pedro, hablemos *claro*
luego al primer *Nocturno.*
2.—¡Claro está, que se entiende
que ha de ser claro, siendo su culto!
3.—Pero ¿que salga claro,
siendo *Nocturno?*
4.—Pero ¿ser claro, *claro,*
el culto, *culto!*
1.—¡No será poco
10   si no es obscuro;

y si lo fuere,
no será mucho!

Coplas

—"Ave de Jove, del Trino
trisulcas bebe las luces,
del Sol de Justicia rayos,
en el Padre de las lumbres."
     Y en esto,
claro está que se entiende
que hablo de Pedro:
20   que lo que digo, es el Sol
en su misma claridad.
¿No está claro? —¡Claro está!

     —"Pájaro de luz, cual otro
de Patmos allá en las cumbres,
del Tabor, excelso nido,
mansión de Apolo construye."
     Y en esto,
claro está que se entiende
que hablo de Pedro:
30   que lo que digo es la Luz
en su misma claridad.
¿No está claro? —¡Claro está!

     —"Rayo de luz penetrara
líquido cristal, que fluye
al pisarlo, si no hiciera
su respeto que se turbe."
     Y en esto,
claro está que se entiende
que hablo de Pedro:
40   que lo que digo es el Agua
en su misma claridad.
¿No está claro? —¡Claro está!

     "De la misma media noche
de la vida, saca a luces
difunto esplendor, que aviva
vital de su sombra el lustre."

Y en esto,
claro está que se entiende
que hablo de Pedro:
50   que lo que digo, es el Día
en su misma claridad.
¿No está claro? —¡Claro está!

lxxvi

VILLANCICO II

Estribillo

CUANDO Pedro, como hombre a la mar,
se tira a negar,
los Arroyos, las Fuentes y Ríos
todos van al Mar,
ellos a reír
y Pedro a llorar.

Coplas

El Arroyo no olvida
de su origen la fuente,
la fuente de su vida;
10   antes, es el corriente
de su rizada plata,
la confesión más grata
que a su *Principio* llega:
mas si Pedro lo niega
con ingratos desvíos,
los Arroyos, las Fuentes y Ríos
todos van al Mar,
ellos a reír
y Pedro a llorar.
20   La Fuente que con risas
se derrite en las cumbres
—de olvido sin cenizas—
se acuerda de las lumbres
de sus Ojos, que han sido
el *Medio* esclarecido

de su sér, en la vega:
mas si Pedro lo niega
con mortales resfríos,
los Arroyos, las Fuentes y Ríos
30   todos van al Mar,
ellos a reír
y Pedro a llorar.
    El caudaloso Río,
sin divertirse un punto,
con impetuoso brío
se entrega todo junto
al Mar, y corresponde
al *Fin Último,* donde
su prisa en fin sosiega:
40   mas si Pedro lo niega,
negándose a sus bríos,
los Arroyos, las Fuentes y Ríos
todos van al Mar,
ellos a reír
y Pedro a llorar.

lxxvii

VILLANCICO III

Estribillo

¡VENGAN las Aves,
dulces, acordes, con todos sus aires!
¡Vengan las Aves,
suaves, dulces, sonoras;
vengan las Aves todas:
que lleva los compases
Pedro, aquel *Gallo* de todas las Aves!
    1.—Pero si llora,
¡no será *Gallo* ya, sino *Paloma!*
10   *2.*—Pero en su canto,
¡no será ya *Paloma,* sino *Gallo!*
    1.—¡No, sino *Paloma!*
    2.—¡No, sino *Gallo!*
¡*Gallo!*
        1.—¡*Paloma!*

Coplas

1.—Aunque generoso Gallo
entre las Aves del Cielo,
Pedro anegado se llora

20   triste Paloma gimiendo.
—Pero en su canto,
¡no será ya Paloma, sino Gallo!

   2.—Aunque hijo de la Paloma,
sin degenerar polluelo,
el más pintado se canta
Gallo de las Aves, Pedro.
—Pero si llora,
¡no será Gallo ya, sino Paloma!

   1.—A los ojos del Sol mismo,

30   aun sus ojos Aguileños
sobre arroyos de cristal
ojos de Paloma fueron.
—Pero en su canto,
¡no será ya Paloma, sino Gallo!

   2.—Cándida gime Paloma,
mas tan Serpiente en su aliento,
que lo coronan su Gallo
las Águilas del Imperio.
—Pero si llora,

40   ¡no será Gallo ya, sino Paloma!

SEGUNDO NOCTURNO

lxxviii

Villancico IV

Estribillo

Recto, Amor, en tus buenos
quereres estás:
a lo menos, menos,
y más a lo más;
mas de Pedro en los llenos,
ni menos ni más.
¡Allá, allá lo verás!

Coplas

—¿Ámasme, Pedro?, el Señor
le dice a Pedro, y en paz
10   no queda: que quiere más,
de más a más, el Amor.
    Registra de Amor los senos
y dice: —¿Me quieres más
tú que todos los demás?
Porque Yo no quiero menos.
    Plus de Amor, dice Jesús,
busco en Pedro, que ya sé
que es Columna de la Fe,
con su negación *Non Plus*.
20   Pedro responde: —Señor,
si mi amor puede ser más,
no lo sé; Tú lo sabrás,
que yo no sé más amor.
    De amor aun espacios llenos
imaginarios, jamás
pienso mi amor irá a más,
porque no puede ser menos.
    Como todos, yo, Señor,
juntos de amarte los modos,
30   te amo: y amor como todos,
no puede ser más amor.
    Si más amor quieres, haz
que mi amor quiera, Señor;
eso más quiere mi amor,
y mi amor no quiere más.
    Que quiero, sabiendo estás,
que arda tu amor en mis senos
más y más; no quiero menos:
así te quiero, y no más.
40   —Ya, dice el Amor Jesús,
sé que negativo estás;
y queriendo hasta no más,
Pedro es de Amor el *Non Plus*.

lxxix

VILLANCICO V

Estribillo

¿CUÁL será del Amor lo más grande?
¿Ser *Amado,* o *Amante?*
¿Quiérenme apostar?
Pues ser Amante es lo más:
que Amado ser,
cuando mucho es Merced;
¡mas ser Amante,
es Excelencia, y Grande!

Coplas

El querer, en el Amor,
10   es la excelencia y lo grande;
que el ser querido, es fortuna,
y mérito el ser amante.
    Ser querido, es una dicha,
y tal, que confiados hace,
pues Juan se atiende dormido
mientras Amado se aplaude.
    Pedro, por amar, se ve
en la Mesa vigilante;
y quien amante está en vela,
20   luce más, cuanto más arde.
    El ser querido, depende
de acción ajena; y en nadie
lo que es ajena elección
fuerza a su mérito añade.
    El Amor es acción propia
del que ama, siendo constante
que, en Amor, quien ama es
la persona que más hace.
    ¡Llámese Juan el Querido;
30   quiera Pedro! Así se aclame
Discípulo Amado, aquél,
y éste, Maestro de Amantes.

lxxx

VILLANCICO VI

Estribillo

PUES de Amor se discurre el primor,
¡por amor de mi Santo
óiganme su Amor!
Del Amor la carrera,
en uno los dos,
Pedro y Juan se apostaron:
y excede en Amor
y más adelanta
el que atrás quedó.
10   Él es caso exquisito;
pero, pero lo sé yo.

Coplas

En amor, junto corría
Pedro con Juan una vez,
y atrás quedándose Pedro,
igual no corrió con él:
y ya se ve,
que de amor la paridad
no anduvo a todo correr.
En pasos de amor gigante
20   andaba Pedro fiel,
no con el amor que corre,
que es cuando mucho niñez:
y ya se ve,
que a quien anda en ese andar
le está de más el correr.
Águila volaba Juan,
de amor, al Cielo; y al ver
de Pedro el paso, bajó
a correr amor con él:
30   y ya se ve,
que no pudo ser exceso
en una Águila correr.

Admitió Pedro el concurso,
y dejando así correr
a la Águila, con su amor
pasó adelante con él:
y ya se ve,
que le permitió pasar
el que lo dejó correr.

40   La ventaja en la carrera
Pedro le cede, cortés;
y porque correr, el paso
de su amor no ha menester:
y ya se ve,
que no pudo ser exceso
siendo ventaja el correr.

Al fin de su amor llegaron;
y al llegar Pedro después,
miró Juan que en su carrera
50   no había tenido que ver:
y ya se ve,
que no es después aquel *ir,*
aun delante del *correr.*

TERCERO NOCTURNO

lxxxi

Villancico VII

Estribillo

Si por la bandilla
hoy se usa pintar
en el *Santo Lino,*
mi pintura es más.
Ya que no un San Pedro
les pintó, allá va
de todos los Papas
el Original.
Miren el dibujo
10   del Pontifical,

que la fama en *Lino*
comenzó a pintar.

Coplas

Retrátase Pedro, y deja
vivo ejemplar a lo *Magno*,
porque haya en la Iglesia copia
de *Gregorios* y *Alejandros*.
Su imagen de nuevo César
de la Iglesia, en su retrato
ideó los Césares *Julios*,
20   los *Honorios* y *Adrïanos*.
Clementes ideó y *Leones*,
su vivo ejemplo templando
en mansedumbre de *Píos*
zelos ardientes de *Paulos*.
Fué en sus Papales hechuras
Pedro el primer *Bonifacio*,
y en su inculpable gobierno
el *Inocencio*, el *Urbano*.
Al temple del Pescador
30   bien en su red han pintado,
como *Celestinos* pejes,
Benedictos Nicolaos.
Omito los otros nombres
peregrinos de Romanos;
que fué cada uno un *San Pedro*,
o no fueron Padres Santos.

lxxxii

VILLANCICO VIII.—ENSALADILLA

1.—UNA *Ensalada* me piden
todos mis comilitones,
como platillo de gusto
de la Cena de la noche.
2.—Mas si ya a los Poetas
su Lechuga falta,

no será sin Lechuga
buena la Ensalada.
1.—Rabanillos son buenos,
10   ya que nunca faltan.
2.—Pues de Rábanos sea,
que los hay que cantan.
        1.—Pues allá va buen platillo
del Príncipe, que raciones
en el Huerto repartía
a muchos juntos de un golpe.
Malco pensó que le hacían
el platillo de Gigote,
y al fin tocó de machete
20   sus tajadas de Orejones.
        2.—Pues ¿qué Rábano tuvo
Malco en la pelaza?
1.—Entremeterse en todo
y no salir con nada.
2.—Dice bien: ¡no fué cosa
lo de las tajadas!
1.—Quien le dió, más le diera
muy de buena gana.
2.—Mas si el Rábano dice
30   de las cuchilladas,
por las hojas lo coge
para la Ensalada.
        1.—Pues allá va otro platillo
de gusto del que se come
vivos a los más enteros
v más crudos valentones.
        ¿Qué valientes? Sepa el mundo
que vivas Pedro se come
cuantas la capa del Cielo
40   sabandijuelas recoge.
        2.—Pues ¿qué Rábano es ése
para la Ensalada?
1.—Que en los aires, las dichas,
por las nubes andan,
y su tósigo cubre
de virtud la capa.

2.—Ése es Rábano inmundo
para gente honrada.
    1.—Pues allá va otro platillo
50   de Fiambre. ¿Qué tal, Señores?
¿No estará manido el Gallo
aun hasta los espolones?
    2.—Con el Gallo no juegue,
que perderse gana,
que ya es cosa maldita
y descomulgada.
    1.—A los Gallos no juego,
que de veras se habla.
    2.—¡Pero aqueso es friolera
60   muy desmazalada!
    1.—Por lo frío no pierde,
que es toda su gracia.
    2.—¡Jesús, cosa tan fría!
    1.—¡Señor, calentarla!
    2.—¡Nada tiene de ingenio!
    1.—¿No ve la cachaza?
    2.—¡Frigidísima cosa!
    1.—Que no tiene falta.
    2.—Acabar bueno fuera.
70   *1.*—Pero en Ensalada,
lo más malo es de todo . . .
    2.—¿Qué? *1.*—¿Qué? Que se acaba.

NOTAS

VILLANCICOS

ASUNCIÓN, 1676

Edicion aislada, Méj. 1676, Vda. de Bdo. Calderón, sin nombre de Sor J.; "compuestos en metro músico por el Br. Joseph de Agurto y Loaysa, Maestro de los Villancicos de dicha S. Iglesia"... (Ejr. de González de Cossío, hoy en la bibl. de D. Salvador Ugarte). —Este juego, con esa fecha la más temprana, venía escapando hasta hoy a todos los bibliógrafos; y en esta su primera forma, cabal y auténtica, nunca ha sido reproducido.

—Castál., 1689, 259, y I, 1725, 238, dan otros *Vills. Asunción, Méj.,* *"año de 1687, que se imprimieron",* que son estos mismos, con graves cambios de orden y con la omisión de un poema (el VII: "La Retórica nueva"...). Allí ordénanse así: I: "Vengan a ver una apuesta"...; II: "Illa quae Dominum Caeli"...; III: "¡Aparten! ¿Cómo a quién digo?"...; IV: "La Soberana Doctora"...; V: "Aquella Zagala"...; VI: "Cantemo, Pilico"... (con el título: "Ensaladilla. —Negrito", desprendido del resto de la "Ensalada"); VII: "¡Silencio, atención, / que canta María!"...; y VIII: "A la aclamación festiva"... (con sólo la "Jura" y el "Tocotín", sin lo de los Negros). De esta última "Ensalada", pues, se hacen dos letras; y en cambio, se omite una, entera: *"La Retórica nueva"...,* que ahora aquí se recoge por primera vez.

(Dentro de cada juego de Villancicos, los numeramos de corrido, del I al VIII, aunque los viejos textos, a veces, los numeran sólo de I a III, dentro de cada uno de los tres "Nocturnos" de los Maitines litúrgicos...)

217

Vill. I: "Vengan a ver una apuesta"...

Sobre estas competencias y "apuestas" de *Cielo y Tierra,* cfr. núms. 270 y 320, etc.

v. 22-3 "¡Oh Santa e inmaculada Virginidad!... A Aquél a quien los Cielos no podían encerrar, tú lo llevaste en tu seno"... (*Breviario Romano,* Responsorio de la Lección I de Maitines, en el Común de las Fiestas de N. Señora).

[355]

218

Vill. II: "Illa quae Dominum Caeli" . . .

Precioso Romance latino, con asonancia en *"í-a"*. Sobre este latín, bastante correcto en su sencillez, pero con prosodia y métrica hispanas, cfr. lo anot. al núm. 134. Y fuera de esas Décimas latinas, añádanse aquí los núms. 245, 255, 266 y *li* y *liv*. Tales Villancicos, y el del núm. 252, pudiéramos llamarlos *Secuencias latino-medievales,* por su latinidad familiar, su prosodia de nuestras lenguas romances, sus rimas y su métrica silábico-acentual (no cuantitativa), y su aleación de sólida doctrina y de radiosa y cándida piedad católicas. Bien ponderó *Gabriel Méndez Plancarte,* sobre Sor J., "la exquisita gracia de sus Villancicos latinos, en los que parece revivir un soplo de aquella Edad 'enorme y delicada' que oyó cantar a Anselmo y a Bernardo, a Buenaventura y a Tomás de Aquino"... ("Horacio en México", 1937, p. 8). —Sor J. tiene, además, cinco Villancicos más *"híbridos"* de castellano y latín", o que por varios modos mezclan ambos idiomas (cfr. lo anot. al núm. 241); y tres Epigramas en *Dísticos* latinos de versificación cuantitativa y clásica (cfr. lo anot. al núm. 60). —Disintiendo de *don Genaro Fernández Mac-Grégor,* que hallábalos "deplorables", cfr. *A. M. P.:* "Los Poemas Latinos de Sor J.", en El Universal, de Méj., lunes 19 y 26 de marzo y 2 de abril de 1945.

—Latín correcto y agilísimo (sin más que las licencias prosódicas de *diptongar* a la Castellana, vgr. en "dulcior", "habuit", "gloriam", aquí bisílabos graves, y de por sí trisílabos esdrújulos); y todo abunda en rasgos muy lindos, como esa cándida miniatura de la copla 2, según puede juzgarse aun en nuestra pálida *traducción:*

La que del Cielo al Señor
llevar mereció en su vientre,
y al Verbo Divino a luz
dió maravillosamente;
  La que a sus pechos benditos
dió al Pequeñuelo su leche,
y lo arrulló cual la lira
de David, más dulcemente;
  La que en filial sumisión
tuvo Al que rayos ardientes
vibra airado, ante Quien trémulos
los Cielos se empavorecen;
  Aquélla cuyo Vírgineo
pie la Luna besa alegre;
La que luceros coronan,
La que el sol viste fulgente,
  ya entre Angélica milicia
que a verla se agolpa, asciende
Vencedora al Cielo, en donde
por los siglos viva y reine.

Los Guardianes de sus Puertas
recelan que, para que entre,
puerta se haga el Cielo todo,
desquiciado de sus ejes.
  Sube al Cielo, pues, y al Cielo
en luz peregrina envuelve;
y al lugar de las delicias,
ignotas delicias mete.
  Ya en su Amado reclinada
entra al Tálamo Celeste,
donde el sumo poderío
la Trina Deidad le ofrece.
  Reina de los Cielos, trono
de su Hijo a la diestra tiene;
toda la Gloria diadémala,
porque de Ella se diademe.
  Los de Arriba la contemplan
subir, y alternadamente
se preguntan y responden,
con pasmo y júbilo ardientes:

Estribillo

—*¿Quién es Ésta? ¿Quién es? / ¡Oh quién sería,*

que del Desierto asciende, / Vara de Incienso y Mirra,
más hermosa que Estrellas, / Sol y Luna? —¡María!

(A. M. P.)

v. 1-2 "¡Oh Santa e Inmaculada Virginidad...! A Aquél a Quien los
Cielos no podían contener, tú lo llevaste en tu seno"... *(Breviario
Romano,* cit. al núm. 217).

v. 5-8 Cfr. en el mismo Oficio Común de N. Sra., el *Himno de Laudes:*

> O Gloriosa Virginum, / sublimis inter sidera:
> qui te creavit parvulum / lactante nutris ubere...;

y sobre la *lira* (o el *harpa) de David,* que serenaba el agitado espíritu
de Saúl, cfr. *I Samuel,* XVI, 23.

v. 21-4 Alusión al *Salmo XXIII,* vv. 7-9, que según la Vulgata dice:
"Arrancad, oh Príncipes, vuestras puertas, para que entre el Rey de
la Gloria"...

v. 29 "¿Quién es ésta que sube del desierto, recostada sobre su Ama-
do?"... *(Cantares,* VIII, 5).

v. 41-3 "¿Quién es ésta que sube del desierto como una varita de humo"
(como una columnita de incienso), "y que surge como la Aurora, her-
mosa como la Luna, esclarecida como el sol?" *(Cant.,* III, 6, y VI, 10.)

219

Vill. III: "La Soberana Doctora"...

N. Sra., en símbolo de vencedora en oposiciones a la Cátedra de
Prima de Teología, por su dominio en las materias de *Caridad,* de *Gra-
cia,* de *Encarnación* y de *Trinidad,* etc., mereciendo que le canten todos
el "¡Vítor!" *(Victor,* en latín: ¡Vencedor!).
—Análoga alegoría universitaria, en nuestro núm. *v* de los *Vills.
Atribuíbles;* y en el *Triunfo Parthénico,* Méj., 1682, un Altar simbo-
lizó a la Inmaculada Concepción, con la Sma. Trinidad "graduándola
Doctora", con la borla blanca de la Teología (f. 35):

> Del Líbano entre candores / borlada sube María...

v. 4 Ed. 1676: *deprienden;* luego, "deprenden"...

v. 33-8 El *Estribillo* es un monorrimo de 13 versos de 14, uno de 11 nor-
mal, y uno, repetido, de 6 + 5...: notable extrañeza métrica, si es que
así lo escribió Sor J., y no como romance en versitos de 7, 6, y 5.

220

Vill. IV: "Silencio, atención"...

María, Maestra de la *Capilla* Suprema, dirigiendo el Orfeón del

Cielo. Todo en alegorías de técnica musical; y cfr. núms. 21 y 87, con lo allí anot.

v. 11-4 El *ut* (nombre antiguo del "do") es la nota más baja, así como el *la* figura aquí como la más alta. Así "subió" María, desde la humildad de su *Ecce Ancilla* ("He aquí la Esclava del Señor", en S. Luc., I, 38), hasta la gloria en que le cantamos: *Exaltata*...: "Exaltada ha sido María sobre los Coros de los Ángeles a los reinos celestes"... (*Brev. Rom.*, Oficio de la Asunción).

v. 17-8 La Madre de Dios media entre Dios y la Humanidad, y reúne la grandeza del Cielo y la debilidad de la Tierra, simbolizadas por el *be-cuadrado,* robustísimo, y el *be-mol,* o "be-suave"... (En los textos antiguos: *b quadrado,* y *b mol.*).

v. 19 En 1689, y todos luego: "*B fami* que juntando"...; pero 1676: "*B fabmi* que juntando", como pide el verso (aunque en el texto disolvemos la abreviatura). María juntó "diversas naturalezas", al engendrar al Dios-Hombre...

v. 30 Normó su vida todo al *compás* divino *(ternario,* porque Dios es Trino en Personas).

v. 31-2 *Las Cantatrices Antiguas:* las Mujeres que cantan en la Biblia: María, la hermana de Moisés *(Éx.,* XV); Judith *(id.,* XVI); Débora *(Jueces,* V); Ana *(I Reyes,* II): todas ellas, "figuras" de la Virgen, así como Rebeca *(Gén.,* XXIV y ss.), aunque de ésta no hallemos cántico alguno. —Desde 1676, y todos, "las *Judiques*": muy curioso plural (como si dicho nombre fuera "Judic"), en vez de "Judithes"... Y cfr. en el núm. 254, v. 40, otra forma: "las *Judithas*".

v. 37 En la vida de N. Sra. no hubo ni el menor matiz (ningún *semitono)* inarmónico... Y cfr. "Pecar", de A. *Nervo:* "En la armonía eterna, pecar es disonancia...; el justo es una música"...

v. 43-6 En la Música Griega, distinguíanse siete "*Modos*", o gamas de tonalidades: el Dorio, el Frigio, el Lidio, etc. El primero es el más grave de los modos del canto llano; y el segundo, que era el más antiguo, se basaba en las solas cuatro notas "mi, fa, sol, la"... (Larousse). Al *Frigio* atribuíase la excitación, y al *Dorio* la serenidad. Así explica *Feijóo,* "Teatro Crítico", t. I., disc. XIV, n. 3: "Para el Templo se retuvo el modo que llamaban *Dorio,* por grave, majestuoso y devoto. Para el Teatro..., en las representaciones amorosas se usaba el modo *Lidio,* que era tierno y blando...; en las belicosas, el *Frigio,* terrible y furioso; en las alegres y báquicas, el *Eolio,* festivo y bufonesco"...

v. 48 *S. Ildefonso* de Toledo, o quien sea el autor del *Sermo V de Assumptione B. Mariae* a él atribuído (Migne, Patrol. Lat., XCVI, col. 263), dice que la gloria de la Asunción repercutió en el Infierno mismo, con una tregua o suavización de sus penas en los aniversarios de esta festividad. Sor J. advierte que es una pía hipérbole *(exagera); mas* poéticamente la hace suya, evocando la fábula de *Orfeo,* que con su lira pausó los suplicios del Averno *(Ovidio,* Metam., X, 40-6, y *Virgilio,* Geórg., IV, 481-4). —Sobre la discutida autenticidad de ese Sermón Ildefonsiano, cfr. en pro, *Fidel Fita, S. J.:* "La Asunción... en España", ap. Bol. de la R. Acad. de la Hist., 1900, pp. 427-35; y en contra, *Mauricio Gordillo, S. J.:* "La Asunción... en la Iglesia Española", Madrid, 1922, p. 102. Una síntesis, en *Sister Athanasius Braegelmann, O. S. B.,* M. A.: "The Life and Writings of St. Ildefonsus", Washington, 1942, pp. 158 y ss.

v. 57 La Iglesia acrece esa música de las glorias de María, con las *Octavas* de su liturgia: las series de ocho días en que prolonga sus mayores festividades.

v. 61 "La cláusula *Tritona",* o de tres tonos: aquí, de nuevo, la Augustísima Trinidad.

221

Vill. V: "Aquella Zagala"...

Las Coplas 2-9, primorosas paráfrasis del *Cantar de los Cantares* (IV, 9; I, 16-7, I, 5-6; II, 8; IV, 11; I, 7; y IV, 8).
—Por su afinidad de tono, cfr. (M. y P.: Antol. de Poetas Hisp.-Ams.) aquella breve joya de *Sor Francisca Josefa del Castillo,* la insigne Clarisa de Tunja, en la Nueva Granada (1671-1742):

El habla delicada / del Amante que estimo,
miel y leche destila / entre rosas y lirios... ;

y sobre la atribución a ella, en Colombia, de varios trozos de *El Divino Narciso* y de las *Letras de S. Bernardo,* cfr. anot. núms. 340 y 341.

v. 49-55 El *valle* y el *Monte:* el mundo y el Cielo... —Los *pastores del Olimpo:* los ángeles... —*El aldea:* la tierra; y cfr. "el altura" de Garcilaso, o "el Andalucía" de S. Juan de la Cruz, etc.

222

Vill. VI: "¡Aparten! ¿Cómo? ¿A quién digo?"...

Jácara.—En la jerga de los "matantes" o valentones andaluces, *Cervantes* usó "jácaros" por hampones ("La Ilustre Fregona"); y *Góng.,* en igual sentido, "los jacarandos"...
De allí, *a lo jácaro* (a lo picaresco), y sus derivados: "Yo me llamo Estebanillo González, flor de la jacarandaina"... ("Estebanillo"); "Xacarandina es la germanía o lenguaje de los rufianes, a los cuales llaman *Xaques"...* (Covarrubias, "Tesoro", 1610).
—*"Jácaras",* pues, llamáronse sus romances, que loaban sus haza-

ñas o imitaban su estilo; y aunque de la gente del hampa, y a menudo más que profano, el género alcanzó "gran popularidad" en todas las esferas sociales. Así *Quiñones*, en la de "Doña Isabel la ladrona", ponderando "la jácara" en "la Corte":

> Y la que antes en cocheras / apenas hablar osaba,
> ya en indianas barandillas / le dan silla y almohada.
> ¿Qué casada no la gruñe?, / ¿qué doncella no la labra?...
> ¿qué estudiante no la hace?, / ¿qué seglar no la traslada?...

Más aún: plació a los más delicados gustos, y pronto se elevó hasta "*a lo divino*"... Así, de la rufianesca que empezaba:

> "Ya está guardado en la trena / tu querido Escarramán"...,

hay versiones sacras de *Lope* ("El desengaño del hombre", y Loa de "La puente del Mundo"):

> Ya está metido en prisiones, / alma, Jesús tu galán...;

D. *Antonio de Solís* las hizo a San Agustín:

> Aquel Valentón robusto, / terror de toda la heria...,

o bien, a San Francisco de Asís:

> Todos los jaques se arrimen, / que un Valiente hoy ha llegado
> que cuando prueba sus fuerzas, / se las tiene al mismo diablo...

(Cfr., para todo lo anterior, D. *Emilio Cotarelo*: "Colección de Entremeses", Madrid, 1911, pp. CCLXXIV y ss.).

—Ya en los Villancicos de *León Marchante*, aparece la "Jácara" como una tradición obligada, vgr. en la Epifanía de 1671, para la Capilla Real de Madrid ("Obras", 1731, p. 219):

> Jácara, que la pide el aplauso; / jácara, que la noche la lleva...;

o en ésta, navideña (p. 241):

> —Pues lo crudo de la Noche / pide un tonillo del hampa,
> ¡ahí va una jácara nueva! / —¡Bien venida venga! —¡Vaya!...

o estotra, "A san Julián, Obispo de Cuenca" (p. 316):

> *Jácara me pide el cuerpo. / que sin tan dulce tonada*
> *el gusto no tiene gusto / ni tiene la gracia gracia...*
> —¡Pues vaya de jacarilla! / —¡Por mí, vaya! ¡Por mí, vaya!...

Sor J. prolongó esa tradición, descollando en su típico desgarro hiperbólico y valentón, si bien estilizado y ennoblecido; y se llevó, también, la "flor de la jacaranda"... —Entre las *Jácaras de Sor J.*, cul-

minan tres a N. Sra. —ésta, y las de los núms. 256 y 282—, donde parece
recordar varias, profanas, de *Quevedo:*

> "Allí vas, Jacarandina / apicarada de tonos...,
> a la Rubia de aventuras, / la que se peina buchornos...;
> que son todas las estrellas / aprendices de sus ojos...;
> la nieve de su garganta / hace tiritar a Agosto"...

> "Tiéneme aquí la morena / Antoñuela Gerigonza,
> más linda que mil ducados / y más bella que cien flotas...
> De perlas y de rubíes / tiene un tesoro en su boca,
> y con la plata del cuello / daré al Potosí limosna"...

v. 4 *¡No, sino al Alba!*...: rasgo, sin duda, de un cantarcillo popular o
tradicional, que no hemos identificado. Cfr. *Montoro,* II, p. 175, Vills.
Navidad, Descalzas de Madrid, 1683 (y anóns. Toledo, 1744, en Cejador,
t. IV, p. 207):

> Aurora del mejor Sol..., / ¡ala y más ala!
> Dicen que eres Aurora; / ¡no, sino el Alba!...

v. 7 "Un *Corrido* es lo mismo que una *Jácara*"...: la primera men-
ción, acaso, del nombre hoy más común de los romances o "relaciones"
populares de Méjico. Algo después, cfr. *Vills. S. Pedro, Méj., 1685* (anóns.,
pero de *D. Alonso Ramírez de Vargas):*

> Si en los Maitines / siempre se canta
> un *Corridillo,* / olla de casa
> que siempre alegra, / que nunca enfada,
> ¡vaya, vaya, / vaya de Jácara!...

v. 9 *La Valiente de aventuras*...: cfr., aquí arriba, *Quevedo:* "A la Ru-
bia de Aventuras"...; y el mismo, rom. "A María de Córdoba, farsanta
insigne" (Astr., 385):

> La belleza de aventuras, / aquella hermosura andante,
> la Caballera del Febo, / toda rayos y celajes;
> ojos de la Ardiente Espada, / pues mira con dos Roldanes;
> Don Rosicler sus mejillas, / Don Florisel su semblante...;

y *Jacinto Polo,* "Academias del Jardín", II:

> ¡Oh qué hermosos se compiten, / Belisa, tus ojos bellos,
> valentones a lo airado, / matadores a lo tierno!...

v. 10 *Deshacedora de tuertos,* o "entuertos"... Toda esta jácara alego-
riza a María como "Dama Andante", al modo de las *Bradamantes* y
Angélicas del "Orlando" y sus vastas frondas. Cfr. *Cairasco de Figueroa,*
"Templo Militante", II Parte, Lisboa, 1613 (Rivad., t. 35, p. 301):

> Virgen, que a Bradamantes y a Marfisas,
> Pantasileas bravas y animosas...,
> no sólo habéis quitado las divisas,
> mas al Dragón, con fuerzas poderosas...

v. 20-1 *Hermosa* ... *y temida* ...: "Bella como la Luna ..., terrible como hueste ordenada para el combate" ... *(Cantares,* VI, 10).

v. 6 *El Tesoro Escondido* ...: cfr. *S. Mateo,* XIII: "Semejante es el Reino de los Cielos a un tesoro escondido" ...

223

Vill. VII: "La Retórica nueva" ...

—María, en alegoría de una *Retórica* u Oradora celestial, todo en metáforas y equívocos a base de los tecnicismos del *Arte de bien decir.*

v. 7 *Con Demóstenes mira y Cicerones* ...: sus ojos, elocuentísimos.

v. 24 *Lo Judicial* ...: el género de la oratoria forense.

v. 36 "Va a la eterna *Complexión":* al eterno Abrazo con Dios ...

v. 40 *El Sinécdoque* (hoy, femenino) es "tomar la parte por el todo"; y "María eligió la mejor parte" *(S. Lucas, X, 42),* que es Dios, o "el Todo" ... Cfr. la palabra de S. Francisco de Asís: "¡Mi Dios y mi Todo!"

v. 47 La Metáfora es eso: "translación"; y en tal significado etimológico se aplica aquí a la Asunción de María a los Cielos ...

v. 61-2 "Que su Retórica toda / a sólo un *Verbo reduce"* ...: al *Verbo* de Dios, hecho Hombre en su seno. (Y aquí, "Retórica" no en el sentido de la Oradora, sino de su Arte o su libro ...)

224

Vill. VIII: A la aclamación festiva" ...

—*Ensaladilla,* por su variedad de ingredientes: la "Jura", los "Negrillos", y el "Tocotín" de los Indios. (Otras veces la mezcla de diversas piezas jocosas se salmimenta aún más, de diversas lenguas: latín, náhuatl, portugués, y aun tal cual rasgo del congolés o el vascuence ...) Y tal solía ser el Villancico final de los Maitines, en atención a la fatiga de los fieles.

v. 2 La Asunción de María es, al par, su Coronación por Reina del Cielo y tierra. De ahí, esta JURA ...—Esos *fueros* del hombre son la dignidad racional y el libro albedrío, que María le *guardará,* ayudándole a conservarlos en una vida virtuosa. —"Paz y justicia *igual":* equitativas y rectas ...

v. 31-2 *Heráclito y Demócrito* ...: cfr. lo anot. al núm. 2, v. 25, y al núm. 50, v. 95-6.

Negrillos (en Castál y Obras: *Negrito,* y con el estribillo también al principio).—La infantil medialengua de los Negros, suena ya en la más áurea poesía española. De *Góngora,* cfr. letrilla "Mañana sá Corpus Crista"... (Millé, p. 349):

> Pongamo fustana / e bailemo alegra,
> que aunque samo negra, / sá hermosa tú;
> ¡Zambambú, morenica de Congo,
> Zambambú!...;

o la de Navidad (ib., p. 386):

> —¡Oh, qué vimo, Mangalena! / ¡Oh, qué vimo!
> —¿Dónde, primo? / —No portalo de Belena...
> —Por en Diosa que no miento. / Vamo ayá. —Toca istrumento.
> ¡Elamú, calambú, cambú! / ¡Elamú!...

En *Calderón* ("La Sibila del Oriente"), así habla "Mandinga" a la Reina de Sabá:

> Turo aquezo zá embeleco; / mila, Siola, no lo cleas:
> que la gente branca zá / mentiroza. ¡Para eya!...

Y *León Marchante,* en sus Villancicos de 1672 ó 1676 ("Obras", Madrid, 1731), logra delicados primores:

> Esta Noche, los Negros / que al Niño buscan,
> con caras de Tinieblas / traen Aleluyas"...
> —"Vamos, Tomé, / cantemo a José:
> ¡gulumpé, gulumpé, gulumpé!"...
> —"Toca, Plimita, / la guitarrilla
> del gurugú / al Niño Jezú"...
> —"Los Negros que están cansados / de ser, cada Noche Buena,
> anís de los Villancicos, / porque con frío se beba...
> ¡Adiós luz, que los Maitines / se han convertido en Tinieblas"...
> —"Al sonecillo indiano / del Zarambeque,
> anden las mudanzas / firmes y alegres!...
> ¡Teque, teque, reteque, teque!
> ¡Vaya, Plima, de Zalambeque!"...

León Marchante, por cierto, llama *Villancico Negro* a este último: precedente, aun en ello, de la moderna lírica "negra" de las Antillas, Brasil y Estados Unidos... —*Sor Juana* tiene aún otros: S. Pedro Nolasco; Asunción, 1679 y 85; S. José, 1690... Y en Méj. no faltan otros ejemplos, como los del *Br. Gabriel de Santillana,* de S. Pedro y de la Natividad, 1688 (Poetas Novohispanos, III, pp. 134-6).

v. 33 y ss. Este Romancillo *Negrito* es uno de los más finos en tal especie. Y aunque tan llano, he aquí la obvia versión de su chapurreo:

> —Cantemos, Perico,
> que se va la Reina,
> y démosle todos
> una noche buena.

> —Igual es llorar,
> Blasico, de pena:
> que a todos los Negros
> a oscuras nos deja.

—*Si al Cielo se va*
y Dios se la lleva,
¿para qué llorar,
si Ella está contenta?
—*Muy linda estará*
vestida de seda,
contemplando el Sol,
pisando la Estrella.
—*Déjame llorar,*
Blasico, por Ella:
se va, y a nosotros
al Obraje deja.
—*¡Calla, que está siempre*
mirando a la Iglesia!
Mira a la Española,
que se queda prieta.

—*Bien dices, Blasico:*
toda está suspensa;
si tú quieres, demos
una cantaleta.
—*¡Noble de mi Dios,*
que es cosa tan buena!
¡Ahora, Perico,
que nos mira atenta!
—*Ah, ah, ah!*
que la Reina se nos va!
.—¡Uh, uh, uh,
que no es blanca como tú,
ni Española, que no es buena;
que Ella dice: Soy Morena
porque el Sol mirado me ha!

(A. M. P.)

——Tocotín: danza azteca, y su letra, en nombre acaso onomato-péyico de sus ritmos: "toco, toco, totoco, toco"... —Ya el *Pbro. Br. Francisco Bramón,* cerrando "El Triunfo de la Virgen" (breve Auto virginal incluído en su novela sacro-pastoril *Los Sirgueros de la Virgen,* Méj., 1620), introduce a "el Reino Mejicano... con una tilma de plu-mería y oro... y un rico escudo con sus armas, que son el Águila sobre el tunal", y bailando con 6 "caciques", al són del "Teponaxtle", una "vistosa danza, *Mitote o Tocotín*"..., con muy linda letra castellana:

> ¡Bailad, Mejicanos, / suene el *Tocotín,*
> pues triunfa María / con dicha feliz!
> —Coged frescas flores / del rostro de Abril;
> hacedle guirnaldas / de blanco jazmín...

—Ya allí, pues (cfr. Poets. Novs., I, p. 137-8), como forma típica del *Tocotín,* asoma el *romancillo exasílabo* con que Sor J. lo revive, ora en *español* (Loa para *El Divino Narciso),* ora en *náhuatl* (o sea, el pre-sente), ora en *castellano y azteca mezclados* (núm. 241). —Que Sor J. "escribió muchos y elevadísimos poemas latinos, castellanos y *mejica-nos"*..., se lee en el óleo de Miranda, donado en 1713 a la Contadu-ría de S. Jerónimo por la M. Gertrudis de S. Eustoquio. Mas no sabe-mos de otros, sino éstos.

—Posteriormente, cfr. Vills. Nav., en S. Clara de Méj., 1682, del *Br. D. José de la Barrera Varaona,* en que "un Indio" dice:

> So mercié soplico / que me deja entrar...:
> on *tocotín* venco / al Niño cantar...;

y en *Pérez de Montoro,* Vills. Nav., Cádiz, 1688 ("Obras", II, 265), unos "Negros" cantan:

> —Vaya e soneciyo / de una rinda ranza
> que ha venido en frota / de la Nueva España
> y en Chapurtepeque / la señaron mí.
> —¿Y cómo se yama, / pala yo seguí?
> —¡El *tocotín, tocotín, tocotín!*...

v. 82 y ss. *"Tla ya timohuica"* ... Este *Tocotín,* a diferencia de los otros, está todo "en Mejicano lenguaje" —en Náhuatl—, manejado con notable gracia y fluidez, según nos dice el M. I. Sr. Cngo. Dr. *D. Ángel Mª Garibay,* quien nos favoreció gentilmente con la revisión de su texto y con esta *traducción literal:*

"*Si ya te vas,* / *nuestra amada Señora,* / *no, Madre nuestra,* / *Tú de nosotros te olvides.* / *Aunque en el Cielo* / *mucho te alegrarás,* / *¿no acaso alguna vez* / *harás memoria?* / *Todos tus devotos* / *podrán ser llevados arriba (como con cuerda).* / *Y si no, Tú* / *con la mano los alzarás,* / *pues te quedó agradecido* / *tu amado Hijo.* / *Ea, pues, por las gentes* / *suplícale:* / *y si no quiere,* / *recuérdale* / *que tu carne* / *Tú le diste,* / *tu leche* / *bebió, si soñaba* / *también pequeñito.* / *Que por tu mediación* / *tus devotos,* / *los faltos de algo,* / *nos haremos merecedores;* / *nuestros pecados todos* / *echaremos a rodar;* / *al cielo iremos,* / *te veremos* / *donde para siempre* / *vivirás,* / *para siempre se hará* / *tu mandato".*

Y de este "mot-a-mot" exacto, nos atrevimos a ensayar una versión en el mismo romancillo exasílabo, con igual asonancia en *"í-e"* (aunque allí se alterna con su equivalente, abundantísimo, de *"í-i"*), y con la posible imitación de su candorosa llaneza:

Amada Señora,
si te vas y tristes
nos dejas, ¡Oh Madre,
no allá nos olvides!
    Por mucho que el Cielo
ya te regocije,
¿no te acordarás
de quienes aún gimen?
    Todos tus devotos
allá han de subirse,
o tú has de subirnos
con tu mano, ¡oh Virgen!
    Pues agradecido
tu amado Hijo vive
contigo, ¡por todos,
oh Madre, suplícale!
    Y si Él no quisiere,
recuérdale y dile

que tu tierna Carne
virginal le diste;
    que bebió la leche
con que Lo nutriste,
y que —Pequeñito—
su sueño meciste.
    Tus pobres devotos
seremos, felices,
por tu mediación
dignos de servirte.
    Y echando a rodar
nuestras culpas tristes,
iremos al Cielo,
verémoste, oh Virgen:
    donde para siempre
Tú reinas y vives;
donde tu mandato
siempre ha de cumplirse.

(A. M. P.)

CONCEPCIÓN, 1676

Sólo *ed. aisl.,* Vda de Calderón (4 fojas a dos colores), 1676; "compuestos en metro músico por el Br. Joseph de Agurto y Loaysa, Mº Compositor de dicha S. Iglesia". Sin nombre de la A.; pero (ejr. González de Cossío, hoy en la bibl. Ugarte), al pie de la portada, Nota Ms. antigua: *Los compuso la Mª. Juª. Inés de la Cruz, religª. de S. Gerónimo de Mexº.* Y lo confirma, hasta la certidumbre, otro hecho: sus *Villancicos IV y V,* (aunque no los otros) se incluyen, como "letras" sueltas, en el *Segundo Volumen*, Sevilla, 1692, pp. 44-5. (Cfr. lo que anotamos al n. 361.)

225

Vill. I: "A la fiesta del Cielo"...

v. 14 Los *casos reservados* son ciertas culpas de las que sólo puede absolver un confesor especialmente autorizado para ello; pero la Inmaculada Concepción fué *un caso reservado* (o sea, excepcional), que no tenía por qué ser *absuelto*.

v. 27-30 María no pudo *tragar al Diablo* ni por un instante; sino tuvo con él perpetuas "enemistades" *(Génesis*, III, 15); y así, *se estuvo sin probar bocado* de la Manzana de Adán y Eva: sin contraer la Culpa Original, de ellos heredada.

226

Vill. II: "¡A la Concepción!"...

Equívocos de nombres de Templos: algunos, aún supérstiles en Méj., como *Regina* = la Reina; otros ya destruídos o laicizados, como *Porta-Caeli* = la Puerta del Cielo, o *Las Mercedes*...

227

Vill. III: "¿Quién es aquella Azucena?"...

v. 11 "La cabeza *se estrelló*, / sin haber dado caída"...: fué la Mujer Celeste, que lleva "una corona de doce *estrellas"*... *(Apoc.,* XII).

v. 19 *Puesta sobre su cabeza*...; "y Ella aplastará tu cabeza"... *(Gén.,* III, 15).

228

Vill. IV: "Un Herbolario extranjero"...

v. 1 y 45 *Un Herbolario*...: Dios, que nos da en María el *Contraveneno* para nuestras malas inclinaciones, derivadas del Pecado Original y del Demonio... —*Extranjero:* venido acá desde el Cielo. —*Manuel*, o sea "Emmanuel, el Dios con nosotros"... *(Is.,* VII, 14, y *Mat.,* I, 23): Cristo, por cuyos méritos previstos recibió María su redención anticipada y toda su grandeza y preservación.

v. 11-24 "Es Hierba *Sánalo-todo*"...: la "Mediadora de todas las gracias", como la saluda la Iglesia.—*La manzanilla de Adán*...: su transgresión, comiendo el fruto vedado, que causó *la infición* (o infección) del Pecado Original a toda su progenie, excepto la Inmaculada.—Como la hierba *Calidonia,* la Virgen nos *aclara la vista* con sus gracias intelectuales, en orden a la Fe. Y como la *Salvia,* nos *habilita la lengua:* al pecador, para la confesión; y a los apóstoles, para la predicación...

v. 31 *La Mejor-Ana:* equívoco de "la mejorana" y de "la Ana Mejor", o sea Santa Ana, la Madre de Ntra. Señora.

v. 44 y 51 Aludiendo a la venenosa *Yerba de la Puebla,* y a nuestra Angelópolis, se pondera que aun a "los Ángeles" (los mayores Santos) les dejó la mancha original la propensión al pecado... Llevamos *en el seno* esa *ponzoña;* pero a mano tenemos la *Contrayerba*...

——Del "Segundo Volumen", 1692, tomamos la *Copla 9* (que falta en 1676). Y el mismo dice, v. 39: *a su amago* (por "a su fama"); y v. 49: "Nadie tema ponzoña, *de hoy más,* Mortales" (donde los otros textos omiten el "de hoy más"...).

229

Vill. V: "Entre la antigua cizaña"...

Rosa..., *Maravilla...:* cfr. en el son. "La compuesta de flores *Maravilla*" (núm. 206), a la "*Rosa* Mejicana" de Guadalupe...—*Entre la antigua cizaña...:* entre la corrupción de la Naturaleza Humana por el Pecado Original...; y cfr. la parábola: "Vino el hombre *enemigo* y sobresembró cizaña"... *(S. Mateo, XIII).*

——En *1692,* Estribillo, v. 30: *ni la abrasen* (por "ni la sequen"); y v. 35-6: "que *siendo Rosa* / es Maravilla"...; y Coplas, v. 7: "en el *cuartel* más estéril"...

230

Vill. VI: "¡Oigan, miren, atiendan!"...

v. 32 *La Sierpe... se da a Patillas...:* el Diablo se da al Diablo, por la cólera...
—*Patillas:* juguetón apodo del Diablo (como en el núm. 322). Ya *Salazar y Torres,* en su "Romance del Escudo de María", del Certamen de nuestra Universidad en 1654, lo llamaba *Patas* (cfr. "Poets. Novs.", II, p. 125); y el hispano-limeño *Juan del Valle y Caviedes,* en su "Diente del Parnaso", por 1680 (cfr. "Obras", ed. de Rubén Vargas Ugarte, S. J., Lima, 1947, p. 132), dirá satirizando a una "beata":

> *Cuando a alguno le oyere decir ¡Diablo!,*
> *hágase de mil cruces un retablo...;*
> *mas no le nombre: llámele el Pecado...,*

> *el* Patón, *el* Patillas, *el Maldito* ... ;
> *y enmiende así la pluma a la Escritura*
> *que llama a la maldita cri̇̈atura*
> Diablo *a secas, y no le da el* Cornudo
> *por mote, ni el Pateta ni el* Patudo ...

Sor J., por lo demás, aquí y en muchas partes llámalo *"Diablo* a secas", muy ajena de tal melindroso escrúpulo.

231

Vill. VII: "María, en su Concepción". . .

Esta victoria de la Inmaculada sobre la Culpa, en alegoría de batalla entre el *Día* y la *Noche,* anticipa el espléndido cuadro de *El Sueño* (núm. 216), v. 887 y ss. Y ya sobre esta aplicación mariana, cfr. lo allí anot. al v. 899.

232

Vill. VIII: "Acá tamo tolo". . .

El *Neglillo* (cfr. lo anot. al núm. 224) da aquí su *vaya* al Diablo, por su derrota ante la Inmaculada.—De análogos *Vejámenes,* cfr. en "Poets. Novs.", II, los de *González de Contreras* (p. 77), y de *Salazar y Torres* (p. 133), ambos premiados en nuestro Certamen universitario de 1654; y en España, la "cantaleta" de *Pérez de Montoro* al "Chicharrón eterno", en sus Villancicos de la Concepción, en Cádiz, 1691 ("Obras Póstumas", t. II, Madrid, 1736, p. 151 y ss.).

—Alguna de sus voces se nos escapa: "y su cola ri *machí"* ... (?) Pero las más son claras o se adivinan: *tamo tolo* (estamos todos); *Cuche usé, cómo la rá / Rimoño la cantaleta*... (Escuche usted, cómo se da al Demonio su cantaleta...); *ri* (de); *quiriaba picá la Virgi* (quería picar a la Virgen); *pinsiaba la trivimenta* (pensaba el atrevimiento); *calabralo* (descalabrado), etc. Y sólo verteremos, por mejor saborearla, esta dulce copla:

> *Aunque Negros, blancos*
> *somos, ¡lela, lela!;*
> *que el alma devota,*
> *blanca está, no prieta...*

SAN PEDRO NOLASCO, 1677

Ed. suelta y anón., de 1677 (ejr. de González de Cossío, hoy de D. Salvador Ugarte, con una Nota Ms. antigua: "De la M. Juana Inés de la Cruz", y con anotaciones y correcciones *autógrafas* de Sor J.); *Castál.,* 1689, 249; *I, 1725,* 228.

233

Dedicatoria: "En fe de sentencia tal"...

——Se suprime en todas las ediciones, desde 1691; pero está en Castál., y en I, 1693 (Barcelona, Llopis), 255.

v. 1 *Sentencia tal* ...: la de Cristo, ante la moneda del tributo romano: "—¿Cúya es esta imagen e inscripción?—Del César.—Dad, pues, al César lo que es del César"... *(Mat.,* XXII, 21). Su aplicación en estas dos décimas (que por ello, tal vez, suprimiría la misma Autora), es demasiado obscura y retorcida. Parece significar esto: si la moneda, por tener su imagen, "es del César", el César a su vez (y todo hombre) por ser imagen de Dios, es de Dios... Y San Pedro Nolasco —cuya vida retrató a Cristo Dios, con la señal de su Cruz—, es todo suyo, con especialísima verdad; y es de María, como que Cristo es de ella (por ser el Hijo imagen de su Madre). Sor J., pues, ofrece este retrato de ese retrato (estos Villancicos), a la Emperatriz Augusta del Cielo...

234

Vill. I: "En la Mansión inmortal"...

S. Pedro Nolasco nació en "Recaudi", cerca de Carcasona, "de noble estirpe francesa" (dice el *Brev. Rom.).* Un enjambre de abejas labró un panal de miel en su mano, en la cuna. Abominando la herejía de los Albigenses, peregrinó a Monserrat. Consumió en Barcelona todo su patrimonio en rescatar ("redimir") cristianos cautivos por los moros, y aun deseaba venderse a sí mismo con ese fin. Ntra. Sra., entonces, le mandó instituir una Orden religiosa que a ello se consagrara; y él la fundó, con S. Raimundo de Peñafort y con Don Jaime I, Rey de Aragón. Descolló por la inmaculada pureza, la humildad y penitencia, la paciencia y fortaleza; y se vió enriquecido con el dón de profecía y con la frecuente aparición de su Ángel custodio y de N. Sra. Murió en la Nochebuena de 1256; y Alejandro VII fijó su fiesta el 31 de Enero, aunque ahora se celebra el 28 del propio mes.

v. 9-10 *La Francesa Lis:* su noble estirpe francesa; y *las barras de Aragón:* las armas reales que para escudo de su Orden le cedió D. Jaime el Conquistador.

v. 19 Impresos: *"hacer lo que Cristo hacía",* que no da sentido; pero *corrección autógrafa* de Sor J. (ejr. cit. de 1677): "como heredero, este día"...

v. 26 Impresos: "en que a Cristo parecía"; pero *corr. autógr.:* "que a Cristo solo venía"...

v. 58 *Cándidas Guardas* ...: los Ángeles de blancas vestiduras, en el Sepulcro vacío de Cristo resucitado *(S. Luc.,* XXIV, 4); y se alude a la desaparición de los restos mortales de S. Pedro Nolasco.

v. 61 La *cándida compañía* del Santo: los Mercedarios, con sus hábitos blancos . . .

235

Vill. II: "¡Ah de las mazmorras!". . .

v. 16 *El Redentor:* el rescatador de cristianos cautivos por los infieles; y por lo mismo, imagen de Cristo, el Redentor de las almas cautivas del demonio . . . Sólo en tal sentido —y con voluntario equívoco—, da Sor J. ese título a Nolasco y sus Religiosos.

v. 30 Textos de 1677 y 1689: *arresgó;* y cfr. lo anot. al núm. 216, v. 277.

v. 45 *Llorar que esté libre* . . .: la muerte para el cristiano (y más para los Santos) es una liberación de *esta cárcel y estos hierros / en que el alma está metida* (que decía S. Teresa).

236

Vill. III: "¡Aguija, aguija, Caminante!". . .

La vida cristiana: una peregrinación hacia el Cielo. . . Cfr. *S. Pablo:* "No tenemos aquí ciudad permanente, sino tendemos hacia la futura" . . . *(Hebr.* XIII, 14.)

v. 3 Textos: "Aguija, corre, corre, *aguija la carga*" . . .; y Abréu, P. C., *"alija la carga"* (como lo pide el "carga", si se toma por substantivo). Mas siendo endecasílabos normales los otros versos del Estribillo, creemos que éste también lo sería; y tal resulta suprimiendo el *la* y tomando el *carga* por verbo (en su posible sentido de "apretar el paso", del que nos queda huella en "una carga de infantería" . . .).

v. 9 *Por ir más ligero* . . .: cfr. núm. 79 (estr. 5-8), y las liras de S. Hermenegildo en el auto *El Mártir del Sacramento.*

v. 24 Textos de 1677 y 1689, etc.: *Impíreo,* que modernizamos. (Y lo mismo, en cuantos lugares ocurre esta voz).

v. 32 *Viático,* o bastimento para el camino, eso es el Eucaristía para el que marcha hacia el Cielo; y se llama, precisamente, *Viático,* cuando se recibe en la proximidad de la muerte.

237

Vill. IV: "¡Ay cómo gime! Mas ¡ay cómo suena!. . ."

v. 1 Cfr. *Góng.,* rom. "Contando estaban sus rayos" . . . .

¡Ay cómo gime, mas ay cómo suena,
gime y suena,
el remo a que nos condena
el Niño Amor! ...;

y *León Marchante,* Vills. Navidad 1675, en la Capilla Real ("Obras
Poets. Póstumas", II, 1733, p. 144):

¡Ay cómo sona a Gayta Galega ...;
ande a Gayta, e vaya de festa!
Ande a Gayta, que a Noite lo manda!
¡Ay, cómo sona; mas ay, cómo canta! ...

—De la propia Sor J., cfr. núm. 292: "¡Ay, ay, ay, cómo el Cielo se
alegra!" ...

v. 2-3 Sobre el clásico tópico fabuloso del Canto del Cisne al morir,
cfr. lo anot. al núm. 76, v. 18; y aquí baste añadir a *Góngora:*

Aquí entre la verde juncia / quiero (como *el blanco Cisne*
que, envuelta en dulce armonía, / la dulce vida despide)
despedir mi vida amarga, / envuelta en endechas tristes ...;

o a *Quevedo,* "Sátira a una dama" (Astr. 101):

Pues más me quieres cuervo que no *cisne,*
conviértase en graznido *el dulce arrullo*
y mi *nevada pluma* en sucia tizne ...

v. 4 S. Pedro Nolasco: *Cisne* por la candidez de su pureza y por el há-
bito blanco de la Merced, o también por las canas de su ancianidad ...

v. 5 *Su toga tersa:* el propio hábito cándido, y la espiritual limpidez
del Santo.

v. 7 *"Su* virginal Pureza", y los siguientes *sus* (hasta el v. 11), se refie-
ren a *María* (v. 4).

v. 12 El Músico y Cantor de Tracia estuvo a punto de libertar a su
esposa, Eurídice, del reino de Plutón (cfr. *Ovidio,* Metam. X; *Virgilio,*
Geórg. IV; y el precioso "Orfeo" de *Jáuregui,* 1624). Y San Pedro No-
lasco redimió a innúmeros cautivos de sus mazmorras, y a más almas
del Infierno ...

v. 21-27 Murió el Santo rezando las *dulces cláusulas* del Salmo 110, y
con la contrición que dice a Dios en el Miserere *(Ps. 50):* "Me lavarás
y quedaré *más blanco que la nieve"* ...

238

Vill. V: "Escuchen a mi Musa" ...

v. 2 *Estar de gorja:* de humorismo y broma ...

v. 9 *Vaya a redro* (o *arredro*): arrédrese, retroceda... Cfr. el *Vade retro* latino (vgr. en *S. Marc.*, VIII, 33, según la Vulgata); y rom. "La Escarapela"..., de *Quevedo* (Astr., 345):

> El malo es el que no tiene, / con su *arriedro* y su Satán...

v. 20-5 ...Nació Nolasco el 1º de Agosto, día de "San Pedro *ad Víncula*", o sea, de las Cadenas de que S. Pedro el Apóstol fué milagrosamente librado en Jerusalen. Y la Iglesia venera hoy a ambos Pedros: al Apóstol, *encadenado* y Mártir; y al *desencadenador*, o redentor de cautivos.

v. 31-2 Cfr. el refrán: *Quien no te conozca, que te compre*...

v. 41 Equívoco imperfecto, pero voluntario y gracioso, entre *Mercedario* y *mercenario*, aludiendo al Evangelio: "El buen Pastor da su vida por las ovejas; pero el *mercenario* (el que las cuida sólo por la paga), a quien no le importan las ovejas, ve venir al lobo y abandona las ovejas y huye"... *(Juan, X, 11-13)*.

v. 45 *Dejar en blanco* a uno es robarle cuanto posee; y el Santo *dejaba en blanco* a los que conquistaba: en la pureza de alma, y en el blanco sayal de su Orden.

v. 48-9 Las becas en los Colegios y Universidad, se decían *de gracia* y *de Merced*...: dos modos de estudiar (y de vivir, y de enterrarse) los pobres... Pero aquí, la *Gracia* santificante, y la Orden de la *Merced*...

239

Vill. VI: "¡Escuchen! ¿Cómo? ¿A quién digo?..."

Jácara: cfr. lo anot. al núm. 222, cuyo verso inicial casi se repite aquí intacto.

v. 20-6 Con su apostolado, en Barcelona, *robó* el Santo miles de almas, y *las despachó* al Convite eterno del Cielo. Por eso, en lengua del hampa, se le pondera superior al *bravo Serralonga:* celebérrimo bandolero, cantado en pliegos populares y anónimos como *"El Catalán Serralonga*, relación famosa, en que se refiere la grande y singular resistencia que hizo a la justicia"... (4. fs.: Méj., Hereds. Vda. de Miguel de Ribera, sin año.)

v. 27 Los *desnudaba* de sus malos hábitos y de lo mal habido, y aun de sus legítimos bienes, persuadiéndolos a la limosna para su obra de rescatar cristianos esclavizados.

v. 31 Textos: *"El que sin pedir"*...; pero corregimos: *Al,* como complemento de "sobran"...

v. 34 *Pesado* ...: santamente importuno en pedir limosnas.

v. 45 *Trajo la vida vendida*... Así como se dice de un valentón, que "vende cara su vida", el Santo quiso *venderse* —literalmente— para redimir cautivos...

v. 47-50 *Privado,* o consejero, de D. Jaime el Conquistador, que dió su propio escudo (las *Barras* de Aragón) a la Orden de la Merced.

v. 54 *"Despejar la boca"* (Abreu, P. C.), es err. por *desplegar*...

v. 55-8 Como esos valentones, que siempre *acaban mal,* así el Santo *murió pidiendo limosna*...: igual, pero de cuán otro modo... En la pobreza evangélica de quien dió todos sus bienes para seguir más libre a Dios, y que luego fué "mendicante" para los pobres de Cristo.

240

Vill. VII: "Vengan a ver un Lucero"...

v. 2 *Redentor segundo*...: cfr. lo anot. al núm. 235, v. 16.

v. 23-7 "Un *panal* que destila, son tus labios"..., se dice a "la Esposa" en los *Cantares* (IV, 11); y un enjambre de abejas labró un panal *en la mano* de S. Pedro Nolasco, cuando dormía en su cuna *(Brev. Rom.).*

v. 36 *Cautivaba un Redentor:* a sí mismo...

v. 38 Esa *ocupación* de Cristo fué el *redimirnos* con su muerte en la Cruz.

v. 46-7 *El mal francés:* la sífilis... Rara "claridosidad" la de aquel siglo en que una Monja, y en un Villancico cantado en Catedral, hacía tales alusiones sin escándalo de nadie; y ello, por no desperdiciar el fácil retruécano con *el buen Francés* que era el Santo.

v. 50-2 Si S. Pedro Apóstol tuvo *su Gallo,* S. Pedro Nolasco *"lo fué* de Nación"... (En latín, *Gallus:* el gallo y el Galo).

241

Vill. VIII: "A los plausibles festejos"...

Ensaladilla del Negro, el Bachiller latino y el Indio. (Cfr. lo anot. al núm. 224).

——Negro...: cfr. la anot. al núm. cit. — *Un calabazo*...: instrumento musical que el *Br. Gabriel de Santillana* (cit. ib.) nombra *cacambé.* —*Túmba-la, lá-la*...: onomatopeyas de la música negra, como los *teque, teque, reteque,* de León Marchante (ib.), etc.
—*Ya Pilico*...: "está Perico...—"*Oblaje*": el Obraje, las fábricas de lienzos u otras manufacturas, donde trabajaban esclavos... (Cfr. en el

actual Estado de Méjico, el pueblo de *San Felipe del Obraje,* hoy "del Progreso"...). —*Con mi conga:* con mi negra congolesa...

v. 27 Cfr. el rom. de *Góngora:* "Aunque entiendo poco griego"...:

"Los ojazos negros dicen: / *aunque negros, gente samo*"...

v. 43 Textos: *barbado;* probable err. por *bárbaro,* en su clasica acepción del que ignora el latín o no comprende la lengua en que se le habla. Cfr. *Ovidio,* Tristes, V, eleg. X, v. 37:

Barbarus hic ego sum, quia non intelligor ulli...
("Yo soy el bárbaro aquí, pues que ninguno me entiende...")

v. 44 y ss —LATINAJOS...: latines algo corrientes, pero gramaticalmente correctos, que así podrían traducirse:

Hoy el divino Nolasco / fué colocado en los Cielos...
Fallecido un Redentor, / otro Redentor nació...
Del Salvador, esta Imagen / fué más perfecta que todas...
Calla, amigo, porque yo / no uso el idioma español...
No sé lo que ahora me dices, / ni entiendo qué decir quieres...

Mas a cada frase latina, repone el interlocutor iletrado algún jocoso dislate, fundado en tal o cual analogía de sonidos: *Nolascus divinus*...: "No asco de vino"...; *Natus* (nacido): "natas"...; *Imago* (imagen): "mago"...; *Nam ego* (porque yo): "aniego"...; *Nescio* (ignoro): "necio"...—Igual recurso cómico, ya en la letrilla "Al Conde de Salinas", de *Góng.:*

lo que exponen mis hermanos, / los más doctos sacristanes,
sobre el "Dimisit *inanes*", / que perdonó los *enanos*...;

y luego en *León Marchante* (Nav. 1676, op. cit. p. 147):

"—Cuando el Niño esta llorando, / *tace, tace, amicus meus!*
—¿Para qué quiero yo *tazas,* / cuando Dios hace pucheros?"...

(Aquí, de *tace:* ¡calla!, se entiende "tazas"...)

——Cinco son, por lo demás, los poemas de Sor J. que de algún modo incluyen a la vez el latín y el castellano: *Hodie Nolascus* (alternación de ambos idiomas, sin confundirlos, hablando un interlocutor en latín, y protestando el otro, en español, de lo que se imagina que aquél le ha dicho); *Ille ego qui quondam fui* (núm. 258), todo en latín propiamente "macarrónico", que entre hemistiquios virgilianos revuelve chuscos dislates de español "sacristanescamente" latinizado; *Válgame el Sancta Sanctorum* (núm. 249), en español mechado de latines de Virgilio y de latinajos estudiantescos; *Escuchen dos Sacristanes* (núm. 290), castellano, esmaltado al final de cada copla con graves y oportunos textos bíblicos de la Vulgata latina; y *Divina María* (núm. 252), "latino y castellano", en simultaneidad indivisa. —Son, pues, cinco estas piezas, y de sendos géneros irreductibles; no sólo las tres *(Nolascus...,* *Válgame el Sancta...,* y *Divina María),* que Abréu Gómez (Bibl., p. 299) cataloga —juntas y solas— como "Híbridos de Latín y Castellano". —Y sobre las demás poesías latinas de Sor J., cfr. lo anot. al núm. 218.

v. 71 y ss. TOCOTÍN: cfr. lo anot. al núm. 224, en su parte final. Pero éste, en cierta mezcla de *náhuatl* y de *castellano algo amestizado* —Mejor que traducir, una por una, las incrustaciones aztecas, damos su *versión corrida,* que agradecemos al M. I. Sr. Dr. D. *Ángel Mª* *Garibay,* señalando en cursiva las palabras o frases que se traducen:

Los Padres bendito
tiene on Redentor;
yo no lo creo,
lo sabe mi Dios.
  Sólo Dios *Hijito*
del cielo bajó
y nuestro *pecado*
nos lo perdonó.
  Pero estos *Padres*
dice en so sermón
que este San Nolasco
a todos compró.
  Yo al Santo le tengo
mucha devoción
y de *flor perfecta*
un *ramo* le doy.
  Tú [o *Vos*], su persona,
dizque se quedó
con los perros moros
en una ocasión.
  Sabe Dios, si allí
estuviera yo,
matara *a cuatrocientos*
con un mojicón.

  Y nadie lo piense
lo hablo sin razón,
pues soy panadero
de mucha opinión.
  Puede que me olvide,
no soy hablador;
mi amo lo sabe,
no soy valentón.
  Un mi compañero
lo desafió,
y con *un* puñete
allí se cayó.
  También un *alguacil*
del Gobernador,
a causa del tributo
prenderme mandó.
  Mas yo con un *palo*
un palo le dió
en la su cabeza:
no sé si murió.
  Y quiero comprar
un San Redentor
como el del altar,
con su bendición.

—El "Indio" advierte que *Redentor* —propiamente— no es sino Cristo, aunque tal nombre se le dé a este Santo por "rescatador". Ante su abnegada paciencia entre *los perros Moros,* reacciona ingenuamente (como Clodoveo ante la Pasión del Señor): si él estuviera allí, lo defendiera... Y probando que no es un *valentón,* aduce algunas hazañas y termina expresando su amor al Santo, dándole como nombre propio *(San·Redentor)* el mismo casi divino título que poco antes le regateaba. —Aun en el español de este *Tocotín,* hay formas aindiadas: "los Padres *bendito*" (por "benditos"); *tiene on...* ("tienen" y "un"...); *morió* (murió) ... Lo mismo, y más, en el núm. 299. Y cfr. el rom. "A un Corcovado..., *en lengua de Indio",* de *Caviedes* ("Obras", Lima, 1947, p. 161).

——Todas las ediciones (desde 1677 hasta Abréu, P. C., pp. 555-8) añaden otras dos letras: *Villancicos que se cantaron en la Misa* (I: "Ay, zagales, zagales"..., y II: "¡Ah la casa, ah la casa! ¡Ah de los pobres!"...), cuya evidentísima inferioridad ya habría quizás bastado para hacer pensarlos apócrifos. Esto nos lo confirma la siguiente *Nota Autógrafa* del citado ejemplar de 1677: "*Estos de la Misa no son míos.*—Juana Inés de la +." Los suprimimos, pues, en nuestro texto; y sólo les daremos cabida aquí, a manera de apéndice:

Villancicos que se cantaron en la Misa

1

¡Ay, zagales, zagales,
que hacia los cielos,
al nacer Nolasco,
dan sonoros ecos!
¡Atended, escuchad:
Gloria in excelsis Deo!
En verdad, que le cantan,
como a Cristo mesmo
en su hermoso Oriente:
¡Gloria in excelsis Deo!
¡Ay, zagales, zagales,
que Ángeles son atiendo,
y el misterio divino...
—Pues dínos, dínosle luego!

Coplas

¿Gloria a Dios, y nace a penas
hoy Nolasco? ¡Alto misterio,
pues que hoy se goza en tener
por gloria, lo que es tormento!
Bien que un padecer glorioso
sólo fué de Dios imperio,
en que se ostenta un reinar
que es un redimir naciendo.
No hay, pues, que temer, Nolasco:
nace a redimir, pequeño,
que eso es reino; ¡y gloria a Dios,
que le agrada darte el Reino!
Cada cual, que es de su Santo
el Reino, dirá; y protesto,
que es sin redención de todos,
mas con redención del nuestro.

Estribillo

¡Cántenle en verdad,
como a Cristo mesmo,
en su hermoso Oriente:
Gloria in excelsis Deo!

II

—¡Ah la casa, ah la casa! ¡Ah, de los pobres!
¿No hay quien me ayude?

¿No hay quien me atienda?
—Ve aquí un pobrete, que le mantengan.
—Hoy al gran Nolasco
su Merced celebra,
y yo en sus festejos
cantarle quisiera.
—Como el Villancico
de limosna sea,
no faltará un pobre,
que ayude en la fiesta.
—¿Limosna y cantar?
Ésa es gran trompeta
para llamar junta
toda la pobreza.
—Pues pongo demanda,
al pie de la letra.
Diga si va bueno.
¡Vaya, vaya, vaya! ¡Va de cantinela!

Coplas

Nace Pedro, y han llenado
pobres su casa, a mi ver;
si es Cristo el pobre, al nacer
Nolasco, a Dios es agrado.
—Es sagrado.
—¿Sagrado? Honor nos dará.
—¿No va bueno? Bueno va.
—Bueno va.
¡Ay, que tal y mejor irá!
—Por darle limosna clama
al mísero, y es que fiel,
como caridad ve en él,
de su tesoro es la llama.
—Es la llama.
—¿Es la llama? ¡Que arderá!
—¿No va bueno? Bueno va.
—Con voces de un tierno lloro
gime si al pobre no dan;
¡oh qué lágrimas serán
las de un llanto tan sonoro!
—Son oro.
—¿Son oro? ¡Que le valdrá!
—¿No va bueno? Bueno va.
¡Oh, Pedro, cómo flamante
serás piedra en tal ternura!
Mas si ardes, poco dura
serás, aun siendo diamante.
—Dí amante.
—¿Diamante? Fino será.
—¿No va bueno? Bueno va.
—Aun desde el paso primero
juzgo, en tu pródigo trato,
que eres de Cristo retrato,
como eres de Dios esmero.
—Es mero.

—¿Es mero? ¡Redimirá!
—¿No va bueno? Bueno va.

——La madre de Sor J., al morir en 1688, "enterróse en la Iglesia de N. Sra. de la Merced"; y lo mismo Diego, Antonia e Inés Ruiz Lozano y Ramírez, los medio-hermanos de la Poetisa. (Cfr. sus Actas de Defunción, en *G. Ramírez España: "La Familia"* ..., Méj. 1947, pp. 57-62).

SAN PEDRO APÓSTOL, 1677

Edición suelta de 1677, Méj., Vda. de Bdo. Calderón (ejrs. de Gómez de Orozco y de González de Cossío, con la *Dedicatoria* que se halla también en Castál. y en I, 1693, pero no en I, 1691.); Castál. 213; I, 1725, 196.
——La edición aislada es mucho más fidedigna y correcta.
—La de *1725* (entre otras) acumula estas erratas: Vill. I, v. 21; "a *sabias* (por "sabidas"), y v. 45: *verdadero* (por "verde cedro"); Vill. II, v. 4: "*hablen* que *las* quedan" (por "a bien que les" ...), v. 18; "*mostráis* mayor rudeza" (por "mostrasteis"), y v. 39: "cama" (por "coma"); Vill. IV, v. 4: *Senina* (por "Regina"), v. 14: "*deternit*" (por "detersit"), v. 23: "*Pascha*" (por "pascua"), y v. 44: "*fulgens*" (por "fulgent"); y Vill. VIII (en el Portugués), v. 48: "*manu*" (por *maun*: sic), y "*lai*" (por *ollái* = mirad). ——Abréu, P. C., corrige bien algunas; pero añade otras nuevas: Vill. I, v. 11: "Reducir infalible" (por "reducir a" ...); v. 30: "el Dios vivo" (por *él); V. II, v. 43: "más ánimo" (por *mas);* V. III, v. 5: "Clavero que aguarda" (por *guarda); v. 28: "docenas" (por *decenas); etc.

241, bis

1. 1 El Cngo. D. *García de Legaspi, Velasco y Altamirano,* fué más tarde Abad de la Congregación de S. Pedro (de Enero de 84 a enero de 89), Tesorero (junio 84) y Arcediano (enero 86) de la Cat. de Méj.; "a su devoción se empezaron los Maitines cantados de Ntra. Sra." en su Natividad, el 7 sept. 1688, y "se imprimieron los Villancicos"; y aceptando en junio de 1690 la Mitra de Guadiana (Durango), se consagró Obispo el 7 de nov. de 1692. *(Robles).* —De allí, fué promovido a la de Michoacán (1700), y a la de Puebla (1703), donde murió en 1706.

1. 12-5 El texto de *S. Jerónimo,* en una de sus cartas a la virgen Eustoquio, dice: "Es día festivo, y natalicio del bienaventurado Pedro: debe condimentarse (aderezarse) más festivamente que de costumbre; de tal modo, no obstante, que el habla juguetona no se salga del quicio de las Escrituras" ...
—La piadosa doncella había enviado en obsequio a San Jerónimo ciertas pequeñas joyas, un cesto de cerezas y unas palomas; y el Máximo Doctor respondióle comentando con sonriente ingenio esos regalitos, mediante la alusión alegórica a algunos pasajes bíblicos... Así también, girando en torno al "quicio de la Escritura", despliega aquí Sor J. su *jocularis*

sermo: sus sacras juglarías, tan doctas como festivas. (Cfr. *Divi Hieronymi Stridonensis Epistolæ...,* ed. Enrique Cruz Herrera, Madrid, 1792, pp. 110-12).

l. 15-6 Cfr. *Hechos de los Apóstoles:* los enfermos son curados al sólo tocarlos la sombra de S. Pedro (V, 15); y el cojo o paralítico al que el Apóstol sanó (III, 6).

l. 29 Analogías con este desmesurado augurio de la *Púrpura* cardenalicia, cfr. el soneto de *Góngora,* "Al Obispo de Sigüenza, pasando por Córdoba"; o en la propia *Sor J.,* su rom. "Ilmo. D. Payo"... (núm. 11), en que se remonta a la Tiara.

l. 35-7 Dice aquí *S. Jerónimo:* "Porque es dádiva de una virgen velada, demostremos que aun en tales regalillos hay misterios (o simbolismos)"...

242

Vill. I: "Serafines alados"...

v. 23-8 S. Pedro Apóstol quiso ser crucificado de cabeza, huyendo en su humildad el equipararse a su Señor; pero así —conceptuosa y tierna agudeza—, Cristo pareció *besarle los pies,* para recomendarlo más a nuestra veneración.

v. 29 y ss. "—Tú eres el Cristo, el Hijo de Dios vivo... Y Yo te digo que tú eres Pedro, y que sobre esta Piedra edificaré mi Iglesia... Yo te daré las Llaves del Reino de los Cielos; y todo lo que atares sobre la tierra, será atado en el Cielo, y todo lo que desatares sobre la tierra, será desatado en el Cielo"... *(S. Mateo, XVI, 13-19).*

v. 36 *Cabeza de la Iglesia Militante:* por haberlo Cristo constituído Piedra Fundamental de su Iglesia, y supremo Pastor de todo su único Rebaño: "Apacienta mis corderos, apacienta mis ovejas" *(S. Juan, XXI, 17).*

v. 40 Hoy mismo sellan los Romanos Pontífices sus documentos mayores *bajo el Anillo del Pescador.*

v. 54 "El justo florecerá como la *palma;* crecerá como el *cedro* del Líbano"... *(Ps. XCI, 13).*

243

Vill. II: "¡Ea, Niños Cristianos!..."

El supremo Maestro de la Fe, en alegoría del *Maestro* de leer y escribir.

v. 5-12 Las hazañas de Pedro, que es tambíen Pescador a lo divino ("Yo os haré pescadores de hombres": *S. Mat.,* IV, 19), se escriben *en las aguas*, que las cantan con las inmortales lenguas de sus olas... (Y esas *aguas* por donde Pedro navega: los siglos...).

v 15 No modernizamos *lápiz*, sino dejamos *lapis* (1677), por su equívoco intencional: *Piedra*, en latín.

v. 17-20 Los Abecedarios empezaban con el *"Christus"*...; y Pedro, al proclamar a Cristo "Hijo de Dios Vivo", se mostró una *piedra*... (Sumo elogio, en gracioso aire de disfavor). Y cfr. *Mat.*, XVI, 13-9.

v. 21-32 *Bastarda, grifa, italiana, romanilla*...: diversos tipos de letra, (como hoy "gótica, inglesa, bastardilla", o "Palmer", del "Sacre Cœur"...).—*Hijos de la Iglesia* era el noble eufemismo usado entonces para designar a los bastardos en los Libros de Bautizos.

v. 44 *La letra con sangre entra:* sublimación del viejo refrán, pedagógicamente bárbaro, aplicado aquí al arraigo de la Fe Católica. "Sangre de Mártires, semilla de Cristianos", dirá *Tertuliano;* y *Pascal:* "Gustoso creo a testigos que se dejan degollar por su testimonio"...

244

Vill. III: "Aquel Contador"...

v. 1-20 Las Catedrales tenían un *Contador*, llamado también *Clavero*, que solía ser *Maestro de Matemáticas:* cfr. vgr. el *Arte de Aritmética* (1623) de D. Pedro Paz, "*Contador* de la Metropolitana de Méjico"... Y a San Pedro —Administrador de todo el espiritual *Tesoro de la Iglesia*, que reparte en las Indulgencias—, le sienta esa alegoría por las Llaves (en latín, *Claves)* del Reino de los Cielos... Así *Góngora*, son. "Éste que Babia"..., llama a los Romanos Pontífices "*Claveros* del bajel sagrado"...

v. 19-20 Pedro (y el Romano Pontífice) enseña *en un Credo* (equívoco con "rápidamente") la *Regla de Tres:* la doctrina de la Santísima Trinidad.

v. 27 En sus operaciones aritméticas, *el cero* es la redondez del Orbe, sujeto a su poder espiritual; y todo lo temporal adquiere grande valor en su justo sitio respecto a Dios, la soberana Unidad...

v. 33-6 *En un Templo...; de unos pies quebrados...* Cfr. *Hechos de los Apóstoles.*, III, 6: la salud milagrosa otorgada por Pedro a un cojo de nacimiento.

v. 41-15 El *yerro* de sus negaciones, lo *satisfizo en perlas:* sus lágrimas...

v. 49-56 Aún hoy llamamos *Cuadrante* el despacho parroquial... Aquí, el balance de la Contaduría, para repartir los Diezmos y Primicias entre el Obispo, el Cabildo, etc. Y así el Santo, en su fiesta, distribuye riquezas espirituales entre los concurrentes a la función.

245

Vill. IV: "Ille qui Romulo melior"...

Métrica de romance español, y latín intachable y aun primoroso. —Notemos, sin embargo, cómo castellaniza la prosodia de *omnium, moenia* o *polluit,* diptongando su final, al modo con que *gloria, odio, fatua,* o *serie,* trisílabos esdrújulos en latín, son bisílabos graves en español. —Y así también, aquí y en otros casos *(strident,* del núm. 255, v. 19), Sor J. convierte en sílaba aparte la *"s"* preconsonántica *(splendore,* como "esplendore", en el v. 44), según castellanísima tendencia de toda edad. "Es grande (dice *Bello* en su "Ortología") el horror del idioma castellano a la *s* líquida"; y apunta que "si no se pronuncia *espléndor,* no consta el segundo verso" de esta copla de Tirso:

> *Est animus sapientissimus / splendor siccus,* de forma
> que la falta de mi cuerpo / a mi espíritu le sobra,

y que hasta "un hombre como D. Juan de Iriarte" a cada paso "comete esta falta" en los versos mnemotécnicos de su Gramática Latina, "pronunciando *escripsi",* etc. A lo que añadiremos (con *D. Miguel Antonio Caro* "Obras Completas", t. v, 1928, p. 361) que aun *Menéndez Pelayo* hizo lo mismo, "así en sus versos latinos *goliardescos,* como en este pasaje de su Epístola a Horacio:

> Famélico impresor meció su cuna;
> *ad usum scholarum* destinóle
> el rector de la estúpida oficina...".

———Y he aquí una *versión nuestra,* casi literal (aunque se desvanezca el esplendor conciso de algunos versos, como ese *qua surgentis moenia Romae...):*

> *Aquel que mejor que Rómulo*
> *fundó (otra vez) la Urbe invicta*
> *y la hizo Reina de cuantas*
> *ciudades el Orbe admira:*
> *   por quien, de la Fe Católica*
> *cultivada en la doctrina,*
> *la Maestra del Error*
> *ya es, de la Verdad, Discípula;*
> *   y de cuyo amparo ornada,*
> *se ve mejor defendida*
> *por la cristiana humildad*
> *que por marcial disciplina;*
> *   El que con su propia sangre*
> *limpió la mácula antigua*
> *con que a la naciente Roma*
> *manchó mano fratricida:*
> *   por quien Cabeza del Orbe*
> *con mejor título dicha,*
> *alza el trofeo de la Cruz*
> *que ilustra Corona trina;*

y a quien, *Pastor de las almas,*
confió Cristo su grey íntegra,
y que siempre verdes pastos
a las ovejas prodiga;
   El que del Cielo las llaves
tuerce, y con recta justicia,
cuanto aquí liga o desata,
desata en el Cielo o liga,
   pleno de méritos y años
deja ya la mortal vida,
porque en vez de la Apostólica,
la Sede Eterna reciba.
   Encendido en fuego célico,
Luz se muestra peregrina,
y nueva Estrella luciente
con divino fulgor brilla.
   Más que el lucero de Julio,
entre lumbres matutinas
destella, y las tierras que antes
rigió, con dulce luz mira.

Estribillo

¡Gozad, oh Cielos! ¡Exultad, oh Estrellas!
Fija ya entre vosotros, luce una Estrella nueva,
cuyo celeste candor
alumbra en nuevo esplendor
del Cielo la casa inmensa!
¡Gozad, oh Cielos! ¡Exultad, oh Estrellas!

(A. M. P.)

——Tal canto al nuevo Fundador de Roma, que la purificó del fratri-
cidio de Rómulo y la consagró más eterna y altà con su Sede y con
su martirio, es ceñida paráfrasis, en sus coplas 1-5, de la Homilía de
San León Magno (Sermo 1 in Natali App. Petri et Pauli), que se lee
cabalmente en el II Nocturno de los Maitines de San Pedro *(Brev. Rom.,*
29 de junio), y en que dice de S. Pedro y S. Pablo: "Isti sunt enim
viri, per quos tibi Evangelium Christi, Roma, resplenduit, et *quae eras
magistra erroris, facta es discipula veritatis . . . ;* qui te . . . *multo felicius
condiderunt* quam illi . . . ex quibus is qui tibi nomen dedit, *fraterna te
caede foedavit . . . :* ut . . . per sacram B. Petri Sedem *Caput Orbis* effecta,
latius praesideres religione divina quam dominatione terrena. . . : *minus
est quod tibi bellicus labor subdidit, quam quod pax christiana subjecit". . .*

246

Vill. V: "¡Oigan, oigan, deprendan Versos Latinos!"

   Alegoría de San Pedro como *Catedrático de latinidad* en la clase de
Mayores, que comprendía la Prosodia y Métrica. —Así alude a la *Cuan-
tidad* de las Vocales ("Yo soy el *Alfa* y la *Omega": el Principio y el*

Fin: *Apocal.*, XXII, 13); al *Diptongo* (aquí, la Unión Hipostática de las
dos Naturalezas, divina y humana, en la Persona única de Cristo, donde
entrambas *retienen su sonido,* o su esencia intacta, sin confundirse ...);
los *Pies* (equívoco entre los de los versos y los del cuerpo), que Pedro
trataba de esconder de su Maestro, porque no se los lavase ...; la *Cesura*
(etimológicamente, en latín, "corte"), que se hace en los versos y que
Pedro le hizo a la oreja de Malco, viéndolo asaltar a Cristo sin *mensura*
(o "mesura") ...; al "verso *Heroico*" (por su anterior valentía al de-
fender a Cristo), que acabó (como los dísticos que alternan un pen-
támetro tras el exámetro) en la *claudicación* de sus negaciones ...; a
las sílabas *líquidas* (bra, clo, dre, tli, etc.), como sus lágrimas de con-
trición; a la "sinéresis", o licencia de hacer *breve* una sílaba larga (con
equívoco respecto a los "Breves" pontificios); y a los *himnos de la Igle-
sia* (los del Breviario) en que *se ha metido* el propio San Pedro.

                                 247

                    Vill. VI: "Oigan un Silogismo"...

     Alegoría de la *Disputa Escolástica,* en que Sor Juana argumenta, como
Sumulista (perito en las "Súmulas": la *Lógica Menor,* o método aris-
totélico del silogismo ...), ponderando el contraste entre el "Tú eres
el Cristo, el Hijo de Dios Vivo" *(Mat.,* XVI, 16), y el "No conozco
a tal hombre" *(Mat.,* XXVI, 72) ... —Así prodiga esos tecnicismos:
negar el supuesto, distinción, premisas, ilación; el *medio,* o término
medio del silogismo; *concluído,* o sea derrotado, etc.

v. 53-4 Alude a los exámetros mnemotécnicos de las varias formas del
Silogismo:

          Barbara, Caelarem, Dario, Ferio, Baralipton...

Así, en *caelarem,* sus tres proposiciones serán universal negativa, univer-
sal afirmativa, y universal negativa; y en *ferio,* universal negativa, par-
ticular afirmativa, y particular negativa (representándose cada tipo de
preposición con una vocal). Pero *Sor J.,* aquí, juega con el sentido de
tales voces latinas: *ferio* = "hiero"...; *caelarem* = "me ocultaría"...
Pedro, pues, *arguyó* contra Malco "hiriéndolo"; y contra la criada de
Caifás, queriendo "ocultar" su identidad ... —Ese latinismo crudo, que
debe castellanizarse *"ancila",* aunque aquí no se hizo por errata de im-
prenta *(ancilla,* en latín: criada), tiene precedentes en castellano: *Francis-
co Imperial,* vgr., en su "Decir al Nacimiento".—*S. Juan de la Cruz,* con
análoga y deliciosa libertad, dice *loquela* (= habla), o "los citaredos que
citarizaban" ...; *Lope* usa *diversorio* (mesón), y *psítacos* (loros); en uno
de los *Argensolas* vese *hamo* (anzuelo); en *Alarcón* recurren *hebdómada*
(semana), *áseclas* (seguidores), *el Decacornu* (el monstruo apocalíptico
de diez cuernos), y "una virgen *clausa*" (intacta o "cerrada"); en *Cal-
derón,* también *hebdómadas,* y *esterquilinio* (muladar), o *"venturo*
Dios"* (venidero); en *Cairasco de Figueroa,* se leen *cratícula* (parrilla)

y *clíbano* (horno); y hasta en *Fray Luis de León* asoman *insolúbile* (insoluble) y *fármaco* (medicina). —Aquí, además, veremos *castelo* (núm. 305, v. 22), *rotunda* (por "redonda", núm. 317, v. 37), *femíneo* (ib., v. 52), *lapídeo* (núm, 318, v. 34), *tentorios* (núm. 329, v. 22), *moto* (movimiento, o ímpetu, núm. 289, v. 27), *rates* y *retes* (núm. 336, v. 24), *contento* (contenido: núm. 341, v. 4), *estatera* (núm. xlviii, v. 40), etc.

v. 59 "Contra *principia negantes*" —contra "los que niegan los primeros principios", como el de contradicción y el de identidad comparada—, no hay modo de argumentar . . .

248

Vill. VII: "¡Hola! ¿Cómo?. . ."

Esta *Jácara* alegoriza a S. Pedro como un *Maestro de Esgrima*, superior a los proverbiales *Carranza* y *Pacheco*, celebérrimos en la España de entonces. A las teorías geométricas, precisamente, de *Jerónimo de Carranza* y *D. Luis Pacheco de Narváez*, los clásicos doctores de las "Grandezas de la Espada" en el XVI (cfr. *Rodríguez Marín:* "Don Quijote", P. I, c. 19), pertenecen los *compases de pies* y los varios *ángulos* que allí empleó *Cervantes* y aquí Sor J.; y cfr. también *Quevedo* ("Buscón", c. 8, ó libro II, c. 1): "Con este compás, *alcanzo más*, y gano los grados del perfil. . . Este *ángulo* es obtuso. . . Éste es *tajo*". . .; y "Baile de las Armas" (Astr., 521):

De verdadera destreza / soy *Carranza,*
pues con tocas y alfileres / quito *espadas. . .*

v. 3-4 *Se la doy de cuatro, o de ciento* . . .: le apuesto a cuatro y hasta a cien contra uno . . . Y el poder de Pedro en la espada (aludiendo a su escena de Gethsemaní: *S. Juan*, XVIII), simboliza aquí la divina potencia de Pedro y del Pontificado Romano frente a todas las Herejías.

v. 14 *Por alcanzar más* . . .: por haber sido quien, entre todos los Apóstoles, se adelantó a confesar a "Cristo, el Hijo de Dios vivo" . . . *(S. Mat.,* XVI, 16).

——*En lo demás,* las ya vistas alusiones a su valentía en el Huerto, su negación de Cristo ante la *mozuela*, y su reparación o retractación (el *revés)*, con su triple protesta de fe y amor . . . *(S. Juan*, XXI, 15-7).

249

Vill. VIII: "En el día de San Pedro". . .

v. 9 Cfr. en *Mateo Rosas de Oquendo,* 1598 y 1612, un romance "del *Mestizo*", ya caracterizado por cierta bravuconería. . . ("Poets. Novs.",

I, p. 117-8). Bien le sienta aquí, pues, ese genuino tono de la *jácara* valentona.

v. 15 *Orejano,* lo define la Acad. el ganado que no tiene marca en las orejas ni en otra parte. Mas aquí se llegó a usar como "orejón", en las anóns. *Chanzonetas de los Maitines* de S. Pedro, en nuestra Catedral, Méj. 1654 (Poets. Novs., II, p. 81):

> Los orejanos, por Malco, / piedra y cuchillo aperciben,
> porque sus orejas Pedro /o no rebane o no birle...;

y aquí Sor J. lo emplea por "desorejador"...

v. 19 *Del barrio de S. Juan*... Cfr. la "Obediencia de Méjico" a Felipe IV, donde *Arias Villalobos* menciona "los dos barrios principales de ésta" —sus zonas de Indios y Mestizos—, que eran "el de *S. Juan*" y "el de·Santiago Tlaltelolco"... ("Méjico en 1623", ed. G. García, 1907, p. 173).

v. 25-8 *Preso..., Milagro...*: cfr. su liberación por el Ángel *(Hechos,* XII), que la Iglesia celebra el 1º de Agosto: "San Pedro *ad víncula*"...

v. 31 *Ganar la Iglesia,* era acogerse un fugitivo a su derecho de asilo. Equívocos, todos, entre las hazañas de un "valiente" de barrio y la vida del gran Apóstol.

v. 73 *Un Portugués preciado de navegante*...: cfr. las hazañas "por mares nunca enantes navegados" de los "Lusíadas" de *Camoens:* Vasco de Gama, Don Enrique "el Navegante", etc.

v. 43 *Por ayudarla con soplos*... (a la Nave de San Pedro). Cfr. la *Carta Athenagórica* de Sor *J.,* sobre las arrogancias del P. Vieyra: "En que habló más su nación, que su profesión ni su entendimiento"...; sin perjuicio de ponderar que "a su generosa nación tengo oculta simpatía"... —En unos anóns. *Vills... de S. Antonio,* Puebla, 1693 (Poets. Novs., III, p. 126), hay también uno en análogo *simili-portugués,* como otro de *Góngora* ("¿A qué tangem em Castella?"...). Y allí citamos a *Cascales,* "Tablas Poéticas", Murcia, 1616: "Los Portugueses, amantes, derretidos, soberbios y a *par de Deus*"...

v. 45-73 Aunque muy obvio este *portugués* tan convencional, nos ahorraremos notas *traduciéndolo:*

> *¡Oh Timonel que gobiernas*
> *la Nave del Evangelio,*
> *y a tu mano los tesoros*
> *de la Iglesia están sujetos!*
> *A la Equinoccial los grados*
> *mide, y el alejamiento*
> *del Sol: tiene en todo el mundo*
> *que servir tu derrotero.*
> *Mira que por mucha altura*
> *perdiste el conocimiento,*

> *y se hundió en el horizonte*
> *el Norte de tu gobierno.*
> *Cristo es tu Estrella Polar;*
> *y si a su luz atendiendo*
> *no se inclina hacia Él tu aguja,*
> *va perdido el regimiento.*
> *Navegación más segura*
> *puedes tener en ti mesmo,*
> *pues dan tus ojos dos mares*
> *y tus suspiros dan viento.*
> *Los tesoros de la Gracia*
> *pasar en tus Naves veo,*
> *desde las Indias del mundo*
> *a la Lisboa del Cielo.*

Estribillo

> *¡A la proa, Timonel! ¡A la proa, Pedro,*
> *ya que está el mar tranquilo y sopla el viento,*
> *y que el puerto hace salva, todos diciendo:*
> *¡Buen viaje, buen viaje, marineros,*
> *que se hace al mar la Nave de San Pedro!*

(A. M. P.)

——Claro que en portugués no se escribe "van" *(vão)*, "maun" *(mao)*, "tein" *(tem)*, "ollos" *(olhos)*, "tener" *(ter)*, "naon" *(não)*, "dan" *(dão)*, "Navegasáon" *(navegaçao)*, "en" *(em)*, "veo" *(vejo)*, "su luz" *(a sua)*; ni menos "gracia" *(graça)*, "escondió" *(escondéu)*, "la Nave do el Evangelio" *(a nave do* Evangelio), "los" *(os)*, "de o" *(do)*, "las" *(as)*, etc. Pero el corregir los versos, en muchos fácil, no siempre sería posible: vgr., en *a la Lisboa do Ceo,* poniendo sólo "*à*", quedaría cojo el octosílabo (salvo que le añadiéremos un "hasta", diciendo: *até â Lisboa do Ceo...* —No sabemos, en todo caso, qué tan correctamente escribiría *Sor J.* este portugués. Y así, en el texto, nos concretamos a dar fielmente el que aparece en su primera impresión.

v. 63-4 Cfr. *Serafino dell'Aquila* ("Opere", Florencia, 1516):

> ... "Ricco m'ha facto di tre cose Amore:
> *vento in bocca, in gli occhi acqua, e foco in cuore"...*

v. 67-8 "Desde *las Indias* del mundo / a *la Lisboa del Cielo"...* Aunque tratando allá del Nacimiento de Cristo, cfr. *González de Eslava* ("Coloquios... y Canciones"..., Méj., 1610, y reed. Icazb. 1877), en su "Ensalada del Gachopín":

> Ha venido un Gachopín / de *la Celestial Castilla...*;
> en Belén desembarcó / de la Nao Santa María...;

y luego, en su "Ensalada de la Flota":

> —¿Estas naos van al Pirú? / —Sabed que van a Belén,
> que son *las Indias* del Bien / que nos descubrió Jesú...

v. 74-7 Aquí, es un *Sacristán* a quien el *gallo* ponía carne de *gallina*...
Pero aludiendo ya al mismo S. Pedro, cfr. un "Ovillejo" de *Quevedo:*

> ...Pero que el Gallo cante
> por vos, cobarde Pedro, no os espante;
> que no es cosa muy nueva o peregrina
> ver al Gallo cantar por la Gallina...;

y *D. Francisco de Rojas,* "Donde hay agravios no hay celos", I, hace
decir al gracioso Sancho:

> —No creas que era cobarde / el que bajó. —¿Pues yo cuándo
> pienso que nadie es *gallina? /* Para mí todos son *gallos*...

v. 82-6 "El *Sancta Sanctorum":* nombre, en latín, de la parte más íntima
y venerable del Templo de Jerusalén.—*Nebrija,* o sea su Gramática la-
tina...—"El *Thesaurus Verborum"* (Tesoro de las Palabras)...: quizá el
"Thesaurus verborum ac phrasium", de *Bartolomé Bravo,* Madrid, 1615,
1619, etc. Pero otros diccionarios solían recibir tal nombre, en el XVIII,
como "los *tesauros,* ya sea de Salas, ya de Requejo"... *(P. Isla:* "Fray
Gerundio", lib. I, c. 7).

—"Gallo *gallorum":* el gallo de los gallos...

v. 92-3 *"Metuo, timeo malum mihi"*...: "Recelo, temo algún mal para
mí"...; y la consonancia revela que Sor J. pronunciaba *miqui* (a la ro-
mana), y no "mi-i" (a la española): pronunciación que en España misma
se debe suponer en la raíz de "aniquilar" (de *nihil),* etc.

v. 99-101 El Apóstol, arrepentido de su negación de Cristo, *flevit amare:*
"lloró amargamente" *(Luc.,* 22, 61). Pero Sor J., en muy tierno equívoco,
trueca el adverbio en verbo, y dice que juntó el *flevit* (lloró)) con el
amare ("amar"), o sea que lloró de amor...—*Nullus plorabit:* "nadie
llorará"...

v. 103-8 *Ignotus gallus:* "ignoto gallo"...—*Quis vel qui*...: "el que, o
quien"...

v. 113-5 *Sic orsus ab alto*... Cfr. *Eneida,* II, v. 2:

> *"Inde toro pater Aeneas sic orsus ab alto"*...
> (Después, desde su alto asiento, así empezó el padre Eneas...)

—El "Sacristán" le envidia a Eneas el estar *en alto,* para que los pico-
tazos del Gallo no lo alcanzasen...

—*Mihi* (pronunciado, de nuevo, "miqui"), *vel mi*...: "a mí" (dativo
de *ego,* en dos formas indiferentes).

v. 117-21 *Petrus negavit:* "Pedro negó"... —*Gallus cantavit:* "cantó el
gallo"...—*Si sic:* "si así"...—*Qui amavit:* "el cual amó"...

v. 126-7 *Laudes:* equívoco, por "elogios", y por la parte del Oficio litúr-
gico que sigue a los Maitines.

ASUNCIÓN, 1679

Ed. aislada de Méj., 1679, Vda. de Calderón: musicados por Loaysa y Agurto, y con nombre de la A: "Escribíalos la M. Juana Inés de la Cruz", (ejr. González de Cossío; hoy, bibl. de D. Salvador Ugarte).—*Castál.,* 240;-I, 1725, 220.

250

Dedicatoria: "Hoy, Virgen bella"...

Está en 1679, Castál., y I, 1693 (Barcelona, Llopis); pero falta en I, 1691.—Máxima sencillez de afecto y de verso.

251

Vill. I: "De tu ligera planta"...

v. 2 El *Fénix* fué, en la antigüedad cristiana, símbolo de la Resurrección *(Tertuliano:* De Resurr., 13); y aquí, por el renacer de su pira, y por su vuelo luminoso, alegoriza a María, que (según el ya hoy dogma católico de su Asunción) fué elevada al Cielo en alma y cuerpo resucitado.

v. 3 *Pára, pára*... Idénticas sextinas, que analizamos en la siguiente nota (salvo que allá el final es sólo trimembre), las encontramos ya en un canto de la comedia "Los Juegos Olímpicos", de *Salazar y Torres* ("Cítara de Apolo", Madrid, 1694, II, p. 198, pero anterior a 1675: cfr. Poets. Novs.", II, pp. LVII-LX y 125-38):

> El curso transparente
> de tu corriente clara,
> ¡pára, pára,
> oh presurosa fuente,
> si acaso puede tanto
> triste voz, dulce queja, tierno llanto!...;

y la coincidencia verbal de este v. 3, así como la afinidad de toda esta estrofa con otra de *El Divino Narciso,* hace palpable su directo influjo sobre Sor J.

v. 6 *Liras* de 2 heptasílabos, un tetrasílabo (que a menudo, con el verso siguiente, acabala un solo endecasílabo), otros 2 heptasílabos, y un endecasílabo (rimando a b b a c c); y como filigrana sobre su tersura (aquí, y luego en el núm. 263), un doble artificio simétrico: el tetrasílabo, compuesto de *una voz bisílaba repetida;* y el endecasílabo, sistemáticamente *cuatrimembre* en su enumeración de substantivos:

> a la nave, a la cierva, al ave, al rayo...;
> el pájaro, el cristal, el pez, la rosa...;
> el Cielo, el Sol, la Luna, las Estrellas...

—*Dámaso Alonso* ("Versos Plurimembres y Poemas correlativos: Capítulo para la Estilística del Siglo de Oro", en "Rev. de la Biblioteca, Archivo y Museo" del Ayuntamiento de Madrid, XIII, n. 49, Enero de 1944, pp. 89-191), señala, "a principios del s. XVII", este "virtuosismo o preciosismo...", de importación italiana" —petrarquesca—, de los "versos trimembres", con especial "valor terminal", visible en *Góngora* y sus imitadores, "para cerrar geométricamente todas las estrofas de algunas canciones"...; y cita la Canción al Duque ,de Osuna, de *Lope,* donde así finaliza cada estancia:

> puente el mar, vela el aire, y arco al cielo...,
> fiel Flandes, docta Italia, España fuerte...;

o *Góng.* que así termina muchas estrofas:

> en la lucha, en el salto, en la carrera...,
> en el templo, en el coro y en la sala...

—Mas olvidó a *Sor J.,* con su predilección por estos finales cuatrimembres, aquí y en los núms. 263 y 312.

v. 49 Recuérdese a *Berceo:*

> En el nomne del Padre que fizo toda cosa
> e de Don Jesu-Cristo, Fijo de la *Gloriosa*...

v. 61-2 Cfr. el "¿Quién es ésta, como *Aurora* que surge?", de los *Cantares* (VI, 10): Nuestra Señora, "el Alba" a la que hacen su *salva* matinal, o dan su saludo, las Aves angélicas...

252

Vill. II: "Divina María"...

—Romancillo exasílabo (o de "endechas"), simultáneamente *Latino y Castellano.* De por sí, está en latín; aunque con métrica puramente silábica, como la española o la de muchas "secuencias" medievales (vgr. el himno de Vísperas del Común de la Virgen: *Ave, Maris Stella,* donde hay alguna estrofa allí casualmente asonantada: "Sumens illud Ave / Gabrielis *ore,* / funda nos in pace / mutans Hevae *nomen*"...), y diptongando "pro-di-*gio*-sa", "vic-to-*rio*-sa", o "*trium*-phan-do" en vez de "pro-di-*gi-o*-sa" y "*tri-um*-phando"... Pero resulta todo español con sólo identificar *lux* y "luz", *quae* y "que", *Scala* y "Escala", *alta mente* y "altamente", *foecundas* y "fecundas", *gratias* y "gracias", *illustrant* e "ilustran", *invocamus* e "invocamos"; suprimiendo la "*t*" final de *adorant* o *implorant;* y acentuando "purísima", "angélica", "pacífica", "débiles", "pérfidas"...

——Posteriormente, citaremos un "Villancico *Castellano-Latino*", del *Pbro. Lic. D. Antonio Delgado y Buenrostro,* en los de la Concepción, Puebla, 1686:

Phoenix divina, Maria, / si alta mente te praeservas
contra diabolicas furias, / triumpha de contagio illaesa...

—La identidad esencial de las lenguas Romances con el Latín, fué idea
y orgullo muy renacentista. En *Os Lusíadas,* I, oct. 33, Venus reconoce
Romanos a sus Portugueses en el valor,

> *"e na lingua, na qual, quando imagina,*
> *com pouca corrupção crê que é a Latina"* ...

—Sobre *Versos Latinos según las reglas de la Métrica Castellana,* en ge-
neral, cfr. lo anot. al núm. 134.

253

Vill. III: "De hermosas contradicciones"...

v. 1 *De hermosas contradicciones,* en bella y doble antítesis, se tejen tam-
bién los dos últimos versos de cada una de estas coplas.

v. 4 *Franca:* liberal, pródiga de gracias...

v. 6-8 "Nigra sum, sed formosa" *(Cant.,* I, 4).

v. 15-6 y 25-8 "Singular Virginidad, no empañada, sino honrada por la Fe-
cundidad. Peculiar Humildad, no arrebatada, sino realzada por Fecunda
Virginidad. E incomparable Fecundidad, acompañada a la vez por la Vir-
ginidad y por la Humildad... ¿Qué será mayor pasmo: tal fecundidad
en la Virgen, o tal integridad en la Madre? ¿Tal sublimidad en su Prole,
o con esta sublimidad tamaña humildad? Pero es incomparablemente más
precioso y feliz el reunir todo esto"... *(S. Bernardo,* "Homil. 1 de Laud.
Virg. Matris").

v. 20 "He aquí la Esclava del Señor"... *(Luc.,* I, 38).

v. 31-2 *Pechera:* obligada a pagar tributo, aludiendo a las penas del Pe-
cado Original... María, en derecho, fué *La Hidalga del Valle,* como la
llamó *Calderón* en su auto de su Inmaculada. Si murió, fué tan sólo por
no desemejarse en esto de Cristo, y por consolarnos; pero —también cual
Cristo— "no vió la corrupción"... *(Ps.* XV, 10).

v. 35-6 *"Hermosa* como la Luna...; *terrible* como escuadrón en orden de
batalla"... *(Cant.,* VI, 9).

v. 40 *"Mucho* Alcázar": demasiado grande... Cfr. *Gong.,* Polif., oct. 61,
donde la grande peña que el gigante arrojó contra Acis,

> al joven, sobre quien la precipita,
> urna es *mucha,* pirámide no poca...

v. 46 *Variedades la visten*...: "Circumdata varietate", o sea, con un manto de franjas de diversos colores, pinta a "la Hija del Rey" el *Ps.* XLIV, 10, en la Vulgata.—*Y nunca es varia*...: esta su gloria celestial es ya permanente y eterna.

254

Vill. IV: "La Astrónoma grande"...

v. 1 María es la grande *Astrónoma:* la que pone ley a los astros...

v. 8 Tiene *de cabeza* (o sea, vencidos por Ella) esos influjos de las Estrellas: como Triunfadora de las supersticiones, y entre ellas, de la Astrología... O quizá sea una errata, por "tiene *en la* cabeza", aludiendo a su sabiduría infusa y a su "Corona de doce Estrellas"... *(Apoc.* XII).

v. 12 Su vida inmaculada es *el ejemplo* de la *rectitud.*

v. 13-6 Como está ya en los Cielos, maneja sus *círculos mismos;* no los facsímiles de madera o cartón, que eran los *astrolabios*... Cfr. rom. "Hanme dicho, hermanas"..., de *Góng.:*

> Es hombre que gasta / en Astrología...;
> tiene su *astrolabio* / con sus baratijas...

v. 17 y ss. Los *Signos* del Zodíaco los empleó análogamente *D. Felipe de Santoyo* en el VII de sus Vills. de N. Sra. de Gpe. (Méj., 1690, en "Poets. Novs.", III, pp. 140), como alegoría de un "Pronóstico" de almanaque para 1531:

> Veráse el Signo de Virgen / en el Cielo Mejicano...:
> con este Retrato, pienso / morirá el signo de Cancro,
> pero de León el Signo / tendrá un panal sazonado...

—Aquí, *Escorpión, León* y "Cancro" (o "Cáncer": Cangrejo), son los demonios, o los pecados.

v. 36 "La *aperción* (o apertura) *de puertas*" del Cielo...: el aumento y derroche de gracias y misericordias divinas en la Nueva Ley, después de la Encarnación.

v. 40 Textos: *Juditas* (que parecería diminutivo de "Judas"); pero escrito *Judithas,* con esa "th" bíblica y ornamental, es mucho más hermoso que el plebeyo *Judiques* del núm. 220. Más gramaticalmente correcto sería *Judithes,* lógico plural de "Judith"; pero esta otra forma (como hecha sobre un "Juditha", acaso italianizante), tiene su paralelo en las *Isabelas,* nada raras entonces en lugar de "Isabeles"...

v. 42-4 Un *Planeta,* según la astronomía tolemaica, se caracterizaba por su propia "Esfera" inmóvil. Así María, tiene en sólo Dios su *gaudio* (o "gozo", en latín), y su propio solio, su *exaltación* y su *casa*... (Todos, diversos términos arcaicos de Astronomía.)

v. 45-8 La *planta* de María, sobre el *Dragón,* cuando —con su Hijo— "quebranta la cabeza" de la Serpiente infernal ... *(Génesis,* III, 15).

255

Vill. V: "Ista, quam omnibus". ...

Fino y transparente Romancillo, con métrica y prosodia castellana, pero en correcto latín. (Cfr. lo anot. a los núms. 134, 218 y 245). —La alada concisión de sus pentasílabos esdrújulos florece en grandes conceptos y altas imágenes de robusta piedad, que también osaremos romancear:

La que, admirándola	*sus puertas ábrense*
Cielos extáticos,	*dándole paso.*
Fértil e Inmácula	*Ya de astros nítidos*
fieles cantamos;	*tejido el palio,*
Ésta, que Máxima	*que en flores rútilo*
llaman mil cánticos,	*destila bálsamos,*
si Ella a sí Mínima	*hizo a los Ángeles*
se ha declarado;	*Su feliz tránsito,*
La que dulcísima	*y el umbral ínclito*
lactó a aquel Párvulo	*ya ha penetrado.*
que Empíreas cúspides	*Dichosa, el Célico*
adoran Máximo,	*La acoge Tálamo,*
y al astuto Áspid	*donde el dignísimo*
—fuerte— ha postrado	*recibe Lauro.*
(rey crudelísimo	*Mas ya a la Virgen*
del negro Báratro),	*harto cantamos:*
llégase lúcida	*baste de Músicas,*
ya al Célico atrio:	*rústico cálamo.*

¡Gozad, oh Cielos! ¡Exulte el Ángel!
¡Todos un nuevo cantemos cántico!

(A. M. P.)

———Esta pieza influyó, muy probablemente, en el IV de los *Vills. de la Natividad,* Méj., 1689, de *D. Alonso Ramírez de Vargas* (Poets. Novs., III, p. 95), con idéntico metro y varias coincidencias verbales:

Una es Esdrújulos	La que, teniéndose
letrilla clásica	por Sierva párvula,
a la Purísima,	juzgarse Mínima
que voy cantándola ...	tuvo por máxima,
La que por única	de las estériles
grande Escolástica,	ya Plantas áridas,
de Prima y Vísperas	con pompas fértiles
tiene la Cátedra ...:	nace, Flor cándida ...

Aún más de cerca, la imitó tal vez el Br. *D. José de la Barrera Varaona,* Vills. Nav., en S. Clara de Méj., 1682:

Jam Sol clarissimus / Justitiae nascitur,
nive candidior, / igne flammantior...
Induta floribus / terra fragrantibus,
celebrant lilia / Lilium convallium... ;

así como *Fray Nicolás Ponce de León, O. S. A.,* Vills. Asunción, Puebla, 1684:

> *O Virgo virginum, / gressus accelera!*
> *Quo nunc progrederis? / Veni, Pulcherrima!* ...
> *Illamque vocitant / Columbam teneram:*
> *Veni de Libano / usque ad Laureolam!*...

Cfr. también aquí, entre los Vills, atribuíbles a *Sor J.,* el núm. *liv:* "Regina Superum"...; y *Pérez de Montoro* ("Obras", Madrid, 1736, t. II, p. 141), el IV de cuyos Vills. a la Purísima, en Cádiz, 1690, dice que a Dios (en alegoría de Músico), por Adán, "todo le salió dísono, / menos *la Mínima,* que hoy se hace *Máxima*" ...

v. 19 *"Strident"* tiene dos sílabas; pero aquí, tres, como si fuera *"estrident"*... Cfr. lo anot. al núm. 245.

256

Vill. VI: "¡Plaza, plaza!"...

v. 4 Ese *ábate* (que ya no está en el Dicc.), equivale a "apártense, quítense, abran camino"... —Sor J. pide *plaza* a los Astros, para que N. Sra., al subir al Cielo, no se los antelleve...

v. 5 y ss. *Jácara:* cfr. nota al núm. 222; y en especial, allí, las citas de Quevedo.

v. 6 "Apareció en el Cielo un Signo grande: Mujer vestida del Sol, la Luna bajo sus pies, y una Corona de doce Estrellas"... *(Apoc. XII).*

v. 10 *Sardanapálo* (grave, y no "Sardanápalo") dijeron los clásicos. Cfr. *Villaviciosa* (Mosquea, II):

> Acuérdate del rey Sardanapálo...,
> mira los torpes vicios y el regalo...;

o *Valbuena* (Bernardo, c. V) que lo rima con "malo"; o *Castillejo* (Rimas, lib. II, Contra el amor): "Gran placer / fuera, cierto, ver coser / al gran rey Sardanapálo; / *sed libera nos a malo,* / no nos tiente la mujer"...

v. 13-6 *Se arrisca* (no *es arisca:* Abr., P. C.) vale por "se arriesga"... —*La meterá en un zapato:* la dejará vencida y avergonzada...

v. 29-32 Las beldades, todas del mundo, no han sido sino *rasgos* o *dibujos* de la de María...: sus borradores o esbozos.

v. 39-44 El mitológico Sol, divino y solemne, de los *caballos y carro* (cfr. *Ovidio,* Metam., II, 47-155), es aquí un *Solecito* en aprietos... Y ello, con los Abriles *tamañitos,* preludia a nuestra predilección por el diminutivo, tan mejicana, aunque tan española en *S. Teresa.*

v. 47-8 El *Oriente,* con sus perlas, y el *Ocaso* con sus púrpuras, son unos *pobretes,* unos mendigos, en comparación con los dientes y labios de la Virgen.

v. 52 *Entre lo rojo, lo blanco...* Cfr. el celebérrimo *"entre lo rojo, lo verde",* del rom. "Entre los sueltos caballos"..., de *Góngora,* tan glosado por *Calderón* y tantos más... *(M. Herrero-García:* "Estimaciones Literarias del siglo XVII", Madrid, 1930, pp. 141-59).

v. 68 *Ni entro ni salgo...:* otra graciosa alusión de Sor J. a su clausura monástica, como la del núm. 11, v. 221-4.

257

Vill. VII: "A alumbrar la misma luz"...

v. 29 *Alado enjambre:* los Ángeles.

v. 33 *El vago Ofir:* su suelto cabello de oro. Cfr. lo anot. al núm. 61, v. 7, y al núm. 271, v. 20.

v. 37-40 *Suelo..., aire..., aguas..., fuego...:* los "Cuatro Elementos".

v. 44 *Hija* del Padre; *Madre* del Verbo; *Esposa* del Espíritu Santo...

v. 49 "Mas *las* que... goza"...: se sobrentiende el próximo *glorias,* del v. 48.

258

Vill. VIII: "Por celebrar tanta fiesta"...

v. 2 *Aquel Sacristán de antaño...:* el del *quiquiriquí,* en los *Vills. de S. Pedro de 1677* (núm. 249).

v. 5 *Cercenando de Virgilio...:* de cuya Eneida son las frases *"Ille ego qui quondam"* (I, 1), *"Arma virumque cano"* (I, 5), *"orsus ab alto"* (II, 2), y *"super aethera* notus" (I, 379), que esmaltan aquí los v. 13, 16, 21 y 28.

v. 7 *Más sastre que cantor...:* agudo epigrama contra los "Centonistas" que con versos ajenos (de Homero, Virgilio, Garcilaso o Góngora...) tejían un nuevo poema: "suyo el trabajo", y "ajena la obra"...—*Sor J.,* sin embargo, menciona honrosamente a Proba Falconia, que "escribió un elegante libro, con *centones* de Virgilio" (Resp. a Sor Filotea); y como "centonistas" descollaban, entre sus amigos, *López Avilés* ("Poeticum Viridarium", con un centón guadalupano de Virgilio, 1688), y el *Br. Juan de Guevara* y el *Capitán Ramírez de Vargas* (ambos, de Góngora, en el Certamen a la Inmaculada, de 1665), y sobre todo, *Ayerra* (en el "Triunfo" de 1682): cfr. Poets. Novs., III, pp. XV-XVIII y 25-28.

v. 13-32 *"Ille ego qui quondam fui"* ... Este Romance burlesco, de latín bastante corriente en que las *citas virgilianas* son como remiendos de púrpura en baja estofa, llega a *latino-macarrónico* en sus coplas 3 y 5, por sus rasgos de crudo español medio latinizado, como el *"Monigoto-rum"*, el *"cascos"* y el *"cosas de marca maiori"*. ...; verso, éste, que parece recordar unos "Versos heroicos macarrónicos" de la "Pícara Justina" del *Lic. Francisco López de Úbeda* (Medina del Campo, 1605; Barcelona, 1605 y 1640; Bruselas, 1608), libro III, cap. 2:

> Ego poeturrius, caballino fonte potatus,
> *ille ego qui quondam* Parnaso in monte pacivi...,
> non porra Herculea, non jam Volcanica maza
> arridet michi. *Cosas de marca minori*
> nunc cantare volo...

—Y "traduzcamos" también este Romance de Sor J.:

> Yo, aquél que *he sido el cantor*
> *del divino Pedro,* antaño,
> *cuando, a medio coro, dije:*
> Las Armas y el Varón canto,
> *hoy hablo ya sin temor*
> *y aun muy envalentonado,*
> *pues cuando a tal Ave miro,*
> *no puedo temer al Gallo.*
> *Así,* de lo alto principio;
> *más que Apóstoles aplaudo:*
>
> *cosas de marca mayor*
> *a cantar soy incitado.*
> De María asunta al Cielo
> *celebro Misterios altos,*
> *y así mi cholla sutil*
> *sobre el éter levantando,*
> *todos dirán que merezco*
> *ser, por mis óptimos cascos,*
> *de Sacristanes Señor,*
> *de Monigotes Prelado.*

(A. M. P.)

v. 19 *Tal Ave* ...: Nuestra Señora, por el *Ave María,* cuya protección le quita a nuestro Sacristán el miedo que le tenía al *Gallo* de San Pedro: ¿al remordimiento? ...

v. 35 *Dos princesas de Guinea* ...: dos Negras, vendedoras de golosinas, que iban al mercado, pero que *soltaron los cestos* para cantar ...

v. 41-9 Este *Estribillo* nos resulta ininteligible, aunque quizá todo sea simplemente onomatopéyico, en sus *cambulé, gulungú, vuchilá,* etc.

v. 50-77 Las *Coplas* de este *Villancico Negro,* entre su clara medialengua, vienen diciendo:

> *Francisca*: en aqueste día*
> *que estamos llenas de gloria,*
> *no vendamos pepitoria,*
> *pues que sobra la alegría:*
> *que la Señora María*
> *a todo el mundo la da.*
> *¡Ja, ja, ja!* ...
>
> *—Dejemos hoy la cocina*
> *y vamos a todo trote,*
> *sin que vendamos camote*
> *ni garbanzo a la vecina:*
> *que harto camote, Cristina,*
> *hoy a la fiesta vendrá.*
> *¡Ja, ja, ja!* ...

 * ¿O *Blasita* ...? No estamos muy seguros de la equivalencia de este nombre: "*Flasica*" ...

—*Ella sí que se nombraba*
Esclava con devoción,
y con todo el corazón
a mi Dios servicio daba:
y por ser tan buena esclava
le dieron la libertad.
¡Ja, ja, ja! ...

—*Mírala como cohete*
que va subiendo a lo sumo;
como varita de humo
que se eleva del pebete:
y a las Estrellas se mete,
a donde mi Dios está.
¡Ja, ja, ja! ...

(A. M. P.)

v. 53 *La alegría:* en equívoco, con el dulce popular (aún hoy así llamado) de piloncillo y ajonjolí, o de otra mínima simiente que lleva tal nombre en Méjico.

v. 59 *Harto camote... vendrá...* Acaso se llamara *camotes* a los indios, o a los negros, o cosa así...

—*Copla 3:* María, en la Anunciación, dijo: "He aquí la Esclava del Señor" *(Luc.,* I, 38); y por ser tan *buena Esclava* de Dios, perfecta en su servicio, por eso Nuestro Amo *le dió la libertad,* llevándola en cuerpo y alma a reinar en el Cielo... Preciosa lección, en boca de esa Negra esclava.

v. 73-4 "¿Quién es Ésta que asciende *como Varita de humo de los perfumes* de mirra y de incienso?"... *(Cant.,* III, 6).

v. 78 *Los Seises*...: los niños cantores o monaguillos (precursores de los "Coloraditos" de Catedral), que aún reciben aquel nombre en Sevilla...
—Como alegoría de los propios Ángeles, cfr. la "Letra de Natividad", de *Valdivielso:*

> En la Santa Iglesia / tocan a Maitines,
> y los *Seises* del Cielo / los Laudes dicen...
>   De encarnadas rosas / sotanas se visten,
> siendo de azucenas / las sobrepellices...
>   Son en hermosura / unos Serafines...;
> Villancicos cantan / los divinos Tiples...

v. 84 "Los *Versículos*" con cuya traducción formó Sor J. este *juguete,* y cuyo texto latino añade tras cada copla, son los que preceden a las "Lecciones" de cada uno de los 3 Nocturnos, en los Maitines litúrgicos del 15 de Agosto. Sólo les añadió, en cuarto lugar, la hermosa Antífona *"Dignare me laudare te"...,* de las Vísperas del Común de Nuestra Señora.

v. 102 El Brev. Rom., en el III Noct., dice: *"Maria Virgo"*...; Sor J., citando de memoria: *"Virgo Mater"*...

v. 104 En la *copla final,* ese *digna* (en femenino, que no pedía el latín ni convenía a la boca de los "Seises") es como una firma de *Sor J.* al pie de estos Villancicos.

SAN PEDRO APÓSTOL, 1683

Ed. suelta, Méj., Vda. de Calderón, 1683 (ejr. González de Cossío, hoy bibl. Ugarte).—Castál., 1689, 225; I, 1725, 206.

—La ed. aislada de 1683, Anónima, indica se cantaron con música de *Loaysa y Agurto;* y variantes mejores: *Vill. I, v. 5:* "dicen" (donde 1725: "dice"); *III, v. 39:* "podemos sólo" (donde luego, desde Castál.: "podemos serlo"...); *III, v. 17:* "Abarca" (no "abraza": 1689 y ss.); *VII, v. 15:* "y mejores testigos" (1725: "y de mejores").—Pero el *Vill. V, v. 18,* dice (igual que 1689 y 1725): "ríos, arroyos, fuentes, mares"...; evidente falta de sílabas, que suplimos: "los ríos, *los* arroyos, fuentes, mares"... (al modo del v. 30: "los luceros, el sol, luna y estrellas"). —Y en el *VIII:* "lo primero que encuentro" (1683), o "lo primero con que encuentro"... (1725), hemos corregido: "y hételo, que entro en la Iglesia, / *y* lo primero *que* encuentro"...

259

Vill. I: "Examinar de Prelado"...

v. 1-12 *Mat., XVI, 13-19:* "¿Quién dicen los hombres que es el Hijo del Hombre?... Y vosotros, ¿quién decís que soy?... Respondiendo Simón Pedro dijo: Tú eres Cristo, el Hijo de Dios vivo. Y Jesús le repuso...: Y Yo te digo que tú eres Pedro, y sobre esta Piedra edificaré Mi Iglesia..., y te daré las Llaves del Reino de los Cielos"...

v. 25-8 De la segunda parte de este *Examen,* tras la caída de sus Negaciones *(pasadas culpas),* cfr. *Juan,* XXI: "¿Me amas más que éstos?... Apacienta Mis ovejas"...

260

Vill. II: "Tan sin número, de Pedro"...

v. 13 *Clavero:* cfr. nota al núm. 244.

v. 23-4 En diversa materia, dice *S. León Magno* en su Sermón 9 de Navidad: "Nunca falta materia de alabanza, porque nunca es bastante la elocuencia del alabador... Gocémonos de ser impotentes... Sintamos que es un bien para nosotros el ser vencidos"... *(Brev. Rom.,* Domínica infra Octava de Navidad).

261

Vill. III: "Para cantar con decoro"...

v. 19-20 *Tanto el dejar una barca, / como hollar una Corona...* Al decir

Pedro a Jesús: "He aquí que nosotros hemos dejado todo por ti"...
(Mat. XIX, 17), insinúa *S. Gregorio Magno* esta idea: lo que cuesta y
lo que vale ante Dios es el dejarlo "todo" por Él, sea mucho o poco,
porque eso implica el dejarse "a sí mismo"...

262

Vill. IV: "Claro Pastor divino"...

v. 1 *Pastor...* : "Apacienta Mis corderos"... *(Juan,* XXI, 15-17).

v. 5-8 *Angular Fundamento...* : "Sobre esta Piedra edificaré Mi Iglesia"
(Mat., XVI, 18). "A Pedro, pues, lo nombró el Señor fundamento de
la Iglesia..., por el cual se sube hasta el Cielo"... *(S. Agustín,* Serm.
15 de Sanctis: ap. *Brev. Rom.,* 22 febr.).

v. 9-12 *Piedra herida...; raudales...* Con el "Sobre esta Piedra" *(Mat.,*
XVI), se mezcla, como alegoría de sus lágrimas *(ib.,* XXVI, 75), la alu-
sión a la roca que brotó agua al golpe de la vara de Moisés *(Números,*
XX, 11).

v. 13-6 *Pescador...* Cristo dijo, llamando a los Apóstoles: "Yo os haré
Pescadores de hombres"... *(Mat.,* IV, 19). Y Pedro, como cabeza de
todos ellos, fué constituído "Piloto de la *Nave* de la Iglesia", en vez de
su pobre "barca"...

v. 17 *Clavero:* poseedor de las Llaves... *(Mat.* XVI, 19). Y cfr. lo anot.
al núm. 244.
—Por cierto que un "restaurador del buen gusto" tachó en *Góng.* esa
locución *("Claveros* del Bajel sagrado": los Papas), como "exceso de una
fantasía que delira"... Pero D. *Juan de Iriarte,* en su "Crítica del Libro
IV de la Poética de D. *Ignacio de Luzán"* (Obras Sueltas, 1774, pp.
493-5), la declara muy "loable", como fundada "no menos que en una
metáfora usada por el mismo Cristo"; y recuerda que "varios Poetas
Cristianos y Autores Eclesiásticos de venerable doctrina y antigüedad",
como *Arátor, Alcuino* y *Rábano Mauro,* llaman a S. Pedro (o al Papa)
"Claviger aethereus", o *"Caeli Claviger",* esto es *Clavero celestial.*

v. 23 *Sin tu pasaporte...* "Lo que atares sobre la tierra, quedará atado
en los Cielos"... A nadie se le perdonan sus culpas sino recibiendo (en
realidad, o al menos "en voto" y deseo) la absolución, por virtud de la
jurisdicción que, en última instancia, viene de Pedro...

v. 27-30 *El ganadillo:* las almas todas...—*A los pastos eternos:* cfr. la
"Vida del Cielo" de *Fray Luis de León.*

263

Vill. V: "Oh Pastor que has perdido"...

—Sobre esta *forma estrófica,* cfr. lo anot. al núm. 251.

v. 26 "El mal *te necesita*"...: te obliga o fuerza...

264

Vill. VI: "Pescador amante"...

v. 5-8 *Cuyas redes*...: las de Cristo, con las que hizo a sus Apóstoles *Pescadores de hombres (Mat.,* IV, 19); y los hombres, que aun dentro de esa "red" de la Iglesia conservan su libertad, son esos *libres prisioneros*...

v. 9-10 *Ese horrible / Monstruo verdinegro.* .: el Mar, pintado aquí con obscuras tintas...; y cfr. *Calderón,* "La Vida es Sueño", j. III:

"Sepulte los rayos de oro / entre *verdinegras* ondas"...

También, muerta Sor J., la "Loa y explicación del Arco" de la Catedral de Méjico al Arzobispo-Virrey Ortega Montañés *(Anón.,* Méj., 1696):

El dios marino, *verdinegro* y cano...

v. 20-4 *Mar más inmenso:* el mundo universal de las almas... —*Y tu pesca sea / todo el universo*...: glorioso salto (de ésos en que descuella Sor J.), que da a estas humildes *Endechas* un impensado final sublime.—Sin embargo, cfr. ya *Chanzonetas* de S. Pedro, *anóns.,* Méj., 1654 ("Poets. Novs.", I, 82):

En la playa, Barquero, te espera la dicha:
¡ay, rema, rema, / coge la brisa!
¡Ay, rema y boga,
que en el agua te faltan los peces
y en la playa los peces te sobran!...

Un mundo se pesca entero / con lance tan sin segundo,
que a su anzuelo todo el mundo / reconoce por primero...

v. 25-6 *¡Barquero, barquero, / que te llevan las aguas los remos!*...: exquisito estribillo tradicional, de canción profana, que ya empleó *Góng.* (aunque allí: *"se llevan"),* como "ritornello" de su rom. "Sin Leda y sin esperanza"...

265

Vill. VII: "Hoy de Pedro se cantan las glorias"...

—Romance agudo, alternando un verso de 10 y uno de 12 sílabas. Es la combinación métrica de las Coplas de *"Mari-Zápalos era mucha-cha"*... (Cfr. lo anot. al núm. 66).

v. 8 *Anega..., negó...*: fina aliteración.

v. 21-4 *Providencia Divina..., porque aprenda... conmiseración...* Cfr. núm. 55, v. 11-2 y v. 16, con lo allí anot. del "Miseris succurrere disco" de *Virgilio* (Eneida, I, 630).—Tal fin providencial de la caída de San Pedro lo señala ya *S. Gregorio Magno,* Hom. XXI in Ev., die Paschae, en frases que Sor J. es indudable tuvo a la vista: "Fué gran piedad de Dios Omnipotente, que el que iba a ser Pastor de la Iglesia aprendiera en su culpa de qué modo debía compadecerse de los demás..., y conociera por su propia flaqueza cuán misericordiosamente habría de tolerar las ajenas"... (*Ut is qui futurus erat Pastor Ecclesiae, in sua culpa disceret qualiter aliis misereri debuisset..., et quam misericorditer aliena infirma toleraret...*).—Lo mismo glosa ya el "Romance de la negación y lágrimas de San Pedro", de *Valdivielso,* donde dice el Apóstol:

> Y si es, Dios, que en mi caída / queréis que tome lección
> de perdonar las ajenas, / pues que Pontífice soy...,
> (Yo) sé que Os haré lisonja / en ser gran perdonador,
> y en serlo pareceré / más Substituto de Dios...

v. 22 *Que yerre el Pastor:* no en la doctrina dogmática, y ni siquiera moral (Sor J. no niega la "Infalibilidad" de S. Pedro), sino en la conducta práctica...: una caída moral, no un error especulativo.

266

Vill. VIII: "Como es día de Vigilia"...

—*Ensalada* es este Villancico (cfr. nota al núm. 224); y en su sentido culinario, bien cuadra al *día de Vigilia,* de abstinencia de carne, como lo era la víspera de San Pedro.

v. 11 *Un Seis:* uno de los cantorcillos de Catedral (cfr. lo anot al núm. 258).

v. 17 SAN JUAN DE LIMA: un baile y tono regional cuyo nombre asoma en el núm. 72 ("Agrísima Gila"...), aunque allá el romance es de endechas o exasílabo, y aquí octosílabo.

v. 19-20 *¡Ay, que le llevan las olas!*... Cfr. rom. "A la fuente va del olmo"..., de *Góng.:*

> ¡Hola, que no llega la ola!

y en *Lope,* aún más cercano:

> ¡Hola, que me lleva la ola!...

v. 25 *Los peces* de este mar espiritual: las almas ("Yo os haré pescadores de hombres"... : *Mat.*, IV, 19), y en especial, los cristianos todos. ("Ictys" —el Pez, en griego—, son las iniciales de las letras de "Jesús Cristo, Hijo de Dios, Salvador": y por ende, *el Pez* fué jeroglífico de Cristo, en las pinturas de las Catacumbas y en la primitiva literatura cristiana: Inscripción de *Pectorio*, en Autun, siglo III.)

v. 29-32 "Lo que *atares* en la tierra será atado en los Cielos, y lo que desatares en la tierra será desatado en los Cielos"... *(Mat.,* XVI, 19).

v. 39 y ss. *Un* CARDADOR... : el "tono y baile regional", mentado en el título de las *Endechas* "A Belilla pinto"... (núm. 71), cuyos versos 2-4 coinciden literalmente con los 42-4 de los presentes. Y cfr. lo allá anot.

v. 50-1 *A cierto garzón:* a Malco *(Juan,* XVIII, 10).

v. 53-4 *Pensó quedar rico / en cierta prisión...* : aguardaba la riqueza del Martirio, en la prisión de Herodes, cuando el Ángel lo liberó... *(Hechos,* XII).

v. 59-60 *Montano..., Nebrija...:* los entonces clásicos textos de Gramática Latina (mentado ya el segundo en el núm. 249).

v. 65-88 COPLAS en muy sencillo pero correcto Latín, salvo el hispanismo de *sapit* por "sabe"... *(sápere* es saborear, o proceder con cordura), y excepto la prosodia de *oportú-erit,* aquí pronunciado *opor-tuérit*...
—Su Estribillo alude al *flevit amare* ("lloró amargamente"), de *S. Lucas,* XXII, 62.
—Y procuremos verter el delicioso Romancillo, aunque sea intraducible en su fino equívoco de *amare* ("amargamente", y "amar") y en la paronomasia de *sapit* y *coepit,* "comenzó" (que Sor J. pronunciaría "sepit"):

—*¿Por qué veo lloroso,*
decidme, y gimiente,
a quien tiene, excelso,
las Llaves celestes?
—*Porque sabe amar,*
llora amargamente.
    —*Aquel a quien Cristo*
los pies fué a oscular,
¿por qué quiere en lágrimas
su mancha lavar?
—*Llora amargamente*
porque sabe amar.

—*¿Por qué miro triste*
a quien vi arrostrar
la chusma, en el Huerto,
valiente y audaz?
—*Llora amargamente*
porque sabe amar.
    —*¿No es éste el que dijo:*
"Si preciso fuere,
moriré contigo
antes que te niegue"...?
—*Porque sabe amar*
llora amargamente.

(A. M. P.)

ASUNCIÓN, 1685

La *ed. aislada,* 1685 (Méj., Hereds. de la Vda. de Calderón), apareció *Anónima;* e indica que fueron musicados por Loaysa y Agurto. (Medina, La Impr. en Méj., n. 1339. Ejs.: biblioteca del Marqués de Xerez

de los Caballeros; y aquí, Gómez de Orozco y González de Cossío, hoy
Ugarte). —Luego, en Castál., 1689, 231; y I, 1725, 212.

—*Vill. I, v. 10:* en 1685, *verificarse* (err., por el "vivificarse" del t. I).
—*Vill. III, v. 3:* en 1685, *goce* (que preferimos a "gozó": 1725).—*Vill. V,
v. 18,* en 1685, y de 1689 a 1725: *desprende...* (Pero aventuramos:
"que prende", exigido por el contexto).—*Vill. VII, v. 30,* en 1685: *voz
sonora* (donde 1725 y otros, err.: "vez"...). —*Vill. VIII, v. 57,* en
1685: "Super omnes *es* Coelos exaltata" (como lo exige el sentido, aun-
que en 1725 y otros falte el *"es"...).*

267

Vill. I: "Al tránsito de María"...

v. 1 *Al tránsito...:* a su muerte, que fué para María "tránsito" al
Cielo...

v. 11-2 Su *materia prima,* sabiendo cuán en breve tornará a unírsele el
Alma, *repugna* (o se opone) a la entrada de la *forma cadavérica...* Idea
y lenguaje del "Hilemorfismo" escolástico.

v. 21-8 La Inmaculada no recibió la muerte como pena del pecado, sino
sólo *por imitación* (para no desemejarse ni en esto de su Divino Hijo),
y para *doblar sus triunfos* (acreciendo sus méritos).

268

Vill. II: "Pues la Iglesia, señores"...

v. 28 *Las tres altas Jerarquías:* la totalidad de los Espíritus Angélicos, cuyos
nueve coros suelen tradicionalmente agruparse de a tres en tres: Ánge-
les, Arcángeles y Virtudes; Potestades, Principados y Dominaciones; y
Tronos, Querubines y Serafines...

269

Vill. III: "Ésta es la justicia"...

v. 1 Cfr. *el pregón* de las ejecuciones, en un "Breve... Romance" de
D. Patricio Ant. López (Méj. 1724; en Poets. Novs., III, pp. 207-211):

¡Ésta es (decía) la justicia / (al són de la hueca trompa)
que el Rey a este Caballero / hacer manda en su persona,
por haberle dado a otro / muerte cruda y alevosa;
y es bien que por ello muera, / que así paga quien tal obra!...;

y ya como alegoría espiritual, en la "Ensalada del Tiánguez" de *Hernán
González de Eslava,* a fines de nuestro XVI:

Ésta es la justicia / que Dios mandó hacer
al que del pecado / se dejó vencer...

Todavía en *Quevedo,* la letrilla "Fuí bueno"... (Astr., 87) lleva este
estribillo:

Ésta es la justicia / que mandan hacer...;

y *Lope,* en "El Hijo Pródigo", tiene una glosa de "la antigua canción (dice
Menéndez y Pelayo) trovada ya por *D. Diego Hurtado de Mendoza":*

Ésta es la justicia / que mandan hacer...,
al que por amores / se quiso perder...

270

Vill. IV: "Las Flores y las Estrellas"...

—Nada tan de *Calderón,* como estas "batallas" entre Estrellas y Flores
(cfr. aquí mismo, núm. 320), o entre la Luz y la Sombra, el Cielo y la
Tierra, etc.
—De esas *voces de centellas* y esos *gritos de olores,* cfr. una "Loa a los
años de la Reina", de *Salazar y Torres,* anterior a 1675 (en "Cítara de
Apolo", II, Madrid, 1694, p. 232), donde intima a Rosas y Estrellas:

Olorosas, gustosas, vistosas,
con *voces de olor* a la Flor os rendid...,
y constantes, amantes, brillantes,
con *voces de luz* a la Luz aplaudid...;

y *Jacinto Polo,* "Acads. del Jardín", I: "Si con *las voces de su olor* no
llamaran al olfato las demás flores"...

271

Vill. V: "A la que triunfante"...

v. 20 *Banderas de Ofir...:* su cabellera dorada. Cfr. lo anot. al núm. 61,
v. 7.—Añadamos que la identificación geográfica de esa antigua región
del oro es un enigma. Los diversos autores (decía *D. Juan M. Maury,*
"Esvero y Almedora", París, 1840, notas, p. 490), "la han ido llevando
sucesivamente a Sumatra, a Ceilán..., a la Costa occidental de Áfri-
ca..., a la Arabia...; y también en el Perú la colocó nuestro *Arias
Montano"*...

v. 23 *Tíbar:* igualmente, el oro más fino. Cfr. la misma nota al núm. 61,
v. 7.—Agreguemos, con *Rodríguez Marín* (notas al "Viaje del Parnaso",
IV, v. 206, y al "Quijote", II, cap. 38): *"Cervantes,* como todos o
casi todos hasta nuestros días, tuvo por nombre propio geográfico a *Tíbar.*
Hoy parece averiguado que no lo es, sino voz formada del árabe *tibr,*

que significa *puro;* y así, *oro de Tíbar* equivale a oro muy acendrado"...
—Más detalles sobre esto, en *J. M. González de Mendoza:* "Peralvillos
y Tíbares" (en "El Universal", de Méj., 10-XII-1951), donde el plural
usado por Sor J. en el núm. 61, lo apunta en *Lope,* "Pastores de Belén",
1612, fol. 259, aunque aquí adjetivo:

> Y más que piedras y tesoros *Tíbares*
> en mis propias entrañas atesórote...

v. 21-4 *Proceloso* y *golfos*... Cfr. *Quevedo,* en espléndido verso satirizado
por Moratín:

> la crespa tempestad del oro undoso...;

Calderón, "Mejor está que estaba", donde la mano que peinaba la ca-
bellera,

> bucentoro de cristal, / corrió tormenta de Ofir...;

y *Salazar y Torres,* "Loa para la comedia de Los Juegos Olímpicos" (en
su "Cítara", II, 189, ap. "Poets. Novs.", II, 127-8), donde es el Sol
quien preséntase

> peinando en trenzas de oro / tempestades de Ofir...:

o un gran soneto del mismo *Salazar* ("Cítara", II, 340), donde "Peleo"
describe a "Thetis" dormida:

> Suelto el cabello, que prisión ignora,
> sobre azucenas dilató espacioso:
> ya el prado inunda en oro *proceloso,*
> ya con hebras de luz los aires dora...

272

Vill. VI: "A las excelsas imperiales plantas"...

—Métricamente, son de advertirse en *Sor J.* este y otros ejemplos de *Ro-
mance Endecasílabo,* que suele creerse innovación del s. XVIII.

v. 8 "¿Quién es Ésta que sube *como Vara* del humo del incienso?"...
(Cant., III, 6).

v. 10 *Hipérbaton* más agudo de cuanto suele Sor J. en estos sectores de
su poesía: *Si del que la hospedó valle se ausenta...* ("Si se ausenta del
valle que la hospedó"..., o sea, de la Tierra).

v. 15-6 *Cimientos de humildades*... Cfr. *S. Agustín* (Serm. 10 de Verbis
Dni., ap. *Brev. Rom.* in Comm. Abbatum): "Cuanto más alto haya de
ser el edificio, tanto más hondo ha de excavarse el cimiento... La fá-
brica, antes de su elevación, se humilla; y después de su humillación, se
erige su excelsitud"...

v. 17-9 "He aquí la *Esclava* del Señor"... *(Luc.,* I, 38).—"Ancilla *Domini*": del *Dueño*...

v. 22-4 *Del Aquilón* ...; *Luzbel* ... Al "rey de Babilonia" —en texto tradicionalmente acomodado al Demonio—, dícele *Isaías,* XVI, 12-4: "¿Cómo caíste del Cielo, oh Lucero de la mañana?... Tú, que decías en tu corazón: Ensalzaré mi solio, y en el Monte del testimonio me sentaré, a los lados *del Aquilón;* sobre las alturas de las nubes subiré, y seré semejante al Altísimo"...

273

Vill. VII: "Fué la Asunción de María"...

v. 18-9 *Caja hace la tierra* ... : si el Viento tiene *clarines,* la Tierra se ofrecerá como una *caja* o tambor... (y cfr., en *García Lorca,* "el tambor del llano" ...).

v. 28 y 32-3 *Las Aves* ... / *cuyo acento no es sonoro,* / *de humano, imitado, acento* ... : cuyo gorjeo sonoro no es imitado (no es imitable) por el acento humano... Otro agudo hipérbaton.

v. 37-8 *Ángeles* y *Estrellas: Aves* y *Rosas* del jardín del Cielo...—Que las estrellas sean las flores del Cielo, es rasgo frecuente; no así la otra imagen, ni menos la preciosa reunión de ambos paralelos... Cfr. *Amado Nervo,* en "Callemos" (de "Elevación"):

> ...Los *ángeles* vendrán a reposarse
> en las ramas del árbol mudo y quieto
> *como divinos pájaros de nieve...*
> ¡Hay tantas cosas que callar con ellos!...

274

Vill. VIII: "Yo perdí el papel, señores"...

v. 15 "Más salada que una *hueva*"... El Dicc. de la Acad. define *hueva:* "masa que forman los huevecillos de ciertos peces" ...; en lenguaje moderno: algo como el caviar...

v. 19 y ss. *Érase aquel valentón* ... Ya hablamos de las *Jácaras,* anot. al núm. 122; y vimos una de S. Pedro Apóstol (núm. 248). —Aquí, el "chiste" está en el aparente contrasentido de sacar a *San Pedro* en esta otra fiesta, para explicarlo luego aludiendo a que él, como los demás Apóstoles, se hallaba presente cuando la Asunción.

v. 35 y ss. *Una Letrilla en latín...,* o más bien, unas *Liras* (demasiado llanas y de rimas harto obvias, mas no sin finos aciertos, como los versos 47, 50 y 51), que así traduciremos en lo posible:

¡Oh Señora gloriosa,
oh Doncella laudable,
oh Madre venerable,
oh Engendradora hermosa,
oh Emperatriz del orbe generosa!
La tristeza expeliste
de este mundo que honraste;
al Áspid quebrantaste,
a tu Padre a luz diste:
Reina de todos aclamada fuiste.
¡De joyeles ornada
con regia majestad,
y en áurea variedad
de dones coronada,
sobre todos los Cielos exaltada!
Implorantes rogamos
que auxilies, Virgen suave,
nuestra miseria grave:
Señora te invocamos,
¡y a ti, Madre dulcísima, clamamos!

(A. M. P.)

v. 47 *"Genitorem genuisti"*... Cfr. *Dante,* "Paradiso", XXXIII, v. 1:

Vergine Madre, figlia del tuo Figlio...

v. 63-102 Resarciendo de este *latín* a quienes tal bocado había dejado *en ayunas,* sigue un *hartazgo* de lo popular y folklórico: el canto del *"Guineo"* o *Negro,* que en ofrenda a María le trae y ofrece cuajada, garbanzos tostados y salados, y camotes y requesón...

v. 85 y ss. *"Te guarra cuajala":* te guarda cuajada...—*"ri doy":* te doy... —*"máse"*...: más...—*"beya"*...: bellas...—*Tostón:* vieja moneda novohispana, cuyo nombre persiste entre nosotros significando cincuenta centavos.

v. 105 y ss. El padre de *Sor J.,* Don Pedro Manuel de Asbaje (o Azuage), era *Vizcaíno,* de Vergara; y ella (sin perjuicio de gracejar, aquí mismo, sobre la "sintaxis vizcaína", en ese *juras* por "juro"...) se ufana de esa ascendencia en la Dedicatoria de su "Segundo Volumen" (Sevilla, 1692) a *D. Juan de Orue y Arbieto,* que daremos entre sus *Prosas.* "Siendo, como soy, rama de Vizcaya" —dice allí, acerca de sus obras—, "yo me holgara que fuesen tales que pudiesen honrar y no avergonzar a nuestra Nación Vascongada"...

v. 109-10 *La lengua / cortada de mis Abuelos...* De éstos, por lo ya dicho; y *cortada,* quizá, en un doble sentido: en el de procedente de allá, como una rama "desgajada" del viejo tronco, y en el de "entrecortada", o falta de sintaxis, que es como (hablando castellano, al menos) va ella misma a tipificar sonrientemente sus vulgares hábitos de expresión.
—De esos donaires, comunísimos en España, cfr. el "Libro de todas las cosas", de *Quevedo:* "Si quieres saber vizcaíno, trueca las primeras per-

sonas en segundas, con los verbos, y cátate vizcaíno"...; o el "romance muy gracioso en vizcaíno", con que *Lope* corona su "Coloquio pastoril de la Concepción", reimpr. Málaga, 1615 *(Men. y Pel.:* "Estudios sobre el Teatro de Lope", 1949, I, p. 62); o *Don Quijote,* I, c. 8, donde el escudero de los Benedictinos le dice: "Si no dejas coche, así te matas como estás ahí vizcaíno... Mientes que mira si otra dices cosa"...; o *Juan de Castellanos,* "Elegías de Varones Ilustres de Indias", parte II, canto IV, con que *Rodríguez Marín* anota el paso cervantino.

v. 111-30 Sobre estas *incrustaciones vascuences,* agradecemos la gentil colaboración —doble e independiente— de los señores *don L. Guezala Gochi* y *don Ángel Olalde,* residentes en Méjico, por los buenos oficios de Alfonso Junco.

v. 111 "Señora *Andre* María"...: *andére,* o comúnmente *ándre:* "mujer", y aquí, "Virgen"...

v. 113 Acentuamos *Aranzazú* (como aún hoy se llama en Guadalajara, Jalisco, el templo de esa Imagen Mariana cuyo santuario original está en Oñate, Guipúzcoa), porque la acentuación grave exigiría en el verso una diéresis o hiato ante vocal átona ("y en tu-Ca-sa-Á-ran-za-zu"), de que no recordamos ejemplos en Sor J. Ello, además, parece reflejar su composición etimológica: "*Arantz* (espino) —*a* (el) —*zu* (tú)"..., o sea "¡Tú (en) el espino!"... La voz compuesta, empero, suele pronunciarse *Aránzazu* (Guezala) o *Aranzázu* (Olalde); y en las ediciones antiguas no lleva acento ninguno. —Anexa al Convento de S. Francisco, de Méjico, "en el sitio que ocupa ahora el Templo Expiatorio Nacional de S. Felipe de Jesús, estuvo la *Capilla de N. Sra. de Aranzazú,* fundada por los vascongados, quienes la empezaron a construir el 27 de sept. de 1682 y la terminaron 6 años después"... *(Revista de la Semana,* en "El Universal", Méj. 15-v-949).

v. 115-6 El estribillo: "¡Ay que se va *Galdu nái,* / *nere bizi, guziko galdu nái!",* el señor Guezala Gochi nos lo traduce:

> ¡Ay, que se va lo que no quiero perder,
> mi vida, todo lo que no quiero perder!;

y así lo analiza: *galdu* (perder), *nai* (voluntad, querer); *nere* (mi, mío, mía) y *bizi* (vivir, vida); *guzi* (todo) y *ko* (sufijo: "de" o "del")... Mas el señor Olalde (para quien *Gáldunai* significa "estar perdido") propone otra lección: *Galdu-náiz:* "estoy perdido"...; según la cual, el texto diría, no menos plausiblemente:

> ¡Ay, que se va, estoy perdido,
> mi vida! ¡Estoy del todo, estoy perdido!

v. 124 *Nére* (mío), *biotz* (corazón) —*á* (el)...: "el mi corazón", o "corazón mío"...

v. 126 *Ba* (sí) —*goaz* (vamos)...: "sí, vamos", o "vámonos"...

v. 127-8 *Gu* (nosotros), *atzen* (detrás, en pos); *galanta* (hermosa, bonita); *nere* (mía); *lastana* (amada, querida) ...:

> ¡Nosotros en pos tuya, contigo, Hermosa!
> ¡Nosotros en pos tuya, oh Amada mía!...

—*Lastana* y *biotza*, de por sí, son graves; el agudizarlos aquí, es licencia, para la rima. Las ediciones antiguas, además, escriben *nerevici, vagoas* y *guasen:* grafías que aquí depuramos; y acentúan *galdunaí,* estropeando su asonancia en "*á*".

CONCEPCIÓN, 1689

—*Ed. suelta* de 1689, Puebla, impr. Diego Fernández de León: "y los escribía para dicha S. Iglesia la Madre Juana Inés de la Cruz"... (Música del Lic. D. Miguel Mateo Dallo y Lana.) —Después, en I, 1691, 327.—En el II, Sevilla, 1692, 37, como *Letras Sagradas.*—Y en I, 1725, 299.
La ed. aislada de 1689 (ejr. Gómez de Orozco) evita varias erratas posteriores: Vill. III, v. 31: "y aun *convertibles* mostrado" (1725: "convertirles"); VII, vv. 23-4: "*efecto* tal" y "da la *causal*" (1725: "afecto" y "casual"); VIII, v. 31: "pues *en* un instante" (1725: "*con* un"); y v. 101: "en *el* margen cristalino", (1725: "en la margen", aunque rima con "oro fino"). La preferimos, también, en VIII, v. 36: *hierro* (1725: "yerro"); pero no en VII, v. 30: "en el *árbol* primero" (por "en el *albor*": 1725).

275

Vill. I: "Oigan un Misterio que"...

—La doctrina de que la Madre de Cristo fué preservada del Pecado Original y llena de Gracia santificante desde su Concepción, o sea, desde el primer instante de su existencia, sólo fué definida como Dogma Católico por Pío IX, en 1854. Tal verdad, sin embargo, era ya defendida muy desde antes por varios Santos y Teólogos, como "de fe divina" (aunque "no definida"), en cuanto formalmente implícita en la Sda. Escritura y la Tradición Divino-Católica; y ya en s. XVII, la mayoría del Pueblo Cristiano (y más aun, en España y sus tierras) la "creía" como tal, y no era raro que se obligara por "voto" a defenderla. Nuestra R. y P. Universidad de Méj. (igual que muchas otras) exigía tal voto a sus graduados; cfr. aquí abajo, nota a la *Jácara* del núm. 282.

v. 1-5 *No es de fe:* en cuanto que no estaba definida; pero *se cree:* por fe divina (como implícito en la Revelación), y por razones teológicas, que Sor J. estima *evidentes,* hasta el grado de hacerla plantearse la cuestión de si respecto a una misma verdad pueden simultáneamente coexistir la *fe* y la *evidencia*... (La Fe, de por sí, prescinde de ésta, y consiste en admitir una verdad bajo la palabra de Dios; pero entre sus enseñanzas, hay algunas también demostrables directamente por la razón —como muchos de sus atributos, o como la espiritualidad e inmortalidad del alma—: y éstos, al mismo tiempo, los podemos "saber" y "creer"...) Claro, por lo demás, que las razones "evidentes" que aquí aduce Sor J., son más bien óptimas "congruencias" que —una vez revelada la Purísima Concepción— la muestran convenientísima, en admirable armonía con las demás verdades católicas.—El aire de los vv. 1-2 parecería haberlo recordado *Amado Nervo* en "Los Jardines Interiores":

> Tan rubia es la niña, que
> cuando hay sol no se la ve... ;

y sobre ese monosílabo átono agudizado al fin del v. 1, cfr. lo anot. al núm. 1, v. 43.

v. 7 y 9 *Preservada:* del Universal Pecado original; *prevenida:* por la Gracia santificante.

v. 14 *Cosa tan repugnante:* cosas tan incompatibles...

276

Vill. II: "Dice el Génesis sagrado"...

v.1-4 Cfr. *Génesis*, I, 27, y II, 1: "Y creó Dios al hombre a imagen Suya... Así fueron acabados *(completados)* los Cielos y la tierra"...

v. 13 *"El todo* del Universo":* la totalidad, el conjunto...

277

Vill. III: "La Maternidad sacra"...

—Preciosa "circulación", hacia adelante y hacia atrás, entre esas dos excelencias de María: si Madre de Dios, luego Purísima; si Purísima, luego predestinada para Madre de Dios...: términos *convertibles* (v. 31).—Tal *Señora* no pudo ser *pechera* (sujeta al común tributo oprobioso); y tamaña Excepción debió ser prenda (o *arras*) de su elevación al trono de la Divina Maternidad...—*Ilación:* inferencia o deducción... —*Convertibles:* términos "intercambiables", diríamos hoy.

278

Vill. IV: "Oigan qué cosa y cosa"...

v. 1 *Cosa y cosa:* adivinanza (Cfr. lo anot. al núm. 54, v. 1).

v. 21-8 La capital objeción sería la universalidad del Pecado Original para los hijos de Adán, "en quien todos pecaron" (S. Pablo, *Rom.*, V, 12).

Pero *la ley de los esclavos* no pierde su vigor por no incluir a la Reina;
y ya se sabe que Ésta goza *exención* (está "exenta") de pagar el tributo
de los plebeyos.

279

Vill. V: "Un instante me escuchen"...

v. 1-4 *Un instante:* aquel en que fué concebida y empezó a existir Nuestra
Señora, y que estuvo *fuera del tiempo,* en cuanto que especialísimamente
predestinado desde la eternidad.

v. 31-40 No importa (dice Sor J.) que haya habido épocas en que muchos
Teólogos dudaran y aun negaran tal Privilegio... La nube que lo oculta
no daña al Sol, sino a nuestra vista... Así, tal *duda* sobre ello, *no fué
tiniebla en María,* sino *ignorancia* en nosotros.

v.43-4 Maravillosa sentencia sobre la Virgen, en cuanto a su eminencia
de gracia y perfección espiritual: *Debemos pensar que es / todo lo que
no es ser Dios*...

280

Vill. VI: "Cielo es María más bello"...

Romance en coplas de seis versos, que repiten cada una su artificio
—muy calderoniano— de "recapitulación": las palabras iniciales de los
cuatro primeros versos —con sendos símbolos o evocaciones— forman el
verso quinto... Y así se agrupan el Cielo y los Astros, las Diosas mito-
lógicas, las grandes Mujeres bíblicas y los cuatro Elementos... María es
Dueño de todo, en cuanto Madre del Rey y Emperatriz de Cielos y Tie-
rra, desde el *punto* primero de su ser... (En latín: *punctum temporis:*
un instante...)

281

Vill. VII: "Morenica la Esposa está"...

"Morena soy, pero hermosa..., porque el Sol me miró"... *(Can-
tares,* I, 5-6). Ya nuestro *González de Eslava* lo aplicaba a la Inmaculada,
en su canción "Sois hermosa, aunque morena"... ("Coloquios y Cancio-
nes", Méj. 1610; y "Poets. Novs.", I, p. 44):

Al Sol, Morena, anduvisteis,
tanto, que en vos se encerró:
el Sol, de vos se vistió,
y vos, del Sol os vestisteis...

Sois Morena en la apariencia,
de dentro hermoseada,
porque fuisteis preservada
de la general sentencia...;

y de España, cfr. un estribillo popular del XVI:

Blanca me era yo
cuando entré en la siega;
dióme el sol y ya soy morena...,

y el "Negra soy, mas soy hermosa"..., de *Lope,* en su "Auto de los Cantares".

282

Vill. VIII: "Siendo de Ángeles la Puebla"...

v. 1-2 La mejicana *Puebla de los Ángeles* —dice Sor J.— es *de Ángeles en todo*... Con razón algunos la creían Poblana, aun su grande amigo *Sigüenza y Góngora,* que en el "Triunfo Parténico", de 1683 (§ XV), dice que, por sus décimas "Con luciente vuelo airoso"... (núm. 139), "diósele en premio una taza, no de loza, ni de vidrio *de la Puebla, su patria,* sino de plata"...

v. 9 *Jacarandina:* cfr. lo anot. al núm. 222.

9. **23-4** *El Sol le sirve de sastre, / la Luna de zapatero*...: preciosa traducción, a lo jacarandoso, del *Apoc.* XII: "Vestida del Sol, y la Luna bajo sus pies".

v. 27 *De un puntapié*...: "Te aplastará la cabeza" *(Génesis,* III, 15).

v. 29 *La que no le costó*...: elipsis por *"A la que no"*...

v. 33-6 La vida de Nuestra Señora fué tan íntegramente *de oro* (el de la Gracia), que no tuvo "ni un instante *de hierro",* o sea *de yerro* o pecado.

v. 38-40 *"Deux ex genere meo":* "Dios (es) de mi familia"... Una de las posibles etimologías del nombre de *María,* derivándolo de la raíz hebrea "haráh", concebir o engendrar... *(Gregorio Alastruey:* "Tratado de la Virgen Sma.", Madrid, 1945, pp. 8-9).

v. 41-52 María debió a la futura Pasión de Cristo la gracia en que fué concebida; pero su Redención fué *preservativa,* no sacándola del Pecado, sino adelantándose a no dejarla caer en él... Cfr. "La Hidalga del Valle", de *Calderón:*

> Luego, de Dios preservada / está la que no cayó,
> y sin caer se levantó / limpia, antes de estar manchada...

v. 57 En Ella, el Pecado no precedió a la Gracia, con *prioridad* (o anterioridad) ninguna, ni de tiempo ni de naturaleza...

v. 64 Este *¡voto a Dios!* —tan propio de una Jácara— no tiene nada de "non sancto": alude en él Sor J. al *voto que hizo de defender la Purísima Concepción* (cfr. en su Prosa: *Docta Explicación),* y que Castorena (en el Índice de la *Fama)* añade que "lo dejó escrito con su sangre, y lo revalidaba todos los días"...

v. 65-8 La *Valona* sería otro "tono" con que se cantaban estas coplas de

Romance, que aquí se titulan *Glosas* (aunque no lo son). Fino juego de equívocos y alusiones: como quien *se desahoga* la garganta cambiando la apretada *golilla* por una holgada *valona* (el cuello abierto y vuelto sobre la espalda, al modo del actual "cuello *sport*"), así un cantor cambió la *gravedad* "engolada" de la música seria por este "tono" popular y desenfadado...

v. 76 *Vos debéis de ser Poblana*... Como dicho a la Virgen, lo pone Sor J. en boca de uno de los *Ángeles* de la Puebla, quizá con un guiño de afectuosa sonrisa. (En "La Quijotita y su Prima", cap. XVII, *Fernández de Lizardi* usa "poblanadas" en sentido análogo al de "andaluzadas", pero aplicado a las hipérboles en la expresión del cariño; y cfr. aquí nota a los v. 1-2).

v. 78 *Esta Sierra Nevada*...: el Popocatépetl y el Iztaccíhuatl, que dan a Puebla horizonte espléndido, y cuya eterna nieve, pese a la cercanía del *humo*, resulta símbolo maravilloso de· la Purísima.

v. 89-132 JUGUETILLO. Casi todas estas imágenes: "Hermosa como la Luna, Elegida como el Sol, Terrible como Escuadrón, Vallado Huerto, Pozo sellado, Lirio, Varita de Incienso, Gloria de Jerusalén, Única y Toda Hermosa", vienen de los *Cantares*. Y las otras son bíblicas también: la "Oliva" *(Eccli.* XXIV, 19), o la señal dada a Acaz *(Isaías,* VII), etc.

v. 94 *Púrpura y biso vestida*... Las eds. dicen: *viso;* pero aquí se trata del *"bissus"* que junto a la púrpura es frecuente en la Vulgata: "Bissus et purpura indumentum ejus" (Prov., XXXI, 22), que Cipriano de Valera traduce: "de *lino fino* y púrpura es su vestido", y Fr. *Luis de León,* en la "Perfecta Casada", § XII: *"holanda* y púrpura"... Y así, *biso* (y no "viso", como lo desfiguran sus reimpresores, por no entenderlo) escribió *Guillermo Valencia* en "Leyendo a Silva" (cfr. "Ritos", Bogotá, 1898):

> Vestía traje suelto, de recamado biso...

—Esa construcción: *"Vestida* bisso y púrpura", es un *acusativo griego,* de los que, a través de Horacio y Virgilio, pasan al toscano (Petrarca, Tasso, Marino, Chiabrera...) y a nuestros clásicos: "las venas dulcemente desatado" *(Garcilaso);* "revuelto en oro la encrespada frente" *(Herrera);* "De púrpura y de nieve / florida la cabeza coronado" *(Fray Luis);* "vestido blanca pluma" *(Lope);* de un blanco armiño el esplendor vestida" *(Góngora)*... Y cfr., en "Poetas Novs.", II, pp. 184-5, los del *P. Francisco de Castro.*

v. 99 *Y trescientas cosas más*... Estribillo popular y tradicional, que ya usó *Lope* en su auto de "Las Bodas entre el Alma y el Amor Divino".

v. 100 Conservamos la forma latina y gongorina de *Lilio,* más hermosa y suave que "Lirio".

NAVIDAD, 1689

—*Ed. aislada*, Puebla, impr. Fernández de León, *1689*, sin nombre de Sor J.; "puestos en metro músico por el Lic. D. Miguel Mateo Dallo y Lana".—Después, I, 1691, 334.—(II, 1692, Sevilla, 48, como "Letras Sdas.").—I, 1725, 305.

En 1689, texto mejor; Vill. II, v. 24: "Dios conmigo *humano*" (1691 y 1725: "Humanado", perturbando la simetría estrófica); y v. 35 y 38: "Que esté cuando el *tiempo*. . ., / de un *tiempo* sin ley" (1691 y 1725: "Templo" en ambos versos, sin sentido).—Vill. IV, v. 67: "No ha lugar *por* ahora" (1691-1725: "para ahora"); Vill. VIII, v. 1: "*Escuchen* dos sacristanes" (1691 y 1725: "Escuchad"); y v. 63: "Jericó me *da* el texto" (1691 y 1725: "dió").

283

Vill. I: "Por celebrar del Infante". . .

v. 3 y 11 Los *Cuatro Elementos* tenían cada uno su "centro" en la "esfera" celeste que le era propia; mas aquí, todos hallan *mejor esfera* —Cielo mejor— en el Niño-Dios: el Agua, en su llanto; el Fuego, en su amor; la Tierra, en su carne; y el Aire en su aliento (respiración y suspiros).

v. 7-8 A cada uno de los 4 substantivos del v. 3, corresponden, en el mismo orden, los 4 adjetivos del v. 4: *Agua limpia, Fuego puro,* etc.

v. 15-6 Igual correspondencia simétrica entre los verbos y los adjetivos.

284

Vill. II: "Al Niño Divino". . .

v. 2 Ese *¡Déjenle!,* usado como asonante agudo, debe leerse con doble acento: déjen-lé". . . Tal *acentuación del pronombre enclítico* "es fenómeno conocido en el habla popular de España y frecuente en gran parte de la América del Sur", dice Hz. Ureña ("La Versificación Irregular", Madr. 1933, p. 116); y la señala en versos de *Garci-Sánchez de Badajoz* ("Hágadesmé"), de *Bello* ("acaba, dimeló), y en el "Dejalá" de la canción madrileña "Agua que no has de beber". . ., y en los poetas gauchescos (Tiscornia, "La lengua de Martín Fierro", Bs. As., 1930 § 4), etc., remitiéndose a "Palabras sin acento", de T. Navarro Tomás, en "Rev. de Filol. Esp.", 1925, T. 359. Añadamos Calderón, passim, vgr. en "Casa con dos puertas", J. III:

—Laura, Laura, no hay disculpa. / —Félix, Félix, déja-mé;
que aunque lo puedo decir, / tú no lo puedes saber. . .

Lo mismo se ve en un Villancico de *León Marchante* (1667, Alcalá:

"Obras", Madr., 1733, t. II, p. 52), que además ofrece una suma ana-
logía de ideas, y aun la identidad de un verso (acaso de algún estribillo
tradicional) con el nuestro:

> A Belén, zagalejos, / que ha nacido el Sol...
> —...No le recuerden, no,
> que en los brazos del Alba / descansa el Amor...
> —¡Ay qué dolor! / ¡Ay qué placer!
> Pues adoro a un Dios Niño, / *dejenmé,*
> *que llorando mi mal / consigo mi bien:*
> *¡déjenme, déjenmé!...*

Cfr. además, nuestra últ. nota a estos Villancicos, sobre la atribución
a *León Marchante* de esta y otras dos de las presentes letras.

v. 15-6 *La Aurora... no llora tan bien...:* las perlas eran "lágrimas del
Aurora" (cfr. núm. 61, v. 29, y lo allí anot.).

v. 27-30 *Si es Piedra Imán, Cristo...* Ya *San Jerónimo* ilustra con este
símil la palabra de Cristo: "Atraeré a mí todas las cosas"... *(Juan,* XII,
32). Aquí se renueva *al revés:* el "hierro" (el pecado o *yerro* del Hombre)
es quien lo atrajo: quien hizo al Verbo de Dios encarnarse para sal-
varnos.

v. 38 *Un tiempo sin ley:* el crudo Invierno, desenfrenado en su frío.

v. 42-43 Aliteración y equívoco entre *"baje Él"* y *"bajel"*... (Cfr. algo
análogo en el núm. 325, v. 6).

285

Vill. III: "El Alcalde de Belén"...

v. 1 *El Alcalde de Belén* figura en varios Villancicos peninsulares, vgr. los
del *Convento de la Encarnación,* 1690 (cit. por Cejador, "Floresta", Madr.,
1923, t. IV, p. 90):

> Alcaldito só de Belén, / aunque me juzguen zagala...

v. 41 *La Palabra nacida:* el *Verbo* de Dios hecho Hombre. El mismo equí-
voco en esos Vills. del *Conv. de la Encarnación* (cit. por Cejador), dicien-
do de los Reyes Magos:

> ¿Quién son los tres que ahora llegan? / ¡Hase visto cómo callan!
> Pero ¿qué mucho no chisten, / si buscan una Palabra? ...;

y en otros, de Sevilla, 1638 (cit. ib., p. 230):

> Callad, que me lastimáis; / ¡ea, mi Bien, no lloréis!
> Pero ¿cómo callaréis, / si sois Palabra y amáis?

v. 50 Juego del vocablo entre *a pagarla* y *"apagarla",* por oposición a *en-*

cenderla y por alusión a la proverbial pobreza de los Poetas, siempre *sin blanca,* o sea, sin dinero. (Y cfr. núm. 115 y lo allí anot.)

—Renunciamos a glosar otras alusiones, por razón del espacio y por su relativa notoriedad en toda la poesía satírica de España y del mundo: las *Navidades* de las viejas; la *luz de sarmientos* (o el "encandilamiento" por el vino) de los *Tudescos* o alemanes; el *Doctor* o médico, a cuyas manos *han muerto* muchos, etc.

286

Vill. IV: "Hoy, que el Mayor de los Reyes"...

—Este Vill. IV de los de Sor J., 1689, coincide literalmente con el IV de los "Vills. que se cantaron en la Real Capilla la Noche de Navidad del año de 1686", y que figuran en las "Obras Pósthumas" de *D. Joseph Pérez de Montoro* (Madrid, 1737, t. II, pp. 240-242). Sólo varían el v. 11: "nadie se reserva" (que preferimos al "nadie reserva" de nuestros textos); y el v 50: "le ordenó de tantas Ciencias" (donde es mejor, acá: "le adornó"...). De por sí, merece más fe la reiterada inclusión en las Obras de *Sor Juana* en 1691 y 1692, viviendo ella, que no esa adscripción póstuma al poeta peninsular. Y así, nos inclinamos a juzgar errada la fecha madrileña de 1686, y apócrifa la dicha atribución a Montoro. Un verdadero enigma de todas suertes.

ᵛ· ⁸ *Covachuelas* llamaban en la Corte a las oficinas de los Consejos Reales, y a sus empleados "covachuelistas"... Aquí, el Rey Divino despachará las peticiones en su *Portal* de Belén.

ᵛ· ²³⁻³⁴ Adán saldrá muy pronto de su cárcel ("el Seno de Abraham"), pues ya, al nacer Cristo, llegó del Cielo *la mejor Flota,* que luego hará allá su retorno... (Cfr. Vills. Atribuíbles, núm. iv, y lo allí anotado.)

ᵛ· ³⁵⁻⁴⁶ Moisés recibió las *Leyes* de Dios en el Sinaí, y fué célebre por su *Vara* con la que abrió el Mar Rojo, en el que después murieron tantos Egipcios. *(Gitanos:* "Egipcianos"; y cfr. lo anot. al núm. 216, v. 352; y el núm. 312, v. 30.)

ᵛ· ⁴⁷⁻⁵⁸ *Salomón* recibió de Dios tal sabiduría, que "no hubo antes, ni se levantó después, otro como él"... *(III Reyes,* III, 12); pero luego, "se depravó su corazón por las mujeres" y cayó en idolatrías *(III Reyes,* XI, 3-4), y no consta dejara ese *mal estado*...

ᵛ· ⁵⁹⁻⁷⁰ *Los Padres*...: las Almas de los Patriarcas, Profetas y demás Justos del Antiguo Testamento debían aguardar en el *Limbo* (distinto del de los niños no bautizados) hasta el advenimiento del Redentor... Y Cristo, cuando "descendió a los infiernos" (o sea, a dicho "Seno de Abraham"), los llevó consigo a los cielos... Por eso, en su Navidad, aún *no ha lugar* para ese *Indulto,* reservado a después de la Pasión.

v. 71-82 La *Nobleza* de *San José*, como descendiente de David y los Reyes de Israel, da asunto a una especial y curiosa disquisición en la obra teológica del *P. Antonio de Peralta, S. J.: "Dissertationes scholasticae de S. Joseph"*, Méjico, Hogal, 1729 (Diss. VI, Sectio I, 2ª Conclusio, pp. 199-207).—Y la *Compañía* de este *Capitán de la Guarda* es inmejorable: Jesús y María.

287

Vill. V: "Pues mi Dios ha nacido a penar"...

Múltiples coincidencias de ideas con *El Sueño* (núm. 216) de la misma Sor Juana.

v. 9-10 y 68 *Que quien duerme, en el sueño / se ensaya a morir...*; y *El que duerme, se entrega a la muerte...* Cfr. allá, v. 189: "Imagen poderosa de la muerte / Morfeo"...; y más original, sus v. 202-3: "Un cadáver con alma, / muerto a la vida, y a la muerte vivo"...

v. 51 *El sueño, tributo...* Cfr. allá, v. 110: "universal tributo"...

v. 73-6 *Aunque duerma, no cierre los ojos / que es León de Judá...* Cfr. allá, v. 111-2, el León que "aun con abiertos ojos, no velaba" (y lo allí anot.).—Y *ha de estar con los ojos abiertos / quien nace a reinar...* Cfr. ibid., v. 140-6: "¡Oh de la Majestad pensión gravosa!"... etc.

288

Vill. VI: "El retrato del Niño"...

v. 1-32 La Introducción es un romance que continuadamente alterna *versos de 7 y 5* (como la primera copla de las seguidillas, que aquí no se completan con su tercetillo final, ni cambian su asonante). Cfr., siglos después, José Martí ("Brazos fragantes", "Valle lozano", y otros poemas de su "Ismaelillo"), y *Díaz Mirón* ("Nox", en "Lascas").

v. 2 "Mírenle *Uscedes*" (1691): lo conservamos.—Robles Dégano, "Ortología", p. 191, consigna *uced* (Calderón, Rojas, Solís), o *ucé* (Matos, y Zárate); y cfr. núm. 311, v. 90, con lo allí anot.

v. 29 *La inculco:* la pondero, o encarezco y alabo...

v. 33-9 El *Estribillo* recuerda la mínima Oda de *Anacreonte:*

> Un *Cupido de cera* / cierto joven vendía;
> yo le paré y le dije / cuánto por él quería...
> ...Y ahora, Cupido, enciéndeme; / o en pena del delito,
> al fuego te derrito...

(Trad. de *Federico Baráibar*, en "Poetas Líricos Griegos", Bibl. Clásica,

Madrid, 1918). Cfr. también, en el "Anacreonte Castellano" de *Quevedo:* "Un Cupidillo en cera retratado"... (Astr., 687): o en "El Anacreonte" de *D. Esteban Manuel Villegas* ("Las Eróticas"... Nájera, 1617 y 1620), Monostrofe XI: "De un Amor de cera":

> A uno que vendía / de cera un Cupidillo,
> le dije: ¿Cuánto precio / pedís por él, amigo?...
> ...Entradme en calor luego; / donde no, os certifico
> de daros luego a tales / que salgáis derretido...

v. 43 *Brincos:* lusismo, por "joyas"...

289

Vill. VII: "A alegrar a mi Niño"...

v. 5-7 *Enjambre que... chupan...* (todos): concordancia "ad sensum".

v. 22 *La Antorcha cuarta:* el Sol, que ocupa el cuarto sitio entre los Planetas.

v. 27 *El moto:* el movimiento *(latinismo:* al modo de "ancila", "estatera", "castelo", etc.).

290

Vill. VIII: "Escuchen dos Sacristanes"...

v. 3-4 Con la expresión "el *Verbum Caro"*, el Verbo hecho Carne (S. Juan, I, 14), se alterna otra descabellada: *"el Tantum Ergo"*...: principio de la penúltima estrofa (por la que se empieza su canto en la Bendición con el Santísimo) del Himno de Corpus *Pange, lingua,* de S. Tomás de Aquino:

> *Tantum, ergo, Sacramentum / veneremur cernui...*
> (Tan grande, pues, Sacramento / veneremos prosternados...)

No todo, sin embargo, es disparate en esta "disputa": se trata, realmente, de que uno de los Sacristanes se extasía ante el mero hecho de ver al Verbo de Dios "Encarnado"; y el otro se encanta, aún más, presintiendo en Belén la Eucaristía...

v. 6 Quedarse "a *asperges":* modismo por "no entender nada" (como "quedarse *in albis"),* aludiendo a la fórmula ritual de la Aspersión del Agua Bendita.

v. 8 y 88 Entre estos latines, hay un chusco neologismo *(Sacristane),* y el uso, sin sentido, de esos *Famulorum* y *Famularum* ("De los siervos" y "De las siervas") o de esotros *Saeculorum* ("De los Siglos") e *In aeternum* (eternamente), que sólo asoman aquí por la sonoridad con que resaltan en ciertas oraciones litúrgicas. Pero los demás son correctos *(Mecum arguis?:* ¿Arguyes o discutes conmigo?*".*..; "Halla el *Panem Angelorum"*: Encuentra *al Pan de los Ángeles...),* aunque casi todos, simples "frases hechas" de las Escuelas *(dixi melius:* dije mejor; *probo:* lo pruebo o demuestro; *nego:* lo niego...), o de la Misa *(Laus tibi, Christe!:* "¡Alabanza a ti, oh Cristo!"; *Deo gratias!:* "¡Gracias a Diós!"; *Secundum Joannem:* el Evangelio "según San Juan"; *Per Incarnati Verbi Mysterium:* Por el misterio del Verbo Encarnado...); o del Ritual *(Exi foras:* "sál afuera"), o de los Evangelios *(Vade retro:* Retrocede, arrédrate...; *Hoc est Corpus meum:* Éste es mi Cuerpo"...: *In principio erat Verbum:* "En el principio era el Verbo"...: *Cum dilexisset suos, in finem dilexit eos:* "Habiendo amado a los Suyos, los amó hasta el fin"...; *Habitavit in nobis et vidimus gloriam ejus:* "Habitó entre nosotros y vimos Su gloria"...; *Domine, non sum dignus ut intres sub tectum meum:* "Señor, yo no soy digno de que entres bajo mi techo"...; *Antequam gallus cantet:* "Antes que cante el gallo"...; *Gloria in excelsis Deo:* "Gloria a Dios en las alturas"...).

La disputa, por lo demás, discurre en una peculiar lógica "sacristanesca", como lo de que el Niño es el Clavel "Encarnado" que nació de la Rosa de Jericó (María), y por lo tanto le viene muy bien el *Incarnatus...;* o como lo de que el Canto del Gallo (de San Pedro) tenga algo que ver con la "Misa de Gallo"... Pero varios lindos "conceptos" —como ése de que Cristo "nace Grano y crece Espiga / ... en las Pajas" de Belén, o como esa aplicación del *Domine non sum dignus,* que hoy repetimos antes de la Comunión y que ya se aplicaba "al Portalejo"...—, autorizan la ufanía de los Sacristanes, al prometer "en claros Latines / obscuros Misterios"...

———Tres de estos 8 Villancicos —allá aislados—, podría dudarse si no serán del Maestro D. *Manuel de León Marchante* (Pastrana, 1631-Alcalá, 1680), "festivo poeta" e "ingenioso satírico", estudiado como tal por *Cotarelo* ("Colección de Entremeses"..., t. I. Madr. 1911, pp. CX-II), y fino lírico religioso, rico en aire popular, en tierno donaire y en juegos métricos.

En sus *Obras Poéticas Póstumas* (t. II, Madr. 1733), se dan por suyos (como "letras" aisladas) tres de estos Villancicos: el III, "El Alcalde de Belén"... (p. 172, sin fecha ni sitio); el V, "Pues mi Dios ha nacido a penar"... (p. 177, como escrito para Toledo, 1677, y añadiendo que "en la Puebla de los Ángeles la repitieron el de 1689"); y el VIII, "Escuchen dos Sacristanes"... (p. 167: para la "Real Capilla de las Sras. Descalzas", en 1676, y con igual advertencia de que "se repitió en Puebla", pero sin aludir, aquí tampoco, a Sor J.).—Allí mismo figuran, además, varias "letras" sueltas de otros Vills. Anónimos cantados e impresos en Puebla (Navidad, 1688 y 1693): cfr. *Poets. Novs.,* III, pp. 129-30.

Pero tal recopilación —póstuma y anónima— no exige pleno crédito. Menéndez y Pelayo, vgr. en "La Poesía Mística", asigna a San Miguel de los Santos las Octavas "Sin tierra por la tierra caminando"..., insertas en dichas *Obras,* II, 379-83. También otras cosas ajenas se han adscrito a Marchante (cfr., sobre dos entremeses de Lanini: *Cotarelo,* ib., I,

CXII); y es aún más decisivo para nuestro caso, el Vill. VI de los de Sor J. a S. Catarina, 1691, cuya autenticidad sorjuanesca es absolutamente segura, pero que allí también se le da por suyo (cfr. lo anot. a nuestro núm. 317).

Creemos, pues, que aunque nuestros Villancicos aparecieron sin nombre en 1689— prevalece su incorporación a las Obras de Sor Juana, en su t. I de 1691 ("3ª ed., corregida y añadida por su Authora") y en el II de Sevilla, 1692, en que también intervino ella directamente con adiciones y supresiones. Y más, cuanto que sólo aquí aparece en armoniosa integridad el cabal juego de Villancicos, en vez de sólo tres "letras" sueltas, y cuando —sobre todo en el "Pues mi Dios ha nacido a penar"...— su rara mezcla de vigor y exquisitez, en pensamiento y voz, parece mucho más de Sor J. que de Marchante, y ofrece con *El Sueño* las afinidades que ya anotamos.

De tal Villancico V, por lo demás, faltan allá dos coplas de las más bellas *(Si a sus ojos corrió la cortina..., y No se duerma en la Noche...);* y otras dos aparecen con estas variantes:

Si el que duerme se entrega a la muerte,
y Dios, con ardid,
cuando al sueño se rinde, es decirme
que muere por mí...;
 Si es el Sueño tributo *a la vida,*
y es Rey tan feliz
que al vasallo el tributo en descanso
convierte *sutil...*

SAN JOSÉ, 1690

—*Ed. aislada* de 1690, en Puebla, impr. Fernández de León: "Discurriólos la erudición sin segunda y siempre acertado entendimiento de la Madre Juana Inés de la Cruz"...; los musicó Dallo y Lana; y allí, con la *Dedicatoria,* que luego falta en todas las ediciones, salvo en el t. II, 1692, 62, que los titula "Letras Sagradas"... —Después, en I, 1691, 344; I, 1725, 316. (Andrade, p. 800: anónimos.) —La *ed. suelta* (ejrs. Gómez de Orozco y Gonz. de Cossío, hoy Ugarte), a más de ese bello y enorme elogio en su portada, ofrece la lección exacta de pasajes luego estropeados: Vill. VIII, v. 71 (y así 1691): *Cátense* (por el "Cántese", err. de 1725 y otras), y en una sola línea el *¡No fué tal!—¡Si fué tal!—¡No fué tal!,* de nuestro v. 107, que de 1691 a 1725 se divide en tres; y en Vill. X, vv. 5-6: *No, no, no os mováis; / no, no, no silbéis...* (1691 y 1725, err.: "No, no os mováis, / no, no os movéis"...: truncando el exasílabo y falseando el segundo verbo). No la seguimos, en cambio, en Vill. I, v. 2: *Mas ay, ay, ay, ay...* (que de 1691 a 1725 se ciñe a tres "ayes"); ni allí, vv. 23-4: *tenello* y *poseello,* por los posteriores "tenerlo" y "poseerlo"... —Grafías: *Recebid, Mentecaptos* (más latino, por "mentecatos"), *ha, ha, ha* (por "¡ja, ja, ja!"..., en Vill. VIII, vv. 167 y 179).

291

Dedicatoria: "Divino Joséf: si son"...

No alcanzamos por qué se suprimiría esta *Dedicatoria* en tantas ediciones: sentenciosa y llana, a la vez; conceptuosa y tierna.

v. 1 *Joséf:* conservamos la "f" (ph), para evitar el roce de "sé-si"... Y esta grafía —por el *Joseph* del original— se alcanzó a usar a principios del XIX: vgr. en la "España Libre. Odas por D. Manuel *Josef* Quintana", suplem. de la "Gazeta de N. E.". Méj., Zúñiga y Ontiveros, 1809.

292

Vill. I: "¡Ay, ay, ay, cómo el Cielo se alegra!"...

v. 1-14 *¡Ay, ay, ay!*... En todo el Estribillo, danza el aire de la *Gaita Gallega*...; y cfr. *Góng.*, rom. "Contando estaban sus rayos"...;

> ¡Ay, cómo gime, mas ay cómo suena,
> el remo a que nos condena / el Niño Amor!...

v. 15-8 El júbilo del Cielo y el dolor de la Tierra tendrían sentido aun refiriéndose a sola la partida del alma de San José. Pero en esta Copla inicial, donde la Tierra llora el perder su cuerpo, Sor J. parese suponer su Asunción corpórea, según la opinión de *S. Bernardino de Siena* (tom. 3, Serm. de S. Joseph, art. 3, cap. 2), *Gersón* (Serm. de Nativ. Mariæ, consid. 3, in fine), etc., fundados en *Mat. 27:* que, junto con el Señor, "resucitaron muchos cuerpos de Santos", quienes con Él habrán subido al Cielo (S. Tomás, 4, dist. 43, q. 1, art. 3), y entre los que es obvio se haya contado su Padre Nutricio. (Cfr. las *Dissertationes Scholasticæ de S. Joseph,* del P. Antonio de Peralta, S. J. Méj, 1729, Diss. V, Sect. II).

v. 22-3 *Carecía la ventura*... Posible distracción, por "carecía *de* la ventura"; o supresión voluntaria de tal preposición, dándole a "carecer" un régimen de acusativo, por analogía con "poseer"... Así *Bartolomé L. de Argensola* lo hizo con "vibrar", aquí transitivo: "Vemos que vibran victoriosas palmas / manos inicuas"... (Son. "Díme, Padre común"...)

v. 31 *Vara de Jesé*... Cfr. *Isaías*, XI, 1: "Y brotará una vara del tronco de Jesé, y subirá de su raíz una flor"... Esa Flor o Retoño de la raíz de Jesé (o sea, del padre de David: *Luc.,* III, 32) es ciertamente el Mesías; y esa Vara se suele interpretar de la Virgen María, Su Madre. Nada obsta, sin embargo, a que Sor J. llame "Vara de Jesé" a San José, como descendiente que era "de la Casa de David" *(Luc.,* I, 27).

v. 36-41 Hablaría San José, naturalmente, con todos; pero el Evangelio sólo nos presenta hablando con él a tres *Ángeles:* el que, "en medio de

su pena", le reveló la Divina Maternidad de su Esposa *(Mat.* II, 20-1);
el que le ordenó la huída a Egipto (ib., 13); y el que le intimó el regreso
a Palestina (ib., 19). —Es *el Cielo* quien canta en esta copla, en respuesta a *la Tierra.*

293

Vill. II: "Si manda Dios en su Ley"...

v. 1-32 La célebre "Ley del Levirato" ordenaba que, al morir alguien sin
hijos, su pariente más próximo se casase con su viuda y "excitase" su
nombre, dándole sucesión... *(Deut.,* XXV, 5-6). Y siendo San José *Virgen* y *muerto al mundo,* el Padre Eterno mismo le dió a su Hijo Unigénito para que lo pudiese llamar también *suyo.* Exquisito concepto en loor
del Santo.

v. 2 Textos: "que *el* que sin hijos"...; pero corregimos: *al,* como complemento indirecto de "excitarle su nombre"...

v. 34 De Cristo decían los Nazarenos: "¿No es éste el Hijo de José?"
(Luc., LV, 22); y María al hallarlo en el Templo: "Tu padre y yo,
angustiados te buscábamos"... (ib., II, 48); y el Espíritu Santo, por San
Lucas: "Su padre y su madre"... (II, 33).

294

Vill. III: "¿Quién oyó? ¿Quién oyó? ¿Quién miró?"...

—Dios perdonó a su pueblo a súplicas de *Moisés* (Éxodo, XXXII); detuvo el Sol a ruegos de *Josué,* que "habló a Jehová y dijo... ¡Sol, detente
en Gabaón...; y el Sol se detuvo"... (Jos., X, 12-13); hizo retroceder
diez líneas el cuadrante solar de *Acaz,* a la voz de *Iscías* (Is., XXXVIII,
8); dejó que su Ángel fuese vencido por *Jacob,* que por ello se llamó Israel, "el que peleó con Dios" (Gén., XXXII, 24-31); llovió fuego del
Cielo, a la voz de *Elías* (I Reg., XVIII, 38, y II Reg., I, 10-71). —Pero
San José tuvo sujeto al Sol de Justicia y Fuego de Amor Divino, con la
verdadera y propia *obediencia* filial que Cristo —en cuanto Hombre—
le profesaba como a su Padre *(Luc.,* II. 51).

v. 1 *¿Quién oyó? ¿quién oyó? ¿quién miró? / ¿Quién oyó lo que yo?*...
Cfr. el casi idéntico estribillo de *Góng.,* en su rom. "Al Nacimiento de
Cristo":

¿Quién oyó? / ¿Quién oyó? / ¿Quién ha visto lo que yo?...;

y en lo profano, el de *Quevedo,* en el baile final de su "Entremés del
Marido Pantasma" (Astr., 566):

Del gusto del enviudar, / ¿quién es, Lobón, el testigo?
—Yo, que lo sé, que lo vi, que lo digo;
yo, que lo vi, que lo digo y lo sé...

295

Vill. IV: "Si en pena a Zacarías"...

v. 1-8 El Sacerdote esposo de Santa Isabel, *Zacarías* (Lucas. I, 20), quedó mudo por su incredulidad al anuncio angélico de que de ellos, en su estéril ancianidad, nacería el Bautista, que iba a ser *"la Voz* del que clama en el Desierto", vaticinada por Isaías *(Luc.,* III, 4).

v. 9-32 *San José* jamás asoma hablando en los Evangelios... Sería (dice Sor Juana) porque sobraban todas las demás palabras al que era *padre del Verbo*... Y Dios premió su Virginidad y su Silencio dándole por suyos a Su Hijo y Su *Palabra*...

296

Vill. V: "Cualquiera Virgen intacto"...

v. 1-8 San José fué *Virgen dos veces,* guardando su virginidad y la de su Esposa. (Sor J. olvida, empero, que este lauro lo tienen otros Santos que, de acuerdo con sus esposas, observaron castidad perfecta en el matrimonio, como S. Enrique Emperador, o como entre nosotros, en sus dos sucesivos matrimonios, el B. Sebastián de Aparicio...)

v. 9-20 Aquí, el fervor amoroso y lírico se excede del estricto rigor teológico. Para S. José hubiera sido *lícito* el uso de su matrimonio, atendiendo a sólo la justicia; mas no respecto a la religión y la castidad. Entre él y María hubo verdadero Matrimonio (tesis cierta, y según Suárez, "de fe"); pero ambos emitieron o confirmaron de común acuerdo el voto de Virginidad *(Luc.,* I, 3-4). Así, S. Agustín, S. Jerónimo, S. Bernardino de Siena, S. Tomás, y todos los teólogos. (Cfr. *Peralta:* "Diss. Schol. de S. Joseph", Méj. 1729, pp. 59-76; ó Dr. Gregorio Alastruey, Decano de la Facultad Teológica de Salamanca: "Tratado de la Virgen Sma.", Madrid, 1945, pp. 473-9.)

v. 21-22 "La Mujer Buena... le será dada al hombre por sus buenas obras". *(Eclesiástico,* XXVI, 3). Imponderable —y éste sí nítido— elogio del Esposo de Nuestra Señora.

297

Vill. VI: "Dios y Joséf apuestan"...

v. 1 y 11 Conservamos "Dios y *Josef* apuestan", porque la sinalefa de "José apuestan" disminuiría una sílaba al heptasílabo.

v. 7 *No sé cuál alcanza...:* "alcanzar" = vencer en una apuesta, o quedar acreedor en unas cuentas... Precioso desarrollo, el de ese rápido diálogo de la fineza mayor entre Dios y José.

v. 9. "Que Dios gusta *de que*"..., funde sus dos monosílabos finales en un bisílabo grave ("déque"), al modo de "conque"... Así, en italiano, lo hacen *Dante* ("per li"... en rima con "merli", o "sol tre"... con "oltre"), y *Ariosto,* etc.; y en castellano, varios, desde *Villegas* en el XVII:

> Luego los hatos escudriña, y *ve los*
> negros rincones de mi parda alcoba...,

hasta *Luis G. Urbina* en el Modernismo:

> El vidrio azul y despulido *de las*
> olas, al sol de la mañana brilla.
> La nublazón remota y amarilla
> es cortinaje de doradas telas...

v. 47-54 *Guardé el decoro... a tu Madre... —Yo te hice el beneficio de asegurarte...* Cfr. *Mat.,* I, 18-24: "Estando desposada María, su madre, con José, antes de que conviviesen, se halló haber concebido del Espíritu Santo. José, su esposo, siendo justo, no quiso denunciarla y resolvió repudiarla en secreto. Mientras reflexionaba sobre esto, apareciósele en sueños un Ángel del Señor y le dijo: José, hijo de David, no temas...; lo concebido en ella es obra del Espíritu Santo".

298

Vill. VII: "¿Por qué no de simple Virgen...?"

v. 1-10 "¿Por qué no de simple Virgen, sino de Casada?", pregunta literalmente *San Jerónimo* (lib. 1 Comment. in cap. 1 Matth: en el *Breviario Romano,* 24 Dic.); y tras aducir *tres razones* (para que, por la genealogía de José, constara el origen de María; y para que los judíos no la lapidaran como adúltera; y para que la protegiera en la huída a Egipto), recuerda que "el Mártir *Ignacio* añadió *una cuarta*": para que la concepción virginal de Cristo quedara oculta al demonio... *(San Ignacio de Antioquía,* en su Epíst. a los Efesios, 19, dice: "Fué escondida al príncipe de este siglo la virginidad de María y su parto...: misterio... en el silencio de Dios"...)

v. 13-24 Sor Juana (venerando aquellas cuatro razones) añade *la quinta,* no menos bella y piadosa que original: Dios quiso que la Virgen fuese casada, para honrar y premiar la virtud de San José con la dignidad de Esposo de la Madre de Dios y Padre legal, estimativo y nutricio del Verbo Encarnado.

299

Vill. VIII: "Los que música no entienden"...

Esta Ensalada, en rigor, comprende cuatro poesías distintas; y dos de ellas, bastante extensas.

JÁCARA: cfr. lo anot. al núm. 222.

v. 15-50 Este *Oficial* o Artesano (Mat., XIII, 55) no era Escultor, sino sólo *un buen Carpintero*, pues no gustaba de *colores* o engaños; pero tenía en su *Obrador* (en su taller) un rico *Sagrario* (la Virgen) con un precioso *Niño*, obra insigne de un *Maestrazo* (de un Sumo Artífice): el Espíritu Santo. Fué además constituído *Tutor* de Cristo; y si Dios era *su Menor* (su Tutoreado), ¿cuán grande sería él?... Y *tratando* (o negociando) con los bienes de su Pupilo (con las gracias de Cristo), llegó a *muy buen estado:* a gran riqueza espiritual.

v. 53-8 *La Justicia:* en un sentido inmediato y vulgar, los esbirros del rey Herodes, que pronto irían a amenazar la vida del Niño en la matanza de los Inocentes *(Mat.,* II, 16-8); y en más alta verdad, Dios mismo, que acrisola a todos en el dolor (pena del pecado original: la *fianza antigua,* a la que el hombre quedó "obligado" desde que Adán renunció a las *exenciones de Hidalgo,* o sean los dones preternaturales que junto con la Gracia tenía en el Paraíso...). Tal creemos entender este pasaje, algo abstruso.

v. 60-2 "José... tomó al Niño y a la Madre y partió para Egipto, permaneciendo allí hasta la muerte de Herodes, a fin de que se cumpliera lo que el Señor había predicho por su Profeta diciendo: *De Egipto llamé a Mi Hijo"*... (Texto de *Oseas,* XI, 1, así aplicado a Cristo por S. Mateo, II, 14-5.)

v. 64 *Cuatro Escribanos:* los Evangelistas...

v. 66 *Mentecatos* (grafía: "mentecaptos": locos): los Doctores de la Ley, entre los que *se perdió* el Niño Jesús, que es la Sabiduría, en el Templo de Jerusalén *(Luc.,* II, 42-7).

v. 75-8 Cantar los *dolores* de S. José, es lo mismo que cantar sus *gozos:* porque sus penas son hoy eternas alegrías...

v. 75 y 58 *"Par* Dios"...: eufemismo, en vez de *por,* huyendo aun la apariencia de juramento. Es otra variación del *pardiez* (núm. 322, v. 56).

—Este JUGUETE de una *adivinanza* propuesta a "los niños" y las otras piezas de la presente "Ensalada" contrastan en su linda ingenuidad popular con la altísima calidad intelectual de los anteriores Villancicos II-V.

v. 93-103 San José fué *Pastor* del "Cordero de Dios", apuntado por San Juan el Bautista (Juan, I, 29), y prefigurado por el Cordero Pascual *(Éxod.,* XII), y por el que sacrificó Abraham *(Gén.,* XXII, 13).—Textos, así: *Abrahán,* para la plena rima con "Juan",

v. 107-21 Fué *Labrador,* que hizo crecer el Trigo Celestial (Cristo), representado en el Pan que alimentó a Elías *(III Reg.,* XIX) y a Habacuc *(Dan.,* XIV, 33-9), y en el de la Mesa de Proposición (Éxod., XXV, 30), y en las Espigas de Ruth *(Ruth,* II, 14-7) y del cetro de José en Egipto (cfr. lo que anotaremos en nuestro t. III, al auto *El Cetro de José,* de Sor J.).

v. 114 Esta consonancia imperfecta de *Ruth* con *Habacuc* nos hace recordar el "Judich" (o sea, Judic), por "Judith", que anotaremos al núm. 312, v. 34.

v. 125-40 Fué, sobre todo, *Carpintero* ("Faber" o Artesano, dice la Vulgata: *Mat.*, XIII, 55), que pudo haber labrado *el Madero* de la Cruz...

v. 151-3 La adivinanza acaba, cándidamente, con lo que hoy diríamos un "chiste alemán": el *Oficio* de San José (el rezo litúrgico con que lo festeja el Breviario Romano) *es de Primera Clase*...

v. 152-3 Como esta rima de *solemne* con *tiene,* abundan en Garcilaso, Herrera y todos los clásicos, cuando era lo común el pronunciar *coluna* (columna), *hino* (himno), etc.

v. 163-78 El INDIO viene a decir: "Yo también, ¡sábelo Dios! [*qui*= "lo"; *mati*= "sabe", en Náhuatl], pondré *mi* [en Náhuatl: *mo*] adivinanza, ya que no sólo tienen derecho de hablar los Doctores de la Universidad... ¿Cuál es el mejor San José?... ¡El de la Parroquia de Xochimilco!"...

v. 170 y 184 Aquí, en boca del Indio y del Negro, los textos sí dan *José* (y no ya *Joseph*).

v. 181-91 El NEGRO, a su vez, dice: "Yo también *alivinalé* [resolveré una adivinanza]... Bien pudo San José haber sido Negro, porque pudo *tener algún cuarterón de la Reina Sabá, que también fué mujer de Salomón, su padre*"...—San José descendía, sí, del gran Rey *(Mat.* I, 6-7); pero lo que narra la Escritura sobre la Reina de Sabá *(III Reg.,* X, 1-13) no permite decir que haya sido su "mujer"... Cfr., con todo, la leyenda árabe y etíope que inspiró a *Eugenio de Castro* su "Belkiss" (Coímbra, 1895), y a la que aludió *Tirso de Molina* en su auto "El Laberinto de Creta", donde dice el Rey de Etiopía (allí Negro: "prosapia de Cam"):

De Salomón y de Sabá soy hijo...

300

Vill. IX: "Santo Tomás dijo"...

v. 1-41 *S. Tomás,* Dídimo el Apóstol (no el gran Doctor de Aquino), dijo de la Resurrección del Señor: "Si no viere en Sus manos la señal de los clavos..., no creeré"... *(Juan,* XX, 25). Pero *San José,* viendo preñada a María e ignorante aún de su Divina Maternidad, no la creyó, sin embargo, adúltera... *(Mat.,* I, 18-19). Y Dios lo aquietó *por Fe,* revelándole la Encarnación *(ib.,* 20).

v. 34 *Porque,* agudizado, como si estuviera escrito "por qué"...

v. 42 *¡Creer y no ver!*...: "Porque viste, Tomás, creíste: ¡bienaventurados los que no vieron y creyeron!"... *(Juan,* XX, 29).

301

Vill. X: "Queditito, airecillos"...

v. 1 En 1690 y 1691: *Queditito* ... Textos posteriores (vgr. 1709 y 1725):
Quedito ..., regularizando la cuarteta de hexasílabos pero restándole
gracia y música y sugestión.

v. 9-29 "Estando María desposada con José, cuando aún no se reunían, se
halló que había concebido por el Espíritu Santo. Y José, su Esposo,
como era justo y no quisiese infamarla, quiso dejarla secretamente. Y ...
el Ángel del Señor se le aparece en sueños diciendo: José, hijo de David,
no temas recibir a María tu Esposa, porque lo que en Ella se ha engen-
drado, del Espíritu Santo es"... *(Mat.* I, 18-28).

v. 32 Cfr. nota inicial al núm. siguiente.

302

Vill. XI: "¡Ay qué prodigio!"...

v. 5-34 Todavía sobre el pasaje de *San Mateo, I, 18-21,* que acabamos de
citar.—Por licencia poética, llama Sor J. *celos* a la zozobra de S. José,
al ver y no saberse explicar la gravidez de su Esposa...No lo fueron,
sin duda, en sentido propio.

v. 39-50 Dios mismo, al ordenar en Su Ley: "No tendrás otros dioses de-
lante de Mí", le dijo a Israel: "Yo soy el Señor tu Dios, Fuerte y *Celo-
so*"... (Éxodo, XX, 3-5).

303

Vill. XII: "Oigan la fineza"...

v. 6 Conservamos *Josef,* porque allí sí sonaría tal consonante final, evitan-
do el hiato con la "y" que sigue.

v. 3-13 Esa imaginación (claro que "por imposible"), de que Dios pudiera
hacer otro Dios, emula en valentía la de nuestro *Fray Miguel de Guevara,
O. S. A.,* en la primera mitad del XVII, cuando en su soneto "Poner al
Hijo en cruz"... *(Poets. Novs.,* I, p. 140) dice al Señor:

> Que —a ser yo Dios, y Vos hombre terreno—
> os diera el sér de Dios que yo tuviera
> y en el que tengo de hombre me pusiera,
> a trueque de gozar de un Dios tan bueno...

v. 16 Jesús, en Nazaret, "erat *subditus* illis": les estaba *sujeto,* a José y
María *(Luc.,* II, 51).

v. 24-30 "¡Admirable es Dios en sus Santos!"... *(Ps.* LXVII, 36). ¡Nuestra naturaleza misma tan baja, *en tan alto Sér* como San José!

v. 31-7 *Yo no entiendo tan gran Santo* ... Hermosa profesión de humildad intelectual, y anticipada retractación de lo que —en tan sutiles cuestiones— se le hubiera podido ecsapar de "malsonante" (o menos exacto), atañadero a la Fe Católica.

ASUNCIÓN, 1690

—*Ed. aislada* de 1690, Méjico, "En la Imprenta Plantiniana" de los Hereds. de la Vda. de Calderón.—Sin nombre de Sor J.; "compuestos en metro músico por Antº de Salazar"...—Después, en t. I, 1690, 235.—En t. II, 1692 y ss., como *Letras Sdas.* ... : así 1725, II, 425.
—La *ed. suelta* (ejr. Gómez de Orozco) ofrece mejores lecciones: Vill. I, v. 14: "*y así,* quiero preguntar" (1725, err.: "y *que* quiero"), y v. 58 *enclaustrar...* (1725: *inclaustrar...*); Vill. II, v. 12: "No vido *en* ella Templo"... (1725, err.: falta el *en*...); Vill. III, v. 38: "Sólo *destila* panales"... (1725: "*distila*").—Pero, ib., III, v. 41, corregimos *de Mirra* (1725), por *de María* (ed. aislada, err.); y en Vill. IV, v. 32, preferimos *"el diámetro* atraviesa" (1725), en vez de *"todo el diámetro* atraviesa" (ed. aisl.).

304

Vill. I: "Si subir María al Cielo"...

v. 1-70 Esta *paradoja* de que el *subir* María al Cielo *fué bajar,* tiene más agudeza que solidez: para poder decirla seriamente, sería menester que N. Señora hubiese desde su vida mortal gozado permanentemente de la Visión Beatífica: tesis que ningún teólogo, aun de sus más encendidos amadores, ha aventurado jamás. Y así, sólo extremando la libertad poética pudo decirse que su cuerpo fué "Mejor Cielo", o que fué mayor alegría la que Ella dió al Cielo, que la que el Cielo le dió... (Cfr. lo anot. al núm. 19, v. 69).

v. 32-33 *La breve calma de desunida...* : el intervalo en que su Alma estuvo separada de su Cuerpo, entre su Muerte y su Resurrección y Asunción (tres días, según muchos Padres y Teólogos, desde S. Juan Damasceno hasta Suárez).

305

Vill. II: "Vengan a ver subir la Ciudad...

v. 1-14 *Vió Juan una Ciudad...*: cfr. *Apocalipsis,* XXI, 3, 10 y 22.—Allí, literalmente, es el Cielo; pero es tradicional la "acomodación" simbólica a María. Baste aludir a "La Mística Ciudad de Dios" (1670) de la *V. Sor María de Ágreda,* que se refiere toda a la Sma. Virgen; y entre nosotros,

al "Poema Panegírico Hispano-Latino, dedicado a la Inmaculada" por
Fray José Antonio Plancarte (Mej., 1790), o a su otro "Panégiris" de
1802. (Cfr. A. M. P.: *Fr. J. A. P., Morelia,* 1952).

v. 22-26 "El *Castelo":* latinismo (e italianismo) por "Castillo", aludiendo
al Evangelio que se cantaba antiguamente (hasta su nueva Misa y Oficio
de 1951) en la fiesta litúrgica de la Asunción: *Luc.* X, 38-42: *"In-
travit Jesus in quoddam Castellum"*... Literalmente, es la visita de Cristo
a las hermanas de Lázaro: cuando María (la hermana de Marta) "esco-
gió la mejor parte", absorta en ver y oír al Señor... Sor J., con la Iglesia,
lo aplica alegóricamente a esta otra y mayor María: el Hijo de Dios
"entró en el Castillo" de María, al encarnar en su Seno; y María, en su
Asunción, llegó a la plenitud de su contemplación beatificante y ya eter-
na: "que no le será quitada"...

306

Vill. III: "¿Quién es aquesta Hermosura?"...

v. 1-7 "¿Quién es Ésta que avanza como la Aurora que surge, hermosa
como la Luna, escogida como el Sol,˙ terrible como Hueste en orden de
batalla"... *(Cantares,* VI, 10).

v. 14-15 *El divino arrebol* de la Aurora es engendrado del Sol...: precioso
y exacto símbolo —original en este detalle— de la Inmaculada Concep-
ción de María por los futuros méritos del Redentor su Hijo.

v. 18-25 María, como la Luna, *alumbra y no abrasa:* en su luz, todo es
dulce; nada devorador y terrible...

v. 38-43 En los *Cantares,* la Esposa tiene en sus labios sólo *leche y miel*
(IV, 11), pero los del Esposo, a veces, *destilan mirra* (v. 13). Sor Juana
lo aplica a que en María todo es dulzura y piedad, mientras que Cristo
—futuro Juez— también pronunciará amargas sentencias de reprobación,
"y de Su boca, sale *una espada* de dos filos", que es "la ira de Dios om-
nipotente"... *(Apoc.* XIX, 15).

v. 46-52 *Electa como Apolo:* escogida o selecta como el Sol... *("Electa
ut Sol"*, dice la Vulgata: otro latinismo.)—Que la palabra "Sol" venga
"a solo" (del adjetivo "solo", en latín), es etimología "ben trovata"...
Y María es *Una sola,* en su dignidad, privilegios y perfección: "Sesenta
son las reinas..., y las doncellas sin número: mas Una sola es mi Paloma,
Una sola mi Inmaculada"... *(Cantares,* VI, 8-9). Cfr. "Panegírico de...
S. Catarina", Anón., Méj., 1716: *"Sol* dije, porque a ella *sola* / fué la
Ciencia concedida"... (Poets. Novs., III, p. 196).

v. 58-61 "Ella *quebrantará* tu cabeza", dijo Dios a la Serpiente infernal
(Gén., III, 15).

307

Vill. IV: "En buena filosofía" ...

v. 1 *León Marchante* (II, p. 86) principia así una de sus Letras de Navidad, 1671:

> *Si en buena filosofía /* es asentado principio
> que ama cada semejante / a su semejante mismo ...

v. 1-16 Pasmosa coincidencia —en la observación y en su simbolismo— con *Chesterton,* quien "para ilustrar la humildad gloriosa de *San Francisco,* abre un agujero que atravesase la tierra, y por el cual, a fuerza de descender, se acabase por subir" ... *(A. Junco,* "Sor J. y la Virgen", en "Al amor de Sor J.", Méj. 1951, p. 114.)

v. 18-20 "En boca de la Sapiencia" ...: cfr. *Eclesiástico,* XXIV, 8.

v. 23-24 "El que se humilla, será exaltado" ... *(S. Mateo,* XXIII, 12).

308

Vill. V: "Fabricó Dios el trono del Empíreo" ...

v. 1-2 "Venid, benditos de Mi Padre; tomad posesión del Reino *preparado para vosotros* desde la creación del mundo" ... *(S. Mateo,* XXV, 34).

v. 3-4 "La Sabiduría fabricó para Sí misma una Casa" ... *(Prov.,* IX, 1): palabras que obviamente se "acomodan" a la Madre del Verbo Encarnado.

v. 5-8 "Al que no podían abarcar los Cielos, Lo encerraste en tu Seno", canta a María la Iglesia (Común de sus Fiestas, en el *Brev. Rom.,* Responponsorio de la Lección I de Maitines).

309

Vill. VI: "¡Oh qué hermosos son tus pasos!" ...

v. 1-2 ¡"Qué hermosos son tus pasos, Hija del Príncipe!" ... *(Cant.,* VII, 1).

v. 9-13 Cfr. *Cantares,* IV, 8, aunque allí, en rigor, léese: "¡Vén del Líbano, Esposa; vén de la cumbre del Amana, de las cimas del Sanir y del Hermón!" ...

v. 22-29 Cfr. *Cant.,* II, 11-14.

310

Vill. VII: "¿Cómo se ha de celebrar...?"

v. 1-4 Cfr. la misma duda, y casi idéntico giro, allá aplicado a la Eucaristía, en las *Letras de la Dedic. de S. Bernardo,* núm. 344.—Y algo de este conflicto entre el llanto de la tierra y el júbilo del cielo por la Asunción inspira un maravilloso soneto de *Francisco Luis Bernárdez:* "El puro cielo que nació en la tierra"... (en "Poemas de carne y hueso", Buenos Aires, 1943).

311

Vill. VIII: "Miren que en estos Maitines"...

v. 2 "Se usa hacer *una Ensalada*"... Cfr., ya en nuestro XVI, las "Ensaladas" de las Adivinanzas, de la Flota, o del Tiánguez, en *González de Eslava,* y la "de S. Miguel", del *P. Pedro de Hortigosa S. J.* (en "Poetas Novohispanos", I, pp. 45-9 y 52-3).

v. 30 *El recaudo*...: vieja y castiza designación, persistente en Michoacán y otras provincias nuestras, de lo necesario para hacer la comida, y en especial, de las hortalizas.

v. 40 *Mas que no dicen*... modismo, acaso ya hoy cada vez más raro, por "A que no dicen", o "Les apuesto que no dicen"... —Otro es el sentido de *"más que"*, en frases como "Más que les pese", o "Más que no quieran" (elipsis de "por más que"...), según lo anot. al núm. ix, v. 24.

v. 38-75 En este ENIGMA —análogo al "Oficio" de San José, núm. 299—, respóndese que la más verdadera *Asunción* (esto es "ascenso") fué el día de la Anunciación o Encarnación, cuando María *subió a la mayor altura,* empezando a ser Madre de Dios...

v. 78 El *Aceite* "ilumina, nutre, suaviza y sana", según *S. Bernardo* (Serm. 15 de los Cantares: "Tu nombre es como un óleo derramado", en *Brev. Rom.,* Fiesta del Smo. Nombre de Jesús, lecciones del II Nocturno).

v. 86 y ss. JÁCARA..., *jacarana...*, *jacarandina...*: cfr. lo anot. al núm. 222.

v. 90 y 101 *Voacedes y vuecé:* dos de las incontables metamorfosis por las que el tratamiento "vuestra merced" o "vuestras mercedes" llegó al actual "usted" y "ustedes" (ya simultáneamente en Sor J., aquí mismo, v. 121). *Robles Dégano,* "Ortología Clásica", Madrid, 1905, pp. 190-1, recoge quince de tales formas: "vuesarcé", "usarcé", "vuarced", "ucé", "vuested", "vusté", "vueced" (en Hojas), y "vuesté" (como de *Sor J.*), etc.; pero omite estas dos. Cfr., además, núm. 288, v. 22: "uscedes".

v. 105 *Que soy algo escriturista*...: y aun mucho, al menos en su familiaridad con todo "el Libro de los Libros", y con sus mejores intérpretes:

desde S. Jerónimo o S. Bernardo, hasta Arias Montano, Nicolás de Lira, Cornelio A. Lápide y nuestro Dr. Díaz de Arce, etc.

v. 108-119 *Luchaba Dios con Jacob* . . . Cfr. *Génesis*, XXXII, 24-31: "Quedóse Jacob solo, y luchó con él un Varón hasta que rayaba el Alba . . . , y descoyuntóse el muslo de Jacob . . . Y Aquél le dijo: Déjame, que viene la Aurora; y éste le dijo: No te dejaré, si no me bendices . . . Y Él dijo: Ya no te llamarás Jacob, sino Israel, porque has peleado con Dios y con los hombres y has vencido" . . . Misterioso pasaje, cuya aplicación a María —*la Aurora* que hace a Dios darse por vencido— es mera "acomodación", tan bella como original, de Sor J.

v. 114-115 "Más perlas que hay / en toda la *Margarita*" . . . : la Isla de Venezuela, así llamada por su riqueza perlífera. ("Margarita" significa "perla", en latín.)

v. 136-141 *Dijo Ildefonso* . . . que la alegría de la Asunción llegó *hasta donde no podía*, o sea, que redundó en una tregua o mitigación de los tormentos del Infierno (al modo que Prudencio, líricamente, cantó del día de la Resurrección del Señor) . . . : en lo cual "exageró", como cuida de advertirlo Sor J. en *Vills. Asunc.*, 1676, núm. 220, que adorna con la propia *noticia* de exquisita erudición . . . Y cfr. lo anot. allí, v. 47, sobre la atribución de la obra aludida a *S. Ildefonso de Toledo*.

SANTA CATARINA, 1691

—*Ed. aislada* de 1691, "en la Impr. de Diego Fernández de León", Puebla: "Discurriólos la erudición sin segunda y admirable entendimiento de *la M. Juana Inés de la Cruz*, Religiosa Profesa de Velo y Coro del Religiosísimo Convento del Sr. San Jerónimo, de la Ciudad de Méjico, en obsequio de esta Rosa Alejandrina. Púsolos en metro músico el Lic. D. Mateo Vallados, Maestro de Capilla" . . .—El *Dr. Lahedesa Verastegui*, Chantre de Oajaca, que dotó allá esos Maitines, antepone una "Dedicatoria" a Fr. Francisco de Reyna, Provincial de S. Hipólito, de aquella Ciudad: espléndido panegírico de *Sor Juana*, "Prodigio de Naturaleza . . . , Prototipo de las Ciencias . . . Oráculo de toda la América . . . , Mujer Fuerte . . . , singular entre todas" . . . (Cfr. en nuestro tomo IV: "Fama"). —Cierra el opúsculo la sigla tradicional:*O.S.C.N.M.E.C.A.R.*: iniciales de las voces latinas que significan "Todo bajo la corrección de Nuestra Madre la Iglesia Católica Apostólica Romana".

—Después, se recogieron en t. II, 1693, 65; 1725, 59.

—*Notas textuales.*—Vill. I, v. 33, ed. aislada, err.: "y en la *virtud destrueca*" (por "y en *las virtudes trueca*": 1725); y v. 34 y 40, eds. 1693 y 1715, etc.: *Judich* y *Bersabé* . . . —Vill. III, v. 43-44, ed. 1725, err.: "pero ella elige *por menos / más*, la muerte". . . (en vez de "por menos / *mal*": 1691, aisl.).—Vill. V, v. 32-34, ed. aisl., err.: "Mas se ve la ignorante". . . , y "en que *pone*". . . (en lugar de: "Mas *no* ve", y "en que *pena*" . . . : 1725).—Vill. VI, v. 51-52, ed. aisl. 1691: "y es que quiso honrar en ella / Dios el sexo femenino"...; 1715 y 1725, err.: "y es que quiso Dios en ella / honrar el sexo femenino"... Preferimos la variante de 1693: *femíneo*...—Vill. VII, v. 58-61, desde ed. aisl. 1691, dicen en todos los textos:

> No el peso grava del monte / *el* cuerpo; sí el dulce peso
> del cuerpo, *la* cumbre grava, / *si* es carga la que es consuelo;

y sólo nos permitimos evitar su anfibología, añadiendo la preposición a los indudables acusativos: *"al* cuerpo" y *"a la* cumbre"... Don Ezequiel Chávez ("Sor J.", p. 372) creyó preciso corregir así:

> No el peso grava, del monte / el cuerpo; *no* el dulce peso
> del cuerpo, la cumbre grava; / *no* es carga la que es consuelo...;

pero la segunda frase (en su evidente contexto) no es sinónima, sino antitética de la primera; y "si es carga"..., equivale a "suponiendo que sea"...—Vill. VIII, v. 5, ed. 1725, err.: *incultar* (por *inculcar:* 1691, aisl.); y v. 43, 74 y 77, desde 1691 hasta 1725, errs.: "y *también* disminuída"..., "desde su altura eminente / *patente*"..., y "*yo* que la más peregrina"...; donde corregimos: *tan bien,* y "eminente / *y patente*", y "*ya* que la más"...—Vill. a la Epístola, v. 37, ed. 1691, aisl.: "*virtió*"... (1725: "vertió"); y v. 48, ed. 1725, err.: "*pues* vive la *voz* en ella" (por "*que* vive la *luz*"...: 1691, aisl.).—Además, Vill. I, v. 6 en 1691: *inviadiar,* como en latín y en Góngora; pero los otros textos: "envidiar".

312

Vill. I: "Aguas puras del Nilo"...

Estribillo: Romance agudo irregular, de versos de 7, 5 y 6 sílabas. *Coplas:* Liras de idéntica estructura a las de la Asunción, 1679, núm. 251, con el mismo artificio del verso tercero (bisílabo repetido) y del verso sexto (endecasílabo cuatrimembre).
—"*Catarina,* noble virgen de Alejandría, adunó las artes liberales con el ardor de la fe, y a los 18 años superaba a los varones más doctos, y con sapientísimas razones abogó ante *Maximino* que perseguía al Cristianismo. Éste convocó de todas partes a los mayores Filósofos para confundirla"; pero ella fué la que, "con la fuerza y sutileza de su argumentación, los encendió en tal amor de Jesucristo, que no dudaron en morir por Él"... Maximino agotó promesas y halagos, recurrió a los azotes, la encarceló y la tuvo once días sin comer ni beber, y "aprestó una rueda erizada de cuchillas, que se hizo pedazos al estar Catarina en oración. Al fin, dando su cuello a la segur, voló al duplicado premio de la Virginidad y el Martirio; y su Cuerpo fué maravillosamente colocado por los Ángeles en el Monte Sinaí"... (*Brev. Rom.,* Nov. 25, lecciones del II Noct.)

v. 1 *Nilo*... Cfr. *Fr. Luis de León,* oda "¿Qué santo, o qué gloriosa...?":

> Del Nilo moradora,
> tierna Flor de saber y de pureza...

v. 20 *De Moisés fué cuna...:* cfr. *Exódo,* I, 3; y el célebre poema de *Víctor Hugo:* "Moisés salvado de las aguas", primorosamente vertido por *Don Andrés Bello.*

v. 28 *Abigaíl:* "mujer de mucho entendimiento y belleza", que lo fué de Nabal y luego, al enviudar, de David... *(I Samuel,* XXV).—*Esther:* la salvadora de Israel ante su esposo el rey Asuero, en Babilonia... *(Esther,* II y XV).—*Raquel:* la esposa de Jacob... *(Génesis,* XXIX y ss.).—*Susana:* la "muy hermosa y temerosa de Dios", calumniada por los viejos impúdicos y salvada por Daniel, durante el exilio babilónico... *(Daniel,* XIII).

v. 30 *Gitana:* Egipcia. (Cfr. lo anot. al núm. 216, v. 352.)

v. 34 *Débora:* la "profetisa" que "juzgaba a Israel" y que cantó su triunfo sobre Sísara... *(Jueces,* IV-V).—*Jael:* la esforzada esposa de Jeber, que hundió un clavo en la sien del mismo jefe cananeo... *(Ibid.,* IV, 17 y ss.).—*Judith:* la hermosa vencedora de Holofernes... (Cfr. todo el libro de su nombre, en la Biblia). Aquí, algunos textos (vgr. 1725): *"Judich"* (o sea, *Judic):* pronunciación, sin duda, popular; y aclaradora analogía con el *Judiques* anot. al núm. 220, v. 31-2, y con la rima de "Ruth" y *"Habacuc"* (núm. 299, v. 114).—*Rebeca:* la esposa de Isaac y madre de Esaú y Jacob... *(Génesis,* XXIV y ss.)

v. 40 *Ruth:* cfr. tal libro en la Sda. Escritura.—*Bethsabé:* la de Urías y de David, y madre de Salomón... (II Samuel, XI).—*Tamar:* la "muy bella" hija de David... *(Ibid.,* XIII, 1).—*Sara:* la "muy hermosa" mujer de Abraham... (Gén., XII, 14).

313

Vill. II: "Esto sí, esto sí..."

v. 3-4 *Cándido el Clavel, / purpúreo el Jazmín...:* la misma Virgen y Mártir... Intercambio de epítetos, como en la Galatea de *Góng.,* donde "duda el Amor cuál más su color sea, / o *púrpura nevada o nieve roja"*...; mas aquí, ponderando la fusión de la cándida virginidad y el sangriento martirio.

v. 9-10 *La palma y laurel, / blanco y carmesí...:* la palma de la Virgen y el laurel de la Mártir.—En los textos (sin coma tras "laurel"), ambos epítetos masculinos parecerían calificar, no muy satisfactoriamente, al "laurel"... Añadiendo esa coma, se substantivan "blanco y carmesí", como diciendo: "Uniste la palma con el laurel, y *el color blanco* con *el rojo"*... (O podría corregirse: *"blanca* y carmesí", calificando a la *Rosa* del v. 7.)

v. 15 *Perfiles de Ofir...:* son los "perfiles dorados" del núm. 216, v. 741; y cfr. lo anot. al núm. 257, v. 33, y 271, v. 20.

v. 22-3 *Si es cándido y rojo / tu tierno Amadís*...: Cristo, "el Amado" de los Santos, prototipo —como de toda virtud— de la Pureza y del Martirio... "Mi Amado es cándido y rubicundo"... *(Cantares,* V, 10, según la Vulgata). *S. Beda* (cit. en el *Brev. Rom.,* Todos Santos) exclama: "¡Feliz la Madre Iglesia..., que entre sus flores cuenta rosas y lirios, y que lo mismo tiene —entre sus coronas— las cándidas de la Virginidad que las purpúreas del Martirio!"... (Serm. 18 de Sanctis); y glosando esa imagen, el que esto escribe ha dicho a *La Esposa del Cordero* ("XL Odas de Horacio", Méj., 1946, Nota 18, p. 196):

> ...De ardiente y límpida belleza ilústrante
> lirios de Vírgenes, rosas de Mártires,
> ¡y eres Blanca y Bermeja
> cual tu Esposo en el Cántico!

—Mirando al mismo texto del *Cantar,* pero con aplicación eucarística, el *V. Sr. Palafox,* "Décimas al Smo. Sacramento" (en sus "Obras", Madrid, 1762, t. VII, p. 535, y "Poets. Novs.", II, 58), decía:

> Porque es *blanco y colorado,* / pues por misterio divino
> es colorado en el Vino / y blanco en el Pan sagrado...

v. 27-29 *Otro Nilo.. que ignora principio*...; Dios mismo, simbolizado en el Nilo cuyas fuentes por largos siglos permanecieron ignotas... Cfr. lo anot. al núm. 26, v. 77-80.

314

Vill III: "Oigan, oigan que canto"...

v. 2 *Dos Gitanas,* o sea, Egipcias: *Cleopatra* y *S. Catarina*...

v. 7-8 *¡Oh qué excusado* (qué superfluo) *era el Áspid, adonde el Amor estaba!*... Cfr. "Los Áspides de Cleopatra", de *Rojas Zorrilla;* y "El mayor monstruo, los celos", de Calderón:

> No hay áspid como el amor... / ¿Qué más áspides que celos?...

v. 11 *Heroica descendiente*... Aquí, y más adelante, Sor J. hace a S. Catarina vástago de los Tolomeos, faraones de Egipto.

v. 29 *Porque no triunfase Augusto...,* se *mata Cleopatra*...: para no ser llevada cautiva a Roma, ni verse atada al carro triunfal de Augusto... Cfr. *Horacio,* Odas, I, XXXVII: toda sobre este tema.

315

Vill. IV: "A los triunfos de Egipto"...

v. 14 Flavio Josefo, Filón, y luego Eusebio, S. Justino y S. Ireneo, etc., narran que el rey egipcio *Tolomeo Filadelfo* (285-246 a. C.), reuniendo a 72 ancianos judíos en la Isla de Faros, los hizo traducir al Griego los Libros Santos de Israel (nuestro "Antiguo Testamento"), para su biblioteca de Alejandría. Tal es la célebre *Versión Alejandrina,* o de *los Setenta,* ciertamente iniciada allí bajo el mayor de los Tolomeos y concluída más de dos siglos antes de Cristo.

v. 17-24 A favor de una leyenda (ya rechazada por S. Jerónimo), no faltó quien tuviese por divinamente inspirados a los intérpretes de esa *Versión Alejandrina.* Mas prescindiendo de tal error, dicha Versión (usada ya por los Apóstoles y los Stos. Padres, y fuente próxima de la Vulgata Latina) ha sido tenida en gran veneración por la Iglesia Católica, y fué *providencial* para el Cristianismo: como vehículo de la Ley y los Profetas en el mundo helénico, y como insospechable garantía de *la pureza del Viejo Testamento,* cuyos vaticinios mesiánicos en vano habría querido *el Hebreo,* para negar su cumplimiento en Jesús, *viciar en su Original...*

v. 36 *Serapis...*: Dios del antiguo Egipto, probablemente identificable con Osiris (y para los greco-romanos, con Plutón, Esculapio y aun Júpiter). Se le representaba como un anciano, con una sierpe enroscada a su cuerpo y con un celemín y un perro de tres cabezas. De que tuviera una *cruz* en su pecho, no hallamos rastro; pero en alguna parte lo ha de haber leído Sor J.

v. 41-46 *La Rueda...; No murió en ella...*: cfr. *Brev. Rom.,* anot. al núm. 312.

v. 45-47 El *Círculo* es el mejor símbolo o *jeroglífico* de Dios, por lo infinito de su línea cerrada y sin corte alguno.

316

Vill. V: "Venid, Serafines"...

v. 20-21 No improbable alusión (al menos subconsciente) a lo que Sor J. hubo de sufrir por *bella* y por *docta...*

v. 36-7 *Cortesana...*: "benévola y amable", en sus efectos, por la gloria que dió a la Mártir...—*Rotunda:* "redonda", o circular (latinismo).

317

Vill. VI: "¡Víctor, víctor Catarina!"...

v. 1 *Víctor, víctor...*: la aclamación latina ("¡Vencedor!") que se daba, aun aquí y entonces, al triunfador de las oposiciones a Cátedras universitarias, o al autor dramático más aplaudido, etc., y de la cual se deriva el actual "vítores"...

v. 11-12 *El sexo* (femenino) *y lo entendido...* Cfr. el noble feminismo intelectual de Calderón:

> Pues lidien y estudien, que / ser valientes y ser sabias
> es acción del alma, y no es / hombre ni mujer el alma...

v. 19-32 Aquí también, es imposible no pensar en la propia Sor J.: en su *Crisis de un Sermón* (cfr. nuestro tomo IV) y sus aislados y obscuros impugnadores, no menos que en los muchos Prelados, Sacerdotes y Religiosos (en especial Jesuítas) que no vacilaron en darle a ella la palma sobre el celebérrimo Vieyra.

v. 34-5 *Estudia, arguye y enseña, / y es de la Iglesia servicio...* Sor J. está pensando, muy justamente, en la absurda interpretación del "Callen las Mujeres en la Iglesia", cuyo sentido ilustra en su *Resp. a Sor Filotea.* (Dios, que "hizo racional" a la Mujer, no la quiere ignorante...)

v. 52 *Femíneo:* "femenino", en forma .más latina y hermosa, empleada ya por *Alarcón* en "La Cueva de Salamanca" (Rivad., XX, p. 88).

v. 59-63 Una tan tierna Doncella, y a la par doctísima vencedora de Filósofos, y que así muere por Cristo, es ella misma un óptimo *silogismo escrito con sangre* en demostración de la Fe, como lo es, en general, el Martirio. "Gustoso creo [decía *Pascal*] a testigos que se dejan degollar por su testimonio"...—Sor J. firmó también *con su sangre* su profesión de la Fe; y murió *mártir,* no de la Fe, pero sí de la Caridad...

v. 64-7 S. Catarina, tradicional *Patrona* de los Filósofos, lo era oficialmente de nuestra Real y Pontificia Universidad, que cada año le hacía fiesta solemnísima.

——Este Villancico —único entre éstos de Sor J., y allá con sólo otros dos "A la misma Santa", de inferior y muy otro estilo, y los tres sin lugar ni fecha— se incluirá después en "Obras Poéts. Póstumas" de *León Marchante,* II, Madrid, 1733, p. 350: la única variante es posponer la copla 4 hasta hacerla 10; y en los v. 51-52, sigue nuestra lección de 1693.—Huelga ponderar la evidentísima *autenticidad Sorjuanesca* de estos Vills. de S. Catarina, remitidos por ella misma a Oajaca, impresos al punto y con su nombre en Puebla, e incluídos luego en sus Tomos. He aquí, pues, un flagrante apócrifo entre esas "Obras Póstumas" de León Marchante; y una nueva confirmación de lo anot. al núm. 290.

——El tema —y algo el tono— de este Villancico asoma en un noble *Panegírico ...a la ínclita Virgen y Mártir S. Catarina...,* por un de- voto suyo (Anón., Méj., Hers. Vda. de Ribera, 1716, en 130 coplas de romance de 8), con que el Dr. Juan José de la Mota, Cura de su Templo en nuestra capital, llamó a "los corazones mejicanos" para reedificar "su arruinada Parroquia", y el cual "con tanta valentía cuanto primor pinta a Hermosura tan sabia como Doctora tan hermosa", y sabe algo a Sor Juana, dentro de su aire calderoniano. (Cfr. *Poetas Novohispanos,* III, pp. 196-8). Así, en "la disputa Estagirita" —o filosófica— de la "Niña" y "Doctora de las Gentes" con las "cincuenta cabezas sabias" de "la flor de Atenas", nos dice:

Despertó de tanta luz / al golpe, la antes dormida,
ciega, obstinada, proterva, / si gentil, letraduría...
    Vítores clama el concurso; / y en las de su triunfo insignias,
por Vencedora, la Palma, / por Sabia, es suya la Oliva...

318

Vill. VII: "Venid, Serafines"...

v. 10 y ss. *Tribunal..., Ley...:* el Sinaí, en Arabia, y el Decálogo. Cfr. *Brev. Rom.,* y *Misal,* "Oración" del 25 nov.: "Oh Dios, que diste a Moisés la Ley en la cumbre del Monte Sinaí, y que en el mismo sitio colocaste maravillosamente, por medio de los Santos Ángeles, el Cuerpo de la bienaventurada Catarina"...—Esta y las siguientes *Coplas:* cuartetas alternas de octosílabos y exasílabos, con una misma asonancia de romance.

v: 23 *Licor sabeo:* el bálsamo (de "Sabá" o Arabia), cuya fragancia conserva el vaso que lo contuvo... Así (dice Sor J.) el cuerpo de los Santos guarda "memorias" de su *espíritu glorioso*... Y cfr. el soneto de *Góng.* "para el sepulcro de Domínico Greco":

> ...Tanta urna, a pesar de su dureza,
> lágrimas beba, y cuantos suda olores
> corteza funeral de árbol *sabeo.*

v. 34 *La lapídea plana...:* la página "pétrea" (latinismo) de las Tablas de la Ley, que Moisés *rompió* indignado por la idolatría del Becerro de Oro... *(Génesis,* XXXI, 18, y ss.). Tal versículo dice, en la Vulgata: "duas tabulas testimonii *lapideas,* scriptas digito Dei" (o sea, "las dos tablas de piedra, escritas por el dedo de Dios"...). De allí, el epíteto latinizante de Sor J., así como su imagen: "haciendo buril *el Dedo"*... —Hacia el final de "La Vida es Sueño", alude Calderón a

> lo que está determinado
> del Cielo, y en azul tabla
> *Dios con el dedo escribió...;*

y la reminiscencia bíblica llegará hasta nuestro *Himno Nacional,* donde González Bocanegra canta:

> Ciña, oh Patria, tus sienes, de oliva,
> de la paz el arcángel divino;
> que en el cielo tu eterno destino
> *por el dedo de Dios se escribió...*

v. 51 *Sus Abuelos:* los Faraones, de quienes Sor J. hacía descender a S. Catarina... Cfr. núm. 315, v. 26.

v. 54 *"Mas del Sínai sacro...* El exasílabo pide acentuar *"Sí-nai",* a la latina (o tal vez, *"Sínái"),* evitando la dura sinéresis y el choque de acentos de "Si-*naí*-sacro"... *Cuervo,* "Apuntaciones Críticas sobre el Lenguaje Bogotano", n. 138, explica: "Dícese indiferentemente *Sinaí, Sínái* y *Sínai,* bien que el primero es más autorizado"... *Sinaí,* a la hebrea, es lo común (desde Calderón hasta Lista en "Al Smo. Sacramento"); *Sinai* pronúnciase en latín e italiano: así el P. Scio, a lo largo de su versión de la Biblia; y *Sináí,* dos veces, el autor de "El Evangelio en Triunfo", en su Salmo LVII. Ni faltan otras formas: *Sína,* o *Siná* (Fr. Diego González, Carvajal, y Lista: en "La muerte de Jesús"). Cfr. también *Robles Dégano* ("Ortología Clásica de la Lengua Castellana", Madr. 1905, p. 209): "*Sínai,* o Sinaí. El uso es vario, conforme se atenga uno a la pronunciación hebraica o la latina".

319

Vill. VIII: "Pues el Mundo ha celebrado"...

Las *Siete Maravillas* del mundo antiguo eran: *1)* los muros de Babilonia, con sus jardines "pénsiles" o colgantes...; *2)* el Coloso de Rodas; *3)* las Pirámides de Egipto; *4)* la tumba de Mausolo; *5)* el Templo de Diana Efesina; *6)* el Júpiter criselefantino (de oro y marfil) de Fidias; *7)* el Faro de Alejandría... Pero "la Octava" —y mayor— fué *S. Catarina*...—Esta ponderación era ya un tópico admirativo. Cfr. soneto "Sacros, altos, dorados capitales"..., de *Góng.* sobre el templo del Escorial:

la beldad desta Octava Maravilla...;

y entre nosotros, "La Octava Maravilla" —la V. de Gpe.— del *P. Fco. de Castro,* S. J. (anot. al núm. 206). Pero Sor J. lo renueva enumerando las 7 Maravillas tradicionales, y aplicándolas en alegoría espiritual a su Santa, como a superación y síntesis de todas...

v. 5 *Inculcar:* examinar o profundizar... (anot. al núm. 216, v. 638).

v. 38 y 70 Del *Faro* y las *Pirámides,* cfr. núm. 216, v. 267-279 y 340 y ss.

v. 46 y 87 *Mauseolo* (rimando con "solo") dice aquí las dos veces Sor J., aunque en el núm. 318, v. 19, acaba de decir *Mausoleo* (asonante en "éo"). Esto último es lo más correcto para designar el túmulo de Mausolo (como "Augusteo", la tumba de Augusto). Pero de aquello, cfr. *D. Nicolás Moratín* en su Soneto a Conti:

Las bellas Ninfas del undoso río
en que halló cristalino *Mauseolo*
el hijo audaz del rubicundo Apolo,
quisieron escuchar el llanto mío...;

y *María Rosa Lida* nota ya esta metátesis en su "Juan de Mena" (Méj., 1950, p. 273), y la ilustra con *Lope* (Arcadia, II: rima con "Eolo"), *Iglesias* (Letrilla XIV), y hasta *Campoamor* ("Colón", n. XVI, 1853).

v. 57 Textos: *Erostrato,* sin acento (como muchos otros esdrújulos). Pero "aunque en nuestros poetas es vario, me parece mejor la acentuación es-

drújula, como en latín"... (Robles Dégano, "Ortología Clásica", p. 203).
Cfr. son. "Enriquecerse quiso"..., de *Quevedo* (Astrana, p. 9):

> o la hazaña de *Eróstrato* traidora
> repite, y busca por delitos fama...;

y la Vida de Sor J. por el *P. Diego Calleja,* 1700 (en nuestra "Fama"),
llamando a un desdeñable censor de su *Crisis* de Vieyra "el *Eróstrato*
que..., con un mal encendido tizón..., se quiso amenazar de famoso
y quemar esta Maravilla"...

v. 95-97 *¡Ésta sí, que las otras no!*... Cfr. lo anot. al núm. 363, v. 9-11.

320

Vill. IX: "Catarina, siempre hermosa"...

v. 1-12 Este *Estribillo* es quizá el más lindo espécimen de octosílabos pa-
reados, en la edad de oro hispana.—*¿Rosa* terrestre, o celeste *Estrella*...?
Es la misma disputa que vimos sobre N. Sra. en la Asunción de 1685
(núm. 270).

v. 21 *Lilio* (o Lirio): Cristo, "Lilium convallium" *(Cantares,* II, 1); o
aquí, más bien, simplemente Dios, o el Espíritu Santo...

v. 25-26 *Catarina...,* que *Luna quiere decir*... Tal nombre, en realidad,
proviene del griego "Katharós, á, ón", que significa "puro, limpio"...
(Igual raíz en "Cátaros" y "catarsis".)

v. 34-39 *Rosa... que agostó Aquilón*...: cfr. el Himno de *Prudencio* a los
Santos Inocentes *(Brev. Rom.,* 28 dic.), a quienes —"flores Martyrum"—
arrebató la furia de Herodes

> *ceu turbo nascentes rosas*... :
> (como el turbión a las nacientes rosas...)

321

Vill. X: "¡Ay, que se abren los Cielos...!"

v. 2 *Su Esposa:* la misma Santa Virgen de Cristo.

v. 6-35 Sendas imágenes en cada Lira; y en el último verso: *que eres Rosa,
Azucena, Luna, Estrella*..., la "recapitulación" (muy calderoniana) de
las principales.

v. 25 Se sobrentiende: *En la* (fase) *menguante*...

322

Vill. XI: "Un prodigio les cantó"...

v. 7 66 *Érase una niña*...: delicioso juguete sacro-satírico, de tan maliciosa y candorosa gracia "pro domo sua"... También Sor J. (pensaría ella misma)

> dizque supo mucho / aunque era mujer...,
> pues ésta a hombres grandes / supo convencer...;

y añadimos los pósteros —ante sus postrimerías y su heroica muerte—, que

> aun una santita / dizque era también,
> sin que le estorbase / para ello el saber...

v. 19-22 *Hilar y coser*... *Este no sé quién,* que lo *dice,* puede ser "El Capricho", en "El José de las Mujeres", de *Calderón,* J. I. refiriéndose a "Eugenia", que - -muy distinta de las "loqui-hermosas"— reunía "ingenio y belleza" singularísimos:

> —¿Catedrática una Dama? / *Cosiera,* ¡cuerpo de Dios!,
> o hilara: que una mujer / no ha menester (que es error)
> más filosofías que rueca, / almohadilla o bastidor...

—Por lo demás, Sor J. supo *hilar y coser* muy bien, desde que, pequeñita, "en dos años aprendió a leer y escribir, contar, y *todas las menudencias curiosas de labor blanca:* éstas, con tal esmero, que hubieran sido su heredad, si hubiera habido menester que fuesen su tarea"... *(Calleja).*

v. 37 *Patillas:* juguetón apodo del Demonio. Cfr. núm. 232, con lo allí anot.; y añadamos Quevedo, rom. "Picarilla, picarilla"... (Astr., 329):

> Achicando este vocablo, / son para el cuerpo y el alma
> tentaciones de *Patillas* / esas cosas con que andas...

v. 40 *El diablo*... *se hizo un Lucifer*... (se puso "como diablo", de rabioso), viendo que *una Mujer sabía más que él*... Cfr. "Quintillas a la misma Santa", de *León Marchante* (op. cit., II, 351):

> Al tentarla Lucifer,
> dijo, por dar testimonio
> de su vida y su saber:
> No venceré a esta Mujer,
> que sabe más que el Demonio...;

y en un Vill. de la Epifanía de 1669, del propio *Marchante* (ib., p. 214), cantan unos Negritos, ante el Niño Dios, que "Lucifer se da, de rabia, a todos los diablos":

> ¡Gulumpé, gulumpé, gulumpé,
> que a turu lo Diabra ze dá Lucifé!...

v. 61 *No pescuden más...*: no pesquisen más; no le den ya más vueltas a la cuestión... Cfr. el subst. *pescudas* (preguntas), en boca del rústico "Bato", de "Eco y Narciso" de *Calderón:*

—¿Cúyo ha sido aquel rebaño? / —Si has de matarme, Narciso,
a pescudas, ¿no es mijor / tomar aqueste cochillo...?

OTRAS LETRAS SAGRADAS PARA CANTAR

DEDICACIÓN DE SAN BERNARDO, 1690

—Toda su serie en II, 1692, 542; 1725, 434.

—El 24 de Junio de 1690, y seguida de solemnísima Octava, fué la Dedicación del Convento Concepcionista de S. Bernardo, y de su anexo Templo dedicado a N. Sra. de Guadalupe y al dicho Santo, que (demolida una parte en 1861, al abrirse la calle de la Perla, después Ocampo, y otra al ampliarse la actual Avenida 20 de Noviembre, y convertido largos años en almacén, pereciendo su Altar Mayor y las pinturas guadalupanas de sus pechinas) aún hoy se admira, aunque tan reducido y transformado, en la actual esquina de Av. 20 de Noviembre y Venustiano Carranza, de Méjico. (*J. García Gutiérrez:* "Templos Guadalupanos olvidados", en "La Rosa del Tepeyac", II, n. 4, Méj., abril de 1920.)

—Sor J. escribió para sus festejos estas 32 letras, que ignoramos cómo se hayan distribuído: quizá de a tres o cuatro diarias, en los 9 días. Son líricos elogios de María y San Bernardo (I, III, XII, XX), a veces en explícita unión con Cristo (XXVII), o con el Templo (XXVI), o con la Eucaristía (XXV), o con el Templo y su "Patrono" o donador (XXVIII); o de Ntra. Sra. y la Eucaristía (XXX y XXXI); o del "Patrono" o donador primero y ya difunto (VI), o de su sucesor y heredero que acabó la obra (V, VII, X, XI), o de ambos (IV); o de la nueva Fábrica (XXIV y XXXII); o de la Fiesta de su Dedicación (XVI); o de la Eucaristía (II, XVIII, XIX, XXI, XXIII y XXIX), y de las disposiciones para recibirla (XXII); o del Templo como Casa de Oración (XV), Morada de Dios (XIII), Trono de Su Misericordia (XVII), Nave espiritual (XIV), Símbolo del invisible Templo de Dios que es el alma cristiana (IX), y Cielo en la tierra (VIII).

—La fundación espléndida del Convento y Templo debíase al Capitán D. Joseph de Retes Largache, Caballero de Santiago, natural de Vizcaya y gran benefactor de Méjico, cuyos restos se trasladaron allí en 27 de nov. del mismo 1690; la descripción en prosa y verso de la fábrica y los festejos la hizo el Capitán *D. Alonso Ramírez de Vargas* (probablemente el "Capitán discreto y valiente" del núm. 109: cfr. lo allí anot.)

en su libro *Sagrado Padrón* ... *al Suntuoso Magnífico* ... *Templo* ... *del Convento de Religiosas del glorioso S. Bernardo,* Méj., Vda. de Rodrz. Lupercio, 1691 (cfr. *Poets. Novs.,* III, pp. 96-101 y 104-5), donde, sin embargo, para nada alúdese a nuestra Musa; el 7° Sermón de la Octava lo predicó el P. Núñez de Miranda; y la Virreina Dña. Elvira de Toledo, Condesa de Galve, asistió con sus Damas a la Procesión, "presidiendo, Rosa Augusta, animado jardín de vasallas flores", y realzándolo con su "purpúreo lustre" y "fragante esplendor" ...

323

Letra I: "Si es María el mejor Templo" ...

El Templo fué dedicado a Ntra. Sra. de Guadalupe, por voluntad de su edificador; mas era y aún se llama de S. Bernardo, por el Convento ya anteriormente fundado en 1636. Bien es —dice Sor J.— que el Templo de María tenga por *Capellán* a su incomparable amador San Bernardo.

324

Letra II: "En el nuevo Templo" ...

v. 6-9 A Cristo, tras ayunar 40 días *en el desierto,* díjole el diablo: "Manda que estas piedras se hagan panes" *(S. Mat.,* IV, 3).

v. 10-13 Varios Salmos llaman a Dios *Nuestra Piedra;* y hablando de la Roca de la que Moisés hizo brotar agua, dice S. Pablo: "Y la Piedra era Cristo" *(I Cor.,* X, 4). Mas esa *Piedra* se hizo nuestro *Pan* en la Eucaristía *(S. Juan,* VI).

v. 14-21 El *Ara* consagrada "simboliza a N. Sr. Jesucristo, que es Altar, Hostia y Sacerdote nuestro"... *(Brev. Rom.,* 9 nov., Dedic. de San Juan de Letrán). Cristo es la universal y suma *Piedra Angular* ... *(I Petr.,* II, 6; *Efes.,* II, 20). Y así, en la Eucaristía, "nos saturó con Miel de la Piedra"... *(Ps.* LXXX, 17).

325

Letra III: "Todo es dulzura este día" ...

v. 3-6 *Vida y dulzura,* llama la Iglesia a María en la "Salve, Regina" ... —"*Y él* ... no es *hiel*": sugestiva aliteración, o equívoco paradójico. Cfr. análogo juego entre "baje él" y "bajel", en el núm. 284, v. 42-43.

v. 7-10 y 21-4 "*In aure melos, mel in ore*" (Melodía en el oído y miel en la boca) llama S. *Bernardo* al Nombre de María.

v. 15 y 29-31 S. Bernardo es por antonomasia el "Doctor *Melifluo*", por su ternura y por la "elegancia ... de su estilo delicado" ...

v. 16 *Aun el nombre* de *Bernardo* es suavísimo: por su sonido, y por ser, en latín, equívoco del Nardo y la Primavera *(Ver-Nardus).*

v. 21 Aquí, *su Nombre* es el de María (pues las estrofas van alternando su elogio y el del Santo).

v. 32-33 *El néctar sagrado*...: ya probable alusión a la leche celestial de Ntra. Señora. Cfr. lo anot. al núm. 334, v. 31.

326

Letra IV: "Uno hacer el Templo quiso"...

David "tuvo en su corazón" la obra del Templo de Jerusalén; pero fué Salomón quien lo realizó *(I Paralip.,* XVII, y *II Paral.,* VI). Así esta Iglesia la inició y costeó D. José de Retes Largache, el *Ascendiente glorioso,* dotando al Monasterio con 170,000 pesos y costeando con el quinto de su caudal la fábrica del Templo: mas puesta la primera piedra el 24 de junio de 1685, él murió el 29 de oct. del mismo año; y fué su sobrino y yerno D. Domingo de Retes, el Marqués de San Jorge, quien lo acabó y fué su *Patrón Esclarecido*... (Cfr. *Josefina Muriel:* "Conventos de Monjas en Nueva España", Méj., 1946, pp. 133-7).

327

Letra V: "Templo material, Señor"...

Diáfano y bello Romance, que pondera el cristiano espíritu del edificador del Templo, y ruega a Dios premiarlo con Su perenne habitación, por la Gracia, en su pecho.

v. 2-4 Sobre el *Templo del pecho,* en cada cristiano, cfr. lo anot. al núm. 331. La *perenne asistencia* de Dios, allí, es el perpetuo "estado de gracia", sin perderlo jamás por el pecado mortal.

v. 21-22 "Os fabricara *el Empíreo"* (o sea, el Cielo), en la suposición de que, por doble imposible, Dios lo necesitara y el hombre pudiera hacerlo... Valientísima ponderación, de enamorada locura.

328

Letra VI: "Oigan lo que del Templo"...

Delicado recuerdo del difunto Capitán Retes de Largache, que no vió su Nuevo Templo acabado, pero cuyo santo y eficaz deseo nada perdió por ello ante Dios.

v. 15 El *Libro* donde Dios lleva esa *cuenta* del mérito es "el Libro de la Vida"... *(Apoc.,* III, 5 y XX, 12); o aquel otro aludido por el *Salmo* CXXXVI, 16: "En Tu Libro estrán escritos todos"...

329

Letra VII: "Sepan que fabricarle"...

Correlativo encomio de la ventura de D. Domingo de Retes, a quien Dios otorgó consumar el Templo, y en la que ve Sor J. un augurio de celeste predestinación.

v. 11-14 *David quiso..., y no se lo consintió Dios...:* cfr. *I Paralip.,* XVII, 4.

v. 22 Hasta Salomón, Yahwéh "no había morado en Casa alguna, sino bajo tabernáculos o tiendas de campaña"... *(I Paral.,* XVII, 5); y eso significan *tentorios:* latín de la Vulgata, que Sor J. hispaniza intacto.

v. 25-26 Dios (medita Sor J.) sin duda que dará *una silla* o sede en el Cielo a quien aquí Le dió a Él el *Trono* de un Templo.

330

Letra VIII: "Pues Dios en el Cielo habita"...

Agudo y amoroso careo del Templo y el Cielo.

v. 17-22 Aquí, el Cielo es no el simple "estado" de Gloria por la Visión de Dios, sino un lugar material, que Sor J. aún identifica con *el Empíreo;* la *Esfera cristalina* dentro de la cual (en la concepción cosmográfica de Tolomeo) giraban las demás Esferas celestes en torno a la Tierra. Y en tal supuesto, argumenta: Si el Cielo hubiera sido fabricado exprofeso para Morada de Dios, hubiera sido *creado "ab aeterno"* (desde toda la eternidad), contra lo que nos consta por la Escritura *(Prov.,* VIII, 22 y ss.; *Gén.,* I, 1; *S. Juan,* XVII, 5, etc.)—No necesariamente entra Sor J. en la cuestión filosófica, discutible entre católicos, de si es demostrable para la pura razón la repugnancia de la creación "ab aeterno" *(S. Buenaventura* y *S. Alberto Magno),* o si es indemostrable *(S. Tomás:* "Summa Theol.", 1, q. 46, a 2).

331

Letra IX: "—¡Ah, del Templo!"...

Exquisito y profundo paralelo del Templo material y del Templo espiritual que es cada cristiano ("Vosotros sois Templos de Dios"...: *I Cor.,* III, 16; *II Cor.,* VI, 16), hecho de Amor y cimentado en la Fe, y que durará lo que el Alma imperecedera.—Ver aquí "la negación del Templo oficial en favor de la conciencia", y concluir que "Asbaje se resentía de luteranismo" es no sólo calumnia radical, sino delirante extravío. Nada hay más litúrgico y católico que ese paralelo y esa mayor excelencia del Alma Santa.

v. 9 y ss. Cada *Copla:* armoniosa combinación de cuatro versos de 8, con dos de 6, y uno de 4 sílabas; y a lo largo de todas, una misma asonancia aguda.

332

Letra X: "De piedad el raro ejemplo"...

—Cuartetas de Romance, con los v. 3 y 4 acabados en "ecos": *contemplo, Templo; Palabla, labra; palma, alma*... Cfr. lo anot. al núm. 41.

v. 8 *La Palabra:* el Verbo de Dios; el Verbo Encarnado (Jesucristo), realmente presente en la Eucaristía, en todos los templos católicos.

v. 28 *Dios el Manjar*...: la misma Eucaristía, bajo cuyas apariencias de Pan, se nos da Cristo (con su Cuerpo, Sangre, Alma y Divinidad) para alimento de nuestras almas.

333

Letra XI: "¡Cumplidlo, Señor!"...

v. 1-4 "Pedid y se os dará; buscad y hallaréis; llamad y se os abrirá"... (*S. Luc.,* XI, 9).

v. 9-12 "Jacob... tomó la piedra..., y la erigió en monumento, y derramó aceite sobre ella. Y llamó aquel lugar Beth-el... Y esta piedra... sará Casa de Dios"... (*Génesis,* XXVIII, 18-9 y 22).—Sor J. creyó, acaso, que "Beth-el" significase *Casa de Pan* (confundiéndolo con "Bethlehem"); pero no significa sino "Casa de Dios"...

v. 23-24 El *Templo de Salomón* le *mereció* a Yahwéh el decir: "Aquí Mis Ojos estarán abiertos, y Mis Oídos atentos, a la oración. Pues he elegido y santificado este lugar, para que en él estén siempre Mi Nombre, y Mis Ojos y Mi Corazón"... (*II Paralip.,* VII, 15-16).

334

Letra XII: "A vuestro nombre, María"...

Nueva ingeniosa y tierna solución (cfr. ya otra en el núm. 323) de la aparente incongruencia de que el *Templo de San Bernardo* se dedicara a *Nuestra Señora:* los bienes de esclavos o hijos, son de sus amos o padres; y los bienes de los padres, son de sus hijos... Así este Templo es de ambos: "de María, por ser de Bernardo; y de Bernardo, por ser de María".

v. 28-31 S. Bernardo es hijo de María no *emancipado,* como niño aún *de pecho*... Alúdese a la tradición de que la Virgen lo llegó a regalar con la celeste dulzura de sus Pechos que lactaron al Niño Dios... Cfr *Lope:* "¿Quién es aquel caballero?"... ("Romancero Espiritual"):

Y si dais leche a Bernardo, / porque de Madre Os alabe...;

y *Juan López de Úbeda*, rom. "A S. Bernardo" (en su "Cancionero y Vergel de plantas divinas", Alcalá, 1588, ap. Rivad., t. 35, n. 324):

> Por su virtud y limpieza, / al melifluo San Bernardo,
> por su devoción tan alta / la Virgen un dón le ha dado.
> Hízole Su Capellán / muy querido y regalado;
> y, estando ante Ella, un día, / en oración trasportado,
> puso la Virgen la mano / en Su pecho consagrado,
> y con Su divina leche / los labios le ha rociado...

335

Letra XIII: "El que busca a Dios"...

v. 12-13 *Ésta es la Casa de Dios / firmemente edificada*...: traducción literal de la Antífona 3 de las Vísperas, en el *Brev. Rom.*, Oficio de la Dedicación de un Templo.

v. 15 *Eternas basas* (o bases)... La Iglesia está "firmemente edificada sobre la firme Piedra", que es Cristo, y en lo visible, S. Pedro y el Romano Pontífice, su Sucesor... *(Antífona* cit.)

v. 17-30 "Vi en la ciudad Santa, la Nueva Jerusalén, bajando del Cielo, preparada como una *Esposa adornada* para sus nupcias"... *(Apoc.,* XXI, 2, cit. en el *Capítulo* de Vísperas, en el mismo Oficio del *Brev. Rom.)*

v. 19-20 *"Piedras preciosas* todos sus muros"... *(Antíf. 5 de Vísp.,* ibid.)

v. 37-40 "Santificó el Señor Su Tabernáculo: porque ésta es la *Casa de Dios*..., de la que se halla escrito: Y allí estará *Mi Nombre,* dice el Señor"... *(Antíf. al Magníficat,* ibid.)

v. 32-35 Cf. Himno "Caelestis urbs Jerusalem", de *Vísperas,* en el mismo Oficio:

> "Hic margaritis emicant, / *patentque cunctis ostia:*
> virtute namque *praevia* / mortalis illuc ducitur"...
>
> (Aquí de perlas refulgen / y a todos se abren sus puertas,
> para todos los mortales / que la virtud allá lleva...)

336

Letra XIV: "Si en la Fábrica excelsa"...

—Endechas, o romance heptasílabo, con cada copla acabada en una *paronomasia* (o "semi-rima") interna: *"viste, baste", "entes, antes", "libre, labre", "nube, nave"*...

v. 16 Al dedicar Salomón su Templo, "una *nube* llenó la Casa, y la gloria de Yahwéh bajó a henchirla"... *(II Paralip.,* V, 13-4).—Esa *Nube* es la *Nave* (cfr. "la nave del Templo") en que aquí asiste Dios como *Piloto,* y como sumo Pescador de las almas... —Parecido juego de letras, ya en "El semejante a sí mismo" de *Ruiz de Alarcón:*

<blockquote>y cada nave parece / breve reliquia de nube...</blockquote>

v. 24 "Con *retes, rates"*...; las dos voces, osadísimamente latinizantes: "con *redes, barcas"*... Acaso el Púlpito, y sobre todo los Confesionarios, con sus rejillas o "redes"...; y juego del vocablo, además, con el apellido de D. José y D. Domingo de *Retes,* los edificadores de este Templo de S. Bernardo. ("Redes", en latín, se dice "retia", por ser voz neutra; pero su singular es *"rete, retis"*... Y *"ratis",* cuyo plural es *"rates",* significa "balsa", "barca" o "navío"...)

337

Letra XV: "Supuesto que la Casa"...

v. 1 y ss. *"Mi Casa es Casa de Oración,* y vosotros la habéis hecho cueva de ladrones"... *(S. Luc.,* XIX, 46).

v. 34 "Casa de Negociación"... *(S. Juan,* II, 16, en el lugar paralelo de la cita anterior).

v. 37 *Plazas y lonjas tenéis*...: "¿Acaso no tenéis casas para comer y beber?"... *(I Cor.,* XI, 22).

338

Letra XVI: "En la Dedicación"...

Cfr. *la Dedicación* del Templo Salomónico, en *II Paralip.,* V: "Juntáronse al Rey todos los varones de Israel..., y los Sacerdotes introdujeron el Arca de la Alianza al lugar santísimo, bajo las alas de los Querubines...; y los Levitas cantores... estaban con címbalos y salterios..., y sonaban las trompetas y cantaban todos a una para confesar a Yahwéh...: y el rey Salomón y toda la asamblea de Israel sacrificaron ovejas y bueyes innumerables"...

v. 15 *Sus manípulos* (un latinismo más): las gavillas o haces que se presentaban por primicias de las cosechas.

v. 19-26 En el Sancta Sanctorum del Templo de Jerusalén, estaba el Arca de la Alianza (cfr. *Éxodo,* XXXVII); y dentro de ella, "un vaso de oro que contenía *el Maná,* y la vara de Aarón que había reverdecido, y las *Tablas del Testamento"*... *(S. Pablo, Hebr.,* IX, 4). Todo aquello, *figuras* de lo que poseemos en Cristo... *(I Cor.,* X, 11).

v. 30-34 *El Beneficio mesmo* ...: Cristo, Dios y Hombre, presente en la Eucaristía, y que es la Hostia o Víctima que a nuestra vez Le ofrecemos a Dios en *Sacrificio* y como *recompensa* por todos Sus dones.—Conservamos la forma arcaica "mesmo", por la asonancia.

339

Letra XVII: "Si en el Templo, mi Dios, entráis"...

v. 2 "En el Templo os templáis"...: suavizáis (o *temperáis*) el rigor de vuestra Justicia, ostentando más bien vuestra Misericordia...

v. 12-13 *Lo que en el Templo es pedido / tiene eficacia mayor*... Cfr. las Oraciones de la Iglesia en su *Oficio de la Dedicación:* "Ilustra, oh Dios, este Templo con el poder de Tu inhabitación... Concédenos que todo el que penetre en este Templo a pedirte beneficios, se regocije de impetrarlos todos"...; y *II Paralip., VII, 12 y 15:* "He elegido para Mí este lugar... Aquí estarán abiertos Mis Ojos y atentos Mis Oídos a la oración"...

v. 19-20 *"Mis Ojos y Mi Corazón* estarán aquí para siempre"... *(II Paralip.,* VII, 16).

v. 24-27 *"Si Yo cerrare los Cielos,* que no haya lluvia, y si mandare *langosta o pestilencia*..., si se humillare Mi pueblo y orare..., Yo le oiré y sanaré"... *(Ibid.,* VII, 13-14).

340

Letra XVIII: "¡Ay, fuego, fuego!"...

v. 1-2 *¡Ay, fuego, fuego, que el Templo se abrasa, / que se quema de Dios la Casa!*... Estribillo en versos de *Gaita Gallega;* y variación "a lo Divino" de un cantarcillo tradicional cuya supervivencia aún alcanzamos entre nuestros juegos pueriles:

> *¡Que se le quema, que se le abrasa,*
> que se le quema a la Negra su casa!...

Aquí, bella alegoría "a lo Divino", de la Eucaristía y del Amor de Cristo —"Hoguera ardiente de caridad"—, que llenan el templo...

v.11 y ss. Cada una de las *Coplas,* de Romance de 8, acaba su verso 3 con un eco a base de *equívocos* entre verbos y nombres: "si la *llama llama*"..., *"enseña en seña",* "con tal *prenda, prenda*"...; y remata su v. 4 en una *paronomasia* como las anotadas en la Letra XIV (núm. 336): "*diseño de ceño*" (aspecto de cólera), *"del afecto efecto"*..., "que no obran sus *Manos menos*"...

v. 22 "Hace *del precio desprecio*"...: parece "menospreciar" el "Precio" de nuestro Rescate (Su Pasión y Muerte); pues el quedarse en nuestros Sagrarios oculto bajo las especies de Pan y expuesto a irreverencias y profanacions, todo lo tuvo en poco Cristo, con tal de acompañarnos, nutrirnos y ganarnos el corazón...

v. 29 *"Prenda de la Gloria futura"* llama la Iglesia, con S. Tomás de Aquino, al Smo. Sacramento *(Oficio de Corpus);* y con tal *prenda* (o fianza) quiso el Señor *prendernos* (o aprisionarnos).

v. 33 *Tal traza traza*...: discurre tan divina invención o astucia...

——D. Antonio Gómez Restrepo, "Hist. de la Lit. Colombiana", II, Bogotá, 1940, pp. 106-8, entre otras rimas inéditas de la *V. M. Sor Francisca Josefa del Castillo,* inserta un romance "Al Smo. Sacramento", que no es sino la "adaptación" de dos entre estas "Letras" de Sor Juana. Tras de una sola estrofa inicial nueva:

> Fuego en que el alma se abrasa
> hidrópica de su incendio,
> sólo el remedio apetece
> de añadir, al fuego, fuego...,

vienen las coplas 2-7 de nuestra *Letra XVIII* ("Espera, que éste no es"...); añádense, en seguida, las coplas 1-6 de nuestra *Letra XIX* ("En círculo breve"...); y sólo se remató este "arreglo" con estas otras dos coplas nuevas, que siguen admirablemente su tierno asunto y su aguda técnica:

> Aquél que te salva, silba
> y te da mil veces voces,
> y de amor con llama, lláma,
> para que en sus horas ores.
> Si el velo tu vida veda
> donde solos ayes oyes,
> a tu Amante Guarda aguarda
> que, cuando te ronda, ronde.

—En nuestro artículo "Un libro de Gómez Restrepo y una triple restitución a Sor J." (Ábside, Méj., t. IX, julio 1941), decíamos de esto y de otros dos pasajes de *El Divino Narciso* (cfr. en nuestro t. III), igualmente convertidos allá en sendos poemas de la Clarisa de Tunja: Baste advertir que *El Divino Narciso* se publicó en 1690, y que los Villancicos de S. Bernardo datan del año siguiente...: fechas en que la Madre Castillo, de 19 ó 20 años, aún no tomaba el velo, o acababa de tomarlo, en el convento donde sólo más tarde empezaría a escribir, a instancias de su confesor (Gómez Restrepo, ib., pp. 50 y ss.); aparte de lo cual, consta que ni una línea suya se publicó hasta más de un siglo después... Por lo que ve al origen de esta confusión —y excluyendo toda sombra de "plagio" en la V. M. Castillo—, todo dependerá de si esos versos se hallan o no en autógrafos suyos. Si lo primero, diríamos que ella (que nos cuenta en su Vida cómo ya "a los ocho o nueve años" leía "libros de Comedias") habría leído las obras de Sor Juana y copiado para su deleite y devoción tales pasajes selectos: copias que, descubiertas luego entre sus papeles, fueron tomadas por originales. Y en el caso contrario, más fácilmente habrá cabido esta falsa atribución a ella, a base de vagas creencias y dichos, de esos pasajes que acaso circularían años después, anónimos y manuscritos, en su claustro.... Desde en 1890, por lo demás, D. José Manuel Marroquín citaba las *Endechas* de Narciso como ejemplo de reminiscencias mitológicas en la *Clarisa* de Tunja, y aludía al romance eucarístico para señalar sus "paronomasias" y "algunos gongorismos", que él, por cierto, defendía como "extravagancias de aquellas en que no incurren sino los grandes talentos"... (Anuario de la Academia Colombiana, t. VI, Bogotá, 1939, pp. 37-8.)——Gómez Restrepo, con ejemplar caballerosidad y modestia, puso el sello de su altísima autoridad a nuestra "restitución", reproduciéndola en su t. III, pp. LXIII-LXXI.

341

Letra XIX: "Si Dios se contiene"...

v. 3-4 "Allí está *contento* (dichoso) de estar *contento*" (contenido): equívoco y latinismo... Se alude a la presencia real de Cristo en el *círculo breve* de la Hostia.—Un eco de esta sutileza verbal resonará en "La Luz del Faro más Pura", Méj., 1718, del *Lic. D. Diego Ambrosio de Orcolaga* (Poets. Novs., III, 187), al pintar la amargura del loco amor:

Y viviendo de este modo, / o de esta sed mal muriendo,
mientras duran *contenidos* / no perseveran *contentos*...

v. 8 y ss. En cada copla, el verso 4 lleva *ecos de equívocos*, entre verbos y nombres (como el v. 3 de cada copla en el núm. 340): "Si me *acerco, a cerco*"..., "en su *velo, velo*"... etc. (*Cerco*, aquí, es un sinónimo de "círculo": la misma forma circular de la Hostia, en cuya pequeñez se nos da el Inmenso...)

v. 20 En su *velo, velo*...: a través de ese "velo" (de esas apariencias de Pan que nos lo esconden), yo "velo" (yo vigilo) y lo descubro con los ojos "veladores" o vigilantes de la fe...

v. 35-8 *Desmiento a los ojos, / sólo al Alma creo*... La vista (y toda la experiencia sensible) sólo percibe "los accidentes" (las propiedades físico-químicas) del Pan y el Vino; pero el Alma cristiana, cerciorada por la Fe (o sea, bajo la Palabra de Dios), rechaza firmemente *(con aprieto)* el limitarse a ese testimonio, segura de que ya tales ofrendas, después de la Consagración, "se transubstancian" en el Cuerpo y Sangre de Cristo... Cfr. el célebre "Ritmo", *Adoro te devote*..., de S. Tomás de Aquino, del que traduciremos sólo esta estrofa:

Vista, tacto y gusto aquí extravíanse;
fe indudable el solo oído ofréceme.

> Creo cuanto el Hijo de Dios díceme:
> nada más verdad que tal oráculo...

—Y cfr. lo anot. al fin del núm. anterior.

342

Letra XX: "Templo, Bernardo y María"...

v. 1-4 Graciosa hipótesis: *a ser yo Predicador*... Ciertamente lo hubiera sido magnífico; y lo fué (por escrito y privadamente) en sus prosas sacras.—El "hacerse cargo de las *circunstancias*" en que se predicaba, hallándoles enlaces y sentidos simbólicos, llegó a tenerse —en los Sermones barrocos— por especial "empeño" y grande "gala y valentía del púlpito"... (Cfr. *P. Fco. de Isla, S. J.:* "Fray Gerundio", lib. III, c. 2, n. 21, y c. 3, n. 7; lib. IV, c. 1, n. 5, y passim.) Claro que, como todo, eso pedía discreción y espíritu, que a menudo acaso faltaban. Pero que podía hacerse cuerda y bella y piadosamente, lo demuestra esta misma *Letra,* cuyos "conceptos" bien habrían cabido en el exordio de un Sermón para aquellas fiestas.

343

Letra XXI: "Los que tienen hambre"...

—Es el pregón de "la Sabiduría" (el Verbo de Dios): "Venid y comed Mi pan y bebed Mi vino"... *(Prov.,* IX, 5); "Si alguno tiene sed, venga a Mí y beba"... *(S. Juan,* VII, 37). Pero aquí multiplícanse las figuras del mismo Verbo Encarnado: las *Espigas* de Belén *(Ruth);* el *Grano* o Trigo de José el de Egipto *(Gén.,* XLI, 48); la *Harina* de la Viuda de Sarepta *(III Reyes,* XVII, 14); el *Pan* de Elías *(III Reyes,* XIX, 6), el *Agraz* de los Cantares *(Cant.,* II, 13), el *Mosto* de Noé *(Gén.,* IX, 21); el *Racimo* de Caleb *(Números,* XIII, 24); el *Vino* de Caná *(S. Juan,* II); la *Zarza* de Moisés *(Éxodo,* II); el *Panal* de Sansón *(Jueces,* XIV, 8); la *Rosa* de Jericó *(Eccli.,* XXIV, 18), el *Maná* del Desierto *(Éxodo,* 16, 15); la *Escala* de Jacob *(Gén.,* XXVIII, 12); la *ofrenda* o sacrificio de Abraham *(Gén.,* XIV, 20, ó XXII, 13); la *Piedra* de Moisés *(Éxodo,* XVII, 6; Núm., XX, 11); el *León* de Judá *(Apoc.,* V, 5); el *Cordero* Pascual *(Éxodo,* XII, 5); el *Lilio* (o Lirio) de los collados *(Cant.,* II, 1), etc. Todavía añade Sor J. otros símbolos no bíblicos: el *Pacífico Mar,* o el *Néctar* celeste... Y todo alegoriza aquí el *Pan* y el *Vino* Eucarísticos, que son el *Cuerpo* y *Sangre* de Cristo.

344

Letra XXII: "¿Cómo se debe venir...?"

v. 3-4 —*Llorar*...—*Reír*... Cfr. en León Marchante († 1680) un "Villancico" de Navidad ("Obras Poets. Póstumas", II. Madr., 1733, p. 10):

Oigan y verán venir / al Portal, con sus porfías,
a las dos Filosofías: / de *llorar* y de *reír.*
Escuchen, que vienen / la Risa y el Llanto:
que se mezclan con el Canto,
para que haya novedad / esta Navidad...
—Yo, que soy la Compunción / y al cuerdo Heráclito sigo,
viendo desnudo a mi Dios / he de ser toda suspiros...
—Yo a Demócrito sigo, / que la Esperanza
viendo en Dios su remedio, / ríe en el alma...
—Yo he de llorar. / —Yo he de reír...
—¡Ay, mi Dios desnudo! / —¡Ay hermoso Niño!
—¡Que el frío os penetra! / —¡Que en Amor no hay frío!
—¡*Yo lloro!* / —¡*Yo río!*...

—Aquí, bella expresión de los dos espíritus —de humildad y temor,
y de confianza y júbilo— que han de fundirse en quien se apresta a la
Comunión. Pleno equilibrio de la piedad católica, igualmente distante
del jansenismo y del laxismo...

v. 11-14 *El llanto ... justifica al pecador*...: la contrición (o sea, el dolor
perfecto de la culpa, por amor desinteresado de Dios), y que en sí lleva
implícito a lo menos, el deseo de la Confesión Sacramental.

v. 17-23 *Dice la Sabiduría*... Puede aludirse a muchos pasajes bíblicos:
"Éste es el día que hizo el Señor; exultemos y alegrémonos en él"...
(*Ps.* CXVII, 24); "El temor del Señor dará alegría".... (*Eccli.*, I, 12);
"Vuestra tristeza se convertirá en gozo"... (*S. Juan,* XVI, 20), etc.

v. 32-33 *Si ya en otro Sacramento.*...: en el de la Penitencia o Confesión,
al que ha de recurrir previamente, para recobrar *la pureza* de alma,
quien estando en pecado quiera llegarse a esta *Mesa* de la Eucaristía.

345

Letra XXII: "Díganme, ¿por qué Cristo...?"

v. 1-4 Cfr. *Apoc.* V, 6: "El Cordero *como muerto*"...

v. 7-8 *El recuerdo ... de la fineza mayor*... Cfr. *S. Luc.,* XX, 19 y *I Cor.,*
XI, 24: "Haced esto en memoria Mía", dijo el Señor al instituir la
Eucaristía, "la víspera de su Pasión" *(Misal,* Canon). La Misa conme-
mora y en cierto modo renueva su Muerte.... En el Smo. Sacramento,
"se recuerda la memoria de su Pasión" (*S. Tomás:* Oración del Corpus,
en *Brev. Rom.*).

v. 21-32 Cristo, en el Sacrificio Eucarístico, está *continuamente muriendo,*
aunque ya es *impasible* e inmortal: en cuanto que las palabras de la
Consagración, que de por sí convertirían el Pan en su solo Cuerpo y el
Vino en su sola Sangre, ponen a Cristo sobre el Altar "en externo hábito
de muerte".... Ni faltan teólogos (De Lugo, Cienfuegos, Fránzelin) que
admiten una nueva "inmolación" física de Cristo en la Eucaristía, afir-

mando que su Cuerpo queda allí privado de su extensión, y por consi-
guiente, sin ningún ejercicio natural de su vida corpórea. .: sentencia,
sin embargo, improbable y menos común. (Cfr. *M. de la Taille, S. J.*:
"Mysterium Fidei"..., París, 1924, pp. 306-16).

346

Letra XXIV: "Pues en el Sacramento"...

La presencia del Hombre-Dios en la Hostia —contraste de lo inmenso
y lo diminuto— sugiere este juego rítmico de *largos y breves* (hablando
en términos de la Prosodia cuantitativa latina): todos los versos 1 y 2 de
cada Redondilla terminan con la repetición de un mismo trisílabo, pri-
mero esdrújulo y luego grave, que así convierte en *larga* su penúltima
sílaba *breve,* como sucede en *"fábrica, fabrica", "naúfrago, naufrago",
"Ícaro y caro"* ...—Tales Coplas, sin duda, son *violentas* (v. 8); pero su
sentido bien se vislumbra: el *naufragio* (v. 18) de toda palabra humana
codiciosa de cantar dignamente a Dios.

347

Letra XXV: "De trigo, comparado"...

—"Dichoso el Vientre que te llevó"... *(S. Luc.,* XI, 27); "y ben-
dito es el Fruto de tu Vientre, Jesús"... *(S. Luc.,* I, 42). Aquí se alude
al *Cantar de los Cantares,* VII, 2, que *Fr. Luis de León* traduce: "Tu
vientre, un montón de trigo cercado de violetas"...; y *Cipriano de Va-
lera,* con la *Vulgata:* "como montón de trigo cercado de *lirios"*...
Fr. Luis (oda "¿Qué santo, o qué gloriosa?"...), después de loar a
Cristo, prosigue:

> Tras de Él, el Vientre entero,
> la Madre de esta Luz será cantada...

En la poesía moderna mejicana, *Concha Urquiza,* en sus "Loores por
Cristo a María" (Obras, 1946, p. 46), le dice "de aquel Amor" por Ella
engendrado:

> La huella buscaré dentro *en tu Seno*...
>   De ti la Espiga crece
> que a dulce fuego el corazón provoca,
> y el ánima enardece,
> y deja, si la toca,
> sabor de eternidad en nuestra boca...

v. 1-5 Grande *hipérbaton,* que debe "ordenarse" así: "A la parva hermosa
de *Trigo,* / *que representa a Dios Sacramentado,* / es comparado el Vien-
tre", etc.

v. 6-10 María, cuando llevaba en sus entrañas al Verbo Encarnado, era como una Custodia, *más decente* —o más digna de Él— que cualquier áureo Ostensorio...; y su Seno era como *el Viril* (o el centro de esa Custodia).

v. 11-20 En los *Lirios* (o *Nardos)* que en el verso de los Cantares cercan esa *Parva de Trigo,* alegoriza Sor Juana a San Bernardo (tan próximo a María, en este Templo de ambos), con alusión a las últimas sílabas de su nombre: "Ber-*nardo*"...

348

Letra XXVI: "En la botillería"...

v. 1-8 Cfr. *Cantares,* II, 4: "Metióme en la bodega de sus vinos" ("la cámara del vino", traduce Fr. Luis); y "Mi nardo dió olor de suavidad"... *(Cant.* I, 12).

349

Letra XXVII: "Cristo es Lilio, y María"...

—Conservamos (aquí y siempre que ocurre) la forma gongorina y latinizante de *Lilio,* más hermosa que "Lirio"...—El Esposo, en el Cantar, es "el *Lirio* de los valles"... (Cant., II, 1); y la Esposa "es *como el Lirio* entre las espinas"... *(ib.,* II, 2).

350

Letra XXVIII: "Aunque es el metal de azófare"...

De los múltiples caprichos de acentuación en que juguetearon algunos clásicos, recordemos el romance de Góngora:

Ha convocado *Cordóba* / sus Lucanos y Senécas...,

o su conocido soneto:

El Conde mi Señor se va a *Napóles*... :

y sobre todo a *Jáuregui,* cantando a S. Teresa:

Musa, si me das tu ardiente
furor, de la Santa mía
con tu buena *licencía*
alta espero cantar mente...
    Y si por hacerme injuria
no me le das, ruego al Cielo
que procure *alcanzarmélo*
de la eterna *Sabidúria.*

En su niñez me edifica
la fiel ansia de morir
por Dios, y de ser *Martír*
en las regiones de *Africa.*
    Fué después el infinito
gozo, tan colmado ya,
que vos, de *humildisimá,*
no le dábades *credito*...

—En cuanto al rego*d*eo, tan castellano, en el estrépito del esdrújulo,

D. Pedro Felipe Monláu (cit. por Cuervo, "Apuntaciones", p. 3) decía que "si Dios y los eruditos no lo remedian, acabará por hacernos decir *cólega, cónclave, expédito, intérvalo, méndigo, ópimo, périto y téstigo"* . . . Y de hecho, *cónclave, púdico, médula* o *hipógrifo* son ya comunes; *ópimo* es frecuente dislate; *intérvalo* fué ya licencia en Bécquer; y hasta *síncero* estuvo a pique de autorizarse, con Iriarte y Forner, así como.antes *félices,* con Lope . . .

—Aquí, Sor Juana acaba todos sus versos en *esdrújulos artificiales,* todos de bisílabos graves terminados en consonante, a los que añade una *e paragógica:* "almíbare", "frágile", "azúcare", "Ménfise" (Menfis), etc. Subrayemos *cárcere* y *Vírgine* (como su ablativo latino, intacto, de donde "Virgen" y "cárcel"); y cfr. "Vírgines", grafía común en el castellano del XVI y XVII, aun en varios impresos de Sor J.

v. 1 *Azófar:* latón (aleación de cobre y cinc), o sea, un metal corriente, muy inferior al oro.

v. 6 "Aqueste *Alcázar":* este Templo, "Morada Regia" de Dios . . .

v. 9 "Solio de *Tíbar":* el áureo Altar. . . (Cfr. anot. al núm. 271, v. 20-3).

v. 13-14 *La diosa del Viernes:* Venus (que da nombre a ese día, en latín: "dies *Veneris"),* vencida aquí por la inmaculada belleza de "la Madre del Amor Hermoso", debe ya irse a una *cárcel* o a un manicomio *(loca).*

v. 16 *Más aciaga que un Martes...* Cfr. rom. "Fortunilla"..., de Quevedo (Astr. 365):

> Hija bastarda del *Martes,* / más triste y más *acïaga...;*

y el refrán: "En Martes, ni te cases ni te embarques"... El *P. Isla,* "Fray Gerundio", lib. VI, c. 4, burlescamente: "Era, por cierto, *Martes;* había de ser un día tan *aciago* para mí"... y el *P. Alfredo R. Placencia,* en su poema "El Milagro del Martes" (que tal fué el 12 de Dic. de 1531, en que culminan las Apariciones del Tepeyac), escuchó ya a Juan Diego bendiciéndolo, y riéndose de quienes dicen "que es aciago este día" . . .

v. 18 *Los que gobiernan el Mástil:* los que señorean la Nave (de este Templo); sus Titulares.

v. 20 San Bernardo es más *cándido* (o blanco) que un *ánsar* (sinónimo, aquí, de "cisne"), por su hábito y su pureza . . .

v. 21-24 El *Patrono* que terminó la fábrica de este Templo es un *Fúcar* en opulencia (cfr. anot. al núm. 62, v. 74), y en sus otras dotes un *Páris* (el que dió a Venus la manzana de oro), y un *Héctor* o un *Áyax* (los de la Ilíada). Cfr. anot. al núm. 326.

v. 25 El *Arquitecto* de S. Bernardo fué el Maestro Juan de Zepeda, a quien aquí se rinde este *víctor.*

v. 27 *Las Pirámides de Menfis* ... : cfr. anot. al núm. 216, v. 340 y ss.

v. 28 Cerca de *Cádiz* están las *"Columnas* de Hércules": los peñones de Calpe y Ábila (Gibraltar y Ceuta), que marcaban el "Non plus ultra" del mundo antiguo.

351

Letra XXIX: "En el Sacramento ve" ...

Redondillas cuya segunda mitad es, en cada una, un feliz *retruécano,* brillante y sonante, sobre la Eucaristía: "Porque no hacen fe los ojos, / pero se hace ojos la Fe" ...; "Que el amor del Sumo Bien / es sumo bien del Amor" ... Vago preludio, en su técnica simétrica, de los cuartetos "A Gloria", de *Díaz Mirón,* que así analiza Blanco Fombona ("El Modernismo" ..., 1929, p. 62): "Parte la estrofa en dos ... : con la primera mitad, apunta la idea; en la segunda, deslumbra con la imagen de corroboración ... Puede muy bien llamarse estrofa mironiana" ...

v. 19-20 *Quien tiene lo que desea, / desea aquello que tiene* ... "¿Le buscas? ¡Es que Le tienes!", dijo *Nervo* ("Le tienes", en "El Estanque de los lotos"), en pos de Pascal. Y ya en *S. Gregorio Magno* y *S. Agustín,* el mismo Dios le asegura al alma: "Si no estuviera Yo en ti, no Me buscarías" ...

v. 27-28 *En la fineza del fin, / vido* ("vió") *el fin de la fineza* ... Alúdese a "las finezas de Cristo en el fin de su vida", cuando *in finem dilexit eos:* "los amó hasta el fin" ... *(S. Juan,* XIII, 1).—Sor J. sigue aquí a *S. Tomás de Aquino:* "que la mayor fineza de Cristo fué el quedarse con nosotros Sacramentado" ... (Cfr. su *Crisis* al "Sermón del Mandato" del P. Vieyra, en nuestro tomo IV.)

v. 31-32 *Éste es Pan de substancia:* alimento del alma, substancioso y aun "sobresubstancial" ... *(S. Mat.,* VI, 11). Pero *no es substancia de pan,* ya que dicha substancia, en la Consagración, se ha convertido íntegramente en la del Cuerpo de Cristo.

352

Letra XXX: "Cuando la Sabiduría" ...

v. 1-29 "La *Sabiduría* edificóse una Casa ... : mezcló su Vino y puso su Mesa ..." *(Prov.,* IX, 1-2). María fué esa *Morada* nueva —*Virgen* e Inmaculada—, en cuyo Seno tomó el Verbo la Carne y la Sangre que luego nos daría, como *Pan y Vino* del alma, en el Sacramento Eucarístico. Y bien está, por eso, que este Nuevo Templo, a Ella así semejante, se le dedique.

v. 24 *Ancilas* (latinismo): criadas o siervas. "Esclava", en latín, es *"ancilla"* (de donde hoy se dice, vg., la función "ancilar" de unas ciencias respecto a otras).—En castellano, cfr. anot. al núm. 247, v. 54; y cfr. *Resp. a Sor Filotea:* "¿Cómo entenderá el estilo de la Reina de las Ciencias, quien aún no sabe el de las *ancilas?".*.. (Alúdese al axioma escolástico, intachable si bien se entiende, de que "Philosophia est ancilla Theologiae".)—Nuestros textos: *ancilla;* pero aquí hispanizamos su grafía.—Y el vocablo mismo latino procede aquí de la Vulgata, en el paso bíblico que en seguida anotamos.

v. 25-26 *A todos... / para su mesa convida...* Cfr. *Prov.,* IX, 1-5: "La Sabiduría... aderezó *su mesa,* y mandó a sus doncellas *(ancillas suas)* a invitar...: ¡Venid y comed mi pan y bebed mi vino!...*"; y S. Mat.,* XXVI, 26-7: "Jesús tomó pan, lo bendijo y partió... y dijo: Tomad y comed, que éste es Mi Cuerpo; y tomando el cáliz, lo bendijo y se lo dió, diciendo: Bebed de él todos, que ésta es Mi Sangre"...

v. 27-28 *Sin más costo que venir / con la vestidura limpia...* "Venid, aun los que no tenéis dinero...; comprad pan sin pagar, comprad vino sin plata"... *(Isaías,* LV, 1). "En todo tiempo estén tus vestidos cándidos"... *(Ecles.,* IX, 8). Y cfr. la Parábola de los Invitados a la Boda: "¿Cómo has entrado aquí sin veste nupcial?"... *(S. Mat.,* XXII, 12). —En esta *Letra,* pues, la Pureza de la Inmaculada, y lo flamante de este Nuevo Templo, simbolizan e inculcan la *limpieza,* espiritual y corporal, con que ha de *prevenirse* el cristiano, que, al recibir el Cuerpo del Señor, es también *su Casa* (por este nuevo título, además del simple "estado de Gracia").

353

Letra XXXI: "En el sol de la Custodia"...

v. 1-4 Cfr. *Salmo* XVIII, 6, según la Vulgata: "En el Sol puso Su tabernáculo; y como Esposo que sale de su Tálamo, lanzóse alegre a recorrer su camino"...

v. 5-8 En la *Dedicación* de una nueva Iglesia, la Liturgia la compara a "la nueva Jerusalén, que desciende del Cielo como la Novia ornada para su Esposo"... *(Apoc.* XXI, 2).

v. 9-20 Aquí, ambas alusiones fúndense en torno al *Sol* de la *Custodia* en que se expone la Eucaristía: suprema *joya* de la Esposa, y la *fineza mayor* de su Amado.

v. 21-28 *Día de mercedes..., y de general perdón...* Tal solía ser el día de las Nupcias Regias.

354

Letra XXXII: "A este Edificio célebre" ...

—*Romance esdrújulo,* no tan sólo en los pares, sino *en todos los versos.*—Este virtuosismo plació ya a *Lope* (égloga en tercetos, de "Los Pastores de Belén", lib. IV: "Mientras el Alba, de sus blancos nácares" ...), o al mismo ático y bíblico *Fray Luis,* si es suya esa "Dificultad" en romance endecasílabo: "A la Fe preguntó un villano rústico, / crïado en el aldea en trato bárbaro" ... (Cfr. "Suma Poética", de M. Herrero y J. M. Pemán, Madrid, B. A. C., 1944, p. 368), sin olvidar a *Bartolomé Cairasco de Figueroa,* el mayor "esdrujulista" de España, en su "Templo Militante, Flos Sanctorum", Lisboa, 1615 (Valbuena Prat: "Antol. de la Poesía Sacra Española", 1940, pp. 31 y 288-90); y culminó su barroquismo decorativo y densidad cultista en la Canción de *Góngora* a Luis de Tapia, traductor de "Los Lusíadas" (1580).—Entre nosotros, cfr. la valiente "Canción a S. Hipólito", de *Arias de Villalobos,* 1621 (Poetas Novohispanos, II, pp. 3-5); o "una en esdrújulos / letrilla clásica" de *D. Alonso Ramírez de Vargas,* Vills. Natividad, Méj., 1689 (Poetas Novs., III, p. 95). Véanse, además, los núms. 255 y 350, y lo allí anot., así como lo advertido aquí, al v. 38.

v. 2 *Mi cálamo* ...: mi pluma (cfr. anot. al núm. 61, v. 3).

v. 10 "Entre *accidentes,* cándido" ... Según el dogma católico de la "transubstanciación" eucarística, toda la substancia del Pan y del Vino se convierte en el Cuerpo y Sangre de Cristo, quedando sólo sus *accidentes* (en el sentido técnico de la filosofía escolástica), o sean su cuantidad y cualidades (extensión, peso, color, sabor, olor, propiedades químicas, etc.).

v. 11-16 *Antídoto,* contra el veneno de las pasiones; y *Viático:* Alimento de nuestra peregrinación hacia el Cielo (sobre todo, en la suprema jornada de la agonía).—*Víctima:* en el auténtico Sacrificio de la Nueva Ley, que es la Misa; y *Tálamo:* el de la más amorosa unión de Cristo con el alma ...

v. 18 *El Tártaro* ...: la designación virgiliana del Infierno, hoy mismo usada en varios himnos litúrgicos de la Iglesia. Cfr., vgr. el "Ad regias Agni Dapes", de Vísperas, en el Tiempo Pascual:

O vera Caeli Victima, / subjecta cui sunt *tartara!* ...

v. 21-24 *Céfiro* ..., *pájaros* ..., *el Aurora* ... Metáforas, quizá, del órgano y los cantores, en la esencial función litúrgica, siempre matutina. O tal vez, símbolos del Espíritu Santo *(Spiritus,* en latín: viento), de los Ángeles ("como divinos pájaros de nieve": A. Nervo, "Callemos"), y de la aurora de la Gracia y la santidad en el alma, con sus "hermosas lágrimas" de contrición o de amor ...

v. 38 *Estilo bárbaro*...: pura y casi retórica modestia. Nada más "culto", en su acumulación de latinismos y en su recurso métrico a los esdrújulos. Por semejante modo, *Lope* imitó los "dímetros yámbicos" en "La Dorotea" ("Amor, tus fuerzas rígidas"...); y en sus transposiciones horacianas, lo mismo han hecho muchos, desde *Herrera* ("Lydia, dic"...), hasta *Milá* ("Sic te, Diva"...), *Costa Llobera* (asclepiadeos y alcaicas), nuestro *P. Atenógenes Segale* ("Quem tu, Melpomene"...), *Alfonso Reyes* ("Oda Nocturna Antigua"), o el que esto escribe ("XL Odas de Horacio", Méjico, 1946.)

PRESENTACIÓN DE NUESTRA SEÑORA

Las tres *Letras,* en serie: II, 1692; 1725, 434.

355

Letra I: "Pues hoy se celebra"...

v. 6-11 La fiesta de la *Presentación* de María *(Misal y Brev. Rom.,* 21 Nov.), dice Sor J. que podría celebrarse con el Oficio y Misa de la *Dedicación* de una Iglesia, puesto que Ella fué *el mejor Templo*... Cfr. en la Liturgia: "Santa Madre de Dios, Virgen perpetua, Templo del Señor"... *(Antíf. al Magníficat);* y "Habitáculo o Mansión del Espíritu Santo"... *(Oración* del día).—También el *P. Antonio de Escobar y Mendoza,* S. J. († 1669), en el canto II de su olvidada joya barroca "Nueva Jerusalén, María Señora", pondera, el día de la Presentación, cómo Santa Ana

> quiere, con gozo inmenso y excesivo,
> llevar *al Templo muerto el Templo vivo*...

v. 12-20 Solemnizando *el Rey Sabio* (Salomón) el estreno del Templo de Jerusalén, "una Nube llenó la Casa del Señor..., y exclamó Salomón: El Señor dijo que habitaría en la obscuridad"... *(II Paralipómenos,* V, 14 y VI, 1).

v. 30 *De otro Salomón mejor*...: del Verbo Encarnado, que moró en sus entrañas, y que Él mismo dijo: "He aquí [en el Hijo del Hombre] algo más que Salomón"... *(S. Mat.,* XII, 42).

356

Letra II: "¡Ay, ay, ay, Niña bella...!"

v. 1-4 "*¡Cuán hermosos tus pasos,* oh Hija del Príncipe!"... (Cant., VII, 1).

v. 5 y ss. Según la antigua leyenda, María fué presentada por sus padres en el Templo, para morar con las vírgenes que en edificio a él anexo se consagraban a la alabanza del Señor; y aunque sólo tenía tres años, subió sola las quince gradas del Templo, adelantándose a cuantos la acompañaban... Símbolo, aquí, de sus ascensiones *(¿dónde has de parar?)*, hasta su Maternidad Divina y su Asunción, en la máxima altura de Gracia y de Gloria entre las puras creaturas.—Fuente de tal leyenda, sobre todo, es el apócrifo *Evangelio del Pseudo-Mateo,* cap. IV (Daniel-Rops: "Les Évangiles de la Vierge", París, 1949, pp. 150-1); y en la poesía española, cfr. *Lope,* rom. "Zagala divina"... (de "Pastores de Belén"): ·

> Cuéntanme que al Templo / fuisteis, Niña hermosa,
> cuyas quince gradas / las subisteis sola...,

o *Escobar y Mendoza,* op. cit., en todo su Canto II.

357

Letra III: "Con los pies sube al Templo"...

v. 3 *Con el Alma vuela...* Cfr. Sor J., auto de *S. Hermenegildo,* hablando del despego de lo mundano:

> Para poder alzar osado el vuelo,
> con menos peso, de la tierra al Cielo...;

y de ella misma, en su final perfección, dirá el *P. Núñez de Miranda:* "Juana Inés no corre en la virtud, sino vuela"... (Oviedo: "Vida... del V. P. Núñez", 1702).

v. 10 *Levita* (verbo): "hace leve"... El Amer Divino aligera y da alas, en María, a la *grave porción:* el peso corpóre...

v. 16-23 Su Alma (tendiendo al Cielo, como el fuego a "su Esfera") se llevaría allá su Cuerpo, *si no cediera* a *más superior motivo:* a la Voluntad de Dios, que la ha elegido y la prepara para ser Madre Suya.

v. 24-27 Por ahora, *cede,* o renuncia su Alma a arrebatarla del Mundo (como lo hará en su Asunción); pero entretanto, *deposita su Belleza en Lugar Sagrado* (en el Templo), como solía hacerse con las doncellas en los conflictos entre su familia y su pretendiente.

ENCARNACIÓN

—Estas tres Letras, aunque siempre contiguas (Castál., 205-7; I, 1725, 189-91), figuran inconexas en las Obras, con títulos individuales: *Villancico a la Encarnación, Villancico a lo mismo* y *Villancico en metro de Endechas Castellanas en idioma Latino...* Pero aquí las reunimos, por su unidad temática y creemos que ocasional.

—Abréu (Bibl., p. 224) las connumera con los 11 Juegos completos para Maitines, a los que añade otro juego sólo atribuíble, concluyendo —con obvio riesgo de confusiones— que "publicáronse, en total, 15 Villancicos"...; y consigna la tercera de estas Letras como intitulada aisladamente "A la Virgen María", sin advertir que canta la misma fiesta que las otras dos: la Encarnación o la Anunciación, el 25 de Marzo.—Este pequeño ciclo es anterior a 1689 (Castál.), pero no lo quisimos incluir entre las series completas. (A él, además, pertenece acaso otro poemita: *Que hoy bajó Dios a la tierra...*, que sin embargo dejamos entre los simples *Romances* (núm. 52), por llevar ese título y no el de Villancico.)

358

Vill. I: "Hoy es del divino Amor"...

v. 7-12 Aunque, metafísicamente, siempre "es mejor el ser que el no ser" *(S. Tomás)*, no es menos cierto que, para un hombre que vaya a *penar* eternamente en el Infierno, "más le valiera no haber nacido", según dijo Cristo de Judas *(S. Mat., XXVI, 24)*.

v. 13-6 *Los Misterios eslabona...* Se sobrentiende, como sujeto, "la Encarnación"... *Corona* de la Creación: cfr. lo anot. al v. 21 y ss.

v. 19 *"O Felix culpa!"* ...: "¡Oh dichosa culpa, que mereció tal Redentor!"... (Liturgia del Sábado Santo).

v. 21-28 Aunque concretamente el Verbo se encarnó para redimirnos: "Por nosotros los hombres y por nuestra Salvación" *(Credo)*, no faltan graves teólogos que sostienen que la Encarnación se habría verificado aun prescindiendo de la caída de Adán, como suprema corona del Cosmos y soberano enlace de la Creación y el Creador... (Cfr. núm. 216, v. 695-703, y lo allá anot.) Pero aquí Sor Juana añade, como nueva razón que por sí bastara, el Amor de Dios a María, con la gloria que Le redunda de tamaña gracia y belleza, superior a la que Le da todo el resto de la Creación. Concepto aún más original y osado, pero intachable.

v. 32 María *vale más que el Cielo,* sin contar dentro de este nombre a Dios... Vale más que todo el resto de sus Moradores, o sea, que todos los Ángeles y Santos...

v. 33-40 Respecto a *todos* (incluso María, que también necesitó de la Redención, para Ella preservativa), Dios se encarnó *por compasivo;* y respecto a María, en particular, también *por enamorado:* por Su gloria en hacerla tan hermosa, con todas sus prerrogativas y privilegios (que no serían tales sin la Divina Maternidad), y por su complacencia en tenerla por Madre... Y cfr. la *Docta Explicación de Sor J.* acerca de la Inmaculada (en nuestro t. IV), donde explícitamente asienta su necesidad de la Redención preservativa, tal como hoy es de fe.

359

Vill. II: "Oigan una Palabra"...

v. 1-7 El "Verbo" de Dios es la *Palabra* infinita, consubstancial y eterna, del Padre... Cfr. anot. al núm. 285, v. 41.—Sobre el mismo concepto, *Alonso de Bonilla* ("Nuevo Jardín de flores divinas", Baeza, 1617: redondillas de "La Virgen y un alma"):

—¿Cuál de las Personas Tres, Virgen, de carne has cubierto? —Es la Palabra—. Por cierto, Dios habla como Quién es...

...—Pues ¿por qué quiso humanarse esta Palabra Engendrada? —Porque es Palabra empeñada y baja a desempeñarse...

v. 10 *De Verbo ad Verbum:* expresión latina que se aplica a la copia o recitación literal de un texto, "palabra por palabra"... Aquí, alusiva al paso *del Verbo* incorpóreo en el Seno del Padre, *al Verbo* Encarnado en las entrañas de María.

v. 22-23 Ella —esa "Palabra", o sea el Verbo Encarnado que es Cristo— vino a cumplir la vieja promesa mesiánica de la *Escritura*...

v. 26-27 *Se hizo Hombre de Palabra*...: siendo sólo "Palabra" (o "Verbo" de Dios) —y sin dejar de serlo—, se hizo Hombre. Y *hombre de palabra:* modismo castellano, por "segurísimo en sus promesas"...

v. 30-31 El "concepto" precede a la "palabra"... Aquí, el "Verbo" o *Palabra,* eternamente anterior, empezó (en cuanto a la Naturaleza humana) a ser "concebido" *(concepto:* el mismo participio, en latín) por Su Madre.

v. 41-42 *Su Voz clama en el Desierto*...: cfr. Isaías, XL, 3, y *S. Mat.,* III, 3, etc.

v. 46-47 *Que ya no sirve lo escrito*... Cristo, el Verbo Humanado, perfeccionó la Ley Escrita (del Antiguo Testamento): "Oísteis que fué dicho... Pero yo os digo"... *(S. Mat.,* V, 21-44), y estableció en su Iglesia, con Su perenne asistencia, un Magisterio vivo, por cuya boca *Dios manda de palabra*... "El que a vosotros oye, a Mí me oye... Yo estaré con vosotros hasta la consumación de los siglos"... *(S. Luc.,* X, 16, y *S. Mat.,* XXVIII, 20). Y así, ya ahora, *lo escrito,* por sí sólo, no es la suprema, ni menos la exclusiva, regla de Fe. Pero allí mismo proclamó Jesús: "No penséis que vine para abolir la Ley o los Profetas; no vine para abolirla, sino para completarla"... *(S. Mat.,* V, 17). Ni cabe suponer el menor desdén por la Escritura (ambos Testamentos) en Sor J., que tan hermosamente aprovecha y tan entrañablemente ama "el Libro que comprende todos los libros" *(Resp. a Sor Fil.).*

360

Vill. III.—"O Domina Coeli" ...

—"Metro de *Endechas Castellanas* en *idioma Latino"* ... Romancillo exasílabo ("Endechas"), y prosodia también castellana, en cuanto al silabeo de "Im-pe-*rium", "crea-*tu-rae", y "ha-*buis*-ti" (donde en latín no hay tales diptongos o sinéresis). Latinidad, en lo demás, correcta, aunque llanísima, sin faltarle algún fino primor, vgr. los v. 7-8.—He aquí su *traducción,* casi literal y en el mismo metro, aunque sin sostener su asonancia de romance, sino mudándola a cada copla:

¡Oh Reina del Mundo,
Señora del Cielo,
Puerta por quien todos
entran al Imperio!
¡Tú, Huerto Cerrado,
de los Santos gloria,
Rosa que ninguna
culpa hizo espinosa!
Tú fértil e intacta
siempre, a la par, fuiste:
Virgen, siendo Madre;
Madre, siendo Virgen.
Creatura no ha habido
que se te asemeje:
ninguno te sigue,
nadie te precede.

Tú, de la Raíz
de Jesé la Vara,
nos diste a Dios mismo
por Flor la más alta.
Tú, lúcida Estrella,
fulges Matutina:
tu luz al errante
devuelve a la vía.
A ti misma, Esclava
te llamaste, humilde,
porque toda lengua
Feliz te apellide.
Que anhelando se haga
Dios consiervo nuestro,
mostrándote Esclava
Lo concibes Siervo.

Estribillo

Nuestros ruegos, Señora, escucha benigna,
y a nosotros tus siervos piadosa auxilia;
para cantarte a una, en grande alegría:
¡Viva, viva, viva, María!

(A. M. P.)

v. 3-4 *"Felix Caeli Porta",* llama a María el *"Ave, Maris Stella"* ..., himno del *Brev. Rom.* (Comm. B. M. V.).

v. 5 *"Hortus Conclusus"*... : Huerto Cerrado... *(Cant.,* IV, 12).

v. 17-20 Cfr. *Isaías,* XI, 1-2: "Brotará una *Vara* del tronco de Jessé (de la estirpe davídica), y subirá de su raíz una *Flor,* sobre la cual reposará el Espíritu de Yahwéh" ...

v. 25-28 "He aquí la *Esclava* del Señor: hágase en mí según tu palabra", dijo María al Arcángel en la Anunciación *(S. Luc.,* I, 38). Mas en su cántico del "Magníficat" hubo de profetizar: "He aquí que me dirán *dichosa* todas las generaciones"... (Ibid., I, 48).

v. 29-32 El Verbo de Dios "se anonadó a Sí mismo, asumiendo la forma (o naturaleza) de *siervo*"... (S. Pablo, *Epíst. a los de Filipos*, II, 7). Y al mismo Cristo, en cuanto Hombre, el Padre Eterno Le dió tal nombre: "El justo, *Mi Siervo*, justificará a muchos..., y recibirá muchedumbres como botín, por haberse entregado a la muerte..., cargando sobre Sí los pecados de todos"... *(Isaías,* LIII, 11-12).

NACIMIENTO DEL SEÑOR

—Estas *dos Letras sueltas*, sólo en el *Segundo Volumen*, Sevilla, 1692, pp. 46-7, y nunca reproducidas, junto a las dos *Letras de la Concepción*, tampoco reimpresas luego, que son los Villancicos IV y V de los de 1676 al mismo Misterio, sólo ahora aquí reeditados, núms. 228 y 229. Tal "Segundo Volumen", en esa edición príncipe, incluye varios Villancicos o Letras publicados ya en el Tomo I, 1690, pero no en la "Inund. Castál". (Concepción y Navidad, 1689; S. José, 1690; S. Bernardo, etc.), y los cuales "repítense aquí por no haber salido en la primera impresión del T. I de las Obras de la Señora Sor Juana, porque los vean los que no tienen la segunda impresión de dicho Tomo"... (II, 1692, p. 37). Pero los reimpresores de dicho Tomo II, al prescindir ya de esas repeticiones, suprimieron todo su bloque (pp. 37-76), sin advertir las 4 *Letras* nuevas, que en medio de él quedaron olvidadas (pp. 44-7), sólo en aquel "Volumen", después rarísimo, de donde ahora las exhumamos.

361

Letra I: "¿Cómo será esto, mi Dios?"...

v. 1-28 *¿Por qué / aquí ha de hacer Fe la vista / y no hacer vista la Fe?*... Cfr. núm. 351, viendo a Dios en la Eucaristía: "Porque no hacen fe los ojos, / pero se hace ojos la Fe"... De semejante modo, *aquí*, en Belén, los ojos ven sólo un Niño: *lo Dios no se Os mira;* pero la Fe contempla su Divinidad...—En la Eucaristía creemos *al contrario de la vista:* vemos Pan y no es Pan, sino el Cuerpo de Cristo. En Belén, vemos un Niño, y es Niño; pero creemos, además, que *es Infinito más lo que hay* que lo que miramos: que es, también, Dios...

362

Letra II: "Un día que amaneció"...

v. 4 *Sin saber cómo, ni cómo no*...: por modo súbito, impensado y maravilloso... Cfr. *Don Quijote,* II, c. 33, en la Cueva de Montesinos: "Me salteó un sueño profundísimo; y cuando menos lo pensaba, *sin saber cómo ni cómo no,* desperté dél y me hallé en la mitad del más bello, ameno y deleitoso prado"...

v. 5 y 24 *Cosa y cosa,* o *Cosi-cosa:* enigma, adivinanza, maravilla...—*Pas-*

cual —con Gil y "Bras"— es uno de los típicos personajes de "pastorela", desde *Juan del Encina* y nuestro *González de Eslava.*

v. 11 *Tamañito* ...: tan pequeñito. Cfr. *Valdivielso,* rom. de Navidad ("Yo me iba, Bartolo, / a mi cabañuela"...), que dice a la Virgen, refiriéndose al Niño-Dios:

> Temblábale el Cielo, / Morena, / de puro bravo;
> y ya *tamañito,* / Morena, / le está temblando...

(En este ejemplo, sin embargo, *tamañito* podría referirse al Cielo, y tener su otro significado de "temeroso", como en nuestro núm. 256, v. 39).

v. 22 "No sé cómo *hué*"...: forma arcaica y labriega, persistente en el "jué" de nuestro pueblo, por "fué" (como una errata lo culturizó en nuestro texto), y la cual aquí acentúa el tono pastoril, lo mismo que *un Chicote* (un Niño), *pescudé* (pregunté, ya anteriormente anot. al núm. 322, v. 61), *su Velado* (su Esposo), *Bercebú* (Belcebú), *diz que tien* (dicen que tiene), y *polido* (pulido, lindo).—Léxico y formas populares, y aun tal vez ya jerga o "fabla" convencional del costumbrismo rústico ("el sayagués"), de que abundan ejemplos en la poesía española del XV-XVII. Cfr. en sólo *Cejador,* "Floresta", 1923, t. IV, los villancicos navideños "Anda acá, pastor"..., de *Juan del Encina (aballar:* bajar; *terná:* tendrá; *cocha:* cocida...), y "¡Ay de la ñíguiri ñigui!"..., de un pliego suelto del XV *(tancía:* tañía; *arreo:* mucho; *esforzudo:* valiente; *garzón:* niño; *mosotros:* nosotros; *llotros:* otros...); y aparte de éstos (ns. 2,226 y 2,280), los villancicos profanos ns. 2,224-6, y 2,235, y 2,243 *(hao:* hola; *asmo:* pienso; *amodorrido; atán:* tan; *gasajo y pracer; en somo:* en lo más alto; *Pabros y Toribios:* Pablo y Toribio; *juri a ños:* juro a Dios; *diabros y obrea:* diablos y oblea; *pensijos y cordojos:* pensamientos y penas...).

v. 14-15 "Me habló *por la mollera*"...: con una habla interior, o con una voz que venía de lo alto...—*No sé quién era*...: alguno de los Ángeles de Belén *(S. Luc.,* II, 8-14).

v. 25 *Con un Chicote*... Cfr. *Villancicos de Toledo, 1650* (Cejador, ib., 2,185):

> Al Chiquito, donoso y bonito...,
> le dijo el pastor Gilote...:
> ¡No lloréis, el mi *Chicote;*
> pasito, quedito,
> que si Tú tiritas,
> yo tiritito! ...;

y *Valdivielso,* op. cit. ("Romancero Espiritual", 1648), hablando un zagal a otro, en Belén:

> Unos sacristanes / de oro y azucenas...,
> de Dios pregonaban / que entre unas pajuelas
> estaba muy otro / del que antes era...
> —Porque a verlo vamos, / tu vena apareja:
> harás unas coplas / que al *Chicote* leigas...

v. 31-4 *Su Velado*... Cfr. rom. anón. "La preñadilla de Antón"... (en "Poesías de grandes Ingenios", de *José Alfay*, Zaragoza, 1654):

> Las ricas joyas que lleva, / no se las dió *su velado*...

Aquí, San José, el "Velado" o Esposo de esta *Casada* que dió a luz siendo Virgen, anda feliz... Belcebú, y no él, es el que *tiene el cuidado* (la preocupación o el pesar) de que *no es suyo el Hijo*...: de que ese Niño no sea un simple Hombre, sino el Verbo Encarnado.

v. 46 *El Doncel*...: designación del Niño (así como "el Garzón", o "el Mozuelo"), común en los villancicos pastoriles antiguos. Así en el "Cancionero de *Gabriel de Peralta*", Ms. del XVI, en Madrid (Cejador, ib., 2,194):

> Al Niño Dios vi   Estaba *el Doncel*
> en Belén, a fe,   sin ropa y pañales,
> y me reholgué   y dos animales
> de Lo ver ansí.   postrados ante Él...

Y en "El Códice Gómez de Orozco: un MS. novohispano del XVI-XVII, ed. A. M. P.", Méj., 1945, estos ejemplos:

> ...¿Cómo puede invierno haber,   ...Suena música en el hato,
> pues con Vos, *Doncel* de amores,   que dicen que a este *Doncel*
> han aparecido flores   el chiquito de Isabel
> y el Cielo se echa de ver?...   aún no le llega al zapato...

(Cfr. este segundo villancico, también, más completo y con variantes, en *López de Úbeda:* "Vergel de plantas divinas", Alcalá, 1588, cit. por Cejador, op. cit., t. VI, n. 2,671.)

PROFESIÓN DE UNA RELIGIOSA

Las *cuatro Letras*, en serie: II, 1692, 77; 1725, 33.

—Letras o motetes para *Profesiones de Monjas*, siempre con el simbolismo de las Nupcias, abundan en nuestros siglos XVI y XVII. De *González de Eslava*, en sus "Coloquios... y Canciones", Méj., 1610 (Icazb., 258 y 273):

> Mi Clemencia, hala tenido / el Cielo tanto de vos,
> que ha querido el mismo Dios / ser vuestro Esposo y Marido...;

y en el *Códice Gómez de Orozco* (ed. cit), hay este Villancico "A un Velo de Monja":

> —¿Alegre estás, Juana mía, / después que mudaste estado?
> —¿No lo he de estar, si he casado / mejor que yo merecía?
> —Esposo tienes bien rico, / sabio, galán poderoso.
> —Menos dirás de mi Esposo / que tiene, te certifico...

En España, *León Marchante* (m. 1680; ed. póst. II, 1733, pp. 375-77), "A la Profesión de Dña. Teresa Rosa de Estrada" (p. 375-6):

> Entre cándida Azucena / hoy el Esposo se emboza:
> ¡qué buen maridaje harán / la Azucena con la Rosa!...
> —A casarse Teresa / viene gallarda,
> y por llegar más presto / viene descalza...
> Para la Novia.
> el jardín del Carmelo / guarda sus rosas...

363
Letra I: "Zagalejos de la aldea"...

v. 9-11 *¡Éste sí, que es Enamorado...; / Éste sí, que los otros no!...* Cfr. *Lope:* "Esta novia se lleva la flor, / ¡ésta sí, que las otras no!"... ("El Molino"), y "¡Ésta sí que es siega de vida, / ésta sí que es siega de flor!"... ("El Vaquero de Moraña": cantar de siega); y *González de Eslava,* a la Virgen, en su "Ensalada de la Flota": "¡Esta Nave se lleva la Flor, / que las otras no!"...; y *Villancicos de Nav., Sevilla, 1633* (Cejador "Floresta", t. XIV, n. 2,648): "¡Éste sí que es Flor de las flores, / Éste sí que se lleva la flor / y los corazones!"...

v. 19-22 Cristo —de *Sangre Real,* por David, y sobre todo por Su Realeza Divina— se iguala a Su Pastora y se hace Pastor, luciendo al par *el brocado y el sayal:* el traje regio y el pastoril: Sus dos Naturalezas, Divina y Humana... Cfr. *Eslava,* Vill. "¿Viste, Pascual?"... (p. 285):

> Vi con *mi sayal* envuelto / *Su brocado* de tres altos...;

y *León Marchante* (1672: t. II, 1733, p. 43):

> Para vestir de secreto, / disfrazó de Su Deidad
> el *brocado* de tres altos / con el Humano *sayal...*

v. 26-29 En el Oficio de S. Inés *(Brev. Rom.,* 21 enero) —cuyas Antífonas tejen aquí la *Letra III*—, dice la Santa en el *Responsorio* de la Lección III: "Amo a Cristo...: a quien *amándolo, soy casta; tocándolo soy limpia;* recibiéndolo, soy Virgen"...

364
Letra II: "¡Vengan a la fiesta!"...

v. 12 *Por el Vicario se casa...*: ante el Vicario del Arzobispo, en cuyas manos se hacía la Profesión Religiosa.

v. 19-20 *Ha un año ya...*: esa *palabra de casamiento* era la primera toma de hábito, después de la cual transcurriría el año del *Noviciado.*

v. 27-28 *Que ni aun para que oiga Misa / la deja salir de casa*...: la "perpetua clausura", cuyo explícito voto se hacía en S. Jerónimo, como entonces en casi todas las Órdenes de Religiosas...

v. 31-36 *Ver que pare en Casamiento / su Voto de Castidad*...; *y por más que la encerraron, / se nos casa por amores*... Toda la cándida picardía de esta Letra, sin mengua de su enamorado y profundo espíritu religioso, era asimismo tradicional. Cfr. la letrilla cit. del *Códice Gómez de Orozco:*

> ...—Según eso, Juana mía, / ¿celoso es el Desposado?
> —No te espantes; que es honrado, / y quien ama, celos cría...;

o la *V. Sor María de la Antigua* ("Desengaño de Religiosos", 1678; 2ª ed., Sevilla, 1690, p. 37, Romance), en medio de su santa austeridad:

> Mira que es tu Esposo Dios, / y que no sufre en Su Casa
> lo que en la suya un villano / no sufriera, si honra amara...
>   Míralo bien, y advierte con cuidado
> que no es menos que Dios tu Enamorado!...;

y *León Marchante,* "A la Profesión de Dña. Bernarda de la Flor" (op. cit., p. 377: "Ésta sí que es Flor, / que las otras no!"...):

> Aunque es muy afable el Novio, / ha de vivir con cuidado,
> porque quiere a todas horas / que Le anden contemplando...

365

Letra III: "Venid, venid, Mortales"...

—Las *Antífonas* que Sor J. entreteje aquí (y a las que alude el título de esta Letra) pertenecen a los Maitines y Laudes de la Virgen y Mártir Santa Inés *(Brev. Rom.,* 21 Enero).

v. 1-4 "Regocijaos conmigo, y congratulaos, porque ya recibí con todos éstos las sillas lucientes"... *(Laudes,* Ant. 5; y allí, en latín: *lucidas sedes).*

v. 5-6 "De Su boca recibí leche y miel, y Su Sangre ornó mis mejillas"... *(Maitines,* Ant. 5).

v. 18-21 "Tengo conmigo un Ángel del Señor, por guardián de mi cuerpo"... *(Laudes,* Ant. 2).

v. 22-29 "Puso un signo en mi faz, para que fuera de Él no admita amador ninguno"... *(Maitines,* Ant. 3).

v. 30-33 "Estoy desposada con Aquel a quien los Ángeles sirven, y cuya hermosura admiran el Sol y la Luna"... *(Maitines,* Ant. 9).

v. 37-41 "Sólo a Él le guardo fe; a Él me confío con toda devoción"...
(Maitines, Ant. 6).

v. 46 53 "Me dió en arras Su anillo, y me coronó como Esposa Suya"...
(Laudes, Ant. 3); y "Me revistió el Señor con un peplo tejido de oro,
y me atavió con inmensas joyas"... *(Maitines,* Ant. 4; y allí, en latín:
immensis monilibus).

v. 54-57 "Lo que codicié, lo veo ya; lo que esperé, lo poseo: ya unida
estoy en los Cielos a Aquel a quien amé con toda devoción en la tie-
rra"... *(Laudes,* Ant. del "Benedictus").

—Así beneficiaba Sor J., para su vida espiritual y para su poesía, esa
mina riquísima de la Liturgia, en el Oficio Divino, para ella cuotidiano
como *Religiosa de Velo y Coro.*

366

Letra IV: "¡Venid, volad, Serafines alados...!"

v. 2 *Cantad a los Reyes epitalamios*... Los *Reyes* son, aquí, Cristo y Su
Esposa, la nueva virgen a Él consagrada.

v. 27-30 *Conservadla en tal grandeza*...: en la virtud condigna a la que
es ya *Esposa* de Cristo Rey.

—*Epitalamio* y *ruego* emocionantes, en la boca de quien —con santo
orgullo y con humilde temor— sentía en primera persona estos cánticos.

VILLANCICOS ATRIBUÍBLES

ASUNCIÓN, 1677

Edición suelta y anónima: *Villancicos que se cantaron en la S. Iglesia
Metropolitana de Méjico, en honor de María Sma., Madre de Dios, en
su Asunción Triunfante, año de 1677, en que se imprimieron. Compues-
tos en metro músico por el Br. Joseph de Agurto y Loaysa, Maestro
Compositor de dicha Sta. Iglesia*... (Impr. Méj., Vda. de Bdo. Calde-
rón).—Ejr. de Gómez de Orozco.
—Todo el *estilo* (salvo quizá en los Vills. III y IV) parece el de
Sor J. en sus obras más primerizas, donde hay análogas desigualdades.
Recurre dos veces el modismo *voz en cuello* (VI y IX), exactamente
como en el núm. 226. El *Prosigue la Introducción* (intercalado en el IX)
abunda en sus Vills. seguros (núms. 249, 258, 266, 274, 282); mientras
que fuera de éstos, sólo lo recordamos en el núm. lviii (Asunc. 1686),
aún más atribuíble a ella misma. Y en su *examen interno,* todo concuerda.

i

Vill. I: "A estas horas, que sube la Reina"...

v. 1-5 El equívoco de *Oficio* (aludiendo a *las Horas* litúrgicas), ya en núm. 299: "Juguete".—*Laudes* es el rezo que sigue a Maitines; y este otro equívoco ("alabanzas"), ya en núm. 15.—*Prima:* la primera entre las "Horas menores"; y la Virgen: "!a Primera" entre las simples creaturas.

v. 6-41 Del *Reloj*, en sus variedades de Ruedas, de Campanas, de Sol, de Agua, etc., cfr. los dos poemas de *Góng.* y *Quevedo,* careados por J. M. de Cossío: "El Tiempo prisionero" (en "Poesía Española", Madrid, 1936, pp. 197-202).—Aquí, barroca alegoría, muy sutil y hermosa, la de N. Sra. como un *Reloj:* que en *un instante* (el de su Concepción) fué *ajustado al Cielo;* que *en lugar de correr, vuela* (como de Sor J., en su última jornada de perfección espiritual, dirá el P. Núñez); que *no perdió un minuto,* etc. Y finos rasgos el del *Reloj de Sol,* aludiendo a la Anunciación: "El Espíritu Santo vendrá sobre ti, y la Virtud del Altísimo te cubrirá con *Su sombra"*... (S. Luc., I, 35); o los del *agua muy clara* y sus *horas de cristal,* en su pureza y serenidad...—"La mejor *Tercera":* Mediadora o Intercesora...

ii

Vill. II: "María, de rayos vestida"...

La alegoría patrística de María como un *Libro* que encerró y nos da al Verbo, se refresca con lindos rasgos: óptimo *Tratado de Gracia,* todo él *limpio y sin fe de erratas* (como Inmaculada e Impecable que fué), y que justamente *anda por las nubes* (en su Asunción).

v. 40 *Cuerpo:* volumen; *con alma:* grande elogio que solía hacerse de los libros; y *Cuerpo con alma,* aludiendo a su misma Asunción en Alma y Cuerpo a los Cielos...

iii

Vill III: "Éste, que es de María"...

Coplas de 7 y 5, en serie de cuartetas de Seguidilla, sin sus tercetillos (igual que las Endechas del núm. 80); y aquí, además, con *ecos* internos entre los v. 3 y 4 de cada una (como en todos los versos del núm. 41).

v. 44 *Ampa,* aquí se diría un adjetivo: *ampo, ampa* (ufano, gallardo), del que *ampón, ampona* fuesen aumentativos.

iv

Vill. IV: "¡Miren, escuchen, aguarden...!"

v. 2-3 Del *Corrido*, cfr. núm. 222, v. 7:

Un *Corrido* es lo mismo que una Jácara...;

y de la *Jacarandina*, cfr. núm. 282, v. 9, y lo anot. al núm. 222.

v. 6 y ss. La Asunción es aquí un *Alarde* del Cielo, en símbolos y lenguaje de *Milicia y Náutica;* y cfr. ya núm. 253, v. 21-2:

Por su Caudillo la tienen / las Celestiales Escuadras...

v. 12 *Las Celestiales Substancias:* los Ángeles, en filosófica expresión, muy de Sor J.

v. 15 *Libre el Ceilán* [el oro] *del cabello*... Cfr. las "banderas de Ofir", en el núm. 271; y lo anot. al núm. 61, v. 7-8.

v. 19-22 *En Santa María se embarcan*...; *la mejor Capitana*...: Nuestra Señora, la Nao mayor de esta Flota que va a "las Indias del Cielo"... Con el rumbo contrario, cfr. "Ensalada de la Flota", de *González de Eslava* (Poets. Novohisps., I, pp. 48-9), sobre la Navidad de Cristo,

Que en Belén desembarcó / de la Nao Santa María...;

o *León Marchante* (II, pp. 48 y 16):

Entra esta noche en el Puerto / la Capitana Real...,

("la Nave Santa María", que llega "desde las Indias del Cielo"...); y ya en *Sor J.,* aquí, núm. 286, v. 23-24:

Hoy del Cielo ha llegado / la mejor Flota...

v. 53 *La mosquetería de Abril*...: equívoco de las *mosquetas* y los *mosquetes,* y metáfora de los aromas de las flores como disparos... Cfr. núm. 270:

—¡Dispárense los ardores! / —¡Aquí de las flores!...;

y *D. Diego de Frías,* "Fábula de Adonis" (en "Poesías Varias de Grandes Ingenios", ed. por Alfay, Zaragoza, 1654):

Aquí se vió de las flores / la batalla, y tan incierta...
Fragante pólvora sorda / gastaban, haciendo guerra
contra moriscas retamas / católicas azucenas...
Tiraba de la una parte / *mosquetazos* la *mosqueta*...

v. 68 *Con la gente reformada*...: contra los luteranos, símbolo aquí de los ejércitos infernales.

v

Vill. V: "¡Grado, grado!"...

La propia *alegoría universitaria,* en núm. 219; y cfr. lo allí anot.

v. 21 *A la Oración* (en la tarde) solían ser estos exámenes; y la Encarnación del Verbo, en que "se examinó" la Madre de Dios, fué *a la Oración* del Arcángel: "¡Ave María!"... ·

v. 22 "Al salir del *Claustro*" (del Seno Materno, que así también se dice en latín; y aquí, en equívoco con "el Claustro" de la Universidad): al nacer Cristo, o ya al nacer la misma Virgen...

v. 29 La *Pompa* (el desfile triunfal y el agasajo) solía *dispensarse* a los doctorandos pobres (como a Ruiz de Alarcón, que, sin embargo, al fin no se laureó).

v. 37 El *Vejamen* (aquí, el Pecado Original) era la sátira que se endilgaba al nuevo graduado... Cfr. *Góng.*: "Tenemos un Doctorando"..., al que llama "borrico" y "doctorandico", etc.

v. 42 El *Cancelario* (aquí, Dios Padre) borla a María, al coronarla Reina de Cielos y Tierra...

v. 49-52 La Virgen, en el misterio de su *Asunción,* es la *Titular* de la Catedral de Méjico.

vi

Vill. VI: "Si me llegan a escuchar"...

v. 1 y ss. Las Coplas son *Quintillas,* como en los otros Vills. de Sor J. de 1677: núm. 240 y 247.—*Cuenta..., partir..., multiplicar..., Aritmética...*: cfr. Vills. S. Pedro, 1677, núm. 244: "Aquel *Contador*"...

v. 8-10 *De Cuenta:* de gran importancia; y *de Tabla* (aquí en equívoco con "las tablas" de las operaciones aritméticas), se llamaban las mayores Fiestas Sagradas, a las que asistían el Virrey y la Real Audiencia. (En 1737, por ejemplo, se declaró "Fiesta de Tabla" el 12 de Diciembre, por la Aparición de la Virgen de Guadalupe.)

v. 11 *Siendo Ella de los Cantares...*: texto quizá alterado, o alusión que se nos escapa.

v. 30 *Hoy se partió por entero...*: se fué María de la tierra al Cielo, toda Ella, en cuerpo y alma. (*Partir:* equívoco, por "dividir" y por "irse"...)

v. 44-45 *En plural con todas* (entre todas las Vírgenes), María es "la Virgen", en *singular,* por antonomasia.

v. ⁵⁰ *Cuentos*: millones (todavía en Fray Luis de Granada); y hoy mismo, "conto", en portugués.

v. ⁶¹ Estas glorias, todas son *sumas* (adjetivo y substantivo): máximas, y tales que resumen con eminencia a todas las demás.

vii

Vill. VII: "En trono de Zafir"...

Romance Endecasílabo o Real, como en Vills. Asunc. 1685, núm. 272. —Todo en alusiones y equívocos de *Colores y Telas*... Cfr. "El juego de Las Colores", de *Alonso de Ledesma*, en sus "Juegos de Noches Buenas, a lo divino", 1605 (Rivad., t. 35, n. 427):

> Jugaron a las colores / Cielo y Tierra, Limbo, Infierno...
> La Virgen, Nuestra Señora, / será el epílogo desto,
> pues tiene tantas colores / como virtudes sabemos.
> Tomó el Blanco de pureza, / el Azul de casto celo,
> el Verde de la esperanza, / el Rojo de amor inmenso...;

y después, ya más cerca, *León Marchante,* Vills. Navidad, 1668 ("Obras", II, p. 61):

> Pues un Niño tenemos
> como unas flores,
> ¿cuál será para Dios el más fino
> de los colores?...
> —De todos los colores,
> más gusta el Niño
> del *del Aire* que nace
> de mis suspiros.
>
> —El vestido del Verbo
> es de *Encarnado,*
> y le harán más sangriento
> algunos clavos.
> —La *Carne de Doncella*
> viste María,
> y el color, por Paloma,
> de *Hoja de Oliva*...

v. ⁸ *Blanco de Gloria,* porque la Gloria fué *el blanco* al que tendían las virtudes de la Virgen, y su Asunción...

v. ¹⁰ y ²⁰ A-rojo, en equívoco de "arrojo" (valentía); y *a-zu-lado,* en el de "a su lado" y "azulado"...

v. ²³ *Un mar de incendios es, con ondas de oro*... Cfr. los "golfos de Tíbar", en Vills. Asunç. 1685, núm. 271, y lo allí anot.

v. ²⁷ Cfr. *León Marchante* (Nav., Alcalá, 1671, "Obras", II, p. 88):

> Carne de una Doncella / viste mi dueño:
> ¡el Galán y la gala / son de los Cielos!...;

y Nav., Toledo, 1670 (ib., p. 70);

> Para vestir a Dios Niño, / María ofreció las telas
> de sus entrañas, de un fino / *color de Carne Doncella*...

v. 31 *Noguerado:* "de color pardo obscuro, como el de la madera del nogal"... (R. Acad.); y cfr. *Jacinto Polo,* Acad. IV: "conceptos... para ojos azules y noguerados"...

v. 36 Por la "duración" *(mora,* en latín), siéntale *lo morado* a su Gloria...

v. 48 *A-menos,* por contraste con "a más", y como adjetivo: "amenos" (alegres).

viii

Vill. VIII: "¡A la Sala vengan volando!"...

v. 1-2 Sobre la alegoría de *la Audiencia* y el *Proceso judicial,* cfr. núm. 116 y lo allí anot.

v. 18-49 Esa *Imagen* es el Cuerpo resucitado y glorioso de María (cuya celestial hermosura es un *bello traslado,* o trasunto, de la de su Alma, que es *su Original);* y el mismo Cuerpo ("parte" substancial de su compuesto humano) es *la parte* que está *citada* a comparecer ya ante el *Tribunal de Amor* de los Cielos, y sale *libre y sin costas* de la *cárcel mortal:* de la vida terrena y del sepulcro...

ix

Vill. IX: "Por festejar a la Virgen"...

v. 9 El CANARIO fué baile y són popularísimo, al que como anticuado alude *Quevedo,* rom. "Lindo gusto tiene el tiempo"... (Astrana, p. 371):

> Con un rabel, un barbado / con una dama danzaba,
> y acoceando *el Canario* / hacía hablar una sala...

v. 13-32 Aquí, en este *Canario,* sus Coplas asonantadas mezclan versos normales de 10 y 12 sílabas, con alguno de 11, ac. en 4ª y 7ª (así el v. 12: y cfr. lo anot. al núm. 63); y con otros (vv. 5-6 y 17) que parecerían de 5+5, pero que por su fuerte censura aguda o cuasi-aguda tras el acento en 4ª, cobran idéntico aire "de gaita gallega"... Cfr. *Calderón,* Loa de "Psiquis y Cupido":

> En el Altar, que es hoy Paraíso,
> un Memorial de un Soldado diviso,
> que con tener escritos milagros,
> es Memorial que le vemos en blanco...

v. 17-20 Esta auto-burla, por los muchos *aunques* y *conques,* recuerda (por "los *pueses* tan soeces") el núm. 214, v. 145.

v. 24 *Más que...* : elipsis familiar de "por más que"... Cfr. *Quijote,* I, c. 20, y II, c. 20, etc.; o *Alarcón,* "Las Paredes Oyen", II, esc. 8:

—Y pues oyen las paredes, / oye tú mis tristes voces.
—*Más que* de tristeza mueras... / —*Más que* eternamente llores...

Y su equívoco con *masque* (del verbo "mascar") persiste en el refrán popular mejicano: "Cuando una mujer dice: *más que...*, *masca*"...

v. 25-8 La *fuga lucida* de la música terrenal *(escrita en latín,* o sea, de sabia composición, y *dicha en romance,* o sea, de letra vulgar) "es sólo el *tu-autem*" (sólo el apéndice o remate insignificante) de los cantos *Angélicos* en esta fiesta... Alúdese a que cada "lección" de los Maitines litúrgicos se cierra con esta frase: *"Tu autem,* Domine, miserere nobis"... ("Pero Tú, oh Señor, apiádate de nosotros"...).—Tal expresión, otras veces, llegó por el contrario a significar "el *non plus ultra"*... Así en "Fray Gerundio", del *P. Isla* (lib. I, c. 7): "El Cojo de Villaornate bien puede ser el *tuauten* de los maestros de escuela"...

v. 29-32 "Aunque entrando a este baile yo resulte *gorrón en danza* (o sea, bailarín sin invitación), sin embargo esta música bulliciosa me obliga a estar a punto *(casi, casi)* de hacerlo"...

v. 33-65 Sobre este NEGRO (cantarcillo de Negros), cfr. lo anot. al núm. 224 y los otros que vimos ya en Sor J., núms. 232, 241, 258, 274 y 299. —"*Perico,* con otros Negros"...: cfr. el *"Pilico"* del núm. 241.—Y aquí también *traduzcamos* los rasgos menos claros de ese chapurreo, no exento de gracia:

—*Pues prevenid el tambor, / porque en la fiesta de la Asunción / no se están quedos los pies...—Menead el calabacillo (las maracas)...—Esa Niña que sube, parece muy bien (se ve preciosa)...—Los Negros vienen hoy a la Iglesia Mayor, a celebrar con los Señores Prebendados la fiesta... —Como son de la Merced (de la Cofradía de Negros que tenían los Padres Mercedarios), los manda el Señor Rector que vengan con su estandarte a la Procesión...*

v. 66-77 Unos "*Cantores*", al fin, *llevaron el vítor de los Negros,* venciéndolos en el canto, o (quizá mejor) ofreciendo en nombre de ellos el aplauso logrado a la Virgen: "A la mejor Reina (o sea, para Ella), son los vítores con que festejamos la tierna y musical actuación de los Negros"...—Y los propios Músicos de Catedral reclaman el derecho de llamarse *su Capilla* (de María), ya muy desde antaño. "Dígalo *la Antigua*": la misma Virgen, a quien en esa advocación dedicaron allí su *Altar de N. Sra. la Antigua,* cuyo estreno celebró uno de ellos, *Ambrosio Solís Aguirre,* en un poema así titulado, Méj., 1652 (Poets. Novs. II, pp. XLIX y 86-8).

—*Grafías* antiguas, de 1677: *relox* (y *reloz), vexamen* y *xacarandina; Assumpción, cherubes, triumphando, magestad; yr, ayres; suvidamente, vajar, bolando; oy, ombros; ceçar* (cesar) y *confiança; risar* (rizar) y *Seilán* (Ceilán); *Assusena, conclución; Arismética,* etc.

NAVIDAD, 1678

Ed. suelta, anón.: *Villancicos que se cantaron en los Maitines y Fiesta de la Natividad de Cristo Sr., N., en la S. I. Catedral de la Puebla de los Ángeles, este año de 1678* ... (Puebla, Impr. Vda. de Juan de Borja y Gandía; 1678).—Ejr. de González de Cossío; ahora, de D. Salvador Ugarte.—Nunca reproducidos.

—Villancicos del todo *sorjuanescos*, a nuestro gusto, con el "dilín, dalán" de sus campanas tocando a fuego —fuego de Amor que más aviva y prende el agua del llanto—; las "perlas" y "flechas" que son las propias lágrimas del Niño, y que en vuelo teológico nos ilustran la Omnipotencia, la Sabiduría y las misericordiosas "Finezas" de Dios; las humano-divinas paradojas y antítesis de la Noche que es Día en Belén, donde está la Palabra enmudecida, la Inmensidad en mantillas y la eterna Alegría llorando...; el Dios de los Amores, rico de "brinquiños" de lágrimas, que es Flor y Joya al pecho de la Virgen; la "Novedad" que, para los pastores, es Pastor y Cordero, Amante y Día; el cándido Zagal de los eternos collados, "Pascual", que "sale con mil gracias más que Menga", o María, pese a que ésta es la Llena de Gracia...; los "plimos" que Le dan la "bienvinira" al són retozón de sus "panderiyos", que les hacen "buyir lo pe"...; y la suave ternura, en traje de linda sorna, que prodiga sus ¿eh? ante la cadena de pasmos que da a nuestra razón ese Dios hecho Hombre...

—Modernizamos: *dilubio, abrebia, tubo, muebe, christales, elada; dexe, faxas, paxas, axan, festexen; paxizo, acoxe; estrivillo, muy vello, vaña, vna* (una); *solloço, reboço, pobreça, abraça, Impaçible; crescan, asules, Luzero; fructo, yelo, cuydado, Pasqual, Bethlem* ...

x

Vill. I: "¡Fuego, fuego, que el mundo se abrasa!" ...

v. 1 Cfr. núm. 340: *¡Ay, fuego, fuego, que el Templo se abrasa!*, con lo allí anot.; y núm. *l* (Asunción 1686).

v. 2-11 *Campanas* ...: *¡dilín, dalán ..., dolón, dón!* ... Cfr. núm. lxxiii (S. Pedro, 1691): *¡tan, talán ..., tin, tilín!* ...—Aquí, este fuego *no se apaga con agua*, porque *el agua es ya fuego:* las lágrimas de amor del Niño-Dios ...

v. 12 Cfr. D. *Artemio de Valle-Arizpe* ("En Méjico y en otros siglos", 1950, p. 117): "El malvado judío (Mateo Farías) fué herido con una sucia enfermedad que le acabó la vida, lepra o *fuego de San Antón*, como se le decía a esa peste" ...

xi

Vill. II: "Niño Dios, que lloras naciendo"...

v. 1-4 Imitación a lo divino, de un cantarcillo popular del XVI:

> Estaba la pájara pinta
> a la sombra del verde limón:
> con el pico movía la rama,
> con la cola movía la flor...;

y por el ritmo, las *perlas,* y el paralelismo de los dos versos últimos, cfr. núm. 265, vv. 17-20 (S. Pedro, 1683).

v. 5 y ss. Bellas Coplas, de un cuarteto de 7 y 11 (liras) y de un terceto que varía el *estribillo,* con aire de "gaita gallega", en un verso de 11 (ó 10, ó 12 ó 13) y otros dos de 10.—Muy de Sor Juana el discurrir ponderando la *Grandeza,* la *Omnipotencia,* la *Bondad* y la *Sabiduría* de Dios, evidenciadas en Belén; y sobre sus *Finezas* (v. 37), como idea y voz muy suyas, cfr. toda la *Carta Athenagórica* (en nuestro tomo IV).

xii

Vill. III: "¿A dónde vais, Zagales?"...

Antítesis y paradojas del "Niño-Dios", con larga tradición patrística: cfr. vgr. *S. Agustín* (Serm. 13 de Tempore), y *S. Fulgencio* (Serm. 5 de Epiph), y en el *Brev. Rom.,* II Noct. de la Vigilia de la Epifanía y del día VI de su Octava. Y en Villancicos ajenos, cfr. *León Marchante:*

> Pequeño se hace el Gigante,
> Gigante se hace el Pequeño...;
> ¡ved los extremos!...

v. 10 *La Palabra:* el "Verbo" de Dios...: cfr. núm. 285, v. 41, y lo allí anot.; y núm. 359, v. 1 y ss.

v. 56 *Dios es Hombre: el Hombre es Dios...* : en la identidad personal de la "Unión Hipostática"; y asimismo, al par, en el sentido en que, según *S. Pedro,* la Gracia Santificante nos hace "partícipes de la Naturaleza Divina" (II Petr., 1, 4), o en que *S. Agustín,* loc. cit., escribió: "Dios se hizo Hombre, para que el hombre se hiciera Dios"... *(Factus est Deus homo, ut homo fieret Deus).* Así, también nuestro *Fr. Miguel de Guevara, O. S. A.* (¿1585-1646?), son. "Poner al Hijo en Cruz"... (Poets. Novs., I, p. 140):

> ...pues a mí en excelencia me habéis hecho
> Dios, y a Dios al sér de Hombre habéis bajado;

donde, por cierto, nada abona la proximidad con los "alumbrados" que dice José Almoina: "Rumbos Heterodoxos en Méjico" (Univ. de Sto. Domingo, 1947, p. 120).

xiii

Vill. IV: "Aquella Flor del campo"...

v. 27 *Brinquiños:* joyuelas; y cfr. *brincos* (joyas), y mucho del tono y asunto de todo este Villancico, en el núm. 288 (Nav., 1689), de la propia Sor J.—Recordemos también al *P. Diego Calleja, S. J.* (el biógrafo de Sor J., que fué además poeta dramático), en "La Tutora de la Iglesia y Doctora de la Ley" (cit. por Justo García Morales: "Poesías Líricas en el Teatro Español", Madrid, 1950, pp. 360-3):

> Nace el arroyo, *brinquiño,* / saltando de peña en peña...

xiv

Vill. V: "Llegad, Pastores, llegad"...

v. 21-22 *Amante, o Pastor, o Cordero, o Día*...: cfr. análogo plan y desarrollo, con semejante cadena métrica de breves pareados, en el *Juguete* del núm. 299 (Vills. S. José, 1690).

v. 26 Corregimos: *sufre* (en lugar de *suple,* que es lo que se lee en el impreso antiguo).

xv

Vill. VI: "No hay en el Portal quien tenga"...

Menga y *Pascual:* muy socorridos nombres de rústicos en la poesía "villanesca" hispana. Y cfr. *Pascual,* en núm. 362; y *Menga,* en núm. 214, v. 322, y lo allí anot.

—Aquí: *Pascual:* el Niño-Dios, Cristo, prefigurado (por su Sangre redentora) en el "Cordero Pascual" de la Ley Mosaica; y *Menga:* la Virgen María, la "Llena de Gracia" y gracias, en que tan sólo la supera su Hijo Divino.

xvi

Vill. VII: "¿Ah, Siñol Andlea?"...

Como este *Negrillo* (o cantarcillo de Negros), cfr. núms. 224, 234, 241, 258, 274 y 299.—El sentido, muy claro:

> —*Vayamos todos a Belén; y al Dios que está llorando, cantémosle la zarabanda.*—*¡Así, que el pie se me anda (o se me mueve solo) y me bulle!*...—*Cantémosle al Redentor la bienvenida y llegada*...—*Estando roncos y resfriados, cantaremos mal, señores*...

(Lo que se nos escapa es qué sería ese *récipe* o receta *de la mendole,* para tener la voz clara ...)

xvii

Vill. VIII: "Este Niño que ha nacido"...

El estribillo de *¿eh?,* con su graciosa afectación de simpleza, por linda sorna socarrona, contrasta con la finura de sus altos y devotos conceptos y de sus bíblicas alusiones: aleación que nos sabe muy a Sor J.

v. 7-8 *Da la vida, y mata...* Tierna aplicación al Niño Jesús, de la vieja palabra de Yahwéh: "Yo doy la vida y Yo doy la muerte"... *(Deut.,* XXXII, 39: "Cántico de Moisés", en *Brev. Rom.,* Sábados de Cuaresma).

v. 11-12 Cristo es "la *Imagen* de Dios Invisible" *(Colos.,* I, 15); "Resplandor de la Luz Eterna, y Su *Espejo* sin mancha"... *(Sap.,* VII, 26).

v. 16 "Tú eres *el Dios Escondido,* oh Dios Salvador de Israel"... *(Isaías,* XLV, 15).

v. 18-19 *"Siendo Rico, Se hizo Pobre y Necesitado* por amor nuestro, para que vosotros fueseis ricos por Su Pobreza"... *(II Cor.,* VIII, 9).

v. 29-32 "Velará El que guarda a Israel"... *(Ps.* CXX, 4).—"Por eso (por el mal uso de la Eucaristía), hay entre vosotros muchos flacos y débiles, y muchos *dormidos"... (I Cor.,* XI, 30).

SAN PEDRO, 1680

Ed. suelta, anón.: *Villancicos que se cantaron en la S. I. Catedral de la Puebla..., a los Maitines del glorioso Príncipe de la Iglesia, el Sr. S. Pedro..., año de 1680...: compuestos en metro músico por el Mº Antonio de Salazar, Mº de Capilla de dicha Iglesia...* (Puebla, Impr. de la Vda. de Borja, 1680).—Ejr. de González de Cossío; ahora de D. Salvador Ugarte.—Nunca reproducidos.
—*Estilo inconfundible de Sor J.,* hasta donde es posible afirmarlo, en todas sus Letras sin excepción.

xvii, bis

Dedicatoria, en prosa.

Muy "sorjuanesca", asimismo, en los títulos que da al *Hijo de la Paloma* y *Piedra preciosa de aquella Fábrica,* etc., y en su aproximación entre *Cesarea* (cerca de la cual dijo el Señor: "Tú eres Pedro"...,

S. Mat., XVI), y *Puebla,* aquí *Cesárea,* por haberle dado Carlos V su escudo.

xviii

Vill. I: "¡Plaza, plaza, plaza!..."

v. 8-22 *Montanteaba:* esgrimía el montante, o espada...—*¡Víctor, víctor!*... Cfr. núm. 317: "¡Víctor, víctor, Catarina!"...—*Vice-Dios:* cfr. el *Vice-Cristo* del núm. 11, v. 214, aquí mejorado; y *D. Alonso Ramírez de Vargas,* Vills. S. Pedro, Méj., 1685:

> Soberano Apóstol, / que Amor te subió
> de humilde barquero / a ser *Vice-Dios*...

v. 25-26 *Hombre de piedra:* fortísimo...; y "Campeón *del hampa*"...: cfr. lo anot. al núm. 214, vv. 136 y 355.

v. 27 *Ancila* (en latín "ancilla"): la criada o esclava. Cfr. núm. 247, v. 54, y lo allí anot.; y núm. 352, v. 24.

v. 31-32 *Trinchando, en cuatro esquinas / de un lienzo, sierpes bravas*... Alude a la visión de S. Pedro en Joppe, que decidió la admisión de los Gentiles (*todo el mundo*) en la Iglesia. Cfr. *Hechos de los Apóstoles,* X, 11-16.

vv. 37-38 *Traidores... en falsear la plata*...: Ananías y Safira, que fingieron entregarle a S. Pedro todo el precio de su campo... (*Hechos,* V).

v. 39-42 En la *Puerta Especiosa* (o "Hermosa", en latín): la curación del cojo de nacimiento que "entró en el templo, saltando"... (*Hechos,* III).

vv. 45-46 *Su red y trono*...: S. Pedro, el primer Romano Pontífice, fué ya el Sumo *Pescador de hombres* (cfr. *S. Mat.,* IV, 19), y el Jefe Supremo de la Iglesia.

xix

Vill. II: "Con decir: Tú eres Pedro"...

vv. 1-4 *Con decir:* "*Tú eres Pedro*", / le corresponde. / *¡Oh qué poco, oh qué mucho / elogio y nombre!*... Cfr. núm. 242, v. 34:

> Sólo en llamarle Pedro, Dios le paga...

v. 12 *El Hijo de la Paloma*... "Bienaventurado tú, Simón *Bar-Jona,* porque no es la carne ni la sangre quien eso te ha revelado...; y Yo te digo a ti, que tú eres Pedro"... (*S. Mat.,* XVI, 17). "Bar-Jona", en sí, no significaría sino "hijo de Jonás, o de Juan"; pero *S. Jerónimo* (lib. 3

Coment. a S. Mat., en *Brev. Rom.*, 29 Junio) interpreta: "Por su confesión recibe este nombre, por haber tenido esa revelación del *Espíritu Santo,* cuyo hijo debe llamarse. Porque *Bar-Jona,* en nuestra lengua, suena *Hijo de la Paloma".*...

vv. 18-19 Dios es *el Padre de lumbres,* o de las luces *(Santiago,* I, 17); y el Sol es, a su vez, "el Padre de la luz ardiente" (cfr. *Sor J.,* núm. 216, v. 887). Por eso, Su Unigénito *riza arreboles*...

v. 20 *Sobre tanto* (tan grande) *mármol firme*...: cfr. núm. 262: *"eterno jaspe"*...

v. 26 *En lo fino y lo amante*... : cfr. núm. xlv (S. Pedro, 1684).

v. 28 *Claviculario*: el que recibió las Llaves del Cielo... Y cfr. números 244 y 260 y 262: *Clavero.*

xx

Vill. III: "Todavía estaba Pedro"...

v. 3-4 "Cuando *el Gallo* / a *un León* temblando dejó"... Aquí, el León es S. Pedro que, aun tan valeroso y ardiente, lloró al canto del gallo... *(S. Marc.,* XIV, 72). Pero alúdese a una *fábula* de los viejos Naturalistas: "El león... teme, más que ninguna otra cosa..., el canto de los gallos"... *(Leonardo da Vinci:* "Aforismos", selecc. y trad. de E. García de Zúñiga, col. Austral, 1943, p. 96). Y el Lic. D. *Francisco de Ayerra,* "oponiéndose a la vulgaridad de que el león teme el canto del gallo", ponderó a los Leones hispanos despreciando al Gallo de Galia, en un epigrama latino a la victoria del Conde de Galve sobre los Franceses en Santo Domingo... *(Trofeo de la Justicia Española,* de Sigüenza y Góngora, Méj. 1691).

vv. 11-12 "Deje ya el *flevit amare,* / *egressus foras"*... Tras de sus negaciones, Pedro "salido afuera, lloró amargamente"... *(S. Mat.,* XXVI, 74). Pero aquí, el *numeroso* (o musical y dulce) clamor de Cristo (v. 6) le manda que, "salido afuera" del mar, pause ya su llanto.

v. 14 *A la Oración* (al caer la tarde) eran estos Maitines; y así se encuentra *como siempre* a Pedro, que obró uno de sus mayores milagros, la sanación del tullido de nacimiento, al subir al Templo "a la hora de la oración"... *(Hechos,* III, 1).

v. 17 y ss. *Folías:* arcaicamente, "locuras" (cfr. hoy todavía el francés e italiano); y luego, "música ligera, de gusto popular", o un baile portugués, u otro español "que solía bailar uno solo con castañuelas"... *(Dicc. R. Acad. Esp.).* Aquí, en ambos sentidos, *éstas son folías*: estas coplillas, que se cantarían con uno de esos frescos aires danzantes; y esas *locuras* de San Pedro, si —ya constituído Pastor de la Cristiandad— hubiera

persistido en sólo llorar, y entregado a su humano oficio de pescador...
—Métricamente, en nuestro caso, estas "Folías" son un romancillo exasilábico ("endechas"); y cfr. el núm. 264 (S. Pedro, 1683), de ritmo y tono gemelos.

v. 30 *Alégrese-nos*: cfr. el "déjen-lé" del núm. 284, v. 2, y lo allí anot.

v. 37 *"Gaudete"*: en latín, "gozad"... (*Noche de "gaudete"*...: de regocijo.

v. 49 *"Dígale* a las aguas", por "dígal*es"*...: cfr. lo anot. al núm. 2, vv. 143-4.

v. 55-68 *Aquel Ángel / que hierros quebró...* Cfr. *Hechos,* XII.

v. 70 *El Amor:* Cristo; cfr. aquí mismo, núm. xxii: *Al ver que cierta canalla / ajar a su Amor quería...* Dos rasgos, subrayando la ternura en las relaciones de S. Pedro con Cristo, que tienen especial sello sorjuanesco.

vv. 79-80 *Quedó por puertas...*: estuvo a punto de perderse (si hubiera persistido en su caída); pero tiene máxima gloria, por las *Llaves* de las *Puertas* del Cielo que Cristo le confió... (*S. Mat.* XVI).

xxi

Vill. IV: "Con desaire vuela en los aires"...

vv. 1-4 De *Simón Mago,* el padre de la "simonía" por querer comprar la potestad de conferir el Espíritu Santo (*Hechos,* VIII, 18), cuéntase que se hizo adorar en Roma (*S. Justino,* Apol., I, 26, *S. Irineo,* Adv. Haeres., I, 23, y *Tertuliano,* Apol., 13), y que volando en el Circo, mediante sus artes mágicas, fué precipitado por las oraciones de S. Pedro y falleció en su caída (*Anón.* "Acta Petri"; *Arnobio,* Adv. Gentes, II, *S. Epifanio,* Haeres., XXI, etc.).

v. 5 Sobre *Ícaro* y su caída mortal, cfr. núm. 216, vv. 467 y 805, y lo allí anot.

v. 14 Equívoco entre las "coplas de *pie quebrado*" (de octosílabos combinados con su hemistiquio, v. gr. las de *Jorge Manrique*), y las *piernas quebradas* de Simón Mago, al despeñarse en su vuelo...

v. 19-24 *Por la estafeta:* al instante, con gran rapidez...—Los poetas suelen "remontarse" muy alto; y así *con pies de poeta,* quería Simón Mago "pasar" o sea elevarse sobre todos...—"En *la Roca se estrelló*"...: en el suelo; y aún más, en *Pedro,* la Roca fundamental de la Iglesia.—Cfr. un lindo precedente del tema, en las *Chanzonetas* de S. Pedro, anóns., Méj., 1654 ("Poets. Novs.", II, 84):

¿Quién te mete, Maguillo, / en ser volador?
¡Guarte, que habla Pedro / en silencio a Dios!
Navegar intenta / por la azul región,
y a la voz de Pedro / se descalabró,
que atolondra Pedro / con sólo una voz...

xxii

Vill. V: "Aquel Campeón valiente"...

Jácara: cfr. lo anot. al núm. 222.—Valiente relación, con vigor que-vedesco en varias coplas (4ª-7ª), de *la oreja* cortada a Malco por S. Pedro, en el *Huerto* de los Olivos (*S. Luc.,* XXII, y *S. Juan,* XVIII, etc.).—*Ajar a su Amor...* : cfr. lo anot. al núm. xx, v. 70.—*Antuviones:* "golpes o acometimientos repentinos"... (*Dicc. R. Acad. Esp.*).—Con-servamos *lanternero* (linternero) y *celebro* (cerebro), cuyo sabor arcaico sienta admirablemente al tono popular y al contexto, rico en jugosos vulgarismos.—*Orejones:* rebanadas de durazno u otras frutas, secadas al sol; y aquí, la oreja que la espada de Pedro cortó a Malco, y de cuya herida el Señor lo sanó...—*El Príncipe apacible,* y *el buen Viejo:* dos muy lindas paráfrasis, por Cristo y S. Pedro...—*Ancila:* cfr. lo anot. al núm. 352, v. 24, y al núm. 247, v. 54.—*Tres desaciertos:* las tres Ne-gaciones... (*S. Mat.,* XXVI, 69-75).

xxiii

Vill. VI: "¡Que se abrasa, señores...!"

vv. 1-8 *Mariposa..., Paloma...*: Como *Bar-Jona,* o "hijo de la Paloma" (cfr. lo anot, al núm. xix, v. 12), y como "tórtola gemidora" en su contrición, Pedro *es Paloma;* y pudiera decirse *Mariposa,* por lo que peligró junto al *fuego,* en casa de Anás (*S. Juan,* XVIII, 18 y 25-7), y por lo que después *se abrasó* en incendios de amor a Cristo...

vv. 9-20 Arroyos: los del llanto, que dejó su alma tan pura como *nieve* y *hermosa más que todas...*

vv. 23-26 *En el agua..., medras dichosas...* Junto al Lago de Genesareth, o en él, recibió Pedro el llamado de Cristo, cuando dejó sus redes *(Mat.,* IV, 18), tuvo al Señor en su barca y gozó de las pescas milagrosas (*Luc.,* V, 6-7, y *Juan,* XXI, 6), sacó del pez el doble denario del tributo para el Templo, por sí y por Cristo (*Mat.,* XVII, 27); y Le oyó el "Apa-cienta Mis corderos y Mis ovejas"... (*Juan,* XXI, 75-7). Y en *las aguas* del llanto, lavó su culpa.

v. 27-30 En cambio, a la *luz dudosa* del *fuego,* fueron sus negaciones (*S. Juan,* XVIII, 18). C cfr. *Góng.,* "Polifemo", v. 72:

Pisando la *dudosa luz* del día...

v. 31-34 *¡Llorad, divina Piedra!...* San Pedro es esta *Piedra* (S. Mat., XVI, 18), a la que se insta a proseguir soltando el manantial de sus lágrimas, ya dichosas; y a su alma, como invitándola al Pecho taladrado de Cristo, se acomoda el llamado del Esposo Divino en los *Cantares,* II, 14: "¡Ven, *Paloma mía, que anidas* en las hendiduras de la *roca"...*

xxiv

Vill. VII: "Al agua se va Pedro"...

v. 1-6 *Se aniega...* "Vino a ellos (Jesús), andando sobre el mar... Díjole Pedro: Señor, si eres Tú, mándame ir a Ti sobre las aguas. Él dijo: ¡Vén! Y bajando de la barca, anduvo Pedro sobre las aguas y avanzó hacia Jesús. Pero viendo el viento fuerte, temió; y comenzando a hundirse, gritó: ¡Señor, sálvame! Al instante Jesús tendió la mano y le cogió...; y en subiendo a la barca, se calmó el viento"... (*S. Mateo,* XIV, 22-33).

vv. 17-18 *Vice-Dios del mundo...*: Vicario de Cristo (y cfr. anot. al núm. xviii, v. 22).—*Árbitro de las Estrellas:* "Cuanto ligares o desligares sobre la tierra, será atado o desligado en los Cielos"... (*S. Mateo,* XVI, 19).

v. 26 *Un Brinquiño:* una Joya (aquí, el mismo Cristo); y cfr. núm. xiii, v. 27, y lo allí anotado.

xxv

Vill VIII: "A la brisa suavísima"...

vv. 1-3 Anteponemos el *Estribillo,* que el viejo texto daba entre las coplas 2ª y 3ª.

v. 4 y ss. *Romance doblemente esdrújulo,* no sólo en los versos pares y asonantados, sino también en los impares. Cfr. núm. 354 (y 350), con lo allí anot.

v. 2 *El Favonio Paráclito...*: El Espíritu Santo (*Spiritus,* en latín: soplo, y "Favonio": la brisa favorable...); el *Paráclito,* o sea, el Divino Abogado prometido por Cristo a los Suyos (*S. Juan,* XIV, 16). Aquí, el *Viento* sobrenatural, que impele prósperamente a la Nave de Pedro (la Iglesia).

v. 4 S. Pedro, como *Piloto:* cfr. núm. 249, vv. 41-73.

v. 17 *El Tártaro:* el Infierno (cfr. núm. 354, v. 18, y lo allí anot.).

vv. 22-23 "Miré al impío exaltado y poderoso como *los cedros del Líbano;* pero pasé de nuevo, y ya no era: lo busqué y no lo hallé"... (*Ps.* XXXVI, 35-36)

v. 24-25 El mismo Capitán de esa batalla naval, *deshace en luciente áto-mos* a la *Nave negra* de la heterodoxia: la reduce a pavesas, que chispean un momento, al incendiarse...

v. 35 *Los que ya gozan del Tálamo...* (aquí, las almas santas, que en el Cielo ya poseen a su Esposo): cfr. núm. 354: "se goza como en *Tá-lamo"...*

NAVIDAD, 1680

Ed. suelta, anón.: *Villancicos que se cantaron en la S. I. Catedral de la Ciudad de los Ángeles, en los Maitines y fiesta de la Natividad de Jesu-Cristo Señor Nuestro, este año de 1680: compuestos en metro músico por Antonio de Salazar, Mº de Capilla de dicha S. Iglesia...* (Puebla, Vda. de Borja, 1680).—Ejr. de González de Cossío; hoy de D. Salvador Ugarte.—Nunca reprod.; salvo el Vill. VII, y fragms. del III y el I y VI, en nuestro libro *El Corazón de Cristo en la Nueva España*, Méj., 1951, cap. III.—Ya allí apuntábamos "un *fecit* mejicanísimo" en el "Mula chachalaca"... (VI); y "un sabor vehemente a Sor Juana" en los *Músi-cos de Azabache* (VI, Introd.), y en otro rasgo de la Letra I, vv. 29-30, que anotaremos.

xxvi

Vill. I.—Kalenda: "¡Tirad, disparad!"...

v. 4 *De la Nave María...* Cfr. en *González de Eslava* ("Coloquios Espi-rituales y Canciones", Méj. 1610, reed. Icazb., p. 312), esta imagen de la Natividad de Cristo,

> que en Belén desembarcó / de la Nao Santa María...;

o en *Valdivielso* ("Madrigales al Smo. Sacramento para la Natividad"):

> Traiga la Virgen Nave
> el Pan de flor, y tome en Belén puerto...;

y lo anot. al núm. 286, v. 23, y núm. *iv*, vv. 19-22.

vv. 29-32 *Tan cercado de azucenas..., del Vientre...* El Cantar de los Cantares dice a la Esposa: "Tu vientre, como una parva de trigo cercada de azucenas"... (*Cant.*, VII, 2). Alusión nada trivial, y que ya fulge en el núm. 347, seguramente auténtico de Sor J.

vv. 39-40 *De diamantes:* durísimos, invulnerables al fuego del amor. Cfr. núm. 168, vv. 5-6:

> Al que trato de amor, hallo *diamante*,
> y soy *diamante* al que de amor me trata...

Pero Cristo sabrá hacerlos *de cera,* derretidos por Su ternura (cfr. núm. 4, v. 31, y lo allí anot.).

xxvii

Vill. II: "Íbase para Belén"...

v. 17 y ss. *Dígasme tú, el ganadero*... Sabroso empleo arcaizante del subjuntivo de invitación y del artículo en el vocativo, como en el cantarcillo de *Gil Vicente* a la Virgen ("Auto de la Sibila Casandra"):

> *Digas tú, el marinero* / que en las naves vivías,
> si la nave, la vela o la estrella / es tan bella.
> *Digas tú, el caballero* / que las armas vestías,
> si el caballo, o las armas o la guerra / es tan bella...

v. 24-25 y 28-29 *¡Tuturutú!*...: ritornelo de dos versos de 11, o de uno de 11 y otro de 10, ambos "de gaita gallega" (cfr. lo anot. al núm. 63, v. 7).—Esa caprichosa interjección musical nos recuerda además otra canción del mismo *Gil Vicente* ("¿Por dó pasaré yo la sierra?"..., en su "Tragedia del Triunfo del Invierno"):

> Tiririrí: queda tú aquí.
> *Tururururú,* ¿qué me quieres tú?...;

y más cerca, una *Anón.* "Negrilla", de los *Vills. Navidad, Puebla, 1651:*

> "¡Alarrorro y a la nene,
> y a la *tutulutú* que no duelme!...
> *¡Tutulutú,*
> pues Dios nace, holguémono!...

—Nuestro antiguo impreso, aquí algo borroso, parece vacilar entre *Tuturutú* y *Tututurú;* mas nos inclinaríamos a uniformar el texto, optando por lo primero.

xxviii

Vill. III: "Unos pastorcillos"...

Lindísimas endechas, dignas de *Los Pastores de Belén,* con toda la ternura y melodía del más delicado Lope.

v. 13-16 *Corderito..., seréis señalado...*: teñido de rojo, o "almagrado", como se decía; y aquí, alusión a la Sangre de la Cruz.

v. 17-20 *Casa de Pan:* sentido etimológico de "Betlehem", o Belén...; y *Trigo* y *trillado,* en nuevas alusiones a la Eucaristía y la Pasión.

vv. 23-24 *Ese Corazón* (ya en el viejo texto con mayúscula) está, desde las pajas navideñas, *desvelado* por nuestro amor... "Yo duermo, pero vela mi corazón" (*Cant.,* V, 2); y cfr. lo anot. al núm. xxxii.

vv. 41-44 Cfr. en "Los Pastores" de *Lope,* rom. "La Niña a quien dijo el Angel"...:

> Palmas de Belén, / que mueven airados
> los furiosos vientos / que suenan tanto,
> *no le hagáis rüido,* / corred más paso...
> Ángeles divinos, / que vais volando:
> ¡que se duerme. mi Niño! / ¡*Tened los ramos!*...

xxix

Vill. IV: "Maravillan-mé"...

En el impreso antiguo, naturalmente: "Maravíllanme"; pero lo escribimos como ha de acentuarse aquí: *Maravíllan-mé...;* y cfr. núm. 284, v. 2: "déjen-lé", rimado con "cantaré", y lo anot. allí.—*Y la tonadica...:* ritornelo ajeno, sin duda, de alguna canción popular, entonces en boga...—Así y todo, no ocultaremos que más de un rasgo "se nos despega" un poco de la voz de *Sor J.,* salvo que intencionalmente adoptara un tono muy peninsular o arcaizante ("que la escarcha lo amancilla"...). En cambio, son muy suyos varios otros, como los vv. 9-10 y 28-31.

xxx

Vill. V: "¡Ay, que llora Jesús!"...

v. 9 y ss. *De llorar no descanséis...* Esta misma *alegría* sobrenatural por el *llanto* amoroso del Niño-Dios, en el núm. 284:

> Al Niño Divino que llora en Belén,
> ¡déjen-lé,
> pues llorando mi mal, consigo mi bien!...

xxxi

Vill. VI.—Negro: "Alegres a competencia"...

v. 2 *Bozales,* adj.: incultos o primitivos... Cfr. *Calderón,* auto "A Dios por razón de estado":

> indio *bozal* y grosero...

v. 4 *Los Músicos de Azabache...* Cfr. Vills. Asunción, 1686, aún más atribuíbles a *Sor J.* (núm. lviii):

> Los *Azabaches* con Alma / su cántico comenzaron...;

y los ciertamente suyos, Asunción, 1679 (núm. 258):

> Dos princesas de Guinea / con vultos *azabachados...*

v. 5 *Flasiquilla*: cfr. *Flasico* (núm. 224).

vv. 9-12 *Turu la ninglito*...: "Todos los negritos / se ponen corbata, / que vienen a la fiesta / (con ella) colgada (al) pescuezo"...

v. 15-16 *La Siñó Manué*...: "El Señor Manuel (Nuestro Señor, el *Emmanuel*: Dios con nosotros), / con Su Cara blanca"...

v. 17-18 *Siñolo Malía*...: "La Señora María, / Limpia como la plata"...

v. 25 *La ninglito Joja*...: ¿"el negrito Jorge"...?

v. 29-32 De *San José*, que *no habla palabra* y se está *callado*..., cfr. núm. 295: "¿Por qué calla José", y en toda la Biblia no aparece "ni una palabra" suya? Y allí, con esta ponderación de su silencio, la sublime respuesta: el Verbo fué *su Palabra*...—Aquí, *Siñó San Jusepe;* mientras que en el núm. 299 (1690): *Señol San José*... Diversidad explicable por la distancia de 10 años, o por tener otro "modelo" de esa habla negra.

vv. 33-36 *Cayemo també*...: "Callemos también (nosotros); / el Niño se espanta / de mirarle al negro / su cara tiznada"...

xxxii

Vill. VII: "Vuestro Corazón padece"...

v. 25 *Encontraréis el oivido*... Preciosa coincidencia, la de esto que, en tal lírica fantasía, el Dios-Niño le dice *a Su Corazón* (ya en el texto antiguo con mayúscula), y lo que en realidad, pocos años antes (hacia 1675, mas sin que ello aquí se supiera), acababa de oírle al mismo Jesús la Visitandina de Paray-le-Monial, Sta. Margarita María de Alacoque: "He aquí este Corazón que tanto ha amado a los hombres, y que de ellos no suele recibir sino olvidos, frialdades y desprecios"... (Cfr. anot. al núm. 134).

—Texto de 1680, err.: "pues *quisiste* padecer", y "Me *distis* priesa a nacer"..., (que corregimos uniformando con "estáis", "encontraréis", etc.); y "voces será al esperar" (también clara err., por "expirar").

xxxiii

Vill. VIII: "Por la espesura de un monte"...

v. 13 y ss. Del metro del *Juguete* (romancillo pentasilábico en que predomina el ac. en 1ª y el final esdrújulo), vimos idéntico aire, sólo que allá en latín, en el núm. 255:

Ista quam omnibus / Caelis mirantibus...

Cfr. lo allí anot.; y añadamos un ejemplo de *Calderón,* en su auto "El Año Santo de Roma":

El Santo Espíritu / y el Hijo ampárenos,
y al Padre pídase / el Pan por viático.
Manjar angélico, / hoy, Señor, dánoslo;
Pan de quien símbolo / fueron los ácimos...

—En el antiguo impreso, todos esos acusativos: *mírenlo,* se leen *míren-le;* pero aquí (como en casi todo lo demás de estas Obras) los unifor-mamos con *lo,* según quedó anot. al núm. 4, v. 107.—Conservamos, sin embargo, el *tóquenle,* posiblemente usado en el sentido muy nuestro de "háganle música", en cuya hipótesis el pronombre es dativo.

ASUNCIÓN, 1681

Ed. suelta, anón.: *Villancicos que se cantaron en la S. I. Catedral de la Puebla de los Ángeles, en los Maitines solemnes de la Asunción..., este año de 1681: compuestos en metro músico por Antonio de Salazar, Mº de Capilla de dicha S. Iglesia...* (Puebla, Vda. de Borja, 1681).—Ejr. de González de Cossío; hoy de D. Salvador Ugarte.—Nunca repro-ducidos.—Y todos, "sorjuanescos" en sumo grado.

xxxiv

Vill. I: "¡Ah, del Palacio Real!"...

v. 3-4 *La Aurora / en el Sol...* "¿Quién es Ésta, que se alza como la Aurora?"... *(Cant.,* VI, 10), y "envuelta en el Sol"... *(Apoc.,* XII, 1). Aquí, María ya revestida de gloria, en su Asunción corpórea a los cielos.

vv. 5-10 *Un Jazmín encarnado* (el Verbo hecho Carne, "Lirio de los va-lles"...), La ha vestido de esa regia luz *(púrpura real),* en correspon-dencia a la Naturaleza Humana de que Ella lo revistió... Y esa púrpura es cándida: *un nevado carmín,* por ser Ella la Inmaculada.—Cfr. *Góng.,* Polif., oct. 14:

> o púrpura nevada, o nieve roja...

v. 16 *Flor que vuelas...:* la Virgen, "Rosa Mística", en su Asunción... Y cfr. *Quevedo* (Letrilla a un Jilguerillo, Astr., 486):

> Flor que cantas, *flor que vuelas...*

v. 18 *Las que arrojas / rojas / hojas...:* una "lluvia de rosas", las de Sus gracias y dádivas, como la que prometerá Santa Teresa del Niño Jesús.—Y de estos *ecos* y los que rematan cada una de las Coplas: *Vola-doras / doras / horas...,* etc., véase anot. al núm. 41; y allí el P. *Fernán-dez del Rincón,* S. J., Méj. 1715: "Se prepara para ara"..., "primavera vera era"..., o (con verbal coincidencia) "cuando *arroja roja hoja*"...

v. 23 *Belona:* la diosa de la Guerra (cfr. núm. 252, v. 30). Y aquí, María, "terrible como los ejércitos en orden de batalla" (*Cant.*, VI, 10), contra el Infierno.

xxxv

Vill. II: "De Josafat los Pastores…"

v. 1-12 En el Valle de Josafat, próximo a Jerusalén, suspiran los Apóstoles *(los Pastores)* ante el *Sepulcro* vacío de Nuestra Señora, cuyo Cuerpo voló ya al Cielo…—La tradición jerosolimitana del Sepulcro de la Virgen "en el Valle de *Josafat*", aparece ya en el "Transitus B. Mariae", del Pseudo-Melitón, que data del siglo IV (J. M. Bover, S. J.: *La Asunción de María*, Madrid, 1947, pp. 33, 167, etc.).

v. 13-18 "Vén, *Paloma* mía"… *(Cant.*, II, 14).—El *ritornello* es del mismo Epitalamio Sagrado: *Revertere, Sulamitis; revertere, revertere, ut intueamur te!*… "¡Vuélvete, Sulamita! ¡Vuélvete, vuélvete, para que te veamos!"… *(Cant.* VII, I). Pero el *Sulamitis*, cuya terminación latina no cuadraba con esta asonancia en *ía*, lo remplazó el *Sole Amicta* ("revestida de sol") del *Apocalipsis*, XII, 1.

v. 24 y 34-5 Cristo es la *Perla* que nació en tal *Nácar* de María; y la *Espiga* que brotó de esta *Tierra virgen*…

v. 51-52 *Porque son de Paloma / sus claras niñas*… "Tus ojos son de palomas (o "son palomas"), a través de tu velo"… *(Cant.*, IV, 1).

—Estas *Coplas* son un romancillo (o endechas) de versos de 6. Algunos (como los vv. 15, 16 y 30) parecen de 7 sílabas; pero rítmicamente se igualan, por sinalefa con el inmediato verso anterior, como si dijeran:

Soberana Aurora, Es- / trella matutina…

Sobre esta "compensación", cfr. lo anot. al principio del núm. 63. Y añádase este ejemplo de *Calderón,* en "Apolo y Climene":

—Atiende a mi canto…
—Atiende a mi acento…
—Pues vengo por ti
en las alas del viento…,

donde evidentemente hay que leer así:

pues vengo por ti *en* / las alas del viento…

xxxvi

Vill. III: "¿Adónde vas, Aurora?"…

v. 3 *Del desierto:* del mundo…; y cfr. *Cant.*, III, 6: ¿Quién es Ésta que *sube del desierto?*"…

v. 13-16 *Mujer / del Sol tan adornada* . . .: cfr. *Apoc.*, XII, 1.—*Girando rayos, y brillando luces.* . .: verbos intransitivos, usados aquí como transitivos, o más bien, como factitivos: "haciendo girar" y "haciendo brillar". . . Libertad muy del siglo de oro: "Vemos que vibran victoriosas palmas / manos inicuas". . . (*Argensola*, son. "Díme, Padre común" . . .); "Las aves enmudeció". . . (*Góng.*, rom. "En los pinares de Xúcar"). Y ya en *Sor J.*, núm. 216, v. 648: "Bien que soberbios *brille resplandores*" . . .

v. 27-38 *¿Quién es Ésta?* . . . "*¿Quién es Ésta que se alza como la Aurora, bella como la Luna, escogida como el Sol* . . .?" (*Cant.*, VI, 10). Y que esto Se lo cante *la Gloria toda,* cfr. núm. 218, al fin, y lo allí anot.—*Mas, ¡ay! como el Alba* . . . Cfr. núm. 222 y 282: "¡No, sino el Alba!" . . ., aludiendo al mismo cantarcillo tradicional.

xxxvii

Vill. IV: "A la Asunción de su Reina". . .

v. 3 y ss. *Las Flores y los Planetas* . . . Cfr. núm. 270 (Asunción, 1685): "*Las Flores y las Estrellas / tuvieron una cuestión*" . . .; y en ambos, idéntico aire . . . Sólo que, aquí, en alegoría de *juego de cañas* . . . Cfr. *Góng.*, son. "A las Damas de la Corte, pidiéndoles favor para los Galanes Andaluces":

> . . . ¿Quién en la plaza los bohordos tira,
> mata los toros y las cañas juega . . . ,
> en el torneo de la valentía?

Y ya "a lo divino", *Valdivielso* ("Romancero Espiritual", 1612) tiene una "Ensaladilla de Navidad" en que el Amor, la Omnipotencia y la Gracia,

> porque está parida la Reina,
> corren toros y cañas juegan . . .

v. 35-36 *¡Tiren . . . de flores cañas!* . . . Cfr. *Góng.*, Sol. I, 804, llamando a los Amores para que, "de sus carcajes . . . , *flechen mosquetas,* nieven azahares". . .

v. 37-40 *¡Víctor, víctor!* . . . Cfr. núm. 317: "¡Víctor, víctor Catarina!". . . —*La Esfera:* el Cielo.

xxxviii

Vill. V: "*Quae est Ista, quasi Aurora?*". . .

v. 1 Frase latina (¿Quién es Ésta, como la Aurora? . . .) que resume ésta de' los *Cantares*, VI, 10: "Quae est Ista, quae procedit quasi Aurora consurgens?". . .

v. 5-6 *Cual varilla de humo / con mil fragancias* ... "¿Quién es la que sube del desierto como columna de humo, como humo de mirra e incienso y de todos los perfumes exquisitos?"... *(Cant.,* II, 6; y en la Vulgata: *virgula fumi;* literalmente, "varilla"...).

v. 11, 21 y 31 Cada una de las otras Coplas repite en su v. 1 el *Quae est Ista?,* y completa el heptasílabo con otro rasguito, también latino, del propio versículo bíblico, que prosigue: *"pulchra ut Luna* (bella como la Luna), *electa ut Sol* (elegida o radiante, como el Sol), *terribilis* (terrible) como los escuadrones guerreros"... Y a dos de tales puntos responden éstos del *Apocalipsis,* XII, 1: "Una Mujer vestida (o *cercada)* del Sol, y con *la Luna a sus pies"...*

xxxix

Vill. VI: "Un Río inmenso de glorias"...

v. 5-8 Esos *dos brazos de Mar* son Cristo y María; y la Ascensión de Aquél y la Asunción de Ésta fueron la *remontada crecida* (o "creciente") en que se alzaron hasta el Cielo Sus corporales *Vidas* resucitadas...

v. 9-12 *Eligió la mejor parte* ... En María y Marta (las hermanas de Lázaro), la tradición patrística ha simbolizado la contemplación y la acción: María extasiada a los pies de Cristo, escuchándolo; y Marta "afanándose en muchas faenas", por servirlo... Allí dijo el Señor: "María *eligió la mejor parte,* que no le será quitada"... *(S. Luc.,* X, 42). Tal pasaje, que era el Evangelio litúrgico de la Asunción, también acomódase a la otra y mayor *María,* que idealmente reunió ambas perfecciones: fué la *Reina contemplativa,* que todas las palabras y misterios de Jesús los "conservaba en su corazón" *(Ibid.,* II, 19); y Le sirvió también con sus obras, en Belén y Nazareth y siempre que pudo, tornando *activas* (aplicando a la acción) todas sus *limpias aguas* (sus energías purísimas).

v. 13 La "Gloria substancial" es la Visión de Dios; y las *glorias accidentales* del mismo Cielo son todas las otras que, nacidas de particulares motivos en cada Santo, se añaden a aquélla...

v. 17-18 *¡El Río... suba!* ... : la Virgen, en Alma y Cuerpo. Imagen modernísima, en otros temas. Así *Pablo Neruda,* con su "río vertical" de la muerte; y *Manuel Ponce* ("Ciclo de Vírgenes", Méj. 1940), cuando "las Vírgenes Triunfantes" dicen del Cielo:

> Iremos por el río de nuestra sangre y lágrimas
> navegable a favor de brisas verticales...

v. 21 *El alto Inmóvil* ... : la suprema Esfera Celeste: el "Cielo" cristalino y fijo, o "Empíreo", en que la Escolástica medieval localizaba la Gloria.

v. 22 *Luces pase, Astros deje, Signos pise* ... En la canción de *Góng*. "En una fiesta a San Hermenegildo", cada estancia termina así:

> Ver a Dios, vestir luz, *pisar estrellas* ... ;
> larga paz, feliz cetro, invicta espada ... ;
> ven pompa, visten oro, pisan flores ...

(Cfr. Dámaso Alonso: *Versos plurimembres y poemas correlativos,* en "Rev. de la Biblioteca, Archivo y Museo" de Madrid, I, 1944.) Y ya en *Sor J.,* endecasílabos simétricamente cuadripartitos, en núms. 251, 263 y 312.

xl

Vill. VII: "Suba, suba María!" ...

Idénticas funciones del *Padre,* el *Hijo* y el *Espíritu Santo,* al coronar a María, en el núm. 257 y otros.—Igual metáfora de *Tálamo,* por la Gloria, en los núms. 218, 252, 255, etc.—*Sube al trono de Zafiros* ... : cfr. núm. 373: "En trono de Zafir" ...

xli

Vill. VIII: "Fuéronse, amigos, por alto" ...

El rematar con una "Ensalada" o *Ensaladilla,* es habitual en Sor J. (núms. 224, 241, 249, 258, 266, 274, 311).

v. 9-16 *Los cuatros* de los *Mestizos,* son sus instrumentos músicos; y en ser músicos *de tierra* ("terrenos", en oposición a los Ángeles), no falta cierto equívoco con la expresión *"de la tierra"* (o sea, de esta Nueva España). —Lo de que esos mismos Mestizos *no entienden* un Misterio tan grande *(tanto,* a la latina), *ni vuelan* tan alto con sus plumas, es aquí una ponderación de este Misterio y su gloria, por ser ya proverbial desde el XVI el "ingenio agudo, trascendido y delicado" y el "hablar tan pulido, cortesano y curioso" de los "nacidos en Indias", con gran "ventaja en cuanto al trascender y hablar" sobre los "cachupines"... *(Dr. Juan de Cárdenas:* "Problemas y Secretos maravillosos de las Indias", Méj. 1591, aunque él hablando allí directamente de los criollos).

v. 17-24 *Galleguiños,* con su gaitero, en Villancicos de Nochebuena, cfr. ya en *León Marchante:*

> ¡Quedito, *gaitero,* que dorme o Cordeiro!
> ¡Ay, *galleguiño,* quitay zapatiño!

—En cuanto al *oseo* (v. 22), debemos conjeturar. El Dicc. de la R. Acad. Esp. da el verbo *osear,* como variante de *"oxear:* espantar las gallinas y otras aves domésticas". Aquí, pues, la voz 1 intentaba *osear* (ahuyentar o apartar) a los Gallegos; pero éstos no se dieron por entendidos. Y así, la voz 2 comenta que ellos "no huelen las *flores de oseo",* porque en Galicia sólo hay *romeros* (equívoco de esta flor y de los peregrinos a Santiago de Compostela).

—Tal estrofa (vv. 21-24): *Os Galegos* (los Gallegos) y *non teñe* (no tiene), está en un gallego convencional, como la citada de *León Marchante,* al modo del "símili-portugués" del núm. 249.

v. 25-26 Sobre el equívoco de *pies* (del cuerpo y de los versos), cfr. núm. 132, v. 10 y lo allí anot.; y otra burla a *los poetas,* como tópico de Villancicos, en núm. 285, vv. 47-50.

v. 33-40 Varios *Tocotines,* en núm. 224, etc.; y en cuanto a que *los Indios... dan en el blanco,* cfr. núm. 299, donde uno de ellos "bien de su empeño salió", con su ladina agudeza.

v. 49-56 *Vigilia..., Ensalada...* Cfr. lo anot. al núm. 266:

> Como es día de Vigilia / la víspera de San Pedro,
> sólo con una Ensalada / hacer colación podemos...

SAN PEDRO APÓSTOL, 1684

Edic. suelta, anón.: *Villancicos que se cantaron en la S. I. Catedral de la Puebla de los Ángeles, en los Maitines del gloriosísimo Príncipe de la Iglesia el Sr. S. Pedro, este año de 1684...: compuesto en metro músico por Antonio de Salazar, Mº de Capilla de esta Iglesia...* (Puebla, Diego Fernández de León, 1684).—Ejr. de González de Cossío; hoy, de D. Salvador Ugarte.—Nunca reprod.—Todos, muy de Sor J., en su íntegro metal de voz y de ideas.

xlii

Vill. I: "Juró Pedro que a Cristo no conoce"...

v. 24-31 *Se entregó a la muerte...*: al pecado, muerte del alma.—*Divino Sol...*: Jesús; *Celestes luces...*: Sus ojos; *el Ave...*: el gallo.

v. 29-34 "Hablando aún él, cantó el gallo; y vuelto el Señor, *miró* a Pedro; y éste se acordó de la palabra del Señor..., y saliendo fuera, lloró amargamente"... (*S. Luc.,* XXII, 61-2).

v. 35-36 *En lágrimas deshecho, / el corazón le liquidó la pena...*: cfr. núm. 164:

> pues ya *en líquido humor* viste y tocaste
> *mi corazón deshecho* entre tus manos.

xliii

Vill. II: "Ser amante y valinte"...

v. 1 Pedro *amante y valiente*...: ideas muy de Sor J., en su entusiasta devoción al Apóstol.

v. 6-8 *Ojo fué de su amor*...: su amor a Cristo, por ser tan bello, se atrajo esta desgracia del *ojo* ("aojo", fascinación): cfr. núm. 114 y lo allí anot.; y quien le hizo *"mal* de ojo" fué un *Áspid:* el Demonio, la "Serpiente antigua"... *(Apoc.,* XII, 9). Pero *otros Ojos,* los de Cristo, lo sanaron al punto *(S. Luc.,* XXII, cit. aquí el núm. xlii).

v. 13 y ss. Cada una de las Quintillas se remata con *un título de Comedia.* —De éstas, son dos de *Lope:* "La ventura sin buscalla", y "Ello dirá"; una, de *Rojas Zorrilla:* "Lo que son Mujeres"; una, del murciano *Andrés de Claramonte:* "El Secreto en la Mujer" (inédita, entre otras suyas MSS., en la Bibl. del Duque de Osuna, según La Barrera: "Catálogo... del Teatro Antiguo Español", Madrid, 1860, p. 93); y otra: "La Aurora del Sol Divino", es de *D. Francisco Antonio de Monteser* (MS. de 1640, que vió Schack), o de *D. Francisco Jiménez Sedeño,* bajo cuyo nombre corre una del mismo título, que "tal vez será la misma"... (La Barrera, p. 199 y 271).—Las restantes: *Bueno va, si no se enreda..., El Divino Nazareno,* y *El Mártir por lo Valiente,* no figuran en el cit. "Catálogo" e ignoramos cúyas serían.—Y recordemos, de *Lope,* toda una "Loa Sacramental de los *Títulos de Comedias".* (Cfr. Menéndez y Pelayo: "Estudios sobre el teatro de Lope", T. I, Santander, 1949, pp. 128-135.)

xliv

Vill. III: ¡Ay, qué tierno suspirar!"...

v. 5 *Déjenlo llorar*... Cfr. núm. 284:

> Al Niño Divino que llora en Belén,
> ¡déjenlé!...

v. 6-9 Esta y las otras "Coplas" son *Endechas Reales* (de 7 y 11), como los núms. 82 y 83, y otras de *Sor J.*

v. 6, 11, 21, etc. *Aumenten mis lamentos...; Desátense los ojos...; Amargamente llore*... Cfr. el mismo empleo del subjuntivo optativo, en núm. 78, vv. 9, 25, 29, etc.: "Salga, el dolor, de madre...; / Dé voces mi dolor...; / Ceda al amor el juicio...; / Cúbrame eterna noche"...— Allí, idéntico tono; y en algún rasgo, suma afinidad de idea y expresión:

> Salgan del pecho, salgan / en lágrimas ardientes,
> las represadas penas / de mis ansias crüeles...

v. 9 *La dilatada monarquía de Juno*... Cfr. el auto "A Dios por razón de estado", de *Calderón:* "Juno es la diosa del *Viento"...*

v. 16 "El *corazón, deshecho / en sus cristales puros*"... Cfr. nuevamente el núm. 164, vv. 13-14.

xlv

Vill. IV: "A la muerte hace cara":..

v. 1 *Hace cara a la muerte*...: se le enfrenta; la arrostra con valentía...

v. 7 *Aquéste sí es valor, amor es éste*...: el de S. Pedro en su Martirio. (Subrayados, de nuevo, muy de Sor J.)

v. 19-20 *Fénix*...: cfr. lo anot. al núm. 49.

v. 24 Pedro es "Piedra" *(S. Mateo, XVI,* 16); pero la más incomparable. y preciosa: *el Diamante.*

v. 29-36 *Del Patíbulo a la Gloria / le dió con sus pies alcance*...: crucificado de cabeza, parecía estar S. Pedro en la posición de ir por sus pies hacia el Cielo.—*En la muerte..., semejantes*...: Crucificados ambos, Cristo y S. Pedro.

v. 37-40 *Tierno Cisne*...: tal como el fabuloso canto del cisne, así el Apóstol habrá expresado su amorosa alegría de morir por Cristo. (Y cfr. núm. 237).

xlvi

Vill. V: "¡No ha de entrar!...

v. 1-14 Este *rápido dialogismo* a 4 voces, "dramatizando" la entrada al Coro de ese "letrado" que va a cantar, es uno de los poquísimos rasgos, casi imperceptibles realmente, que aproximan los Villancicos al Teatro.

v. 25-26 Sobre ese *Cardador,* y el *soy de la carda,* cfr. lo anot. núm. 71:

> A Belilla pinto / (tengan atención),
> porque *es de la carda, / por el cardador*...

v. 36-39 *Hombre a la mar*...; *pescáronle el cuerpo*...: cfr. lo anot. al núm. 390.

v. 40-43 *Cenar*..., *echando bravatas*... Pedro dijo al Señor en la Última Cena: "Aunque todos se escandalicen de Ti, yo no...; aunque tenga que morir contigo, yo no Te negaré"... *(S. Mat.,* XXVI, 33-5).

v. 44-7 *Un chirlo:* "herida prolongada en la cara"... (Dicc. R. Acad.). Alúdese al mandoble a Malco *(S. Juan,* XVIII, 10); pero este *¿Quién querrá un chirlo de Pedro?* entraña aquel concepto del núm. 266:

Que Dios nos libre de que él / no nos quiera desatar...

v. 50-55 Un *gallo* lo hizo *llorar;* pero ésta fué *mejor gracia,* porque aquel llanto lo purificó de sus negaciones, y permitió que Cristo lo constituyera *Papa,* o Pastor universal (*S. Juan,* XXI, 15-17), dándole *las Llaves del Cielo* que antes le prometiera (*S. Mat.,* XVI, 19).

v. 56 Texto: "La *Bulla* de Pedro"...; pero se trata, evidentemente, no de ninguna "bulla" o ruido, sino de "Bula", o documento pontificio, con grafía latina. O sea, que si se habla de *las gracias* (o chistes) de S. Pedro, más debemos pensar que son *gracias suyas* todas las gracias (o dádivas espirituales) que otorgan los Romanos Pontífices, sus Sucesores.

xlvii

Vill. VI: "A aquel Mago codicioso"...

De *Simón Mago,* narra la Escritura: "Había allí (en Samaria) un hombre llamado Simón, que practicaba la magia maravillando al pueblo...; y él también creyó, y bautizado, se adhirió a Felipe; y viendo sus milagros grandes, estaba fuera de sí... Pero viendo Simón que por la imposición de las manos de los Apóstoles se comunicaba el Espíritu Santo, les ofreció dinero diciendo: Dadme también a mí ese poder... Díjole Pedro: Sea ese tu dinero para tu perdición, pues crees poder comprar el dón de Dios...; veo que estás lleno de maldad y envuelto en lazos de iniquidad"... (*Hechos de los Apóst.,* VIII). Y en cuanto a la leyenda o tradición posterior, de que *quiso volar y estrellóse,* cfr. lo anot. al núm. 387.

v. 31 A *otro Simón* pagarás...: al Apóstol, "Simón, que se llama Pedro"... (*S. Mat.,* IV, 18), o "Simón Bar-Jona" (*ib.,* XVI, 17).

v. 33-34 *Que le ayunan las vigilias / los más brïosos, al Viejo*...: sabrosísima expresión, quevedesca y popularísima, para expresar en "jácaro" (y en alusión muy de la vida cristiana) que "hasta los más valientes tienen respeto y rinden culto a San Pedro"...

xlviii

Vill. VIII: "Bravatos, los de la hampa"...

v. 1-10 Sobre las *Jácaras* en Sor J., cfr. núm. 222 (con lo allí anot.), y núms. 230, 239, 248, 256, 282, 299 y 311.—*Bravato,* está en el Dicc. R. Acad. Esp. como adj. anticuado, por "el que ostenta balandronería y descaro"; y aquí, subst.: "Valentones, bravucones, espadachines"...—*Los de la hampa*...: ponderación encomiástica, en germanía. Cfr. *Sor J.,* núm. 214, v. 136: "una Musa de la hampa"..., (y lo de *Quev.,* anot. allí).—*Que siempre habláis con silbos* : o sea, aspirando la hache, como en *"jabláis",* según aquí lo imita este octosílabo, que de otro modo pecaría de hiato entre "siempre" y "habláis"...—*Éste* (S. Pedro) *sí es bravo de fama*...: cfr. el mismo elogio del Apóstol, con esa alegoría de espadachín, en todo el núm. 248 (y aplicada a S. Pedro Nolasco, en el núm. 239).

v. 11 y ss. Las Constelaciones o Signos *Zodiacales*, que dan a estas Coplas nuevo plan alegórico, asomaban ya en el núm. 254 ("La Astrónoma grande"...: Nuestra Señora, en su Asunción).—El Príncipe de los *Doce* Apóstoles (como Carlomagno entre los *doce Pares*); y doce glorias suyas escogidas (como los doce trabajos de Hércules) hacen de él un *Zodíaco* de doce Constelaciones... Así lo vemos *Aries* (el Carnero), por su docilidad de Oveja de Cristo; *Tauro* (el Toro), por su fortaleza incansable en la labor apostólica; *Géminis* (el Gemelo), por su amorosa adhesión a Cristo y su semejanza con Él; *Cancro* ("El Cáncer", o Cangrejo), por ser el signo zodiacal en que más arde el Sol; *León*, por su santa cólera en Gethsemaní; *Virgen*, porque tal signo zodiacal es el de las cosechas, y él (Sumo Sacerdote) nos da el Pan y el Vino divinos de la Eucaristía; *Acuario*, por su largo llanto de contrición, etc.

v. 25 *Al olmo enlazada hiedra*... Cfr. *Horacio, Épodo XV:*

> Más que como la hiedra se adhiere al roble procero...

v. 40 *Estatera*...: voz latina ("statera"), por "balanza romana"...; imagen, aquí, de la Cruz... (Y de otros latinismos intactos, en *Sor J.*, cfr. lo anot. al núm. 247, sobre "la ancila"...)

xlix

Vill. VIII: "¡Atención a un gracioso coloquio!"...

v. 1 *Un Seis del Coro*...: cfr. núm. 258 ("los Seises de la Capilla"...), y núm. 282, v. 86.

v. 4-15 *¿Por qué el día de las glorias / se han de repetir las penas?*...: "¿Por qué, en la fiesta de San Pedro, recordar siempre sus negaciones y lágrimas?"... Tal contraposición la marca ya Sor J. en el núm. 265:

> Hoy de Pedro se cantan las glorias...
> al métrico són de suspiros..., de llanto...;

y allí mismo, la propia explicación de la paradoja:

> Cada pena le alcanza una gloria...

Pero todo ello, aquí, más dulce y hermoso, en "los trinos de alegría, contrapuntos de ese llanto"...

v. 25 *Glorias accidentales*...: cfr. lo anot. al núm. xxxix, v. 13.

v. 28-29 "Que le está matando *a penas* / por dejarle *apenas* vida"... Cfr. "La Vida es Sueño", de *Calderón:*

> Que *apenas* nace, cuando nace *a penas*...

v. 42-44 Esas *lágrimas, que son el golfo de su alegría,* reiteran el concepto del núm. 263:

> Llora, llora, mi Pedro, / que aquese llanto
> más que diez mil tesoros / es estimado...

ASUNCIÓN, 1686

Edic. suelta, anón.: *Villancicos que se cantaron en la S. I. Metropolitana de Méjico, en honor de María Sma., Madre de Dios, en su Asunción Triunfante...: púsolos en metro músico el Br. Joseph de Loaysa y Agurto...* (Méj., 1686, Hereds. Vda. de Calderón).—*Nunca reproducidos,* salvo el IX en "Poets. Novs.", III, p. 106.—Ejr. de Gómez de Orozco.—Estilo netamente de Sor J., en lo exterior e interior.

l

Vill. I: "¡Toquen, toquen a fuego!"...

v. 1-6 *¡Toquen a fuego!*...: cfr. análoga metáfora, también allá gozosa, en núm. 340.

v. 7 y ss. Toda la *Letra* es una noble oda, en Liras de 6 versos, de 7 y 11 sílabas, como las del núm. 242, etc.

v. 16 *El alto Ternario:* la Santísima Trinidad; y cfr. núm. 220, v. 30.

v. 26 En el impreso antiguo: *Vibra hermosos por la encumbrada Esfera;* mas lo creemos err., no ya sólo por débilmente acentuado, sino porque "Esfera" es el sujeto y sobra el "por"... Nos atrevimos, pues, a corregirlo.

v. 34 María es la *mejor Leda,* que "el pecho roba al *Jove más sagrado"*...: aplicación "a lo divino" del amor de Júpiter por Leda, ciertamente audaz, pero no escandalosa entonces, ni irreverente. Dante, el Poeta Teólogo, llama a Cristo *"il sommo Giove per noi crocifisso"*...; y la liturgia lo nombra "el Unigénito *del Sumo Tonante* y Prole de la Casta Virgen" *(Summi Tonatis* unice, / castaeque Proles Virginis"), en el Himno *"Aeterna caeli gloria"*... (Feria VI ad Laudes). Cfr. además de la propia *Sor J.,* todo *El Divino Narciso,* que es Cristo (en nuestro t. III).

v. 48 Precioso verso, en su hipérbaton y eficacia: *que hace cristal la que* *le estorba nube* . . . : que torna cristalina (o desvanece) toda nube que le estorba. . .

v. [54] *Su perfección aplauden, rara, rara*. . . Cfr. núm. 251: "El curso, Fénix rara, / pára, pára". . .; y núm. 263: "y pues tu pena rara / lágrimas sólo borran, / corran, corran". . .

li

Vill. II: "Caelestis auriga". . .

v. [2-3] *"Convolate, Doctores, / nam Caelicolae arripiunt vestrum Honorem!"*. . . Cfr. idéntica emoción y concepto, y aun semejante movimiento rítmico, en núm. 221, v. 50-53:

> ¡Corred, volad, Zagales,
> que se nos va María por los aires!
> ¡Corred, corred, volad aprisa, aprisa,
> que nos lleva robadas las almas y las vidas!. . .

v. [9 y ss.] De *"Quintillas"* latinas, no hay otro ejemplo en Sor J.,; pero sí vimos *Décimas* (núms. 133 y 134), *endechas* (252, 255, 266), *romances* (núm. 218 y 245), y *liras* (274), etc.—La *prosodia* es la que en ella misma hemos visto, diptongando casi siempre a la castellana (Ho-*die;* Philoso-*phia;* cla-*rius;* ape-*rie-*bas); haciendo sinéresis en *tua, suum, quia,* "Poe-sis", y hasta *"Poe-seos";* y añadiendo (sin escribirla) una "e" al principio de *Stella y Stellas*. . . (cfr. el "strident", del núm. 255, v. 19, y lo allí anot.).

v. [30] Texto: *"Ait memor"*. . . ; pero ese *ait* ("dice") no tiene allí sentido ninguno, y lo creemos errata por *"I memor"*. . . ("Vé", de "irse"), como lo corregimos, aunque tal rasgo ("¡Vete, o quédate, acordándote de nosotros, oh Reina!", o simplemente: "¡No nos olvides!". . .) no cupo literal en nuestra versión.

—El tema no puede ser más de Sor J., cantando en María a la *Vida de la Universidad,* en cuya ausencia enmudecerían todas las *Artes liberales,* si Ella misma no fuera desde el Cielo nuestra Lengua y Poesía, nuestra Filosofía y Medicina. . . Cfr. sus alegorías de "la Soberana Doctora" (núm. 219), "la Maestra Divina" de Música (núm. 220), "la Retórica nueva" (núm. 223), "la Astrónoma grande" (núm. 254), etc.

—Y he aquí una *traducción,* tan literal como fué hacedera:

Estribillo

> *¿A dónde llevas, oh celeste Auriga,*
> *de la Universidad, raudo, la Vida?*
> *¡Volad, volad, Doctores!*
> *¡No vuestro honor los Ángeles se roben*

y de Minerva el Plaustro
ya os arrebate el Lauro!
¡Detenga la Academia
con su voz al Auriga, con su llanto a Minerva!

QUINTILLAS

Cuando hoy, Virgen peregrina,
al Cielo te vas, gemimos:
faltando el Arte Divina
de la que el Verbo aprendimos,
calla la Lengua Latina.
Ya el Orador la Elocuencia
¿dónde beberá, si en vano
buscando irá la eminencia
con que un fiat *soberano*
humanó a la Omnipotencia?
Ya sepulta la Poesía
las Musas lloran, e inepto
su sacro dón, a porfía:
Tú les dabas el Concepto
que Apolo único sería.
Ya en vano acude a Platón
la Filosofía genuina:
bellos sus raudales son;

pero de la Luz Divina
más hondo y claro es tu dón.
Ya Estrellas tan sólo errantes
los Astrónomos verán:
no Soles fijos, como antes;
pues tus luces negarán
ya sus rayos coruscantes.
Por tu poder y bondad,
a la vida nos volviste
Tú, que a nuestra enfermedad
desde los Cielos trajiste
al Galeno de verdad.
Pero Tú, oh Sabiduría
ya plena en Dios, Reina bella,
sé Medicina y Poesía
y Lengua y Filosofía
nuestras, ¡Matutina Estrella!

(A. M. P.)

lii

Vill. III: "Ya que descanso al estudio"...

v. 1-8 *Inconfundible de* Sor J., la gracia familiar de esta introducción.

v. 10 *Águila caudal*...: María, que hoy vuela hasta el Sol Divino...;
y cfr. la entera glosa "Con luciente vuelo airoso"..., del "Triunfo Parté-
nico", en nuestro núm. 139.

v. 13-16 *Renovar*..., *Jordán*... Alude, conjuntamente, a la fábula del
Águila que se rejuvenecía en una fuente ("Se *renovará*, cual la del Águila,
mi juventud"...: *Ps.* CII, 5), y a la historia de Naamán el leproso,
que· por orden del profeta Eliseo "se bañó siete veces en el Jordán, y su
carne se volvió como la de un niño, y fué limpio"... *(IV Reyes,* V, 14).

v. 25-42 *Manto de gloria, y de humo*...: dos clases de tela para velos...
Cfr. la "Confesión que hacen los Mantos", de *Quevedo,* satirizando modas
y costumbres (Astr., 320):

Empezó *un manto de gloria,* / vidriera de tasajos...
También yo digo mi culpa / (dijo *un mantillo* mulato
de humo), pues soy infierno / y encubro llamas y diablos...

—Aquí, se alude a los *Cantares:* "¡Quién es Ésta que sube como una
Varita del humo del pebetero?"... (III, 6), y "En pos de ti correremos,
tras tu fragancia"... (I, 3-4); y a la fábula zoológica (todavía en el "Bes-

tiario" de *Leonardo da Vinci*) de que la *Pantera,* sólo "escondiendo su cara", atraía a sus víctimas con la belleza de "su piel blanca, moteada de negro"...

v. 58 *Los Peces del ancho mar*...: las almas, en este mundo; y cfr. núm. 264, vv. 13-16, y núm. 266, vv. 25-28.

liii

Vill. IV: "¡Cuidado, Marineros!"...

v. 7 y 88· *La Nave Santa María*... Es alegoría tradicional, en cantares de *Nochebuena:* cfr. lo anot. al núm. xxvi. Pero es originalísima esta imagen para *la Asunción:* el zarpar esa Nave, por *el alto mar* del éter, llevándose *el Indiano tesoro* de su belleza: el *erario de Ofir* (todo oro), en sus crenchas; los *Zafiros* de sus ojos; los *Aromas* del *cercano Mayo* (de su Alma, o del Cielo), en el aliento de su nariz; los *Corales* y las Perlas *(aljófares),* en sus labios y dientes, y en la suave mezcla de rojo y blanco de su tez; el *Cristal* de su Seno, formado para *dar pecho* (lactar, y pagar el mejor tributo) al Sumo Rey, Cristo; y el *Marfil* de su Cuerpo virginal, en el que *entró su Dueño* (en la Encarnación), y al que ahora viste con *telas* más floridas que el manto que (en la fábula gentil) daba el dios *Vertumno* a la Primavera...—*Nao* con tales riquezas, no podía ir sino al Cielo...

v. 10 *El más cierto Palinuro*...: el más sabio "Piloto": Dios mismo... (*Palinuro* era el piloto mayor de la escuadra troyana rumbo a Italia: cfr. *Eneida,* V, vv. 835-71.)

—Toda esta *Letra* (vv. 7-48) es singular por su métrica, muy bella en su novedad. Cada Sextina consta de cuatro octosílabos con sólo asonancia en los pares (común a todas las estrofas), y de un heptasílabo y un endecasílabo aconsonantados entre sí. Su conjunto equivale a un Romance (en *ú-o*), entrecortado a cada cuarteta por un pareado de 7 y 11, cuya consonancia se va mudando.

liv

Vill. V: "*Regina Superum*"...

Cfr. núm. 255 (Asunción, 1679): *Ista quam omnibus / Caelis miran-tibus*..., con lo anotado sobre su metro. Allí (en aquel también *Vill. V)* pululan coincidencias de ideas y léxico:

> *Ista, quae dulciter / lactavit* Parvulum...;
> *Qui saevus imperat / obscuro* Barathro...;
> *Fecit* ad Superos / *felicem transitum*...;
> *Felix Empyreum / occupat* Thalamum...;
> *Iam satis lusimus / rustico* calamo...

—Y aquí, asimismo, *traduzcamos* en lo factible:

La Reina Angélica
ya al Celeste ámbito
asciende nítida
con peplo cándido.
  Guirnaldas célicas,
divinos cálamos,
Señora aclámanla
del Cielo, extáticos.
  Plectros melódicos
le ofrecen cálidos
en suaves cítaras
sonoros cánticos,
  y su Virgíneo
glorioso Tránsito
festivos júbilos
resuenan plácidos,
  y en dulce estrépito
que elevan, rápidos,

cantan sus vítores
clarines áureos.
  Exulte, en ínclito
Trono Seráfico,
la Madre Inmácula
del Sumo Párvulo.
  Cíñase, fúlgida,
destellos máximos,
y ya a los Ángeles
tenga por fámulos.
  Diadema rútilo,
del Sol con rayos,
a la Deípara
teja el Ternario;
  y que del Solio
Cristalino, Árbitro,
sin fin acójala
de Dios el Tálamo.

Estribillo

Goce la Tierra alegre, gima el Báratro:
¡al Cielo subirás, oh Celeste Milagro!

(A. M. P.)

lv

Vill. VI: "Aquella Mujer a quien"...

v. 1 y ss. Cfr. núm. 256 (Asunción 1679, Jácara): *Aquella Mujer va-*
liente...

v. 3-5 *Las tres Gracias* de María, respecto al *Ternario* Divino, son las
expuestas en el núm. 257 (Asunción, 1679), vv. 41-44:

A recibirla salieron / *las Tres Divinas Personas,*
con los aplausos de quien / es *Hija, Madre y Esposa*...

—Y la palabra misma, *Ternario,* cfr. núm. 220, v. 30.

v. 13-6 *Faltando sólo el del barro*...: en N. Sra., ya resucitada y gloriosa,
no hay ni *olor* del *barro* del Pecado de Adán y de la Mortalidad...—Y
Fénix: cfr. lo anot. al núm. 49.

v. 27-28 *El Dios Nuncio:* Mercurio, el "Mensajero" de los Dioses, el de las
sandalias aladas...

v. 40 *¡No, sino el Alba!*...: el mismo cantarcillo tradicional, aludido en
el núm. 222, v. 4.

v. 41-44 *El Solecito...* *su carro...* Cfr. el mismo núm. 256, vv. 41-44:

¡Los ojos! Ahí quiero verte, / *Solecito* arrebolado!
Por la menor de sus luces / dieras caballos y *carro*...

v. 57 En el impreso antiguo: *"Tabor* poderoso tiene"...; clara err. por "Favor", como corregimos.

v. 60 Cfr. el "Magníficat", de la propia Virgen María: "Obró potencia en *Su brazo"*... (*S. Luc.*, I, 51).

v. 65 Texto antiguo: *huigan;* lo modernizamos: *huyan.*

lvi

Vill. VII: "¡Escuchad los suspiros!"...

Endechas de versificación algo irregular.—La *Endecha Real* consta de 4 heptasílabos y 1 endecasílabo, con asonancia continuada entre los vv. 2, 4 y 5 de cada una (cfr. núms. 82 y 83). Aquí, en cambio, el v. 5 de cada estrofa es *dodecasílabo,* y aun éste *asimétrico.* A veces, de 6+6 (vv. 15, 20 y 25: "la partida lloran de su hermosa Reina"...); pero otras, de 5+7, ó de 7+5 (vv. 5 y 10: "con que, al partiros, el Orbe se lamenta"...), o del todo carente de cesura (vv. 30 y 35: "pues no les permite hablar tan grave pena"...).—Nuestra primer idea fué suponer alterado el texto. Ni nos sería difícil "restaurarlo", convirtiendo esos versos en *endecasílabos,* con algún levísimo cambio, vgr.: "con que el Orbe, al partiros, se lamenta"...; "hasta el Empíreo sube y los desecha"...; "el adiós lloran de su hermosa Reina"...; "cuando toda hermosura al Cielo lleva"...; "que, al sentimiento, yertos troncos quedan"...; "pues no los deja hablar tan grave pena"...; "lo que no puede articular la lengua"...—Pero no es verosímil que los 7 dodecasílabos se debieran a otras tantas erratas; y así, optó nuestro texto por *respetarlos,* sin más que subrayar aquí su no imposiblemente intencional anormalidad.—Lo que sí *corregimos* (tras alguna vacilación) fué la probable falta de una sílaba en el texto antiguo de los vv. 11 ("Las aves llorosas"...), 14 ("en tristes endechas"...), y 22 ("sin hojas se ostentan"...), que un mínimo retoque uniformó con todos los demás heptasílabos.

—Original y amoroso llanto del Mundo por La que es el *Mar de Gracia,* el *Ave María,* el *Huerto* de Dios y *la Divina Flora, el Árbol* que nos dió el Fruto *de la Vida,* y la Madre nuestra...

lvii

Vill. VIII: "Porteros Celestiales!"...

v. 1-6 *"¡Levantad, oh Príncipes, vuestras puertas...,* para que entre el Rey de la Gloria!"... (*Ps.* XXIII, 7, en la Vulgata).—Suplimos, entre corchetes, el v. 4 que la rima exige, pero que falta en el texto antiguo.

v. 14 *Su Escogida*... "Una es mi Elegida"... *(Cantares, VI, 9)*.

v. 15-16 *La que a sus entrañas / a todo un Dios arrastró*...: por cuyo amor, de un modo especialísimo, se encarnó el Verbo...

v. 19-22 *El Espíritu*..., *un y otra vez*...: en Nazareth *(S. Luc.,* I, 35), y en el Cenáculo de Pentecostés *(Act.,* I, 14, y II, 1-4).

v. 23-26 "Que mostró *no ser de lodo / su primera formación*"... No en el sentido (es claro) de que no descendiera de Adán y Eva por generación natural; sino aludiendo a su especialísima predestinación como Inmaculada y Madre de Dios, en vista de la cual le aplica la Iglesia *(Misal Romano, 8 de Dic.)* el texto de la Sabiduría: "Poseyóme el Señor en el principio de Sus senderos, ya antes de Sus obras. Desde la eternidad fuí ordenada, desde los orígenes, antes que la tierra fuese. Antes que los abismos fuí Yo engendrada...; cuando fundó los cielos, allí estaba Yo"... *(Prov.,* VIII, 22-27).

v. 33 *Las Angélicas Escuadras*... Cfr. núm. 253, v. 22: "las Celestiales Escuadras"...

lviii

Vill. IX: "Con sonajas en los pies"...

v. 1-8 *Antonomasia de Payos*... Quizá se dijera: *de Mechoacán,* como aún hoy: "de Tajimaroa"; pero aquí, esos *patanes* desmienten su fama... Vindicación muy del carácter de Sor J., como la que hace del "Indio de Xochimilco" en el núm 299, y de otro "Indio" en el núm. 241.—*Con sonajas en los pies*... Acaso las espuelas, que ya entonces tipificaran al buen ranchero y jinete "que es de puro Michoacán"... Y en ello nos confirma ese gentil equívoco ecuestre: no les gustan los *estribillos,* sino los "estribos"...

v. 12-21 *Lámina de Mechoacán,* como las célebres labores de pluma sobre lámina, de Pátzcuaro; donde "había muchos artífices de mosaicos de pluma, cuyo arte tanto celebran los europeos; pero por falta de fomentos, se ha acabado ya o está por acabarse"... *(Clavijero:* "Breve Descripción de la Provincia de Méjico en... 1767": ed. P. Mariano Cuevas: "Tesoros Documentales", Méj., 1944, p. 348). Tal, aquí, la Asunción: por lo primorosa y lo "voladora" (o *de pluma).—Los de Uruapa,* o Uruapan: famosos corredores, por lo visto...—*Os prometo:* en su acepción castiza (hoy anticuada) de "os aseguro, os garantizo"...

v. 25-32 —*Las Tinieblas:* los Negros *(Azabaches con alma),* y esa función litúrgica de la Semana Mayor, tan ajena a la luz y gozo de Nochebuena... Cfr. *León Marchante* (Navidad, 1672, op. cit. II, 107, donde Melchor es ya "Rey de *Azabache"):*

> Esta Noche, los Negros / que al Niño buscan,
> con caras *de Tinieblas* / traen Aleluyas...;

y el mismo (Epifanía, 1676, ib. II, p. 230):

> ¡Adiós, luz, que los Maitines / se han convertido en *Tinieblas!*...;

y todavía en otros de sus Villancicos (ib., II, p. 62):

> En gracia cayó a la Nieve / *los Azabaches* de Angola,
> porque los lunares hacen / a las Blancas más hermosas...

v. 35-36 *Cambulé / gulungué*... Cfr. en la misma *Sor J.*, núm. 258 (Asunción, 1679), v. 44-46: *cambulé*..., *gulungú*.... Y *León Marchante,* Nav. 1672: "gulumpé"... y "gurugú"...

v. 40 La misma *Flacica* (o allá, *Flasica), en núm. 258, v. 50.

v. 42-49 *Una Nenglita beya:* "Negra soy, pero hermosa"... *(Cant.,* I, 4). —Los Negros sienten suya la Virgen Morena que "va a gobernar el Cielo", no sólo *libre Negra,* sino *Señora...* Le piden alguna de las *estrellas que está pisando,* la cual de algo les *servirá...* Esperan *una de las luces que desprecia Su pie,* porque sin Ella quedan *en continua obscuridad...;* y algo de su *alegría* celeste, que nos sostenga en esta vida triste para que *ganemos su libertad:* la plenitud de libertad del Cielo... —Deliciosa oración, en la que todos, a la verdad, somos "Negros".

SAN PEDRO, 1690

Edic. suelta, anón.: *Villancicos que se cantaron en la S. I. Catedral de la Puebla de los Ángeles, en los Maitines del Gloriosísimo Príncipe de la Iglesia, el Sr. S. Pedro, este año de 1690...* : puestos en metro músico por... Dallo y Lana... (Puebla, Fernández de León).—Ejr. de Gómez de Orozco.—*Nunca reimpresos,* salvo el VIII y fragms. del I, III y VI, en "Poets. Novs.", III, pp. 108-110.—El sello de *Sor J.,* a cada paso.

lix

Vill. I: "¡Ciudadanos ilustres de Roma...!"

v. 17 y ss. *En la cabeza del orbe...; Reformar la Monarquía / de Rómulo...* Cfr. núms. 245 y 262, con lo allí anotado.

v. 34-45 La humildad de San Pedro, obligado a morir en otra Cruz, *supo volverla* (voltearla), pidiendo que se le crucificara de cabeza...; y con ello, se vió en la de Cristo un Dios que *bajaba* hacia el hombre; y en la de Pedro, un hombre que *volaba* a Dios: con los pies hacia el Cielo... Cfr. *Chanzonetas* de S. Pedro, *anóns.,* Méj., 1654 ("Poets. Novs.", II, 84):

—¿Este morir qué será? / —Es un dichoso nacer:
para el mundo, de cabeza, / y para el Cielo, de pies...

v. 46-49 *Rómulo ... ; un homicidio ...* Cfr. *S. León Magno,* anot. al núm.
245.

v. 68-69 *Otra piadosa maternidad ...* Alude a la Madre de S. Juan y
Santiago, que pidió a Jesús: "Dí que éstos se sienten, uno a Tu diestra
y otro a Tu siniestra"... *(S. Mat.* XX, 20-2).

v. 74-77 Dijo el Señor a los Apóstoles: "En verdad os digo, que vosotros...
os sentaréis sobre *doce sillas,* juzgando a las doce tribus de Israel"...
(S. Mat., XIX, 28).

v. 76 *Los Tribus* ...: ahora, voz femenina (como en latín); pero no
siempre tal en castellano; "*Tribu* se usaba a cada paso como masculino;
y la Academia lo calificó de ambiguo, por lo menos hasta la 6ª edición
del Diccionario"... *(R. J. Cuervo:* Nota 34 a la "Gramática" de Bello).
Anotando "los doce tribus de Israel", en Don *Quijote,* I, c. 23, *Rodríguez
Marín* asienta que así "generalmente decían nuestros abuelos", y cita un
Auto de la Asunción (Rouanet, "Colección de autos, farsas", etc., t. III,
p. 20):

> del *tribu* de Jacob una doncella...

lx

Vill. II: "Si con sus Llaves San Pedro"...

v. 1-4 Las *Llaves* de S. Pedro, en alegoría de "llaves" o "claves" de *no-
tación musical* ...

v. 8 En esta y todas las siguientes *Coplas,* cada redondilla se cierra con una
antítesis: "—¿No está obscuro?—¡Claro está!"...; "—¡Oh qué feo!—¡Oh
qué lindo!"...

v. 9-20 *El mayor vaivén de su constancia ...* Su triple negación de Cristo,
al reparar la cual, Le confesó tres veces su amor, y oyó de Él tres veces:
"Apacienta Mis corderos"... *(S. Juan,* XXI).—Y no fué *amigo infiel,* al
que llegara a faltarle la "fe"; y al punto "lloró amargamente" *(S. Mat.,*
XXVI, 74), con sus dos *ojos de agua ...* (Precioso equívoco con esa desig-
nación nuestra de los manantiales. Cfr. "La Inocencia", de *Fray Manuel
Navarrete:* "Hay un ojito de agua"...).—¡*Fuego!* ...: su amor; y cfr.
núms. 340 y x.

v. 25-28 Pedro hirió a *Malco* en la oreja *(S. Juan,* XVIII, 10); y *"la fe,
por el oído"... (Rom.,* X, 17).

v. 29-36 Sobre la leyenda del vuelo de *Simón Mago,* cfr. anot. a los núms.
xxi y xlvii.

lxi

Vill. III: "Cuando perlas de risa"...

Estribillo exquisito.—La *Tortolilla,* cuyo canto es llanto, es aquí el fuerte Apóstol, después de su *Negación,* luego expresada en doble alegoría: el náufrago Bajel y el Castillo en ruinas...—Y cfr. *Calderón,* "Eco y Narciso", II:

Salió otra *aurora,* no sé / si a *llorar* o si a *reír* ...

lxii

Vill. IV: "Pedro en lance nos ha puesto"...

Escenas piscatorias o marinas de S. Pedro.

v. 11-18 Él y su hermano Andrés, a la voz de Cristo, *"dejando sus redes,* al punto Lo siguieron"... *(S. Mat.,* IV, 20).

v. 19-26 Para pagar por Cristo y por sí *el pecho* o tributo, halló la moneda dentro del pez... *(Ibid.,* XVII, 23-6).

v. 27-34 Tras *una noche* de trabajo en vano, Cristo les mandó echar la *red,* y fué la primera pesca milagrosa... *(S. Luc.,* V, 5-6).

v. 35-42 El Señor predicó desde *"la barca* de Simón Pedro"... *(Ibid.,* V, 3); símbolo, aquí, de la Iglesia.

v. 43-50 Su marcha sobre las aguas del Tiberíades, y su "¡Sálvame, Señor!" *(S. Mat.,* XIV, 28-30).

v. 51-58 Tras la segunda pesca milagrosa, "se puso la túnica" para lanzarse vestido al mar, e irse nadando hacia Cristo resucitado... *(S. Juan,* XXI, 7).

lxiii

Vill. V: "¡Oigan, oigan a un hombre!"...

Este *hombre,* San Pedro, fué un *Jaque de los más valientes* (grande elogio en frase de *jácara:* y cfr. anot. al núm. 222), aunque *hizo pucheros* (o sea, lloró) *por caer en gracia:* para volver al estado de Gracia, con la contrición por sus Negaciones...

lxiv

Vill. VI: "Díganme los Teólogos"...

v. 1-19 *Más docto en el sér del Hijo de Dios*... "Dijo Simón Pedro: Tú eres Cristo, el Hijo de Dios vivo... Y díjole Jesús: Dichoso eres, Simón, hijo de Jonás, porque la carne y sangre no te lo reveló, sino Mi Padre que está en los Cielos. Y Yo te digo que tú eres Pedro, y sobre esta Piedra edificaré Mi Iglesia"... *(S. Mat.,* XVI, 16-8).

v. 20-23 *También Natanael* Le había dicho: "Rabí, *Tú eres el Hijo de Dios,* Tú eres el Rey de Israel"... *(S. Juan,* I, 49). Pero respecto a *los que naufragaban,* no hallamos tal, por lo menos en el pasaje de la tempestad apaciguada *(S. Mat.,* VIII; *S. Marc.,* IV; *S. Luc.,* VIII).

v. 47-50 Al primer problema exegético (bien resuelto en los v. 31-46), sigue otro: la aparente incoherencia del *atar* y *desatar* con *las llaves*..., en la frase del Señor: "Yo te daré las Llaves del Reino de los Cielos, y todo lo que atares o desatares en la tierra, quedará atado o desatado en el Cielo"... *(S. Mat.,* XVI, 19).

v. 54-57 Primera respuesta: *en el sagrado idioma* (el Hebreo), identifícanse los verbos *atar* y *cerrar*...

v. 58-61 Segunda: eso que Pedro debe "desatar" son, desde luego, las *cadenas* de los pecados *(Solve vincla reis:* "desata los grillos a los reos", dice el Himno "Ave, Maris Stella", del *Oficio de la Virgen);* y las cadenas *se desatan* con llave, *abriendo* su candado...

v. 62-37 En tercer lugar, esa doble alusión simultánea al *atar* y al *cerrar,* bien expresa la universalidad del poder de Pedro; y las *llaves* y los *nudos* se dirían, respectivamente, bella correspondencia a *su acero* (la espada que esgrimió por Cristo en el Huerto: cfr. *S. Juan,* XVIII, 10), y a *su red,* que por Él abandonó *(S. Mat.,* IV, 20).

lxv

Vill. VII: "A la Piedra más firme, que un tiempo"...

v. 1-16 *Aire de gaita gallega,* mezclando versos de 10 y 12 con algunos de 11 dactílicos, y otros de 6 ó de 9.—*Esta quiebra* (la Negación de Pedro) *no mitiga* el amoroso *fervor* de esta Fiesta ..—*¡Fuego de Dios!*... cfr. núms. 340 y x.—*Que si el otro*...: cualquiera de los muchos poetas que pintan como incendio su amor humano, tan inferior a este Amor Divino de S. Pedro en su penitencia...—*Crisol* de la *Iglesia*...: Supremo Juez de la Fe y Costumbres católicas...

v. 17-20 *Piedra de sillería* (con alusión a "la Silla Apostólica"), se labró *con agua:* la de su llanto...

v. 21-24 *Al pico de una mozuela* ... : ante la charla de "una de las criadas del Sumo Sacerdote", que provocó sus negaciones... (*S. Marc.*, XV, 66).—*Le vino a ver Dios* ... "El Señor, volviéndose, miró a Pedro", en el punto de sus negaciones (*S. Luc.*, XXIII, 61); y ya Resucitado "Se apareció a Simón", en particular *(Ibid.*, XXIV, 34).

v. 25-28 *Por cimiento* ... : "Sobre esta Piedra edificaré Mi Iglesia"... (*S. Mat.*, XVI, 18).—*La humedad* .. : la de sus lágrimas de arrepentimiento.—*Se desmoronaba junto al calor* ... "Estaba calentándose" en la hoguera del atrio de Caifás, cuando las Negaciones... (*S. Marc.*, XV, 67).

v. 36 *Con un canto se ajustó* ... "Al punto *cantó* el Gallo; y recordó Pedro la palabra de Jesús ..., y empezó a llorar"... (*S. Marc.*, XV, 72). —*Canto:* equívoco, aquí, de la acción de cantar, y de un guijarro de construcción.

v. 37-40 *El Opífice* (o Artífice: otro latinismo, como "ancila" o "tentorios", o "estatera"...) *se pagó* o satisfizo tanto de esta Piedra, que en ella *echó la clave:* que la hizo Piedra fundamental de su Iglesia y le dió las Llaves ("claves", en latín) de su Reino...

lxvi

Vill. VIII: "Oigan, atiendan, admiren" ...

Jácara (cfr. anot. al núm. 222), que, en perfecto estilo jacarandoso y picaresco, es toda ella un *tejido escriturístico* de suma erudición y alegre piedad.

v. 4-14 *Se adocena:* no por "hacerse vulgar", sino por contarse como el Primero de "los Doce" Apóstoles.—*Con el acero... en tiempo de Pasión*... Nadie solía ceñir espada en Semana Mayor; mas S. Pedro la esgrimió el Jueves Santo. ». (*S. Juan*, XVIII, 10).

v. 24-27 *Cuatro Autores:* los cuatro Evangelistas ...

v. 34-35 *El Espíritu Santo, su padre* ... "Dichoso eres, Simón, *Bar-Jona*", le dijo Cristo (*S. Mat.*, XVI, 17); obviamente, "Hijo de Juan o Jonás"... Pero *S. Jerónimo* lo traduce: *Hijo de la Paloma,* concluyendo que Pedro "debe llamarse Hijo del Espíritu Santo"... (Cfr. *Brev. Rom.*, 29 de Junio, aquí anot. al núm. xix, v. 12).

v. 42-43 *Y como si fuera Papa*... Iniciando la posterior costumbre de sus Sucesores, que al subir a la Sede Pontificia suelen mudarse el nombre, Cristo dijo a Simón: "Tú te llamarás *Kefas,* o *Pedro*"... (*S. Juan*, I, 42; y cfr. *S. Mat.*, XVI, 19).

v. 48-55 *Una vez fué pechero,* sujeto al tributo, cuando pagó el "didracma" por otro *Hidalgo* (Cristo) y por sí (*S. Mat.*, XVII, 23-6).

v. 63 *Por el viento...* : al marchar sobre las aguas, temiendo "al fuerte viento"... *(S. Mat., XIV, 30).*

v. 66-67 *Quien lo hizo hombre:* quien lo subió a su alta posición (y Quien lo había creado), *lo sacó de la red,* haciéndolo dejar su humilde oficio... *(S. Mat., IV, 20).*

v. 70-71 *Le dijo Quién era...* "Tú eres Cristo, el Hijo de Dios Vivo"... *(S. Mat., XVI, 16).* Y equívoco con el sentido vulgar de "decirle a uno, francamente, su precio"...

v. 72-75 *Que se fundara en un Monte...* "Bueno es quedarnos aquí (en el *Tabor);* hagamos tres tabernáculos"... *(S. Marc., IX, 4).*

v. 76-79 *Contradijo una Batalla:* queriendo disuadir a Jesús de Su Pasión *(S. Marc., VIII, 32-3 y S. Mat., XVI, 22).*

v. 80-83 *Arrojado... entre las aguas...* Cfr. S. Mat., XIV, 28.

v. 84-87 *Tener parte... en los secretos...* Al anunciar Jesús que entre los Suyos había un traidor, Pedro dijo a Juan: "Pregúntale de quién habla"... *(S. Juan, XIII, 24);* y cuando el Señor, ya Resucitado, le vaticinó su martirio, él mismo interrogó, acerca de Juan: "Señor, ¿y éste, qué?"... *(Ib., XXI, 21).*

v. 90-91 *Velando...; durmiendo...* : en Getsemaní *(S. Mat., XXVI).*

v. 92-95 *A la oreja...* : a Malco... *(S. Juan, XVIII, 10).*

v. 69-103 *De un Pontífice en la Casa:* en la de Caifás... "Empezó a renegar y jurar... Y cantó el Gallo, y acordóse Pedro de la palabra de Jesús..., y lloró amargamente"... *(S. Mat., XXVI, 74).*

v. 104 *En Pentecóstes* (aquí voz grave, como en latín, y no "Pentecostés"): cfr. la valiente y elocuentísima actuación de San Pedro, en su primer sermón *(Hechos, II).*

v. 108-11 *A un hombre y una mujer...* : Ananías y Safira *(ib., V, 1-12).*

v. 112-15 *Un Mago...* : Simón Mago, en su legendario vuelo, en Roma... (Cfr. anot. a los núms. xxi y xlvii).

v. 116-19 *Un cojo..., corriendo...* : cfr. *Hechos,* III, 6, y IX, 33.

v. 120-123 *En cierta pasión...* : su liberación en Jerusalén *(Ib., XII).*

v. 124-127 *A su sombra...* : cfr. *ib.,* V, 15; y núm. lxviii, con lo allí anot.

v. 130 *De la otra vida...* : la resurrección de Tabita *(Hechos, IX, 36-42).*

v. 132-135 *Su historia* . . . , *hasta el día del Juicio* . . . Pedro sigue viviendo en sus Sucesores, "hasta la consumación de los siglos" *(S. Mat.,* XXVIII, 20); y "su historia" terrena, tras su muerte, son los fastos del Pontificado Romano.

v. 139 *¡Apelar sólo a "Laus Deo"!* . . . Su sentencia condenatoria es ya sin remedio, y no hay sino decir: "¡Loado sea Dios!". . . Y cfr. núm. 50, que así termina:

> *Laus Deo!* Lo dicho, dicho . . .

SAN PEDRO APÓSTOL, 1691

Ed. suelta y anón.: *Villancicos que se cantaron en los Maitines del Glorioso Príncipe de la Iglesia, el Sr. S. Pedro, en la S. I. Metropolitana de Méjico: Compuestos en metro músico por el Mº Antonio de Salazar.* . . : Méj., Hereds. Vda. de Bdo. Calderón, 1691.
—Estos Vills., en el ejr. de Gómez de Orozco (hoy en la Bibl. del Museo Nacional), llevan esta *nota ms.* antigua: *"Compúsolos la M. Juana Inés de la Cruz, religiosa del Convº de S. Gerón. de Méx.",* fotocopiada ya en "Sor J.: Bibliografía y Biblioteca", de *Abréu Gómez,* 1934, quien los cataloga llanamente como suyos, y estima, aquí acertado, que "el estilo es evidentemente de Sor J." (pp. 240 y 226).
—Pese a ello, sin embargo, y a su extraordinaria belleza, no se han reproducido jamás, salvo el I, IV, VII y VIII, y fragms. del II, y V y VI, en "Poets. Novs.", III, 1945, pp. 111-4.

lxvii

Vill. I: "A las glorias de Pedro Divino". . .

v. 3 Cfr. "Polifemo" de *Góng.:* "copia bella / que *un silbo junta* y un peñasco sella". . .

v. 10 *Apacentando estrellas.* . . : imagen espléndida, tan gongorina como original, del Pastor ya glorificado.

v. 11 y 14 *Huellas, huellas* . . . ; *Signos, Planetas, Trópicos, Coluros* . . . Ambos lindos amaneramientos de esta y de todas las siguientes *Liras* (el v. 3, con un *bisílabo repetido,* y el endecasílabo final, *cuatrimembre),* cfr. idénticos en los núms. 262 (S. Pedro, 1863), y 251 y 312, con lo allí anot.

v. 15 Texto antiguo: *lobo* (que recurre en el v. 18); clara err., por *robo.*

v. 45-50 *Del fratricidio.* . . Rómulo, su fundador, manchó a Roma con el fratricidio de Remo; y Pedro la purificó con su martirio: cfr. núm. 245, y *S. León Magno,* allí anot.

v. 51 "¡Oh Clavero sagrado!"... Cfr. núms. 244, v. 5; 260, v. 13; y 262, vv. 17-18:

> Soberano *Clavero* / de aquellas sacras Llaves...;

y *Góng.,* son. "Éste que Babia"..., llamando a los Papas *"Claveros* del Bajel sagrado"... *("Clavis"* = llave, en latín).

lxviii

Vill. II: "Con la luz, cuando mucho"...

De *la sombra de S. Pedro,* sin la menor superstición, mas con fina lucidez, glosando el relato bíblico: "Sacaban a los enfermos..., para que al pasar Pedro, siquiera los sombrease su sombra, y se librasen de sus males"... *(Hechos de los Apóst.,* V, 15).
—Rara y bella alternación, en *Romance,* de *versos de 8 y de 6*...

v. 13-16 *Se parece a Dios*... "Protégeme *bajo la sombra de Tus alas!"...* *(Ps.,* XVI, 8; y cfr. ib., LX, 5, y LXII, 8, etc.).

v. 15 y 23 "Hace sombra al que de *sus* / alas se amparó"...; "y ¿qué no hará el cuerpo, *si* / la sombra curó?"... Finales en *monosílabo átono* agudizado. Cfr. núm. 1, v. 43, y lo allí anot., desde *Calderón* hasta *Nervo* o *Rubén Darío.*

v. 22 Texto antiguo: *tendrá su ardor*...; pero verso y sentido piden: "tendrá *de* su ardor"...

v. 32 El mismo texto: *añidió;* modernizamos: "añadió"...

v. 37-40 *Si tal poder / tu sombra logró*... Cfr. *S. Agustín,* Serm. 29 de Sanctis, en *Brev. Rom.,* S. Pedro ad vincula (agosto 1º): "Si entonces podía prestar auxilio la sombra de su cuerpo, ¿cuánto más ahora la plenitud de su poder?"...

lxix

Vill. III: "Una Oposición canto"...

Oposición, en el sentido universitario o canónico, de "concurso de los pretendientes a una cátedra, prebenda u otro empleo o destino"...
—Aquí, se alude a la que en vano hicieron, con su Madre, los hijos del Zebedeo, *S. Juan y Diego,* o Santiago, solicitando *las primeras sillas* del Reino de Cristo... (S. Marc., X, 37 y *S. Mat.,* XX, 21). —A ellos mismos los sobrenombró el Señor *los hijos del Trueno,* o "Boanerges" *(S. Marc.,* III, 17, y cfr. *S. Luc.,* IX, 54); y sobre el *Hijo de la Paloma,* Simón *Bar-Jona,* cfr. núm. xix, v. 12, y *S. Jerónimo,* allí anot.

lxx

Vill. IV: "—¡Ah, del Cielo! —¡Ah, del Golfo!"...

v. 1 *¡Ah, del Cielo!*... Cfr. Sor J., en "El Mártir del Sacramento", v. 1:

¡Ah, de las claras antorchas!...;

y en *Calderón,* casi a cada paso.

v. 7 y ss. Esta Coplas son *Liras* de 5 versos: una redondilla de heptasílabos, y un endecasílabo rimado con el anterior. Pero hemos conservado el nombre de *Endechas,* que aparece en el texto antiguo.

v. 9-10 Pedro es un *Mar* y un Sol *(Apolo)* de glorias...

v. 17-21 *Piscatorio* ...: lo que atañe a la pesca; y cfr. la "Égloga Piscatoria", de *Góngora.—Los peces... en el Cielo:* la constelación del "Piscis", y las almas santas (o aun los Santos, cuyos méritos sobrantes forman el "Tesoro de la Iglesia", confiado también a Pedro, y de donde los Papas, sus Sucesores, administran las "Indulgencias"). Y cfr. núm. 266 (S. Pedro, 1683), vv. 25-28, etc.

v. 22-26 La obra santificadora de Pedro en las almas culmina en conducirlas hasta el Cielo, y muchas veces, en la canonización de los Santos: *signos que ya coloca en las Estrellas...*

v. 27-36 *Glauco* y *Neptuno*... Cfr. *Ovidio,* Metam., XIII, v. 906-68: un pescador de la Eubea, *Glauco,* observó que los peces muertos resucitaban al tocar unas hierbas de la costa, donde los extendió para contarlos; y comiendo él de aquel césped, se transformó en un Dios Marino, purificándolo luego *Neptuno* de cuanto le quedaba de mortal *(las pensiones de humano),* vertiendo *cien ríos* sobre su cabeza... Símbolo, aquí, superado por el Manjar eucarístico y por el "baño" del Bautismo, de los que es Pedro el supremo dispensador.. —Y cfr. estas *"hierbas milagrosas* / que feliz gustó *Glauco"*..., en el soneto "¡Oh quién, amado Anfriso...!" (núm. 196).

v. 37-42 *La Ciudad murada / de diamante*... Cfr. núm. 262 (S. Pedro, 1683):

> Angular fundamento, / en cuyo eterno jaspe
> asientan de la Iglesia / los *muros de Diamante*...

Pero aquí, al mismo tiempo, el Cielo: *el etéreo Castillo...*

v. 45 *Que no cerque el Anillo*... Cfr. núm. 242 (S. Pedro Apóstol, 1677):

> Ni que a la redondez que alumbra el día
> su Pescador Anillo ceñiría...

v. 47-48 *Pescador de ganado, / o ya Pastor de peces*...: metáforas entre-

cruzadas, muy de *Góng.*: "Del cielo espumas y del mar estrellas"... (So-led., II, 215); "Pavón de Venus es, Cisne de Juno"... (Polif., oct. 13).
—Cristo hizo a Pedro, ya pescador, *Pescador de hombres* (S. Mat., IV, 19), y le dijo: *"Apacienta* Mis ovejas"... *(S. Juan,* XXI, 15-7).

v. 50-51 *Cayado...; silbo...* Cfr. son. "Sacro Pastor de pueblos"..., de *Góng.*:

Más con el silbo que con el cayado...

v. 56 *A Pedro le fué solo delegada...* A él solo, esa potestad en toda su plenitud y soberanía *(S. Mat.,* XVI, y *S. Juan,* XXI); y a los demás Apóstoles, con él y bajo él.

lxxi

Vill. V: "Sirva el Mar de volumen"...

Exquisitas Endechas, o *romancillo heptasilábico agudo,* en que el Mar —*cerúleo testigo*— hace *bocas* de sus *cristales* para loar a San Pedro, que holló la *delicada tez de sus espumas,* al marchar sobre ellas, y de cuya soberana red *no se reservó* (no quedó exceptuado) ninguno de sus peces...

v. 10 En nuestro texto (por explicable pero absurda errata) se colocó el acento en *carácter.* Pero aquí debe leerse *caracter,* o sea, *caractér,* según su origen griego y también según el ablativo o acusativo latinos, cuya huella persiste en nuestro actual plural: "caracteres", y no "carácteres"... Así lo exige a gritos, en este verso, la asonancia aguda con *fué* y *cortés...*

v. 11 *Cerúleo:* cfr. núm. 216, v. 88 (el Mar, "cerúlea cuna" del Sol), y v. 797 ("cerúlea tumba" de Faetonte), con lo allí anot. de *Góng.*

v. 13 *Fluxible:* líquido (de "fluir"). Y cfr. núm. 48, v. 18.

v. 23-26 Cfr. Chanzonetas de S. Pedro, anóns., Méj., 1654 ("Poets. Novs.", II, 83):

¿Quién es éste, que pisa / las olas del mar
sin ajarle los rizos / a su cristal?...

lxxii

Vill. VI: "Al querérselos lavar"...

De la *renuencia de Pedro* a dejarse lavar los pies por el Señor, con todos los rasgos aquí aludidos, cfr. S. *Juan,* XIII, 5-10.

v. 5-6 Nuevo equívoco de *pies:* los del cuerpo y los de los versos (cfr.

núm. 132, v. 10, con lo allí anot.). —Pedro "encogía" sus pies; y por eso estas "coplas *de pie quebrado*" (o sea, de octosílabos con mezcla de su "quebrado", el tetrasílabo) pueden más bien llamarse "de pie *encogido*"...

v. 7-8 El agua, que siempre ha sido *plata líquida* para los poetas, *lo era* aún *más* (se hermoseaba y enriquecía) en las Manos de Cristo.—*Fluxible:* cfr. anot. al núm. anterior, v. 13.

v. 10 y 22 *Judas zampó su pata...; y la panza llena...* Vigorosos y sabrosos vulgarismos, en tan refinado poema.

v. 17 *El agua no lo limpiaba* (a Judas): "Vosotros estáis limpios, mas no todos"... *(S. Juan,* XIII, 10).

v. 31 *El baño... de Pilato en las manos...* Cfr. núm. 207, soneto: "Firma Pilatos la que juzga ajena"...

v. 38-40 Pedro *extenderá los* (pies) *ajenos:* los del *tullido* de la puerta del Templo... *(Hechos,* III).

v. 42-52 Las Manos de Jesús, *Jazmines humanos,* eran más cristalinas que el agua. —Eran más blancas que *el Alba,* que le debía su esplendor; como que eran las del Verbo de Dios: "Tú fabricaste la Aurora"... *(Ps.* LXXIII, 16). —Y aunque eran también *Nieve,* el agua *se encendía* de vergüenza, junto a Su pureza...

v. 56-61 *Vió infinitos abreviados...; / contrariedades unidas...* : los extremos del Misterio de la Encarnación, al avivarse su fe en el Dios-Hombre...

v. 65-69 *Oyendo la amenaza...* "Dícele Pedro: ¡No me lavarás nunca los pies, eternamente! Respondióle Jesús: Si no te los lavare, no tendrás parte conmigo. Dícele Simón Pedro: ¡Señor, no sólo los pies, sino también *las manos y la cabeza!"... (S. Juan,* XIII, 8-9).

lxxiii

Vill. VII: "¡Qué bien la Iglesia Mayor...!"

Gracioso *"intermezzo" musical,* entre las otras Letras, más bien graves de doctrina y de alusiones bíblicas... —Y una de sus infantiles onomatopeyas, a no tratarse de obra tan olvidada, se dijera que pudo influir en el Granizo de "La Hermana Agua", de *Nervo:*

¡*Tin, tin, tin, tin!,* Mi torre es la nube ideal;
oye mis campanitas de límpido cristal...

lxxiv

Vill. VIII: "¡Óiganme, que a San Pedro...!"

v. 3-4 *Como quien no dice nada,* pero diciendo mucho, al censurar la rutinaria limitación de otros Villancicos (y aun Sermones) sobre S. Pedro, atados a la noria de unos cuantos rasgos trillados, y a menudo tontamente burlescos.

v. 10 A *la Mozuela* que provocó sus Negaciones, también había aludido Sor J., en el núm. 248, v. 59 (1677); pero nadie cantó sus Lágrimas con más dulce delicadeza: núms. 263, 265 y 266 (1683).

v. 13-20 *Eso es de Musas gallinas...; ¿No hay un millón de alabanzas?...* Sor J., en particular, hizo una y otra vez preciosos Villancicos de S. Pedro en que no necesitó *sacarle las faltas...*

v. 22-24 *Luego el Tabor...* Cfr. en las anóns. *Chanzonetas* de Méj., 1654, la "linda flor" de querer S. Pedro quedarse allí "mano sobre mano"... ("Poets. Novs.", II, p. 55). Pero, realmente, en cuanto a los "tabernáculos" que propuso hacer para Cristo y Moisés y Elías, *no pidió para sí nada...* (Cfr. *S. Marc.,* IX, 4).

v. 25-32 Respuesta no blanda, al preguntar sobre el futuro de Juan: "¿A ti, qué? Tú, sígueme"... *(S. Juan,* XXI, 22). —*A Papa...:* la dignidad de Vicario de Cristo, y el dulce alimento de los niños... (Equívoco entre "el Papa" y "la papa"...).

v. 33-36 *Santo de chapa:* como "hombre de chapa" (valiente, en frase de jácara), y como dueño de la "cerradura" del Cielo, de la cual él tiene las llaves... —Y cfr. núm. 266 (S. Pedro, 1683), vv. 31-2:

> Que Dios nos libre de que él / no nos quiera desatar...

—Igual ponderación de excelencia, en general, usó *Quevedo,* en el rom. (Astr., 369) que así principia:

> Lindo gusto tiene el Tiempo..., / él es figurón *de chapa...;*

y en *Don Quijote,* alaba Sancho a Aldonza Lorenzo como "moza *de chapa,* hecha y derecha" (I, c. 25), y el Ingenioso Hidalgo juzga al Caballero del Verde Gabán "hombre *de chapa"...* (II, c. 16).

SAN PEDRO APÓSTOL, 1692

Ed. suelta, anón.: *Villancicos que se cantaron en los Maitines del Glorioso Príncipe de la Iglesia, el Sr. S. Pedro, en la S. I. Metropolitana de Méjico...: compuestos en metro músico por el Mº Antonio de Salazar, que lo es actual de Capilla de dicha S. Iglesia...* (Impr. Méj., Hereds.

Vda. de Calderón, 1692).—Ejr. Gómez de Orozco.—Nunca reproducidos, salvo el I, III, V, y fragms. del II y VIII, en "Poets. Novs.", III, pp. 116-20.—Corregimos en el Vill. I, la probable errata de dos versos que allá se leen así: "Ave de Jove *de trino*" y "Pájaro de luz *al* otro"...

lxxv

Vill. I: "En culto del Sol Pedro"...

Risueña *autosátira* del estilo *culto,* en equívoco con *el culto* de S. Pedro, en los *Nocturnos* de este Santo tan *claro,* tan ilustre... La primera parte de cada estrofa es *una cuarteta de un Romance típicamente culte-rano,* que continúa en todas ellas su asonancia en *ú-e,* predilecta de los gongorinos, y que ofrece alto y bello sentido, buscadamente abstruso, dentro de su primor algo hermético, pero nunca ininteligible.—*Jacinto Polo,* "Acads. del Jardín", II, ofrece análogas burlas (mucho menos finas), allí en fingida alabanza de un Licenciado, "Villanciquero General de estos Reinos", donde "la socarronería de los versos... y la figurería de Jacinto"..., jugueteaban con "vocablos de ruido" y "palabras tan tremebundas y cultas"...—Y cfr. lo anot. a los *Ovillejos* de Sor J. (núm. 214).

v. 13-16 *Ave de Jove...* : cfr. núm. 216, v. 129: "de Júpiter el ave", y lo allí anot.—Como el Águila, S. Pedro bebe las luces del Sol Divino (luces *trisulcas,* o de tres lenguas, por alusión a Dios "Trino"; y cfr. núm. *lii,* vv. 10-12, donde María, "Águila caudal", sube al Sol "a beber la que *en Tres Rayos* / Una misma Luz se da").—Alúdese a que Pedro recibió su Fe en la divinidad de Cristo, "no de la carne y sangre, sino del Padre que está en los Cielos"... *(S. Mat.,* XVI, 17).—Otras veces, *trisulco,* adj. lat. substantivado, es "rayo": cfr. el soneto burlesco: "Salió Madama Rosa"..., de D. *Pedro de Castro* ("Las Auroras de Diana", Coímbra, 1654, p. 136): "*Trisulco* fué de abril, Rosa temprana"...—*El Padre de las lumbres,* por Dios, es frase bíblica *(Santiago,* I, 17); y *Sor J.,* núm. 216, v. 887, llama también al *Sol* "el Padre de la luz ardiente"...

v. 23-26 *Pájaro de luz...* Como a San Juan, "el Águila de *Patmos",* conviene tal imagen a San Pedro, cuando quería *anidar* en el Tabor, que era entonces *Mansión de Apolo,* del "Sol" Divino, en la Transfiguración... *(S. Mat.,* XVII, 1-4).

v. 33-36 Un *Rayo de luz* penetra el agua, a no ser que esté turbia o turbada; y así Pedro (este Rayo de la Luz de Dios) se habría hundido en las aguas, a no *turbarse* éstas por su veneración a su grandeza... (Cfr. *S. Mat.,* XIV, 29).

v.43-46 *De la media noche* del sepulcro, sacó a renovada luz el *esplendor ya difunto* de los que resucitó, como a Tabita... *(Hechos,* IX).

lxxvi

Vill. II: "Cuando Pedro, como hombre a la mar"...

v. 1 *Hombre a la mar*... Cfr. núm. 249, v. 49.

v. 7-19 *El Arroyo* ... ; *el corriente* ... ; *su origen* ... Cfr. Sor J., *Dedicatoria* de su "Segundo Volumen" a D. Juan de Orve (Sevilla, 1692), hablando de su estirpe vascongada: "Los arroyuelos de mis discursos, tributen sus corrientes al Mar a quien reconocen su origen"; y cita: "De donde salen ríos, allá tornan"... *(Ecles.,* I, 7).—Pedro negó a su *Principio,* Cristo; pero luego lavó su mancha con los *arroyos de sus lágrimas* y las *fuentes* y *ríos* de sus lágrimas que dió al propio *Mar* de Dios... Y cfr. 263 (S. Pedro, 1683), vv. 13-18:

> Las lágrimas te valgan... ; / aneguen tus pesares
> los *ríos,* los *arroyos, fuentes,* mares...

v. 20-23 *La Fuente* recuerda *sin cenizas de olvido* los claros *"Ojos de agua"* (o manantiales) que fueron el *Medio* de su nacer... Pedro olvidó un momento a su Manantial (a Cristo); mas Sus *Ojos,* al verlo *(S. Luc.,* XXII, 61), lo movieron a hacerse Fuente de lloro...

v. 35-45 La misma alegoría, del *Río* y del Apóstol, respecto a su *Fin Último:* el *Mar* y Dios...

lxxvii

Vill. III: "¡Vengan las Aves!"...

¡Gallo!..., *¡Paloma!*... Simbolismo tan familiar y casi trivial, guarda aquí finura y decoro singulares... Cfr. *Quevedo,* sin tal delicadeza, en su "Ovillejo":

> Pero que el Gallo cante
> por vos, cobarde Pedro, no os espante,
> que no es cosa muy nueva o peregrina
> ver el Gallo cantar por la Gallina...

v. 17-18 *Generoso Gallo* ... : el Príncipe de los Apóstoles.

v. 23 *Hijo de la Paloma* ... : "Simón, *Bar-Jona".* Cfr. núm. xix, v. 12, y S. Jerónimo, allí anotado.

v. 29-32 *A los ojos del Sol mismo*... : "El Señor miró a Pedro..., y éste... lloró amargamente"... *(S. Luc.,* XXII, 61). "Sus ojos, como los de *la Paloma* junto *a los arroyos"*... *(Cant.,* V, 12).

v. 35-38 *Cándida Paloma*... y *tan Serpiente*... "Sed simples como la Paloma, y prudentes como la Serpiente"... *(S. Mat.,* X, 16); y como se dice de ésta, que asalta el nido de *las Águilas,* así Pedro sometió a *las del Imperio* de Roma.

lxxviii

Vill. IV: "Recto Amor, en tus buenos". . .

Las *Coplas,* en su raro artificio de redondillas agudas, con casi solas dos rimas *(menos* y *más),* afiligranan un conceptuoso contrapunto en torno al diálogo, tres veces reiterado, de Cristo y Pedro: "—¿Me amas más que éstos? . . . —¡Señor, Tú sabes que Te amo! . . . —Apacienta Mis corderos". . . *(S. Juan,* XXI).

v. 16-19 *"Plus":* más (en latín). Cristo pide *"plus* de amor" a S. Pedro, que ya no está *("non plus")* con su *negación.* . . : que ya la ha llorado, y ahora acaba de repararla con su triple profesión de amor.

v. 28-43 *Como todos.* . . Un amor que equivale al de todos los demás juntos hace de Pedro el *"Non plus* ultra" (el "no hay más allá") del amor a Cristo.

lxxix

Vill. V: "¿Cuál será del Amor lo más grande. . . ?"

Ser Amado, o Amante. . . Nada más frecuente, en Sor J., que análogas *cuestiones de amor:* cfr. las décimas "Al Amor cualquier curioso" . . . (núm. 104); los romances "Supuesto, discurso mío". . ., y "Si es causa Amor". . . (núms. 3 y 4); los sonetos "Que no me quiera Fabio". . ., y "El ausente, el celoso". . . (núms. 166 y 175); y todo el "Sainete Primero", de "Los Empeños de una Casa" (en nuestro tomo III).

Aquí, se contraponen S. Juan Evangelista, *"el Discípulo Amado" (S. Juan,* XIII, 23; XXI, 7, etc.), y S. Pedro, *el Apóstol Amante (S. Juan,* XXI, 15-7).—La solución (vv. 11-12) no puede ser más sorjuanesca:

el ser querido, es fortuna, / y mérito el ser amante. . .

—Sin duda que esta Letra y la inmediata parecen olvidar la perfecta norma de *Kempis:* "No disputes del mérito de los Santos, sobre quién es más santo que otro". . . (Imitación, III, c. 58). Pero son excusables como justa reacción frente a quienes, parangonando ya a los mismos Apóstoles, solían subestimar la personal virtud de S. Pedro.

v. 15-16 *Juan se atiende dormido* . . . El Evangelio sólo dice que, en la Última Cena, "estaba reclinado sobre el Pecho de Jesús". . . *(S. Juan,* XIII, 23).

v. 25-32 *El Amor es acción propia.* . . Y de S. Pedro, en efecto, narra el Evangelio más muestras de amor a Cristo, que de S. Juan: las protestas (aunque luego transitoriamente olvidadas) de fidelidad hasta la muerte

(S. Mat., XXVI, 35); el esgrimir la espada por Él *(S. Juan,* XVIII, 10); el pedirle marchar hacia Él sobre las aguas *(S. Mat.,* XIV, 28); el querer disuadirlo de Su Pasión *(Ib.,* XVI, 22); el arrojarse vestido al mar, a Su encuentro *(S. Juan,* XXI, 7); y el asegurarle, tres veces, que "Él sabía que lo amaba"... Y que Lo amara *más,* efectivamente, parece revelarlo este mismo diálogo con Jesús: "—¿Me amas más que éstos? —Sí, Señor, Tú sabes que Te amo"... *(S. Juan,* XXI, 15).

lxxx

Vill. VI: "Pues de Amor se discurre el primor"...

Por Amor de mi Santo... S. Pedro era, entre los Apóstoles, el de la especialísima devoción de *Sor J.:* en la "Docta Explicación del Misterio, y Voto que hizo de defender la Purísima Concepción" (cfr. en su Prosa), emitió éste "delante de todos los Ciudadanos de la Corte Celestial, especialmente el Gloriosísimo Patriarca Sr. S. José, el Santo Ángel de mi Guarda, *mi Padre San Pedro,* San Jerónimo", etc.

—Nuevo paralelo de *su Amor,* con el de *S. Juan,* en preciosa alegoría agustiniana de la *carrera* que *se apostaron* el Domingo de la Resurrección... "Pedro y aquel otro Discípulo fueron al Sepulcro, y corrían los dos juntos, y aquel otro Discípulo se le adelantó corriendo más aprisa..., pero, sin embargo, no entró; y llegó Pedro siguiéndolo, y entró...; y entonces entró aquel Discípulo que había llegado primero"... *(S. Juan,* XX, 3-8).

lxxxi

Vill. VII: "Si por la bandilla"...

v. 1-12 Alegoría de un retrato de S. Pedro, pintado *por la bandilla* (designación de una técnica o moda que se nos escapa), en el *Santo Lino*... (Equívoco del "lino", el lienzo "santo" de los manteles y vestiduras litúrgicas, con *San Lino,* el primer sucesor de Pedro en la Sede Romana, y símbolo de todos los siguientes Pontífices, cuyos nombres se van entretejiendo conceptuosamente en loa de su *Original*...)

v. 13-16 Pedro fué *Magno* (como *S. Gregorio Magno* y los Papas *Alejandros,* que recuerdan a Alejandro Magno).

v. 17-20 Fué *nuevo César,* dominador espiritual de Roma; y así lo evocan los Papas de nombres imperiales: los *Julios, Honorios* y *Adrianos*...

v. 21-24 Fué un *León Clemente* —esforzado y manso—, fundiendo en sí a los *Píos* y a los *Paulos,* y a los *Clementes* y los *Leones*...

v. 25-28 Fué "el primer *Bonifacio";* benéfico, hacedor de bienes; y *Urbano* (por Romano y por cortés), e *Inocencio* (por la santidad de su vida).

v. 29-32 Alusión más sutil y remota: los Papas *Nicolaos* recuerdan al famoso *Peje Nicolao,* aquel nadador de Catania, que se había convertido casi en un hombre-pez...—Cfr. *Pero Mexía:* "Silva de varia lección" (1570), citando los "Días Geniales" de Alejandro (lib. II, c. 21), y *el P. Feijóo* ("Teatro", V, 6-7, VI, 8-19; y G. Marañón: "Las ideas biológicas del P, Feijóo", Madr. 1943, cap. XXIX).—Cristo constituyó a Pedro "Pescador de Hombres", y la red de Pedro hace a las almas *Pejes Nicolaos* (hombres-peces) a lo divino, benditos y celestiales, o sea *Benedictos* y *Celestinos* (otros dos nombres Papales).

v. 35-36 Así, cada uno de los *Padres Santos* es *un San Pedro,* como heredero de su potestad vicaria de Cristo.

lxxxii

Vill. VIII: "Una Ensalada me piden"...

Culminación de jocoso ingenio (aunque ya acaso extralimitado para el Templo). Y análogas *alegorías culinarias,* en núm. 266 (S. Pedro, 1683): "Como es día de Vigilia..., / sólo con una ensalada"...; y núm. 311 (Asunción, 1690): las "lechugas de Toluca", etc.

v. 5-6 *Lechuga... a los Poetas...* ¿por "canarios" canoros?

v. 11-12 *Rabanillos... que cantan...* : los "Coloraditos", monaguillos y cantores de Catedral.

v. 13-32 *Malco* escapó de que S. Pedro *(el Príncipe* de los Apóstoles) lo hiciera *gigote* o picadillo; pero probó sus *tajadas de Orejones:* su propia oreja cortada (y los dulces de frutas secas, que así llamamos). Y en su *pelaza* —en la "pelea", y entre su "pelo"—, tuvo también el *rábano,* traído *por las hojas* (o los filos de la espada), de algún sangriento chichón...

v. 33-40 *Pedro se come cuantas sabandijuelas recoge la capa del Cielo...* Orando en Joppe, cayó el Apóstol en éxtasis: "Miró bajar del Cielo como un gran lienzo..., en el que había de todos los animales y reptiles y aves...; y oyó una voz: ¡Levántate, Pedro; mata y come! Entonces Pedro dijo: Señor, no; porque nunca he comido cosa inmunda... Y oyó por segunda vez: Lo que Dios ha purificado, no lo llames inmundo"...: revelación de que debía admitir en la Iglesia a los Gentiles, como Cornelio, cuyos enviados llegaban en aquellos momentos... *(Hechos,* X, 11-5).

v. 49-52 *El Gallo* de la Pasión, por tan viejo y casi *manido* en Villancicos y Sermones sobre S. Pedro, era ya un buen *Fiambre...* (Y cfr. *Sor J.,* burlándose de temas y tonos gastados, carentes ya de originalidad y de vida, en núm. 214, vv. 39 y ss.)

v. 53-58 *¡Con el Gallo no juegue!...* Equívoco entre gracejar sobre el Gallo de la Pasión, y hacer "peleas de gallos" o apostar en ellas...—Los

Juego de Gallos eran *cosa maldita y descomulgada,* desde hacía poco. El Ilmo. Sr. Aguiar y Seixas era tan enemigo de ese espectáculo, que a Mayo 5 de 1687 consigna el "Diario" de *Robles:* "Se pregonó, a instancia del Sr. Arzobispo, se quite el juego de los gallos, y ofreció dar por ello lo que daba el asentista" (o concesionario)... Y a Sept. 25 de 88: "Hase publicado... Cédula Real prohibiendo el juego de gallos, con pena; y que se le vuelva al Arzobispo lo que hubiere dado de dinero por pacto que había hecho de que no se jugaran gallos y pagaría lo que el asentista de ellos pagaba"...

v. 59-62 Si estos gracejos resultaban *fríos* (muy sin chiste), ello sería una *gracia* del dicho *Fiambre* ("carne fría").

v. 72 Y aquí también *se acaba* este volumen de los Villancicos de nuestra Musa, que ella coronaría clásicamente con su *Laus Deo.*

APÉNDICES

I

"EL ORÁCULO DE LOS PREGUNTONES"
UNA PUERIL CALUMNIA A SOR JUANA

La Introducción a nuestro Tomo I —bajo el rubro "Lo incierto y fugitivo" (pp. xlv-vi)— aludió, con Toussaint y Abréu, a una obra *atribuída* inciertamente a Sor Juana, que lamentábamos no haber visto:

> "El Oráculo de los Preguntones, atribuído a la célebre Monja Mejicana Sor Juana Inés de la Cruz: juego de 24 preguntas y 12 respuestas para cada pregunta, puestas en verso para diversión de las tertulias. —Quinta edición, Méjico, Imprenta de Aguilar e Hijos, Esquina de S. Catarina de Sena y Encarnación, 1894."

Posteriormente —y gracias muy cordiales a don Francisco González Guerrero—, pudimos estudiarla en una copia del mismo impreso de 1894; y llegamos al punto a la certeza de que es *apócrifa* (en voluntaria atribución fícticia, por farsa literaria o fines de lucro). No vamos, por lo tanto, a incluirla entera, por más que su rareza lo excusaría, si fuese más breve. Nos bastará extractarla en lo substancial, para dar su impresión muy suficiente y para resumir los elementos de nuestro juicio.

Acabalando 24 "signos" —bajo cada uno de los cuales figuran las 12 respuestas para cada una de las 24 "preguntas" correspondientes, con un total de 288 redondillas—, no tan sólo se agrupan los doce Signos clásicos del Zodíaco (Acuario, Piscis, Tauro, Géminis, Cáncer, Leo, Virgo, Aries, Libra, Escorpión, Sagitario y Capricornio), sino la "Ursa Mayor" y "Menor", y siete Planetas (Sol, Luna, Marte, Mercurio, Júpiter, Venus y Saturno), y aun tres aislados rumbos del horizonte (Sur, Norte y Nordeste): éstos, en tal incongrua enumeración, sin perceptible lógica al limitarlos; y todo, en esa mezcla, ya muy increíble en Sor Juana, bajo el nombre común de "Signos" que ella no hubiera dado a un punto cardinal o a un Planeta, así como —al mentar los del Zodíaco, vgr. en su villancico "La Astrónoma grande"... (Asunción, 1679)— no escribió "Leo" y "Cáncer", sino "Cancro" y "León", según se usó en sus días y mucho después...

Entrando a sus redondillas, abundan con enorme mayoría las coplas más ripiosas, incoloras e insulsas, sin la mínima chispa o gracia intelectual ni verbal de cualquier especie, tal como éstas, copiadas casi al azar:

Bien puedes echar a un lado
la propuesta que previenes,
que te afirmo que no tienes
el genio para casado.
(*Júpiter*, n. 6).

¿Qué suerte quieres tener?
Bondad en ti nada cabe;
tu proceder ya se sabe:
¿qué puedo yo responder?
(*Ib.*, n. 10).

Porque tu duda se aclare,
por sabido y cierto ten
que aquel que es hombre de bien
halla siempre quien le ampare.
(*Saturno*, n. 10).

Aunque de mi claridad
tu genio el dicho desprecie,

sabe que no hay quien se precie
de tenerte en su amistad.
(*Tauro*, n. 5).

Si por ganar o perder
es la intención con que juegas,
ya verás que pronto llegas
a no tener qué comer.
(*Libra*, n. 6).

Ni un leve consentimiento
des a tan vagas ideas,
ni a tu pensamiento creas,
que miente tu pensamiento.
(*Sagitario*, n. 5).

En tanto que no perezca
el vicio que hay en tu seno
y tengas proceder bueno,
no habrá quien te favorezca.
(*Capricornio*, n. 4).

Muy bien lo "sentirá" cualquier catador: no hay en esto (y en páginas y páginas que con la misma gris monotonía pudiéramos aglomerar) ni una ligera sombra del estilo —interno ni externo— de nuestra Fénix, toda vivacidad siempre ágil y chispeante y conceptuosa en lo epigramático.

Mas lo definitivo es que, a cada paso, suenan giros y voces o acepciones que Sor Juana no usó jamás, ni nadie usaba en su tiempo, sino que son de cierto muy posteriores, llevando en sí su fecha décimonónica (o cuando más temprano, del XVIII ya muy mediado), y el claro "fecit" de un rimador obscuro que incurre en los anacronismos idiomáticos más flagrantes, amén de otros deslices de incorrección.

El desmaño idiomático, desde luego, sobran a atestiguarlo muchos versos como "Aunque mi respuesta asombres"... (*Mercurio*, n. 2, en ripio con "los hombres"); "Si en saber te desatinas"... (*Ursa Menor*, n. 6, con el sentido de "por saber"...); "Camina un poco tardío"... (*Luna*, n. 10, tomando ese adjetivo por "tardo" o "lento"); "Te has llegado a conciliar" un "enemigo"... (*Sol*, n. 10, con el significado de atraerse su enemistad); "Haces por tu mala guisa"... (*Géminis*, n. 7, en sentido de "por tu mal comportamiento", o "tu falta de cordura"), etc.

Gordos anacronismos —para atribuírse a Sor Juana— son, en particular, innumerables locuciones como éstas: "un evento", por un acaecimiento o suceso *(Libra,* n. 4); "una mala noticia", en su sentido actual *(Tauro,* n. 2); "eres muy afeminado" *(Venus,* n. 5); "un tremendo y duro azar" *(Acuario,* n. 1); "tan quijote" (por "loco": *Aries,* n. 6); "entra en el claustro profundo" *(Géminis,* n. 4); "el cáncer", por la enfermedad de tal nombre *(Cáncer,* ns. 7 y 11); "hacer los cuarenta", por cumplir cuarenta años *(Escorpión,* n. 7); "el peluquero" *(Capricornio,* n. 3); "explicarás Teología" (que entonces se decía "leerás": *ib.,* n. 6); "su novia", ya en sentido actual, y no en el exclusivo entonces de la esposa en las bodas mismas *(Sagitario,* n. 6); "y serás un gran monsiur" *(Sur,* n. 1); o "metódico arreglo ten", en las comidas... *(Ib.,* n. 12).

Y lo mismo se diga de tantas otras, como "inclinación a las faldas" *(Ursa Menor,* n. 7); "si su afecto te interesa" *(Sol,* n. 3); "da muestras tan relevantes" *(Norte,* n. 2); "respuesta a fondo" *(Nordeste,* n. 8); "sean tus sistemas" hacer esto y lo otro *(Piscis,* n. 5); "hacer mención" *(Ib.,* n. 6); "busca en ti la solución" *(Mercurio,* n. 5); y aun acaso palabras como "pobrete" *(Escorpión,* n. 5), "camueso" *(Tauro,* n. 11), o "pelmazo" *(Cáncer,* n. 3), que —igual que muchas más— también despéganse de su léxico.

He aquí, enteras, algunas de esas estrofas:

Aunque a veces un evento
el pensamiento lo ignora,
créeme que por ahora
no te engaña el pensamiento...

Huye el fatal contratiempo
que Cáncer producir sabe,
que es un mal bastante grave
para vivir mucho tiempo...

Vivir con Dios arreglado
y amarle, sean tus sistemas;

cumple con esto, y no temas,
aunque vivas desgraciado...

Haces por tu mala guisa
tan vil caso de tus bienes,
que no sé cómo no tienes
perdida ya la camisa...

Ahora mismo ha llegado
el escaso peluquero,
a que le des el dinero
de dos meses de peinado.

Cabe, indudablemente —y somos los primeros en recelarlo—, que erremos al fijar data posterior a alguno (y aun algunos) de esos modos de hablar. Sin embargo —en conjunto—, tal posterioridad es evidentísima.

Mas todavía, por lujo de abundancia, vayan aquí tres formas dignas de destacarse, que vemos asomar reiteradamente, y de las que afirmamos —segurísimos— que ni una vez apuntan en la Poetisa, ni es fácil recordarlas en el español de su siglo.

Una, es *propuesta* con significación de "pregunta", repetida hasta cuatro veces *(Escorpión,* n. 9; *Norte,* ns. 4 y 9; y *Ursa Mayor,* n. 6), vgr.:

Desengaño a tu propuesta
en ti mismo has de buscar,
y de tu modo de obrar
inferirás la respuesta...

En otra la solución
hallarás de tu propuesta;
porque, amigo, a la hora de ésta
estoy hecho un escorpión...

Si hallar quieres esta vez
desengaño a tu propuesta,

una inefable respuesta
dará Mercurio en el 10.

Otra, es *portarse* bien o mal, en el sentido de la conducta, que igualmente recurre en diversas coplas *(Luna,* n. 7; *Acuario,* n. 8; *Leo,* n. 10):

De uno tendrás la subida;
mas nunca te portes mal,
porque tendrás un rival
que procure tu caída...

¿Por qué piensas tan mal de él,
si siempre que te ha servido

sabes tú que él ha sabido
portarse como hombre fiel?

Lo serás, si eres cristiano
y te portas como fiel;
que tienes dado un papel,
una prenda y una mano.

Y la tercera de estas expresiones es *calavera* en el sentido de "mala cabeza" o de "ligereza de cascos", nada menos que en cuatro redondillas bastante próximas *(Júpiter,* n. 9; *Libra,* n. 10; *Aries,* n. 3; y *Cáncer,* n. 6):

No te embarques, calavera,
pues si la verdad apuro,
nadie camina seguro
en caballo de madera...

Tu seso, tu calavera,
y tus procederes locos,
me dan indicios no pocos
de que no habrá quien te quiera...

Suerte maldita te espera
por una mala mujer:
ésta te vendrá a perder,
y tu mala calavera...

¿Cómo le quieres tener,
si aunque alguno serlo quiera,
tu maldita calavera
no puede dejarle ser?

¿No sería inconcebible —si fuera de Sor Juana el dicho Oráculo— que aquí se repitieran con tal frecuencia esas locuciones, que no aparecen nunca, absolutamente, en todo el ancho y variadísimo caudal de sus escritos reconocidos?

La justicia, con todo, y nuestro deseo de dar a los lectores una visión cabal, nos mueven todavía a apuntar en él aspectos no desdeñables. Pero aún esto —unas pocas florecillas de ingenio y graciosidad, o algún fugaz acierto en el *pastiche,* que no pudo ser siempre desventurado— seguirá confirmando lo que hemos dicho.

No falta, ciertamente, más de una pincelada relativamente feliz, con el "color del tiempo" que pedía la farsa arcaizante. Tales son las cuartetas donde brilla *el farol* celeste (el Sol, en expresión calderoniana y muy de Sor Juana); o giran todavía *los Once Cielos* (las Esferas de la cosmografía geocéntrica de Tolomeo); o suaviza sobornos nuestro *bálsamo mejicano* (la plata del cohecho, llamada así en la sátira española del siglo de oro, aunque a veces, más bien, "ünguento" o "unto"); o se evoca a la *Dido* virgiliana, o a Júpiter llegando en *lluvia de oro* hasta el retiro de Dánae; o el nombre de *Saturno,* cuya postrera sílaba dice: "No"...:

Aunque el Sol claro y lucido
sea tu guía y farol,
de nada servirá el Sol
para hallar lo que has perdido.
                      (Sol, n. 2).

No son vanos tus recelos:
que tardará, es cosa cierta;
que está con la boca abierta
mirando a los Once Cielos.
                      (Virgo, n. 4).

Si quieres ver en la mano
todo su logro completo,
unta un poco a aquel sujeto
con bálsamo mejicano.
        (*Sagitario*, n. 2).

Véte allá, que tu decoro
peligra si estás aquí;
que anda Júpiter allí
convertido en lluvia de oro.
        (*Júpiter*, n. 8)

Una Dido es celebrada,
una Dido es en querer;
una Dido es tu mujer,
pero es Dido abandonada.
        (*Ursa Mayor*, n. 9).

Es tan callado Saturno,
que la respuesta que impetras,
en sus dos últimas letras
te la da muy taciturno.
        (*Saturno*, n. 11).

Otras veces, no obstante —aun cuando más procura nuestro autor esos oros viejos—, se traiciona su semi-erudición de la mentalidad y lengua del XVII. De este modo menciona a *Luna* (personificada y sin artículo, y no en vocativo), en vez de "Diana", o "Febe", u otro de sus nombres más personales; o saca a tintinear los *doblones*, siendo qua ya Sor Juana no habló nunca sino de "pesos", o a lo más, de "escudos"; o llega a ponderar *el famoso Acuario* (el signo zodiacal, que entonces no era "famoso", sino familiarísimo); o en fin, le achaca a Marte —contra todo el decoro del númen bélico— las burguesas *rencillas* de un matrimonio, y aun las vanas *quimeras* (neologismo posterior, en tal acepción) que engendran esos celos o incomprensiones ... :

Neptuno, a ruegos de Luna,
su auxilio te prestará,
y tu viaje no tendrá
desdicha en la mar alguna.
        (*Luna*, n. 3).

Hombre, deja esa afición
hacia el juego dirigida;
porque cree que en tu vida
has de ganar un doblón.
        (*Ib.*, n. 11).

Aunque ganes un millar
o dos o tres, de doblones,

vale más lo que tú expones
que cuanto puedes ganar.
        (*Mercurio*, n. 12).

Entrégate al golfo vario
sin temor del elemento,
pues desde tu nacimiento
te influye el famoso Acuario.
        (*Ac.*, n. 6).

Puedes hacer lo que quieras;
mas si llegas a casarte,
te asegura el fiero Marte
mil rencillas y quimeras.
        (*Marte*, n. 5).

Por otra parte, a aquellas coplas selectas —copiadas más arriba con justo aprecio— se añaden otras pocas que también podrían alternar, sin demasiado hiriente disonancia, con ciertos epigramas de la Jerónima, porque —aun sin alcanzar un nivel eximio— tienen alguna sal (no siempre muy ática), o alguna leve luz de candorosa malicia o de sutil jugueteo verbal:

Aunque te dé sentimiento,
te quiero desengañar:
si religioso has de entrar,
serás burro del convento.
        (*Marte*, n. 10).

Monja serás, y tan buena,
que quien repare [en] tu vida,
te juzgará convertida
en María Magdalena.
        (*Ib.*, n. 12).

Tu codicia disparata:
has nacido para pobre,
y te quedarás en cobre
sin llegar jamás a plata.
(*Júpiter*, n. 7).

Por si acaso te importare
saber cuándo llegará,
no tardará, o tardará
sólo aquello que tardare.
(*Venus*, n. 12).

Si te hallas muy deseoso
de ser fraile, lo serás;
pero nunca llegarás
desde fraile a religioso.
(*Saturno*, n. 12).

Acuario, el Signo mojado,
dice con tono llovido
que el amor de tu marido
es un amor muy aguado.
(*Acuario*, n. 7).

Quien es tan aficionado
como tú a la Musa esquiva,
deberá ser, mientras viva,
pobre, loco y desgraciado.
(*Géminis*, n. 10).

Ten cuidado en la elección
y cásate norabuena;
no sea que la busques buena
y des con un escorpión.
(*Escorpión*, n. 12).

Ya que a religión regüelda
tu corazón con fe pía,
lo serás, niña, algún día;
mas será de dos en celda.
(*Capricornio*, n. 8).

Que no tardará imagino,
si tiene poco que andar;
pero deberá tardar,
si es algo largo el camino.
(*Sur*, n. 8).

Ante tales ejemplos, resulta un poco menos inexplicable aquel opinar don Manuel Toussaint en torno a este juego: "No es imposible sea de Sor Juana, si se atiende a la ligereza o ingenio de alguna de las redondillas"... La imposibilidad, con todo, de esa autoría, nos quedó evidenciada por sus anacronismos lingüísticos; y aquí, además, confírmase con el propio carácter excepcional de estas últimas coplas de algún valor, que apenas pasarán de docena y media, entre algo más de veintidós docenas de cuartetas infra-medianas, o simple y rematadamente malísimas.

La obra, pues —en total—, no llega a mediocre; pulula en las más chatas ramplonerías o insignificancias; y el supino derroche de los referidos anacronismos, puntualizado hasta la saciedad, desmiente su pueril atribución a Sor Juana. Trátase —repetimos con la más tranquila certeza— de un inhábil *pastiche* muy posterior. Y aunque también nosotros —como Toussaint— "ignoramos los antecedentes bibliográficos" de ese impreso de 1894, que se llama "quinta edición", creemos que aun esto mismo no fué acaso sino un nuevo arabesco en la jugarreta.

II

DOS NUEVAS RÉPLICAS A "HOMBRES NECIOS"...

COMPLETANDO las notas a las célebres Redondillas (cfr. t. I, núm. 92, y pp. 489-90), vayan aquí dos nuevas réplicas, muy superiores a las vagas parodias que allá extractábamos.

La una, es obra de *Maravelo* (anagrama de "A. Valero M."), o sea el poeta AGUSTÍN VALERO MÉNDEZ, que, entre otros libros líricos —un poco al primer modo de Díaz Mirón—, publicó unas "Fulminaciones", Méj., 1903; y la exhumó recientemente Alfonso Junco ("Los Hombres Necios y las Hembras Necias", en *Novedades, de* Méj., 22-XII-951), con este comentario certero: "No es cosa del otro jueves"; pero "entre ciertas insipideces y ciertas vulgaridades que perdonará el exquisito lector, logra algunos aciertos, como aquel en que se replica a lo más difícil de replicarle a Sor Juana: *¿O quién es más de culpar, / aunque cualquiera mal haga?...,* y sobre todo, sigue a la Monja, redondilla por redondilla, contestándole *por los mismos consonantes"...* Léase, si no,

HEMBRAS NECIAS...

Hembras necias que acusáis
al hombre sin ton ni son,
sin ver que sois tentación
de los que así deturpáis:
  si con garbo sin igual
sólo os merecen desdén,
¿por qué queréis que obren bien
si los incitáis al mal?
  Os reís de su impotencia
y luego, con gravedad,
tacháis de debilidad
lo que sólo fué exigencia.
  Parecer quiere el denuedo
de vuestro parecer loco,
al niño que pone el coco
y luego le tiene miedo.
  Queréis, con presunción necia,
ya que no los ensartáis,
ser para los otros, Thais,
o cuando menos Lucrecia.
  ¿Qué humor puede ser más raro
de aquella que sin consejo
dona gato por conejo
y siente que no esté caro?
  Con el amor y el desdén
no usáis actitud igual,
burlándoos si hacéisles mal,
gozando si os pegan bien.
  Y ninguno queda a mano
con vuestro capricho y flato:
si no os acepta, es ingrato,
y si os admite, es pagano.
  Siempre tan necias andáis
con tan desigual nivel,

que a uno tomáis por burel
y a otro por chivo tomáis.
  ¿Pues cómo no ser taimada
la que el embauco pretende,
si la que es águila, ofende,
y la que es tímida, enfada?
  Mas entre el enfado y pena
que vuestro gusto prefiere,
¡bien haya aquel que no os quiere,
y consumid yerbabuena!
  Aplaudís sus desenfrenos
en vez de sonarles palos,
y después de hacerlos malos
los queréis hallar muy buenos.
  ¿A quién se culpa en la vida
cuando hay un cariño errado:
al que delinque, rogado,
o a la que triunfa caída?
  ¿O cuál es más de culpar,
aunque cualquiera mal haga:
el que peca, pero paga,
o quien cobra por pecar?
  Pues ¿para qué os espantáis
de la culpa que tenéis?
Queredlos cual los hacéis
o amadlos cual los criáis.
  Dejad ya de murmurar,
y después, con más razón,
acusaréis la afición
de aquel que os fuere a rogar.
  Bien con muchas armas fundo
que lidia vuestra arrogancia,
pues en veleidosa instancia
juntáis carne, plata y mundo.

La segunda —y novísima— de estas réplicas, debida en noviembre de 51 al ágil rimador y humorista regiomontano DIÓDORO DE LOS SANTOS, JR., autor de "Crónicas del Grupo 12" y "Crónicas Rotarias" (Monterrey, 1951), la sacó de lo inédito el mismo Junco ("Maravelo y Diódoro", en *Novedades,* 2-II-952), también con lúcido elogio, subrayando su "mérito de contestar, verso a verso, no sólo con los mismos consonantes, sino *con la mismísima palabra final* en cada renglón", y advirtiendo que "aunque no se atrevió a llamar *Hembras Necias* a las mujeres y debilitó su primer verso; pero casi coincidió —sin haberlo leído— con Valero Méndez en el capital acierto al responder a lo más difícil; y en conjunto su parodia nos parece, aparte de más fina, mejor lograda"...

¡OH MUJERES, QUE ACUSÁIS...!

Parodia

pidiendo perdón a Sor Juana, por la osadía, y a todas las mujeres, por el atrevimiento.

¡Oh, mujeres, que acusáis
a los hombres, sin razón,
sin ver que dais la ocasión
a los mismos que culpáis!

Si con ansia sin igual
nunca deseáis su desdén,
¿por qué queréis que obren bien
si los animáis al mal?

Simuláis gran resistencia,
y luego, con gravedad,
cubrís vuestra liviandad
con sin igual diligencia.

Parecer quiere el denuedo
de vuestro parecer loco,
al niño que busca el coco
y luego le tiene miedo.

Queréis, con presunción necia,
tras de hallar lo que buscáis,
olvidaros que sois Thais
y presumir de Lucrecia.

¿Tener puede humor más raro
la que, sin oír consejo,
deja le empañen su espejo
y siente que no esté claro?

Con el favor y el desdén
tenéis condición igual,
quejándoos, si os tratan mal,
burlándoos, si os tratan bien.

Opinión ninguno gana,
pues tonto es quien se recata,
y a quien no, acusa la ingrata,
cuando que ella es la liviana.

Siempre tan necias andáis,
que con desigual nivel,

a éste culpáis por cruel,
y a aquél por tonto culpáis.

Pues ¿cómo ha de estar templada
el alma del que os pretende,
si el que es recatado, ofende,
y el que os ve fácil, enfada?

Mas entre el enfado y pena
que vuestro gusto prefiere,
bien haya aquel que no os quiere,
y quejaos en hora buena.

Dan vuestras amantes penas
a sus libertades alas,
y después de que sois malas,
simuláis que sois muy buenas.

¿Cuál mayor culpa ha tenido
en una pasión errada:
la que acepta, tras rogada,
o el que ruega, de caído?

¿O cuál es más de culpar
aunque cualquiera mal haga?
¿el que peca, pero paga?
¿la que cobra por pecar?

Pues ¿para qué os espantáis
de la culpa que tenéis?
Queredlos cual los hacéis,
o hacedlos cual los buscáis.

No oigáis el solicitar,
y después, con más razón,
olvidaréis la afición
al no escuchar el rogar

Bien con muchas armas fundo
que lidia vuestra arrogancia,
pues, en espera e instancia,
juntáis diablo, carne y mundo.

ÍNDICE DE ILUSTRACIONES

ÍNDICE DE PRIMEROS VERSOS

ÍNDICE GENERAL

VILLANCICOS
[*en juegos de Tres Nocturnos*]

ASUNCIÓN, 1676

CONCEPCIÓN, 1676

SANTA CATARINA, 1691

OTRAS LETRAS SAGRADAS
PARA CANTAR

LETRAS DE SAN BERNARDO

A LA PRESENTACIÓN DE NUESTRA SEÑORA

A LA ENCARNACIÓN

EN LA SOLEMNIDAD DEL NACIMIENTO

EN LA PROFESIÓN DE UNA RELIGIOSA

VILLANCICOS ATRIBUÍBLES

ASUNCIÓN, 1677

NAVIDAD, 1678

SAN PEDRO APÓSTOL, 1684

SAN PEDRO APÓSTOL, 1691

SAN PEDRO APÓSTOL, 1692

NOTAS

APÉNDICES

Este libro se terminó de imprimir y encuadernar en el mes de noviembre de 2001 en Impresora y Encuadernadora Progreso, S. A. de C. V. (IEPSA), Calz. de San Lorenzo, 244; 09830 México, D. F. Se tiraron 1 000 ejemplares.